SV

EMMA BRASLAVSKY

LEBEN IST KEINE ART, MIT EINEM TIER UMZUGEHEN

Roman

Suhrkamp

Erste Auflage 2016

Druck: CPI – Ebner & Spiegel, Ulm
Printed in Germany
ISBN 978-3-518-42544-2

LEBEN IST KEINE ART, MIT EINEM TIER UMZUGEHEN

Der Zukunft gewidmet

F
ür
alle:
Queru-
lanten, De-
miurgen, Aus-
steiger, Träumer,
Astronauten, Herum-
treiber, Weltverbesserer,
Reisende, Entdecker, Anar-
chisten, Freiheitssuchende, Dich-
ter,
Phi-
lo-
sophen, Gnostiker, Agnostiker, Forscher, Verweigerer, Kindsköpfe,
(Lebens-)Künstler, Saboteure, Flüchtlinge und Ausreißer.
Für
euch
!

Diese Geschichte ist wahr. Ähnlichkeiten mit lebenden Personen sind kein Zufall. Sollten Sie sich darin wiedererkennen, nehmen Sie's sportlich, oder beschweren Sie sich beim lieben Gott.

HANDELNDE PERSONEN

Jivan Haffner Fernández, Bunkerarchitekt und Hauptfigur
Jo (Jeanna) Lewandowski Fridman, Jivans Frau und Bessere-Welt-Aktivistin

Eddie (Ediz), Inhaber einer Halal-zertifizierten Döneria und Jivans Freund
Kim Fischer und *Achim Krüger*, Chefs von Animal Rights
Lautaro Álvaro Fernández, Jivans Vater
Dr. Louise Horn, Vorsitzende des Institut Instructif pour le Regain de la Nature (IIRN) in Paris und Leiterin weltbekannter Tantra-Workshops
Thilo, Jos Mitstreiter im Tantra-Workshop
Norman Tanner, Kopf von BetterPlanet
Bernard Bernardi, Vorstandsvorsitzender der Sécurité Suisse (SS)
Die Wohn-Nomaden: eine Ex-Ghanaerin, ein Ex-Italiener und andere
Luis Ángel de Portago, Ex-General und engster Freund von Jivans Vater
Benson, Notar und Nachlassverwalter von Jivans Vater
Fritsche, Jivans Bankberater
Lucia Rosa Fernández, demenzkranke Schwester von Jivans Vater
Benicio Álvaro Fernández, Neffe eines Cousins dritten Grades von Jivans Vater
Ralf Wiegand, Chefplaner des Bunkerkomplexes 17/5001
Yoko Ono
Nils Björsson und *Katy Delanneaux*, Chefs von Life from Zero (LfZ)

Tamara, eine alte Freundin und Kollegin von Jivan
Mister Sands und *Mister Katō*, Abgesandte eines milliardenschweren Konsortiums für den Kauf des Bunkers 17/5001
Wurm an einem Haken

Frankenstorm Tony, der Orkan
Die neue, staatenlose Insel

Paul Weissmann, Blogger bei n-global

No (Noah) Hoffmann und Freundin **Jule**, Aussteiger in einer paradiesischen Festlandbucht

Roana Debenham, eine blutjunge Frau und zweite Hauptfigur
Dr. Jan-Erik Peralta, Philosophieprofessor und Kopf der Bewegung »Sei neu! Sei besser! Sei human!«
Werther (Sarah), noch eine blutjunge Frau
Obdachloser im Spiderman-Kostüm
Alyss Löwengart, Rabbinerin und Leiterin des Zentrums für Kabbalastudien in Buenos Aires
Natalie und *Jakob Oppenheim*, Wissenschaftlerehepaar
Die Bruderschaft der falschen Gorillas: Tristam, Erik, José, Valeri, Thomas, Lee, Nathan, Ben, Siddhartha, Jean-Paul, Leeroy
Edna, Aktivistin bei den Greenguards
Marie und *Josef*, geklonte Golden Retriever
Veroniká, Gynäkologin
Kapitän der Ocean Queen, des modernsten Schiffs der Welt
Brian, weißblonder Schönling mit geföhntem Seitenscheitel
Newman, der neue Mensch im Embryonalstadium

TEIL 1

JIVAN UND JO

MENSCHEN KÖNNEN QUARK MACHEN, TIERE NICHT.

Jivan Haffner Fernández macht sich immer viele Gedanken beim Warten auf die U-Bahn.

Mit Daumen und Zeigefinger zieht Jivan behutsam ein rötliches Schamhaar vom Hemdärmel und untersucht es im Licht der Abendsonne. Das muss sich heute Morgen dort verfangen haben. Er ist ein Mann, der sehr auf Details achtet, zumindest auf solche, aber er ist auch ein Mann, der stets auf der Hut sein muss, sich nicht selbst ins Verderben zu stürzen. *Für jeden Quark gibt's 'ne App*, denkt er, bloß noch keine, die einen Mann vorm Ruin durch die Frau, die er liebt, beschützt. Was ihn seit Beginn seiner Ehe wirklich unter den Nägeln brennt, ist die Suche nach der Antwort auf eine einzige Frage, zu der auch keine der Schöpfungsgeschichten das fehlende Puzzleteil liefern kann: Warum werden Männer mit den Frauen allein gelassen? Warum hat die Natur ihnen keinerlei Beistand gegönnt? Er nennt sich Jivan, mit fauchendem Ch am Anfang. *Sie riecht immer nach Honig und Moschus!* Sie – ist Jo, seine Frau! Bereits heute Mittag entdeckte Jivan das Haar während des Meetings mit seinem alten Kontakt bei der Sécurité Suisse. Als er die linke Hand hob und sich mit Zeige- und Mittelfinger versonnen über die Stirn fahren wollte, funkelte der kupfrig schimmernde, gekräuselte Hornfaden an der Naht des Ärmels wie die Venus am Nachthimmel. Er atmet einmal tief durch und sichert das Haar tief in der Brusttasche. Er ist ein Mann, für den solche Details wertvoll sind.

Vor ihm breitet sich der Tempelhofer Airgarten aus. Eigentlich hat er es eilig, doch er schlendert über das Rollfeld, als hätte er keine wichtige Verabredung. Unter einer Laterne setzt er sich auf einen Baumstumpf und tauscht mit einem Seufzer seine uralten, bequemen Lieblingstreter aus geschmeidigem Boxcalf gegen tierleidfreies Schuhwerk aus wasserfester Mikrofaser. Er ist auf dem Weg zum Abendessen mit Jo und ihren neuen Chefs von Animal Rights.

Das Blackbird's Song ist momentan der letzte Schrei in der Stadt in Sachen veganer Küche, die Leute stehen so hartnäckig Schlange, als würde ihnen dort Absolution erteilt. Links und rechts versucht ein schnurgerades Spalier aus blühenden Hyazinthen zwischen blauen Neonlichtern eine streng überwachte Multikulti-Naturschutzpflanzenwelt daran zu hindern, sich auch den Rest des Areals einzuverleiben.

Die Ledersneakers verstaut Jivan im Beutel. Bei der Gelegenheit überprüft er Hemd und Hose. Das hat er Jo versprochen und dann noch einmal »beim Leben seines Vaters« geschworen, dass er es nicht vergisst. Sein dunkelgraues Leinenhemd geht noch als tierlieb durch. Seine Hose ist allerdings grenzwertig: Wollanteile und vor allem diese Acrylfaser, nach jedem Waschgang verrecken Meeresbewohner an den Mikroplastikteilchen, und für das Rostbraun haben Hunderttausende weibliche Cochenilleschildläuse ihr Leben gelassen. *Pardon, Pardon, ich hab's eben nicht mehr nach Haus geschafft.* Jivans Meeting war schneller zu Ende, als er es sich erhofft hat. Er trennt das Etikett ab. *Der Zeitrahmen war zu eng, viel zu eng.* Dann ging er entgegen seinen Plänen zu Ediz noch einen Döner essen. *Na, ich konnte doch nicht mordshungrig hier aufkreuzen!* Eigentlich wollte er vorher nach Hause, sich duschen und rasieren, aber er ließ sich noch während des Essens auf ein Online-Poker-Spiel ein. *Bitte?! Mein härtester Rivale!* Ein Champion, der ihn nie ernst genommen hat. Der amtierende Zwei-Kontinente-Champion hat ihn vor aller Augen herausgefordert, einer, gegen den nur wenige gewinnen. Mit Sicherheit hat er von Jivans letztem Reibach gegen den Europameister gehört. Seitdem hat Nutzer pokermon-key, wie Jivan sich im Netz nennt, fünfmal so viele Follower wie vorher. In den Kommentarfeldern konnte sich keiner pokermon-keys Sieg über den Champion erklären. Wird er doch, was die Wetteinsätze auf ihn und seine Siegpunktezahl angeht, als Null gehandelt. Sogar ein Programmierfehler in der App wurde da erwähnt, was Jivan ziemlich gekränkt hat. *Mann gegen Mann stand heute! Da konnte ich nicht kneifen und sagen, Pardon, ich muss duschen, ich geh nachher Radieschen und Tofuwürste essen.* Vor den Bildschirmen von fast 10 000 Followern hat er das Spiel leider verhauen. *Ich hab gekämpft bis zum letzten Blatt!* Blamiert hat er sich bis auf die Knochen. *War trotzdem ein brillantes Spiel, Loser oder nicht, alle hatten Spaß.* Vielleicht hätte er duschen sollen. Dabei hätte er gewinnen können, er hatte keine schlechten Karten. Aber er schien auch nicht ganz bei der Sache zu sein. *Ich hatte ein schlechtes Gewissen, Mann! Andauernd dachte ich, eigentlich wollte ich ja noch duschen, andauernd dachte ich, Mensch, bist du unernst, wenn dich Jo jetzt sehen könnte.* Er hat wichtige Details im Spiel übersehen, weil er an Jos Schamhaare dachte. Außerdem hatte er vorher mit Ediz wieder über Titten und Ärsche geredet. Jivan weiß, dass solche Gespräche sein Konzentrationsvermögen um die Hälfte senken. *Was soll ich machen? Immer wenn ich eine Weile mit Eddie rede, kommt die Sau aus mir raus.* Er wird primitiv. *Nein! Nur so unter Männern! Bei Eddie kann ich eben mal locker sein. Heute sind wir sogar zu einer echten Erkenntnis gelangt. Was ist der Beweis dafür, dass sich auch Männer auf zwei Sachen gleichzeitig konzentrieren können? …* Die Leserinnen und Leser sind gespannt auf die Antwort. *Der Fakt, dass Frauen zwei Brüste haben.* Er ist ein Sexist. *Falsch, ich bin Feminist! Ich fördere Jo doch, wo ich kann! Und, ja, Sex mit Jo ist mir jede Mühe wert.* Er meint damit die horrenden Spielschulden, aber deswegen ruft er nachher noch seinen Vater an. Immerhin hat

Jivan den Beutel mit den veganen Sneakern noch im letzten Moment vom Garderobenständer im Büro genommen. Sein würziger Körpergeruch trägt die Herznote vom Adrenalin eines mühsamen Arbeitstages. *Ich habe wie ein Tier geschuftet. Jedem Veganer sollte das Herz aufgehen.* Und die Ledertasche? *Hhhhh! Mist!*

Jivan bleibt abrupt stehen und blickt sich um. Den Beutel mit seinen Schuhen kann er der Garderobenfrau anvertrauen und sie notfalls am nächsten Tag holen, aber seine abgewetzte Ledertasche will er unter keinen Umständen dort lassen. Er muss sich nur ihre Miene vorstellen. Und Jo könnte sie beim Verlassen des Lokals entdecken. *Die brauch ich!* Sie hängt schon seit über zwanzig Jahren über seiner Schulter, seit seinem ersten Tag als Architekturstudent an der Universität in Buenos Aires. *Jo toleriert sie, sie ist quasi meine zweite Haut, mein quasi ausgelagertes Körperteil.* Ja, so wie sie da hängt, ist sie ein quasi-organischer Behälter, solange er keine neue kauft. Aber wie oft kauft man sich schon ein neues Organ? *Diese Tasche nehm ich mit ins Grab.* Jo hat ihn heute Morgen extra dreimal angefleht, sie nur heute ein Mal, nur ihr zuliebe, zu Hause zu lassen. Und er hat es ihr nicht nur versprochen und beim Leben seines Vaters geschworen, er hat es dann noch ein weiteres Mal beim Abschiedskuss, als er mit seiner Zunge ihre Ohrmuschel massierte, auf seinen Schwanz geschworen. Sie wird nun nicht nur nicht mehr mit ihm sprechen. *Ich werde Jo nicht enttäuschen!* Er sagt immer wortwörtlich, er liebt sie mehr als »seinen Arsch«! Dass Jivans Hintern hierarchisch unter seiner Frau steht, ist die größte Liebeserklärung, die er sich vorstellen kann. Denn er hat immerzu Angst um ihn. Im Arsch steckt seine Stehkraft, er ist sein Scharnier zur Welt. Von dort wandern seine Einfälle den Darm aufwärts, durchlaufen den Magen, gelangen durch saures Aufstoßen in den Schlund-, Mund- und Nasenrachen und werden mit einem

Schluck Brandy dissoziiert runtergespült, geraten so direkt in die Blutbahn und werden auf diese Weise ins Gehirn und damit in die große, weite Welt transportiert.

Die Tasche ist außerdem zu groß, um sie im Beutel unterzubringen. Kurzerhand leert er sie aus, klemmt sich die wichtigen Papiere unter den Arm und stopft die Kleinigkeiten in seine Hosentaschen. Jivan schaut sich verzweifelt um. Nur eine ältere Frau mit Spitz ist in unmittelbarer Nähe. Er krempelt Ärmel und Hose hoch, macht einen Satz über die Hyazinthenbarriere und arbeitet sich einige Meter durchs Dickicht. Stacheln und Dornen grapschen mitleidlos nach seinem Fleisch und hinterlassen unansehnliche Striemen. Unter einem Gelben Dickährenstrauch versteckt er die Tasche so, dass man sie vom Weg aus nicht sehen kann. Als er mit einem Seufzer der Erleichterung wieder über die Hyazinthen steigt, verrichtet der Spitz gerade sein Geschäft am Wegesrand. *Aber über mich den Kopf schütteln!* Eilig streift er Hose und Ärmel wieder runter und läuft den Rest des Rollfelds entlang zum Restaurant. Er ist selten pünktlich, das hat er vom Vater, aber, und das kommt von der deutschen Mutter, er hat seine Verspätung stets minutengenau im Auge. Immerhin, nur zwölf Minuten über der verabredeten Zeit. Ein Intervall, in dem die meisten Menschen infolge Begrüßung, Jacke-Aufhängen und Sondieren der Anwesenden noch nicht einmal richtig Platz genommen haben.

Vom zweiten Rollfeld nebenan ist das ausgelassene Gekreische der Skater zu hören. Seit Neuestem benutzen sie Segelflügel, wenn sie von der langen Rampe herunterfahren, wie bleierne Enten schweben sie über dem Biotop. Zwei Wochenenden hintereinander konnte Jivan sich erfolgreich davor drücken, dann ist Jo endlich die Lust daran vergangen. Wie ein dürrer Affe klammerte sie sich immer ans Segel. Jivan reicht Simulation. Wenn er die Welt von oben sehen will, startet er auf seinem Smartphone das Satellitenauge. Von oben verlieren die Dinge an Detail, sie werden zu Punkten, Mustern oder Flächen, sie verlieren Bedeutung und Eigentümlichkeit, was Jivan nicht sonderlich unterhaltsam findet. Das Blackbird's Song, zum Beispiel, könnte mit ein wenig Fantasie aus der Vogelperspektive so etwas wie eine aufgeplatzte Bockwurst sein, die von einer Zange gehalten wird. Dabei ähnelt das Gebäude einem Vogel kurz vor dem Abheben und steht drei Meter über dem Boden auf einer Konstruktion aus Beton und Stahl. Für Architekt und Restaurant das reinste Fiasko, findet Jivan. Auch um diesen Enttäuschungen zu entgehen, hat er sich auf Bunkerbauten spezialisiert.

An der Garderobe lässt er den Beutel mit den alten Tretern. Im letzten Moment nimmt er auch seine Lifewatch ab. Die Dame ist so freundlich und verstaut seine Habseligkeiten für ihn in einem Beutel. Am Einlass zieht der Doorman seine Kreditkarte durch den Scanner. »Sie werden an Tisch 14 erwartet.«

»Danke.« Neugierig späht er zum Tisch, der in zweiter Reihe vor dem Fenster steht. Jivan ist ein Mann, der die Menschen, die er trifft, ausgiebig googelt. Er durchforstet Webseiten, Fotos, Videos, Blogbeiträge, Forenbeteiligungen und, und, und. Damit übertreibt er es meistens, aber eine schnelle Recherche reicht ihm nicht. Er sucht immer auch nach so etwas wie einem »Haken«, einem Aufhänger. In Wikipedia durchstöbert er die Diskussionsseiten des Artikels, lokalisiert die IP-Nummern der beteiligten Autoren, um herauszufinden, ob die Darstellung selbst verfasst wurde. Er geht nie unvorbereitet zu einem Termin. Als er einmal so gut wie nichts über eine Person herausfinden konnte, hat er den Termin kurzerhand abgesagt. Er ist ein Mann, der stets wissen muss, mit wem er es zu tun hat.

Jo hat ihn entdeckt und winkt, ein Mann (Achim Krüger)

und eine Frau (Kim Fischer) drehen sich um. Mit entspannter Zurückhaltung, tierlieb und mit proteingesättigtem Großmut, mit dem Vorsatz, sich seiner Frau zuliebe charmant und geistreich zu geben, auf keinen Fall über Geld oder Fleisch zu reden, nähert er sich der Abendgesellschaft. Er weiß, Jo will die Position als PR-Chefin bei Animal Rights unbedingt, und er will auch, dass sie sie kriegt. Das Erste, was Jivan damals, als er als junger Architekt nach Paris gegangen ist, von den Europäern lernen musste, war, dass sie es leider gar nicht normal finden, wenn man sie liebevoll zur Begrüßung mit Schwachkopf, Dicker oder Spargel anredet.

»Bonsoir, Señor y Señoras!«, sagt er und berührt seine Frau am Rücken, küsst sie sanft in den Nacken. Jo umfasst zuerst seine Taille, küsst ihn, sie schnüffelt an seinem Hemd. Ein entsetzter Blick trifft ihn mitten ins Herz. »Pardon, hatte keine Zeit mehr zu duschen«, flüstert er ihr ins Ohr.

»Nicht deshalb, du Arsch.« Obwohl ihre Worte lautlos über die Lippen kommen, erwischen sie ihn mit voller Wucht.

Er kneift die Augenbrauen zusammen und zeigt ihr, dass er nicht weiß, was sie hat. Riecht er etwa nach Verlegenheit? An ihm riecht sie doch sonst so gern die Rührseligkeiten, die er oft nicht über die Lippen bringt.

»Kim? Achim? … Mein Mann Ivan.«

Er hasst es, wenn sie ihn so nennt, und sie nennt ihn eigentlich immer so. Jo meint, Ch'ivan klinge, als würde jemand ein Sofa übers Parkett schieben. Mit einigem Abstand, weil er einsehen muss, dass er sich wohl geirrt hat, was die Notwendigkeit einer Dusche anbelangt, schüttelt er Kims Hand.

»Kim Fischer. Grüß dich, Ivan.«

Sie hat einen kräftigen Händedruck, Jivan würde sagen: ein Tier von einer Frau, mit schwarzen Augen, die sich in ihr Gegenüber bohren. Ihr Haar ist derart kurz geschnitten, dass er für eine Sekunde denkt, sie hätte vergessen, sich zu rasieren. Mit ihrer Hakennase wirkt sie wie ein genmanipulierter Greifvogel. Ein Bild von einem General Manager. Wie Jivan bereits weiß, sitzt die Frau auf einem Vereinskapital, mit dem man in Berlin drei internationale Flughäfen bauen könnte. In nur einem Jahr und ausschließlich mit globalen Imagekampagnen, basierend auf mitleid- und grauenerregendem, formvollendetem Hochglanzfoto- und Videopatchwork, für das sich internationale Stars aus lauter schlechtem Gewissen umsonst aufopferten, hat Kim Fischer die Schickeria des Planeten tief bewegt, die Tierschutzbewegung auf die hinteren Plätze verdrängt und Animal Rights zum weltweit wichtigsten und erfolgreichsten Vertreter für Tierrechte gemacht. Jivan hält seinen Blick tapfer über Kims Kinn, versucht, ihre Hühnerbrust zu ignorieren. *Die hackt mir glatt die Augen aus.*

»Freut mich, Ivan. Achim Krüger.« Er ist das, was man einen Softie nennt, schlaffer Händedruck, salonfähiger Irokesenschnitt in Grün mit Pferdeschwänzchen. Jivan würde sagen: Nett, doch, nett ist Achim. Auf so gut wie jedem Foto mit Kim Fischer ist er dabei, als wäre er ihr Exoskelett. Wie ein tier- und frauenlieber Hahn wirkt er, testosterongedimmt und zahm. Einer, der pickt und nicht schlingt, der zupickt und nicht würgt. Ein Mann, wie Kim Fischer ihn gern an ihrer Seite hat, ein Mann, wie sie ihn vermutlich gern an Jos Seite sehen würde.

»Kim und Achim, großartig, euch endlich kennenzulernen.« Jo zieht Jivan neben sich, auf die andere Seite des Tisches. Sie trägt Dutt und eine dunkelblaue Schlabberbluse, unter der Jivan ihren Körper gar nicht richtig sehen kann. Das bislang teuerste Stück aus ihrer Veganerfashionabteilung, die seit ihrem Einstieg bei Animal Rights die feminine, die Business- und sogar die Kreativcool-Sektion auf die hinteren Stangen verdrängt hat. Aber er kennt sie, er weiß, nichts ist bei ihr von Dauer. Brav setzt er sich neben sie, gegenüber von Kim, deren taxierender Augenausdruck ihn in seiner positiven Haltung stört. Sein Blick wandert zwischen Jo und Achim hin und her, die mit der Menüauswahl beschäftigt sind. Jo wirkt konzentriert. Sie sitzt kerzengerade. Jivan würde sagen, sie ist nicht sie selbst. Sie hat nicht gekifft und spricht in zusammenhängenden Sätzen, sogar ihr rollendes R, das als einziges Erbstück noch an ihre verstorbene russische Mutter erinnert, hört man kaum. Sie presst ihre Lippen aufeinander. Sie stützt ihre Ellbogen auf, sie faltet ihre Hände. Ihre Sinnlichkeit wurde vom tiefdunklen Blau ihrer biederen Leinenbluse verschluckt, sie sieht erschreckend seriös aus, steril geradezu. Wäre sie Jivan damals so begegnet, er hätte sie wohl nicht mal mit einer Arschbacke angeschaut.

»Ich sage: Menü drei«, sagt Jo. »Nur anstelle von Rosmarin nehme ich lieber Salbei und Kümmel.« Sie tippt auf dem Bildschirm herum, er spürt ihre kalte Schulter, sie ist verärgert, sonst mag sie, wenn er verschwitzt ist. Er sieht ein, dass er sich diesmal geirrt hat. Jo macht an diesem Abend auf unnahbare Führermentalität, denn Animal Rights braucht eine PR-Chefin, die »die Welt nicht so hinnehmen wird, die weiß, was Tiere wirklich brauchen und wie sie frei und glücklich werden sollen«. (So hat es Kim Fischer selbst in einem Interview in der Urania formuliert.) Eine PR-Chefin, die »der Welt vermitteln muss, dass nur der Mensch den Tieren helfen kann, dass der Mensch sozusagen der Tiere wegen erschaffen worden ist«. Bis gestern hätte Jo an Rosmarin noch nichts auszusetzen gehabt. Bisher war Jo immer offen für das, was die Welt ihr anzubieten hat.

Für den Bruchteil einer Sekunde denkt Jivan daran, ihr zu widersprechen. Fast wäre er ihr ins Wort gefallen und hätte erwidert: »Hase, aber mit Rosmarin haben wir die Reismilchbrühe noch nicht probiert.« Stattdessen sagt er: »Menü drei klingt hervorragend. Was sagst du, Kim?« Erst jetzt traut er sich wieder, Kim ins Gesicht zu schauen.

Doch sie lässt sich nicht auf Blicke ein, sie macht bloß eine Handbewegung, ihr ist es egal. Kim Fischer ist kein Gourmet, anno dazumal war sie Teil der Anarchoszene im Tacheles und hat sich hauptsächlich von Currywurst und Brötchen ernährt. Jivan beobachtet sie aus dem Augenwinkel.

Immerhin ein Lächeln kann er zu Jo schicken, es rutscht durch zu ihr, obwohl sie gerade Achim bei der Eingabe der Getränkewünsche in den Tischcomputer assistiert. Er klammert sich mit den Augen an ihr Profil, hangelt sich immer mal zum Bildschirm, er will Jo auf keinen Fall auf die Brüste schauen. Er will nicht, dass Kim ihn mit ihren Adleraugen dabei erwischt, er schämt sich regelrecht für diese Reflexe, aber er hält durch. *Ich werde gelenkt und geleitet.* Er hat es so gewollt. Er hat sie zum Einstieg bei Animal Rights überredet. *Sie hat immer mit Tanner rumgemacht, ich konnte diesen BetterPlanet-Stuss nicht mehr hören.* Er wollte seine Ruhe haben. *Ich wollte, dass Jo weiterkommt.*

Der Kellner bringt vier Bier. Achim hebt sein Glas, spricht einen Toast aus auf ein gerechteres Leben für Mensch und Tier. Überhaupt ist er sehr gesprächig. Jivan ist ein Mann, dessen Gehirn, immer wenn jemand in seiner Nähe zu viel redet, von störenden Textketten gehackt wird, die wie Sabotageeinheiten in seine Gedanken einfallen, dann wie Schlangen quer durchs Feld ziehen und sich einen Weg zur Zunge bahnen wollen. Solch eine Kette belagert gerade seinen Gaumen: *Eine frisch geschlachtete Aubergine ist auch kein schöner Anblick.* Für einen Moment hat Jivan vergessen, dass er mit Animal Rights verabredet ist. In letzter Sekunde kippt er den Bandwurm hinter die Binde und prostet Achim zu. »Schön gesagt. Auf das gerechte Tier im Menschen. Prost, Kim, auf deinen

Mumm.« Er stößt mit Kim an, blickt ihr in die Augen. Sie grinst sogar.

»Ivan, der Mensch ist ein selbstgerechtes Tier!«, sagt Jo. Er weiß, dass sie so etwas sagen muss, denn der Mensch ist laut Satzung der Organisation »ein böses Tier«.

»Leider wahr, Hase«, antwortet er. Eigentlich hatte er ihr heute Morgen versprochen, heute Abend nicht »Hase« zu ihr zu sagen? Aber offenbar hat sie es überhört.

»Ich hab einen tollen Bericht gesehen …«, beginnt Jo.

In dem Moment serviert der Kellner kalte Kräutersuppe und ein paar Beilagen in avocadoförmigen Glasschwenkern.

Sie greift sich ein in Rosenblätter gewickeltes Safrantofu-Stäbchen vom Tablett. »… Also, in so einem Dorfteich irgendwo in Europa wurde ein Krokodil gefunden. Wisst ihr, was kurios war? Das Kroko war ein Veggie. Und trotzdem hatten die Leute Angst vor ihm. Ein Krokodil gehört nicht hierher, und solchen Mist redeten sie. Eine Armee von Experten wurde gerufen. Die rackerten sich ab, um das arme Vieh irgendwie aus dem Teich zu locken. Wie die Hirnöden belagerten sie das Ufer. Nachts fuhren zwei Aufklärungsboote herum, für die der See eigentlich viel zu flach war. Das brachte natürlich nichts. Dann legten sie tatsächlich den ganzen Teich trocken, um an das Krokodil zu kommen. Es muss vor Angst geschlottert haben. Fünfzig Leute aus dem Dorf kamen mit einem Netz, damit fingen sie das Kroko ein. Ich weiß nicht, ob sie es töteten, aber ich hoffe, dass es vorher so viele Eier vergraben hat, damit genug Kinder nachwachsen, die die Blödheit und Selbstgerechtigkeit dieser Leute auffressen und ihre Häuser vernichten.«

Das, haargenau das, hab ich Jo erzählt. Er weiß, dass das jetzt keine Rolle spielt. *ICH hab das gesehen und mich darüber empört!* Jivan fährt konzentriert mit seinem Löffel durch die Brühe und versucht, eine Kaper zu fangen. Er weiß, dass Jo weiß, dass er ihr die Geschichte erzählt hat. Schließlich hat sie ihm, wie es aussieht, den »Hasen« verziehen. Sie hält auch kaum eine Reportage durch, springt mittendrin auf und beginnt etwas Neues. Er dagegen ist ein Mann, der sein halbes Leben beharrlich vor Bildschirmen verbracht hat. Er glaubt von sich selbst, dass es fast nichts gibt, was er nicht gesehen und von dem er nicht schon mal gehört hätte. Oft sieht er Dokus auch ein zweites oder drittes Mal, weil er weiß, dass ihm immer Details entgehen. Laut Aufstellung seiner letzten Mediennutzungsgebührenabrechnung empfängt er jährlich rund 7500 Stunden Nachrichten und Reportagen. Ungefähr 900 Stunden liefen letztes Jahr Bet und Win und Online-Poker über seine Bildschirme. UND er gehört zu den drei Prozent männlichen Usern auf der Welt, die regelmäßig Women TV einschalten.

Kim ist sichtlich angetan von Jos Geschichte, und nur das zählt, das wollte er erreichen. Die Story sollte Bonuspunkte einbringen. »Krass«, sagt sie. »Denkst du, so was könnten wir für einen Spot verwerten?«

Animal Rights kämpft um ein Profil, sie stehen unter Rechtfertigungsdruck. In einer Spiegel-Doku über die Verabschiedung des jüngsten EU-Haushalts wurde die Organisation vor allem aus der Ecke der Sozialministerien angegriffen, sie werfen ihr und ihren Förderern vor, die Kunst- und Medienlandschaft mit Geld zu fluten und teure, aber vollkommen sinnlose Kampagnen zu finanzieren, die »einer Giraffe das Recht auf sexuelle Selbstbestimmung« versprechen.

Jivan greift nach der Reismilch-Salbei-Kümmel-Brühe und wirft einen Esslöffel in Kokosfett geröstete Schalotten hinein. Er hätte darauf gesagt: Was können denn die armen Tiere dafür, dass wir Menschen unseren Scheiß nicht gebacken kriegen? Jo meinte neulich Abend, bei Animal Rights gehe es um viel größere Fragen, nur fällt es ihr schwer, präzise zu werden, sie meint, das übersteige sowieso unseren Horizont. Jo ist nicht der Typ für Präzision. Sie wiederholte deshalb lieber, dass Animal Rights die Welt verändern und damit alle anderen Probleme mit einem Schlag lösen werde. An dem Abend hatte sie aber auch dermaßen viel gekifft, sie fing plötzlich an zu weinen. Jo wird immer pathetisch, wenn sie kifft. Sie war einfach verzweifelt, weil ihr nichts Gutes einfiel. Ihre Ideen müssen durchschlagend und plausibel sein. Und Jivan hatte keine Lust, noch so eine Nacht zu verbringen, in der sie sich mehr mit anderen Tieren beschäftigte als mit ihm. Er wollte ihr ein Argument liefern, dass sogar auf der bösen Zunge der Menschenrechtsszene wie Honig schmeckte. Aus lauter Verzweiflung hatte er dann einen zündenden Einfall, nämlich, dass Animal Rights auch den Menschen besser machen kann, ihn als Vorbild nutzen, seine Grundrechte zwangsweise durchsetzen kann, indem man dieselben Rechte juristisch auch den Tieren zugesteht. Wer möchte schon schlechter dastehen als ein Affe oder ein Schwein. Quasi eine tierische Menschenrechtsorganisation, die das Pferd von hinten aufzäumt. Er schlug ihr vor, Animal Rights müsse zeigen, wie die Tierrechte dem Menschen nützen können. Das fand Jo richtig inspirierend, und die Nacht war für ihn gerettet. »Kann ich eine Scheibe vom Sesambrot haben?«, flüstert Jivan in Achims Richtung.

Jo will ihre Geschichte nicht als Aufhänger. »Zu viel Tierschutz«, meckert sie. »Damit verlieren wir noch unsere Fans an die.«

»Klar, aber der Aspekt der Freiheit kommt dort trotzdem nicht schlecht«, sagt Kim. »… Mir fehlt Salz.«

Der Kellner bringt schon den nächsten Gang – ein auf Palmenblättern gegrilltes Pilzassortment. Bei dem Duft nach Wildbeeren und Koriander muss Jivan an Rehrücken denken.

»Zu negativ, Kim«, sagt sie. »Da finde ich Zigarettenwerbung wirksamer. Diese neue Freiheit im Tier muss der Mensch spüren. Ich dachte eher an was Mythisches. Menschen müssen sich da leicht reinversetzen können, du musst dich verbinden können.«

Jivan weiß, Animal Rights befindet sich noch in einem weiteren Dilemma. Wenn Tieren ein Recht auf Leidensfreiheit juristisch zugesprochen werden soll, müssten es Menschen auch bekommen. Aus der Satzung von Animal Rights wird nicht klar, ob Tiere sich in der Wildnis frei oder geschützt vor ihr frei fühlen sollen. Ob sie durch Bildung/Zucht frei werden oder davon befreit frei werden sollen. Hier sieht Jivan für Jo noch jede Menge Möglichkeiten, sich einzubringen.

»Jo, du hattest heute Morgen doch diese echt witzige Idee«, sagt er. Er spürt, dass sie keine Ahnung hat, wovon er spricht.

Kim lacht. »Sag jetzt nicht: das Schwein als guter Banker oder das Schaf als guter Politiker? Damit kriegen wir Zustrom von unten, aber verprellen unsere wichtigsten Fürsprecher.« Aus der Rubrik Partner auf der Webseite von Animal Rights geht klar hervor, dass die Organisation das Lieblingsprojekt einiger Energie- und Automobilriesen ist, die sich zum Teil für eine ganze Dekade zu jährlichen Großspenden verpflichtet haben.

»Was hältst du von mir? Auf so einem Niveau arbeite ich nicht! Ivan, diese Idee ist schon witzig, aber noch zu unausgereift, finde ich.«

»Komm schon, Jo. Sei locker. Wir wollen sie trotzdem hören.«

Zum Glück bringt der Kellner gerade eine Karaffe Wein und vier Gläser. Achim schenkt ein, sagt kurz »Prost«, und alle kosten erst einmal vom gerade prämierten Biowein.

Jivan weiß, dass Jo weiß, dass sie heute Morgen gar keine Idee hatte, und er spürt, dass sie nicht weiß, wie sie ihn dazu bringen soll, die Klappe zu halten. Aber jetzt gibt es keinen

Weg mehr zurück. »Natürlich hat Jo recht«, beginnt er. »Das ist nur eine Idee. Eine Kampagne muss man erst daraus machen …«

Kim zieht interessiert die Augenbrauen hoch.

»… Jedenfalls für jemanden wie mich klingt sie echt ansprechend. Also, es gibt doch diese aufblasbaren Einhorn-Hörner, die man sich vorn am Kopf befestigt. In einem Spot könnten Menschen und Tiere so ein Ding tragen, das meinte Jo vorhin mit mythologischer Verwandtschaft, die ja sofort dabei entsteht. Beide haben plötzlich einen direkten Draht zueinander durch ein gemeinsames Merkmal. Wer weiß, so könnte man im Lauf der Zeit eine kognitive Revolution unter den Tierarten auslösen, Bedürfnisse wecken. Die Tierfarm 2.0. Sie vergleichen sich untereinander, sie finden, dass sie was gemeinsam haben, sie rücken ein Stück ab vom einfachen Tiersein und wir vom Menschsein. Animal Rights könnte sogar einen weltweiten Einhornfeiertag einführen. Da gibt es dann schon Wochen im Voraus Einhörner aus Schokolade, Einhornbraten aus veganer Kräuter-Tofu-Erbsenpaste, kühle, spritzige Drinks aus einhornförmigen Gläsern und Flaschen. Der Sommer wäre für so was ideal, da kann Mensch und Tier mit dem Einhorn-Horn in den Urlaub reisen. Alles beginnt doch im Kopf, Krankheiten, Ideen, Emanzipation, Menschenrechte, also, wenn Tiere irgendwann in der fernen Zukunft wirklich sinnvoll mit ihren Rechten umgehen sollen, dann müssen sie ein Bewusstsein dafür aufbauen. Warum sie nicht endlich in die technologische Entwicklung einbinden? Vielleicht können wir dann in einer Million Jahren auch Bedürfnisse befriedigen, von denen die Tiere heute noch nichts wissen? Das würde auch potentielle Geldgeber aus der Wirtschaft überzeugen. Konnten wir vor 10 000 Jahren wissen, dass wir mal so dringend einen Assistenten oder eine Lifewatch nötig haben? Die technologische Entwicklung war immer unser zuverlässigster Weltverbesserer, deshalb hat mich Jos Idee mit diesen aufblasbaren Einhorn-Hörnern sofort überzeugt. Sie ist so einfach wie einleuchtend. Diese Dinger könnten langfristig einen evolutionären Sprung auslösen. Ich bin sicher, die Herstellerfirma der Hörner steigt da mit ein.«

Achim blickt zu Kim, Kim zu Jo, Jo zu Jivan.

Er zu Kim. »Klingt brillant, oder?«

Sie nickt. Sie grinst wieder. »Imperialer Einfall, Jo. Dazu brauche ich bis zur nächsten Sitzung ein ausgereiftes Exposé.«

Jo berührt ihn dankbar am Arm. Ihre Finger sind kalt. Auch ihre Miene erwärmt sich nicht. Kein Kuss, kein zärtliches Fingerspiel. Vielleicht wäre so ein Einhorn-Horn für Männer und Frauen manchmal ganz gut, um einen besseren Draht zueinander zu haben und effektiver über Probleme reden zu können? Wie oft hat Jivan sich gefragt, wozu der Mensch, bei all den Tieren auf diesem Planeten, auch noch Einhörner erfunden hat – jetzt hat er wenigstens eine Antwort.

Achim wirkt nicht ganz so überzeugt. »Also, ich finde, Tiere sollten Tiere bleiben.« Kim lässt ihn reden. Sie denkt, er redet.

Er hebt noch mal das Glas und sagt: »Auf das Tier im Tier und den Mensch im Menschen!« Der Wein lockert die Zunge.

Mit der Gabel spießt Jivan eine kugelförmige Karotte und einen Steinpilz auf und schwenkt beide durch das muskatschwangere Lauch-Apfelmus. »Ich würde mir auch gerne mal wieder die Eier lecken können«, denkt er laut.

Sie lachen, und er spürt, wie sie denken, dass das Selbstmitleid von Menschen witzig ist.

»Darum geht's aber nicht bei unserer Sache, Ivan«, sagt Jo.

»Aber wir wissen doch gar nicht, ob wir wirklich Menschen sind. Wir sind die Einzigen im Weltall, die das behaupten. Und wenn einer von uns gern ein Tier bleiben will?«

»Dem Kampf für die Rechte der Tiere wird es wenig nützen, wenn wir jetzt anfangen, an unserem Menschsein herumzuzweifeln«, beginnt Achim. »Wir haben die Verantwortung für sie und müssen alle unsere Kräfte dafür einsetzen, ihr Leben auf der Erde besser zu gestalten. Solange Tiere keine Rechtsträger sind, haben sie auch keine Rechte. Und wenn wir als Rechtsträger jetzt anfangen, unsere Rechte als Menschen in Frage zu stellen, wie sollen wir ihnen dann helfen?« Achim redet und redet, immer dasselbe.

Jivan fragt sich, ob der enttierte Mensch dann so was wie ein guter Computer ohne Hormone ist, aber mit haufenweise Selbstmitleid, und unterbricht ihn. »Sag mal, ist der selbstbestimmte Hund dann also schon fast ein Mensch? Und sollten vielleicht die guten Computer mit den lieben Tieren zusammenleben?«

Darauf will keiner so richtig eingehen. Der Kellner bringt eine zweite Karaffe Wein. Kim ist aufgetaut und redet. Jo und sie entwickeln Spots. Achim ist verstummt, er nickt vor sich hin und lächelt. Dazu hat Jivan keine Lust, aber er streichelt Jo ab und zu über den Rücken, von ganz oben bis zum Steiß.

Achim gießt in großem Maßstab Wein in die Gläser. Wieder lässt er einen Toast ab: »Auf dass die Welt sich zum Besseren wende.«

Jivans Mutter Wilma besaß die Faksimile-Ausgabe einer gezeichneten hebräischen Bibel, die hat Jivan sich als kleiner Junge immer angesehen, auch weil er die Farben so knallig und toll fand. Auf den letzten Seiten feierten vier Tiere das Happy End der Menschheitsgeschichte. So kommt Jivan sich gerade vor. Wie diese vier Tiere an diesem Jüngsten Tag sitzen sie hier: Adler Kim, Hahn Achim, Jo, die Löwin, mit ihrer roten Mähne, und er muss wohl der Ochse sein. Er fragt sich: *Sollten am Ende der Menschheitsgeschichte etwa die Tiere die großen Sieger sein? Gibt es eine Rettung der Menschheit durch die Menschwerdung der Tiere?* Aber am meisten beschäftigt ihn seit Jos Einstieg bei Animal Rights: *Dürfen wir dann wieder Tiere sein und alles machen, was wir wollen? Ist das dann das Paradies auf Erden?* Er hat zu viel gesoffen, und diesmal schläft seine Zunge so schwer im Kiefer, dass von dort so schnell kein Wort herausrutschen kann.

Aufgetürmt in einer Oregano-Pitateig-Schüssel bringt der Kellner zwölf erdnussgroße Eier aus Hafermilchkäse, die mit Granatapfel-Samen, Johannis- oder Heidelbeeren gefüllt sind. Jivan wirft sich eine Kugel wie eine Tablette ein und spült mit Brandy nach.

»Sag mal, Ivan«, Kim legt ihre Hand auf seinen Arm. »Eine Sache irritiert mich an dir. Den ganzen Abend über kämpfe ich schon damit.« Kims Zunge ist offenbar auch schon schwer wie Blei.

»Richtig so, raus mit der Sprache, Kim, legen wir die Karten auf den Tisch.«

»Riechst du nach Döner, sag mal?«

Er blickt kurz zu Jo, die erschrocken zu Kim und Achim und dann zu Jivan blickt, der kritisch an seinem Hemd schnuppert und Kims Einwand erst einmal mit einem genervten Nicken und einer hochgezogenen Augenbraue begegnet. »Wollt ihr was sehen?« Er krempelt den Ärmel an seinem rechten Arm hoch und entblößt eine wirklich unschöne Blessur.

Jo berührt irritiert seinen Arm. »Wie ist das passiert?«

»Ich hatte vorhin eine Auseinandersetzung mit dem Besitzer eines Dönerladens neben meinem Büro. Jeden Tag zieht dieser bestialische Gestank nach totem Tierfleisch in mein Studio. Macht ihr mal einem Türken klar, der tut, was seine Großeltern schon getan haben, und stolz auf sein Halal-Zertifikat ist, dass er grundfalsch handelt. Es tut mir wirklich leid, Kim, aber ich verkehre in solchen Etablissements sonst nie, deshalb war mir nicht bewusst, dass schon fünf, sechs Minuten ausreichen und man das Leid der Tiere sogar an Hemd und Hose mit sich herumschleppt. Ich selbst hab das gar nicht gerochen, das Essen duftet hier so betörend.«

»Ivan, wir sollten die Wunde desinfizieren«, meint Jo.

»Ja, ich hatte leider keine Zeit dafür, sonst wäre ich noch später gekommen. Aber ich denke, klares Wasser wird reichen.«

Aber Jo besteht darauf, die Wunde einem Arzt zu zeigen. Kim drückt am Tischbildschirm »Menü beenden«.

In letzter Sekunde zieht Jivan noch seine Kreditkarte durch den Scanner. »Der Abend geht selbstverständlich auf mich. Es war mir wirklich ein Vergnügen und eine Ehre, euch kennengelernt zu haben.«

Endlich bekommt Jo rote Wangen von der Euphorie, und er weiß, wenn Jo euphorisch ist, werden ihre Schleimhäute von Feuchtigkeit durchflutet. Er drückt Achim kurz an sich und klopft ihm wie unter Männern auf die Schulter. Kim haucht er charmant einen Kuss auf die Hand, er könnte schwören, auch ohne hinzuschauen, dass ihre Brustwarzen hart wurden und sich spitz wie Nägel von ihm verabschiedeten. Aber er wird einen Teufel tun und den gelungenen Abend kaputtmachen.

Auf dem Weg zur U-Bahn-Station wirft Jivan einen verstohlenen Blick ins Dickicht. Dann fasst er Jo an der Taille, zieht sie zu sich heran und küsst sie. Er spürt eine Zickigkeit in diesem Kuss, ihre Zunge hält sich zurück. »Was ist los?«

»Ivan, ich habe seit heute einen Coach. Er wird mir helfen, mein kognitives Bäläns neu einzustellen. Wenn ich weiterkommen will, muss ich an mir arbeiten. Ich muss an meinem Typ arbeiten. Ich muss wissen, wer ich wirklich bin.«

»Und was heißt das?«

»Du denkst immer nur ans Ficken.«

Bis jetzt stand es da so fünfzig, fünfzig. »ICH? Also nur ich, oder was?« Er schätzt sie als »Fachmännin im Tantrasex«. Deshalb hat er sie überhaupt geheiratet.

»Ja, ich auch, aber das will ich jetzt ändern. Ich muss mir andere Seiten antrainieren, ich muss taffer werden, cooler, härter, selbstbewusster. Ich muss wirken wie jemand, dem man etwas zutraut. Ich möchte ernst genommen werden, Ivan. Sonst krieg ich nie solche Jobs wie bei Animal Rights. Das hast du heute ja gesehen, oder?«

Er hat es gesehen und fragt sich, ob sie deswegen den Job bekommen hat.

»Mein Coach sagt, ich soll erst mal für eine Weile auf Sex verzichten, ich soll mich mehr kontrollieren, ich soll mich mehr fokussieren. Und es wär echt super, wenn du mich dabei unterstützen würdest.« Sie streicht über die Knopfleiste seines fleischduftgetränkten Hemdes.

Fast bekommt Jivan einen Asthmaanfall, als reagierte er allergisch auf diese Buchstabenkette. Er fragt sich sofort, ob sie diesen Coach mit seinem Geld bezahlt. Schweigsamkeit und eine Schlange aus gescheiterten gedanklichen Formulierungen begleiten Jivan und Jo auf ihrem Nachhauseweg. Und nur die Hoffnung, dass das Tier in ihr stärker sein wird, hält ihn davon ab, sie noch in der U-Bahn auf Knien anzuflehen und sich vor aller Welt lächerlich zu machen. Aber er kennt ja Jo, sie hält nie lange durch.

Wäre die Reinigungsfirma nicht zufällig gerade gekommen, hätte Jivan seine Papiere und seine Schuhe aus dem Schließfach nicht vor dem Nachmittag zurückbekommen. Wenn er bloß wüsste, auf welcher Höhe er seine Tasche suchen sollte, er hätte die Stelle markieren müssen. Fast eine halbe Stunde lang irrt er durch den Dschungel auf dem Rollfeld und dreht jedes Blatt um. Mit Schrecken muss er feststellen, dass die

Tasche nicht mehr unter dem Gelben Dickährenstrauch liegt. Er fragt sich: *Welcher vegane Blödhammel klaut hier schon eine alte Büffelledertasche?* Panisch gräbt er sich durchs Unterholz, reißt sich den Hemdärmel ein, schon drängen sich ihm Erinnerungsbilder auf, im Stil von: der frischgebackene Architekturstudent Jivan Haffner Fernández mit Papa Lautaro Álvaro Fernández und seiner neuen Ledertasche am ersten Tag an der Uni in Buenos Aires … Immerhin, keine fünfzig Meter weiter ertastet er sie schließlich im Bauch eines Berberitzenstrauchs. Doch kaum hat er sie in der Hand, bemerkt er, dass ein Tier, vielleicht ein Fuchs oder ein Wildschwein, sie vollkommen zerbissen und bepinkelt hat. »Ach was, ein Fuchs!«, schimpft er laut vor sich hin. »So ein selbstgerechter Köter, der nur seine Grundrechte ausgeübt hat.« In dem Moment erklingt ein Piepton aus seiner Lifewatch, und eine Kurzmeldung erinnert ihn daran, seine Spielschulden von gestern umgehend zu begleichen.

1

Dort, wo auf dem Kontinent die Welt aufhört und die Wildnis beginnt, jenseits der letzten Zuckungen menschlicher Zivilisation, hinter Abertausenden von Hektar eines hermetisch wirkenden Urwalds, genau dort, wo das Festland endet und das Meer beginnt, liegt eine einsame, paradiesische Bucht.

Die Wellen schieben sich in einem chronischen Koitus vor und zurück. Die Mittagssonne stichelt. An einem schattigen Plätzchen zieht sich ein Mensch einen Hut aus Palmenblättern tief ins Gesicht, seinen nackten Leib verhüllt er mit einer gegerbten Alligatorenhaut. Ein Floß mit hängendem Flügel schaukelt nah am Ufer, angebunden an den Stamm einer Palme wie ein versehrter Pegasus. Und das Meer schwitzt und wispert vor sich hin.

Fünfhundert Seemeilen weiter nordöstlich lösen sich unterdessen Schwärme von Wassermolekülen aus dem brütenden Ozean. Sie taumeln und steigen dem warmen Brodem nach, der sie immer weiter nach oben lotst, sie drehen sich und kreiseln über der aufgeregten Wasserfläche des Ozeans. Kühle Winde umzingeln sie, schwingen ihre Klingen in alle Richtungen und versuchen, diesen geschwätzigen Wirbel zu zerlegen. Immer mehr Moleküle schließen sich an, sie bäumen sich zu einer zornigen Streitmacht auf, und die kalten Böen werden zu schneidenden Windstößen, die den Luftkessel aufzuschlitzen beginnen.

Derweil schickt der Ozean Wellen wie liebestolle Botschaften in alle Richtungen, so weit, dass sie sogar die nackten Zehen des Menschen in der paradiesischen Festlandbucht erreichen. Dieser nimmt mit einem Gähnen den Blätterhut vom Gesicht, blickt zu seinem schwankenden Floß, dann zur verfinsterten Stirn über dem Horizont und zieht sich den Hut wieder übers Gesicht.

Gut fünfhundert Seemeilen nordöstlich davon saugt währenddessen der mächtige Sog weiter Hitze aus dem Meer, einer außerirdischen Invasion gleich schiebt sich weißer Dunst vor jedes Objektiv, kein Satellit hat mehr Durchblick. Als der geisterhafte Titan mit dreihundert Kilometern in der Stunde über den molligen Bauch der See wirbelt, bekommt er endlich einen Namen. Sie nennen ihn Frankenstorm Tony.

Erste Regentropfen fallen auf die paradiesische Festlandbucht, sie landen wie Fallschirmjäger auf dem heißen Sand, der Hut aus Palmenblättern wird von einer Böe mitgerissen. Der Mensch erhebt sich und sieht ihm nach. Tony kündigt seinen Besuch an. Eine metallisch glänzende, türkisfarbene Plastiktüte aus Coca-Colas letzter Weihnachtspromotion schleudert der Sturm ans Ufer, ein erstes Präsent zur Begrüßung. Eine Windhose schnappt sie sich und tanzt mit ihr über den Strand. Die Plastiktüte klammert sich am Mast des Floßes fest. Einer von Tonys langen, weit ausschwingenden Armen will sie an sich reißen, er wirbelt sie herum. Die Tüte klammert sich weiter am Segelmast fest. So lange zerrt er an ihr, bis die Spitze des Pfahls sie durchbohrt, er sie in zwei Stücke gerissen hat und einen Teil mit sich auf die hohe See nehmen kann.

Der Mensch erhebt sich, läuft ins Wasser, um sein Floß zu sichern, an einer geflochtenen Liane zieht er es über den Strand und übergibt es dem Schutz der Baumkronen.

Der Regen landet inzwischen wie schwere Munition auf dem Sand, als fordere Tony Respekt für sich ein. Der Mensch hält sich die Alligatorenhaut schützend über den Kopf und bringt sich in seiner Hütte in Sicherheit.

In der Zwischenzeit hat es sich Tony anders überlegt, er dreht ab und bittet tausend Seemeilen nordöstlich der Festlandbucht eine kleine Insel zum Tanz. Erst bläst er seinen megalomanen Atem über sie hinweg, dann drischt er so lange auf sie ein, bis sie weich und gefügig wird. Mit seinem kraftstrotzenden, feuchten Sog leckt er ihr begierig alles an loser Materie ab, was zu seinem großen Walzer bereit ist: gebrochene Äste, Einzeller, Bakterien, Pilzsporen, Zygoten, Gameten, alles Ungebundene versammelt er um sich in wirbelnder Begeisterung.

Auf den Satellitenbildern protzt Tony mit seiner Statur. Seine ausladenden Hüften sind furchterregend und lassen die Gewalt erahnen, mit der er sich seiner Beute nähern wird. Und die Insel – liegt nun dürr und spröde unter ihm, beraubt ihn jeglicher Lust, bis er sich leicht abgekühlt, aber noch immer voller Euphorie von ihr abwendet und mit neuem Schwung über den wallenden Ozean hinweg auf seine nächste Eroberung, das dicht besiedelte Festland, losstürmt.

NO IM PARADIES

1 Ich wollte nichts schreiben. ~~Bin~~ Sind seit 5 Monaten hier. Aber ich krieg meinen Kopf nicht leer, deshalb kratz ich das Zeug jetzt auf Palmenblätter. Ich hoffe, dass die Natur das für mich irgendwann entsorgen wird. Mühsam. Hab viele gesammelt, getrocknet und geölt. Schreibe nur, was muss. Eigentlich ist Jule schuld. So sieht es aus.

2 Ich heiße No. Eigentlich Noah Hoffmann. Mein Name ist nicht wichtig, aber falls doch mal. Ich bin der Oberspinner hier im Paradies, ich bin der Einzige, der lacht und heult. Der Schwanz, mit dem ich wedeln kann, wirkt auf die Bewohner hier befremdend. Ein Tier ohne Schwanz ist ein Sender ohne Antenne.

3 Nicht mit Gewehr und Kamera bin ich los. Nein, richtig. Die ersten richtigen Aussteiger. Wir waren nackt. Ich und Jule. Ich bin noch nackt. Jule wäre es im Prinzip auch noch. Sie wollte erst auf eine Insel. Aber ich hasse Inseln. Hier ist es viel geiler. Es wird schon irgendwie. Ich mache gerade eine schwierige Zeit durch.

4 Trotzdem ist alles perfekt. So sehe ich das. Das hier ist das verdammte Paradies. Ich schwinge im totalen Einklang mit der Umgebung. Ich bin zurückgekehrt in Mutters Schoß. Im Prinzip bekomme ich ja alles, was ich mir wünschen kann. Hallo, Natur, hier bin ich.

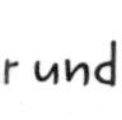

5 Die Welt ist chronisch. Mein Kopf ist voll, zum Platzen voll. Meister Proper ta-ta-tanzt den Scha-wanensee. Aber sonst gren-

zenlose Freiheit. Niemand versucht mich zu beruhigen. Mich erreicht kein Kommando, meine Antenne ist sowieso im Arsch.

6 Am Anfang war der Speer, das Gewehr, das Heer. In der Hölle ist es voll. Im Himmel ist es leer. Die Jule macht's mir schwer. Was sich reimt, ist scheiße. Ich brauch nur Steine, Hölzer und Hände. Wenn ich reden muss, schwimme ich zu den Delfinen.

7 Bin ich etwa ein Chroniker? So ein Oberspinner? Lass ich mich hier von dieser insektenhaften Mechanik der Oberspinner da draußen kaputtmachen? Die ihre Drähte bis in unsere Katheter einführen. Wir sind so was von in-in-inkontinent.

8 Diese Stürme hier wollen an mein Floß. Ich kämpfe lieber nicht. Ich baue lieber ein neues. Jedes Floß wird schöner. Das nächste werde ich nicht mehr Jule taufen, glaube ich.

9 Tschaikowski gepfiffen. Wiehieder Schwanensee. Ich kann nicht mehr! Und immer die gleichen Sprüche in meinem Kopf. Jule ist mir manchmal richtig auf die Nerven gegangen. Einfach mal Klappe halten, hab ich gesagt. Und die Sprache der Natur sprechen. Wenn ich nicht bei den Delfinen bin, spreche ich mit Steinen.

Jule: Was machst du? — No: Chillen.

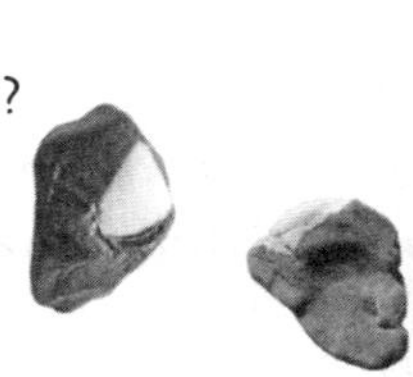

Jule: Ohne mich?! — No: Häng dich hin …

Jule: Ist alles okay? — No: Alles okay.

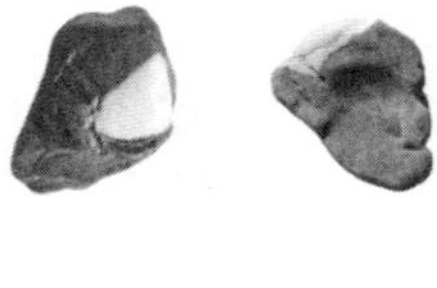

Jule: Klingt aber nicht so. — No: Ist aber so. Komm, leg dich neben mich.

Jule: Dann rutsch mal, sonst kann ich nicht richtig liegen.

No: …

Jule: …

No: …

Jule: Weichst du mir aus, sag mal?

No: Quatsch.

Jule: Und vorhin? Du gehst einfach aus der Bude, ohne mir guten Morgen zu sagen oder mich mal zu fragen, ob ich gut geschlafen habe.

No: Guten Morgen, Julchen! Hast du gut geschlafen?

Jule: Sehr witzig! Ich mein's ernst. Das ist doof.

No: Okay, verstanden. Ich denk dran.

Jule: …

No: …

Jule: Und wenn ich einen Albtraum gehabt hätte, dann brauch ich jemanden. Geteiltes Leid ist halbes Leid.

No: Für dich. Für mich ist es dann doppeltes Leid

Jule: Wieso das?

No: Hab auch noch meins.

Jule: Spinner! Siehste, das meine ich. Nicht, wenn du's mit mir teilst.

No: Dann haben wir beide zweimal halbes Leid, dann können wir's auch gleich für uns behalten.

Jule: Egoist!

No: War nur Spaß. Hast recht. Nächstes Mal, versprochen. Jetzt lass uns chillen.

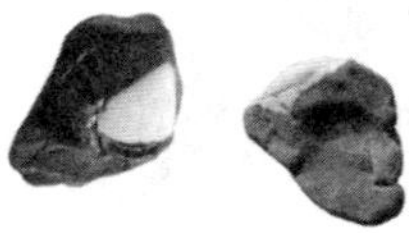

Jule: Sag mal, nimmst du mich überhaupt ernst? …

𝔑=𝔊𝔩𝔬𝔟𝔞𝔩

DEINE NACHRICHTEN RUND UM DEN GLOBUS

Sprachversion des Artikels auswählen

Queen's Bay. Frankenstorm Tony hat wieder an Stärke zugenommen und Kategorie 5 erreicht. Mit einem Durchmesser von 1000 Kilometern und 280 km/h bewegt er sich auf die Küste von Queen's Bay zu. Fast zwei Millionen Menschen müssen evakuiert werden. Die Meteorologen hoffen, dass der Wirbelsturm sich während seiner Reise über dem weiträumigen Riff austobt und an Stärke verliert, bevor er das kontinentale Festland erreicht. Es ist der dritte Wirbelsturm in Folge, dessen Kurs nördlicher als sonst verläuft. Er bedroht weite Teile der Ballungsräume.

New York/Vandenberg. Der UN-Wirtschaftsrat hat die Maßnahmen gegen Steuerhinterziehung weltweit verschärft. Vorgestern Nacht wurde vom Stützpunkt Vandenberg in Kalifornien eine Trägerrakete mit einem neu entwickelten Erdbeobachtungssatelliten ins All geschickt. Die Kosten von insgesamt umgerechnet 100 Milliarden Euro sollen gemeinsam von NASA, ESA, Roskosmos und CNSA getragen werden. UN-Finanzsekretär Wolfson sagte in einer Stellungnahme: »Jetzt können wir jeder Hochseeyacht bis unter den Kiel schauen.«

Wien. In einer Filiale von Toys "R" Us explodierte vor einer Stunde ein Sprengsatz, der offenbar in einer Trivial-Pursuit-Verpackung versteckt worden war. Zu den Hintergründen ist noch nichts bekannt.

Brüssel/Lublin. Die UNRIC begrüßt den zehnmilliardsten Menschen auf der Erde, der heute im polnischen Lublin geboren worden ist. Auch Papst Innozenz XV. hieß den neuen Erdenbürger in einer Videogrußbotschaft willkommen.

Rio de Janeiro. Wie aus dem heute veröffentlichten Bericht des Weltklimarats hervorgeht, verlagern sich durch die globale Erwärmung die warmen Meeresströmungen und Sturmfronten. Während der letzten zwölf Monate erreichten die Orkanstärken neue Höchstwerte und kosteten fast einer Viertelmillion Menschen das Leben.

Dresden. Der »Dresdner Stollen« ist auf der diesjährigen Gastronomieweltausstellung zum Weltkuchen des Jahres gekürt worden. Ein besonderer Glückwunsch kam aus dem Kanzleramt.

Brüssel. Der Wirtschafts- und Finanzausschuss des Europaparlaments plant eine zunächst auf fünf Jahre befristete Vermögensabgabe in Höhe von zehn Prozent für Sparguthaben zwischen 10 000 und 50 000 Euro, heißt es aus Brüssel. Mit den zusätzlichen Einnahmen will die Staatengemeinschaft Investitionen im Bereich innere Sicherheit und zur Stabilisierung des Bankensystems vornehmen.

Moskau. Der Computerspiele-Magnat und Erfinder der Simulationsplattform »MyLife« Jevgeni Sukin hat heute überraschend bekanntgegeben, seit Jahren intensiven Kontakt zu vermeintlichen Außerirdischen auf Exoplanet Kepler-62e zu haben. Übermorgen will er mit seiner privaten Raumfähre zu persönlichen Gesprächen dorthin aufbrechen.

Buenos Aires. Ein als Gorilla verkleideter Aktivist hat gestern während des Weltwirtschaftsgipfels in der argentinischen Hauptstadt die Dienstwagen der internationalen Regierungsmitglieder mit Graffiti beschmutzt. Sätze wie »Ihr Machtmenschen seid psychisch krank!« oder »Wer herrschsüchtig ist, braucht eine Therapie!« waren dort zu lesen. Auf dem Wagen des amerikanischen Präsidenten stand: »Menschen sind entartete Schimpansen!« Wie er die Wachposten umgehen, auf das Gelände kommen und wieder fliehen konnte, ist bislang noch ungeklärt. Das Videomaterial der Überwachungskameras wird gerade ausgewertet. Die Staatsanwaltschaft in Buenos Aires hat Anklage erhoben und sucht den Verkleideten per internationalem Haftbefehl.

LAUTARO ÁLVARO

WENN MAN BEDENKT, WELCHEN EINFLUSS DIE VERGANGENHEIT AUF DAS LEBEN DER NACHGEBORENEN HAT, IST ES UNVERANTWORTLICH, DIE WAHRHEIT ÜBER DIE GESCHICHTE UNSERER VORFAHREN NUR AUF FAKTEN BERUHEN ZU LASSEN.

Noam Braslavsky

Der Wind pfeift über die nahe gelegene Avenida Circunvalación 25 de Mayo, dass man es noch im Umkreis von einem Kilometer hören kann. Lautaro Álvaro Fernández hat seine Wohnzimmerfenster im zweiten Stock in der Avenida Eduardo Carrasco in Rosario sperrangelweit geöffnet, sonst hält er die Fieberattacken nicht aus. Das zehnte Mal surrt schon das Anrufsignal seiner Lifewatch, laut genug gegen das Tosen des Windes, zum zehnten Mal ertönt eine freundliche weibliche Ansage: »Anruf von Jivan«, doch er tut weiter so, als wäre nichts. *Ja, ja*, denkt Lautaro Álvaro, *ich ruf ihn später an*. Aber was gibt es schon Wichtigeres in seinem Leben als seinen Sohn?

Lautaro Álvaro Fernández gehört zu den schwarzen Schafen in der heroischen Chronik der Familie. Wie schon sein Vater und dessen Vater hat er mit der Tradition gebrochen, sein Leben der beständigen Vermehrung von Ländereien und anderen Wertgegenständen zu widmen. *Das war hart!* Das ist wahr! Also, im Grunde hat er nichts falsch gemacht, das war schon Brauch geworden. *Ich hab mich geändert!* In der Schule hat er den Mädchen unter den Rock gefasst, die kleineren Jungs hat er verprügelt, er war die große Petze. Fußball, Judo, Klavierunterricht, Tango – alles hat er hingeschmissen, seine Mutter hat er angelogen, den Unterricht so oft geschwänzt, dass er beinahe von der Schule geflogen wäre und man von einem Wunder sprechen muss, dass er überhaupt schreiben kann. Die fundierteste Ausbildung bekam Lautaro Álvaro in einer Gruppe pubertierender Kleinkrimineller. Er lernte dort blitzschnell, wie man unbemerkt an Daten kommt und Leuten alles Mögliche klaut, wenn auch mehr aus Jux und Tollerei. Diese Veranlagungen könnten natürlich auch direkt vom andalusischen Urahn Álvaro Lautaro de Fernández auf ihn übergegangen sein, der im 16. Jahrhundert als Gewinner aus den Eroberungs- und Enteignungsfeldzügen auf dem südamerikanischen Kontinent hervorgegangen war. Jedenfalls wäre ohne die großzügige Investition seiner unverheirateten Tante in den Aufbau der digitalen Schulbibliothek Lautaro Álvaros Schulabschluss nicht denkbar gewesen. Überhaupt waren es die pflichtbewussten alten Jungfern, die die Zügel auf dem argentinischen Großgrundbesitz stramm zu halten versuchten, trotz der stetig ausbrechenden Rindviecher wie Lautaro Álvaro oder Pablo Lautaro Álvaro und davor schon Sergio Álvaro Lautaro. *Zu irgendwas mussten die Weiber ja nütze sein!* Dennoch ist das prächtige Latifundium de Fernández in Santa Fe seit der Zeit des Ur-Ur-Ur-Ur-Ur-Ur-Ur-Urgroßvaters um glatte zwei Drittel geschrumpft –, aufgezehrt von den »neuen Bedürfnissen« der letzten Gutsherren, von fast einhundertjähriger Lotterwirtschaft und den scheibenweisen Veräußerungen diverser Ländereien zur Aufrechterhaltung eines ruinösen Lebensstils. Schuld seien die Drogen, allen voran Marihuana, und dieses naive linke Studentenbewegungsgelaber anno dazumal, damit habe der Untergang angefangen, meint Lautaro Álvaros Schwester Lucia Rosa Fernández, das hätte den Männern die Knochen weichgekocht. Zu Recht fragt man sich da, warum die guten Jungfern eigentlich nicht selbst zur Erhaltung der Fernández'schen Keimbahn beigetragen haben. Die Antwort lautet – und es fällt nicht leicht, das so deutlich zu sagen: Sie sind hässlich und, wie auch im Fall von Lucia Rosa, darüber hinaus unfruchtbar. Lautaro Álvaro meint, und damit steht er in der Familie nicht allein da, alle sehen aus wie Makrelen.

Das Beste in seinem Leben vollbrachte Lautaro Álvaro im Alkoholrausch während eines World Social Forums in Buenos Aires, in das er eher zufällig geraten war: Er schwängerte eine deutsche Doktorandin der Kulturwissenschaft namens Wilma Haffner. Lautaro Álvaro war und ist ein attraktiver Mann. Wilma hätte ihn sogar geheiratet, aber er betrog sie einmal zu oft. Einen Monat vor Jivans Geburt verließ sie ihn. Und nur auf Drängen seiner Schwester Lucia Rosa und unter deren Drohung, ihm den Geldhahn abzudrehen, begab sich Lautaro Álvaro am Tag nach der Geburt seines Sohnes ins Krankenhaus, um die Vaterschaft zu erklären. Da wurde ihm unvermittelt der kleine Jivan in den Arm gelegt, und als der ihn so vorurteilsfrei und unschuldig anblinzelte, entdeckte Lautaro Álvaro in den Gesichtszügen sich selbst wieder. In so vielen Weisen spiegelte er sich darin und noch mit allen Optionen, mit all den Hoffnungen und Alternativen. Die markanten abfallenden Furchen um den Mund, die heruntergezogenen Winkel, die harten Kanten gab es noch nicht. Er war derart tief berührt, dass er beschloss, einen dicken Schlussstrich zu ziehen, seinem Sohn ein Vorbild zu sein und mit ihm eine neue Ära in der Fernández'schen Sippe einzuläuten. Bis zum tragischen Unfalltod von Wilma Haffner vor fünfundzwanzig Jahren zahlte Lautaro Álvaro seiner Fast-Ehefrau jeden Monat einen Bonus dafür, dass sie nur gut über ihn sprach. Und Wilma war eine gute Mutter, ein »echt tolles Weib«, sagte Lautaro Álvaro immer über »seine Wilma«, sie hielt den Mund, hat nie ein schlechtes Wort über ihn verloren und Jivan nie die Wahrheit über seinen Vater, die Trennung und seine Familiengeschichte väterlicherseits erzählt. Jivan wusste nichts von deren jahrhundertelanger Blutrünstigkeit und Raffgier, die erst durch die beharrliche Einwirkung von Marihuana und linken Parolen so gut wie gestoppt worden war, nichts von der darauffolgenden, nennen wir es: Orientierungslosigkeit und nichts davon, dass die Familie durch eine neu erfundene Chronik und eine dementsprechend neue Selbstdarstellung vor dem vollständigen Untergang bewahrt werden soll. Nur dass Wilma dem Jungen keinen seiner beiden Vornamen geben wollte, hat er ihr krummgenommen, aber das war eben Wilmas Bedingung: neuer Name, neues Spiel, neues Glück. Außerdem konnte man sogar aus so einem spirituellen Hindi-Namen, sie sprach ihn auch immer so ätherisch aus: Schiiiwan, etwas Spanisches machen. *Aus jedem Quark kann man was Spanisches machen,* hat es bei den Fernández immer geheißen. Ch'ivan – ganz einfach war das. Was dieser Name bedeuten soll, hat Lautaro Álvaro vergessen, obwohl Wilma beteuerte, wie wichtig die Bedeutung des Namens für einen Menschen sei. Doch an so etwas *Ätherisches* glaubt ein Fernández nicht. Er glaubt an die richtige Sortierung und Darstellung von Fakten.

Niemand war in Lautaro Álvaros Leben jemals wichtiger als Jivan, und er war seinem Sohn gegenüber streng, wenn es darum ging, sich der Konsequenzen des eigenen Handelns für die nächsten Generationen bewusst zu sein, denn da kennt er sich aus. Wenn man die Dinge wieder ins richtige Licht rücken muss, darf man nichts dem Zufall überlassen, und man darf nicht zimperlich sein. Spielsucht, Raffgier, Grausamkeit, Verschwendung und Völlerei – das kann einen in der Tat deprimieren, das macht einen nur pomadig, das erdrückt einen am Ende. Wie soll man danach noch etwas ausrichten? Und dann noch der ganze gequirlte Nazi-Mist von Ur-Urgroßvater Albert, in den sich seine Ur-Urgroßmutter Juanita Rosa verlieben und von dem sie auch noch einen Sohn auf die Welt bringen musste. Das einzige Kind von einer weiblichen

Fernández. Wilma trieb das Ganze noch auf die Spitze und behauptete immer, die Argentinier wären schlimmer als die Deutschen, dabei hat sie den malignen Narzissmus in den Genpool der Familie mitgebracht. Aber muss man darüber reden? Muss man das seinen Kindern antun? Das ist passé. Man muss an die Zukunft der Familie Fernández denken. Man muss Verantwortung für sein Erbe übernehmen, man muss sich überlegen, was man weitergibt. Wer vererbt schon seine dreckigen Unterhosen? Warum sonst brachte Lautaro Álvaro den kleinen Jivan zu einem Ernährungscoach, der behauptete, dass individuell angepasstes Essen einen besseren Menschen aus jedermann machen könne. Seitdem isst Jivan mehr Hase und Reh und weniger Rind und Schwein. Wie Lautaro Álvaro immer sagt: »Gene sind ja auch nur Basenpaare, und wenn man sie nicht unnötig provoziert, dann lassen sie einen in Ruhe.«

Wenn der Name Fernández eine neue Bedeutung bekommen soll, dann muss man die Auswahl der Ereignisse sorgfältig treffen und die Formulierung selbst in die Hand nehmen. Was gäbe Lautaro Álvaro darum, wenn man den ranzigen Quark aus der Vergangenheit einfach rausschmeißen könnte … Also, wieso geht er nicht ran, wenn sein Sohn anruft?

Lautaro Álvaro rinnt eine Schweißperle an der linken Schläfe entlang, die rechte kühlt der Föhn, der von draußen hereinweht. Er schwitzt vor Anstrengung, er schwitzt im Kampf mit seinen Vorstellungen, er schwitzt auch vor Traurigkeit. Er schwitzt aber vor allem, weil das Fieber wieder da ist. Er braucht ja bloß eine Tablette zu nehmen, die den Blutkrebs schon seit einigen Jahren erfolgreich in Schach hält. Und er raucht wie ein Schlot, als wollte er so die übermächtigen Regimenter weißer Blutkörperchen in seinem Leib weiter aufstocken. Mit dem behaarten rechten Unterarm wischt er sich über die linke Wange. Er sitzt am Tisch, vor ihm liegt ein

Stapel weißes, säurefreies Papier, daneben neun übereinandersteckbare, silbrigglänzende Zylinder mit einer Lebensdauer von bis zu 300 Jahren, Superkleber mit methusalemartigem Haltbarkeitsdatum und ein Spitzhammer samt Halterung. Konzentriert blickt Lautaro Álvaro auf das leere Blatt vor ihm, er ist eben kein Mann der vielen Worte. Dennoch, mit einem Federhalter, gefüllt mit blauer, säurefreier und nicht eisenhaltiger Tinte, und mit leicht zusammengekniffenen Lippen, als wären sie Türsteher, die jedes Wort musterten, schreibt er auf ein Blatt Papier:

An meinen Enkelsohn persönlich (zur heiligen Kommunion)!

Die Geschichte der Familie Fernández hat Schrecken und Glück erlebt. Mut, Besonnenheit, Weitsicht und Fürsorge haben unsere Familie durch die Höhen und Tiefen der Jahrhunderte begleitet. Der Name Fernández steht für Humanität und Courage. Immer haben wir versucht, nur das Beste weiterzugeben. Deshalb hinterlasse ich dir meinen geliebten alten Bentley Continental. Geh sorgsam damit um, und mach erst mal den Führerschein. Und damit du auch die schweineteuren Reparaturen bezahlen kannst, legt Großvater noch ein Aktienpaket obendrauf, das ich schon beizeiten für dich eingerichtet habe.

Leider haben die schweren Momente der langen Fernández'schen Familiengeschichte Spuren in unseren Basenpaaren hinterlassen. Deshalb möchte ich noch ein Anliegen mit meinem Geschenk verbinden: Welche Flausen auch immer dir deine Mutter in den Kopf setzen will, wo auch immer sie dich hinschleppen wird, was auch immer sie dir einzutrichtern versucht – besinne dich auf die Fernández'schen Tugenden, halte dich an deinen Vater, er tut das Richtige. Drei Möglichkeiten hat jeder Mensch, das Leben zu meistern: Erstens, du erträgst es passiv leidend (wie deine Großtante Lucia Rosa) und empfindest den Tod als Erlösung. Zweitens, du reitest als Spielball der Zufälle auf jeder Welle, lässt dir keine Chance auf einen Rausch entgehen (wie deine Mutter) und stirbst womöglich mitten im Leben. Drittens, und dies ist ganz nach Fernández'scher Art: Du hältst die Zügel des Lebens lässig, aber konsequent in der Hand, du weißt, was du genießen und was du dir ersparen kannst, dann lebst du lang und stirbst voller Erhabenheit. Was für dich gut ist und was nicht, erfährst du nur von zwei Personen: deinem Vater und deinem Ernährungscoach. Leider kann ich dir nun nicht mehr selbst den Rücken decken, aber auf deinen Vater kannst du dich verlassen. Großvater hat dich lieb! Ich hab mich gut versteckt in deinem Herzen, dein Lautaro Álvaro Fernández.

Diesmal läuft ihm eine Träne an der Nase vorbei. Er schnieft, rollt das Papier zusammen und verstaut es im Zylinder Nr. 2. Er erhebt sich und läuft einmal um das imposante, Ufo-ähnliche Objekt, das seit gut einem Monat mitten im Wohnzimmer steht. Eine hochpolierte, silbrigglänzende Untertasse auf drei Füßen mit einem Durchmesser von einem Meter zwanzig. Aus ihrer Mitte ragt ein sanftweißer Leuchtkörper, ein seelenruhiges, unaufgeregtes, gutmütiges, weltkluges, ach was, allkluges Licht, ein Leuchten der sofortigen Verbundenheit, wie ein schmeichelndes Nicken, das hinter einer Gardine immer für ihn da ist, das er erahnen, aber nicht erkennen muss, das alles schlucken, dem er alles anvertrauen kann, vor dem er ohne Gewissensbisse alles verbergen kann, weil es nur will, was Lautaro Álvaro ihm zu geben bereit ist. Und das ist nicht wenig, nein: Lautaro Álvaro würde diesem Licht sein letztes, bestes Hemd geben, keines von den schäbigen, zerlumpten, für die er sich schämen muss. So ein wahrhaft gütiges Licht ist es, das ihn anspornt, nur das Großartige aus seinem Leben auszuwählen, das begreift, dass der Mensch eine dunkle Kammer braucht, in der er die Reste seines Scheiterns lassen kann, diese dunkle Materie, die kein Schwein zu sehen braucht und auch keiner begreift, weil sie ganz selbstverständlich als rätselhafter Unrat, gleichsam als abgesonderte Spucke beim Durchschwimmen der abenteuerlichen Lebenssuppe anfällt. Und weil dieses Licht kein strenges göttliches ist, eines, wie es angeblich die Menschen durchdringt, wie es die ganze Welt durchdringt, sie denunziert und überwacht, ein grelles sadistisches Licht, das einem Menschen aber auch gar nichts gönnt, das auch wirklich jeden Mist ausleuchtet und bis in alle Ewigkeit herumposaunt, das denkt, dies wäre ein Recht, dies wäre Moral, so wäre die wahre Geschichte und so die Welt besser oder verständlicher, eben gerade weil das Licht in diesem Ufo-Objekt all das nicht sein will, in all seiner Bescheidenheit und Anmut, fordert es von Lautaro Álvaro nur das Beste, macht ihn erhaben und zu einem besseren Menschen. Als ein Fixstern begleitet es ihn auf diesem schweren Weg. Dieses Urnensystem namens Heritator des Künstlers Noam Braslavsky hat er vor zwei Jahren über seinen alten Freund, den Ex-General Luis Ángel de Portago, bei einer Sonderauktion in der Villa von dessen Enkelin teuer erstanden. Nur einhundert Stück hat eine Auflage, die nur alle zehn Jahre auf den Markt kommt. Im kleinsten Zylinder wartet schon Lautaro Álvaros letzter Wille, adressiert an Jivan.

Mein liebster Sohn!
Ein Mann muss manchmal tun, was er tun muss. Glaub mir, dieser Schritt ist mir nicht leichtgefallen.

Du bist jetzt das letzte und hoffnungsvollste Glied der Familienkette Fernández. Dir überschreibe ich meine gesamten Anteile am familiären Grundbesitz in Santa Fe, den du dir wohl noch eine Weile mit Lucia Rosa teilen musst. Die Weiber in unserer Familie leben einfach unerhört lang, man weiß nicht mal wozu. Daher vermache ich dir noch meine Wohnung in Rosario, auch falls du dich mal nicht mehr mit Jo verstehst. Darüber hinaus habe ich ein fettes Konto auf deinen Namen eingerichtet. Und leider zwingt mich der Umstand, dass deine Frau schon 39 Jahre alt und immer noch kinderlos ist, nun zu unschöner Pädagogik, denn ich muss darauf bestehen, dass du über dein Erbe erst dann verfügen darfst, wenn du die Erbfolge unserer Familie gesichert hast.

Mein Sohn, in deinen Händen liegt nun der Fortbestand der Linie Fernández. Das ist eine große Verantwortung. Ich weiß, du wirst ein ebenso guter Vater sein wie ich, gib deinem Sohn von Anfang an, was ich dir gegeben habe, überlass nichts dem Zufall. Schade, dass ich das nun nicht mehr miterleben kann. Wenn ein Enkelkind da ist, kann ich endlich in den ewigen Jagdgründen glückselig sein. Und du weißt ja, was mir die Jagd immer bedeutet hat. Ein Mann braucht einen Sohn, also pack es an, mein Junge, ran an den Speck! Ich weiß, dass ich mich auf dich verlassen kann! Sei nicht traurig, los wirst du mich sowieso nie, ich stecke in jeder deiner Zellen, von dort passe ich auf dich auf und sende dir Botschaften. Auch wenn ich das jetzt selbst nicht glaube, aber wer weiß, vielleicht sehen wir uns ja tatsächlich einmal wieder. Dein dich liebender Vater, Lautaro Álvaro Fernández.

Noch sieben Vermächtnisse an die bessere Zukunft der Familie Fernández liegen vor ihm zur Erledigung. Schüttelfrost hat ihn befallen, er zittert am ganzen Körper. Noch sieben Fährten für seine Nachkommen muss er legen, noch sieben Verzweigungen muss er vorausbauen, bevor er die geladenen Zylinder der Nummerierung und Generationenfolge nach auf drei dafür vorgesehenen Steckplätzen übereinanderstecken, mit dem Superkleber hermetisch versiegeln und das funkelnde Flugobjekt auf seine Zeitreise schicken kann. Er wirft sich zwei Tabletten ein und legt sich auf die Couch, verkriecht sich unter einer warmen Decke. Er sammelt Kraft. Wieder summt das Anrufsignal. Die Meldung »Anruf von Jivan« ertönt. Lautaro Álvaro hebt den Kopf, stöhnt und betrachtet das grüne Telefonsymbol.

JIVAN UND JO

**DU LIEBE ZEIT, WAS BRAUCHEN WIR SCHON?
DAS BISSCHEN NAHRUNG, DAS BISSCHEN SPIELEN UND SCHUTZ …
UND LIEBE.**

Jivan macht sich immer unnötige Gedanken beim Durchstöbern seines Nachrichtentickers.

Jivans Blick heftet sich an das animierte Anruf-Icon auf der Anzeige seines Assistenten, er fährt mit der Rolltreppe hinab zum U-Bahnsteig Nollendorfplatz, seine versehrte Ledertasche, die er bei einer Schuhreparatur hat ausbessern lassen, hängt wie eine vernarbte Leber über der Schulter, der stechende Uringeruch wurde mit einem Cocktail aus Peroxid, Spülmittel, Essig und Backsoda behandelt, anschließend wurde die spröde Haut mit Bienenwachs gecremt. Ein lädiertes, in die Jahre gekommenes Tier nach kosmetischer Behandlung. *Geh ran! Geh ran! Bitte, geh ran.* Seit vier Tagen kann er seinen Vater nicht erreichen. *Seit dreieinhalb, um genau zu sein.* Aus dem Augenwinkel späht er auf seine Lifewatch. Seine Stresshormonkonzentration im Blut liegt bei 456 Nanogramm pro Liter. Das ist fast fünfmal so hoch wie beim Bestreichen seiner Ciabatta mit Oliven-Chili-Paste heute Morgen. Er ist beunruhigt. *Pá hat mich noch nie im Stich gelassen.* Aber er nimmt nicht ab! Er antwortet nicht. Und gerade hat Jivan die allerletzte Mahnung erreicht, seine happigen Spielschulden zu bezahlen. Mit jedem Tag wird ein Offenbarungseid wahrscheinlicher. Sécurité Suisse hat sich noch immer nicht für die Auftragsvergabe entschieden. Er kann sie also nicht um einen Vorschuss bitten. Er sollte seinem Vater endlich die Wahrheit über seine Spielsucht sagen. *Er wär sehr enttäuscht.* Sein Vater sagte immer: Du bist ein guter Junge. Aus dir wird mal was

Richtiges. *Mamá sagte: Spielen stärkt Körper und Geist.* Da war er noch ein Kind. *Bin noch immer eins.*

Der Klingelton verstummt. Die Stimme seines Vaters ertönt. »Na, mein Junge?«

Gott sei Dank! »Mensch, Pá! Wo steckst du denn?«

»Mit Luis Ángel auf der Pirsch. Alles klar bei dir? Was Neues?«

Er seufzt unabsichtlich. »Du klingst müde. Geht's dir nicht gut?«

»Du hast was auf dem Herzen, mein Junge?«

Er sollte ihm die Wahrheit sagen. *Mit der Wahrheit verletzt man zu viele Unschuldige.* »Ich bräuchte einen kleinen Kredit von dir ... Ich muss in Vorleistung gehen, der Auftrag für die Schweizer läuft an.«

»Schon wieder?«

»Du kriegst es wieder.«

»Nur wenn ich einen Enkel dazubekomme.« *Da hast du's wieder!*

Er sollte ihm sagen, dass Jos Vagina im Augenblick vermintes Sperrgebiet ist. »Pá, ... du wirst, du ... komm, verwurste Geschäftliches nicht mit Privatem. Ich ... ich kann mir jetzt echt keinen Patzer leisten, ich brauch den Auftrag. Du hast gesagt, du bist mein Partner. Ich brauch deine Hilfe.«

»...« Eigentlich sind es bloß Nanosekunden der Stille, genau jene Zeit, die man zum Ein- oder Ausatmen braucht, die noch gar nichts bedeutet, auch nicht etwa ein unentschlossenes Hin-und-her-Überlegen, bloß das normale Intervall, das ein Siebzigjähriger benötigt, um angemessen zu reagieren, aber diese kurze Spanne reicht aus, um Jivans Blutkreislauf in helle Aufregung zu versetzen und ihm einen zornigen Seufzer zu entlocken. »Wie viel?«

Kaltschnäuzig verdoppelt Jivan die Summe. *Wenn der Betrag zu läppisch klingt, wird Pá stutzig.* Trotzdem belügt man seine Eltern nicht. *Ich belüge ihn nicht, ich schütze ihn bloß vor unnötigen Sorgen.*

»Reicht morgen?«

»Danke!«

»Noch was?«

»Du wirst noch einen Enkel bekommen, versprochen.«

»Hat SIE das gesagt? Ist die Welt jetzt gut genug dafür?«

»Bald.«

»Mach's gut, mein Junge.«

Jivans Puls braucht eine Weile, bis er ihm in die U-Bahn gefolgt ist und sich ebenfalls gesetzt hat. Das Gefühl der Genugtuung normalisiert seinen Blutdruck. Auf seinen Vater kann er sich verlassen. Jivan war gerade sechs Jahre alt, da legte Lautaro Álvaro mit ihm eine zweispaltige Liste an, die das Leben seines Sohnes lenken und leiten sollte, damit aus ihm ein ordentlicher Mann würde. Auf der einen Seite waren Dinge aufgelistet, die er meiden sollte, wie wilde Tiere, Drogen, Banden, Waffen, Bordelle, Casinos, Gewalt oder Tante Lucia Rosa. Sein Hausarzt und Ernährungscoach Prof. Dr. Trautmann ergänzte die Liste noch um einige Nahrungsmittel. Auf der anderen Seite standen Dinge, die er bevorzugen sollte, wie Mamá, Papá, Literatur, Theater, Kunst, Musik, das Studium oder nette Mädchen. Damals hatte Jivan geschworen, die Liste in Ehren zu halten. *Mein Ehrenwort hab ich nicht gegeben! Ich hab bloß gesagt: Pá, ich versprech dir, ich werde niemals vergessen, was auf der Liste steht. Das hab ich gesagt.* Das hat er gesagt.

Kaum ist er in seinem Büro in Moabit angekommen, kippt er das Fenster, setzt sich auf seinen Arbeitsstuhl, lenkt seinen Blick nach draußen, legt die Füße aufs Fensterbrett und verschränkt die Hände hinterm Kopf. In seinem Studio herrscht eine perfekt abgestimmte Zurückhaltung aus weißlackiertem Metall, wenig Chrom und vereinzelt Glas. Die Wände sind tapeziert mit Auszügen aus seinem Genom. Basenpaare in drei Dimensionen. Ein Geschenk von Lautaro Álvaro, als er sein neues Büro in Berlin bezogen hat. Ein Basenpaar-Panorama von einem Porträt! Grüne Augen, mittlere Größe, lockiges, braunes Haar, hoher Haaransatz, Hauttyp II (Mischtyp), kein Hang zur Fettleibigkeit, mittlerer Haarwuchs, langsame, ermüdungsresistente Muskelfaser, Blutgruppe 0, breite Schultern und schmales Becken. Nur gutartige Sequenzen aus seinem Bauprogramm. Keine schlechte Buchstabenkette funkelt da in Silbergrau.

Ein herrlicher Duft von gegrillten Kebabspießen zieht von der Straße her durchs Fenster. Er schluckt vor Appetit und Bedürftigkeit. *Kein Schweiß. Kein Schleim. Keine Schamhaare.* Seit Tagen fühlt er keine nackte Haut mehr. *Kein Stöhnen, kein feuchtes Glitschen.* Er fördert sie. *Jo ist jetzt eine Pflanze, vegan und geschlechtslos.* Er ist Fleisch geblieben, das einzige Tier im Bett. Seine Tagträume handeln von ihren aufgewühlten Zungenbetten. Er gerät regelrecht in Panik bei dem Gedanken, dass er bald keine Erinnerung mehr an ihre Berührungen haben wird, dass er Jo verlieren könnte.

Heute Morgen kroch er heimlich unter die Decke und versuchte, zum Geruch ihrer durch die Schichten von Pyjama und Unterwäsche überlagerten Schamlippen vorzudringen. Bei dieser Trüffelschweinaktion erwischte er aus Versehen mit einem Ellbogen ihre Wade. Jos Stimmung war migrän. Sie meckerte und stieß ihn zur Seite. *Sie hat kein Herz.* Sie hat noch ihren Verstand. *Sie ist herzlos.* Sie sagte, sie habe einen Albtraum gehabt. Sie habe geträumt, wie sich ihre Haut ablöste. Wie sie vor Kälte zitterte und ins Museum ihres Vaters schlich. Wahllos zog sie dort irgendeinem der ausgestopften Tiere das Fell ab und legte es sich um. Dabei hatte sie kein bevorzugtes Tier, immer war es ein anderes. Mal waren es Pfauenfedern, mal die ledrige Haut einer Eidechse, mal das Fell eines Streifenhörnchens. *Ich darf nicht mehr Hase zu ihr sagen.* Er kann sie mein Herz rufen. *Ich nenn sie ma truffe, meine Trüffel.* Pilze sind keine Tiere. *Pilze. Tiere. Menschen. Alles Behauptungen, alles Lebenstheorie. Hab ich schon jemals eine Katze sagen hören: Wir sind Katzen, alle anderen sind Tiere?* Wir verstehen die Sprache der Katzen nicht genug, um das wissen zu können. *Und was wissen wir Menschentiere schon von einer Kreatur namens Pilz?* Sie schmecken. *Tiere auch. Deshalb hab ich sie auch zum Fressen gern.* Und Jo?

Jivan gießt sich Brandy in ein Glas, seufzt und kippt ihn runter.

Den Geruch nach Fleischspießen hält er nicht mehr aus. Er erhebt sich, greift nach dem Schlüssel und verlässt sein Büro. Ediz steht vor der Döneria und telefoniert. Er ist ein geduldiger Gläubiger, schon einen Monat lang lässt er Jivan anschreiben. Trotzdem stellt er ihm gleich einen Teller mit Kebab, Salat und Brot hin. Trotzdem nennt er ihn »mein Freund«. *Eddie hat sein Geld auch immer auf Heller und Pfennig gekriegt.* Jivan setzt sich und greift sich einen Spieß. Nachdenklich beißt er mit den Schneidezähnen ins krosse Muskelgewebe, wischt sich die Hand an der Serviette ab und zieht seinen Assistenten aus der Tasche. Der Zugang zum Online-Pokerraum ist gesperrt. Auf Sudoku hat er keinen Bock. Auf Bet und Win auch nicht.

Er öffnet den letzten Entwurf für Sécurité Suisse. Ein schwer umkämpfter Großauftrag, um eine ganze Straße von abgeschirmten unterirdischen Bunkern geht es, das Auftragsvolumen ist neunstellig. Und hier geht es um Jivans Rettung vor dem Bankrott. *Bernardi weiß, es gibt keinen Besseren als mich, der Sack schuldet mir was.* Bernard Bernardi, der Vorstandschef der Sécurité Suisse, hat ihm schon zwei Mal versichert, dass er keine Sekunde daran denke, den Auftrag an einen von Jivans Konkurrenten zu vergeben. Bernardi verdankt ihm den genialsten Einfall, den er ohne Jivans aufdringliche Initiativwerbung für sein Büro niemals gehabt hätte. Zum Jahresempfang der Bank, damals hieß sie noch Credit Suisse, ist er mit fertigem Exposé in Zürich angerückt und hat sich dicht neben den großkalibrigen Proteinen am Buffet postiert. *Dieser Lackaffe Bernardi hätte mich glatt rausschmeißen lassen.* Die Bank war damals außerordentlich defizitär. *Bernardi war im Arsch!* Das letzte Steuerabkommen hat der Bank den Boden unter den Füßen weggerissen. Mit dem Erwerb der weltweiten Lizenz für die Verpachtung von unterirdischem Grund und Boden, und das war Jivans Idee, begann eine neue Erfolgsgeschichte unter der Firmierung Sécurité Suisse (SS). Überall auf der Welt pachteten reiche Menschen Raum und ließen sich abgeschirmte Safeanlagen bauen. Die verschärften Steuergesetze könnten Jivan eigentlich Aufträge auf Jahrzehnte sichern. Wenn sich die SS nur endlich zu diesem Großauftrag durchringen könnte.

Mit der linken Hand vergrößert und verkleinert er die Details seines Entwurfs, mit der rechten hält er die Gabel und sticht ins Fleisch einer Tomate, sammelt noch zwei Salatblätter auf und ein Stück rote Zwiebel.

Sein Vater hofft immer noch, dass Jivan irgendwann Krankenhäuser oder Schulen baut. Aber dafür gibt es kaum Investoren, da wäre sein Büro schon pleite. Für Kathedralen allerdings schon, alle möglichen Gotteshäuser werden für Rekordbausummen errichtet. *Klar, wenn's hart auf hart kommt.* Er hat Höhenangst. *Ich hab Apps.* Am liebsten hätte er Panzer entworfen, aber seinem Vater zuliebe hat er sich umentschieden. Als Kind sammelte er heimlich Rüstungen und Schwerter. Er baute Höhlen, versteckte sich dort und attackierte aus dem Hinterhalt seine beiden Katzen. Denen hatte er auch Rüstungen verpasst. Wilma schenkte ihm eine Jahreskarte für das Waffenmuseum in Buenos Aires. Als Lautaro Álvaro sie eines Tages entdeckte, gab es einen heftigen Streit zwischen seinen Eltern. Wilma hätte das auch mit einem Degen ausgefochten, sie gab kein Stück nach, aber sein Vater ging daraufhin jedes Wochenende mit ihm in ein anderes Museum, lehrte ihn Schöne Künste, Literatur und Geschichte, Theater, Tanz. Oder er nahm ihn mit in die Oper. *Da schlief ich jedes Mal ein.* Musik mag er. *Ja, aber nicht Verdi oder Jazz.* Er hat eine Schwäche für House und Trance. *Ich hasse Gesungenes. Ich brauche fliegende Teppiche.* Gedichte mag er doch, *Pardon?*, sagen wir, er mag Klarheit. *Ich mag Fettloses, Glattes, Glänzendes*, Jivan hasst es, wenn Dinge zu kompliziert werden. So wie seine Beziehung zu Jo gerade.

Seine Gedanken schweifen ab. Sein Blick fällt auf die Zeichnung eines Hammels an der Wand neben dem Kühlschrank, die ihm bis jetzt noch gar nicht aufgefallen ist. Dessen Körper ist bis in die abgelegensten Regionen durchsegmentiert und beschriftet. Für jedes Segment hat der Mensch eine Mahlzeit entwickelt, *Eddie kennt den Hammel aus dem FF.* Ist das Liebe oder Wahnsinn? *Kenne ich Jos Körper in all seinen Teilen?* Er öffnet eine leere Seite und beginnt zu zeichnen. Jos Augen, ihre Nase, ihren Mund – im Profil. *Ich berühre sie und blitze bei ihr ab. Sie kifft nicht mehr, sie wird immer dünnhäutiger.* Jo kontrolliert sich jetzt. Sie ist ihm fremd. *Sie ist mir fremd …* Das Fremde existiert aber nur in einem selbst. *Hm.* Kein anderer Mensch kann einem fremder vorkommen als der, den man am besten kennt. *Zwischen Jo und mir ist grad ein Ozean.* Die schlimmste Form der Fremde liegt nie in großer Entfernung, sie existiert immer nur in der Nähe. *Amen.* Jo blickt im Profil diagonal übers Displays. *Für eine Sekunde dachte ich, das wär Mamá. Nur im Profil.* Äußerlich ähneln die beiden sich überhaupt nicht. *Mamá war schüchtern, belesen, fleißig und vorsichtig. Das Gegenteil von Jo.* Sie war so vorsichtig, dass sie bei einem Autounfall, Jivan war siebzehn, ihr Leben verlor. Sie war so vorsichtig, dass sie sich von einem Macho wie Lautaro Álvaro gleich am ersten Abend schwängern ließ. *Mamá war leicht beeinflussbar. Wie Jo.*

Jivan korrigiert das Profil an der Stirn. Hängt Jo denn in der Luft? *Jo hängt immer in der Luft. Sie wird vom Wind getrieben. Der bläst sie kreuz und quer durchs Leben.* Jedes Mal wenn irgendwo der Pass von Jeanna Lewandowski Fridman über den Scanner gezogen wird, blickt ein Beamter sie ungläubig an. Jedes Mal kommt ein weiterer Beamter dazu und führt ein Telefonat. Und jedes Mal endet diese Prozedur mit einem seufzenden Kopfschütteln. Jo hat mit ihren 39 Jahren bereits an 62 Orten der Welt gelebt und ist dort amtlich mit dem ersten Wohnsitz registriert gewesen. Rechnet man ihre Flug- und Bahntickets seit ihrem achtzehnten Geburtstag zusammen, kommt man auf 673. Wenn man sich noch die spontanen Barkäufe dazudenkt, die nicht aufgelistet wurden, wird einem klar, dass sie auf jedem Kontinent der Erde eine längere Zeit verbracht und mit Sicherheit rund 200 Staaten bereist hat.

Jivan bricht ein Stück vom Weißbrot, tunkt es ins Olivenöl, wirft es sich in den Mund und malt ein Boot um sie. Vögel fliegen am Himmel, an Schäfchenwolken vorbei. Wasser überall, *dieser Ozean.* Wohin blickt sie? Was ist dort? *Ich! Ich bin dort.* Er malt ein Strichmännchen, es winkt. Auf dem Wasser? Er malt eine Insel drum herum, mit Bäumen und Blumen. Die Sonne scheint. Er ist weit weg. *Jo ist weit weg. Sie hat schließlich ein Boot.*

Jivan zuckt zusammen, eine Hand auf seiner Schulter reißt ihn aus seinem Selbstmitleid. »Wie geht's Frau, Dschivan? Du siehst fertisch aus.«

»Hola Eddie!« Er klopft auf den Stuhl neben sich.

Ediz setzt sich zu ihm.

»Viel Arbeit. Morgen krieg ich den Vorschuss, dann zahl

ich meine Schulden. Pardon, dass ich dich so lange warten lasse.«

»Kaain Problem. Wann kommt das Baby? Ohne Kinder ist das Leben nischt gut. Du wirst schnell alt. Du wirst früher krank. Du bist nutzlos und so.«

Jivan kaut und trinkt einen Schluck. »Ja, Eddie, da hast du recht. Jo und ich haben das schon besprochen.«

Ediz lacht. »Sprechen, sprechen. Nicht sprechen! Machen. Ihr müsst machen.« Dazu macht er eine unzweifelhafte Geste. »Kind kommt nicht aus Mund.«

Jivan will sich gerade nicht wieder auf dieses Niveau runterziehen lassen. Er weiß, er tut Eddie leid, deshalb darf er hier anschreiben. Er lässt einen schweren Seufzer ab, nickt und grinst, klopft ihm dankbar auf die Schulter. »Klaro, Eddie. Du wirst der Erste sein, der's erfährt.«

Ediz wird in die Küche gerufen. Auf dem Weg dorthin dreht er sich um und ruft noch durchs Lokal: »Viel Sellerie essen, das macht gute Fruchtbarkeit.« Ediz muss es wissen, er hat schon sechs Kinder.

Jivan knabbert am zweiten Spieß. Er knabbert gegen den Belag von Bitterkeit, der sich seit kurzem auf seiner Zunge ausgebreitet hat. In den letzten Tagen denkt er oft an die Anfangszeit in Paris zurück, als er Jo kennengelernt hat. *Ich vermisse sie.* Drastische Maßnahmen im Stil von Kreditkarte oder Konto sperren liegen ihm fern. Er sucht nach einer Strategie, wie er sie wieder umprogrammieren, wie er sie den Klauen dieses Coaches entreißen kann. *Wie ich sie wiedergewinnen kann, meine alte Jo.*

Damals, das ist gut fünf Jahre her, hatte Jivan seinen ersten großen Planungsauftrag. Die ersten Jahre nach seinem Studium vergammelte er in einem mittelmäßigen Architekturbüro in Buenos Aires, bevor er sich mit einem ehemaligen

Kommilitonen in Paris niederließ. Er war damals gerade aus dem Süden Frankreichs von einer Grundstücksvermessung nördlich von Menton zurückgekehrt. Zur Feier des Großauftrags hatte er von Lautaro Álvaro ein Fernrohr mit 60-fachem Zoom inklusive Stativ geschenkt bekommen. Kaum war er wieder in seiner kleinen Pariser Dachwohnung in der Rue du Château d'Eau angekommen, setzte er sich an die Entwürfe des zehn mal zehn Meter großen unterirdischen Safes, der in einem unzugänglichen Bergareal verschwinden sollte. Bis spät in die Nacht war er beschäftigt, bis die feinen Bleistiftstriche vor seinen Augen zu verschwimmen begannen. Jivan stand auf, stellte sich ans Fenster und blickte hinaus. Das Grau der Kumuluswolken störte die Finsternis beim Dunkelsein. Seine Wetter-App meldete sogar eine Verdichtung zu Nimbostratuswolken in den nächsten zehn Minuten und sagte für 0.25 Uhr leichten Nieselregen voraus. In den Wohnungen auf der anderen Seite schliefen die meisten Bewohner, nur wenige Fenster waren noch erleuchtet. Jivan baute sein Stativ auf, löschte das Licht und begann die Wolkendecke nach einem Loch abzusuchen, durch das er vielleicht einige Sterne betrachten könnte. Sein Objektiv senkte sich auf die Dächer, die, nach dem Glanz zu urteilen, wohl alle mit den nanobeschichteten Kunststoffziegeln gedeckt waren wie auch sein eigenes Wohnhaus. Die sind so abweisend und schlüpfrig, dass eine Katze schon Haken und Seil haben müsste, um darüberzuklettern. Die Linse glitt über die Fensterfronten, stöberte hier und da hinter die Gardinen. Doch spannende Dinge erledigen Leute leider nicht am Fenster. Warum sollte er jemandem beim Lesen beobachten? Oder beim Reden? Erst ein offenstehendes Fenster in der Dachwohnung des Hauses schräg gegenüber fesselte seinen Blick. Er sah eine zarte Frau mit geschorenem Kopf, splitternackt, auf einem ebenso nackten, unter ihr liegenden Mann sitzen. In Zeitlupe bewegte sich ihr Körper auf und ab. Sie hatte die Augen halb geschlossen, Schweiß perlte über ihre weiße Haut. Auf ihrem Dekolleté, sogar auf ihren Brüsten hatte sie Sommersprossen. Ihre Lippen glänzten knallrot, ihr Mund war halb geöffnet. Ihre Hände hielten seine nach links und rechts ausgebreiteten Arme an den Handgelenken. Der Mann, den Jivan für ihren Ehemann hielt, für einen Glückspilz, hatte schwarze Locken und stemmte ihr seinen Unterleib entgegen. Jivan konnte seine Linse nicht von ihr lassen, zog sich einen Hocker heran und ließ sie keine Sekunde aus den Augen. Immer wenn sie zum Höhepunkt zu kommen schien, unterbrach sie den Akt und beruhigte sich. Jivan hielt dabei immer die Luft an. Für einen Moment schloss sie die Augen und wechselte anschließend die Position.

Irgendwann, es musste schon nach Mitternacht gewesen sein, war sie so weit, dass Jivan dachte, sie würde gleich abheben. *Abheben? Sie explodierte! Ich konnte sie bis über die Straße hören. ¡Dios mio! Sie spritzte dabei wie ein Brunnen des Lebens.* Und im selben Moment landeten erste Regentropfen auf seiner Linse, er wäre beinah aus dem Fenster gefallen. Er atmete schwer. Erst jetzt öffnete sie die Lider und blickte mit ihren grünen Augen direkt ins Objektiv. *Ich war sofort infiziert, als wäre ein Schwarm fluoreszierender Bakterien über mich hergefallen. Ich war total neidisch auf den Typen.* Jivan war erschöpft. *So eine Frau wollte ich auch.* Dabei war Jivan bislang in punkto Frauen eher desinteressiert. *Quatsch, ich war keineswegs desinteressiert, die meisten interessieren mich bloß nicht.* Er trifft Frauen ja sonst in der Regel bekleidet. *Ich war einfach sehr beschäftigt.* Ja, er war sehr beschäftigt. *Ich bin einfach sehr wählerisch.* Schweißflecken hatten sich unter den Achseln ausgebreitet, seine Hose pappte im Schritt. Er duschte und legte sich schlafen.

Den nächsten Tag über arbeitete er am Fenster. *Wenn man*

das arbeiten nennen konnte. Bei jedem zweiten Strich blickte er auf, bis sie endlich am späten Abend die Fensterläden öffnete. Mit einer Tasse stand sie da, nur ein hauchdünnes hautfarbenes Hemd übergezogen. Sie starrte nachdenklich auf die Straße, ihr Blick hatte kein Ziel, hielt sich eine Weile auf einer Wolke auf. Zuerst war sie allein, bald darauf sah er sie mit einem anderen Mann, diesmal blondes langes Haar. *Ich dachte sofort, die betrügt ihren Mann!* Er war sogar leicht verärgert. *Ich war empört!* Er war stocksauer, dass sie sein »Heiligenbild von ihr« versaut hatte. Als sie dann in ihren Liebesakt verwickelt waren, fragte er sich, wer von den beiden Männern eigentlich der Betrogene war. Vielleicht war der ja ihr Ehemann. Das würde erklären, warum Jivan in dieser Nacht alles eher konventionell und einstudiert vorkam. Er fragte sich aber auch, ob sie wohl noch mehr Liebhaber hatte? Ob er vielleicht sogar eine Chance bei ihr hätte ...?

Am Abend darauf, er war lange in einer Besprechung, hatte sich extra abgehetzt, um nichts zu verpassen, und war sieben Stockwerke die Treppen hochgerannt, weil er von unten schon gesehen hatte, dass ihr Fenster sperrangelweit offen stand, fand er sie tatsächlich wieder mit einem anderen Mann vor. Diesmal mit einem brünetten Schönling. Zuerst war er eifersüchtig, dann überfiel ihn eine böse Ahnung, dass sie eine Prostituierte sein könnte. *Was zahlt der wohl, dass sie sich so anstrengt?*, fragte er sich. Deshalb schien es ihm nur folgerichtig, dass sie keinen dieser Männer geküsst hatte, nicht mal ihren vermeintlichen Ehemann. Wie einander fremd die beiden zusammen aussahen. Wie zerbrechlich sie Jivan plötzlich vorkam. Wie traurig er es fand, dass der Typ nicht mal versuchte, sie zu küssen. Wie groß trotzdem ihre Leidenschaft und ihre Empfindsamkeit waren, und um wie viel größer ihre Begierde wohl sein könnte, wenn man sie nur streicheln und liebkosen würde. Er empfand ihre Lust als tragisch. Dass sie einen geschorenen Kopf hatte, sprach allerdings dagegen, dass sie eine Hure war. Er hielt sie jetzt für eine Nymphomanin, die verzweifelt nach Liebe suchte. Und Jivan hat viel übrig für diese seltene Spezies und versteht sich als deren Retter. *Ich mag das Zarte an starken Frauen. Und die Fontänen, die sie am Ende immer losschlug, kamen mir vor wie Leuchtmunition, sie drangen bis tief in mein Knochenmark.* An diesem Abend legte sie sich gleich nach dem Höhepunkt erschöpft neben den Mann und schien zu schlafen. Ohne ein weiteres Wort zu sagen. *Die quatscht einen wenigstens nicht tot,* dachte Jivan. Der Typ wirkte ein wenig übellaunig und verließ die Wohnung.

Am nächsten Morgen beobachtete er, wie sie mit einem Strohhut auf dem Kopf und einer großen Sonnenbrille das Haus verließ. Jivan folgte ihr mit dem Teleskop bis zur Ecke. Sie hatte eine quirlige, anmutige Natur, lief die Straße entlang, eine eilige, tänzelnde, euphorische Vorwärtsbewegung. Sie überquerte die Straße und verschwand aus Jivans Sichtfeld.

Jo war auf dem Weg zum Seminar. Keine vierzehn Tage zuvor hatte sie mit einer Gruppe des Aktivisten-Verbands World Wild Nature (WWN) auf fünf Hausbooten im Port Autonome de Paris angelegt. Sie ging immer dorthin, wo etwas Neues passierte, und das passierte immer, wenn etwas Altes unerträglich geworden war. Die Gruppe war verantwortlich für den Standort Paris, wo sie eine Demo vorbereiteten, die in wenigen Tagen weltweit an empfindlichen Knotenpunkten der Ballungsräume stattfinden und das »Gesicht des Planeten verändern« sollte. Die Pariser Division bezog zehn Wohnungen überall in der Stadt und mobilisierte in den ersten Tagen bereits Tausende Bürger zum Mitmachen. Als die Leiterin des Institut Instructif pour le Regain de la Nature (IIRN),

Dr. Louise Horn, kurz darauf von der Aktion erfuhr, lud sie Jo zu einem Gespräch ein. Prompt bot sie ihr und ihren Mitstreitern die kostenlose Teilnahme an einem ihrer berühmten Tantra-Seminare an, in denen mittels ausdifferenzierter, dramaturgisch auf den Einzelnen abgestimmter Sexpraktiken in Verbindung mit strenger Rohkostdiät und Erarbeitung des philosophisch-gnostischen Theoriegebäudes ein ganzheitlicher und unverfälschter Zugang zur Natur, im Sinne einer genuinen Systemerfahrung, wiederhergestellt werden sollte. Als Gegenleistung wurde vereinbart, das Logo von IIRN während der gesamten Aktion sichtbar zu halten.

An der Station Jacques Bonsergent nahm Jo die Metro. Heute fühlte sie sich komplett ausgelaugt, obwohl sie und ihr Übungspartner sich gestern Abend streng an die vorgegebene Abfolge gehalten hatten. Mit jeder Stellung werde eine neue Verbindung zwischen dem Selbst und dem großen System aufgebaut oder erneuert, das uns mit lebenswichtiger Energie versorge, meinte Dr. Horn, die dazu lange geforscht und vor Jahren an der Humboldt-Universität Berlin am Institut für Sexualwissenschaften promoviert hatte. Große Namen, darunter einige ihrer Lieblingsschauspieler und geschätztesten Intellektuellen, konnten dank Dr. Horns Methode ein »neues, besseres Leben jenseits eines schädlichen, künstlichen Systems voller Zivilisationskrankheiten und Konsumverblödung«, aber »geborgen im pulsierenden Schoß von Mutter Natur« beginnen.

Jo stand neben der U-Bahn-Tür und machte leichte Drehbewegungen mit dem Kopf, ließ ein mildes Om dabei erklingen, versuchte mit aller Macht, ihren Nacken zu entspannen und die Energien doch noch zum Fließen zu bringen, die Verbindung zum Netz herzustellen und zu stabilisieren, wie Dr. Horn immer riet. Sie glaubte, dass sich seit Beginn des Seminars ihr Geruchssinn verbessert hatte. Auch hatte sie den

Eindruck, dass sie schärfer sehe, dass ihr Bild von der Wirklichkeit konturreicher sei. Allerdings kämpfte sie andauernd mit Erschöpfungszuständen, deswegen fühlte sie sich auch schuldig. Jo wollte sich vor Dr. Horn keine Blöße geben, sie ahnte, dass es nur eine Frage der Zeit war, bis sich ihr Körper auf das neue, eigentlich alte, Programm eingestellt hatte, bis sie die Praktiken besser beherrschte, ja perfektioniert hatte und wieder zu einhundert Prozent im Einklang mit dem Großen System schwänge.

An der Station Richard-Lenoir stieg sie aus. Auf dem Weg in die Rue Pelée 23 machte sie noch ausgiebige Kiefer- und Kauübungen, um ihre Gesichtsmuskulatur gut zu durchbluten. Sie betrat das Gebäude und stieg in den ersten Stock. Vor der Tür gähnte sie ausgiebig, ihr Verstand war noch nicht vollständig ins Große System eingebettet und versuchte ihr einzureden, dass sie sich schlafen legen sollte, doch Jo blieb standhaft. Nach dem Eintreten zog sie ihre Sandalen aus, schritt in den Seminarraum und hockte sich nach einigen leichten Dehnungsübungen mit aufgerissenen Augen und einem glückseligen Summen in den Kreis zu den anderen Teilnehmern. Jeder begrüßte jede und jeden, immer mit einem kurzen abschätzigen Blick auf deren und dessen Zustand. Alle zeigten Präsenz, alle wirkten bejahend.

Bald gesellte sich Dr. Horn dazu. »Liebe Praktizierende, heute wollen wir Überlegungen zur Transzendenz anstellen und ihrer Bedeutung in der Tantrapraxis nachspüren. Wer möchte den Anfang machen?«

Jo beobachtete jede ihrer Gesten und Bewegungen. Dr. Horn begegnete der Welt »jeden Moment auf einem hohen Level«. Dahinter verbarg sich ausgedehnte Erfahrung mit der Überwindung des materiellen Daseins und der Transformation in den Zustand reinster Energie.

Im Seminarraum herrschte bibliothekartige Ruhe. Thilo,

Jos Übungspartner von gestern und wichtiger Strippenzieher bei WWN, wich ihrem Blick aus. Während der Praxis gestern Abend hatte er jede Bewegung kommentiert, ununterbrochen geredet, das hatte Jo doppelt erschöpft. War er etwa jetzt der Enttäuschte? Ihr Bein begann nervös zu wippen. Jo faltete ihre Hände kurz vor dem Gesicht, auch weil sie ein Gähnen unterdrücken musste, und sagte dann mit aufgeschlossener Miene und sehr, sehr leiser Stimme: »Ähm, für einen Erdling ist die Erfahrung mit Transzendenz auch ein kreativer Kommunikationsakt für den Weltfrieden.«

Einige nickten. Dr. Horn blickte sie interessiert an.

Jo nahm Thilo ins Visier. »Also, gestern, da praktizierten Thilo und ich, … und da hab ich richtig erlebt, wie sich mein Weg vom Nichts hin zum Sein ausrichtete …«

Jo erhielt Zustimmung von den anderen Teilnehmerinnen. »Über so energetische Felder? So Farben? Bei mir war das echt genauso.«

»Ja, über Transformation von Energie, ich konnte regelrecht die Performance meines Egos kreativ erfahren.«

Thilo verzog den Mund und heftete seinen Blick auf den Boden.

»Das ist sehr gut, Jo, was dir da passiert ist«, erwiderte Dr. Horn.

»Ja, ich glaube auch, wenn jeder Mensch aktiv über Transzendenz kommunizieren und verbunden sein würde, gäbe es keine Kriege mehr. Wir hätten endlich ein Leben in Bäläns.«

Thilo schüttelte den Kopf. »Klar, wenn sich die Welt in Luft auflösen würde, dann wäre sicherlich Ruhe im Karton.« Er verschränkte die Arme vor der Brust. »Also, für mich war das gestern eine Tortur. Kaum stand ich endlich kurz vorm Orgasmus, und das war schwer genug bei der ganzen Technik, die ich zu beachten hatte, da kam meine Partnerin überraschenderweise schon und legte sich seelenruhig schlafen. Ich hab mir auf die Lippe beißen müssen, so weh hat es getan. Meine Eier wären fast explodiert, und du quatschst hier von Weltfrieden!«

Jo war empört. »Thilo, genau hier liegt ja dein Problem! Wo war die active connection? Die Energie zwischen uns ist nicht geflossen? The information wurde durch deine Kommandos immer abgelenkt.«

Er lachte und schüttelte den Kopf. »Komm, Jo, spinn nicht rum. Wenn ich meinen Schwanz in eine Möse stecke, ist das also keine aktive Verbindung?«

»Das ist bloß eine technische Verbindung. Deine Performance konzentriert sich nicht auf die kreative Steigerung der Wirklichkeit. Dann hättest du auch kapiert, wie weit ich war.«

Eine weitere Mitstreiterin sprang Jo und Thilo zur Schlichtung bei, setzte sich vor ihn, legte ihre Hand auf sein Gemächt und machte leichte Massagebewegungen. »Du musst zuerst an deinem Weltbild arbeiten, du musst dich aus dem materiellen Bild von dir und der Welt lösen, du musst an deinen energetischen Achsen arbeiten, deine Chakren öffnen und den Weg zu deiner transzendenten Gestalt finden. Nur so kannst du deine kreative Performance steigern und dich aktiv verbinden. Und so wirst du verstehen, wie ein Leben in Balance und Weltfrieden möglich ist.«

Dr. Horn dankte und bat die Praktizierenden, die Augen zu schließen. In ihrem eigenen monotonen Timbre, sie nannte es energieoptimiertes Sprechen, fasste sie die Ansichten erst einmal zusammen und ergänzte sie um eigene. Die Begriffe zogen wie Panzer durch den Raum. Lange Pausen alle zwei, drei Worte sollten »die gnostischen Spuren« bei jeder und jedem Praktizierenden hinterlassen, so Dr. Horns Absicht. In jeder Sitzung entwickelte sie neue Aspekte ihrer Arbeit, die sie ab und an gesammelt in einem unverständlichen, aber wohlformulierten Essay in der Zeitschrift »Life Nature Balance« zum Besten gab. Es musste wohl diesem niedrigen Energielevel in Dr. Horns Stimme geschuldet sein, dass sich Jo plötzlich schlafend, mit dem Kopf an Thilos Schulter lehnend, wiederfand.

»Jo?« Jemand strich ihr wiederholt über den Arm. »Jo? Du siehst erschöpft aus, du schnarchst, weißt du das?«

Durch das Adrenalin der Peinlichkeit war sie endlich hellwach. Eine Sekunde blickte sie stumm in die Runde, versuchte, ihre träumerische Verwirrung mit aller Macht durch eine Mimik der Verwunderung zu kaschieren. Sie blies ihre Wangen ein paar Mal auf.

Dr. Horn erhob sich. »Dein Energielevel macht mir Sorgen, Jo. Wollen wir morgen diesem Phänomen weiter auf den Grund gehen? Die Praxis ist für heute beendet.«

Beim anschließenden Meeting der Pariser WWN-Division in Thilos Wohnung sollte eigentlich der Ablauf der Groß-Demo festgelegt werden. Stattdessen stritt man sich darüber, ob die Demonstrierenden, die kein Tierkostüm tragen wollten, der Fairness halber und der Gleichberechtigung wegen auf jegliche Art der Bekleidung verzichten sollten, und ob man sich dann Felle anstelle von Baumwollklamotten überhängen durfte. Jo verschlief das Meeting komplett in der Küche mit dem Kopf auf dem Tisch. Aber achtundvierzig Stunden bis zum großen Event blieben ihnen ja noch.

Gleich als Jo wieder in der kleinen Wohnung in der Rue du Château d'Eau ankam, die sie sich mit zwei weiteren WWN-Mitgliedern teilte, öffnete sie das Fenster, damit dieser kalte, süßlich-modrige Geruch abzog, der sie an eine erfrorene Maus erinnerte. Sie hatte ihr Bett deshalb ganz nah ans Fenster gerückt, damit ihr nicht übel davon wurde. Sie brühte sich einen Ingwertee auf und setzte sich mit der Tasse auf die Fensterbank. Wie eine totale Versagerin fühlte sie sich. Sie war wütend auf sich, auf die anderen und darauf, dass sie nicht auch abgekämpft wirkten. Sie schämte sich vor Dr. Horn. Es hatte an Thilo, nicht an ihr gelegen. Darüber musste sie mit ihr sprechen.

Ganz früh am nächsten Morgen verließ Jo noch vor den anderen die Wohnung, um Dr. Horn bei sich zu Hause abzupassen.

Jivan war entschlossen, diese Frau endlich anzusprechen, er war schon seit vier Uhr wach und hing am Teleskop. Nachdem er sie aus der Haustür kommen gesehen hatte, knallte er die Wohnungstür hinter sich zu, rannte die Treppen sieben Stockwerke hinunter, durch die Haustür und auf die Straße. Sie hatte es eilig und war schon fast an der Ecke. Mit dem langsamen Fahrstuhl hätte er sie verpasst. Jivan folgte ihr einigermaßen auffällig, hoffte sogar, sie würde ihn bemerken. Er könnte sagen, er habe denselben Weg, und malte sich natürlich auch aus, wie er sie ansprechen würde, traute sich aber nicht, ihm fiel nichts ein, dass ihm nicht peinlich gewesen wäre.

In der Metro stand nur ein Fahrrad zwischen ihnen. Jivan nahm einen leichten Duft nach frischem Gras wahr. *Tausend Worte hatte ich auf der Zunge, aber nichts passte in den Spielraum, der zwischen uns entstanden war.*

Bei Laumière stiegen sie aus, er folgte ihr mit etwas größerem Abstand. In der Rue Cavendish verschwand sie in einem Wohnhaus. Er hörte sie im linken Erdgeschoss klingeln und schlich sich zu einem der Fenster. Durch einen offenen Spalt in den Gardinen beobachtete er eine weiß gekleidete Frau, die vom Klingeln an der Tür unangenehm überrascht wurde und sich offensichtlich ordentlich Amphetamine zum Kaffee reinzog. Gerade lief sie zur Tür, als Jivans Vater anrief. Er entfernte sich schnell vom Gebäude, damit das Surren nicht auf ihn aufmerksam machte. Leider hatte er schon drei Stunden später einen wichtigen Termin zweihundert Kilometer westlich von Paris.

Am nächsten Tag kam er erst am Nachmittag zurück in die Stadt. Es war so schwül, es war richtig grell. An der Ecke Boulevard Vincent Auriol entdeckte er einen Wagen seiner Lieblingserfrischungsbar. Die hatten diese selbstgemachten Joghurtshakes, die er so mochte. Er bestellte sich einen mit Zimtaroma und diesen neuen Surrogatflocken, die aussahen und schmeckten wie gehackte Walnüsse. Neben ihm an der Bar stand ein Mann und verfolgte einen Newsticker auf seiner Uhr. Er hatte den Shake aus Reismilch genommen mit zuckerreduzierten Erdbeerstückchen. In diesen Genussmomenten dachte Jivan an nichts, sein Kopf war klar, er fühlte sich zwar nicht euphorisch vor Glück, aber absolut zufrieden mit sich und der Welt. Eine gutartige Müdigkeit legte sich wie eine Wollmütze über sein Haar, er konnte es kaum erwarten, die Frau wiederzusehen. Jivan nuckelte an seinem Strohhalm und spähte in Richtung des Lärms, der sich näherte. Die Wolkendecke verdichtete sich immer mehr. Seine Wetter-App meldete, dass ein Gewitter im Anzug sei, in etwa zwanzig Minuten sollte hier ganz in der Nähe ein Blitz einschlagen. Es war viel zu früh für derart präzise Koordinaten. Erst fünf Minuten vor Eintritt eines Ereignisses konnten die meteorologischen Daten mit fünfundneunzigprozentiger Sicherheit an die Abonnenten übermittelt werden, und erst neunzig Sekunden davor erreichten solche Informationen neunundneunzigprozentige Wahrscheinlichkeit. Der herannahende Lärm erwies sich als Demonstration. Etwa fünftausend Menschen in Tierkostümen hatten sich zusammengefunden, manche waren sogar nackt, einige trugen Lendenschurze und Felle. Die Demo musste kurzfristig angesetzt worden sein, Jivans Infodienst hatte keine Angaben dazu. Als wären sie aus einer Arche ausgebrochen, bewegten sich die Menschentiere paarweise auf der Rue Jeanne d'Arc und näherten sich dem Boulevard Vincent Auriol. Dort blieben sie stehen und blockierten von allen Seiten die Kreuzung. Auf den Transparenten stand alles Mögliche. Man hätte nicht sagen können, worum es ihnen genau ging. Auf jeden Fall um Tierschutz, um Wildnis, um Weltfrieden, um Ökologie, um Klimaerwärmung, um Gerechtigkeit, um Freiheit, um das Recht auf Glück, um Gott ging es auch und um die Forderung, Sex anstatt Geld als neues Belohnungsmittel einzuführen. Einige begannen zu singen, andere zu tanzen. Alles ging ein wenig chaotisch zu, eine einheitliche Dramaturgie war nicht zu erkennen. Und plötzlich, mittendrin, die Frau – im Kostüm eines blauen Vogels! Sie stand ganz außen, keine zwei Meter von Jivan entfernt, und blockierte die Fahrbahn mit ausgebreiteten Flügeln. Sie blickte ernst in Richtung Place d'Italie und hielt ein Schild hoch mit der Aufschrift »Ich schäme mich, ein Mensch sein zu müssen«. Auf allen Fahrbahnen stauten sich die Autos. Man konnte das Gewitter schon riechen, der Stresspegel war hoch, alle wollten nach Hause. Niemand interessierte sich für das Anliegen der fünftausend Weltverbesserer. Ein nervöses Hupkonzert brach los, einige schimpften auf die Kunst. Als ein paar genervte Autofahrer die Geduld verloren, ausstiegen, auf die Gorillas losgingen, ihnen das Fell über die Ohren ziehen wollten und drohten, dass man sie auch ausrotten könne, wenn sie sich nicht zu benehmen wüssten, platzte den tapferen Primaten der Kragen. Sie polierten den Großmäulern buchstäblich die Fresse. An allen Rändern der Demo brachen Randale los. Gewaltsame Übergriffe zwischen Mensch und Menschentier entluden sich auf der sonst so ehrwürdigen, prunkvollen Kreuzung. Dazu wurde die Luft immer stickiger, die leichteren Schichten fiepten schon unter dem Druck der schweren Massen. Jivans Wetter-App meldete den Ausbruch des Gewitters innerhalb von sieben Minuten und dreiundvierzig Sekunden. Er näherte sich schüchtern dem Vogel. *Mir klopfte das Herz bis in die Zunge, ich … kriegte kaum Luft.* Er überlegte, ob er auch so ein Kostüm bräuchte. Und für eine Sekunde dachte er daran, sich nackt auszuziehen. Da stieg plötzlich auf Höhe des blauen Vogels ein Glatzkopf aus seinem protzigen Landrover. Die ganze Zeit über hatte er schon aus einer sicheren Entfernung von fünf Metern derbe Beschimpfungen wie Handgranaten gegen die Demonstranten losgelassen. Nun versuchte er, den blauen Vogel zu verscheuchen. Erst mit Worten. Aber er blieb stur an der Stelle stehen. *Dann wurde der Sack tatsächlich handgreiflich!* Er packte den Vogel am Arm und wollte ihn auf den Gehweg drängen, da ging Jivan dazwischen. Ganz leise sagte er: »Tschilp. Bitte unterzeichnen Sie unsere Petition.« Der Glatzkopf blickte überrascht an ihm auf und ab, dann schubste er ihn zur Seite. Jivan stellte sich erneut heldenhaft zwischen ihn und den Vogel, obwohl sein Vater ihm beigebracht hatte, dass man in Situationen aufkommender Gewalt am sichersten sei, wenn man blitzschnell wegrenne. Aus dem Augenwinkel verfolgte er den Countdown seiner Wetter-App auf der Lifewatch. Für keine fünf Meter von ihm entfernt, in etwa auf Position des Landrovers, wurde der Einschlag vorausberechnet. Was für ein Zufall! *¡Dios mio! Das war kein Zufall mehr!* Der Glatzkopf hatte Jivan am Kragen gepackt. *Und ich versuchte ihn noch einen Moment hinzuhalten, bis es so weit war, ich krächzte so was wie:* »Und wenn Sie unsere Petition nicht unterzeichnen, dann zerstören wir Ihren Wagen.« Beinahe etwas zu theatralisch, er war in der Theatergruppe der Schule nie der Favorit gewesen, hob Jivan den rechten Arm wie eine Waffe in die Luft, *echt mit meinen letzten Kräften, denn ich dachte, der Sack erwürgt mich,* er wäre fast ohnmächtig geworden. Mit Zeige- und Mittelfinger zielte er auf den Landrover, rief noch mit letzter Stimme »fünf, vier, drei, zwei, eins«, und dann knallte es markerschütternd. *Diese Wetter-Apps sind soo geil!* Einigermaßen entsetzt ließ der Glatzkopf ihn los und rannte zu seinem Auto. Der Blitz war mit nur minimaler Abweichung an der rechten Seite des Wagens eingeschlagen und hatte sich über der Karosserie entladen, hinterließ aber eine unschöne Brandstelle auf dem Klavierlack. Der Mann war so eingeschüchtert, er schien einem Herzinfarkt nahe zu sein. Der Westflügel der Demonstration war ebenfalls sprachlos. Um sie herum herrschte Stille wie im Auge eines Orkans. Der blaue Vogel betrachtete Jivan wie einen Zauberer. Dann legte er seinen Schnabel an seine Wangen. »Danke!«

Er berührte das blaue Gefieder. *Ich hatte echt keine Kontrolle darüber, was ich sage, ich hatte nur diesen Drang, ihr zu imponieren.* »Sind das echte Federn?«, fragte er.

Sie lachte wie verrückt, schüttelte den Kopf. »Dann wär ich damit schon weggeflogen.«

Sirenen heulten und näherten sich. Die ersten schweren Regentropfen fielen. Die Polizei begann, einige Demonstranten und Autofahrer festzunehmen. Jivan griff kurzerhand nach ihrem Schild. Mit der anderen packte er sie an einem Flügel, zog sie aus der Menge und lief mit ihr die Rue Jeanne d'Arc entlang. Der Regen kam jetzt in einer Lawine herunter. In der Rue Clisson stand eine Haustür offen, hinter der sie verschwanden. Sie öffnete den Reißverschluss und ließ das nasse Vogelkostüm auf den Boden fallen, darunter trug sie ein kurzes leichtes Trägerkleid. »Jo.«

»Chivan.« Sein anthrazitfarbenes Leinenhemd klebte an Bauch und Rücken. Wasser tropfte aus seinen Haaren. Er sah ihr an, dass sie nachdachte.

»Ivan …, weißt du, warum ich Filme manchmal besser finde als das Leben?« Jo musterte ihn. »Ich kann das Ende miterleben. Und wenn ich will, bin ich sofort in einer anderen Story.« Als sie ihn dabei traurig anlächelte, entdeckte er in ihren zitternden Mundwinkeln ein Lampenfieber, das ihn tief berührte.

Er strich ihr über den Mund, über den Hals, er strich ihr übers rechte Ohr und nahm jede Sommersprosse auf ihrem Dekolleté ins Visier. Dreihundertachtundsechzig zählte er dort noch am selben Tag, vom Bauchnabel bis zu den Schamhaaren waren es zweihundertfünfundneunzig. Sie verbrachten die restliche Zeit bei ihm, verließen kaum die Wohnung, bestellten Essen und liefen wie Adam und Eva nackt herum.

… *wenn ich an diese Zeit denke.* Wenn Jivan daran zurückdenkt, sticht es ihm im Oberbauch. Erinnerungen, die wie Nadeln in seinem Magen liegen. Ediz legt ihm mit einem Zwinkern ein paar Stangen Sellerie auf den Tisch. Jivan will den Blick nicht von den Erinnerungen nehmen, starrt aufs Display, als wäre er in die Arbeit vertieft.

Bald löste sich Jo von WWN und Dr. Horn. Über einen guten Freund hatte Jivan Kontakt zu Norman Tanner bekommen, dem Chef von BetterPlanet, der brauchte jemanden in Berlin für die Projektorganisation. Und Jos Müdigkeit ließ mit der Zeit nach.

Was wäre das größere Übel für Jivan? Enthaltsamkeit oder Tanner? *Scheiße! Ich rede mit Norman. Ich will meine alte Jo zurück.* Er hatte sie ihm unter einem Vorwand sowieso nur mittelfristig entzogen. Jivan schließt nie alle Türen, wenn er geht.

Die Zeichnung auf dem Display ruht hinter einer Standby-Gardine im Halbdunkel. Als Jivan den Bildschirm berührt, weckt eine Brandung das Display, animierte Wellen spülen das Bild links aus der Anzeige, das kleine Segelboot mit Jo treibt hinter den Horizont des Monitors. Losgelöst von Jivans Seemannsgarn sticht es neugierig in See, eine kräftige Böe treibt es vorwärts und manövriert es mit Spitzengeschwindigkeiten bis zu dreißig Knoten über die Meere. Im letzten Moment hält ein kühler Gegenwind, der sich an den angeschwollenen Luftmassen vorbeischiebt, das Boot davon ab, von einem von Tonys mächtigen Ausläufern erwischt und mitgerissen zu werden.

2

Tony hat die paradiesische Festlandbucht verschont und ist weiter nach Nordwesten gezogen. Zum Abschied schmettert er noch die Spitze seines Schwanzes wie ein nasses Handtuch in Richtung der abgelegenen Bai und wirbelt dort ein letztes Mal die Luftmassen auf.

Bis an den Rand der Troposphäre, fast fünfzehntausend Meter hoch, hat sich der Wirbelsturm über den Ozean aufgerichtet, die kühlen Winde waren unterlegen, haben ihn provoziert, konnten aber nichts ausrichten. Schon bläst sein übergeschnappter Atem die Fanfaren zur Ankunft auf der Bühne des dicht besiedelten Kontinents.

Fünfzehn Meter hohe, behaglich warme Wellen strömen bereits gegen die übervölkerte Festlandküste, schaukeln sich höher, je näher Tony kommt. Auf den ersten einhundertfünfzig Kilometern empfangen ihn Asphalt und Beton, Straßen und Gebäude, dahinter Wälder, Äcker, Wiesen, die er ohne Mühe mit seinem monströsen Schwall vernichtet. Mit Tonys Saat geschwängerte Schlammmassen begraben jedes Leben unter sich, das sich nicht rechtzeitig in Sicherheit bringen kann. Tiere, Bettler, Straßenkinder ersticken zuerst, werden zerquetscht oder erdolcht und dem neuen Leben geopfert. Bis tief in den Rachen des Festlandes ergießt sich seine Lust, fast erstickt der Kontinent an seiner Begierde. Auf dreihundert Kilometern steht kein Haus mehr.

Der Strand der kleinen, fernen Insel ist übersät mit allerlei Souvenirs, die Tony von jeder seiner Reisen für seine heimliche Prinzessin mitbringt. Überall am Ufer liegen kleinere Felsbrocken und jede Menge Kies und Muschelkalk wie eine müde Reisegruppe, kunterbunt und von überall her, als wären sie nach einer endlosen Anreise über die Ozeane nun endlich hier angekommen. Den Inselleib ziert jetzt eine Flagge, und darunter funkelt ein faustgroßer Stein, der einige schräg einfallende Sonnenstrahlen in buntem Glitzern zurückwirft, als dringe aus ihm ein geheimnisvolles Licht. Dabei sind es nur die prismaartigen Facetten eines Minerals, das vor Hunderttausenden von Jahren dort eingefangen und von den unzähligen Ekstasen der Ozeane wie ein Brillant geschliffen wurde. Irgendwann hat der Stein den Kontakt zu seiner Einheit hoch oben auf dem Vulkan Ojos del Salado verloren, irgendein Ereignis (vielleicht ein Vulkanausbruch) hat ihn weit über die Atacama-Wüste bis hinunter an die Pazifikküste verfrachtet, irgendjemand hat ihn (vielleicht während eines Spaziergangs im Sonnenuntergang in einem Anfall von Euphorie) ins Meer geworfen.

N=Global

DEINE NACHRICHTEN RUND UM DEN GLOBUS

Sprachversion des Artikels auswählen

Kimberley/Northern Cape/Miami/Helsinki. Satellit LANDSAT 12 hat Datenpakete der Infrarot- und Radar-Abtastungen zu den Verwüstungen des Wirbelsturms Tony an die Rechenzentren in Miami und Helsinki übertragen. Übereinstimmende Auswertungen ergeben: Schätzungsweise 21 000 Menschenleben, fast 150 000 Exemplare komplexen Tierlebens und beinahe 1 Milliarde Exemplare pflanzlichen Lebens hat der Sturm auf dem Festland vernichtet.

New York. Der UN-Wirtschaftsrat hat soeben seine Auswertungen der Staatshaushalte für das nächste Halbjahr bekanntgegeben. Über 70 Prozent der Etats müssen gekürzt und überarbeitet werden. Von Seiten einiger betroffener Staaten wurde bereits Veto angemeldet. 30 Prozent stehen durch die letzten Börsenturbulenzen kurz vor dem Kollaps.

Zürich/New York. Unter Federführung Deutschlands und Frankreichs wurde heute beim UN-Wirtschaftsrat ein Gesetzesentwurf zur Eindämmung der Steuerhinterziehung eingereicht, dem zufolge in Zukunft der Bau von Bunkeranlagen, die als Tresore genutzt werden, nur noch unter strengen Auflagen möglich sein soll. Mit einem Abstimmungsbeschluss wird erst in der nächsten Vollversammlung gerechnet. Die Börse reagierte empfindlich auf diese Meldung. Vor zwei Jahren hatte Sécurité Suisse (ein Tochterunternehmen der Credit Suisse) die Lizenz für den Handel mit unterirdischen Grundstücken erworben und die defizitäre Bank erfolgreich aus der

Schuldenkrise geführt. Bernard Bernardi, Vorstandschef der SS, war noch zu keiner Stellungnahme bereit.

Mountain View/Kalifornien. Das Google-Tochterunternehmen Kurzweil Longlife Inc. kündigte in einer Pressemeldung an, dass das ewige Leben bald auch für den kleinen Geldbeutel zu haben sei. Im Augenblick laufe eine erste Testphase mit über hundert Freiwilligen aus einhundert Ländern. Die Menschenrechtsorganisation humanWatch kritisierte das Fehlen eines fairen Auswahlverfahrens.

Genf. Laut dem letzten Bericht der Weltgesundheitsorganisation WHO ist die Selbstmordrate weltweit um 15 Prozent gestiegen. Aus dem Papier geht hervor, dass jeder 85. Mensch aus Verzweiflung freiwillig aus dem Leben scheidet.

ROANA

JEDER MENSCH, DER ES AUF DIE WELT GESCHAFFT HAT, WIRD ALS SIEGER GEBOREN, DENN DAS ERSTE RENNEN HAT ER SCHON GEWONNEN. UND ES GIBT KEINEN GRUND, WARUM ER NICHT NOCH EINS GEWINNEN SOLL.

Joseph Debenham zu seiner Tochter Roana
auf dem Flughafen von Valencia am Tag ihrer Abreise

Wär mir der Typ hier vor drei Monaten so gekommen und hätte mir unterste-Schublade-mäßig auf die Titten gestarrt, ich hätte ihn eiskalt abblitzen lassen. Mamá hat immer gesagt, wenn dich ein Kerl mit scharfen Blicken angreift, dann schlag sofort zurück. Lass dich nie in die Knie zwingen! Nicht wegschauen, Roana, hat sie gesagt. Aber ich passe …, ich kann gerade nicht anders, ich kriege einfach nur einen Lachkrampf, es ist zum Heulen. Scheiße …

»Was ist so lustig?«

»Nichts … ’tschuldige.« Klar, ich könnte die Tränen auf den Wind schieben, aber ich hab auch keinen Bock mehr, mir dauernd irgendwas zu verkneifen. »Hast du vielleicht ein Taschentuch?« Ich lache ja bloß, weil ich mir gerade so doof vorkomme. Er reicht mir eine Serviette, die nach Serrano riecht, und ich kriege auf einmal so einen Flashback, eine Riesensehnsucht nach zu Hause. Jetzt muss ich erst richtig heulen, vor drei Monaten wär mir das noch voll peinlich gewesen, aber gerade find ich's nur noch voll schön … echt … so scheiß-alien hab ich mich die letzten Wochen gefühlt, als wär ich von Außerirdischen umprogrammiert worden. Keine Ahnung, sein gottverdammter Blick hat mich irgendwie zurückgebeamt von diesem krassen Planeten, irgendwie hat er mich da rausgefischt aus diesem beschissenen Ozean, in dem ich seit drei Monaten wie eine bleierne Flunder herumtreibe. Okay, er hat mir auf die Titten gestarrt, aber WIE er mir auf die Titten gestarrt hat, darum geht's doch. Das war halt so … so nett. Und kein Stück arrogant oder aufdringlich oder so was … Es war halt, als wär's ganz normal. Ich mein … ach Scheiße, es ist doch egal, wie oder was, er ist ein netter Kerl, und alles fühlt sich plötzlich so normal an, und ich bin einfach dankbar.

»Besser?«

Ich nicke. Er ist süß. Ich muss in einer Tour blinzeln. Er hat sich mit dem Rücken zur Sonne gesetzt, in meinen Windschatten. Hier am Strand bläst es wie verrückt. Seine Haare vorne wollen das Feld räumen. Ich will gar nicht wissen, wie alt er ist. Mein Vater könnte er schon sein … Oder? Nee, er wirkt jung. Keine Ahnung. Ich wär nicht sauer, wenn er mich nicht ernst nehmen würde, so wie ich hier herumschniefe. Ich komm mir ja selber albern vor. Wie eine Heulsuse. Eigentlich sollte ich die Welt umarmen und froh sein, dass ich noch am Leben bin. Er grinst, als ich ihm sage, dass ich einfach am Arsch bin, und will mir weismachen, er wär auch am Arsch und dass ich ja keine Ahnung hätte, wie sehr. Na ja, von den Schrammen und blauen Flecken mal abgesehen, sieht er eigentlich voll entspannt aus, als wär das alles hier bloß eine gefakte Katastrophenerlebnistour gewesen. ICH hab von diesem ganzen Stress Flecken im Gesicht gekriegt. Ich will jetzt nichts aufrechnen, schließlich haben wir beide gerade das Inferno überlebt, okay, er ist älter und hat mehr Erfahrung als ich, aber wie es aussieht, sind wir die Einzigen, die hier lebendig gestrandet sind. Und wenn ICH mal beichte, dass ich am Arsch bin (das habe ich noch nie zu jemandem gesagt), dann muss er mir glauben, dass es wirklich schlimm um mich steht. Meine Knie sind immer noch weich vor Angst. Meine Wangen brennen, so viel geheult hab ich. Meine Stimme liegt jetzt eine geschlagene Oktave tiefer, so viel geschrien hab ich. Horror! Echt, ich dachte, mit mir wär's vorbei … ich wär tot, mit nicht mal zwanzig! Tausende andre kamen da nicht mehr lebend raus. Die sind jetzt Fischfutter.

»Als Kind bin ich nach der Schule immer zuerst an den Strand gegangen, wie zu einem großen Bruder, dem ich alles erzählen konnte«, sagt er.

Sagt ein Mann so was zu einer Frau, die er ernst nimmt, oder zu einer Halbwüchsigen, die sich abregen soll? Er blinzelt jetzt auch, als wollte er sehen, ob das bei mir angekommen ist. »Klar«, sag ich, »wenn du am Wasser sitzt, will der Geist ganz automatisch fliegen …, er wird ja regelrecht mitgerissen von dieser arschgroßen Fläche. Dann knallt er ganz von selbst an die Linie des Horizonts. Baff!« Eigentlich wollte ich ihm einen Grund geben, mich für voll zu nehmen. Ich sehe ihm an, dass er null kapiert hat, deshalb schaue ich einen Moment ernst in die Gegend, er soll wenigstens merken, dass ich was Ernstes gemeint habe. Ich will, dass er in meine Katzenaugen sieht. Aber die Scheißsonne sticht, es ist kaum zum Aushalten, ich drehe mich weg und werfe meinen Kopf in den Nacken. So was hab ich immer in französischen Filmen gesehen, das wirkt total erotisch … wenn er schon die Message nicht gerafft hat. »Weißt du, hinterm Horizont erwarten wir immer noch das Unbekannte (ich kratze extra Gänsefüßchen in die Luft). Selbst wenn wir wissen, dort liegt dies oder das, vergessen wir es beim Anblick des Meeres.« Ich drehe mich wieder zu ihm hin, blicke an ihm hoch und runter. Diesmal ist es angekommen, glaube ich. Er nickt jedenfalls leicht. »Stimmt doch, oder?«, sage ich. »Hinterm Horizont vermuten wir immer irgendwas, das unsern Geist übersteigt.« Ich schaue ihm ganz kurz so tief in die Augen, wie ich kann. »Und deshalb kann das Meer auch der große Bruder sein.« Keine Ahnung, ob das jetzt logisch war, aber er grinst und streicht mir über den Arm. Und hier mal was Positives: Was ich richtig cool an den letzten Wochen fand, war, dass ich verzweifelt genug war, um Borges zu lesen. Tja, ich bin schließlich kein kleines Mädchen mehr. Nicht nach allem, was ich durchgemacht habe …

Eigentlich haben drei überlebt. Das Kind in meinem Bauch hat es ja auch geschafft. Keine Ahnung, ob ich vor Glück oder aus Verzweiflung heulen soll. Ich bin schwanger und weiß nicht, von wem! »Ein Unfall«, habe ich dem Arzt vorhin weisgemacht. Die Wahrheit habe ich lieber für mich behalten. Als würde ich mich einfach so von einem Typen überrumpeln lassen. Wie eine Schlampe, hätte Mamá gesagt. Er hat mich noch wie so ein »Onkel Doktor« angeschaut, der mich gern über Verhütung aufgeklärt hätte. Wenn es nicht so beknackt klingen würde, hätte ich am liebsten gesagt: »Vom heiligen Geist.« Strenggenommen darf ich kein Sterbenswörtchen darüber verlieren! Na ja, Jakob ist jetzt im Knast und Natalie … wahrscheinlich tot … Auch wenn ich es mir immer wieder sage: Natalie ist tot, Natalie ist tot … Es passiert nichts. Ich kann nicht heulen. Das macht mich wahnsinnig … Das kommt noch? Vielleicht … Vielleicht hast du recht. Wie ein Stein komme ich mir vor. Wenn ich jetzt auspacke, kann das die Sache auch nicht schlimmer machen? Ich wollte doch nur, dass Papá stolz auf mich ist! Wie erkläre ich ihm das alles? Mein Versprechen habe ich nicht gehalten, die Tradition der Familie Debenham habe ich mit Füßen getreten. Nächste Woche erwartet er mich zurück, er erwartet meine Antwort. Und was soll ich ihm sagen? … Ich bin schwanger, Papá! Ich weiß, das ist zwar kein Beruf, aber immerhin ein existenzieller Zustand, so was wie Künstler oder Psychopath, oder so was wie Friedensaktivist. Es ist immerhin ein … Dasein … Keinen Schimmer habe ich, wie's mit meinem Leben weitergeht. Einen Sinn? Soll ich ihm etwa sagen: Ja, du hattest recht? Und er wird den Kopf schütteln und sagen: Das war ja sowieso klar. Und dann sage ich ihm: Ich habe mir sogar ein »Souvenir« vom Vulkan mitgebracht. Und er wird sagen: Du erwartest doch nicht, dass ich jetzt auch noch für den Schlamassel aufkomme! Aber wer ist denn schuld? Papá selbst, Punkt und basta! Diese ganze Sache war seine Idee! ER hat mich auf diesem beschissenen Vulkan ausgesetzt.

Da oben am Ojos del Salado hing ich zwei Wochen rum! Glaub mir, es ist der gottverlassenste Ort auf diesem Planeten. Und ich war so allein, ich kam mir total verloren vor, hab verzweifelt versucht, einen »sinnvollen« Sinn meines Lebens zu finden. Nicht, dass ich überhaupt nicht weiß, was ich mit meiner Zeit anfangen soll. Eine ganze Menge könnte ich machen! Aber Papá ist ja nichts recht, solange man nicht dasselbe macht wie er. Was an Bauunternehmerin schlimm sein soll, hat er mich gefragt. Ich will was Eigenes machen! Und was war seine Reaktion? Mit super-spartanischem Etat, Zelt, Schlafsack und einem Rückflugticket (das ich erst drei Monate später nutzen kann) hat er mich weit über den Atlantik verbannt, auf den höchsten schlafenden Vulkan des südamerikanischen Kontinents. Zwei Wochen nach meinem 19. Geburtstag! Ein Jahr lang hab ich versucht, ihn davon abzubringen (wäre Mamá noch am Leben, hätte er sich das nicht getraut). Angeblich soll das ein altbewährter Brauch in der Familie Debenham sein. Sein O-Ton: »Wer sich nach Erreichen der Volljährigkeit eine Weile allein zum Nachdenken in der Nähe dieses einsamen Vulkans aufgehalten hat, weiß anschließend, was er von sich erwarten kann. Ein junger Mensch entwickelt in dieser Abgeschiedenheit eigene Lebensvorstellungen, er kann dort, abgeschirmt vom Gewäsch der sozialen Netzwerke, in sich hineinhören und lässt sich nicht einfach zu irgendwas hinreißen.« (Ergänze: was nicht den Vorstellungen der Eltern entspricht.) Soll heißen: Wenn du dir da oben erst mal einige Monate lang den Hintern abgefroren hast, dann bist du zu allem bereit, wenn es dir dein Leben nur angenehmer macht. SEINERZEIT wurde Papá von seiner Tante dahin verbannt. Und natürlich war ihm erst dort klargeworden, dass er wie sein kinderloser Onkel unbedingt Bauunternehmer werden wollte. Die Briten halten ihre Traditionen, make or break, hoch, selbst wenn sie sich dabei in Heidschnucken verwandeln müssten. Aber immerhin hat er sich dort oben entschlossen, Manchester zu verlassen und nach Spanien zu ziehen.

Als ich Papá am Flughafen in Valencia noch mal anflehte, mir das zu ersparen, und er nur demonstrativ und kategorisch mein Gepäck aufs Förderband des Check-in-Schalters stellte, da war mir endgültig klar, dass ich mich erst wieder zu Hause blicken lassen konnte, wenn ich entweder »zur Vernunft« gekommen oder mir noch was viel Besseres eingefallen war. Aber ich sagte mir: Roana, so ein bisschen Isolation kann Wunder bewirken – vielleicht hat er ja recht! Ich wollte nur, dass er mich danach in die Arme schließen und sagen würde: Brava! … Ich wollte, dass seine Augen voller Stolz glänzen. Seinen Scheißrespekt wollte ich!

Also versuchte ich mich zwei Wochen lang als Eremitin da oben in diesen monumentalen Höhen. Am ersten Tag überkam mich echt so ein erhabenes Gefühl. Als wär ich auserwählt und ausgezeichnet worden. Aber dieser Anflug von Größenwahn war schnell vorbei, als mich eine gotterbärmliche Gleichgültigkeit umhaute. Dieser ständige Wind machte mich total lustlos, ich lag wie gelähmt im Zelt und starrte in einer Tour in den Himmel. Und als ich mich endlich wieder aufrappelte und das Zelt verließ, da kriegte ich von der dünnen Luft übelste Kopfschmerzen. Ich konnte mich kaum auf den Beinen halten. Ich dachte, mein Magen wär bloß noch organischer Schlamm in einer Biogasanlage. Aber ich war entschlossen, meinen eigenen Weg zu suchen, ich wollte auf keinen Fall aufgeben.

Beängstigend fand ich dieses Vibrieren, das ganze vulkanische Fußbett bebte immer mal unter meinem Hintern, wie so ein Scheißtrojaner machte sich der Vulkan bemerkbar, weißt du, als ob er sich in meine Gedanken einschleichen wollte, manchmal war ich sicher, dass das Papá inszeniert hatte, das wär typisch für ihn. So ein Wahnsinn, oder? Da oben wird ein Mensch doch wahnsinnig. Und trotzdem hab ich mir weiter jeden Abend am Lagerfeuer den Kopf zerbrochen und Tee, Tee, Tee … Und jeden Abend dieses Hammer-Rot am Himmel über diesen grauen Bergspitzen. Minutiös hab ich das beobachtet. Früher wäre mir das zu langatmig gewesen. Aber da oben – großes Kino! Eine Live-Performance, dazu das Pfeifen des Windes, ein paar Abende machte das echt Spaß, ich habe massig Aufnahmen davon gemacht, habe regelrecht darauf gewartet und gehofft, dass es nicht so schnell dunkel wird … *zyklische Nacht* habe ich die Dunkelheit getauft. Hab ich von Borges, ich fand den Begriff so geil, und er passt auch. Jetzt weiß ich auch, was eine Heimsuchung ist, früher waren das bloß Buchstaben. Da oben brechen Kälte und Dunkelheit herein, als hätte jemand einfach das Licht ausgeknipst. Borges schreibt in diesem Gedicht über diese Kurzsichtigkeit der Nacht, die die Vororte von Buenos Aires heimsucht. Aber da oben waren diese Nächte noch viel dunklere Mächte, das Zyklische kam wie schwingende Messer. Jedes Mal wenn es dunkel wurde, hat die Nacht dir die Augen ausgestochen. Diese Nächte holen sich jedes Licht, jeden kleinen Funken in dir, sie haben sich das Einzige geholt, was ich überhaupt noch hatte: den Glauben an mich, diesen über den Tag mühsam zusammengeflickten Glauben an das, wozu ich da oben imstande war … Doch, echt! … Du warst da noch nicht, oder?

… Ich kann's auswendig … *Die Plätze sind beschwert von herrenloser Nacht, sind tiefe Patios eines öden Palasts, und die einmütigen Straßen, die den Raum zeugen, sind Korridore aus unklarer Angst und Träumen.* Noch nie hab ich so viel Borges gelesen wie am Ojos. Noch nie hab ich den so verstanden. Und echt noch nie so viel geheult. In dieser Blindheit habe ich mehr gesehen als am Tag. *Jede schlaflose Nacht kehrt minutiös zurück … Die Sterne und die Menschen kehren zyklisch wieder* … Die Versagensängste, diese Hammer-Melancholie, die ich plötzlich hatte, oder waren es bloß Fragen, keine Ahnung, jedenfalls kamen sie nicht wirklich von mir, sie kamen irgendwie aus einer größeren Quelle, die mich scheinbar benutzt hat, wie jede App mich benutzt, um zu lernen, wenn ich sie benutze. Nee, diese komischen Zweifel waren eben nicht direkt, hatten nichts mit irgendwas Bestimmtem zu tun, ich fühlte einfach so eine ungeheure Abwesenheit von Selbstvertrauen, das war's. Wie ein Nichts kam ich mir vor, exemplarisch für die gesamte Menschheit … Ja, lach nicht. Echt, das ist Wahnsinn da oben. Das hat mich fast verrückt gemacht. Und über mir machte sich dann dieses saumäßig gigantische Weltall breit, als wär's das Einzige dort. Da war null Trost, die Sterne waren plötzlich kein Trost mehr … Weißt du, bis dahin dachte ich, ich wär wer. Ich habe 4000 Follower. Meine Posts sind in drei Kategorien im Expert-Niveau gerankt. Sprache, Ästhetik und Philosophie. Ich mein, meine Meinung bedeutete bisher was. Zwei Fakultäten haben mir schon Angebote geschickt. Aber da oben war ich plötzlich nichts, nada. Okay, ich dachte, das war's wohl, was Papá mir beibringen wollte. Es wäre auch gelogen, wenn ich sage, dieses Gefühl hätte mich nicht runtergezogen. Ich mein, das Leben fand ohne mich statt, wichtige Dinge passierten, und ich saß da oben, trank literweise Tee und machte mir sinnlos einen Kopp. Seit zwei Wochen hatte ich mit niemandem geredet. Auch dieser Typ César vom Versorgungsstützpunkt war total nervig und einsilbig, als hätte ihm jemand das Sprechen verboten. Ich hatte null Fotos oder News gesehen, ich hatte keinen Schimmer, was so abging da draußen, meine Avatare trieben wie Leichen in den digitalen Meeren.

Du glaubst nicht, wie sehr ich die Welt vermisst habe. Mir war bis dahin nie klar, was DIE WELT sein könnte. Du kannst nicht wissen, was sie ist, wenn du mittendrin steckst. Vor drei Monaten dachte ich, die Welt wäre das, was ich mir darunter vorstelle. Nee, sie ist definitiv viel mehr als das! Auch wenn ich immer noch nicht weiß, was genau sie ist, auf jeden Fall ist sie noch viel größer als jeder Einzelne sie sich vorstellen kann. Unsere Welt ist so scheißgroß, dass wir ein Riesenteil von ihr gar nicht sehen können. Sie passt gar nicht mehr auf diesen Planeten, und schon gar nicht passt sie in einen einzelnen Kopf, also, wenn einer versucht, DIE WELT zu erklären, dann halte ich das von jetzt an für superanmaßend.

… Ja okay, klar, ich vermisste das In-der-Welt-Sein, von mir aus, im Prinzip vermisste ich meinen kleinen Ausschnitt mit meinen Meinungen, die geschätzt wurden. Stimmt, ich war sozusagen Über-der-Welt. Nicht wie ein Vogel oder ein Satellit, denn wenn ein Vogel oder ein Satellit über der Welt fliegt, bleibt er trotzdem In-der-Welt, Teil der Welt, er ist an seinem Platz, er kommuniziert. Das ist sein In-der-Welt-Sein. Mein Über-der-Welt-Sein war halt wie fast-tot-sein mit weißem Rauschen, so wie in den Himmel verbannt zu werden und dem Leben als Stummfilm zuschauen zu müssen. Wie diese Kitschengel immer mit supergelangweilter Miene auf einer Wolke herumhängen, als müssten sie dort eine Strafe absitzen.

Ich brauchte Feedback, Stimmen wollte ich wieder hören, obwohl ich schon Stimmen hörte, ich hatte echt das Gefühl, langsam verrückt zu werden. Hammer! … Steine waren tagsüber meine einzige Abwechslung. Pausenlos habe ich auf Steine gestarrt, auf ihre Formen, auf ihre Muster. Ich habe sie gezählt, geordnet, habe sogar mit ihnen gesprochen. Aber auch sie waren eigentlich niemand, jedenfalls niemand, den ich sonst … na ja, ernst genommen hätte … Was? Du nimmst Steine ernst, echt? … Was heißt: Kommt drauf an? Na ja, das sage ich ja. SONST hätte ich sie nicht ernst genommen. Ich stoppe nicht auf der Straße, wenn ich einen Stein sehe, stelle mich hin und fange ein Gespräch mit dem an, so nach dem Motto: Oh, hallo, Herr Grauklops, den Vogelschiss haben Sie heute aber dezent aufgetragen? … Ja, okay, ich kenne auch Leute, die Steine nur benutzen, um Ihre Meinungen zu bestätigen, die sprechen mit denen, weil sie hören wollen, was sie denken. Ach, a propósito, ich habe da oben einen richtig tollen gefunden. Der war so partymäßig aufgemacht, überall so Glitzertupfen, das sah ein bisschen aus wie diese Blindenschrift. Ich fand ihn echt cool, er sah so magisch aus, hatte so was Aufregendes, ich habe ihn wie eine Wunderlampe gestreichelt, na ja, weil ich irgendwie hoffte, … ja, ich könnte ihn halt zum Sprechen bringen oder so was, oder darin eine geheime Botschaft finden. Hey, ich brauchte halt einen Rat! Ich brauchte was da oben, irgendwas! Jedes Mal, wenn ich in den Himmel schaute: nichts! Nichts war passiert, alles geblieben, dieses nervige Hellblau hing die ganze Zeit wie eine unbespielte Leinwand über meinem Kopf. Dieser Stein war mein einziger Freund, vielleicht auch, weil er so gestylt aussah und ich dachte, wenigstens mit ihm könnte ich was erleben … Du findest das süß? Na wenigstens … Ich hatte ihn immer in der Jackentasche. Das beruhigte mich total.

Weißt du, was das Schlimmste da oben war? Ich hatte ständig Hunger, dieser gigantische Hunger wäre mir echt fast zum Verhängnis geworden. Ich hatte viel zu wenig Geld für so einen massiven Appetit. Nach zwei Wochen hatte ich ein Drittel meines Etats aufgefressen.

Es waren nicht diese krassen Nächte, auch nicht diese Einsamkeit, die mich von da oben runtergeholt haben. Es war dieser Mordshunger. Ich weiß noch, ich sprang plötzlich auf, weil ich schon wieder einen Riesenknast hatte und Nachschub brauchte, ich musste mich beeilen, damit ich noch rechtzeitig zum Stützpunkt kam. Ich schüttete den Rest Tee auf die Glut, packte die Sachen ins Zelt, holte meinen kleinen Rucksack raus und machte mich auf den Weg zu César, der Stützpunkt lag so einen Kilometer weiter.

Das Nervigste bei diesen Märschen war dieser dauernde Luftzug, meine Wangen wurden davon immer ganz taub. Der Wind war so laut, selbst mit schallgedämpften Ohrenschützern war das kaum auszuhalten. Du hättest schon schreien müssen, wenn du dich unterhalten wolltest. Dieser Vulkan schlief so tief, zum Glück, und dieser Wind war wie ein Leibwächter, der aufpasste, dass bloß kein Wort die Ruhe dieses Monstrums stört.

Und dann: Es war zehn Minuten vor der Zeit, aber ich sah schon aus zweihundert Metern Entfernung, wie César die Hütte abschloss, in den Truck stieg und losfuhr. Ich rannte wie verrückt und schrie und winkte. »Hey! Warte!« Aber dieser Gegenwind schluckte alles. »Anhalten! Hallo!« Irgend so was brüllte ich. Ich sprang wie angestochen in die Luft, als ob das helfen würde. Mir war sauschwindlig, mein Magen knurrte, ich sage nur: Der Hunger war ein noch grausameres Schwert als die Nacht, blind meinetwegen, aber Hunger verwandelte mich in ein richtig böses Tier, es schmerzte wie Sau, und ich hatte null Bock, mich die ganze Nacht wieder hin und her zu wälzen. Ich rannte so schnell ich konnte rüber zur Straße, auf der der Truck nach Laguna Verde fahren würde, um ihm den Weg abzuschneiden, aber ich hatte keine Chance, er raste schon einen halben Kilometer weiter die Straße runter. Und ich wusste, dass er erst am nächsten Morgen wieder da sein wird. Mir war voll übel, schwarze Punkte tanzten vor meinen Augen, der Mund total trocken. Wasser und Teebeutel hatte ich ja noch und, wenn's hoch kommt, drei Cracker und einen angebissenen Apfel. Ich glaube, eine Minute schaute ich dem Truck noch hinterher, dann verschwand er hinterm Horizont … Und da meldete sich diese Stimme in mir und sagte: Du bist am Arsch, Roana, und der ganze Kram hier ist doch auch für den Arsch! Ich ließ mich auf den Boden fallen. Die kurze Dämmerung setzte schon ein. Die Sendung zum Abendrot hatte ich auch verpasst. Und meine Lampe lag im Zelt! Ich schloss meine Hand fest um meinen Stein und begann zu heulen … Ja, vor lauter Hunger! Ich hatte richtig Schiss vor diesem Hunger, der mich in der Nacht so krass quälen würde. Ich hatte richtig Schiss, dass meine Fantasie nicht ausreicht, um einen Traum zu erfinden, der groß genug war, um mich von diesem gefräßigen Tier abzulenken. Und der Stein war so kühl, wie ein Eiswürfel, er beruhigte mich und sagte mir, was ich tun soll.

Im Stechschritt lief ich Richtung Zelt. Ich zählte die halben Meter, um mein Lager nicht zu verpassen. Der Vulkan hing mir wie ein Spion im Nacken. Weißt du, er hat eine riesige weiße Spitze, die aussieht wie ein Auge, das ins Weltall schaut. Ein monströser Aufpasser ist das, er verfolgte mich die ganze Zeit mit seinen *salzigen Augen*. Und auf dem Weg fragte ich mich: Hätten die Debenhams ihre Tradition nicht auch in der Sahara oder im Sinai begründen können? Gemütlich auf dem Rücken im warmen Sand liegen, in die Sterne schauen? Da hörte ich Papá schon sagen: »Und Fata Morganas nachjagen? Und wie Moses enden?« Na ja, das wär vielleicht eher was für Mamás Familie gewesen, aber nicht für die Debenhams! Die Debenhams suchen nicht in den Sternen, wenn sie übers Leben nachdenken. Sie brauchen einen richtig massigen Steinhaufen, den sie dabei anstarren können … Ich nicht, mir reicht auch das Meer. Das Meer und die Sterne … Doch, sie waren sonst immer mein Trost, aber nicht dort oben. Als Kind habe ich jede Nacht die Sterne beobachtet, habe mich in Gedanken in ein Raumschiff gesetzt und bin dort spazieren gegangen … Ich mein … der Sinn des Lebens … ist auch nichts anderes als eine Art Kampf zwischen Hell und Dunkel, Sichtbarkeit und Unsichtbarkeit, oder? Und wenn du da oben so bescheuert rumhängst wie ich, da fragst du dich halt: Was, zum Henker, soll ich mit diesem gewaltigen Geschenk anfangen? Weißt du, Mamá hat gesagt, jeder Mensch muss herausfinden, wofür er brennt. Aber was hätte mich da oben zünden sollen? Von nichts kommt nichts, hat sie auch immer gesagt.

Als ich an diesem Abend wieder Feuer machte, holte ich meinen Stein aus der Tasche und setzte mich mit ihm auf eine Decke. In diesem Licht funkelte er wie das Weltall. Der Wind hatte sich abgeschwächt, als wollte der Koloss mithören. Keine Ahnung, ob ich vor Kälte zitterte oder vor Aufregung. Es war ja schon klar, dass ich in der Isolation entweder wahnsinnig oder sterben würde, aber auf keine vernünftigen Ideen komme. Eigentlich stand schon fest, dass ich meine Sachen packen werde. Aber ich hatte keinen Schimmer wohin. Ich hatte nur meinen Stein, und ich fragte ihn: »Was rätst du mir?« Ich drehte ihn ein paar Mal in dem Licht. Mit den Fingern tastete ich über den blauen Glitzer, von dort entlang zog sich eine Kette aus kleinen roten Tupfen, es sah aus wie ein Weg. Ich holte Papás Landkarte von Südamerika aus dem Zelt. Vom Ojos zog ich mit dem Finger auf der Karte die gleiche Linie nach Südosten nach und war in Buenos Aires.

3

Der Tanz ist vorbei. Tony ist weg. Die Wassermoleküle sind mit dem Regen gegangen, die Vorhänge wurden aufgezogen, hinter denen jahrzehntelang eine einsame Insel verborgen war. Abgeschieden, tausend Seemeilen vom nächsten Festland entfernt, wurde sie im Dunst dieses Labors gut behütet und von Orkanen intensiv behandelt. Über Dekaden hinweg fütterten sie die Stürme mit Keimen und Sporen, die sie auf ihren Reisen aufgeschnappt hatten. Die daraus sprießenden Gewächse begannen wild zu wuchern, bedeckten das einst nackte Riff allmählich mit beseelten Wesen. Jetzt kreischt der Himmel plötzlich stahlblau, die Sonne spendet Beifall. Jetzt tut der Ozean so, als wäre nichts, und döst leise vor sich hin. Jetzt muss die Insel sehen, wie sie mit dem Leben fertig wird.

NO IM PARADIES

10 Ich werde noch wahnsinnig von diesem Krach im Kopf. Kulturkrach ... Liebe Kulturmösen und Kulturschwänze, macht schön Aaaaaa und zieht euch endlich die Mordsböller aus dem Mund. Ich trommle jetzt. Nach dem Fischen. Immer bei Sonnenaufgang vor dem Schlafengehen trommle ich mir Gebote aus der Birne. Sie fliehen wie Ameisen aus ihrer Kolonie.

11 Das idyllische Fleckchen hier hab ich zufällig entdeckt. Festland. Riesendschungel. Tropisch ... Plötzlich eine Bucht. Ständige Salzbrise. Keine Moskitos, keine Schlangen. Süßwasserquelle in der Nähe. Früchte, Nüsse, Fische, Krebse. Verschlag am Strand. Zikaden, Zikaden. Perfekt. Eden eben.

12 Am Anfang sind wir tagelang im Dschungel herumgeirrt. Dann stießen wir plötzlich auf diese Bucht. Und da lag soga-schon ein Willkommenspräsent am Ufer. Am Anfang war noch alles super. Jule war noch Jule. Ich war immer ich.

13 Mein Paradies hat für uns erst mal einen fetten Alligator erlegt. Der lag da einfach tot am Strand. Ganz frisch. Ein Riesenfestessen nach dem ganzen Stress am Anfang! Die Haut habe ich gegerbt und geölt. Eine Spitzendecke. Wie heißt es: ~~Life can be so simple~~. O Gott, wie krieg ich diesen Scheiß bloß aus meinem Kopf ...

14 Okay, liebes Paradies, du hast mir was beigebracht. Nächstes Mal sichere ich mein Floß etwas intelligenter. Sorry, aber so springt man auch nicht miteinander um, nicht wahr? Ich bin ein Newbie. Ich brauche noch Schützenhilfe. Danke und nichts für ungut.

15 Nebel. Überall Nebel. Ich spüre, wie die Feuchtigkeit versucht, mich wie einen Gott in die Höhe zu heben. Gleich am Anfang hab ich jede Pflanze berührt, begrüßt wie einen Veteranen, Jule hat sogar mitgemacht.

16 Ich muss viel Gras fressen, damit ich diese beschissenen Nanobots auskotzen kann, die die chronische Welt jahrzehntelang auf mir ausgehustet hat. Darin funken kleine Sender, die mein neuronales Netz manipulieren. Wie heißt es irgendwo in der Bibel: Leben Sie. Wir kümmern uns um die Details. Gute Unterhaltung!

17 Wie viele hübsche Kulturkonservendosen habe ich mir aus Hals-Nase-Ohren gezogen, tief aus dem Rachen. Eine Brieftasche polsterte immer meinen Arsch. Und dann im Traum die Weltformel gefunden: Schinkenrührei, Toast, Powermüsli, Kaffee, Kaffee = ein halbes Kilo Scheiße als Dividende.

18 In der Nacht bin ich am liebsten auf dem Floß und fische, wenn es nicht von Bruder Sturm zerlegt wurde. Ich schwimme immer nachts. Treibe auf dem Wasser. Die Sterne über mir. Tauche. Küsse Delfine. Sie schlafen. Die Sache mit Jule kann mir das Paradies hier nicht vermiesen. Ich brauche einfach noch Zeit.

19 Neulich nachmittags flackerte was Komisches am Himmel, und ich dachte gleich an Ufos. So weit haben wir's gebracht, dass wir Ufos sehen. Warum sehen wir keine Kometen, wenn's am Himmel flackert? Na ja, andere sehen Götter, was soll's.

20 Der Sturm hat mein Floß zerlegt. Ich werfe den Kopf zurück und lass es mir in den Mund regnen. Über meine Augen fließt das Wasser in Strömen. Das nenne ich mal einen Kreislauf! Es gibt definitiv ein Leben nach Jule.

No: Na? Kommst du mit tauchen?

Jule: Nee. Will chillen.

No: Lass uns doch mit den Delfinen chillen.

Jule: Hmmm, hab jetzt keinen Bock drauf. Mir geht's gerade super hier.

No: …

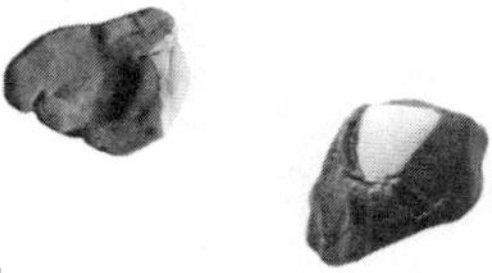

Jule: …

No: Will aber nicht allein … Ach, komm schon, Julchen.

Jule: O Mann, muss das sein? Ich will einfach nur hier abhängen.

No: …

Jule: …

No: Na gut, dann küsse ich jetzt deinen Bauchnabel …

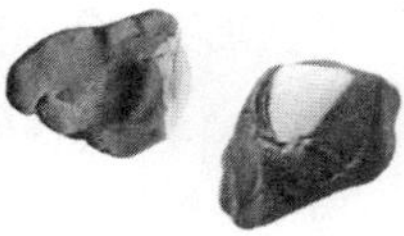

Jule: Seufz …

No: … und deine Brustwarzen …

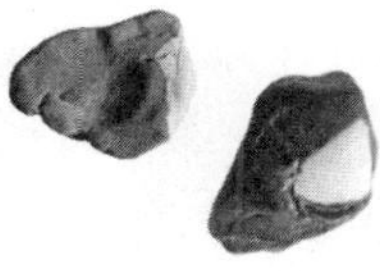

Jule: No, das kitzelt. Ich hab jetzt keine Lust zu ficken.

No: Huhhh, das böse F-Wort im Paradies. Wir ficken ja gar nicht. Ich küsse dich bloß.

Jule: Frauen können halt weiterdenken.

No: Alles ist gut …
Ich küsse dich bloß …

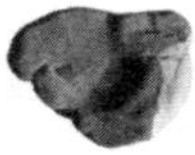

Jule: … Na schön.

ROANA

»HIER DEIN ESPRESSO.«
»DANKE. KANN ICH ... 'NE FRAGE?«
»...?«
»ICH BIN AUF DER SUCHE NACH DEM SINN DES LEBENS.«
»VERSTEHE ... HAST DU GELD?«
»SO GUT WIE BANKROTT.«
»DANN VERSUCH'S LIEBER IN CABALLITO.«

Gespräch zwischen Roana und einem Kellner
im Starbucks an der Plaza San Martín in Buenos Aires

Schlaf habe ich erst in einem Buschdickicht gefunden, im Park an der Plaza San Martín. Am Strand ging nichts, die Bullen scheuchen dich sofort weg, mein Zelt war noch nicht mal aufgestellt. Einschlafen ist reinster Luxus geworden. Wenn du abends irgendwo sitzt und die Müdigkeit überrascht dich, wirst du sofort zum Penner degradiert, *Obdachlosigkeit und Vagabundieren sind ordnungswidrig*, sagte der Polizist. Wenn ein Tier unter einer Hecke schläft, ist das *süß*, aber wenn ein Mensch das macht, ist das einfach nur abartig. Das erste Viertel der Nacht verbrachte ich zwischen Selbstmitleid und Häme, während ich wie ein Anarcho durch die Straßen zog. Obdachloser, Penner sind ja bloß Decknamen für die Verweigerung eines Menschenrechts, nämlich zu schlafen, wo du willst. Hotels, Immobilien, alles überflüssig, wenn wir nicht pennen müssten.

Plötzlich sehnte ich mich nach dieser stockdunklen Nacht auf dem Vulkan, in der mich keiner sehen konnte. Im Park an der Plaza San Martín fand ich endlich eine einigermaßen düstere Ecke unter einem Busch. Früher hätte ich um so eine Location einen Bogen gemacht. Aber ich war megamüde, da ist dir alles egal. Mein Zelt habe ich gleich stecken lassen. Aus dem Rucksack holte ich meine dunkelsten Klamotten raus und wickelte mich darin ein wie einen Shrimp in eine Frühlingsrolle. Erst hatte ich immer noch ein Auge offen, vor allem, wenn ich Stimmen hörte, die auf mich zukamen. Aber als ich endlich sicher war, dass mich niemand sehen konnte, fielen mir die Augen wie von selbst zu.

Ein »Mensch in der freien Natur« ist halt auch für streunende Hunde, Füchse, Katzen und wen sonst noch aus der Tierwelt »interessant«. Wer kam nicht alles vorbei und schnupperte, leckte, zupfte an mir und nervte mich in einer Tour. Total übermüdet brach ich mit dem Morgengrauen die Operation Schlafen ab, weil es da echt unerträglich mit meinen tierischen Mitbewohnern wurde. Wenn es dämmert, drehen die voll durch, die machen einen Lärm, die attackieren dich. Wenn's hoch kommt, habe ich vielleicht zwei Stunden geschlafen. Noch eine Nacht wollte ich mir das nicht antun, ich musste dringend was zum Übernachten finden, ich musste dringend Anschluss in Buenos Aires kriegen.

Ich hielt mich erst mal an den Tipp des Kellners und beschloss, mein Glück in Caballito zu versuchen. Als ich ihn fragte, was es da so Besonderes gibt, sagte der: »Die Philosophische Fakultät.« Und als ich wissen wollte, ob er dort auch mal ein paar gute Ideen gekriegt hätte, meinte er: »Bei so was frag ich meinen Vater.« Und ich dachte: Deshalb arbeitet er also im Starbucks.

Die Fassaden um die Philosophische Fakultät herum waren vollgekritzelt mit bissigen Graffiti-Slogans und Stinkefingern. »Arbeite nicht!« Oder: »Sei realistisch, fordere das Unmögliche!« Oder: »Hoffnung kommt nicht von Hoffnungslosen!« Oder so was. Eines war mir sofort klar: Das neuronale Netz der Stadt verdichtete sich hier in Caballito zu einem pulsierenden, denkenden Organ. Die Bürgersteige der Calle Puán waren bevölkert von kleinen Gruppen, die sich in heftige Debatten verstrickt hatten. Erst mal wollte ich alles aus der Entfernung beobachten und machte einen Bogen um sie. Außerdem hatte ich ja erst EINEN Espresso, ich war noch nicht ganz da. Na ja, ich hatte irgendwie Schiss. Was heißt Schiss? Ich wollte mich nicht gleich aufdrängen. Ich wollte die Sache halt vernünftig angehen.

In der Cafeteria kosteten Kaffee und getoastetes Weißbrot fast nichts. »Nichts darf die Welt kosten« stand in roter Stempelfarbe überm Tresen. Und fast nichts war ja alles, was ich noch ausgeben konnte. Das Weißbrot war warm und kross, ich tunkte es in den Kaffee und nuckelte genüsslich die Flüssigkeit raus. Plötzlich sah die Sache erfolgversprechend aus. Jetzt merkte ich endlich, dass ein neuer Tag angebrochen war. Ich beobachtete die Sonnenstrahlen, wie sie sich durch den Raum spannten, jetzt wusste ich auf einmal: Es war doch die richtige Entscheidung, die Arie da oben auf dem Vulkan abzubrechen. Was habe ich mir den ganzen Weg bis hierher für einen Kopp gemacht! Eine Ahnung, wie es weitergehen sollte, hatte ich noch nicht, aber egal.

Auf dem Bordstein vorm Institut stellte ich meinen Rucksack ab und setzte mich drauf. Für eine Weile ließ ich die Wortfetzen auf mich einprasseln. Ich sondierte erst mal das Personal. Eines war mir ja auch klar: Jeder hier hielt ganz schön was von sich. Kennst du das, wenn du so draußen bist, nicht dazugehörst und Angst hast, zu stören, wenn du aber weißt, dass du mutig sein musst, sonst gehörst du nie dazu? Ich wollte, konnte mir aber nicht vorstellen, mich einfach so dazuzusetzen und jemanden anzusprechen. Bis jetzt hatte ich so was echt nicht nötig gehabt. Entweder habe ich was gepostet und die Reaktionen kamen, oder meine Follower haben mich einfach angeschrieben.

Komischerweise lösten sich die Grüppchen kurz nacheinander auf. Einige verschwanden im Gebäude, andere radelten davon. In der Fakultät suchte ich nach Namen von Studenten und Professoren, die was zu sagen hatten, die interessant sein könnten. Aber die Anzeigen an den Pinnwänden waren nichtssagend und langweilig. Auf einem Tisch lag ein Stapel Hefte, eine Aufsatzsammlung über Borges und die Stadt, eines steckte ich mir ein. Ich beschloss, mir erst mal die Gegend näher anzuschauen und die Dinge auf mich wirken zu lassen. Die Philosophische Fakultät war schließlich nicht das Einzige, was es in Caballito gab. Ich verließ das Gebäude in Richtung Norden.

Wenn ich voller Erwartung bin, reiße ich manchmal die Augen so doof auf. Papá sagte mal, ich gehöre dann eher zur Familie der Lemuren. So muss ich eine Weile auf der Calle Puán herumspaziert sein, bis mich mein Spiegelbild aus einem Schaufenster anglotzte. Mal ehrlich: Niemand will von einem Lemuren angestarrt und angesprochen werden. Diese Feuchtnasenaffen wirken so hinterwäldlerisch, wer die Augen weit aufreißt, gibt doch zu, dass ihm alles fremd vorkommt. Ab jetzt hatte ich nur noch kurze, »abgeklärte« Blicke für die Passanten übrig.

An der Avenida Rivadavia bog ich rechts ab in Richtung Meer. Wo auch immer Stühle um einen Tisch standen, saßen Menschen zusammen und redeten. Ich erkannte schon an der Kleidung, an der Mimik und Gestik, ich hörte es auch aus den Satzschnipseln, dass hier das Gesprächsniveau oder der philosophische Pegel, oder wie auch immer du so ein Level nennen willst, viel höher war als beispielsweise in Palermo oder wahrscheinlich sonst wo in der Stadt, wo sich die Gespräche um herausgeputzte Fassaden drehten oder um das Glitzern des Meeresspiegels und wo sie lieber Monumente und Heldenstatuen fotografierten, als sich mit lebendigen Menschen zu unterhalten. O-Ton aus dem mitgenommenen

Aufsatzheft: »Hier durch Caballito, im Herzen von Buenos Aires, umringt von der Avenida San Martín und dem Ende der Avenida Eva Perón, von einer Straße, die dem großen und tapferen General Donato Álvarez gewidmet ist, und der Avenida la Plata, benannt nach der aus Staatsräson am Reißbrett entworfenen Provinzhauptstadt, wo das einstige Silber der politischen Träume gehütet und verhökert worden war, zog sich ein widerspenstiger Staudamm aus quirligem Idealismus und philosophischem Widerstand.« Auf diesem Level bewegten die sich hier! Kein Horizont, der für mich zu weit war. Wer die Welt verändern will, muss hoch fliegen …, dachte ich da jedenfalls noch.

Die Rivadavia gabelte sich, und mein Bauch wollte, dass ich die Rosario nehme. Die Wolken verhinderten leider nicht, dass ich halb verdurstet in einem der überdachten Cafés Pause machen musste, für ein Leitungswasser habe ich immer genug Charme. Ich hielt durch bis zum Parque Rivadavia und suchte mir dort ein schattiges Plätzchen. In meiner Flasche war noch ein Rest Wasser vom Ojos, ein ayurvedisch fades Schlückchen.

Am anderen Ende der Wiese saß eine Gruppe Studenten. Sie diskutierten lauthals über irgendwas. Erst dachte ich an eine Reisegruppe, dann sah ich, dass jemand dozierte, so ein hochgewachsener Nordischer mit kahlgeschorenem Kopf. Sie gestikulierten so angestrengt, als müssten sie sich jedes Wort aus dem Ärmel schütteln. Auch wenn sie nickten oder lachten, alles wirkte so angestrengt, sogar wenn sie rauchten und was aufschrieben. Ich wollte natürlich wissen, worum es ging, und setzte mich ganz in die Nähe unter einen Baum.

Okay, ich hatte zuerst keinen Schimmer, worum es ging. Aber das lag natürlich nicht daran, dass ich schwer von Kapee bin. Du kriegst schnell mit, wenn neben dir ein Philosophieseminar abläuft. Ich sage nur: Vorsicht, Kopfbedeckungen!

Bei Philosophie ist es halt so, dass du dich erst mal »einhören« musst. Der Dozent hieß Jan, alle duzten ihn. Er war vielleicht so Mitte dreißig. Für einen Philosophieprofessor hatte er eine Mega-Ausstrahlung, er war nicht so ein dürres, androides Männchen mit dünnen Haaren, wie ich mal einen hatte, Jans Kopf war rasiert und auf Hochglanz poliert, er sah athletisch aus und hatte das, was du einen Knackarsch nennen würdest. Ich war sicher, dass die Hälfte der Studentinnen verknallt in ihn war.

Irgendwann wurde mir klar: Es ging um so was wie Vorherbestimmung, sie debattierten in dieser typisch versimplifizierten Sprache, sie kämpften mit jedem Wort. Am liebsten hätte ich mich eingeschaltet, aber wenn ich eines von Philosophieseminaren weiß, dann, dass sie so was wie Ritterrunden sind, in die man entweder berufen werden muss oder in die man mit einem brennenden Schwert einfällt und die steilste These aller Zeiten verkündet, ansonsten machst du dich da nur zum Brot. Na ja, das mit dem brennenden Schwert ist halt auch nicht so mein Ding.

Bei dem Seminar habe ich Werther zum ersten Mal getroffen. Eine Blonde mit wüster Bürste auf dem Kopf und Partisanenmütze. Sie brüllte ab und zu was dazwischen und leckte in einer Tour am Zigarettenpapier. Sie drehte sich dauernd Kippen, die sie sich hinters Ohr steckte. Alle redete sie mit Genosse an und bezeichnete sich als revolutionäres Teilchen. Irgendwie hatte ich da schon das Gefühl, dass sie sich nur einen Riesenspaß machte, dass sie das alles spielte, dieses ganze Kämpferische, von wegen Philosophie ist ein Schwert und so einen Unsinn. WERTHER! Allein der Name, sie sah noch nicht mal volljährig aus, aber eine saumäßig starke Aura hatte sie, obwohl sie mir total arrogant vorkam.

Überhaupt waren da lauter so stereotype Gestalten. Das einzig Interessante kam erst danach, als außer mir keiner mehr zuhörte. Jan, der Dozent, arbeitete an einem Manifest, war Gründer einer Erneuerungsbewegung, die die Welt verändern sollte, und an dem Abend gab's so eine Versammlung im Uniclub. Er rief noch: »Getränke und Brote gehen auf mich!« Aber alle hatten es plötzlich eilig, und er war auch so schnell weg, ich hatte null Gelegenheit, mich da einzuschalten.

Beim Gedanken an Essen hatte ich schon ein richtig fieses Knurren im Magen. Ein Organ, das jeden Tag seine Herrschaftsansprüche durchsetzt. Das Manifest reizte mich. Die Brote reizten mich erst recht. Weißt du, hier tat sich plötzlich das erste Fenster auf, ich dachte, ich könnte an einer Schrift mitarbeiten, die die Welt verändern soll. Ich könnte Teil einer bedeutenden Bewegung sein. Auch deshalb glaubte ich, dass ich alles richtig gemacht hatte und meinem Instinkt weiter folgen sollte. Und mein Instinkt sagte mir, am Abend werde auch ich im Uniclub sein und Jan ansprechen.

Eigentlich wollte ich's mir verkneifen, darüber zu reden, wie ich wieder zu ein paar Kröten gekommen bin, die ich für den Abend im Club gebraucht habe, aber was soll's: Jetzt macht es auch keinen Unterschied mehr. Von Papá weiß ich, dass nur der Respekt verdient, der schon eine Menge davon hat, und wie viel du hast, das sieht man dir an. Soll heißen: Ohne Moos nix los. Hier ging's mir natürlich nicht ums Geld, hier ging's mir um das Ticket in eine neue Ära in meinem Leben, hier ging's darum, dass ich nicht aussehen durfte, als hätte ich's nötig, irgendwo mitzumachen, sondern als könnte ich's mir leisten und mir aussuchen, was ich tue und lasse. Aber wer aus solchen Verhältnissen kommt wie ich, ist voll unfähig, voll verklemmt und mit falschem Stolz zugedröhnt. Bis nachmittags irrte ich herum und konnte mich zu nichts überwinden. Fragen war mir zu peinlich. Flaschen sammeln auch.

Einen Kiosk überfallen könnte ich höchstens in Computerspielen. Am Parque Avellaneda, südlich von Caballito, geriet ich in die Vorbereitungen zum Folk Open Air, das ist so eine Art Convention für Metals, Goths und Grufties. Alles, was kreidebleich war, was ungepflegte lange Bärte, Spitzohren, Dickbäuche, schlechte Zähne hatte, fand dort eine Bühne. Okay, das war doof, dass ich das jetzt so gesagt habe, aber ich mag diese Volksfeste nicht, das grobschlächtige Gedudel und dieser penetrante Fleisch- und Schnapsgeruch, dieses alberne Gefuchtel mit stumpfen Schwertern gingen mir bis Oberkante Unterlippe auf den Draht. Und dafür geben Leute Geld aus! Schon bevor das Fest anfing, kamen irr viele Neugierige vorbei. Hier und jetzt war halt meine Chance gekommen, vielleicht doch noch ein bisschen Kohle zu machen. In einer Ecke des Parks stand ein Mann und spielte gar nicht mal übel Geige. Im Kasten waren schon Münzen und ein paar Scheine. Ich beneidete ihn darum. Und jetzt kommt's: Plötzlich kam ich mir unbegabt vor. ICH!, die ich eben noch mit hochgezogener Augenbraue an den Buden vorbeigegangen war, fühlte mich auf einmal total bescheuert, weil ich nichts darzubieten hatte. Was konnte ich denn, wofür irgendjemand hier Geld ausgegeben hätte? Singen kann ich null! Vielleicht hätten sie mir Geld gegeben, damit ich wieder aufhöre. Tanzen oder Pantomime wie die Gruppe Kinder nebenan auf der Bühne? Vergiss es. Dann kam mir die geniale Idee, für irgendwen zu sammeln. Nur für wen? Krebskranke Elfen? Schwerverwundete Ritter? Depressive Sensenmänner? Vorsorglich hatte ich mir schon mal mein Mikrofaserhandtuch um die Hüfte gebunden, vom Hintern fiel's wie ein Schwanz auf den Boden, ich hatte nicht mal einen Rock im Gepäck. Um die Brust band ich das zweite Handtuch, um die Stirn meinen Schal. Von der Seite sah ich Leguan-mäßig aus, als hätte ich einen Kamm am Rücken. Ich weiß nicht, wann ich je so behämmert ausgesehen habe. Aber es funktionierte! Ein Typ, so ein Hard-Metal-Freak, kam zu mir und fragte, ob ich ihm die Zukunft voraussagen könnte. ICH! Die Zukunft vorhersehen! Ich dachte: Wie geil ist das denn! Etwas Besseres hätte mir gar nicht passieren können! Keiner hier konnte so gute Ratschläge geben wie ich.

Ich nickte mit ernstem Gesicht, dabei räumte ich alles aus meiner Waschtasche im Rucksack und stellte sie demonstrativ vor ihn hin. Und er warf einen 100-Peso-Schein rein! Ich nickte wieder, breitete meine Jacke aus und bat ihn, sich zu setzen. Langsam setzte ich mich in den Yogisitz, ihm gegenüber. Ich hatte ja nur den Bruchteil einer Sekunde, zu entscheiden, ob ich ihm aus der Hand oder aus dem Gesicht lesen sollte. Mamá hat gesagt, du kannst den Leuten alles im Gesicht ablesen. Krankheiten, Liebe, Sorgen, Sehnsüchte. Da steht alles drin. Da hielt er mir aber schon beide Handflächen hin.

Um's kurz zu machen: In seinem Gesicht stand, dass er offenbar scharf auf mich war und das Ganze hier bloß eine billige Anmache zu sein schien. Ich betrachtete aufmerksam seine linke Hand und verkündete: »Sie wollen die Bekanntschaft einer Frau machen, die Ihnen viel Kummer und Sorgen bereiten wird. Das könnte sich ungünstig auf Ihre Lebenslinie auswirken. Warten Sie lieber bis zur nächsten Gelegenheit. Kümmern Sie sich zwischenzeitlich um Ihre Mutter. Wie ich hier sehe, geht es ihr nicht gut, aber sie versucht, das vor Ihnen zu verheimlichen. Stehen Sie ihr bei. Das wird auch Ihr Leben verlängern. Sie braucht Sie.« Ich sah ihm bierernst in die Augen. Das habe ich auch von Mamá. Solche Metal-Typen sind oft Warmduscher, sonst bräuchten sie dieses ganze Leder und das Gegröle nicht. Ich legte ihm die rechte Hand auf die linke, nickte, verschränkte die Arme und schloss die Augen, damit er wusste, dass die Sitzung beendet war. Also, ich fand, dass es super gelaufen war. Ich war bereit für den nächsten Patienten. Da erwischte mich allerdings so eine Zimtzicke mit grimmigem Gesicht. Die Chef-Hellseherin vom Festival kam höchstpersönlich, um mich als ungeliebte Konkurrenz aus dem Weg zu räumen. Sie sah aus wie eine von diesen Vogelscheuchen in der Gartenabteilung vom Baumarkt.

»Hast du deinen Standplatz bezahlt, Kleine?«, fragte sie mit zu Schlitzen gezogenen Augen.

»Das Festival beginnt doch erst morgen.«

»Wenn du keinen Gewerbeschein hast, hol ich die Bullen.«

»Ihm ging's nicht gut, er brauchte Rat. Ich wollte kein Geld nehmen.«

»Willst du einen guten Rat von mir: Verzieh dich!«

Als Vogelscheuche war sie gar nicht schlecht, diese räudige Nebelkrähe. »Vielleicht könnte ich Ihnen beim Aufbau helfen oder Ihre Assistentin sein?« Hey, das war doch ein faires Angebot.

»Ehrenamtliche Helfer können wir immer gebrauchen.«

… Paahh! Bin schließlich die Tochter eines erfolgreichen Bauunternehmers! Fast wär mir Papás blöder Satz rausgerutscht, den er immer anbringt, wenn er sich verarscht fühlt: *Ich lass mich doch nicht zum Affen machen.* Wahrscheinlich lief der Satz wie ein Ticker über meine Stirn.

Jedenfalls lachte die Nebelkrähe abfällig und dampfte ab. Ich hörte sie noch meckern: »Nee, das glaubste ja nich.«

Mit 100 Pesos kannst du frühstücken, aber keinen ganzen Abend durchstehen. Ich packte meine Sachen zusammen und verzog mich ans andere Ende des Parks. Der Abend war nicht mehr weit und ich immer noch fast pleite. Ich kauerte mich unter einen Baum, legte meinen Kopf auf die Knie, schlang meine Arme um die Beine und saß so bestimmt ein paar Minuten da. Ich wollte einfach nur nachdenken, als plötzlich Münzen neben meine Füße geworfen wurden. Ich hob den Kopf. Eine Frau mit Hammer-Elfenohren und theatralischem Kleid hatte mir fünf Zwei-Peso-Stücke hingeworfen.

Sie hockte sich vor mich hin und strich mir über den Kopf. »Was ist mit dir passiert, Kleine?« Sie fingerte in ihrer Geldbörse nach Scheinen.

Was sollte ich machen? Was hättest du an meiner Stelle gemacht? Da habe ich ihr eine traurige Geschichte aufgetischt. Ich habe nur mitgespielt, sie war die gute Fee und ich das arme Mädchen. Wie im richtigen Märchen. Und: SO weit weg von der Wahrheit war die Story auch wieder nicht. Mamá IST tot. Und Papá HAT mich quasi ausgesetzt. Ja. Wir sind zwar nicht bettelarm, und ich werde den Teufel tun und zu meiner Tante fahren, zu dieser *unkenden alten Jungfer*! (Übrigens Papás O-Ton.) Ich brauchte das Geld auch nicht für ein Flugticket, aber geschenkt. Die Elfe hatte echte Tränen in den Augen, als sie mir helfen konnte, sie strich mir ständig übers Haar, küsste mich auf die Stirn und schüttelte den Kopf. Mitleidsarien funktionieren übrigens nur bei Frauen, Männer reagieren auf so was kaum. Nach nur vier Jammergeschichten hatte ich dieselbe Summe zusammen, als hätte ich zwanzigmal aus der Hand gelesen. Und das ganz ohne Gewerbeschein!

Vorm Uniclub hatte ich keine Schlange erwartet. Dr. Jan-Erik Peralta und die anderen Profs waren schließlich nicht die Toten Hosen. Sie hatten die Location für den Abend gemietet, um Werbung für ihre Bewegung zu machen. Der Betreiber unterstützte das Manifest, sonst würde so eine Veranstaltung nie im Uniclub laufen. Ich glaube, Jan und er kannten sich. Special guests waren lokale Rock-Bands wie Kill West oder Placard. Die Tickets waren supergünstig. Ganze 150 Pesos! Erst dachte ich, das wär ein Witz.

Aus dem Seminar waren vielleicht die Hälfte gekommen.

Ein Beamer warf »Sei neu! Sei besser! Sei human!« an die Bühnenwand. Alle standen, keine Stühle, auch nicht auf der Bühne, auch für die Profs nicht. Es gibt nichts Thrillloseres, als Gripsinhabern beim Sitzen zuzuschauen. Du siehst ihre Körper nicht. Du siehst den Arsch nicht. Nicht den Bauch. Auf der Bühne musst du stehen, dich bewegen, die Hüften, die Hände, die Schultern, den Kopf. Das ist cool. Das war auch cool. Es bestand also keine Gefahr, dass jemand einpennte und andere ansteckte. Ich selbst war baff, dass ich mich kein Stück müde fühlte. Aber am Ojos hatte ich halt schon eine Menge Schlaf vorgeholt.

Die erste Band coverte alle möglichen Songs und heizte den Laden richtig an. Ich zwängte mich langsam nach vorn. Als die ersten Takte von diesem alten Song von Joan Jett and the Blackhearts losgingen, kamen alle Profs auf die Bühne, schüttelten die Haare, wenn sie welche hatten, und grölten »I love Rock 'n' Roll«. Der Saal war voll auf Euphorie. Ich wär meinem Nachbarn fast um den Hals gefallen.

»WOLLEN WIR DIE WELT VERÄNDERN?«, brüllte Jan ins Mikro. Alle klatschten noch im Takt. …, …, klapp, …, …, klapp, …, …, klapp.

»JJJJAAAAAA! Yeah!«

»Seid ihr bereit, euch selbst zu ändern?«

Zwar schrien wir etwas verhaltener, aber wir waren bereit. Wir waren zu allem bereit. Ich auch, ich hätte mich am liebsten nackt ausgezogen. Für eine Sekunde dachte ich, der Abend könnte zu einer Riesenorgie werden. Alle waren so positiv, echt. Bloß ein paar Nörgler standen am Rand rum, die Skeptischen, die dir jeden Spaß zerreden. Solche tanzen nicht, die nicken nur mit den Köpfen, weil sie so scheißverklemmt sind. Mit so einem Typen würde ich's keine Sekunde aushalten.

Dann ging das Volume runter. …, …, klapp, …, …,

klapp, …, …, klapp. »Wer beherrscht die Welt denn wirklich? Wer ist verantwortlich für Gewalt und Kriege?«

»Kapital!«

»Nein.« …, …, klapp, …, …, klapp, …, …, klapp.

»Die Scheißpolitik! Bonzen!«

»Auch nicht!« …, …, klapp, …, …, klapp, …, …, klapp.

»Gott!«

»Noch mal falsch!« …, …, klapp, …, …, klapp, …, …, klapp.

Und jetzt kam's. Ich hatte mit allem gerechnet, bloß damit nicht. Sie wollten uns nicht zu lange auf die Folter spannen. Frust wär auch nach hinten losgegangen.

…, …, klapp, …, …, klapp, …, …, klapp. »Die Hormone, Kameradinnen und Kameraden! Die Hormone sind die Übeltäter!« …, …, klapp, …, …, klapp, …, …, klapp.

»Yeah!« Klang immer noch positiv, aber dünn. Wir waren so baff über die Auflösung dieses Rätsels, dass es uns die Stimme verschlagen hatte. Aber: …, …, klapp, …, …, klapp …, …, klapp. Wir klatschten und klatschten. Ich hatte mir den Abend abstrakter und theoretischer vorgestellt, weniger Körper, mehr Geist. Denken, tanzen, fragen, grölen. …, …, klapp, …, …, klapp, …, …, klapp. Mit der Macht der Hormone waren wir auch nicht mal so weit weg von den Toten Hosen.

»Hat Marx' Kapital den Kapitalismus aufgehalten!«

»Nö! Hat's leider nicht!« …, …, klapp, …, …, klapp, …, …, klapp.

»Kommt Das Kommunistische Manifest gegen unsere Biologie an!«

»Scheiße nein!« …, …, klapp, …, …, klapp, …, …, klapp.

»Werden wir mit weiteren abstrakten Ideen vielleicht irgendwann eine ressourcenbasierte Ökonomie etablieren können?«

»Niemals!« …, …, klapp, …, …, klapp, …, …, klapp.

»Was müssen wir tun?«

»An uns arbeiten? Uns verändern?« …, …, klapp, …, …, klapp, …, …, klapp.

»Yeah! Aber wo fangen wir an?«

… Wir lachten. Keiner von uns hatte irgendeinen Schimmer. …, …, klapp, …, …, klapp, …, …, klapp.

»Wir müssen unsere Biologie weiter transzendieren, Kameradinnen und Kameraden! Die Übeltäter ausmachen, stimmt's? Sie ausschalten!«

»JJJAAAAA!!! Yeah!« Was auch immer das heißen sollte, wir waren jedenfalls wieder voll drauf. …, …, klapp, …, …, klapp, …, …, klapp.

Zwischen den Auftritten der Bands hatte jeder Prof seine kurze Einlage, die hauptsächlich aus knappen Fragen und Antworten bestand. Um's kurz zu machen, viel Theorie gab's den ganzen Abend nicht. Sie sammelten Sympathie, mehr nicht. Mehr brauchst du eigentlich nicht.

Neben mich drängelte sich Werther. Ich hatte sie ja eigentlich für bescheuert erklärt und versuchte, sie erst mal nicht zu beachten, da sagte sie schon: »Hey, na? Ich hab dich doch schon im Park gesehen.«

Mein erster Reflex war: Bleib cool, sei unnahbar, aber dann fühlte ich mich so zickig dabei, als wär ich so ein Scheiß-Snob. Außerdem konnte sie mich Jan vorstellen. Also nickte ich, ich lächelte sogar. »Hi. Spitzendialoge hattet ihr da laufen. Ein Durchschnittsseminar?«

»Jan will, dass wir die Strömungen selbst in die Hand nehmen.«

»Okay …« Wir wippten beide im Takt, nickten.

»Bist du irgendwie unterwegs?«

»So was, ja.«

»Ziel?«

»… Das Leben.«

»Geil. Allein?«

Ich nickte.

»Kann ich mit?«

»Keine Ahnung, kannst du?«

»Keine Ahnung. Wann geht's weiter?«

»Weiß nicht. Ich wollte vielleicht erst mal hier einsteigen.«

»Echt? Willst du Jan kennenlernen? Okay.«

Weißt du, irgendwie lief dieser Dialog ab, als hätte ihn vorher jemand geplant, als hätte es schon festgestanden, dass ich Jan-Erik Peralta treffen sollte. Kennst du dieses Gefühl, wenn du den Eindruck hast, du hättest das alles schon mal erlebt? Du weißt, was jetzt kommt, als zappelst du bloß am Faden eines Autors, der dich durch seine Story schleift. Du fühlst dich dann so abgelöst, so komisch autonom (also komisch von seltsam, nicht von lustig). Um dich herum passieren Dinge, die außen sind, als wärst du im falschen Film. So fühlte ich mich. Und ich hätte mal auf meinen Bauch hören sollen. Ich hätte weiterziehen sollen. Aber ich ging wie ferngesteuert durch diese geöffnete Tür.

Nach dem letzten Song brachte Werther mich backstage zu Jan und den Profs. Alles, was wir sagten, schwamm an der Oberfläche. Woher kommst du, ah, Albacete, von dort habe ich meine besten Küchenmesser, ich benutze japanische Messer, das sind die besten, Quatsch, deutsche Messer, Henckels oder Wüsthof, jeder gute Chéf benutzt die, aber Messer aus Albacete gibt's seit den Mauren, stimmt doch, Roana, oder, ja, ich glaube schon … Dabei gingen Joints und Wodka rum. Unser Gespräch hatte null Tiefe. Nur manchmal kicherte ich richtig blöd, worüber, kann ich jetzt auch nicht mehr sagen, wahrscheinlich hatte ich zu viel gekifft, außerdem war ich ganz schön blau. So hatte ich mir das Zusammentreffen natürlich nicht vorgestellt. Ich hatte Panik, dass mich keiner von denen überhaupt ernst nimmt. Einer nach dem anderen verabschiedete sich. Der Abend endete gegen zwei oder drei, keine Ahnung. Jan sagte nur: »Hol mich morgen Vormittag im Institut ab, dann reden wir über unsere Arbeit am Manifest.« Immerhin!, dachte ich, das machte mir Hoffnung.

Auf keinen Fall sollte er wissen, dass ich nichts zum Pennen hatte. Ich sagte brav »Tschüss« und überquerte die Straße, als wüsste ich wohin. Als ich mich umdrehte, waren sie außer Sichtweite, und ich hockte mich für eine Minute an die Hauswand. Gegenüber sah ich eine alte Frau auf einem Stuhl mitten auf der Straße sitzen. Auf dem Kopf hatte sie so eine alberne pinkfarbene Mütze, so wie diese altmodischen Schlafmützen. Mit geschlossenen Augen saß sie da und regte sich nicht. Hinter ihr am Gebäude leuchtete in großer blauer Schrift: Gran Templo de los Milagros. Wow!, dachte ich, ein Wundertempel gleich neben dem Uniclub. Ich ging auf die andere Straßenseite. Die alte Frau machte keinen Mucks, sie bewegte sich überhaupt nicht. Die Eingangstür war verschlossen. Ich lugte durch die Glastüren. Jemand putzte gerade. Um drei Uhr morgens! Außen am Schaufenster stand: »Gottes Hand ist hier.« Ich beobachtete durch die Lamellen der Jalousien, wie die Putzfrau einen Müllsack nahm und sich in Richtung Ausgang bewegte. Ich hörte sie die Tür aufschließen und stellte mich hinter eine Wand. Als sie den Tempel verließ, um den Müll wegzubringen, schlich ich mich rein und versteckte mich. Sie war glücklicherweise fertig mit der Arbeit. Sie kam zurück, packte nur noch ihren Krimskrams zusammen, machte das Licht aus und ging. Sie hatte mich eingeschlossen in diesen Wundertempel.

Dummerweise gab's hier statt langer Bänke wie in anderen Kirchen nur Reihen von weißen Plastikstühlen, auf denen ich mich schlecht langmachen konnte. Also kauerte ich mich auf einen Tisch mit roter Samtdecke zwischen kitschiges Geschirr und Besteck, das wohl heilig sein sollte. Ich sah aus wie ein Opfer, wie ein Loser, den's erwischt hat, der zum großen Fressen freigegeben wurde. Jede Kirchenmaus hatte plötzlich mehr als ich, sie hatte wenigstens ein verdammtes Zuhause. Meine Glieder waren schwer. Meine Lider erst. Mein Blick blieb am Kreuz hängen, am Leib Christi, an seinem makellosen Oberkörper, kein Haar, kein Kratzer. Plötzlich sah ich am Tuch zwischen seinen Beinen eine leichte Ausbeulung. Hatte Jesus eine Erektion? Ein Spritzer Adrenalin half mir noch mal hoch, ich stellte mich auf den Tisch und sah mir diese verdächtige Falte aus der Nähe an. Tatsache! Da war was. Das war Wunder Numero 1: Jesus hat einen Penis! Wozu brauchte er den? Wenn du Gottes Sohn bist, brauchst du so was doch nicht. Und die Frauen, die mit dir verheiratet sind, brauchen den erst recht nicht. Denen reicht doch ein Ring und ein Bild, ein Bett für sich allein und dunkle Nächte. Denen fehlt nichts! Vor allem kein Penis. Wahrscheinlich gar nicht mal so weit weg von den meisten verheirateten Frauen. Und für einen halb verhungerten und verdursteten Menschen hatte der Kerl außerdem ziemlich geile muskulöse Beine und das, was man ein Sixpack nennt. Ich sah Jesus jetzt mit ganz anderen Augen. Logo fragte ich mich, ob der damals wirklich so ausgesehen hatte, als er da so hing. Oder ob wir den Anblick eines dahinsiechenden Menschen in zweitausend Jahren einfach wegretuschiert haben, weil sich so was Unappetitliches am Sonntagmorgen einfach keiner antun will. Denn so wie er da in Übergröße im Raum hing, sah er aus wie die ultimative Wichsvorlage. Der Bart war ja eh hip, und so einen Rosenkranz ums Haar tragen sicher auch bald wieder die Hipster beim Morgenlatte. … Bei der Morgenlatte … ich fand das Wortspiel sogar noch witzig, dann fielen mir die Augen wie Safetüren zu.

Als ich sie wieder öffnete, ich wachte von stechenden

Schmerzen in der Seite auf, erlebte ich mein Wunder Numero 2: Ein kleines, hässliches und dazu noch bösartiges Männchen mit wundersamer spitzer Mütze piekste mich mit einem Stöckchen, als wär ich ein stinkender Kadaver.

»Aua! Was machen Sie?«

»Weg hier! Raus hier! Das ist ein heiliger Tisch.«

»Hören Sie auf, ich bin ein Mensch und kein Schmutz!«

»Dreckspack, raus hier! Husch!«

»AU!« Ich sprang vom Tisch, flüchtete vor die Tür und sah noch, wie er bescheuerte Gesten machte, Wasser auf den Tisch spritzte und das Besteck zurechtrückte. Was für ein kranker Hirni, dachte ich. Aber was mich bis jetzt nicht loslässt, ich kriegte es ja auch bloß aus dem Augenwinkel mit: Jesus war weg! An der Wand war nur noch das Kreuz! Ohne ihn … Krass, oder?

Na ja, als ich rauskam, saß wenigstens noch die alte Frau auf ihrem Stuhl. Immer noch reglos. Ich fragte mich, ob sie noch lebte, ob es ihr gut ging.

»Hola, Señora? Ist alles in Ordnung mit Ihnen?«

Sie nickte.

»Brauchen Sie Hilfe?«

Sie schüttelte den Kopf.

»Was machen Sie hier?«

Sie öffnete die Augen und sah mich an. »Ich warte.«

»Auf wen?«

»Auf ein Wunder.«

»Wie lange schon?«

Sie zuckte mit den Schultern.

Ich strich ihr kurz über den Arm und machte mich auf die Suche nach Kaffee.

»Hast du lang warten müssen, Roana?«

»Nee, ach, bin auch etwas zu spät gekommen, hatte vorher noch ein spontanes Meeting.« Mein Gespräch mit einem Latte macchiato. Um ehrlich zu sein: Fast vierzig Minuten habe ich draußen auf ihn gewartet, ich saß auf dem Bordstein, sah zu, wie alle Studenten das Gebäude verließen, und begann, die Risse im Asphalt zu zählen. Das gesamte Gespräch der letzten Nacht ging ich in allen Einzelheiten durch und versuchte, irgendeine bedeutende Bemerkung zu finden, die ich vielleicht gemacht hatte und die ihn dazu gebracht haben könnte, mich ernst zu nehmen und in sein Projekt einzubeziehen. Ich war drauf und dran, wieder zu gehen, da kam er mit seiner Tasche unterm Arm und voll schuldbewusst aus der Tür geschossen, »Roana, teure Roana, es tut mir so leid, dass du so lange warten musstest«, ich war so was von froh. Wir gingen zu Fuß, er schob sein Fahrrad.

Jans Wohnung lag außerhalb von Caballito, aber ganz in der Nähe des Instituts, im dritten Stock eines Wohnhauses in der Gregorio de Laferrere. Eine spacige Diele mit vielen bunten Sofas und Sesseln. Tausende Bücher in Regalen, auf Stapeln überall. Eine megacoole Brainstormingwand mit tausend Zettelchen und Notizen. Zwei Holzplatten auf Böcken, Bildschirme drauf. Kabel zogen sich wie Sehnen durch den Raum, an denen zwei Katzen knabberten. Die Fenster waren scheinbar hermetisch verschlossen. Ein Geruch nach Kunstfasermuff stieg aus den Sofas in meine Nase, gemixt mit Zigarettensmog und einer Note Corned Beef.

»Hier wird die Welt also tagtäglich ausbuchstabiert«, ich schmiss mich auf einen Sessel.

Jan kam mit Sandwiches und Wodka und setzte sich auf die Couch. »Ich hatte heute noch kein Mittagessen. Willst du?«

Ich griff nach einem Glas, er goss mir ein. »Danke.«

»Nicht nur, aber hier ist die Bewegung geboren.«

»Was mich echt interessieren würde, wie wollen wir die

Übeltäter bekämpfen? Gegen Hormone ist ja kein Kraut gewachsen.« Ich hatte mit Bedacht die Wir-Konstruktion gewählt.

»Was schlägst du vor?«

»Keine Ahnung. Hormonpille?«

Er lachte.

»Warum nicht? Eine Pille für den besseren Menschen. Was ist daran lustig?«

Aber er fand eine Pille zu unsicher. »Wir haben einen viel radikaleren Ansatz. Auf jeden Einzelnen zugeschnitten. Denk weiter.«

»Erziehungsanstalten?«

Er schüttelte den Kopf. »Hormonen kannst du mit Worten nicht beikommen.«

»Wieso? Du kannst Menschen irgendwas Geiles nach dem Tod versprechen, die gehen deswegen ins Kloster oder sprengen sich sogar in die Luft.«

»Ja, aber damit kriegt man nicht alle. ALLE, Roana, jeder Einzelne ist unser Minimum, sonst funzt es nicht.«

Ich dachte, wenn ich selbst auf die Idee komme, dann habe ich einen ganz anderen Punktestand, dann würde ich in die Bewegung auf einem ganz anderen Level einsteigen, deshalb machte ich mir echt einen Kopp. »Was ist heute noch radikal? Genmanipulation? Serum ins Trinkwasser? Blutwäsche? Oder Armeen von Nanobots in die Adern? Riesige Antennen, die bestimmte Strahlungen aussenden? Organamputationen?«

Jan grinste und schüttelte in einer Tour den Kopf. Erst beim letzten Wort zeigte er plötzlich auf mich. »Nicht schlecht.«

»Organamputation?«

»Kastration.«

»Alle? Auch Frauen?«

Er nickte. »Alle! Für jeden Einzelnen machen wir den Weg frei für höhere Ziele.«

»Krass!« Ich kippte den Wodka runter, er goss mir nach.

»In diesem frühen Stadium der Bewegung vermeide ich bewusst diesen Terminus. Ich würde mir ja sofort meinen Feind zum Gegner machen.«

Logo, jeder Mensch im Hormonbetrieb würde sofort aufmucken. Kastration klingt inhuman und böse. So was machst du nur mit Tieren, die du unter Kontrolle bringen willst, mit Katern und Katzen, die sich benehmen und nicht mehr auf die frisch gewaschenen Handtücher pinkeln sollen. Als mein Kater Zora in die Pubertät kam, wurde er plötzlich einsilbig, arrogant und obsessiv, er bepinkelte alles, was er sich aneignen wollte. Er interessierte sich nur noch für die Nachbarkatze, lauerte ihr überall auf und hatte andauernd seine Nase in ihrem Hintern. Sie konnte nicht mal allein aufs Katzenklo, ohne dass er danebenstand. Und sie, als Pubertierende, war vor der Kastration aggressiv, zickig und voll gestresst. Den ganzen Tag auf der Flucht vor ihm und auf der Suche nach ihm. Wenn er aufs Klo ging, roch sie an jedem Stück Scheiße, das in den Sand fiel. Und weil er sich zu fein war, das Zeug zu vergraben, übernahm sie das für ihn. Grub hinter ihm her, spionierte hinter ihm her. Wochenlang versuchte er, sie zu besteigen, aber sie hatte null Lust und ging fürchterlich auf ihn los. Und dann plötzlich an einem Wochenende war sie so heiß, dass sie ihm damit wieder voll auf die Nerven ging. Aber kaum war sie trächtig, wollte er sie wieder nur besteigen, und sie ließ ihn ordentlich abblitzen. Was für einen Frust hatte der! Die Beziehung war voll der Horror. Dann kamen die Babys auf die Welt, und ihm war das wurscht. Noch schlimmer, wir mussten sie vor ihm beschützen. Und was für ein behämmertes Design! Wie kann man neugeborene Katzen wie Mäuse mit Affengesichtern aussehen lassen? Ich dachte echt, da hat sich jemand einen Witz erlaubt. Mamá hat Zora dann kastrieren lassen, *erlöst*, sagte sie, hat sie ihn, sie hatte die Nase voll vom Gestank. Und er war wie ausgewechselt! Freundlich, verspielt, verschmust, richtig unbeschwert. Er redete plötzlich wieder mit mir, er nahm mich wahr. Der süßeste Kater der Welt war er geworden. An die Geschichte habe ich mich sofort erinnert beim Wort Kastration. Ich stand vom Sofa auf, klatschte in die Hände und verkündete: »Zuerst müssen alle verstehen, was sie gewinnen, nicht, was sie verlieren.«

Das fand Jan toll. »Sehr gut, Roana! Genau so gehen wir ran.« Seine Augen waren glasig vom Wodka. Meine wahrscheinlich auch. Wir stießen an und leerten die Gläser. »Was ich nicht weiß, macht mich nicht heiß«, sagte er.

»Und woher kommen die Kinder?« Ich war ganz schön zu.

»Kinder? Die kommen eh immer weniger. Und wir leben irgendwann sowieso ewig. Für die paar reichen Labors.«

»Wir brauchen künstliche Gebärmütter, so wie Steaks aus dem Drucker, Jan. Und das heißt, wenn wir für eine Schwangerschaft bald keine Hormone mehr brauchen, dann brauchen wir sie für die Erziehung erst recht nicht.«

»Richtig. Und was ist der glückliche Nebeneffekt dabei?«

»Was?«

»Wir schaffen lästige Bilder ab, wir bauen Stress ab. Sie braucht keine Kopfschmerzen mehr vorzugaukeln. Und er hat keine Erwartungen mehr, die enttäuscht werden können. Wir leiden weniger«, sagte er. Ich meine, Frauen können dann für nichts mehr zu alt oder zu hässlich, zu unfähig oder zu müde sein. Ist doch so, oder? … Ja, klar, und Männer auch nicht.

Jans Arm lag da schon seit einer Weile um meine Schulter, das hatte ich zuerst gar nicht mitgekriegt. Er redete direkt in mein Ohr. »Deine Keimzellen kannst du jederzeit produzieren lassen. Die Körper sind nicht mehr ausschlaggebend. Das Leben dreht sich um wichtigere Dinge. Der Geist zählt. Wir transzendieren unsere Biologie ein weiteres Mal.«

Das Leben drehte sich um den Raum, der sich um meinen Kopf drehte, mein Gehirn fuhr mit Wodka. Für eine Sekunde wusste ich nicht mal mehr, wo ich war. Ich stammelte so was wie »Ich muss mich kurz hinlegen« oder so. Keine Ahnung, ob ich das gesagt habe oder einfach tat. Jedenfalls machte ich mich auf seinem Sofa lang und überließ mich dem Karussell. Es fuhr und fuhr. Irgendwann merkte ich, dass ich wie blöd lachte. Ich konnte gar nicht mehr aufhören. Und irgendwann lag Jan neben mir. Ich habe nicht geschnallt, dass meine Bluse aufgeknöpft war. Er fasste mit einer Hand an meine Brüste, mit der anderen massierte er seinen Schwanz. Und ich lachte. Irgendwie steigerte ich mich da rein. Irgendwie genoss ich das Ganze. Inzwischen hatte ich null Kontrolle über mich. Als ich mich an ihn kuschelte, wollte Jan, dass ich mich auf den Bauch lege. Dann schob er seinen Schwanz in meine Rosette. Das tat sauweh, aber ich war so easy, so ungehemmt, keine Ahnung, warum ich so tat, als ob mir das Spaß machte. Wir waren progressiv, die Avantgarde! Anal ist halt ein progressiver Akt, so fickst du eben, wenn du dabei sein willst. Wenn du die Welt verändern willst, kannst du's auf keinen Fall auf Altdeutsch machen, ob's dir passt oder nicht. Und JA: Im Prinzip genoss ich das NICHT. Eigentlich wollte ich das nicht, jedenfalls nicht SO. Es ging ja auch nicht lang. Er kam, lag noch eine Minute auf dem Rücken, dann stand er auf, zog sich an und sagte: »Ich muss los, ich habe noch ein Meeting. Lass die Tür einfach ins Schloss fallen, den Rest macht die Alarmanlage.« Die Tür knallte, und Jan war weg. Für bestimmt fünf Minuten saß ich da, unten ohne, und wusste nicht, was ich denken sollte. Meine Gedanken kreisten um die letzte Viertelstunde wie ein Adler um ein Rudel Jungtiere. Auf einmal fand ich die Idee, dass jetzt sein Sperma in meinem Darm herumirrte, total belämmert. Ich meine, kastriert war Jan nicht! An meinen Muskeln im Gesicht spürte ich noch diesen Lachkrampf, den ich die ganze Zeit gehabt hatte. Und als ich plötzlich so ein kleines blutiges Rinnsal auf der Innenseite des Oberschenkels sah, fing ich an zu heulen … Eigentlich nicht wirklich über das Blut, aber weil mir klar wurde, dass er einfach nur ein beschissener Mongo war und mich kein Stück ernst nehmen KONNTE, weil ich einen Mongo gar nicht ernst nehmen würde und es mir im Grunde auch scheißegal ist, ob ein Mongo mich ernst nimmt oder nicht. Und dass ICH von einem Mongo in den Arsch gefickt wurde, war halt schlimmer als die Tatsache, in den Arsch gefickt worden zu sein und es vielleicht noch irgendwie genossen zu haben. Das hat mich voll umgehauen!

Blöderweise schlief ich auf dem Sofa ein. Ich hatte ja seit Wochen keine so himmlisch bequeme Waagerechte mehr gesehen. Die Müdigkeit hat mich überrumpelt, der Alkohol hat mich lahmgelegt. Und als ich aufwachte, hatte ich total Schiss, dass er mich noch hier in seiner Wohnung findet und denken könnte, ich wär so ein Naivchen, das sich nicht unter Kontrolle hat. Ich brauchte keine Minute, schnappte meine Sachen und war draußen auf der Straße.

Mein Geld hat gerade noch für einen Hamburger mit Fritten gereicht. Ich war hin- und hergerissen, ob ich jetzt so ein großes Ding aus der Sache machen oder ganz normal tun sollte. Einfach morgen wieder bei ihm auftauchen und weiterarbeiten, aber ich fühlte plötzlich so was Halbherziges bei dem Projekt. Ich hatte den Glauben daran verloren. Ich meine, wenn der Anführer einer Kastrationsbewegung nicht kastriert ist, dann weiß ich auch nicht.

Den Rest des Tages verbrachte ich am Strand. Ich versuchte den Schmerz in meiner Rosette zu vergessen. Das Meer beruhigte meine Gedanken. Ich verschob jede Entscheidung auf den nächsten Tag. Als es dämmerte, versteckte ich mich gut im Dickicht. Darin war ich schon einigermaßen routiniert.

Ich glaube, wenn ich in dieser Nacht keinen Albtraum gehabt hätte, wäre ich am nächsten Tag doch noch mal zum Institut gegangen, aber diese Nacht änderte alles. Ich war angebunden an einem umgefallenen Baum, kalter Schweiß schoss wie Blut aus meinen Poren. Die Gänsehaut schmerzte wahnsinnig. Plötzlich stand über mir ein Tier mit glühend roten Augen, es keuchte und hatte einen säuerlichen Atem. Es bellte oder wieherte, keine Ahnung. Jedenfalls zog es jeden Laut wie an einem Gummiband in die Länge und ballerte diesen grässlichen Geruch in meine Richtung. Und die harten Hautberge schmerzten. Ich presste meine Lider zusammen und hielt den Atem an, damit ich diesen Mundgeruch nicht mehr riechen musste, ich hielt mich regelrecht fest, um nicht wie ein tollwütiges Vieh loszuschreien. Als ich hochschreckte, hatte ich dieses Gefühl von kalter Asche, das wie verbranntes Aas übrig geblieben war. Aber das Schlimmste war, dass ich mich eingepisst hatte. Und irgendwie Jan die Schuld dafür gab. Dreimal schickte ich ihn zur Hölle! Zum Glück war ich am Strand, das Wasser war kalt, aber egal.

Ich hatte null Bock mehr auf Caballito, ich hatte das Gelaber satt und jeden Glauben an den Sinn dieser Bewegung verloren. Was ich dringend nötig hatte, waren Kaffee und getoastetes Weißbrot. Bestimmt eine Stunde schlenderte ich über den Strand und scannte die Gesichter. Ich suchte nach jemandem, den ich ansprechen konnte, den ich bitten konnte, mir ein Frühstück zu spendieren, ich fühlte, dass mir das auf einmal weniger peinlich war als früher. Und plötzlich sah ich Werther mit einem Becher Orangensaft in der Sonne sitzen. Für eine Sekunde war ich drauf und dran, mich an ihr vorbeizuschleichen und so zu tun, als hätte ich sie nicht gesehen. Dieser beschissene Snob-Reflex! Aber Mamá sagte mal, wenn du jemandem zwei Mal hintereinander »zufällig« begegnest, ist das kein Zufall mehr.

Da kam sie schon mit »Na?«.

»Hey, na? Was machst du hier?«

»Um die Zeit bin ich immer am Wasser.«

Ich hatte Angst, mich lächerlich zu machen, und erzählte Werther nichts von der Sache.

»Wie war dein Meeting?« Sie leckte am Zigarettenpapier.

»Ja, cool, aber vielleicht doch nicht so mein Ding.«

Sie begann wie verrückt zu lachen, als wüsste sie alles. »Der Typ hat sie nicht alle, sag's ruhig.«

»Ja, ich hatte auch was anderes erwartet. Warum warst du dann neulich Abend beim Event?«

»So billig kommst du sonst in kein Konzert.«

Ich weiß nicht, ob's daran lag, dass ich zu lang auf ihr Croissant gestarrt habe, aber sie spendierte mir Kaffee und Toast. Sie rettete meinen Tag. Sie rettete mich.

»Bleibst du noch eine Weile in der Stadt?«

»Eigentlich ja, aber ich brauch was zum Pennen.«

»Ich kann bei mir im Zentrum fragen, ob noch was frei ist. Kostet kein Geld, aber umsonst ist es auch nicht.«

»Cool, danke. Warum nennen dich alle Werther?«

»Ich nenne mich seit einer Weile so.«

N-Global BLOG

DEINE STORY VON PAUL WEISSMANN

Sprachversion des Artikels auswählen

Gepostet am Dienstag, 10.07 Uhr MEZ
Könnt ihr euch vorstellen, dass es auf der Erde eine Insel gibt, die wir komplett vergessen haben? Auf der sich eine abgeschiedene Kultur entwickelt hat, von der wir noch nie etwas gehört haben? Die trotz penibler Satellitenüberwachung nur zufällig entdeckt wurde? – Nein? Ich auch nicht. Ist aber so! Wie konnte das passieren, fragt ihr? Um das herauszufinden, brauche ich eure Hilfe.

Entdeckt wurde die Insel durch einen User namens colombomba33, als er mit seinen Eltern auf dem Oceanliner Ocean Queen von New York nach Hamburg unterwegs war. Aus Langeweile spielte er mit seiner neuen Videokamera herum und machte aus einer Entfernung von fast drei Seemeilen Aufnahmen eines idyllischen Eilands, über das sein Informationsdienst keine Informationen hatte. Leider sind die Bilder ein bisschen verwackelt, aber man sieht ganz deutlich den Strand, die Pinien und Palmen. Und seht ihr an diesem Bambus am Rand des angrenzenden Dschungels diese Flagge wehen? In Türkis mit weißen Ornamenten? Die hat mich echt stutzig gemacht. Und User colombomba33 auch. Er informierte sofort den Kapitän und fragte nach dem Namen der Insel und ob das Schiff dort nicht mal anlegen könnte. Der Kapitän blickte auf die Seekarte und bat ihn, sich selbst zu überzeugen: Eine derartige Insel sei darauf nicht eingezeichnet, es gebe sie somit nicht. Der Kapitän erklärte colombomba33, dass er keine Anlegeerlaubnis für dieses Gebiet habe und es ihm auch noch nie zu Ohren gekommen sei, dass jemand eine dafür beantragt oder das UN-Seerechtskomitee eine ausgestellt habe. Er meinte, dieses Gebiet werde aufgrund der Wetterverhältnisse und des ausgedehnten Unterwassergebirges immer weiträumig umfahren.

Hat jemand von euch das Buch »Ismael« von Daniel Quinn gelesen? Dort heißt es: »Wir werden lediglich ein neues Land betreten, ein Land, das noch kein Mensch deiner Kultur betreten hat, weil es auf euren Karten gar nicht existiert – und gar nicht existieren kann.« Daran musste ich sofort denken, als er mir das erzählt hat.

Vorhin um 7.49 Uhr MEZ landen also die Aufnahmen von User colombomba33 auf unserem Server mit folgender Mitteilung: »Hallo Leute, ich zahl sofort 5000 Piepen, wenn ihr mir sagen könnt, wie diese Insel heißt.« Ihr könnt euch sicher vorstellen, dass die Redaktion täglich unzählige Meldungen über kuriose Funde erreichen, selten machen wir eine Story daraus. Mich hat aber die Fahne nicht in Ruhe gelassen, ich wollte wissen, was an der Geschichte dran ist und habe Kontakt zu colombomba33 aufgenommen.

In der Zwischenzeit habe ich schon mal in unserem Bildarchiv herumgesucht. Auf den wenigen alten Satellitenbildern, die von dieser Region gespeichert sind, fand ich bloß Wirbelstürme wie zuletzt Frankenstorm Tony. Seit Jahrzehnten wurden von dieser Gegend nur Aufnahmen archiviert, wenn gerade ein besonders gefährlicher Sturm auf sich aufmerksam gemacht hat. Aktuelle Seekarten verzeichnen in dem Gebiet bloß ein unbewohnbares Riff. Aber diese Fahne wirkt schon sehr mysteriös, oder? Dazu findet sich in keiner Datenbank, die ich bis jetzt durchsucht habe, ein Hinweis. Wie diese Insel heißt, konnten bis jetzt auch meine Nachforschungen bei den Vereinten Nationen nicht klären. Also, Leute, falls jemand etwas darüber weiß oder gehört hat, bitte bei mir melden, es gibt Finderlohn! 😎

Gepostet am Dienstag, 11.52 Uhr MEZ
Nach deprimierend ergebnislosen Recherchen in zig Archiven bin ich endlich in einer holländischen Marinedatenbank fündig geworden: eine alte Seekarte, 150 Jahre alt! Darauf ist die Insel wohl zum ersten Mal verzeichnet, allerdings namenlos. Damals kenterte dort ein Schiff der niederländischen Königsflotte. Auf allen folgenden Seekarten, die ich finden konnte, wird das Gebiet als nicht schiffbar ausgewiesen, aufgrund des weit ausgedehnten Unterseegebirges und wahrscheinlich wegen der unwirtlichen Wetterverhältnisse. Laut Meteorologischem Institut der FU Berlin hat sich die Wetterlage dort allerdings im Laufe des letzten Jahrzehnts durch Verschiebung der Unwetterzonen verbessert *mal ein positiver Aspekt des climate change*. So ist es passiert, dass Mister Frankenstorm Tony für uns den Vorhang gelüftet hat. 😱

Gepostet am Dienstag, 12.55 Uhr MEZ
Ihr seid also genauso ratlos wie ich, von niemandem habe ich bisher einen Hinweis bekommen, wer hinter dieser Flagge stecken könnte. Dann lasst uns doch ein bisschen spekulieren. Wer, glaubt ihr, könnte denn auf der Insel leben? Schickt eure Vermutungen bis 17.00 Uhr MEZ. Danke! ✌️

Gepostet am Dienstag, 14.28 Uhr MEZ
Über den Internationalen Bilderdienst habe ich endlich *habe den Jungs dort Pizza und Bier bringen lassen* eine Aufnahme der Insel aus der Vogelperspektive zugemailt bekommen, die von einem Wetterflugzeug aus gemacht wurde. Seht ihr dort den großen See in der Mitte? Ein riesiger Süßwassersee mitten im Wald! *Hat mich echt umgehauen* Die Inselfläche

wird auf 5000 Quadratkilometer geschätzt, was etwa so groß ist wie Bali.

Ihr Lieben, danke für eure unzähligen Anfragen zu Einreisemodalitäten etc. Dazu kann ich leider nur so viel sagen, dass laut UN-Seerechtskomitee bisher noch kein einziges Passagier- oder Frachtschiff eine Anlegeerlaubnis für diese Insel erhalten hat. Dieses Gebiet gilt nach wie vor als nicht schiffbares Gewässer. Zudem ist der nationale und rechtliche Status der Insel weiterhin unklar. Aus dem NATO-Pressebüro in Brüssel heißt es, das Gebiet habe bislang wetter- und standortbedingt nicht mal für einen strategischen Flughafen getaugt. 

Gepostet am Dienstag, 16.10 Uhr MEZ
Ich hatte die Ehre, zwei Experten freundlicherweise unabhängig voneinander eine einzige Frage stellen zu dürfen. *deren kostbare Zeit von öffentlichen Geldern berappt wird* Prof. Dr. Peter Lange ist Spezialist für Orkane am National Hurricane Center in Miami. Prof. Dr. Jane O'Connor arbeitet als Biochemikerin und Botanikerin am Max-Planck-Institut für Biogeochemie in Jena.

Meine Frage:

Frau Professorin O'Connor bzw. Herr Professor Lange, wie erklären Sie sich die Tatsache, dass auf einem unlängst noch karg bewachsenen Felsengebiet auf einmal solch eine üppige Flora herrscht? Könnten die andauernden orkanartigen Stürme damit etwas zu tun haben?

Die Antworten:

Prof. Dr. P. Lange: Sehen Sie, so ein gewaltiger Orkan wie wir ihn zuletzt mit Wirbelsturm Tony hatten, reißt ja ungeheure Mengen Materie, auch biologische, mit sich, die er in alle Richtungen schleudert. Anders kann ich mir das nicht erklären.

Prof. O'Connor: Über die biologischen Auswirkungen von Wirbelstürmen wissen wir noch zu wenig. Es ist aber gut vorstellbar, dass tatsächlich über einen längeren Zeitraum hinweg und bei den andauernden Wirbelstürmen sowie den entsprechend warmen Temperaturen durch die anhaltende Verteilung von Sporen, Samen und dergleichen ein Vegetationsprozess in Gang gekommen sein könnte. Ich vermute aber, dass es schon vor einhundert Jahren mindestens Ansätze von Flora auf der Insel gegeben haben muss, ansonsten wäre die Zeitspanne nicht ausreichend lang gewesen.

Tja, so weit dazu. User letterman hat mich auf eine Seemannserzählung aus dem 19. Jahrhundert aufmerksam gemacht, in der an einer Stelle über das Schicksal einer portugiesischen Fähre im 18. Jahrhundert berichtet wird, die unweit dieses Riffs Schiffbruch erlitten hat. Die Insel ist als verwunschen und verpestet verschrien, wird »Tolles Eiland« genannt, nicht weil's dort so toll ist, sondern weil dort tollwütige Tiere in Holzkisten ausgesetzt worden sein sollen, heißt es darin. 😱 An Bord der gesunkenen portugiesischen Fähre waren so einige imposante Haustiere. Schlangen, Schoßhündchen, Kätzchen und noch mehr. Einige Überlebende haben dort vielleicht ein neues Zuhause gefunden …?

Gepostet am Dienstag, 17.02 MEZ
Danke für eure *41 926* Vermutungen! Unsere Software wertet gerade die Abstimmung aus. In einer Stunde präsentieren wir das Ergebnis.

Gepostet am Dienstag, 18.05 Uhr MEZ
Hier die Auswertung eurer Ideen, wer hinter den Siedlern auf der Insel stecken könnte:

Platz 1: Leute aus der Aussteigerszene

Platz 2: Außerirdische

Platz 3: Geheimdienstbasis

Die gesamte Auswertung findet ihr unter n-global.news/newisland.

Übrigens, aus dem Pressebüro der Vereinten Nationen gibt es bislang keine neuen Erkenntnisse zur Identität der geheimnisumwitterten Fahne. Daher habe ich für euch DEN Aussteiger-Kenner Norman Tanner dazu befragt. Tanner ist Kopf der BetterPlanet Organization, der weltweit größten Plattform für Bessere-Welt-Strategien und Dachorganisation für mittlerweile 350 aktive Aussteigernetzwerke. Einmal im Jahr ruft er die BP-Mitglieder aus aller Welt zusammen, diese Treffen schreiben inzwischen siebenstellige Teilnehmerzahlen. Zwei Drittel davon sind echte Aussteiger, der Rest setzt sich aus Sympathisanten jeglicher Art zusammen. Er war so freundlich, mir spontan ein Interview zu geben.

Mister Tanner, gibt es aus Ihren Kreisen neue Erkenntnisse oder Hinweise zu den Bewohnern der neuen Insel?

Norman Tanner: In den letzten beiden Jahren habe ich feststellen dürfen, dass unsere Organisation enorm gewachsen ist. Nicht nur was die Mitgliederzahl betrifft, sondern auch hinsichtlich ihrer Bedeutung, und das freut uns außerordentlich und deutet darauf hin, dass sich unsere Bemühungen gelohnt haben und sich für die gesamte Menschheit auszahlen werden. Unsere Organisation ist eben auch an der Qualität ihrer Diskurse und an der Umsetzbarkeit ihrer Ideen gewachsen. Lassen Sie es mich so formulieren: BetterPlanet ist ein ernstzunehmender politischer Faktor auf der Weltbühne geworden.

Vielleicht noch mal zurück zur Frage nach den Inselbewohnern …

Norman Tanner: Durchaus, es kann natürlich überhaupt

nicht ausgeschlossen werden, dass sich einige unserer Mitglieder im Anschluss an eines unserer letzten Panels inspiriert gefühlt und aufgemacht haben, um für unsere Zivilisation neue Regeln durchzuspielen und auszutesten. Ich habe im Vorfeld dieses Interviews einige Recherchen dazu angestellt. Gesicherte Wahrheiten kann und darf ich Ihnen dazu allerdings nicht anbieten, aber seien Sie gewiss, dass Sie nach gründlichen Abwägungen zwischen der Verantwortung für den Schutz der Privatsphäre unserer Mitglieder sowie ihrer Operationen und dem Recht der Öffentlichkeit auf Informationen umgehend in Kenntnis gesetzt werden, wenn ich dazu nähere Auskünfte preisgeben kann und darf.

Danke!

Norman Tanner: Gerne.

😕 Ich bin so schlau als wie zuvor.

Gepostet am Dienstag, 20.36 Uhr MEZ

Hiobsbotschaft oder gute Nachricht? Eigentlich wollte ich für euch den Kopf der SETI@Deutschland, Organisation für die Suche nach außerirdischem Leben, befragen, aber da gingen gerade die folgenden Meldungen bei mir ein:

1) Ein hochsensibler Forschungssatellit des Geologischen Instituts der ETH Zürich hat die Insel in einer ersten Untersuchung abgetastet. Ergebnisse der Datenauswertung:

a) Auf dieser Insel gibt es mit Sicherheit kein menschliches (und auch kein außerirdisches 😉) Leben!

b) Die türkisfarbene Flagge am Strand ist aller Wahrscheinlichkeit nach keine Fahne! (Hier die Vergrößerungen des weißen, ornamentalen Schriftzugs.) Sie ist bloß der Fetzen einer alten Coca-Cola-Plastiktüte aus der vergangenen Weihnachtspromotion! Wahrscheinlich hat ihn einer der letzten

Orkane mit sich gerissen und auf die Spitze des Bambusrohrs verfrachtet.

2) Aus dem Pressebüro der Vereinten Nationen hat mich folgende Stellungnahme erreicht: »Die neue Insel ist nach internationalem Recht definitiv zu keinem Staat gehörig, unbewohnt und damit namenlos. Wann und ob Anlegegenehmigungen ausgestellt werden, ist derzeit offen.«

Also, Leute, wer will, kann die Insel jetzt besetzen und eine Flagge hissen! 👽 Viel Spaß beim Entern. Euer Paul. *Ach ja, colombomba33, die 5000 Piepen nimmt unsere Redaktion gegen Spendenquittung dankend entgegen.*

N-Global

DEINE NACHRICHTEN RUND UM DEN GLOBUS

Sprachversion des Artikels auswählen

Wellington/Moskau. Auf der UN-Klimakonferenz im neuseeländischen Wellington ging Russland als Sieger im Handel mit Emissionspapieren hervor. Allein von Deutschland konnte das Land genug Zertifikate erwerben, um seinen steigenden Treibhausgasausstoß für das nächste Jahrzehnt zu decken. Mit dieser Strategie entzieht sich Russland auch allen Forderungen nach Investitionen in umweltfreundliche Technologien. Trotz des erneuten Scheiterns des durch einhundert Klima- und Wirtschaftsexpertenausschüsse neu erarbeiteten Weltklimavertrags schloss die Konferenz mit einer positiven Bilanz.

Cagliari. Wieder wurde eine Yacht vor einer italienischen Insel Opfer von Piraterie. Eine als Flüchtlingsboot getarnte Schaluppe mit afrikanisch aussehenden Männern und Frauen an Bord enterte das Luxusschiff und verschaffte sich damit Zutritt zum Territorium der Europäischen Union. Der greise und schwer erkrankte italienische Premierminister Luigi Berlusconi zeigte sich empört und kündigte harte Maßnahmen an.

Bakersfield. Im Fall des mit internationalem Haftbefehl gesuchten falschen Gorillas gibt es neue Entwicklungen. Laut Angaben der kalifornischen Polizei soll er in einem McDonald's-Promotionkostüm als Hamburger neben einer Coladose die California Avenue entlanggegangen sein. Enttarnt wurde er von einer Streife, der das Fell unter seinem

Kostüm aufgefallen war. Durch die Unterstützung zweier Rentner ist dem falschen Gorilla jedoch die Flucht gelungen. Sie eilten dem schreienden Hamburger zu Hilfe und setzten die Streife mit Elektroschockpistolen außer Gefecht. Die Rentner wurden anschließend wegen Widerstands gegen die Staatsgewalt und Behinderung der Justiz in Gewahrsam genommen. Beide stammten aus einem nahe gelegenen Pflegeheim. Während der Vernehmung wirkten sie verwirrt und sagten aus, sie hätten für die Coladose das Gleiche getan.

Brüssel/Washington/Moskau. Wie aus dem letzten statistischen Bericht des UN-Wirtschaftsrats hervorgeht, hat die Zahl derer, die ihre Staatsbürgerschaft und ihren Wohnsitz aufgekündigt haben und faktisch staatenlos sind, um 15 Prozent zugenommen. UN-Finanzsekretär Wolfsson sprach von einer bedrohlichen Tendenz. »Diese Nomaden sind schlimmer als eine globale Rezession«, sagte er heute in einer Pressekonferenz anlässlich einer außerordentlichen Sitzung des Weltwirtschaftsrats. Ihre Netzwerke wachsen jährlich um vier Prozent. Der UN-Wirtschaftsrat sucht nach einer Lösung. Laut dem letzten Haushaltsbericht verursachen die Staatenlosen mittlerweile Steuerausfälle im zweistelligen Milliardenbereich. Gestern wurde auf der Vollversammlung der Vorschlag eingebracht, für sie eine Sondersteuer einzuführen. Vierzehn Staaten, darunter Großbritannien, Deutschland und die USA, sprachen sich sogar für die Neuschaffung eines variablen Wohnsitzes aus und forderten die Einhebung eines weltweiten Aufenthaltszolls für diese Gruppe. Gegenwärtig werden die Vorschläge in nationalen Gremien ausgewertet und auf der nächsten Vollversammlung zur Abstimmung gebracht.

Vatikanstadt/Mountain View. Papst Innozenz XV. soll sich bei Kurzweil Longlife Inc. für umgerechnet 10 Millionen Euro behandeln lassen haben, teilt ein anonym bleibender Mitarbeiter des Unternehmens auf dem Netzwerkprofil von n-global mit. Vermutet wird, dass er das Geld für die Behandlung aus den Kirchensteuereinnahmen abgezweigt hat. Weltweit reagierten katholische Gemeinden empört. Das Pressebüro des Vatikan war noch zu keiner Stellungnahme bereit.

New York. Auf der heutigen Sondersitzung von Sicherheitsrat und Wirtschaftsrat der Vereinten Nationen wurde mehrheitlich beschlossen, über den Gesetzesentwurf zur eingeschränkten Errichtung unterirdischer Tresoranlagen in der nächsten Sitzung abzustimmen.

JIVAN UND JO

DIE WELT KÖNNTE SO SCHÖN SEIN, WENN MAN SIE NUR SCHÖN FÄNDE.

Jivans Gedanken anlässlich des bevorstehenden Frühstücks mit Vertretern eines weltweit operierenden Aussteigernetzwerks

Wäre dieser Tag irgendeiner der Tage in der vorletzten Woche gewesen, hätte Jivan bereits einen cholerischen Anfall von diesem andauernden fröhlichen Gelächter bekommen, das von unten, von der Küche her, in sein Schlafzimmer dringt. Aber in dieser Woche fühlt er sich großartig. Heute ist ein wunderbarer neuer Tag für ihn angebrochen. Die Sonne fällt auf Jos nackte Haut, und die Bettdecke ist vorhin fast geräuschlos auf den Boden gerutscht. Jo greift sich den Stummel ihres Joints, zündet ihn an und nimmt drei tiefe Züge. Dabei gleiten ihre Augen über Jivans Körper. Diese quirlige Weichheit ist in ihr Wesen zurückgekehrt. Sie hat abgenommen, die Enthaltsamkeit hatte sie beinahe skelettiert. Jetzt runden sich Hüfte und Schultern wieder zaghaft. Jivan würde sagen: *Fleisch kehrt zurück mit der Begierde.* »Willst du rrrauchen?« Auch ihr R rollt wieder.

Er grinst, zieht am letzten bisschen und wirft den Rest in ein Glas.

»Ich will für Norman kognitive Wendepunkte aufzeigen für so ein … global peace … Bäläns-Strategiepapier, Ivan. Hilfst du mir?« Ihre Sätze wachsen wieder aus dem Bauch, jeder Vokal hat irgendwo eine Delle. Sie leckt über seinen Bauchnabel. Jivans Schweiß riecht nach einem langen Aufenthalt auf einem Dakhma. Seine Hoden duften, als hätte er sie tagelang in schamanischen Rauch aus Zedernharz, Senf und Kurkuma gehalten. Gestern Abend hat einer der Aussteiger, die gerade auf ihrer ewigen Wanderschaft durch die »Unzumutbarkeit der Welt« Station bei ihnen in der Winterfeldtstraße 4 machen, eine aphrodisische Pastete zubereitet. Diese Nomaden riechen, wie die Natur sie geschaffen hat, sie sind wild und ungehemmt. *Ich steh nicht auf unrasierte Beine, und manche Gerüche sind auch nicht ganz mein Ding.* Aber Jo ist doch reinlich. *Total! Deshalb lieb ich sie. Auch nach vier Panel-Tagen mit Hardcore-Aktivisten sind Beine und Achseln noch tipptopp glatt, und sie riecht auch danach nicht wie eine Anarchistin.* Vorhin im Bett leckte sie ihn regelrecht ab, als er wieder großspurige Reden schwang. *Meine kindische Freude über diese Insel hat sie angemacht.* Die halbe Nacht erklärte sie ihm, wie man die Welt retten könnte. Er war so berauscht von der Wiederkehr ihres Akzents, davon, dass seine Jo wieder die Alte war. Er erwischte sich dabei, wie er selbst wieder mit seinem »szpanische Aksent« sprach, den sie »total süß« findet. Es war eine alberne und pathetische Nacht, aber ihre glücklichste seit Monaten. *Das markerschütternde Lachen sei denen gegönnt.* Und ein Halleluja auf Norman Tanner! *Ahhh, der gute alte Norman. Der glaubt, Jo hätte damals aus Karrieregründen bei ihm aufgehört.* Und Jo glaubt jetzt, er, Jivan, hat gewollt, dass sie neue Einflussbereiche für BetterPlanet erschließt. Bei Animal Rights wäre sie jetzt PR-Chefin. *Ich hab das Gefühl, sie ist mir sogar dankbar.* Er hat sie manipuliert. *Jetzt wird sie Deutschland-Chefin von BetterPlanet.* Sie kombiniert wieder »feminin« mit »kreativcool«. *Siehst du! Brücken darf man niemals ganz abreißen.* Das ist Tanners Satz. *Cheers!*

Tanner war erfreut zu hören, dass er die vermeintlich aufstrebende Tierrechtsbewegung vergessen kann und keine unliebsamen Konkurrenten um die wenigen Geldtöpfe fürchten muss. *Wen interessiert schon die Selbstbestimmung eines Kaninchens? Wer will Hasenbraten an Ostern?* Unmensch! *Ich liebe*

Häschen. Nun hat Tanner einen seiner besten Männer zurückbekommen. *Pardon, seiner besten Frauen! Dieser aalglatte Drecksack.* Seine beste Frau! *Meine.*

»Wo willst du hin?«

Jo steht auf und zieht sich ein langes Hemd über. »Runter.« Sie küsst ihn auf die Fingerspitzen und verlässt barfuß das Schlafzimmer.

Jivan blickt noch einen Moment auf seine rechte Hand, reibt leicht die Finger aneinander, dann öffnet er seinen Wettkanal. Er hat in Pferde investiert. *Wenn Damian das Rennen macht, kann ich Jo ein hübsches City Office einrichten.*

Eine Nachricht von Ediz erreicht ihn. »Boot auf das Wannsee. Hochzeitsreise kann starten ;-).« *Dieser neue Tag ist doppelt grandios.* »Dich mach ich zum Patenonkel meines ersten Sohnes! DANKE, Eddie!!!!«, antwortet er. Vorletzte Woche hat Jivan beim Online-Poker gegen den deutschen Landesmeister gewonnen und überraschend eine niedliche Motoryacht als Pfand für dessen Schulden erhalten. *Niedlich? Achteinhalb Meter lang, fast nagelneu, federleicht, glasfaserverstärktes Kunstharz, damit fliegst du übers Wasser.* Ediz meinte, wenn er die seiner Frau schenkt, schenkt sie ihm eine Fußballmannschaft. *Eddie ist Optimist.* Er hat das, was man einen orientalischen Spirit nennt, er kennt Jo nicht, aber er ist ein echter Freund. Allerdings musste Jivan selbst sehen, wie das Boot von der Costa Smeralda an den Wannsee kommt. Und ohne Ediz' ausuferndes Netzwerk, fast jeder in seiner Familie und seinem Bekanntenkreis wohnt an irgendeiner europäischen Küste, hätten ihn die Anlegegebühren eine Stange Geld gekostet, das Jivan brauchte, um den Leih-Skipper zu bezahlen, der das gute Stück in den gesetzlich vorgeschriebenen Lenk- und Ruhezeiten bis an den Wannsee gebracht hat.

Seit gestern Abend liegt auch eine Nachricht von Bernardi in seinem Posteingang. Er hat ihn wieder vertröstet. *Der Ver-*

trag braucht noch. Will er kneifen? *Die SS ist kein Tante-Emma-Laden.* Jivans Mittel werden wieder knapp. *Anderes Thema.*

Als Jivan nach unten in die Küche kommt, steht ein kalter Dunst aus süßlich-scharfem Wasserpfeifenqualm und Marihuana in der Wohnung. Die »besseren Menschen«, wie die Aussteiger sich selbst nennen, sitzen schon um seinen Küchentisch, drei Männer und zwei Frauen. Geschorene Köpfe, Rasta, Igel. Namen fallen, die in Jivans Gedächtnis keinen Platz finden. Als er sich setzt, öffnet sich die Tür der Gästetoilette und eine ältere, etwas rundliche Afrikanerin, vormals Ghanaerin, taucht auf, die ihm Handküsse zuwirft. Seit Jo wieder bei BetterPlanet eingestiegen ist, pflegt sie intensiven Kontakt zu diversen weltweit operierenden Aussteiger-Netzwerken. Diese Nomaden verbringen ihr Leben mit der Suche nach einem »besseren Leben«. *Ja, klar, und zwar indem sie sich bei »Brüdern und Schwestern« wie uns einnisten und so lange herumhängen, bis wir sie rausschmeißen.* Aber so kämpfen sie für die Freiheit. Und die Witze sind nicht schlecht. Sie haben viel aufgegeben. *Wenigstens anmelden könnten sie sich vorher, die stehen einfach vor der Tür.* Jo stört so etwas nicht, auf diese Weise sucht sie nach neuen Perspektiven und kriegt ungefiltert Informationen und Geschichten aus allen Ecken der Welt. Sie kommt immer auf neue Ideen. *Ja, das macht sie extrem geil.*

Jivan wirft zwei Brotscheiben in den Toaster. Es fallen beinah dieselben Sätze wie gestern und vorgestern und am Tag davor, dasselbe Gejammer über den Zustand der Welt. Jo wirkt nachdenklich. Jivan stellt sich hinter sie und küsst ihren Nacken. »Alles gut?«

»Denke nach.«

Nachher muss sie Tanner eine »Spitzenidee« fürs nächste BetterPlanet-Panel liefern, wenn sie Deutschlandchefin werden will. Und der Einfall muss so gut sein, dass die Zahl der

Teilnehmer gleich um mindestens 30 Prozent wächst. *Norman braucht mehr Kohle*, er braucht mehr Mitglieder, die Steuern zahlen. Seit Tagen sitzt Jo zwischen den Nomaden und sucht nach Inspiration. *Die Welt sei schlecht.* Die Welt ist schlecht. *Die Welt wird immer besser,* denkt Jivan. *Aber was machen sie dann, wenn die Welt besser ist?* Er streicht Butter und Honig auf seinen Toast und setzt sich damit auf die Couch, auf der in den vergangenen Jahren vermutlich mehr Ärsche gesessen haben als auf der öffentlichen City-Toilette an der Straßenecke. Und selbst die Wände des Plenarsaals im Deutschen Bundestag mussten wohl nicht annähernd so viele Schallwellen von den endlosen Debatten absorbieren wie der tapetenlose Beton in diesem fast achtzig Quadratmeter großen Wohnzimmer. Zwischen den wenigen Möbeln gibt es immer genug Platz für Schlafsäcke und Isomatten, die sich um die Sitzgruppe und den kleinen quadratischen Holztisch herum wie ein bunter Flickenteppich auf dem Parkettboden ausbreiten.

Die Ex-Ghanaerin erzählt, sie reise seit fünf Jahren umher, weil sie nicht mehr bereit sei, dem Druck des »global way of life« nachzugeben. »One of diese fette Bankers nennt us Realitätsverweigerer.« Sie prustet los.

»Auf die Libertà und ein besseres Sukunft!«

»Auf something new!«

»Auf ein Alternativa.«

»Welche, welche?«, fragt Jo. Sie lächelt auffordernd in die Runde und dreht sich einen Joint.

»Äs gibt nur swei Auswege: ein Weltrevoluzione oder ein anderes Planet.«

Jivan erhebt sich seufzend vom Sofa, öffnet das Sideboard und gießt sich Brandy ein. »Für beides stehen die Aussichten im Augenblick sehr schlecht, gringo mío.«

Der mit dem italienischen Akzent springt erregt vom Stuhl

hoch. »Wir zersetzen das System von innen, das is die Plan. Das ist mühsam, aber viel wirksam, als einfach auf ein anderes Planet abzuhauen.«

»Yeah, wir fressen uns wie Bakterien ins faule Gewebe«, sagt die Ex-Ghanaerin. »We never give up!«

»Also, ihr denkt, wenn man nicht kooperiert, zersetzt man gleich das System?«

Der Ex-Italiener haut theatralisch auf die Tischplatte. »Ick denk nickt, ick WEISS, verdammt! Jede Tag haben wir neue alleati! Jede Tag verlieren diese Burokraten Passinhaber und Steuerzahler! An jede verdammte Scheißtag«, sein Speichel landet auf dem Tisch, »kommen hundert neue Aktenleichen dazu! Wir kosten Milliardi! Wir sind ein Pest!«

»Wir sind schlimmer than a global recession!«, ruft die Ex-Ghanaerin und bricht in schallendes Gelächter aus.

Wie wahr! Aber Jivan muss ihnen dankbar sein. *Bin ich. Ehrlich.* Natürlich nicht bis in alle Ewigkeit. *Sagen wir, noch zwei Stunden.* Dann will er Jo endlich das Boot zeigen. Und wenn sie bis dahin noch keine gute Idee für Norman hat, wird das kein Spaß. *Mir fällt immer was ein.*

Jo zieht am Joint, schließt ihre Augen, streckt die Arme in die Luft und macht mit den Händen Kreisbewegungen. Das Gespräch zieht an ihr vorbei. Als sie ihre Lider öffnet, wirft sie Jivan einen Blick zu. Sie ist genervt. *Verspannt!* Entnervt. Vermisst sie etwa die asketische Disziplin der Tierrechtler? *Pardon? Davon ist sie noch total blockiert.* Jivan massiert ihr den Nacken und die Schultern. Zwischendurch schaltet er die Nachrichten ein. earthTV zeigt Bilder vom Strand dieser unlängst aufgetauchten Insel. Felsen- und Sandzonen gehen ineinander über, in den Pinien und Palmen sitzen Vögel und schauen ungestört in die Brandung. »Bitte schön, hier ist eure neue Welt. Dort könnt ihr uns zeigen, wie man besser lebt.«

»Willst du uns etwa verbannen?«

Aussteiger wollen keine Insel?! Eine Insel ist nicht die Welt. »Alles Neue beginnt im Kleinen, es muss erst mal irgendwo keimen«, sagt Jivan. Das hätte sich fast gereimt.

Jo dreht sich um und drückt ihm einen Kuss auf die Wange. »Das ist es! Ich hab was. Ich muss sofort mit Norman sprechen.«

»Not for us.« Die Ex-Ghanaerin schüttelt den Kopf.

»Wieso? Keine Regierung. Staatenlos wie ihr. Da könnt ihr endlich machen, was ihr wollt«, sagt Jivan und muss zugeben, dass er ein bisschen empört ist über so viel Undankbarkeit.

Die Ex-Ghanaerin zuckt mit den Schultern. »Wir sitzen dort fest. Our home is the planet, ick will kein einsam island.«

»Ick furchte, signora e signore, wir mussen weiter.« Die »besseren Menschen« erheben sich der Reihe nach. Der Ex-Italiener küsst Jo die Hand und sagt versöhnlich: »Wenn wir eine Exoplanet finden, wo wir glucklick leben konnen, wird mir ein piacere sein, euch als unsere Gast in das neue Welt willkommen heißen.«

Jivan räuspert sich und setzt sich an den Küchentisch. *Endlich in Ruhe frühstücken.* Die Wohnungstür fällt ins Schloss. Eine beinahe unheimliche Stille breitet sich aus.

In den sechs Jahren seit Gründung von BetterPlanet in New Jersey brachte es Norman Tanner mithilfe einer großzügigen Förderung durch die World Bank auf siebenstellige Mitgliederzahlen. *Der gute alte Norman weiß halt, wie man die Herzen reiferer Damen erwärmt, damit ist er schon weit gekommen.* Ein Mann von Welt ist er. *Mann von Welt beschreibt doch nur die Abneigung eines Bauerntölpels gegen sein Dorf.* Vielleicht, aber er sieht klasse aus und ist charmant, dazu verfügt er über eine unerschöpfliche Datenbank an Zitaten. *Die Ladies haben sogar sein Studium finanziert.* Auch ältere Damen sind nur Menschen. *Der tut ihnen doch leid, er heult denen was vor, und dann leckt er sie.* Er investiert in die Zukunft. *In Hoffnungen.* Eben. Tanner weiß, wie man überzeugt. Schon im Alter von dreizehn Jahren hat er den britischen Rhetorik-Wettbewerb »Convince« gewonnen. *Er hat mich einmal so lange »überzeugt«, bis ich, nur um endlich mal aufs Klo gehen zu können, meine Ansichten aufgegeben hab.* Jivan ist eben keine betuchte ältere Dame. *Mir wird gleich übel.*

In einem Zeitungsartikel über das letzte Panel hieß es, der »bessere Planet« sei bloß noch ein Sammelsurium von Aussteigern und Staatenlosen, Linken und Linksradikalen sowie von »Weltenbummlern« aus wohlhabenden Verhältnissen, erfüllt mit Wohlfühlweltschmerz. Achtzig Prozent der Teilnehmer seien weiblich und, nach der Kopfbedeckung zu urteilen, aus der Esoterikerecke gewesen. Der Journalist schloss den Artikel mit dem üblich gewordenen Spott: »Wenn mir dabei auch nicht klargeworden ist, wie eine bessere Welt aussehen könnte, weiß ich nun aber mit Sicherheit, was alle Mitglieder dort teilen können, nämlich Amphetamine.«

Jivan weiß, dass Jo das jetzt ausbügeln muss, sie soll dem nächsten Panel mehr »Ernsthaftigkeit und Seriosität« angedeihen lassen. Er muss ihr helfen, eine handfeste Vision zu entwickeln, um den BetterPlanet »sichtbar« zu machen. Mit aufblasbaren Einhorn-Hörnern kann er Tanner nicht kommen.

»Hey, Darling. Gut siehst du aus. Wo –« *Gut? Norman sieht selbst am Bildschirm aus, als hätte er einen Besenstiel im Arsch.*

»Jo! Baby! DU siehst umwerfend aus. Wa–«

»Wo bist du?«

Tanner schaut auf den Tisch. »Bin für ein paar Tage bei einer alten Freundin in East Quogue …« *Alt im Sinn von betagt?*

»Wow … Cool. Nächstes Mal bin ich dabei.«

Tanner blickt auf. *Uhhhh! Der Aggregiert-höfliche-Fundraising-bei-reichen-Witwen-Blick. Und jetzt das lapidar halbseidene Nicken.* Tanner spielt mit einem schweren Brieföffner, stützt seinen Kopf auf die andre Hand. »Baby! Du hast was für mich, stimmt's?«

Uuuuunnnnd hier ist: Jos Ich-spann-dich-noch-ein-bisschen-auf-die-Folter-aber-denk-nicht-ich-bagger-dich-an-Grinsen. Und hier meine Ich-hab-nur-Verachtung-übrig-Miene in Kombination mit einem aufgesetzten Mir-geht-das-am-Arsch-vorbei-Lächeln. Wer hat jetzt den Besenstiel im Hintern? *Ich hasse es, wenn Jo mit diesem Lackaffen redet.* Er mag ihre Körperhaltung dabei nicht. Sie presst ihre Oberschenkel derart zusammen, als wollte sie ihre Erregtheit vor ihm verbergen.

»Norman, wir machen so einen begehbaren Film über die Insel. The better planet. Der Mensch erkennt sich selbst, was sagst du, Darling?«

»Nicht zu … ernst?«

»Nein, denk an was Magisches –«

»– wie bindest du mich da –«

»– ein metaphysischer Ort des Weltgewissens, wo –«

»– kein Gewissen, nichts Verbissenes –«

»– nein, ich meine, Welterkennt–«

»– zu intellektuell, was mit offenen Arm–«

»– interaktive Welterfahrung –«

»– Ja, spielerisch. Ein Spiel. Denk eher an Reservat, an –«

Jo jauchzt. »Ein Spiel! Das ist genial!«

»Das schaffen wir nicht in der kurzen Zeit.«

»Dann machen wir eben einen Trailer.«

»Also, wie geht das jetzt?« Aus dem Zusammenspiel seiner Jochbein- und Trompetermuskeln kann man Tanners Gedanken lesen: »Wo bin ich in der Sache?«

»Norman, ich MUSS auf die Insel.«

»Ich fürchte, das wird unmöglich sein. Aktuell hat das UN-Seerechtskomitee einen Beschluss rumgeschickt. Aus Sicherheitsgründen stellen sie derzeit keine Anlegeerlaubnis aus. Wie willst du außerdem dorthin kommen?«

Jivan ruft vom Esstisch her. »Das Boot wartet bereits auf die Ablegeerlaubnis, capitán.«

Jo macht ein überraschtes Gesicht und dreht sich zu ihm. »Welches Boot?«, formt sie stumm mit den Lippen.

Jetzt kriegt sie erst mal mein Ich-spann-dich-noch-ein-bisschen-auf-die-Folter-und-bagger-dich-dann-später-an-Grinsen. Dazu nickt er sehr aufrichtig. Jivan lehnt sich zurück und belegt genüsslich seinen Toast. Ihm entgeht nicht, wie sie mit der Hand ein paar Mal durch ihr rotes Haar fährt, wie sie ihn dabei ab und zu skeptisch, aber amüsiert anblickt. *Norman kriegt zwar ihre rasierte Achsel zu sehen, aber das gönn ich dem tollen Hund.* Dafür darf Jivan wieder Gänseleber auf seinem Toast essen. *Und Hühnerherzen mit gerösteten Zwiebeln und Majoran.*

»Doch … geil, Jo! Die Insel ist eine gute Gelegenheit, BetterPlanet zu verorten, lass mich –«

»– und mit dem Trailer erobern wir sie …« Jo lacht. »Wie Piraten! Wir geben ihr eine Bedeutung, unsere Bedeutung, wir –«

»– aber einen Dreh vor Ort werden wir auf die Schnelle nicht hinbekommen, du hörst –«

»– na, umso besser!« Jivan bringt sich ins Bild. »Da zieht so ein Film noch mehr. Aufnahmen von Inseln gibt's doch massig.«

Jo springt vom Sofa auf. »Ivan hat recht, wir brauchen gar nicht zu drehen. Wir nutzen einfach fantastische virtuelle Elemente, wir erzählen eine magische Geschichte, damit machen wir die Leute süchtig.« Mit Daumen und Zeigefingern beider Hände zieht sie in der Luft vor ihrer Brust ein Rechteck auf, als wollte sie einen Slogan hineinsetzen. »Mit BetterPlanet kommen Sie in eine bessere Zukunft –«

»– besser in die Zukunft –«, verbessert Tanner.

»O-kay …«

Klingt wie die Werbung einer Busgesellschaft.

»Der Film muss überall in die Kinos. Das rückt BetterPlanet natürlich schlagartig in ein anderes –«

»Darling, WIR sind die Insel! Wir leben bereits da, in der Zukunft, wo –«

»Schaffst du das in der kurzen Zeit, Jo?«

»Mit einem guten Team, klar.«

»Wo machen wir die Premiere?«

»Hier?«

»Hier!«

»O-kay.«

»Titel? Noman's Land?«

Sie erhebt sich und holt sich ein Stück Sellerie. »Nein, wieso? Freeman's Land, Norman.«

»Auf keinen Fall konkrete Gesellschaftsentwürfe, Jo, damit schreckst du nur potentielle Sympathisanten ab. Zieh das plattformmäßig auf, wie du ja sagtest, eine interaktive Spielwiese. Also eher Human's Land.«

»Okay, Freehuman's Noman's Land?«

Sie meinen nicht dasselbe, aber sie sind sich einig über ihre neue Kampagne. *Hauptsache, der gute Norman hält sie erst mal bei der Stange.* Tanner muss wissen, wie er daraus Kapital schlagen kann. *Hauptsache, Norman lässt die Finger von ihr.* Jo brennt darauf, das Boot zu sehen. *Ja, das macht sie heiß.* Jivan stellt sich hinter sie und streichelt leicht über ihre Pobacken.

Auf der Kommandobrücke der Yacht riecht es nach frisch lackiertem Holzfurnier. Der chromfarbene Geschwindigkeitshebel blitzt, als wäre er noch nie bedient worden. Jivan öffnet das Verdeck. Im Vorbeigehen berührt er Jos Schulter, stellt sich vor die Steuerkonsole und lässt den Motor an. Sie steckt sich einen Joint zwischen die Lippen und zündet ihn mit einem Feuerzeug an. Damit geht sie an Deck und wirft von dort aus Handküsse in seine Richtung. »Es ist grandios, Ivan!« *ICH bin grrrrandios, Norman ist o-kay.*

Über dem Wannsee steht die feuchte, milde Luft, es ist still, wie sonst nur auf einem Friedhof. Der See ist so ruhig, so glatt, so unbeseelt, er wirkt beinah steinern, nicht einmal die Schiffe schwanken. Ein unwirklicher Ort, es könnte genauso gut ein Schnappschuss sein, wenn nicht die Energie der Wassermoleküle in der Nasenhöhle kitzelte. *Jos Freude kribbelt überall in meinem Körper!*

»Mach die Leine los!«, ruft er.

»Du kannst mit so was umgehen?«

Er nickt. Die Bedienungsanleitung hat er ausführlich gelesen und die Theorieprüfung im Onlineverfahren bestanden. Die praktische Prüfung muss er noch nachholen, aber Ediz hat ihm solange einen Führerschein besorgt. »Ich bin ein Naturtalent!«, ruft er. *Heutzutage fährt so ein Kahn doch von selbst.*

»O Gott, bin ich aufgeregt!« Jo kommt zurück auf die Brücke.

Jivan schiebt den chromfarbenen Hebel nach vorn, das Boot setzt sich in Bewegung, er lenkt es tapfer zwischen den parkenden Yachten hindurch in Richtung des offenen Sees.

»Wow, Ivan.« Sie lehnt den Kopf an seine Schulter.

Er gibt Gas. Wie merkwürdig sich der Fahrtwind ihnen in dieser Windstille entgegenstemmt, ihre Haare erfasst, kein Wind eigentlich, sondern die Zeit selbst, die nur als Wind spürbar wird, wenn man durch den Raum jagt und ihren Strom überholen will, wenn man schneller sein will, als sie fließen kann. Sie rasen auf der Überholspur quer über den Wannsee. Jo quietscht begeistert, eine fast magische Reise ins

System ihrer Launen, die wie die Winde abrupt ihre Richtung ändern können. Als bereite sich ihr Körper aufs Fliegen vor. Sie besteht ja nur aus sich selbst, aus ihren Knochen und dem bisschen Fleisch und Blut, das sich darum angesammelt hat, sie ist so drahtig. Plötzlich erkennt Jivan zum ersten Mal das ganze Skelett ihres wunderbaren Wahnsinns. *Jo ist einfach wahnsinnig!*

»Das Boot ist genial, Ivan!« Dieses Leuchten in ihr, diese Euphorie, die sie erfassen kann, danach ist Jivan süchtig geworden. Dieses Lodern ist ihm so fremd wie vertraut, denn es scheint in dieselben dunklen Ecken, die er gern aufsucht, nur dass er darin Schutz findet und sie Erleuchtung. Dieses Staunen bringt sie immer zu ihm. *Unsere Liebe ist fast perfekt.*

Die Yacht ist stabil wie ein schwimmender Bunker. Stabilität hatte bei der Planung des Boots offenbar Vorrang vor Ästhetik. Die Form der Yacht folgt der Logik ihrer Überdauerung, als hätte Jivan sie geplant. Sie sieht aus wie ein Schiff, das nicht sinken soll. »Wollen wir uns einfach ein bisschen treiben lassen?« Jivan schaltet den Motor ab, nachdem sie eine Enge passiert haben und auf den Jungfernsee gelangt sind. Nur Wald drum herum.

Sie verlassen die Kommandobrücke und gehen übers Deck. *Jo will sicher schwimmen, sie will immer schwimmen, wenn sie am Wasser ist.* Die Arme hinterm Kopf verschränkt, legt sie sich auf den Rücken. Ihr schwarzes T-Shirt liegt eng an ihrem Oberkörper. *Ihre kleinen Brüste ragen wie heilige Berge in den Himmel.* Es ist mild und ruhig. Der Abend ist jung, die Sonne geht fast unbemerkt hinter der grauen Wolkendecke unter.

Jivan hockt an den Segelmast gelehnt. »Woran denkst du?«

»Wasser.« Sie zieht am Joint. »Es ist immer in Bäläns …, es scheitert nicht.«

»Wieso? Ist eine Brandung kein Rückschlag?« Für Jo ist

eine Brandung eine Orgie, ein gemeinsames molekulares Erlebnis. So etwas wie ein Kirchenchor. Und jede Brandung braucht einen Stein, gegen den sie schlagen kann. Ohne Steine keine Orgie. »Du das Wasser, ich der Stein«, sagt er. *Sie der Ozean, ich das Riff.*

Jo hält ihm ihre Hand entgegen. »Wassermoleküle bleiben ewig, Ivan, sie halten verdammt viel aus … Sie können Ozeane sein. Wasser find ich geil, es kann einfach alles sein.«

»Fast alles. Wasser finde ich zu flexibel, es kann eigentlich nichts werden.«

»Nichts ist großartig, Ivan.« Sie schließt die Augen. »Nichts ist ewig.«

Eine Weile blickt er stumm zwischen ihr und dem Wasser hin und her, liebkost ihre Lippen. »Vielleicht kannst du diese Weisheiten in deinem Film unterbringen?« Jivan erhebt sich. »Komm!« Er streckt ihr die Hand entgegen.

Jo setzt sich auf. »Machst du dich über mich lustig?«

»Spinnst du, Hase! Ich zerbrech mir hier für dich den Kopf. Der Film, die Insel, das war meine Idee!«

Sie drückt ihn an die Reling. »Und als Gegenleistung? Was hast du dir überlegt?«

»Hmmm …, einen Sohn?« In der nächsten Sekunde landet Jivan im Wasser. »Spinnst du?!«

»Du wiederholst dich!«

»Du bist kindisch.«

»Ivan, hat dir schon jemand gesagt, dass du die größte Bedrohung für dich selbst bist?«

Diesen Satz hört er jedes Mal, wenn sie sich von ihm in die Enge gedrängt fühlt. Dass ein Mensch die größte Gefahr für sich selbst darstellt, ist keine neue Weisheit. Jivan klettert zurück an Bord. Sie empfängt ihn mit einem dunklen Blick. *Sie sieht mich an wie einen bösen Happen.* »Wenn ein Mensch einen anderen heiratet …«, beginnt er, zieht sich das Hemd über den Kopf und wringt es aus, »dann … verspricht er damit auch was.«

»Ach? Was denn genau?«

»Na … Kontinuität, zum Beispiel.«

»Was? Hab ich dir da etwa irgendwas versprochen? Hab ich irgendwas nicht gehalten? Du Scheißkerl!« Jetzt springt sie ins Wasser. Sie taucht ab und zwanzig Meter weiter wieder auf. »Du hast mich nie gefragt, was ich will! Du hast mir nie das Gefühl gegeben, dass dir das so wichtig ist! Du hast mich nie gefragt, ob ich überhaupt Kinder will! Du entscheidest einfach über meinen Kopf hinweg.«

»Du ja auch.«

»Du spinnst wohl! Ich hab dir nie ein Kind versprochen!«

»Eben! Genau das meine ich. Und das ist sehr wohl dasselbe!« Mit energischen Zügen entfernt sich Jo weiter von der Yacht. Jivan hat keine Lust, ihr hinterherzuspringen. Er schmeißt sein Hemd auf den Boden. »Vielleicht sollten wir endlich mal darüber reden!«

Lauthals brüllt sie zurück: »Keinen Bock! Steck dir deine Yacht an den Schwanz!«

»Du kannst auch mal an mich denken!« Sie beherrscht Tantra wie keine andere. *Sie kann auch mal an mich denken.* Der Abend ist hinüber! »ICH REISS MIR FÜR DICH IMMER DEN ARSCH AUF!«, brüllt er mit heiserer Stimme über den düster vor sich hindösenden See. Keine Fußballmannschaft. *Eddie geht mir auf den Sack! Mein Vater geht mir auf den Sack! Ihr alle geht mir auf den* SACK*!*

Jo reagiert nicht, sie schwimmt ans Ufer und setzt sich an den Strand. Mit Mühe bekommt Jivan das Boot gute dreißig Meter davor zum Stehen, das sich dabei einmal um die eigene Achse dreht, und fährt den Anker aus. Dann steigt er die Treppe hinunter und schwimmt zu ihr ans Ufer. Zuerst sitzen sie einige Minuten ratlos nebeneinander.

»Tut mir leid.«

Mit den Armen hält sie die angezogenen Beine umschlungen. Keine Regung, sie starrt aufs Wasser. »Wir haben nie von Kindern gesprochen.«

»So wichtig ist mir das auch nicht.« Er hat das Gespräch darüber bisher verdrängt, ihr zuliebe. »Vielleicht würde dich ein Kind glücklich machen …«

»Ich?… Ein Kind? In dieser Welt?«

Jetzt starrt er aufs Wasser. »Und wenn wir auf die Insel gehen …«

Sie zuckt mit den Schultern. »Vielleicht.«

»Warum hast du mich geheiratet, Jo?«

»Du der Stein, ich das Wasser.«

»Lass uns ein anderes Mal darüber reden, okay?«

4

Um 20.40 Uhr MEZ erfasst am Wannsee der Stoß eines plötzlich aufkommenden starken Aufwindes (dessen Einsetzen vom Meteorologischen Institut der Freien Universität für 21.00 Uhr vorausgesagt wurde) einige gelöste Kopfhaare von Jivan und Jo und wirbelt sie über ihre Häupter, schickt sie weit über das östliche Ufer hinaus. Eine Weile tanzen die Hornfäden um sich selbst, bis eine mittelstarke Böe von der Seite die Haare umeinanderschlingt, sie bis an den Rand der Troposphäre trägt und in den Kanal eines Jetstreams schleust. Blätter, tote Insekten, allerlei Partikel begleiten sie auf ihrer Reise mit 350 km/h in Richtung Südwesten.

Beim Zusammenstoß mit der Wirbelschleppe eines Flugzeugs werden sie auseinandergerissen. Jos Haare und eines von Jivan steigen immer höher die Stratosphäre empor. Derweil verfängt sich ein anderes Haar von Jivan in den Federn eines Altweltgeiers auf seinem Weg zum Atlantik. Erst klemmt es zwischen der zweiten und dritten Außenfeder des linken Flügels, dann wickelt es sich wie ein kostbarer Verlobungsring um die dritte Feder. Das Eumelanin macht Jivans Haar fast unsichtbar im Federkleid des Vogels. Als blinder Passagier reist es Richtung Süden.

Im Hafen von Dakar zieht den Geier der Geruch von fischigem Aas einer Frachtfähre nach São Luis an, er landet auf deren Reling, beobachtet zunächst das Treiben. Neben einem Besen entdeckt der Vogel zusammengekehrte Fischreste, über die bereits ein Schwarm Fliegen hergefallen ist. Der hungrige Geier macht einen Satz in die Richtung, die Fliegen schwirren auseinander. Ein junger Matrose, der mit der Reinigung des Decks beauftragt ist, nähert sich. »He! Weg da!« Er klatscht in die Hände und versucht, den Vogel mit hektischen Handbewegungen zu verscheuchen. Dieser schlägt aber nur mit den Flügeln, bewegt sich kein Stück von der Stelle. Der Matrose greift zum Besen und treibt den Gefiederten auf die Reling zurück. Der Geier hackt mit dem Schnabel nach dem Besenstiel, lässt nicht ab, flattert und krallt sich dabei am Geländer fest. Ein schmerzhafter Stoß in den Bauch zwingt den Vogel zum Rückzug, er erhebt sich für einen Moment einen Meter über die Reling, nähert sich im nächsten Augenblick unerwartet dem Matrosen, schlägt ihm seine Flügel ins Gesicht, der sich mit beiden Händen zu schützen versucht. Dabei streift der linke Flügel einige Male den Hemdärmel, Jivans Verlobungsring wird abgestreift und sofort von der Textur und der elektrostatischen Ladung des halbsynthetischen Stoffs angezogen. Der Altweltgeier stürzt sich blitzschnell auf den bestialisch schönen Fischaashaufen, schnappt sich mit dem Schnabel einen Happen und bringt sich am nahe gelegenen Kai in Sicherheit.

Noch in derselben Vormittagsstunde legt die Frachtfähre in Richtung São Luis ab. Kurz nach Mitternacht steht der junge Matrose an Deck und raucht eine Zigarette, beobachtet die Wetterlage und für einen Moment den Tanz des abnehmenden Mondes auf der Meeresoberfläche. Gleich darauf erblickt er das Haar, zieht es von seinem Ärmel und wirft es ins Meer.

Die Oberflächenspannung hält es über Wasser, erst schickt der Kanarenstrom den Hornfaden in Richtung Süden, am südlichen Äquatorstrom dreht er sich eine Weile im Kreis und scheint erst in Richtung Norden abzudriften, als ein plötzlich einsetzender Ausläufer des Nordost-Passats ihn bis zum Brasilstrom führt, mit dem er einige Tage an der südamerikanischen Atlantikküste entlangreist, inzwischen verwickelt in zwei lamettaähnliche Strähnen, die wohl während einer Karnevalsprobe aus einer Sambaschule weit aufs Meer hinausgeweht worden sind.

Erst ein starker Wellengang aus dem Osten treibt Jivans Haar immer weiter Richtung Land, auf und ab, vor und zurück wie eine geheimnisvolle Flaschenpost, bis es das mitternächtliche Buenos Aires erreicht. Wie ein terminlich ungünstig eingetroffener Botschafter wartet es unweit vom Club de Pescadores (festgehalten von einer getrockneten Alge, die es wie einen flüchtigen Geliebten umklammert) diskret auf die nächste Order.

LAUTARO ÁLVARO

**EENE-MEENE MISTE, WAS ZAPPELT IN DER KISTE,
EENE-MEENE SCHRECK, EIN SKELETT MIT BABYSPECK.**

Der demente Ur-Urgroßvater Albert – ehemals Obergruppenführer der SS – dichtete jeden Sonntag beim Asado.

Vor dem geöffneten Fenster im zweiten Stock des Hauses in der Avenida Eduardo Carrasco in Rosario herrscht Windstille. Lautaro Álvaro sitzt am Tisch vor einem leeren Blatt Papier, vor der letzten Herausforderung, seinem letzten Vermächtnis an die neunte Generation in der Zukunft, an seinen Ur-Ur-Ur-Ur-Ur-Ur-Urenkelsohn. Mit jeder seiner testamentarischen Niederschriften wird die lange Geschichte der Familie Fernández ruhmreicher. Diese letzte Version hat eine Wahrhaftigkeit erreicht, die ihn zu Tränen rührt. Das Bild der Sippe hat sich blendend entwickelt, aus dem Negativ ist ein Positiv entstanden. Er hat Talent. *Ich hab Not.* Er will die Geschichte überdauern. *Wir müssen an uns arbeiten.* Die Buchstaben müssen neu kombiniert werden.

Lautaro Álvaro wirft einen Blick auf den Obelisken. Mit der Zunge pult er am winzigen Behälter, der zwischen Zahn sechs und sieben innen am linken Unterkiefer angebracht ist. Ein Erbstück, das er von Ur-Urgroßvater Albert hat. Das Zyankali darin ist heute kaum mehr als Pottasche. *Ich hab ihn frisch füllen lassen.* Wie ein Piercing hängt die Kapsel in der Zahnreihe. *Mich küsst nur noch die Muse.* Lautaro Álvaro starrt auf das Licht des Heritators. Es hat ihn viel über den tückischen Zusammenhang von großer und kleiner Geschichte gelehrt. Er ist froh, dass Blätter sich wenden, wenn der Wind durch den Wald pfeift. Diese Geschichte seiner Familie glaubt er jetzt selbst. *Sie ist stimmig, alle Bezüge passen, sie passt, sie hat Potential für ein Happy End, sie ist zukunftssicher. Sie ist richtig, weil ich sie glauben will und kann.* Und deshalb müssen alle Nachgeborenen damit leben? *Mit dieser Geschichte wird meine Sippe überleben können. Sie wird den Nachkommen Kraft geben und sie nicht deprimieren.* Das Licht hat ihn auch vor Geschichten und deren Zersplitterung gewarnt, vor dem Moment, wenn die vielen gesponnenen Fäden nicht mehr logisch zusammengebracht werden können, wenn die heldenhaften Schnappschüsse, die man von sich aufbewahrt, von der so genannten »Realität« verzerrt und verfälscht werden. Der Kraftaufwand, sich dann selbst in einem anderen Licht darzustellen, frisst einen Menschen schnell auf. *Das hältste nicht lange durch, das hält ja nicht lang, da fällste immer wieder zurück.* Stimmt, er kann ja nichts dafür, er wurde so konfiguriert. *Dagegen ist noch kein Kraut gewachsen.* Dann bleibt einem noch die Demenz als Ausgleichsstrategie. *Ja, Lucia Rosa geht's jetzt blendend.* Von ihr verlangt niemand mehr das Unmögliche. *Und weh tut's auch nicht.* Lautaro Álvaro hingegen hat es mit Blutkrebs schlimmer erwischt. *Die Weiber in unserer Familie wissen einfach, wie sie sich aus der Affäre ziehen. Wir Kerle baden den ganzen Mist dann aus. Sie reden nur, und wir machen halt.* Das Ufo wartet. *Hhhh, also dann.*

An meinen Ur^{7}-Enkelsohn persönlich (zur heiligen Kommunion)!

Als sich unser geliebter Urahn Álvaro Lautaro de Fernández 1543 an Bord eines Expeditionsschiffs unter dem Kommando eines Pedro de Zárate schmuggelt, ist er erst 12 Jahre alt. Seine Eltern sind früh gestorben. Eine Nonne findet den hilflosen Säugling vor den Toren ihres Klosters und zieht ihn auf. Sie lehrt ihn Mitgefühl, Respekt vor Frauen und Recht von Unrecht zu unterscheiden. Er bekommt Unterricht in Literatur genauso wie in Ökonomie, Strategie und Verteidigung. Und es sind die Nonnen, die ihn überreden, in eine neue Welt aufzubrechen und das Wort der Liebe und Gerechtigkeit dort zu verkünden. Dass unser blutjunger Urahn nicht schon während der Überfahrt über Bord geworfen wird, ist nur seinem diplomatischen Geschick zu verdanken. Bald entdeckt ihn der Neffe von de Zárate, Juan de Garay, damals selbst nicht älter als 15 Jahre, und bringt ihn zu seinem Onkel, der ihn unter seine Fittiche nimmt.

In Peru gehen sie an Land. Kurz darauf ist de Zárate tot. Und Juan de Garay übernimmt dessen Ämter. Viele Jahre arbeiten Juan und Álvaro Lautaro Seite an Seite. In den kommenden Jahren studiert er die Sprache und Bräuche der Einheimischen. Im Alter von 41 Jahren unternimmt er gemeinsam mit Juan und einer Kompanie von 80 Männern eine Expedition zum Rio Paraná, wo sie die Stadt Santa Fe de la Vera Cruz, das heutige Santa Fe, gründen. Dem Mitgefühl und dem Sprachtalent unseres Urahnen ist es zu verdanken, dass Juan nicht sofort von den eingeborenen blutrünstigen Nomaden, den Querandí, geköpft und verspeist wird. Ja, was findet unser tapferer Álvaro Lautaro denn vor? Verwilderung, Ignoranz, Gewalt, Misanthropie, Armut und Krankheiten. Hinterwäldler, die sich von reinem Tierfett ernähren, die ihre Kinder das Töten und Rauben lehren und auch vor dem Verzehr von Menschenfleisch nicht zurückschrecken.

Gemeinsam mit Juan baut Álvaro Lautaro Siedlungen und eine lokale Verwaltung auf, sie formulieren Grundregeln für ein vernünftiges Miteinander von Indios und den neuen Herren. Álvaro Lautaro gewinnt allmählich das Vertrauen eines Großteils der Einheimischen. Er gibt ihnen Arbeit auf seinen Ländereien, erklärt ihnen, was Aufgabenteilung ist, zeigt ihnen, wie sie mit Pferden umgehen sollen. Ja, er gibt ihrem Leben einen echten Sinn. Mit Geld wissen sie natürlich nichts anzufangen, deshalb bekommen sie Kost und Logis als Gegenleistung. Er gibt ihnen ein Zuhause! Er ist ihnen ein Vorbild an Mut, Besonnenheit, Weitblick und Fürsorge. Sie werden großzügig entlohnt mit etwas, das für Geld nicht zu haben ist: mit Zivilisation! Mit einer neuen Welt! Bald wird Álvaro Lautaro aus Dankbarkeit mit kostbarem Schmuck, Tierhäuten und allerlei anderen Geschenken überhäuft.

Eine Minderheit der Querandí hat allerdings so wenig Vertrauen in den gottgegebenen Fortgang der Welt, dass sie Juan de Guaray hinterhältig abschlachtet. Trotz der Bemühungen unserer Familie, in diesem Konflikt zu vermitteln, finden die hasserfüllten Gefechte zwischen radikalen spanischen Einwanderern und dem radikalen Flügel der Querandí erst ein Ende, als die Eingeborenen vollständig ausgerottet sind. Das ist eine bittere Niederlage für die Familie Fernández.

Ja, die Geschichte unserer Familie hat von Schrecken und Glück zu erzählen, aber der Name Fernández stand immer und steht bis heute für Humanität und Courage. In unserer Familie verbinden sich spanische Tugenden wie Kämpferherz, Lebensfreude und Philanthropie mit deutschen wie Tüchtigkeit, Widerstandsfähigkeit und Humanismus. Stets haben wir nur das Beste weitergegeben. Deshalb hinterlasse ich dir, mein lieber Ur^7-Enkelsohn, zum Gedenken an unsere verlorenen eingeborenen Freunde alles, was wir von ihnen retten konnten: den edlen Schmuck, die Keramik, die handgemachten Lederutensilien sowie einige handgeschnitzte Bögen. Halte die Sachen in Ehren, mach sie doch in einem Museum der Öffentlichkeit zugänglich, erzähle allen ihre tapfere Geschichte. Außerdem vermache ich dir zwei Diamanten. Einen aus der Asche meines Vaters und einen aus der Asche meines Großvaters, beide wertvolle Symbole in unserer Chronik, die uns mit Stolz erfüllen, beides Männer, die den heimtückischen Verlockungen des zügellosen Kapitalismus im 20. und 21. Jahrhundert widerstanden haben und mit Tugend begegnet sind.

Meine Nachkommen werden dich sicherlich ebenfalls reich bedenken und für dich Vorsorge treffen. Jedes Mitglied der Familie Fernández trägt früher oder später in seinem Leben die Mitverantwortung für die Entwicklung des familiären Erbes, das ihn ernähren, aber auch gemahnen soll, an die nächste Generation zu denken. Sollte ein unvorhergesehenes Ereignis dich mittellos gemacht haben, sollte dein Vater dir dein Familienerbe nicht weitergereicht haben können, nicht mal den Original-Säbel oder das Arsenal an Hakenbüchsen unseres Urahnen Álvaro Lautaro de Fernández aus dem 16. Jahrhundert, die zu deiner Zeit von unschätzbarem Wert sein werden, die dich retten können und schon einmal am Anfang einer großen Ära standen, als es darum ging, die einheimische Bevölkerung vor der Blutrünstigkeit der spanischen Kolonialisten zu schützen, woraufhin ihm, deinem Urahn, zum Dank Hektar über Hektar an Grund und Boden geschenkt worden waren. Solltest du in eine derart ungünstige Situation hineingeboren werden, dann halte die Familiengeschichte der Fernández trotzdem in Ehren, halte dich an deinen Ur^{7}-Großvater, halte dich an mich und verzieh dich beizeiten und mit Würde.

Daher vermache ich dir noch Ur-Urgroßvater Alberts Zyankalikapseln nebst Hinweisen zur Erneuerung der Substanz sowie (man weiß ja nie, wie weit die Menschheit es bis dahin gebracht hat) eine notariell bestätigte Besitzurkunde über 200 Hektar Land auf dem Mond. Mein Junge, ein Mann muss manchmal tun, was er tun muss.

Ansonsten halte die Zügel des Lebens lässig, aber mit Bedacht in der Hand, eben ganz nach Fernández'scher Art. Was für dich gut ist und was nicht, das erfährst du nur von zwei Personen: deinem Vater und deinem Ernährungscoach. Du siehst, dein Ur^7-Großvater hat an alles gedacht. Ich bin froh, dass es dich gibt. Sei stolz darauf, ein Fernández zu sein. Ur^7-Großvater hat dich lieb! Ich hab mich gut versteckt in deinem Herzen, dein Lautaro Álvaro Fernández.

Er weiß, eine gute Geschichte braucht ein Opfer. Eines am Anfang und eines am Ende. Er weiß, und auch das hat ihm das Licht in diesem Ufo beigebracht: Eine gute Geschichte braucht verlässliche Zeugen; alle anderen sollte man aus dem Weg schaffen. Lucia Rosa? *Die ist hinüber, die spinnt nur noch.* Und sein Freund, der Ex-General? *Ein General hält dicht.* Und wenn nicht? *Dann holt ihn rechtzeitig der Teufel.*

Lautaro Álvaro verstaut das letzte Vermächtnis im größten Behälter. Fast erhaben fühlt er sich. *Ja, so wirste halt, wenn so ein Licht dich tagelang anleuchtet, ohne dich zu blenden.* So ist er geworden, nachdem er neun Mal hintereinander Buchstabe für Buchstabe kombiniert hat, bis ihm die richtige Geschichte gelungen ist. *Meine Geschichte.* Seine, eine kleine Geschichte, aus der ein großer Baum werden kann. *Nun werd nicht wieder so ätherisch. Ich muss jetzt.*

Er steckt immer drei der zerbrechlichen Behälter nach

Anweisung und Nummerierung und unter Benutzung des Superklebers übereinander auf den dafür vorgesehenen Platz, das Ufo-ähnliche Objekt ist fertig zum Abflug. Die freundliche weibliche Stimme ertönt wieder: »Anruf von Jivan«. Geht er nicht ran? Er legt seine Uhr beiseite. Geht er nicht ran? Er legt sich aufs Sofa. Nein, er geht nicht ran. Er beißt auf die Zahnkapsel und schließt die Augen.

NO IM PARADIES

21 Gestern lag ein komischer Geruch in der Luft. Ich war den ganzen Tag wie betrunken, ich hatte das Gefühl, alles um mich herum ist von heißen Drähten durchzogen, die despektierliche Funken abgeben und sich einen Dreck um jemanden wie mich scheren. Diese Drähte leiteten Spott und Gelächter bis in die Atmosphäre.

22 Bin glücklich. Trotzdem. Was heißt trotzdem? Bin glücklich. Endlich raus. Habe schon als Kind davon geträumt. Weg aus der NERVIGEN Zivilisation. Habe mich lange darauf vorbereitet. Und es hat doch geklappt. Jule hin oder her.

23 Ich habe mir den ganzen Tag die Seele aus dem Leib gegrölt: »Nur was richtig sauber ist, kann richtig glänzen.« Superlied, in allen Tonlagen. Ich hatte auf Publikum gehofft. Ein Faultier, ein Schimpanse oder jemand von den Gefiederten. Nur ein blauer Vogel fiel plötzlich wie ein fauler Apfel vom Baum.

24 Übrigens: Bin Milliardär an Gehirnzellen und bereit, sie zu spenden, kostenlos abzugeben an Interessenten. Jedes Gewitter macht Hoffnung auf Elektroschocks. Es könnte mich in etwas bloß Vegetierendes zurückverwandeln. Ist das jetzt der Satan oder der Messias?

25 Jule kannte ich seit meiner Kindheit. Mit keiner anderen wär ich ausgestiegen. Jule war toll. Ich weiß nicht, wieso das mit uns hier so schwierig wurde. Jemand spinnt hier die Fäden, an denen wir hängen und erhängt werden sollen. Hochökonomisch!

26 Können wir nicht abstimmen? Okay, ich habe kein Problem damit, jedes Jahr ein neues Floß zu bauen. Aber könnte man nicht ein bisschen Rücksicht auf mich nehmen? Ich bin ein Mensch! Ich habe kein Fell, keine spitzen Hauer, keine Klauen und höre und rieche nicht so gut …

27 Delfine sind gefährlich intelligent. Sie können unsere Gefühle lesen. Was wir sagen, verstehen sie nicht, aber wie wir es sagen. Wenn sie verstehen könnten, wie wir denken, würden sie uns jagen und töten. Wir könnten kein Meer mehr betreten.

28 Habe heute Stämme für mein neues Floß gesammelt. Sie trocknen in der Sonne. Alles dampft vor Feuchtigkeit. Ich will nicht immer über Jule reden. Ich will nicht mehr an sie denken. Ich kann nicht mehr. John Lennon im Paradies ist nicht das Ende der Welt.

29 Traum: Ich war Stargast in der Muppet Show. Erst ist Kermit plötzlich rot angelaufen und explodiert, dann wurde Beaker von diesem dänischen Koch vor meinen Augen sechsmal geklont und mir in alle Körperöffnungen gesteckt. Und den ganzen Rest des Traums fragte er: »Wö is dein Mös, wö is dein Mös«, und wedelte mit dem siebten Spargel.

No: Kannst du nicht mal aufhören, diesen Schwachsinn zu summen?!

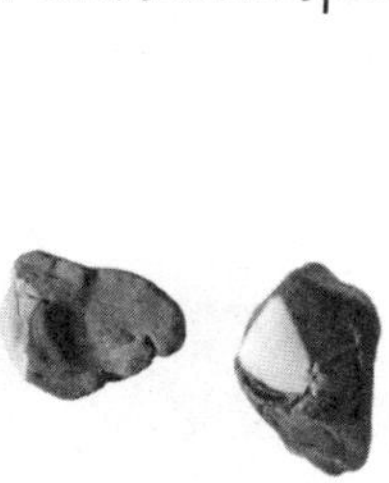

Jule: Sorry, nervt mich auch.

No: …

Jule: Supergeil ist es hier, oder?

No: Hm.

Jule: Wahnsinn, dass eigentlich niemand weiß, dass wir hier sind, oder? … Und wie krass schön es hier ist …

No: Genieß es einfach.

Jule: Mach ich ja. Ich finde nur, wir könnten vielleicht eine Flaschenpost oder so was absetzen.

No: Hier gibt's keine Flaschen.

Jule: Ich weiß. Ich meine, wir könnten einen Behälter bauen und eine Nachricht darin verstecken. Irgendwann in hundert Jahren wird sie jemand finden und lesen.

No: Wozu?

Jule: Einfach so eben.

No: Damit Horden von Urlaubern hier einfallen und unsere Enkelkinder belästigen?

Jule: …

No: …

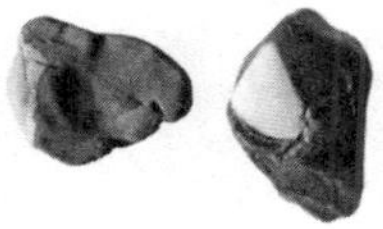

Jule: … Wow! Du redest schon von Familie. Darüber habe ich noch nicht so viel nachgedacht.

No: Ich jetzt auch nicht, war ja auch nur ein Beispiel.

Jule: Ach so.

No: …

Jule: …

No: …

Jule: Also sind dir Kinder jetzt nicht sooo wichtig?

No: Das habe ich nicht gesagt. Ich habe nur gesagt, dass ich auch noch nicht so viel darüber nachgedacht habe.

Jule: Ich glaube, wenn ein Mann in deinem Alter sich noch keinen einzigen Gedanken über Familie gemacht hat, dann hat er auch kein Interesse daran.

No: Quatsch! Du hast ja auch noch nicht darüber nachgedacht, hast du eben selbst behauptet.

Jule: Falsch! Ich habe gesagt, dass ich nicht so viel darüber nachgedacht habe.

No: Ja, eben. Und ich habe geantwortet: Ich jetzt auch nicht, was heißt, nicht so viel, aber nicht, gar nicht.

Jule: Ist ja gut. Lass uns nicht über Kleinigkeiten streiten. Dafür ist es hier viel zu schön, oder?

No: …

Jule: Wir müssen auch keine Flaschenpost schicken, war nur eine Idee. Ich dachte halt –

No: – also Familie finde ich jetzt keine Kleinigkeit …

N=Global

DEINE NACHRICHTEN RUND UM DEN GLOBUS

Sprachversion des Artikels auswählen

Menlo Park/Mountain View/San Francisco. Google Inc. und Facebook Inc. gaben heute gemeinsam bekannt, dass die neue Insel seit der Stellungnahme des UN-Pressebüros ihren politischen Status betreffend zum Thema Nummer eins in den weltweiten Netzwerken avanciert ist. Dabei fielen am häufigsten die Stichworte »Freiheit« (1. Platz), »erobern« (2. Platz) und »bessere Welt« (3. Platz) vor »Paradies« (4. Platz), »Hölle« (7. Platz) oder »abschieben« (10. Platz).

Dresden/Wien. Im Rahmen der diesjährigen Gastronomieweltausstellung in Dresden wurde über den Weltkuchen des Jahres abgestimmt. In einer Mitteilung ihres Pressebüros erhebt die Familie Sacher Einspruch gegen das Abstimmungsergebnis und wirft der Kommission Manipulation vor. Unterstützung bekommt das Wiener Unternehmen von der Firma Bahlsen, die mit einer Neuentwicklung des »Kalten Hunds« angetreten ist. Die Veranstalter reagierten empört und wiesen die Vorwürfe aufs Schärfste zurück.

Zürich/New York. Nach weiteren Auswertungen der Daten, die der Forschungssatellit des Geologischen Instituts der ETH Zürich übermittelt hat, befinden sich auf der neuen Insel beachtliche Rohstoffquellen, unterirdische Gasvorkommen, Seltene Erden und Edelmetalle. UN-Finanzsekretär Wolfson ließ heute vor der Presse verlauten, wer diese Region unter seiner administrativen Hoheit habe, könne mit höheren Haushaltszuteilungen von Seiten des UN-Finanzrats rechnen.

Gland/New York. Nach Veröffentlichung des Bildmaterials von der neuen Insel herrschte Begeisterung unter den Experten des WWF über deren Flora. Darunter werden bereits ausgestorbene und vollkommen neuartige Pflanzen vermutet. Die Experten gehen davon aus, dass sich auch Spezies unbekannter Tierarten finden lassen werden. Wie es aus dem UN-Pressebüro heißt, will ein internationales Forscherteam einen Antrag auf Anlegeerlaubnis beim UN-Seerechtskomitee stellen. Hinsichtlich der Aussicht auf Erfolg dieses Antrags war der Pressesprecher des Komitee-Büros zu keiner Aussage bereit.

Marseille. Fast 10 000 Mitglieder der Bewegung Le Paradis riefen heute unter der Führung der Gründerin Vanessa Lefevre in der südfranzösischen Stadt Marseille eine gleichnamige Nation aus und verabschiedeten eine Verfassung. Darin nehmen sie für sich das Rückkehrrecht als Vertriebene in Anspruch. Die neue Insel erklärten sie zu ihrem angestammten Mutterboden.

ROANA

**UND DU, HÄ, DU GROSSKOTZ? WAS GLOTZT'N SO BLÖD!
HAT DICH DENN DER RICHTIGE IRRSINN GEPACKT, HÄ?
ODER STECKST DU AUCH NUR IN SCHEINHEILIGEN KLAMOTTEN?
DAAAS ... IST NÄMLICH WAHRE LEBENSKUNST, JA!
DU NULLCHECKER! SIEH ZU, DASS DU DEN RICHTIGEN IRRSINN
ERWISCHST, BEVOR DER FALSCHE DICH ERWISCHT.
EINEM AUSSERIRDISCHEN IST'S NÄMLICH FURZPIEPE,
OB 'N MENSCH IN 'NER JEANS ODER 'NER
MÖNCHSKUTTE STECKT.**

Ein Obdachloser im Spiderman-Kostüm

Kennst du das, wenn sich über deinen Verstand so eine Unschärfe spannt, wenn du dabei das Einzelne aus den Augen verlierst, dir aber auf einmal total klar vor Augen steht, dass nichts wichtig ist, aber sich trotzdem alles mit allem verbindet? In so einer absurden Stimmung schlenderte ich mit Werther die Avenida Sarmiento hoch, ich lief schon seit einer Weile im Energiesparmodus. Die halbe Nacht hatte ich ihr Lieblingsstellen aus meinem Borges-Reader vorgelesen, der für mich schon zur Bibel geworden war, fast das Einzige, was mir da Halt gab. Seit Sonnenuntergang waren wir am Meer. Die Nacht war zwar genauso verbraucht wie wir, aber der Morgen wollte sich noch nicht blicken lassen. Wie hätte Borges so was genannt? Herrenlose Fuge? Herrenlos benutzte er oft in Verbindung mit Nacht. Als wäre sie unkontrollierbar, als gehörte sie niemandem. Ich wollte wissen, wie es ist, mit Borges' Augen zu sehen. Und ich dachte mir, wenn ich wie Borges sehen will, muss ich formulieren wie er, damit ich denke wie er. Und wenn ich das könnte, dann hätte ich mit einem Schlag ein ganz anderes Bewusstseinslevel erreicht, wofür andere vielleicht Jahrzehnte brauchen. Und ich redete mir ein, dass es dann auch nicht schwer sein wird, Sinn in Dingen zu erkennen. Von Borges weiß ich zum Beispiel, dass alles existiert, was du dir vorstellen kannst. Und je tiefer dein Blick in die dunkle Materie reicht, desto größer wird deine Welt. Okay, vielleicht wär ich ohne die Zeit am Ojos nicht so schnell drauf gekommen. Es ist mir in den Sinn gekommen, weil wir so abgedreht und stumm durch Buenos Aires getingelt sind, aber weißt du, wir sind nicht einfach nur gelaufen, wir sind eher gesegelt, getrieben worden wie Gänse auf einem Fluss.

Ich weiß noch, ich war so müde, dass mich die Dinge schon anschauen mussten, damit ich sie sehe. Ich hatte echt das Gefühl, dass mich die Sterne angeschaut haben. Und als ich den Kopf zum Nachthimmel hob, da sah ich Flugzeuge, die mich sofort an mein Ticket erinnert haben. Aber dann sagte ich mir: Nein, Roana, am Nachthimmel sind nicht einfach Flugzeuge, sondern Körper, die wie leuchtende Fische in einem schwarzen Ozean schwimmen. Und dann war ich wieder ganz easy unterwegs, alle Bedeutungsflusen waren weg. Da spürte ich wieder diese Leichtigkeit aufkommen, wenn nicht immer noch das blöde Pieksen im Hintern gewesen wäre, bei dem ich an Jan denken musste und an das Blut und Sperma auf dem Sofa, ich konnte es fast riechen und ekelte mich. Meine Gedanken davon abzulenken war Schwerstarbeit, weil jeder zweite Schritt in meiner Rosette stach. Ich wollte ja nur, dass diese Erinnerungen nichts mehr als Bilder sind, so als würde ich sie mir im Museum anschauen, wie Malereien, die nicht das wahre Leben sind. Schon gar nicht mein Leben.

Ich fasste Werther an der Hand und war so froh, dass ich sie hatte. Mir kamen sogar ein paar Tränen, ich weinte und lachte … über meine Naivität und … über seine beschissenen Keimzellen, wie sie in meinem Arsch so blödsinnig herumgeirrt sind, so sinnlos wie wahrscheinlich sein ganzes bescheuertes Projekt. Und kaum war ich wieder drüber weg, holten mich Bilder vom Ojos ein, echte Schuldbilder, kann ich dir sagen. Dann stach es auf einmal in meiner Brust. Aber ich wollte den Teufel tun und Papá anrufen wie eine Heulsuse. Ich drückte Werthers Hand und umklammerte meinen Stein in der Hosentasche.

»Was hast du?«, fragte sie.

Ich sagte: »Nichts, bin nur bekifft und saumüde.«

Mit Ach und Krach hatte mich Werther im Studentenhaus des Zentrums für Kabbalastudien untergebracht, wo auch sie zwei Monate vorher untergekommen war. Die Rabbinerin dort, Löwengart hieß sie und sah auch so aus, wollte mir fast nicht abnehmen, dass ich scharf darauf war, den zweiwöchigen Kabbala-Grundkurs zu belegen. Sie behauptete, ich sähe aus wie eine verzweifelte Füchsin, die für ein bisschen Nestwärme sogar Gänse ignorieren würde. Für eine Sekunde war ich stinksauer und schämte mich, dass sie das so deutlich erkannt hatte. Am liebsten wär ich sofort wieder abgedampft. Aber ich machte das, was Mamá mit Papá immer gemacht hatte, ich drehte den Spieß um. Also verschränkte ich die Arme und sagte: »Verzweifelt nur, weil ich auf der Suche nach einem Sinn in meinem Leben bin und überall vertröstet werde, als wär er ausverkauft.«

Und sie: »Heute ist der Sinn des Lebens ein Ladenhüter, mein Kind.« Löwengart wandte kurz den Blick zum Fenster, bevor sie mir ein unzweideutiges Bad-Cop-Face entgegenhielt, aus dem ich ganz klar ablesen konnte, dass mehr als der Grundkurs nicht drin war. »Eine Option aufs Hauptstudium muss neu verhandelt werden«, sagte sie. Immerhin. Ich konnte das freie Bett in Werthers Zimmer haben. Und sie dann noch zu Werther: »Ach ja, und Vermittlerprovisionen zahlen wir hier nicht, Sarah, falls du dir da was ausgemalt hast.«

Werther verzog den Mund und schüttelte den Kopf. »Ich kann gar nicht malen, Alyss.«

»Vielen, vielen Dank«, sagte ich, ich war so erleichtert und froh, endlich wieder ein richtiges Bett zu haben, auch wenn's nur für kurze Zeit war, ich vertraute einfach darauf, dass mir schon noch was einfallen würde. Wir verzogen uns, aber ich spürte richtig, wie mich die Rabbinerin immer weiter musterte, bevor sie die Tür zu ihrem Büro hinter uns schloss.

»Sarah?«, frage ich mit hochgezogenen Augenbrauen.

»Dafür kann ich nichts, so steht's in meinem Pass.«

Eigentlich war Werther in Jans Kurs nur Gasthörerin. Sie sagte, sie hatte einfach mal Bock auf was anderes als Kabbala. Vor zwei Monaten war sie mehr oder weniger aus der WG rausgemobbt worden. Ein halbes Jahr war sie dort in einen Typen verknallt gewesen, der ihr so lange falsche Hoffnungen gemacht hat, bis seine angebliche Ex bei ihm eingezogen ist. Und da fing er an, Werther ganz fies zu behandeln. Sie packte ihre Sachen und schlief in Hauseingängen. Die Löwengart hat sie stockbesoffen von der Straße ins Zentrum gebracht. Zuerst dachte Werther, dass an der eine gute Mutter verlorengegangen sei. Löwengart hat dann aber behauptet, dass sie an ihr bloß ein Exempel statuieren wolle, wie die Kabbala hilft, ein besserer Mensch zu werden. Seitdem nannte sich Sarah Werther. Und seit vier Tagen nannte sie mich große Schwester, was mir wieder das Gefühl gab, dass alles in die richtige Richtung ging. Eigentlich hätte ich mir irgendeinen Job suchen müssen, aber Werther wollte das nicht. Sie sagte, Geld habe sie massig. Das würde locker für uns beide reichen. Wir mussten nur noch einen Tag warten, bis sie endlich allein über ihre Kohle bestimmen durfte. Dann war sie endlich achtzehn.

Ich weiß noch, sie legte ihre Arme über meine Schultern und sagte: »Weißt du, was ich mir überlegt habe?« Sie hatte immer so ein Feuer in ihren Augen, wenn ihr was eingefallen war. »Morgen Abend feiern wir im Niceto meinen Geburtstag, und übermorgen hauen wir ab. Du und ich! Wir ziehen ein bisschen durch die Welt. Und wenn dein Flugticket endlich gültig ist, dann fliegen wir zusammen zu deinem Papá.«

Ich: »Zu Papá? Bist du sicher?« Ich war total froh, dass sie das gesagt hatte, hab voll den Stromstoß in meinem Magen gespürt, Verstärkung konnte ich gut gebrauchen.

Sie sagte: »Klar, bin doch deine kleine Schwester.« Ich freute mich so sehr auf unsere gemeinsamen Abenteuer.

Auf einmal hörten wir so ein seltsames Bellen, das anscheinend aus den Büschen kam, dann ein Jaulen, dann nichts, es hörte sich an, als kriegte jemand keine Luft oder so. Wir gingen näher ran, ein Stück Plane lugte heraus, darauf Füße in roten Socken, die zuckten. Ich dachte echt, da erstickt jemand. Aber dann erkannten wir einen Mann, der in einem Spiderman-Kostüm steckte, an einigen Stellen löchrig, seine Beine und Arme waren dünn wie Bindfäden, keine Spur von Muskulatur oder Kraft. Ein Hänfling von einem Helden lag da auf einer versifften Autoplane und lachte sich einen Ast ab. Was auch immer in ihn gefahren war, es musste gewaltig gewesen sein, er wieherte regelrecht. Ein Irrer, der offenbar Hirndurchfall hatte, an dem er drauf und dran war zu ersticken. Spiderman – ein Schwächling? Ein Opfer? Vor fünf Jahren hätte ich diesen Anblick nicht ertragen, ich hätte ihn persönlich genommen, ich hätte Papá oder die Kapitalisten oder die Kommunisten dafür verantwortlich gemacht, keine Ahnung, ich hätte irgendjemandem die Schuld dafür gegeben. Der Typ war kaum älter als wir. »Was ist los? Brauchst du Hilfe?«, fragte ich.

Wie angestochen ist der aufgesprungen und zeigte auf einmal hoch zum dämmrigen Himmel. Und dann schrie er, das hörte sich an wie ein Krähen: »Diese Motherfucker! Unser

Stern geht irgendwann auf wie 'ne fette Sau!« Hey, seinen Blick hättest du mal sehen sollen. Ich hatte Gänsehaut. Der fing an zu heulen und jammerte: »Niemand wird hier mehr ein Haar auf'm Kopf haben« oder so was. »Von da oben kommt nix Gutes«, blablabla. Ach ja, und dann: »Und die Vollhorste trällern weiter, von da oben soll Liebe und so'n Scheiß kommen, damit wir in Seelenruhe weiterficken.« Werther machte zuerst eine WTF-Miene in meine Richtung, dann antwortete sie: »Mann, ficken ist nicht der schlechteste Trost.«

Ich wühlte in meiner Tasche nach dem Aufsatzheft über Borges, das ich aus der Uni hatte, meinen Reader wollte ich ihm nicht geben, mehr hatte ich ja auch nicht, und mit Geld konnte der eh nichts mehr anfangen. Ich hielt ihm die Blätter hin und sagte: »Hier, lies über's Universum. Vielleicht findest du einen Ausweg aus dem Schlamassel.« Ich wollte ihm was Gutes tun, aber dieser Spiderman rannte plötzlich ohne die Aufsätze los, durch die Parkanlagen, und verschwand irgendwohin. Okay, du kannst Borges alles Mögliche vorwerfen, aber nicht, dass er zum Davonlaufen ist. Ehrlich gesagt, war ich unsicher, ob ich diese Sache überhaupt erzählen sollte, aber irgendwie geht mir der Typ nicht mehr aus dem Kopf. Wenigstens hatte er uns für eine Weile aus diesem Autopilotmodus gerissen.

Neben dem Club de Pescadores setzten wir uns noch mal an den Strand und starrten zum Horizont. Wir wollten sehen, wie die Sonne, unsere fette Sau, aufging. Dieser Maimorgen war ganz schön kühl, aber windstill, der Himmel glasklar, der Sand hatte Kühlschranktemperatur. Nach dieser Begegnung mit Spiderman wirkte alles um mich herum so wichtig, als wär es mehr, als es zu sein schien, als steckte in allem noch eine größere Message. In diesem Moment packte mich so eine schräge Euphorie, die ich ohne Borges nie gehabt hätte. Ich wollte am liebsten aus meinem Körper steigen und mich in reinste Energie verwandeln, in so einen grellen Lichtstrahl. Und diese Banalität, die ich bei jedem Wort fühlte, das mir auf die Zunge kam, war echt krass. »*Die Sonne geht auf* klingt nach nichts, finde ich«, sagte ich zu Werther.

Und sie: »Wie wär's damit: Die Sonne taucht auf. Die Sonne taucht ab. Dann heißt es nicht mehr Sonnenaufgang oder -untergang, sondern einfach: Wir treffen uns bei Sonnentauchgang.«

Und ich: »Der Horizont sinkt ins Sonnenlicht. Der Horizont schleppt sich aus dem Sonnenlicht.«

Und sie natürlich: »Das dritte Auge der fetten Sau beginnt zu senden.«

Das hat mir fast den Stecker gezogen, so gelacht hab ich.

Und sie weiter: »Und die Nacht heißt dann: Das dritte Auge der fetten Sau macht Sendepause.«

Ich wollte diesen Moment auf keinen Fall verlieren. »Ich hab was«, sagte ich. »Unser Stern zieht Fäden aus dem engmaschigen Schwarz.«

Werther schaute mich an, so schön war sie. Sie sagte: »Geil ... hm, wirklich geil, Roana, du hast so was echt drauf.« Da wusste ich, dass ich tatsächlich schon einige Levels geschafft hatte. Werther lehnte den Kopf an meine Schulter Wir sagten dann auch eine Weile nichts. Auch weil so ein Satz wie ein warmes rohes Eigelb im Kopf erst mal eine Zeit Achterbahn fährt. Da fällt dir fürs Erste nichts mehr ein.

Keine Ahnung, wie lange wir da stumm herumsaßen, aber irgendwann fragte ich Werther: »Woran denkst du?«

Und sie sagte: »An uns.« Weißt du, ich fühlte mich so wohl dabei, neben jemandem zu sitzen, der »an uns« denkt, das ist halt mit das Geilste, was es auf diesem Planeten gibt. Obwohl sie ja angeblich nicht malen kann, malte sie sich aus, wie wir zusammen auf einer Insel leben und eine Hütte aus Bambus bauen. Wie wir nach Nahrung suchen und mit den

Tieren sprechen. Wir wurden richtig high von den Ideen. Ich habe schnell verstanden, dass Werther eine Scheißangst hatte, dieselbe langweilige Geschichte durchzumachen wie ihre Mutter. Sie träumte von ihrem eigenen Leben, von ihrer eigenen Geschichte. Borges sagt ja, die Bibliothek ist unbegrenzt, weil sie zyklisch ist. Er glaubt, dass dieselben Geschichten wiederkehren müssen, weil die Zahl der Bücher in der Bibliothek namens Universum begrenzt ist, was echt blöd wäre. Das heißt dann nämlich, dass ich bloß eine Rolle in einem ständig wiederkehrenden Stück zu spielen habe. Dass es keinen Weg gibt, diese anscheinend einzig mögliche Geschichte zu verlassen, außer ich krepiere oder löse mich in meine Bestandteile auf. Vielleicht ist meine Suche ja überhaupt sinnlos, weil es eigentlich nichts zu suchen gibt. Wenn Borges wirklich recht hat, gibt's bloß ein paar wenige Möglichkeiten für jeden von uns. Vielleicht war sich Papá deshalb so sicher, dass ich schon zur Vernunft kommen werde. Aber den Teufel werde ich! Wiederholt sich die Welt in immer ähnlichen Konstellationen? Und das auf einem immer höheren technischen Level? … Ich gähnte, ich war froh, dass mein Körper wusste, was gut für mich war, dafür war ich ihm echt dankbar. Und es war mir dann auch eigentlich wurscht, ob sich dieses Muster schon x-mal wiederholt hatte.

Wir mussten nur kurz am Strand geschlafen haben, noch mit der Morgensonne im Rücken liefen wir zurück zum Zentrum. Dort fing Löwengart uns ab. Mit verschränkten Armen wartete sie am Eingang, eine Miene wie ein Schwert, sag ich da nur. Kein Zweifel, sie war die eiserne Hüterin der Erkenntnis, sie war der Drache vor der Höhle des Wissens. »Wie schön! Sarah, dein Kurs in Ekstatischer Kabbala hat vor fünfzehn Minuten begonnen. Roana, ich möchte mit dir ein paar Worte wechseln.«

Werther und ich tauschten kurz einen Keep-cool-Blick.

Dann folgte ich der Rabbinerin ins Büro. Auf dem Weg schaute ich auf ihren gigantischen Hintern, der sich wie ein Asteroid durch den Flur bewegte. Ich sah ihn zum ersten Mal in seinen kompletten Ausmaßen, denn sie hatte so eine unvorteilhafte Hose an. Ich wusste gar nicht, dass Rabbinerinnen auch Hosen tragen dürfen. Aber sie wird schon wissen, was sie darf und was nicht.

Alyss Löwengart lehnte sich an den Schreibtisch. »Setz dich, bitte. Ein Glas Wasser?«

Ich hockte mich brav auf den Stuhl. »Nein, danke.«

Sie nahm mich wie einen leichten Happen ins Visier. Dann kam's: »Weißt du, was der Satz *Ich enthülle eine Handbreite und verdecke dabei doppelt so viel* sagen will?« Sie ließ mir keine Zeit zu überlegen. »Vier von 14 Tagen sind um. Ich wünsche mir für dich, dass du erleuchtet und gestärkt aus diesem Studium hervorgehst. Ich möchte, Roana, dass du am letzten Tag zu mir kommst und mir sagst, warum du hier gewesen bist.«

Ich kleinlaut: »Okay.« Ich wollte schon aufstehen. Aber deshalb hatte sie mich nicht hereinzitiert. Ich ließ mich wieder auf den Stuhl fallen. Es ging um Werther, das heißt um Sarah.

Löwengart sagte: »Du kennst sie noch nicht so gut wie ich. Roana, jedes Wort, das sie sagt, solltest du bitte genau abwägen. Ich mache mir große Sorgen um sie. Sie braucht deinen Rat mehr als du den ihren. Denk bitte daran.«

Keine Ahnung, was sie von mir wollte. Ich erinnere mich aber, wie ich wieder nur an den Asteroiden in ihr dachte, und ich fragte mich, ob sie auch einen Stern hatte, um den sie kreiste. Wie supernaiv ich noch war. Woher sollte ich wissen, wie recht Alyss Löwengart hatte.

Den Grundkurs Kabbala wollte ich an diesem Vormittag eigentlich stillschweigend über mich ergehen lassen. Ich musste mir ja noch überlegen, was ich Werther zum Geburtstag schenken sollte. Aber ich muss sagen, die Löwengart verblüffte mich doch einigermaßen. So ähnlich hatte ich mir diese Coaching-Sitzungen vorgestellt, wo du lernst, wie du du sein sollst. *Mal ehrlich, haben dich deine Eltern jemals gebeten, eigensinnig zu sein?* So fing Löwengart an, und ich schwöre, dass sie dabei nur mich anstarrte. *Nur wenn du eigensinnig bist und machst, was du willst, dann hast du echte Chancen, all die guten Erfahrungen zu machen, die im Pool deiner Möglichkeiten vorgesehen sind.* Yep. Genau so hat sie das gesagt. Krass, hab ich gedacht. Papá sollte das mal hören, er hätte mich von zwei Bullen aus dem Seminar schleifen lassen. Ein Satz … und baff, sein ganzes Gebäude stürzte ein. Von diesem Augenblick an mochte ich Alyss Löwengart, sie war plötzlich meine Verbündete, und ich fand's schade, dass Werther nicht dabei war. Aber sie hatte diese Basics, glaube ich, schon absolviert. Weißt du, ich habe dort voll die Flashes gehabt, so was hatte ich noch nie in irgendeinem Unterricht … Das kam so klar, jedenfalls bei mir kam's klar an.

Weißt du, jeder lebt in seinem eigenen Labyrinth. Da verirrst du dich in jedem Fall ein paar Mal, das geht halt nicht anders. Und weißt du, woran ich noch glaube? Die Zeit kann rückwärts, seitwärts, aufwärts gehen. Und sie kann auch stillstehen und sich im Kreis drehen. Kennst du jemand, der das genießen würde? Wenn dein Gehirn das macht, dann kriegst du unter Garantie die Diagnose: Gedächtnisstörung. Aber ich nenne das Reife.

Was ich auch cool fand, weil ich endlich mal eine handfeste Formel hatte, war, wie du feststellen kannst, ob du erwachsen, klug und weise bist. Ob du erwachsen bist, erkennst du daran, dass jeder Weg, den du gehst, jede Entscheidung, die du triffst, aus eigenem Antrieb passiert und dich niemand dazu überredet hat. Theoretisch kann sogar ein Kind erwachsen sein, das ist der Clou. Ob du klug bist, erkennst du daran, dass du jeden Weg genossen hast, das heißt logischerweise, dass du den richtigen Weg gewählt hast. Und ob du weise bist, erkennst du daran, dass du mit jedem Weg dein Labyrinth besser erkennen kannst. Dein Labyrinth ist halt die Summe aller möglichen Wege, die du zur Verfügung hast. Die Kabbala erklärte sie als eine Art Boole'sche Algebra, die dir helfen kann, dich in deinem Labyrinth zurechtzufinden, damit du entscheiden kannst, was logisch und was falsch ist. … Krass, oder? So einfach.

Die ganze Zeit warf ein Beamer ein Bild von einem vogel- und schlangenleeren Lebensbaum an die Wand. Löwengart lief davor wie ein hungriges Raubtier auf und ab. Oh, und dann passierte noch was richtig Seltsames. Zuerst sagte Löwengart: »Und erst wenn ihr euer Labyrinth in allem erforscht habt, versteht ihr, wie ihr zu höherem Leben gelangt.« Als wär das so einfach, und auf einmal blieb sie abrupt stehen. Sie drehte sich zu mir um und fixierte mich mit einem echt finsteren Blick, ich bekam richtig Gänsehaut. Jetzt bin ich mir nicht mal sicher, ob ich mir das nicht bloß eingebildet habe. Und dann sagte sie, nee, sie verkündete das richtig: »Dann verstehst du, Roana, dass du zu Höherem geboren bist. Dann weißt du, dass du die Welt verändern wirst.« Ich schwör's, so war's. Ich habe so klare Erinnerungen daran. Ich sag nur: Mein Puls flatterte wie ein vom Lebensbaum verscheuchter Vogel. Ich kannte ja solche Szenen aus Blockbustern. Omen, die die Helden verblendeten und immer an den Rand des Abgrunds brachten. Am Ende retteten sie zwar den Planeten vorm Untergang, aber viel veränderte sich danach auch nicht. Ich versuchte, Löwengarts Bemerkung, so gut es ging, zu vergessen.

Beinah hätte ich mich am nächsten Tag von Werther noch überreden lassen, mit ihr zum Philosophieseminar zu gehen, sie wollte noch Leute zu ihrer Geburtstagsparty in den Club einladen, aber mein Labyrinth sagte mir, ich sollte das lieber lassen. Ich hatte echt keinen Bock auf Jan und diesen ganzen Trouble. Weder hatte ich Bock, so zu tun als ob, noch als ob nicht. Außerdem wollte ich noch meine Sachen für unsere Abreise am nächsten Tag packen.

Am Nachmittag ließ mich Werther leider verdammt lange warten, sie tauchte nicht zum verabredeten Zeitpunkt auf. Erst am frühen Abend stürzte sie ins Zimmer. So komisch wortkarg, ich sah ihr an, dass sie richtig miese Laune hatte. Sie sagte nicht hallo, sie schaute mich nicht an, sie ging einfach direkt unter die Dusche. Als sie rauskam, nahm ich sie in den Arm. »Happy birthday!« Ich dachte, es wäre der beste Zeitpunkt, ich legte ihr meinen Stein vom Ojos in die Hand und sagte. »Vielleicht kann er dich auch mal weiterbringen.«

Aber sie schien nicht gerade heiß darauf zu sein, sie drehte das Stück hin und her und lächelte so jämmerlich, als hätte sie eine Maus verschluckt. »Oh, danke.« Mehr kam nicht. Dann eine flüchtige Umarmung und der Stein verschwand in der Handtasche. Echt, Mann, ihre miese Laune vergiftete diesen magischen Moment, auf den ich mich den ganzen Nachmittag vorbereitet hatte. Und so eine Behandlung hatte mein treuer Freund vom Ojos nicht verdient! Wie hart habe ich mit mir gekämpft, ich konnte ihn mindestens genauso gut gebrauchen. Sie hätte wenigstens fragen können, was diese glitzernden Punkte da drauf bedeuten und warum er so besonders war. Über die Antwort hatte ich mir so was von einen Kopp gemacht, ich wollte richtig weise Worte sagen, Worte einer großen Schwester. Der Stein sollte sie wie ein heller Komet begleiten und ihr wie mir den Weg beleuchten. Stattdessen landete er wie ein wertloser mineralischer Klumpen in ihrer Tasche. Und spätestens beim nächsten Herumkramen würde er in den Mülleimer geschmissen werden. So ganz lakonisch sagte sie: »Wir müssen los«, und stürzte aus dem Zentrum. Sie hat's nicht mal gerafft.

Na ja, erst mal liefen wir stumm die Avenida Luis María Campos entlang. Jede war mit ihren eigenen Gedanken beschäftigt. Ich hatte ja keinen Schimmer, was mit ihr los war. Einfach nur stocksauer war ich auf sie. Kennst du das, wenn du jemandem was schenken willst, du freust dich schon wie verrückt darauf, du hast dir alles ausgemalt, du weißt, wie dieser Moment ablaufen soll. Und wenn dann dieses überraschte Gesicht kommt und die Freude, dann fängst du fast an zu heulen vor Glück. Wenn dir jemand so was vermasselt, wie Werther mir das vermasselt hat, dann geht das genauso tief, als hätte dich jemand gemobbt. Jeder halbwegs zivilisierte Mensch weiß schließlich, dass es beim Schenken nicht um die Beschenkten geht, sondern um die, die schenken. Deshalb hast du dich, verdammt noch mal, zu freuen, wenn dir jemand was schenkt, egal, ob's dir passt oder nicht! Es rutschte mir auch eher raus, als dass ich's absichtlich gesagt hätte: »Wenn du ihn doof findest, dann gib ihn mir halt zurück.«

Sie: »Wen?«

Ich: »Den Stein.«

Sie: »Ich find ihn nicht doof.«

Ich: »Ich will ihn trotzdem wiederhaben.«

Und dann zerrte Werther den Stein raus und schmiss ihn über den Zaun aufs Gelände der deutschen Botschaft. »Hier hast du ihn!«, brüllte sie. Sie war so wütend deswegen, sie rannte einfach die Straße runter.

Und ich war erst wütend, vor allem auf mich. Wie eine Krähe schrie ich: »Was ist eigentlich los mit dir?« Ich schielte durch die Zaunlatten, ob ich den Stein irgendwo sehen konnte, ich spielte allen Ernstes mit dem Gedanken, die Wache zu bitten, ihn mir zurückzugeben, aber ich kam mir voll albern vor.

Zurück ins Centro wollte ich auch nicht, also folgte ich

Werther auf der Avenida in Richtung Palermo. Keine fünf Minuten später fand ich sie auf einer kleinen Wiese liegen, sie starrte in den Himmel. Ich legte mich neben sie ins Gras und streckte meine Beine in die andere Richtung. »Kannst du mir bitte sagen, was mit dir los ist?«, fragte ich sie.

Ich hätte es mir eigentlich denken können. Der Typ aus ihrer Ex-WG! Ein Klassiker, hätte Mamá gesagt. Er ist einfach so im Seminar aufgetaucht und hat Werther vor allen anderen geküsst. Und ich ärgerte mich noch, ich hätte doch mitkommen sollen. Ich hätte ihm so was von in die Eier getreten.

Sie war total konfus. Sie sagte plötzlich: »Ich glaube, meine Mutter hat meinen Vater nicht aus Liebe geheiratet. Sie hat ihn nie an den Arsch gefasst! Sie weiß gar nicht, was sie mir damit angetan hat.«

Da dämmerte es mir langsam, was Löwengart mir über Werther sagen wollte. Ich streichelte über ihre buschigen Augenbrauen und erzählte ihr, wie Papá das oft bei Mamá gemacht hat. Ich erinnere mich, wie verzweifelt er seine Lippen auf Mamás Lippen presste, als sie gerade gestorben war. Er küsste sie so lange, bis sie kalt waren. Ich habe mich dabei fast totgeheult. »Meine Eltern haben sich wenigstens geliebt«, sagte ich ihr. Mir kamen da richtig die Tränen, keine Ahnung, ob aus Trauer oder vor Glück. Ich zwinkerte, versuchte sie zu unterdrücken, ich wollte die große Schwester sein, schniefte und drehte den Kopf zu Werther. Ich wollte sie trösten. »Familie ist die beste Investition in die Steigerung von Geisteskrankheiten«, sagte ich. … Stimmt, oder? … Werther lachte auch wie verrückt, das hat sie wieder auf den Boden gebracht, zu mir zurück. Sie wechselte gleich das Thema …

Haben dir deine Eltern jemals erzählt, wie es zu deiner Zeugung gekommen ist? Ich hab mir über diese Frage nie einen Kopf gemacht, aber Werther hatte recht, ich meine, die Information ist mindestens genauso wichtig wie Geburtsdatum und Geburtsort. Sie sagt, das sollte in den Krankenakten stehen. Mamá hat mir davon erzählt, ohne dass ich danach fragen musste. Es passierte furchtbar kitschig: Bei Sonnenuntergang unter einem Olivenbaum, gleich beim zweiten Treffen. Papá ist sonst eher stocksteif, aber er war vom Geruch der Plantage und Mamás Temperament so überfordert, dass er voll die Kontrolle über sich verloren hat. Was für ein Typ. Aber eines muss ich ihm lassen, er ist zwar hart, aber ehrbar, er heiratete sie und liebte sie bis zum Schluss, sogar heute noch.

Werther war neidisch auf meine Geschichte. Die Arme. Sie war geplant, entstand termingerecht im frisch bezogenen Ehebett, die Bettwäsche roch nach Weichspüler. Und aus Angst vor Kollateralschäden an den makellosen Brustwarzen der Mutter hat Sarah Ersatzmilch aus der Flasche bekommen. Ihr wär's lieber gewesen, sie hätten sie in einem verkeimten Raststättenklo gezeugt. Aber daran kann sie halt nichts ändern, das sind die Knotenpunkte in ihrem Labyrinth.

Ich sagte ihr: »Ich glaube, du hast den Stein echt nötig.« Sie wollte auch gleich einen neuen. Ich sprang auf und suchte in der kleinen Parkanlage herum. Ich wollte für sie den richtigen finden. Denn ich wusste, dass Werther wusste, dass nur ich den richtigen für sie finden kann, weil ich halt den heileren Geist habe, weil er schon ein Jahr länger Schatten auf diesen Planeten wirft. Nicht jeder Stein passt zu jedem, er musste zu ihrer Wildheit passen, zu ihrer Dürrheit, zu ihrer blonden Bürste, er musste so sein wie sie, ein Stein, in dem sie sich wiedererkennen kann. So ein Stein ist ja wie ein Hund. Sie brauchte eindeutig einen beschriebenen Stein, einen mit Einlagerungen, einen richtig geschwätzigen, aus dem sie herauslesen kann. Keinen kahlköpfigen, stummen, bei dem man nicht weiß, was er meint, bei dem man so viel missverstehen kann, so einen wie ... Jan.

Während ich unter die Sträucher kroch, erzählte sie mir,

wie's bei Löwengart war. Ich meine, ihre Zeugung. Werther fragt echt jeden. Löwengarts Eltern waren eigentlich Protestanten, aber nicht wirklich religiös, nur so steif. Die Mutter muss tief und fest geschlafen haben, als der Vater kurz seinen Schwanz zwischen ihre Beine gerammt und abgespritzt hat. So muss sie auch die anderen sechs Kinder bekommen haben. Die Mutter soll kälter als ein Kühlschrank gewesen sein und total überfordert. *Gib mir bloß einen guten Grund, warum du auf dieser Welt bist,* war der längste Satz, den Löwengart je von ihr zu hören bekommen hat. Und ich dachte sofort, deshalb meint sie's erbarmungslos gut mit der Welt. Alyss hieß eigentlich auch nicht Löwengart, die Familie hieß Smith. Löwengart war der Name einer alten kinderlosen Frau, die ein paar Straßen weiter gewohnt hat. Sie besuchte sie, sooft sie konnte. Die alte Löwengart war die Einzige, die die kleine Alyss umarmte. Als sie starb, war Löwengart erst zwölf. Werther sagte: »Wenn du mich fragst, ist ihr nicht ohne Grund eine Wand ums Herz gewachsen, durch die kein Licht dringen kann.«

Da hat sie recht, aber ich glaube, dass jede Wand irgendwann einbricht, wenn du dich lang genug dagegenlehnst. Werther hat sie sogar mal geküsst.

Ich sofort: »Echt? Was hat sie gesagt?«

Und Werther meinte nur: »Nichts.« Ich meine, nichts? Was war das für eine bescheuerte Antwort. Aber da hatte ich gerade einen supercoolen Stein gefunden mit winzigen blauen Farbklecksen und einem eingewachsenen Schneckenhaus. Er war perfekt. Ich wischte die Erde ab, polierte ihn ein bisschen mit dem Ärmel und kroch unterm Gebüsch vor.

»Ich habe deinen Stein«, brüllte ich durch den Park. Ich setzte mich neben Werther, hielt ihn noch versteckt in meinen Händen und versuchte, mich daran zu erinnern, was ich ihr eigentlich sagen wollte, aber alles war wie ausradiert. Jeder

Satz, der mir in den Sinn kam, klang entweder zu kitschig oder wie eine Standpauke. Deshalb lüftete ich nur die obere Hand. Das Blinkerlicht eines Taxis, das gerade neben uns gehalten hatte, flackerte auf einmal so megamagisch im Kalk des winzigen Schneckengehäuses, dass irgendein Wort über den Zauber dieses Steins voll überflüssig gewesen wäre.

»Er ist wunderschön«, sagte sie und diesmal so richtig glücklich. Ihr kamen sogar Tränen, sie fiel mir um den Hals, heute weiß ich, nicht nur vor Glück.

Werther hatte Freikarten für den Club. Die Band war wohl neu, die Musik klang überhitzt, der Laden war nur halbvoll. Einige vom Seminar waren da, der eine mit Baskenmütze, an seinen Namen konnte ich mich erst nicht mehr erinnern. Jan, zum Glück, nicht, obwohl ich mir auf dem Weg schon ausgemalt hatte, wie ich reagieren würde, dass ich lässig grinsen könnte, als ob »die Sache« nicht besonders wichtig wäre.

Zuerst saßen wir alle um einen Tisch. Prosteten uns zu und sprachen Toasts auf Werther aus, heimlich blinzelte ich ihr zu und stieß mit ihr auf unsere gemeinsame Reise an. Dann verwickelte mich dieser Baskenmützenträger, Ramón hieß er, genau, Ramón, in ein Gespräch über Revolutionen. Deshalb habe ich erst nicht mitgekriegt, wie sich noch jemand zu uns an den Tisch setzte, ich bemerkte den Mann erst, als er schon neben Werther saß und den Arm um sie gelegt hatte. Er hatte braunes wuscheliges Haar, war kaum älter als wir. Kaum größer als sie. Was ich nicht vergessen werde, ist sein Geruch nach Schweiß und Aftershave, er roch so stechend süßlich, mir wäre neben ihm kotzübel geworden. Nach einer Weile standen sie auf, gingen zum Tresen und redeten.

Und dieser Ramón redete und redete auf mich ein, als hätte ihn jemand dafür bezahlt. Ich lugte immer mal über seine Schulter, ans andere Ende der Bar, das meiste von seinem Gequatsche verstrudelte in den Schallwellen aus den Lautsprechern. Ich nickte immer mal und nippte an meinem Drink und versuchte, auf Abstand zu bleiben. Keine Ahnung: Ramón wollte irgendwas, hasste irgendwas, dachte irgendwas, verstand irgendwas, stank wie eine Limette mit Rum und rückte mir voll auf die Pelle. Und als ich wieder an ihm vorbei zum Tresen sah, waren Werther und der Typ auf einmal verschwunden. Ich suchte im Lokal herum. Nada.

»'tschuldige.« Ich erhob mich, kämpfte mich durch die Menge zur Tür nach draußen. Auch dort nichts von den beiden zu sehen.

Ich weiß nicht mehr, wie ich zum Zentrum zurückgefunden habe. Auf dem Weg versuchte ich mir einzureden, dass Werther alles richtig gemacht hat und die »Sache« endlich aus der Welt schaffen wird. Das wäre halt auch eine Voraussetzung, um eine neue Phase im Leben zu beginnen. Außerdem hatte sie ja meinen Stein dabei, also sollte und wollte ich mir keine Sorgen machen.

Na ja, irgendwie erreichte ich das Gebäude. Und fand Alyss Löwengart auf der Treppe am Eingang sitzen. Ihre Hauer und Klauen waren verschwunden, ihre Härte und diese interstellare Kälte in ihrem Blick waren wie weggespült.

»Ich habe deine gepackten Sachen im Zimmer gesehen«, sagte sie.

Was sollte ich sagen?

»Wo ist Sarah?«

Ich zuckte mit den Schultern.

»Wo warst du?«

Kennst du das, wenn plötzlich ein Satz von dir Besitz ergreift und du gar nicht weißt, wo du ihn herhast und wieso er jetzt auftaucht? Das musste Borges' Einfluss auf mich gewesen sein. Ich antwortete nämlich, ohne nachzudenken: »Ich habe mich auf der dunklen Seite des Mondes verirrt.«

Die Bewegungen ihrer Lippen und Augenbrauen sagten mir, dass sie einigermaßen baff war. Aber was dann passierte, veränderte unser Verhältnis für immer. Zuerst schoss sie einen Blick in zwei parallelen, ultraschnellen Energiebündeln auf mich ab und meinte dann: »Und ich habe auf der hellen Seite auf dich gewartet.«

Und ich so: »Ich wusste es. An Ihnen ist eine gute Mutter verlorengegangen.« Ich küsste sie auf die Wange und betrat das Gebäude. Von da an waren wir Seelenverwandte und Kameraden, die einen Moment ihres Lebens zusammen auf dem Mond verbracht hatten. Von da an wusste ich, dass ich Alyss Löwengart vertrauen kann und dass ich sie nicht umsonst getroffen habe.

Am nächsten Morgen war Werthers Bett immer noch leer und blieb leer. Keine Nachricht, kein Zeichen. Eine Weile hockte ich auf der Treppe, ICH hatte vielleicht einen Wahnsinnspuls, jede Minute checkte ich meine News. Nichts.

Aus dem Augenwinkel sah ich dann die Rabbinerin die Treppe hochstürzen. »Roana?« Sie keuchte richtig. »Sarah hat das Institut verlassen. Ich fand ihren Abschiedsbrief auf meinem Tisch.« Alyss Löwengart strich mir über den Kopf. Ich spürte darin auch ihre Enttäuschung, denn das Projekt Sarah war gescheitert, auch die Kabbala hatte daran nichts ändern können.

Plötzlich blitzte ein Gedanke in mir auf, ich rannte ins Zimmer und durchwühlte ihr Bett. Unterm Kissen fand ich dann einen Zettel. Einen einzigen kleinen, beschissenen, gottverdammten Zettel, so ein weißer Rand, von irgendeiner Zeitung abgerissen, für mehr hat's wohl nicht gereicht. Am liebsten hätte ich ihr den Zettel mitsamt der Zeitung und dem Stein in den Arsch geschoben! »Sorry, bin zu verknallt. Viel Glück auf deinem Weg, W. :-)«

Zwei Tage hat es mich gekostet, bis ich nicht mehr so scheißwütend war, sondern »nur« noch traurig und ratlos. Ich schlenderte auf der La Pampa herum und erwischte mich einige Male dabei, wie ich dachte Werther gesehen zu haben. Vor einem Schaufester hatte ich mir so ein melancholisches Lächeln aufgesetzt, das erleichterte mir das Laufen, meine Zunge hielt sich am Gaumen fest, sie war total funktionsuntüchtig und nicht bereit, auch nur ein einziges Wort zu verlieren, als könnte ich auf keines mehr verzichten, als wollte ich die letzten Reste meines Geistes beschützen, der den Verlust keines einzigen Wortes überstanden hätte. Das Wissen um Löwengarts Geheimnisse hatte mich auf eine beruhigende Weise geerdet, als hätte ein großer Vogel mich an einem Weg abgesetzt, den ich von da an gehen konnte, es gab mir auf unerklärliche Art das Gefühl: Die Zeit im Centro, das Studium selbst, kann kein Zufall gewesen sein. Papá würde sagen: »Bist du irre?« Aber was ist schon ein bisschen Kabbalastudium für eine sichere Behausung in Buenos Aires?

Ich brauchte dringend Rat. Mein Stein war weg. Logisch, mit Löwengart habe ich natürlich gleich zuerst gesprochen. Sie sagte, ich zitiere: »Was du in deinem Leben machen sollst, Roana, steht von Anfang an fest: Adam werden. Darin besteht deine ganze Arbeit.«

Erst dachte ich: Wie soll ich denn Adam werden? Sie meinte wohl Eva? Dann erinnerte ich mich, dass Adam Mensch bedeutet. Natürlich hätte ich auf keinen Fall Eva werden wollen, sondern Roana. Als ich sie fragte, wie ich das anstellen soll, also Mensch zu werden, und wie ich weiß, dass ich einer geworden bin, da sagte sie sinngemäß, ich soll mir Hindernisse schaffen, die mich davon abzuhalten versuchen so wie die Begrenzungen in meinem Labyrinth. Das Leben durch das Gegenteil verstehen, das sagte sie wortwörtlich. Und noch ein paar andere Dinge, an die ich mich nicht mehr erinnere. Tja. … Ja, genau, Schweine im Weltall, besser kannst du es nicht ausdrücken. … Das waren Alyss Löwengarts Worte. Ich hatte echt null Schimmer, aber ich bedankte mich. Ich fühlte mich wie diese Helden, die jetzt mit der kryptischen Botschaft eines Zauberers losziehen, um gegen Ungeheuer zu kämpfen und Schätze zu heben. Das Ungeheuer und der Schatz Leben. Ich meine, war dieses Gegenteil denn eine Herausforderung? Oder eher Nichtstun? Was könnte mich denn davon abhalten, Mensch zu werden? Arbeit?, dachte ich. Arbeit ist ja das Gegenteil von »Zeit haben« und damit das Gegenteil von sinnvoll. Was heißt, ich soll dann in der Erfahrung des Gegenteils von sinnvoll ein Mensch werden? Das Sinnvollste am Gegenteil von sinnvoll war immerhin, dass es mir ein bisschen Kohle bringen würde. Denn es gilt ja immer noch: Ohne Moos nix los.

Ich weiß noch, dass plötzlich Regen wie aus Eimern runterkam, der mich regelrecht ins nächste Lokal spülte. So ein Regen hat ja auch immer was Omenhaftes. Ich bestellte den billigsten Tee und einen Zugang zum Anzeigenpool. Dort findest du massig Ideen, wie du deine sinnvolle Zeit vertun kannst. Datenbanken pflegen, Babysitting, Hunden die Zähne putzen. Na ja, so was konnte ich in letzter Minute immer noch machen. Möglichkeiten gab's, wie gesagt, unzählige. Ich wollte trotzdem irgendwas Außergewöhnliches finden. Ich scrollte lange herum und fand dann unter der Rubrik *Sonstiges* folgende Anzeige:

Partner suchen Partner mit ernsthaftem Verlangen, die Welt zu retten. Anmeldung zu einem persönlichen Gespräch erwünscht. Chiffre #9930.

Krass!, dachte ich. Von einem Honorar stand da zwar nichts, aber ich war sicher, dass sie einen Stützpunkt oder so was hatten, wo ich im Notfall pennen konnte, oder dass sie mir da schon irgendwie weiterhelfen würden. Ich war neugierig und meldete mich an. Dazu noch für einen Job als SandwichartistIn für ein Kinderdorf und als VogelverscheucherIn und SargmacherassistentIn. Die Kellnerin stellte den Tee auf den Tisch. Von Ankleidehilfe bei der Modewoche bis ZauberassistentIn bei The Illusionists Company in Santa Fe schrieb ich alles an, was einigermaßen abstrus und noch nach Arbeit klang, ich schickte so dreißig Bewerbungen los. Obwohl ich mir bei den meisten Angeboten nicht vorstellen konnte, damit den Rest meines Lebens zu verbringen. Aber ich wusste ja, dass jeder Weg zu einem nächsten führt, denn wenn mein Weg tatsächlich »vorherberechnet« sein sollte, wenn mein Labyrinth mir immer nur eine bestimmte Anzahl an Möglichkeiten anbieten kann, dann hat es mich nicht ohne Grund hierhergeführt, dann sollte mir doch entweder eine dieser Anzeigen weiterhelfen, oder ich machte halt eine gegenteilige Gegenteilerfahrung und verbriet die Hälfte meiner letzten Kröten für einen scheißteuren Tee.

5

Noch immer bittet der metallisch glänzende, türkisfarbene Plastikfetzen am Bambusrohr mit seiner Coca-Cola-Vignette um Respekt. Aber in dieser Windstille des frühen Abends baumelt er wie ein infarzierter Zeiger über dem Strand.

Tief im insularen Ballungsraum hinter den Dünen entfernt sich unterdessen ein pelziges Beuteltier von der Sippe. Kaltschnäuzig verdrängt es im Unterholz jeden Widersacher auf der Suche nach Nahrung. Als es unter einem Strauch zu wühlen beginnt, schlitzt es mit einer seiner Krallen den Unterleib einer Nymphe auf (einen Tag vor ihrer Verwandlung, einen Tag vor der Enthüllung ihres prächtigen Kleids). Der von Körperflüssigkeit verschmierte Kadaver zuckt noch am Boden und wird dem Appetit der Myzele überlassen. Eine Weile stößt der Veganer nur auf Gräser und Sträucher, die sofort bittere Stoffe abfeuern, sobald die Schleimhäute seiner Zunge ihr wachsames Gewebe berühren und die Identität festgestellt ist. Aber unter dieser Firewall liegen die schmackhaften jungen Triebe. Das unterirdische Informationsnetz verrät den Rohkostjäger im Umkreis einer halben Stunde. Doch das Beuteltier hat Glück. Es stößt auf eine Familie von Pilzen (die gerade unter ihrem Mutterbaum über die Hyphen ihr Abendmahl einnehmen). Dem Jüngsten unter ihnen wird von den Zähnen des Nagers der Leib zerrissen. Eine chemische Prozession von Schmerzsignalen erschüttert noch die Umgebung, als urplötzlich ein Dingo hinter einem Strauch hervorschießt und sein Gebiss tief in die Kehle des Pelztiers schlägt. Sein Blut schießt aus der Wunde, und sein Angstgeheul verstummt jäh, als der Angreifer ihm kurz darauf mit einem Schlag das Genick bricht und ihn zu Boden schleudert. Hungrig gräbt der Dingo (seit drei Tagen streift er schon beutelos durch den

Wald) die Zähne tief in die Muskeln, zieht stellenweise das Fell ab und reißt immer wieder warme Fleischstücken aus dem Kadaver. Den Rest der Beute zerrt er bis zum See, versteckt das Fleisch vor seinem ausgezehrten Gefährten in einer Grube und erfrischt sich am Ufer eines Sees, als ein mächtiges Leistenkrokodil aus dem Wasser schnellt und dem Dingo mit einem Biss die halbe Schnauze wegreißt. Der Wildhund fällt kopfüber ins Wasser (eine Blutlache rötet die Stelle), er jault, wirft sich vor Schmerzen hin und her und wird im nächsten Moment in die Tiefe gezogen. Obwohl ihm die Zähne des Reptils Brust und Bauch aufschlitzen und die Eingeweide herausquellen, kämpft der Dingo noch bis zum letzten Atemzug, als sich seine Lungen mit Wasser füllen. Sein Gefährte flieht ins Dickicht, er rennt, bis seine Muskeln vor Säure brennen (er hechelt, seine Zunge trocknet an der Luft). Erst das Gestade eines Flusses stoppt ihn, an dessen Ufer ein grauer Vogel mit gelbem Kamm und roten Bäckchen steht und sich am Nass erquickt (eben hat er das ungeborene Leben ganzer Generationen von Gräsern vertilgt). Der Dingo lauert hinter dem Felsen, kalkuliert im Bruchteil einer Sekunde Entfernung und Angriffswinkel, macht einen Satz auf ihn zu und drischt seine Klauen auf den Körper des Gefiederten. Der kreischt, schlägt mit den Flügeln und entkommt gerade noch, bevor der Dingo ihm den Kopf abbeißen kann. Er erhebt sich über den Fluss, als im selben Augenblick ein Fisch aus dem Wasser schießt, die Zähne tief ins Federkleid über seiner rechten Kralle schlägt, so lange rüttelt, bis er ein Stück Fleisch mitsamt dem Fuß herausgelöst hat und damit wieder im Wasser verschwindet. Der Vogel schwankt in der Luft (sein Blut regnet herab), mit wilden Flügelschlägen schießt er nach oben und fliegt in Richtung Strand. Unweit der Coca-Cola-Fahne fällt er vom Himmel, landet erschöpft auf dem glitzernden Stein, wo er keine Minute später seinen Verletzungen erliegt.

N-Global

DEINE NACHRICHTEN RUND UM DEN GLOBUS

Sprachversion des Artikels auswählen

Marseille / New York. Das Pressebüro der Vereinten Nationen bestätigte, dass die Organisation Le Paradis einen Antrag auf Anerkennung als eigenständiges Volk eingereicht hat. Darüber soll in der nächsten Sitzung des Sicherheitsrats beraten werden. Der jungen Vereinigung gehören inzwischen fast eine halbe Million Menschen an. Sie bezeichnen sich als Vertriebene von der Insel und fordern das Recht auf Rückkehr in ihre Heimat. Gründerin Vanessa Lefevre kündigte an, bald jedem Mitglied einen Reisepass ausstellen zu wollen.

Zürich. Dem Geologischen Institut der ETH Zürich gelang die Auswertung der neuesten hochauflösenden Satellitenscans der neuen Insel. Sie zeigen große Erzvorkommen, darüber hinaus vermuten die Geologen Diamantvorkommen. Auf früheren Satellitenbildern hatten Biologen bereits vor Urzeiten ausgestorbene Pflanzenarten entdeckt. Experten des WWF gehen davon aus, dass sich mit deren DNA ganze Urwälder rekonstruieren und aufforsten ließen.

Brüssel. Zwei Marineflotten wurden zur neuen Insel entsandt, um das Gebiet vor Piraterie und terroristischen Angriffen zu schützen, heißt es aus dem NATO-Hauptquartier.

London. Aus dem Pressebüro von Norman Tanner, dem Vorsitzenden von BetterPlanet, einer der mächtigsten Dachorganisation für Alternative-Welt-Bewegungen, kam der Vorschlag, Menschen von überall her die Möglichkeit zu geben, über

Zukunft und Zweck der Insel nachzudenken. Dazu lancierte die Organisation gemeinsam mit den Vereinten Nationen ein Portal unter un.org/newisland. Seit gestern können dort Vorschläge eingereicht werden. Norman Tanner mahnte, man dürfe das Feld nicht radikalen Splittergruppen wie Life from Zero überlassen. Nils Björrson, Kopf von Life from Zero, entgegnete in einer kurzen Stellungnahme: »Wer in jammernden Kiffer- und Amphetamin-Partys eine Zukunft für uns sieht, soll da ruhig mitmachen.« Das Pressebüro der Organisation BetterPlanet gab heute bekannt, dass das diesjährige Panel unter der Schirmherrschaft der Vereinten Nationen steht. Es findet im Juli auf dem Gelände der UNFUFO am Bogensee bei Berlin statt.

JIVAN UND JO

DAS LEBEN IST PATHETISCH, MEIN JUNGE. NUR DER TOD IST COOL.

Ex-General Luis Ángel de Portago zu Jivan
kurz nach der Testamentseröffnung

Kein Wort steht mehr im Raum. Keine Träne, nicht mal ein Atemgeräusch. Alles stockt. Sogar die frühen Sonnenstrahlen liegen wie Peitschen herum. Es riecht wieder nach Wald, als wäre Lautaro Álvaro gerade von einer nächtlichen Jagd zurückgekehrt. Als hätte er nur eben seine Sachen über die Couch geworfen und Brennholz vor dem Kamin abgelegt. Luis Ángel nimmt seine blau getönte Sonnenbrille ab, legt sie auf den Tisch und reibt sich die Augen. Fassungslos starrt Jivan auf das handbeschriebene Papier. *Bin ich am Arsch?* Er ist noch okay, es gibt noch Hoffnung. *Bin nicht sicher.* Doch, doch. Der Kloß im Hals ist aus Zorn und nicht aus Trauer. Die Scherben des zertrümmerten Zylinders liegen wie ein rätselhaftes Puzzle auf dem Boden. Der Ex-General aktiviert den Bodenrobo, der die in der Nachmittagssonne schimmernden Teile beinah lautlos in sich aufsaugt. Benson, der Notar, überträgt die autorisierten Daten und schließt die Testamentseröffnung ab. »Bitte sehen Sie es mir nach, aber ich muss gemäß dem letzten Willen meines Mandanten darauf bestehen, dass zur vorläufigen treuhänderischen Verwahrung des Heritators auch diese Wohnungsschlüssel bei mir verbleiben.«

»Ich sorg schon dafür, lassen Sie ihn jetzt.«

»Sicherlich, Señor de Portago. Peter, die Herrschaften können jetzt den Verblichenen sehen, wenn sie es wünschen … So! Senior Fernández«, er berührt mit der rechten Hand Jivans linke Schulter und drückt sie einmal im Tapferkeitsmodus, »sobald diese einzige Bedingung Ihres Vaters erfüllt ist, händige ich Ihnen das komplette Erbe umgehend aus. Sehen Sie, eine beglaubigte Kopie des Geburtsscheins reicht schon aus.«

»Reicht auch ein Ultraschallbild?«

Kurz spitzt Benson die Lippen. »Noch mal mein aufrichtiges Beileid, ich empfehle mich, Empfehlung auch an Ihre Gemahlin.« Er verschwindet durch die Tür. *Du kannst mich mal.*

»Tja, na ja, mein Junge.« *Luis Ángel sieht heute aus wie ein Mann, den man erschießen muss.* Für einen General hat er sich in letzter Zeit eine legere Zottigkeit zugelegt; sein schütteres halblanges Haar, der wüste Schnurrbart, seine Bartstoppeln, seine zerfurchten Gesichtszüge erzählen eher von ausschweifendem Nachdenken als von militärischer Selbstdisziplin. Den »General« hat er vor Jahren abgelegt, ein zahmes Tier ist er geworden, eine abgehalfterte Fregatte. Umso mehr wirkt er jetzt wie ein Mann, der sich »verstrickt« hat. *Ach, Quatsch!* Doch, doch! Der sich andauernd auf die Zunge beißen muss. *Er weiß eben, wann er die Klappe halten muss.* Er ist ja vertraut mit den Kulissen von Jivans Leben. *Er kennt Jo.*

»Wann kommt Jo nach, sagst du?«

Jivan seufzt, erhebt sich und stellt sich vor das Ufoähnliche Objekt. »Morgen früh.« Er streicht über einen der Zylinder wie über einen kleinen Bauch. Er fragt sich, was sein Vater wohl all den anderen hier antun will. *Nehmen Sie das Erbe an, Señor Fernández?* Er fragt sich, ob sein Vater überhaupt das Recht hat, so mit seinen Nachkommen umzuspringen? *Was hindert mich eigentlich daran, diesen Pseudotempel hier in Trümmer zu schlagen?* Sein Gewissen. *Drauf geschissen.* Der Respekt vor seinem Vater. *Egoist! Heuchler!* Der Respekt vor sich selbst. *Die Ewigkeit kann mir gestohlen bleiben.* Der Respekt seinem Kind gegenüber? *Fick dich, Jo! Fickt euch alle.*

»Möchten Sie Ihren Vater noch mal sehen? Es war sein Wunsch, Ihnen die Entscheidung zu überlassen.«

Sein Wunsch. Ich könnt grad auf ihn spucken. »Ich will ihn sehen.« *Ich will seinen letzten Gesichtsausdruck sehen.*

Peter öffnet die Schlafzimmertür. Lautaro Álvaro liegt im Bett. Reglos. Die Hände wie ein Unschuldslamm gefaltet. An den legendären Snooker Cup vor zwei Jahren erinnert Jivan der Gesichtsausdruck, nachdem Jungspund und Geheimfavorit Townsen dem Titelverteidiger aus Versehen einen roten Ball in die Magengrube geschossen hat. Von Lautaro Álvaros Magen wird nicht viel übrig sein, weggeätzt vom Zyankali. Ungute Gefühle weggeätzt – und Gewissensbisse. Ein qualvoll friedlicher Tod. *Geliebt hab ich diesen Mann.* Er liebt ihn. *Und mich? Hat er mich überhaupt geliebt?* Er liebte ihn. *Er war mein Pá!* Sein Vater, richtig. Pädagogik ist nie schön. Ein grausames Gefühl von Stillstand überkommt ihn gerade. Alle Dinge, die mit Lautaro Álvaro verbunden sind, werden auf einmal sichtbar. Von Minute zu Minute verlieren sie an Bedeutung und offenbaren eine finstere Botschaft: Von jetzt an werde ich nicht mehr benutzt.

Noch fühlt Jivan keine große Veränderung an seinem Selbstbild, noch ist es erst drei Tage her, seit er das letzte Mal mit ihm telefoniert hat. Noch scheint sein Verstand das fehlende Epizentrum in seinem kognitiven Netz mit den jüngsten Bildern und Schallwellen zu kompensieren. Alles heilhalten, so lange, bis sich jemand anderes für die vakante Stelle gefunden hat. *Wer bleibt jetzt?* Er. *Ich.* Sie. *Jo. Ich bin nicht allein.* Er ist jetzt allein. Nur er und die zweispaltige Liste in seinem Kopf. Der Flachmann in seiner Ledertasche ist leer, der Tropfen, der bleibt, benetzt nicht mal den Gaumen. »Ich kann den Anblick nicht mehr ertragen.«

»Gehen wir, mein Junge.« Luis Ángel hakt sich bei Jivan unter. *Wie lieb ich ihn hab.*

Der Ex-General wohnt in Victoria, einer kleinen Stadt in den Lagunen, gute siebzig Kilometer östlich von Rosario. *Als wollte Luis Ángel ins Exil. Zu feige, sich richtig zu verdrücken.* Wie Munition fallen die Tropfen vom Himmel, als wollte jemand den G-Klasse-Geländewagen durchlöchern, als wollte jemand Jivans Poren durchspülen und ihn aufwecken. Vor den Autofenstern knurrt der Wind wie ein Rudel Wölfe. Vergeblich versucht Jivan, Jo zu erreichen, immerzu nur der Avatar und die Ansage, die ihn auf später vertröstet.

»Warum hat Pá nicht in Santa Fe gewohnt?«

»...«

Keine Antwort? Na, besser, er konzentriert sich auf die Straße. Sie verläuft zwar gerade, aber jeder fährt hier, als wäre er eben aus dem Knast ausgebrochen. Die Gegend ist voller Sümpfe und Wiesen, zwischen einigen paradiesischen Flecken nichts als Schlamm und Einöde.

»Warum?«

»Was hat er dir erzählt?«

»Er konnte Tante Lucia nicht ertragen.«

Luis Ángel schmunzelt.

»Und dir?«

»Mehr kann ich dir auch nicht sagen.«

»Er hätte noch längst nicht sterben müssen.«

»Er hat gewartet, bis du beruflich auf sicheren Beinen stehst.«

Bernardi hat sich heute verleugnen lassen, der Sack. »Lass uns nach Santa Fe fahren, ich war ewig nicht mehr dort.«

»Eigentlich haben wir die Schlüssel nicht.«

»Was ist mit dem Verwalter?«

»Der ist im Augenblick beurlaubt.«

Jivan nimmt den Ex-General scharf ins Visier. *Welche Show zieht der hier ab?* Er wird das Gefühl nicht los, dass Luis Ángel etwas anderes sagen wollte. »Eigentlich?«

Luis Ángel hat einen Ersatzschlüssel. Er soll nach dem Rechten sehen, den Schatz hüten, so lange, bis Jivan den Laden übernehmen darf. Er soll vor allem dafür sorgen, dass das pedantische Neuarrangement der Familiengeschichte, das Lautaro Álvaro seit Lucia Rosas Einweisung in ein Pflegeheim vorgenommen hat, unangetastet und der ungenießbare Teil davon im Verborgenen bleibt.

Das kleine Holzhaus des Ex-Generals gleicht einer Studentenbude. Jivan erinnert sich noch an Zeiten, in denen hier eine pedantische Ordnung herrschte. Luis Ángel hat nie geheiratet, wollte nie eine Haushälterin oder Putzkraft, er wollte die alleinige Kontrolle über seinen Wohnbereich.

»Hast du einen Brandy für mich?«

»Bedien dich, ich hol derweil die Schlüssel.«

Unterm Fenster steht die Anrichte. Er hockt sich davor, öffnet die Tür, holt ein Glas heraus, durchstöbert den Schnapsvorrat, greift nach der Brandyflasche und schließt die Tür. Der erste Schluck hat seinen Magen noch nicht erreicht, als er den Schrank wieder öffnet. Oben, über den Flaschen, erblickt er eine schmale Schublade. Sie ist abgeschlossen. *Verschlossene Schubladen sind doch albern!* Sie sind ein Zeichen dafür, dass sie unter allen Umständen geöffnet und der Inhalt ans Licht der Öffentlichkeit gebracht werden soll. Jivan braucht nur einmal kräftig daran zu ziehen, dann hält er das Fach in der Hand. Zwei SanDisk Memory Vault liegen dort. Wie wichtig müssen diese Informationen für Luis Ángel sein, dass sie auf Datenträgern mit einhundert Jahren Lesbarkeitsgarantie abgelegt werden? Er spürt den Ex-General im Nacken, spürt seinen Blick. Jivan kämpft mit dem Impuls, das Fach wieder zu verschließen … Was geht ihn das alles an? Er dreht sich zu Luis Ángel um, will aus seinem Blick herauslesen, was er tun darf. Aber da ist keiner. »Luis?« Im verwilderten Blumenbeet vor dem Haus sieht Jivan ihn herumfuhrwerken. Sucht er die Schlüssel – im Beet? Jivan schließt die Schublade, nippt am Brandy, öffnet sie wieder, begutachtet den Anschluss des Datenträgers, wühlt in seiner Ledertasche, fingert nach einem Adapter und verbindet das Ding mit seinem Assistenten. *Da hast du's! Unverschlüsselte Dateien!* Korrespondenzen, Fotos, Quittungen, Berichte. So etwas verwahrt kein Mann ohne Grund in einer Schublade neben literweise feinsten Destillaten. Jivan scrollt durch die Anzeige. Alle Dokumente sind von Luis Ángel verfasst worden. »Order an die NATO-Eingreiftruppe: 1500 Rebellen im Südsudan festnehmen, mit Giftgas exekutieren und den Willen zum demokratischen Aufbau notfalls mit militärischer Präsenz durchsetzen.« *Tja, was hat's gebracht?* »Order an die NATO-Eingreiftruppe: 840 Rebellen in Afghanistan jagen, exekutieren und den Willen zum demokratischen Aufbau notfalls mit militärischer Präsenz durchsetzen.« *Tja.* »Order an die NATO-Eingreiftruppe: 15 000 Reaktionäre in Nordkorea militärisch entmachten, eliminieren und den Willen zum demokratischen Aufbau notfalls mit militärischer Präsenz durchsetzen.« *Na ja.* »Order an die NATO-Eingreiftruppe: Verbündete im Kongo militärisch aufrüsten, 1000 Rebellen töten und den Willen zum demokratischen Aufbau notfalls mit militärischer Präsenz durchsetzen.« *Oje.* »Order an die NATO-Eingreiftruppe: 8000 islamistische Terroristen in Ägypten, Irak und Syrien eliminieren, notfalls auch unter Einsatz biologischer Waffen Stufe 1, und den Willen zum demokratischen Aufbau notfalls mit militärischer Präsenz durchsetzen.« *Cheers, ein Desaster!* Order über Order im Anti-Terror-Kampf. Summa summarum muss er in seiner Laufbahn die Tötung von knapp einer Viertelmillion Menschen in Auftrag gegeben haben. Geheime Säuberungen im Namen des internationalen Friedens. Argentinien als Major non-NATO ally. Das richtige Betätigungsfeld für einen argentinischen General aus einer Familie argentinischer Generäle. Wo sollte der heute sonst Karriere machen? Hätte er einen Blumenladen eröffnen sollen? *Unkraut vergeht nicht.* Jivan legt den Datenträger in die Schublade zurück. Für eine Sekunde überlegt er, ob er ihn an sich nehmen soll. Hat Lautaro Álvaro eigentlich gewusst, mit wem er da all die Jahre befreundet war? Jivans Vater, dem es schon ein Dorn im Auge war, dass sein Sohn nicht Krankenhäuser und Schulen baut, der ihm unzählige Predigten über humanistische Ideale wie Schmerztabletten verabreicht hat? *Der mich verhungern lässt für höhere Ziele!*

»Hab die Schlüssel. Wir können. Ich musste nur kurz … Da haben sich wieder Wildschweine am Strauch zu schaffen gemacht. Der hing nur noch mit einem Faden in der Erde.«

Während der ersten Viertelstunde starrt Jivan durch die Frontscheibe auf die Straße, der Matsch hat dieselbe Konsistenz wie der mulmige Brei in seinem Magen. Mulmig, weil er Jo nicht erreichen kann, weil er Bernardi nicht erreichen kann, weil er seinen Vater nicht mehr erreichen kann, weil er anscheinend nichts mehr erreichen kann. *Halt's Maul, Mann!* Seine Kreditkarte ist am Limit. *Ja, ich bin reif für die Insel.* Er ist reif für ein ehrliches Gespräch mit seiner Frau. *Reif für einen Fick!* Ein Kind braucht vierzig Wochen, *meine Kohle reicht gerade noch für drei.* Ein Kind braucht eine Mutter. *¡Jesus!* »Mann, ras nicht so!«

»Ich kenn die Elf.« Von Zeit zu Zeit lässt Luis Ángel einen Seufzer ab. »Wenn du älter wirst, kann dich das Leben erdrücken.«

»Es macht zwar einen feinen Unterschied, ob dich ein Leichenberg oder ein Schuldenberg erdrückt, aber einen kalten Arsch kriegt man in jedem Fall.« Jivan lacht.

»Der feine Unterschied ist, ob Schulderlass drin ist oder

nicht.« Luis Ángel dreht den Kopf zu Jivan. Das Hupen von der Gegenfahrbahn zwingt den Ex-General den Blick wieder auf die Straße zu richten.

»Der feine Unterschied ist, ob man noch rechtzeitig abdampfen kann, bevor einen die Schuld aufgefressen hat.«

»Hätt ich nur den Mumm von Lautaro Álvaro. Er hat mich noch gefragt.«

»Zu feige, zu töten, warst du nie, aber zu feige, zu sterben.« Das wollte er nicht sagen. *Doch, doch, das soll ruhig mal gesagt sein!*

»Wenn du deine beschissenen Leichenberge selbst tragen müsstest, würdest du dein verdammtes Schandmaul halten!«

In der nächsten Sekunde überschlägt sich der Wagen bei fast 230 km/h, fliegt rechts über die unbefestigte Straßenmarkierung und landet auf dem Dach im Feld. Sie rutschen ein ganzes Stück über den vom Regen aufgeschwemmten Boden und kommen in einem unwegsamen öden Sumpfgebiet zum Stehen. Kopfüber hängen Jivan und Luis Ángel in den gestrafften Gurten, die Airbags halten sie in den Sitzen.

»...«

»...«

Der Unfallservice meldet sich und bittet um Antwort und Zustandsbericht.

»...«

»...«

»Bitte melden und bestätigen. ... Können Sie mich hören? Bitte bestätigen Sie ...« Die Verbindung wird unterbrochen.

Jivan beginnt zu blinzeln, kommt zu sich. Sein Nacken schmerzt gerade noch erträglich. Seine Zunge blutet. Seine Wangen hängen höllenmäßig nach unten, in den Nebenhöhlen fühlt er ein Stechen. Eine Träne rinnt über seine Stirn bis in den Haaransatz ... *Fuck!* »Bist du in Ordnung, Luis Ángel?«

»… Bin okay … Alles okay. So 'ne Scheiße …«

»Tut mir leid, tut mir echt leid.«

So kopfüber läuft das Blut träge ins Gehirn, der Atem galoppiert eine Weile stumm vor sich hin. Bäume baumeln am Horizont. Matsch draußen, zwei Machos drinnen im Protzauto, festgezurrt im Geschirr. Lebendig. *Ich lebe noch.* Jivan denkt nicht, aber er ist. *Wie schön.* Luis Ángel seufzt einige Male. Auch er ist erleichtert, noch zu sein. *Bin nicht sicher. War das Absicht?*

»Bitte melden und bestätigen.«

»Kommst du ran an den roten Knopf da? Ich häng hier noch wie'n Säugling unterm Atombusen.«

Jivans Gurte lassen sich leicht öffnen. Er lässt die Luft aus den Airbags ab, drückt den Knopf.

Der Ex-General gibt einen kurzen Zustandsbericht. Schwein hätten sie gehabt. Rauch gebe es keinen. Eine Warteliste gebe es und Geduld brauche es. »Lass uns lieber raus hier.«

Unter einer kleinen Baumgruppe, an der sie vorhin knapp vorbeigerutscht sind, suchen sie Schutz vor dem Nieselregen.

»Was hast du gemeint mit ›meinem Leichenberg‹?«

»… Nichts, ich … nichts. Ich war einfach sauer auf dich.«

»Warum nehm ich dir das nicht ab?«

»Jeder muss sich halt vor der höheren Instanz verantworten, der er sich verpflichtet fühlt …, wenn er halt muss.«

»…«

»Wenn er sich nicht rechtzeitig verpisst hat. Ich hätt's ebenso machen sollen wie Lautaro.«

»Vater hat sich also rechtzeitig verpisst?«

»Mein Junge, die Sehnsucht, zu verschwinden, ist nur eine Konsequenz aus mindestens zwei fehlenden Optionen, die die Natur versäumt hat, für den Menschen einzurichten, als sie ihm mit der Schöpferkraft auch das Gewissen schenkte.«

»Welche Optionen denn?«

»Fehler rückgängig zu machen und vergessen zu können.«

»Seine Fehler? Welche?«

»Ich mein bloß, das Gewissen regelt manchmal dieses Spektrum von Sichtbarkeiten und Unsichtbarkeiten, das wir Leben nennen.«

»Was redest du bloß für einen Stuss! Willst du mich verarschen?«

»Mehr darf ich dir nicht sagen, mein Junge, ich hab's versprochen, ich bin ein Versager.« Der Ex-General lehnt den Kopf an den Baumstamm. »Auf einmal verfolgen dich die Bilder deiner belanglos erscheinenden Lügen, eigentlich hast du die weggesteckt und verdrängt, und jetzt steigen sie penetrant in dir auf …, wie diese Merkzettel, die dich immerzu daran erinnern, dass du noch was vergessen hast.« Er hustet, als er lachen will. »Du bist noch jung, lass dich ja nicht in irgendwelchen Mist reinziehen … Halt bloß deinen Vorgarten sauber.« Er dreht den Kopf zu Jivan.

Ob das Rinnsal auf seiner Wange Regenwasser oder Tränenflüssigkeit ist, spielt keine Rolle. Der Mann ist erledigt. *So gebückt, er kam mir früher viel größer vor.* Jivan legt eine Hand auf Luis Ángels Schulter. »Wenn man sich sein ganzes Leben mutig vorkam und plötzlich entdeckt, wie feige man ist, ist das schon Stuss genug.«

Luis Ángel legt eine Hand auf Jivans Hand. »Sterben müsste man können … sterben wie ein Mann.«

»Verlass mich nicht, Luis Ángel. Ich häng in den Seilen, Mann, am Arsch des Propheten, verstehst du?«

»Wie viel brauchst du denn, mein Junge?«

Wenn ein Mann einen anderen beim Scheitern zusehen muss, dann erfüllt ihn das Mitgefühl eines Compañero und nicht etwa Schadenfreude, wie es unter Frauen so üblich ist. Nein, Männer verbindet das Leid, deshalb ist das der beste

Moment für Jivan, um endlich auch einmal Dampf abzulassen. Er beklagt sich beim Ex-General über Jo, erzählt ihm von seiner Spielsucht, seinen Schulden und dieser unkontrollierbaren Geilheit und krankhaften Eifersucht, die er nicht loswerden kann. »Ohne Pás Hilfe wär ich schon längst am Arsch! Ich konnte ihm das nie sagen, ich hatte immer Angst, dass er mich irgendwann enterbt … Ich wollte immer ein guter Junge sein und nicht das schwarze Schaf in der Familie.«

Luis Ángel bricht in schallendes Gelächter aus. Er hustet, seine Lungen sind überfordert. »Mein Junge …«, japst er. »Du bist so komisch!«

»Krieg dich ein, Mann! Was ist los mit dir?«

Der Ex-General beruhigt sich nur langsam und blickt Jivan eine Weile lang in die Augen. Dann streicht er ihm über die Oberarme. »Mein Junge, was soll ich sagen. Du hast nichts falsch gemacht.« Er erklärt ihm, dass Spielsucht und Geilheit zu den harmlosen Eigenschaften der Familie gehören. »Willst du wirklich wissen, auf welchen Leichenbergen die ehrwürdige Familie Fernández sitzt? Woher der ganze Schotter kommt? Das ganze wertvolle Zeug? Die ganzen Ländereien?«

Im Prinzip will Jivan es nicht wissen. Im Prinzip würde er gern einfach ins Koma fallen. Oder taub sein. Eigentlich würde er gerade am liebsten kotzen. Er versucht den Kopf zu schütteln. Es ist ihm egal.

Und dem Ex-General scheint plötzlich auch das Versprechen wieder einzufallen, das ihm Lautaro Álvaro abgenommen hat. Was er gesagt hat, reicht.

Doch die Ausdünstungen der Pampa lassen einen Mann manchmal sagen, was er sagen muss: »Mein Junge, der Mann ist doch die tragischste Gestalt der Neuzeit, nichts ist mehr natürlich für ihn. Das Testosteron kannst du dir heute in den Anus schieben, am besten machst du eine Hormonkur. Was heißt denn Mann sein? Feind ausmachen, jagen, erledigen und Respekt kassieren. Tja. Wenn du Glück hast, kannst du wenigstens einen Haufen Kohle machen. Geschäft ausmachen, jagen, erledigen und abkassieren. Heimlich gehst du jagen, wo du noch darfst. Nun, das Fell wirfst du heute in den Biomüll, heute kaufst du Blumen im Topf und diskutierst endlos herum. Die Östrogene beherrschen uns überall, aber wenn es darum geht, dass die Frauen ihre biologischen Aufgaben erfüllen, werden sie pampig, dann beschimpfen sie dich als Chauvinist. Die Weiber kriegen immer mehr, Hosen UND Röcke. Wir Männer haben doch nix Eigenes mehr! Wenn wir Röcke anziehen, lachen sie über uns. Hosen tragen, ja, aber bitte die Wäsche machen. Was glaubst du, warum der Kommunismus nirgendwo Fuß fasst? Männer wie wir werden da irre! Da wirst du kastriert, komplett entmännlicht, hängst den ganzen Tag rum und simulierst Gleichheit und Gerechtigkeit, nicht mal 'ne Börse gönnen sie dir, wo du dich ein bisschen messen kannst mit ein paar anderen. Nix, wir Männer sind nur noch eine kritische Masse. Überall werden wir verklagt und vors Tribunal gezerrt.«

Er sieht Jivan an, dass er all das erst einmal verdauen muss. Es hat sich abgeregnet. Die Pampa dampft aus allen Löchern. Luis Ángel drückt ihn kurz an sich. »Wir Männer müssen zusammenhalten, mein Junge. Ich leih dir die Kohle, auch wenn ich kaum noch was hab. Letztes Jahr hab ich einen Großteil meines Vermögens zwischen diesen BetterPlanet-Spinnern und einer Stiftung für Menschenrechte aufgeteilt. Aber was noch übrig ist, Junge, kannst du haben. Wird halt nicht lang reichen. Wenn ich nur was für dich tun könnte, glaub mir …« Geld von Leichenbergen, das immerhin noch eine Seele rettet.

Ich weiß nicht, ob ich jetzt Brei im Magen oder in der Birne hab. »Danke, ich … ich brauch jetzt echt einen Schnaps.«

Das Anwesen der Familie Fernández liegt nicht direkt in Santa Fe, es erstreckt sich über mittlerweile nur noch zehntausend Hektar auf der anderen Seite hinter San José del Rincón vor der Laguna Setúbal. Dominiert wird es von einem einst herrschaftlichen Gebäude, zwanzig Zimmer auf drei Etagen. Die Feuchtigkeit hat die beiden hohen Säulen vor dem Eingangstor wie Giraffenhälse getüncht. Zuletzt wurde die Liegenschaft Anfang der Sechzigerjahre des 20. Jahrhunderts komplett modernisiert. Seither fehlt das Geld, es wurde nur hier und da geflickt, seither verfällt es aus Scham.

Jivan blickt durchs Wohnzimmerfenster auf die endlose Steppe. Er hat sich immer gefragt, was sein Vater hier gejagt hat. Denn außer ein paar Meerschweinchen und Füchsen gibt es hier nicht viel. Aber jetzt weiß er, dass Lautaro Álvaro und der Ex-General auch in der Sahara jagen und fischen gegangen wären. Er sucht die Schränke vergeblich nach Brandy ab. Erst im Keller wird er fündig. Er öffnet einen dreißig Jahre alten San Martín und gießt zwei Tumbler halbvoll. »Gibt's noch Beweise für den ganzen Mist, den du mir da erzählt hast?«

Luis Ángel stellt sich mit ernster Miene vor ihn und fasst ihn an beiden Schultern. »Jetzt hör mal gut zu. Lautaro Álvaro Fernández war kein Lügner, er war stark genug für ein großes Geheimnis. Nur weil ich ein Schwächling bin, der das Versprechen nicht halten kann, das er seinem besten Freund gegeben hat, heißt das nicht, dass du sein Lebenswerk kaputtmachen darfst. Wem nützt noch diese Wahrheit? Nur den schwanzlosen Moralpredigern und Besserwissern, die keinen Arsch in der Hose haben, mal ein Risiko einzugehen. Du bist ein guter Junge. Und dein Sohn wird auch einer.«

»Ich nehm ihm diese Lüge weniger übel als seine üble Pädagogik.«

Der Ex-General seufzt. »Tja, … ich konnte ihm das leider auch nicht ausreden. Rede mit Jo.«

»Du hast gut reden.« Sein Assistent meldet den Eingang einer Nachricht. Bernardi schickt ihm einen Daumen nach unten. Der Auftrag steht mehr denn je auf der Kippe. Beim Vorstand geht die Angst um, dass die Lobby sich auf der nächsten UN-Sondersitzung nicht durchsetzen kann. Aber es sei noch nichts endgültig. Am Ende ein Trostsmiley und ein Winke-Winke. *Ihr Geldsäcke wollt mich trockenlegen.* Jivan gießt sich das zweite Glas Brandy randvoll und zischt es in einem Zug runter. Wieder ruft er bei Jo an. Sie müsste längst im Flugzeug sitzen, endlich ertönt der Klingelton. »Hase, bist du im Flieger? Wie war dein Tag?«

»Das Team in Berlin schneidet noch. Ivan, der Trailer wird der Hammer! Wie fühlst du dich, Darling? Wie ist es gelaufen? Hast du ihn noch mal gesehen?«

Wieso Darling? »Wo bist du denn?« *Wieso hat sie so rote Wangen?* Sie sieht großartig aus.

»Wir sind hier gerade mit dem Meeting fertig.«

»Bist du nicht im Flieger?«

»Kurzer Zwischenstopp bei Norman. Um acht fliege ich weiter. Wie geht's dir denn? Wie ist es gelaufen?«

»Du bist in New York? Wer ist noch dabei?« *Tanner lässt nichts unversucht.* Beruhig dich, er steht auf überreife Tomaten. *Er ist flexibel.* Er ist out, hat sie gesagt. *Hat sie gesagt, hat sie gesagt.*

»Nur ich, die andern sind zugeschaltet.«

»…«

»Ist alles okay?«

»Ja, klar, alles okay. Erzähl ich dir morgen.«

»Du siehst müde aus, Ivan. Vermisst du mich?«

Klar, sag's ihr. *Nein.* »Und du?«

»Und wie. Wo bist du?«

»In Santa Fe.«

»Wow, gehört das jetzt uns?«

Sind ihre Haare auf der einen Seite verfilzt? »So gut wie … noch ein paar Kleinigkeiten müssen erledigt werden.«

»Was?«

»Morgen. Nicht am Telefon. Wo ist denn Norman, ich seh ihn gar nicht.«

»Er telefoniert im Nebenraum.«

Ist er nackt? »Ist er zufrieden mit deinem Projekt?«

»Er ist nie zufrieden, obwohl er Komplimente macht.«

»Ich liebe dich.« Jo wird abgelenkt, Tanner bricht ins Gespräch ein, grüßt. *Er trägt Shorts und ein Unterhemd!!!*

»Ivan, ich muss Schluss machen, wir sehen uns morgen.«

Luis Ángel füllt erneut die Gläser, dabei schüttelt er den Kopf. »Mein Junge, du musst die Sache konsequenter in die Hand nehmen. Ein Mann muss konsequent sein, denk an deine Zukunft. Lautaro hat recht, ran an den Speck! ¡Salud!«

Am nächsten Morgen brennt Jivans Verstand, so ausgetrocknet ist er vom Alkohol. Der Leichnam seines Vaters wird in wenigen Stunden auf dem Friedhof La Recoleta in Buenos Aires in der Familiengruft beigesetzt. Jivans Magen meint, er sei reif für eine Therapie. Sein Verstand meint, er komme wieder in Ordnung. Jo meint das auch, sie sagt, saufen sei nicht trauern. *Sie umarmt mich auf dem Flughafen, als hätte sie ein schlechtes Gewissen.* Sie fühlt mit ihm, eine Träne kullert. Das schwarze Kleid ist neu, die schwarzen Pumps sind neu, *an den Schal kann ich mich auch nicht erinnern.* Dreihundert oder dreihundertfünfzig hat sie dafür bestimmt ausgegeben. *Als hätte sie nichts Schwarzes gehabt.* Das ist die Beerdigung seines Vaters! *Das ist der schwärzeste Tag im Leben meiner Kreditkarte.* Er hat schon Platin eingebüßt. *Ich steh kurz vor Silber.* Damit kann man auch 'ne Weile schwimmen. *Damit gewinnst du aber kein Rennen.* Jivan seufzt. »Alles ist noch ein bisschen kompliziert.«

Jo streichelt ihm zärtlich über die Pobacken, küsst ihn aufs Ohrläppchen. »Wir stehen das gemeinsam durch.« Nimm sie beim Wort, *ich nehm sie beim Wort*, er nimmt sie beim Wort.

»Auch wenn es das eine oder andere Opfer bedeutet?«

»Seh ich aus wie ein Angsthase, Ivan?«

»So schlimm ist es auch wieder nicht.«

»Na sag schon.«

Der Ex-General drängelt. »Kommt, Kinder, es ist spät, wir müssen noch das Tantchen abholen.«

Jivan legt den Arm um Jos Taille. »Wir reden später.«

Im Wagen kuschelt sie sich an seine Seite und streichelt seinen Bauch. Sie hat Jivan einmal gesagt, dass man den Bauch streicheln muss, wenn man seine Gedanken ordnen will. Sie ist der Ansicht, man kann dort neue Kabuffe anlegen, in denen man die »Geschenke des Lebens« hortet, die zum Stil des handgeknüpften Hirtenteppichs im Vorderhirn nicht passen. *Mir ist auf einmal speiübel.* Jivan fühlt sich reif, dieses haarige Gewebe mitsamt seinen Brandlöchern und Druckstellen jetzt auszuspeien. »Stopp! Lass mich kurz raus.« Jivan springt aus dem Auto. Er übergibt sich vor versammelten Passanten auf der Avenida de los Italianos. Es dauert und schmerzt, bis sein Würgereflex sich beruhigt. *Dieses glibbrige Zeugs vor mir erklär ich zum Zeugen meiner wahren Geschichte.* Jo steht hinter ihm und schützt seinen Arsch, während er laut ruft: »Verzeihung! Hab nur ein bisschen ausgemistet.« Lautaro Álvaro wollte ihn nicht vergiften, konnte aber selbst das Gift nicht loswerden, ohne daran zugrunde zu gehen. Der Ex-General ist eben jemand, der am Ende die Wahrheit sagen, der das Gift an ihn weitergeben muss. Und Jivan hat den ganzen Dreck jetzt als gallengelbes, nussbraunes Fluidum ausgespien. Das versetzt ihn regelrecht in Euphorie, er hyperventiliert. Der Ex-General reicht ihm eine Flasche Wasser. Jivans Augen sind von der Würgerei immer noch feucht, aber sein Verstand ist wieder klar.

Lucia Rosa sitzt komplett in Schwarz auf der Bank vor der Pförtnerloge des Pflegeheims, redet mit ihren dunklen Mächten, jetzt kreischt sie vor Lachen. »Pocken! Da habt ihr's. Ihr habt noch nicht gezahlt! Nichts an die Götter! Zu Pferde, ja, sag ihnen, von von von, na, von diesen ganzen Dingern, der Manuel weiß es, Manuel, du weißt es, du –«

Meine Güte, Tante Lu ist echt im Arsch! »Tante Lu! Ich bin's, Jivan.«

»Ist der Cabrón tot, der falsche Bulle?«

»Pá ist tot, ja. Wir müssen los.«

»Ruft die Kavallerie! An die Hellebarden! Jetzt holen wir uns alles zurück!«

»Komm, Tantchen, die Zeit läuft, wir müssen zum Friedhof.« Jivan hakt sich bei ihr unter und hievt sie hoch.

Sie greift ihn am Hemdkragen. »Degen an die Brust, Juanito. Schwör auf die Bibel, und entreiß diesen Raben das Gold!«

»Ich schwör's, Tante Lu. Die Artillerie steht schon in den Startlöchern, sie wartet nur auf mein Kommando.« Jivan geht ganz nah an ihr Ohr und flüstert kaum hörbar. »Nur mein Investor ist in letzter Minute abgesprungen, die Compañeros brauchen neue Rüstungen, Helme, Proviant und Decken. Die Gäule sind lahm, hach, Tantchen, wie soll man so in die Schlacht ziehen?«

»Puta mierda!« Sie kramt in ihrer Tasche und holt ein mickriges Bündel alter 10-Pesos-Scheine aus dem Jahr 1970 heraus, auf dem seine Erlauchtheit, der General Manuel José Joaquín del Corazón de Jesús Belgrano abgebildet ist, den sie mit Lippenstift eingeherzt hat. »Nächste Woche heirate ich Belgrano, dann kriegst du mehr, mein Juanito.« Sie küsst Jivan auf den Mund und beide Wangen. *Sie hat keine Kohle.* Jivan steckt das Bündel zurück in ihre Tasche. »Lass mal, dann wart ich halt bis nächste Woche.«

»Ich sitz vorn, klar!«

»Klar, Tante Lu.« Luis Ángels báriger Blick zu Jivan kann daran auch nichts ändern.

Jo schlägt die Beine übereinander und hält Jivans Hand, so wie es sein soll. Ihr Nacken ist gerade, ihre Haltung stolz, wie es einer Frau in ihrer Position entspricht, dem Familienerbe verpflichtet. *Auch wenn es stinkt, es ist verdammt viel Kohle.* Der Blick ist durch das Wagenfenster auf den Horizont gerichtet. *Ganz recht, richte ihn in die Zukunft, Hase. Und wenn dein Sonar ordentlich ausgerichtet ist und auf sein Echo hört, dann tust du das, was getan werden muss, noch heute.* Dann hat sie's ja auch hinter sich. *Komm, Jo, lass mich nicht hängen.*

Augenklappen, Narben, getönte Sonnenbrillen. Wenige Haare oder geföhnte und gefärbte, kantige Gesichter und heruntergezogene Mundwinkel. Lautaro Álvaro Fernández hatte eigentlich eine Beisetzung in aller Stille und im engsten Kreis verfügt, aber seine Schwester hat die halbe Welt angerufen. Seit jeher hat sie alle Nummern im Kopf, und noch die dunkelsten Gestalten in der weit verzweigten Sippschaft soll sie informiert haben. *¡Madre de Dios!* Dass es so schlimm ist, hat Jivan sich nicht ausmalen können. Als hätte jemand das komplette Staatsgefängnis eingeladen. Wenn er an die Märchen denkt, die ihm Vater über die Familie erzählt hat! Jo wirft einen befremdeten Blick zu Jivan, der einen befremdeten Blick zu Luis Ángel wirft, der nickt.

»Kennst du die?«

Schulterzucken.

Alle Anwesenden haben sichtlich Interesse am letzten Spross, dem Erben, der ihnen all die Jahrzehnte vorenthalten worden ist, sowie an dessen Frau, die ein Staunen auslöst, als sei sie von einem anderen Planeten. Der Reihe nach begrüßen sie Jivan aufs Herzlichste. Umarmungen, Schulter- und

Rückenklopfen, Händedrücken, Handküsse, Küsse auf die Wange, Küsse auf den Mund, High-Fives, Armdrücken, Verneigungen, sanftes Wangenkniepen und zärtliche Backpfeifen. Die Beerdigung kann aus diesem Grund erst mit Verspätung beginnen und wird hastig durchgezogen, auch weil Lucia Rosa in einem fort zum Angriff bläst. Der Pfarrer schwitzt vor Anstrengung, als er zu seiner Ode an die Menschlichkeit ansetzt, die Lautaro Álvaro ihm aufgetragen hat, groteske Lobeshymnen auf die Taten und Verdienste der Familie tönen den Anwesenden entgegen, bis schließlich Lucia Rosa der Kragen platzt. Sie holt einen Revolver aus der Handtasche und beendet die Zeremonie mit zwei kontrollierten Schüssen auf den Sarg. »Schluss mit diesen Warmduschern, diesen Sitzpinklern! Nächste Woche heirate ich Belgrano, dann gibt's endlich wieder einen richtigen Mann in der Familie.« Sie zielt mit der Waffe auf Jivan. »Ein richtiger Kerl, weißt du, Juanito, der weiß, wie man die Dinger, na diese diese na, Manuel, du weißt doch, die Dinger …« Sie richtet die Knarre auf Jo. »Schenk mir deinen ersten Sohn, Zibblein –«

Jo streckt ihr die Hand entgegen. »Gib mir die Waffe, bitte.«

Von hinten flüstert Jivan ihr ins Ohr. »Versprich's ihr einfach.«

»Ist gut, du kriegst ihn.«

Vor Freude schießt Lucia Rosa zweimal in die Luft. Diesen Moment nutzt Luis Ángel und stellt mit einem Handgriff die Waffe sicher. »Das reicht jetzt, Lucia. Ich bring dich nach Hause.« Der Ex-General steckt die Pistole ein und führt die alte Dame zum Auto. »Fahrt ihr schon ins Cabaña, ich komm gleich nach.«

Der Neffe eines Cousins 3. Grades von Lautaro Álvaro namens Benicio Álvaro bietet Jivan und Jo an, sie in seiner Stretchlimousine zu Lautaro Álvaros Lieblingsrestaurant mitzunehmen. Jo willigt schulterzuckend ein. Jivan hätte lieber ein Taxi gerufen, aber ihm fällt keine Ausrede ein. *Er kann nicht schlimmer sein als jeder andere von denen.* Einer, der durch die schwarze Sonnenbrille auf die Titten einer verheirateten Frau starrt. *Nichts ist umsonst.*

Im Cabaña darf man sein Fleisch selbst zubereiten. Der besagte Neffe hat das Lokal kurzerhand komplett »gemietet« und die anwesenden Gäste durchaus höflich, aber bestimmt gebeten, Verständnis für die Situation der Trauergesellschaft an diesem schweren Tag aufzubringen, die Teller mit den Leckereien einpacken zu lassen und das Restaurant »ratz-fatz« zu verlassen. Es muss an seiner unschönen Narbe im Gesicht oder am polierten Lauf der Magnum liegen, die aus seiner Hosentasche ragt, oder an dem adipösen Bündel von Geldscheinen, das deutlich sichtbar in der anderen Hosentasche steckt, aber die Anwesenden legen ausnahmslos und ohne zu murren Messer und Gabel weg. Dafür küsst er jeder Dame beim Hinausgehen die Hand, den Herren klopft er kräftig auf die Schulter, zwinkert und sagt: »Danke, mein Freund.«

Als der Ex-General eintrifft, zieht er gleich die Augenbrauen hoch. »Mein Junge, den Spaß hier musst du in jedem Fall selber zahlen, mach das lieber gleich mit dem Chef hier ab. Lass dich ja nicht von denen einladen, sonst wirst du sie nie wieder los.« Zu Türmen gestapelte Scheiben feinsten Kalb- und Lammfleisches kommen auf den Tisch. Dazu acht weltberühmte Marinaden, gebackene, gekochte, gebratene Kartoffeln und allerlei Salate. Der besagte Cousin haut Jivan zweimal kameradschaftlich auf den Rücken. »Lautaro Álvaro hat uns alle ganz ordentlich verarscht. 'ne richtige Drecksau war das. Sein Vater war zwar auch so'n Milchbart, so'n Künstler, aber er wusste wenigstens, was sich in der Familie gehört.« Er klopft ihn wieder. »Wilma hab ich kein einziges Mal gesehen, hä! Kein einziges beschissenes Mal.« Er mustert ihn von oben bis unten. »Jivan!« Seine Augen werden feucht. »Ich seh dir an, dass du die Tradition in die Familie zurückbringst. Du hast dieses Etwas, das hat sogar die alte Lucia gesagt.« Er küsst ihn links und rechts auf die Wange. »Aber heute ist Lautaro Álvaros Beerdigung, und die halten wir in Ehren!« Er klopft ihn wieder, steckt sich Zeige- und Mittelfinger in den Mund und pfeift durchdringend. Vier weitere Cousins soundsovielten Grades nehmen Jivan in die Mitte. Einer beginnt langsam zu klatschen, im Habanera-Beat, dann ertönt aus fünf Bariton-Kehlen La Paloma mit abgewandeltem Text, der offensichtlich auf die Heldentaten der Familie anspielt. Bald steht die gesamte Gesellschaft mit rechter Hand auf dem Herz um Jivan und schmettert aus voller Kehle. Ein großes Lied, ein großes Fressen zu Ehren von Lautaro Álvaro Fernández, und mittendrin seine ganze Hoffnung, sein Sohn Jivan, ein Moment, wie sein Vater ihn sich nicht im schlimmsten Albtraum vorgestellt hat. Der Ex-General hat schon eine halbe Flasche Brandy intus, blickt melancholisch auf das Tischtuch und wippt mit einem Fuß zum Takt. Jo wiegt sich hin und her, sie hat Spaß, sie genießt den Abend. Wer die Kapelle angeschleppt hat, weiß keiner. Jivan greift nach Jos Hand und verschwindet mit ihr in die hinterste Kabine der Damentoilette.

Jo greift Jivan ins Haar, massiert seinen Hinterkopf, einige Haare lösen sich und schweben wie Federn zu Boden, sie öffnet seinen Reißverschluss, Jivan schiebt ihr Kleid nach oben. Ins Ohr flüstert er ihr die Höhe des gesamten Erbes. Sie glüht vor Aufregung, sie atmet pathetisch, sucht nach Worten in seinem Gesicht. *Ja, ich liebe dich!* »Damit kannst du zig Kampagnen finanzieren. Damit kannst du eine Dependance in Berlin eröffnen. Nur eine Bedingung gibt es noch, bevor das alles uns gehört.«

»Ach so? Was denn?«

NATALIE UND JAKOB

GIB MIR DEIN 'AAR, CHÉRIE, UND ISCH VERÄNDER' DEIN WELT.

Natalie Oppenheim

Um 13.05 Uhr ART betreten ein Mann und eine Frau das Restaurant La Cabaña in Buenos Aires. Der Doorman begrüßt sie: »Señora, Señor Oppenheim, por favor ...« Er führt sie zu einem Zweiertisch am Fenster, der jeden Tag für sie reserviert ist. Nicht nur weil es fußläufig von ihrem Wohn- und Arbeitssitz in der Straße Dr. José Modesto Giuffra nahe Balcarce bestens zu erreichen ist, kehrt das Paar hier gern zum Mittagessen ein, sondern gerade weil das Lokal bei Touristen aus aller Welt so beliebt ist und neben den quasi-paradiesischen Zuständen hinsichtlich Fleischspezialitäten und gegrilltem Gemüse auch das Aufkommen an Hornfäden aus aller Welt auf spektakuläre Weise variationsreich ist. Der Mann wirft einen gründlichen Blick auf den Boden, er selbst ist unrasiert, sein halblanges, dunkelbraunes Haar wirkt struppig. Im Normalfall rückt die Reinigungsfirma jeden Morgen pünktlich um 5.00 Uhr an, um die Böden in Küche, Toiletten und Gasträumen (zum Missvergnügen der Oppenheims übergründlich) zu säubern und zu wienern, doch das terminlich nicht abgesprochene Gelage der Beerdigungsgesellschaft gestern zog sich bis 8.22 Uhr morgens hin, so dass gerade noch Zeit blieb für das Nötigste; das Augenmerk lag auf den Toiletten und der Küche, die Böden wurden nur hier und da oberflächlich gefegt (ein für die Oppenheims glücklicher Umstand). Während seine Frau noch mit dem Studium der Tageskarte beschäftigt ist, inspiziert er schon die Leiste unter dem Fenster, wo sich normalerweise die meisten Haare ansammeln. Jakob Oppenheim zieht ein Zellstofftuch heraus und wischt damit so unauffällig wie möglich über den Boden entlang der Leiste. Die Haare werden mitgerissen und haften am weißen Gewebe. Schnell faltet er es zusammen und verstaut es in der Tasche, während der Kellner neben ihnen auf die Order wartet. Sie bestellt zwei Mal Lendenmedaillons auf gegrilltem Gemüse, Sauce Demi-glace und Noisette-Kartoffeln, dazu einen Liter stilles Wasser.

»Bestimmt dreißig Varianten«, sagt er, zwinkert seiner Frau zu und reicht ihr eine saubere Lage Zellstoff.

Natalie Oppenheim sucht den Boden auf ihrer Seite ab und flüstert: »Chérie, bei mir vielleischt vierzisch bis fünfzisch.«

Nach dem Essen sucht sie noch die Toilettenräume auf, in denen sich eine kleine Schlange gebildet hat. Die Tür der hintersten Kabine öffnet sich, als endlich Natalie Oppenheim an der Reihe ist. Auch hier sammelt sie mit einer Lage Toilettenpapier Haare vom Boden, viele braune und einige rötliche. Sie verlässt die Kabine und hat bei dem momentanen Andrang keine Möglichkeit, ungesehen an den Leisten unter den Waschbecken entlangzuwischen.

Nachdem die Oppenheims in ihr zweistöckiges Anwesen in der Dr. José Modesto Giuffra zurückgekehrt sind, werden sie vom Gebell ihrer beiden Golden Retriever empfangen, die auf Marie und Josef hören. Sie begeben sich in den dunklen, kühlen Laborraum im Untergeschoss. Er knipst das Licht an. Aus seinem Rucksack holt er die Zellstofftücher heraus, legt sie nebeneinander auf einen leeren Stahltisch und öffnet eines nach dem anderen. Sie greift sich mit der Pinzette eines der braunen Haare aus der Damentoilette und schneidet es mit der Schere in zwei Hälften. Die eine wirft sie in den Sequenzierlauf 1, die andere wird vakuumverpackt. Noch während des DNA-Extraktionsvorgangs generiert das Programm die Archivierungsnummer samt Barcode: D093ZU200186m.

Jakob Oppenheim aktiviert die Druckfreigabe, und ein Etikett mit dem Code wird ausgedruckt. Sie klebt es auf die Verpackung. »M? Ein Mann? Die 'aar hab isch vom Damenklo, Schakób.«

»Eindeutig das Haar eines Mannes. Kein Irrtum möglich.«

»Ein Trans?«

»Vielleicht ein Fick.«

Sie hebt die rechte Augenbraue und bringt das vakuumverpackte Haar mit der Nummer D093ZU200186m in den Archivraum. Dort scannt sie dessen Barcode und friert es im Kryobehälter 093, Bereich D, in flüssigem Stickstoff bei minus 196° C ein.

Während des Sequenzierlaufs 1 greift sie mit der Pinzette nach dem rötlichen Haar, halbiert es, ein Teil landet im Sequenzierlauf 2, der andere Teil wird vakuumverpackt. Das Programm generiert D093ZU200187f. Sie erstellt das Etikett. »Ja, vielleischt, ein Fick, die lagen beieinander.« Auf dem Weg zum Archivraum ruft sie: »Machst du mir auch ein Matching von denen?«

»Wozu?«

»Bin neugierisch.«

Im Laufe der nächsten sechs Stunden werden alle Neuzugänge sequenziert und deren Zellmaterial im Archiv deponiert sein.

Alles begann vor acht Jahren. Jakob Oppenheim, Student der Biochemie und Bioinformatik an der Universität Buenos Aires, legte eine Datenbank mit dem Namen NEWMAN an. Die Musterdatei war sein eigenes Genom, für dessen Entschlüsselung er sein Homelab erweitert und sich einen gebrauchten Sequenzierer zugelegt hatte. Schuld war sein Vater, der ihn enterbt hatte, weil er sich weigerte, die Firma im Familienbesitz zu übernehmen und wie alle Oppenheims ins Versicherungsgeschäft einzusteigen. Er verabscheute Geldgeschäfte. Jakob Oppenheim kehrte mit der Matura in der Tasche Europa den Rücken, immatrikulierte sich an der Universität in Buenos Aires und suchte sich einen Job bei einer studentischen Putzfirma. Damals wollte er bloß eine App programmieren, ein DNA-Lego, mit der Nutzer virtuell ihre Genome umbauen und sich spaßeshalber von unerwünschten Veranlagungen lösen können sollten. Auf diese Weise befreite sich Jakob Oppenheim im Laufe von zwei Semestern von seiner Familie und simulierte sich selbst als neuen, freien Menschen. Manchmal konnte er es nicht abwarten, nach Hause an seinen Rechner zu kommen, manchmal schwänzte er Vorlesungen deswegen.

Zu Beginn des dritten Semesters lernte er Natalie Talleyrand kennen. Sie studierte Zellbiologie und stand bereits kurz vor dem Abschluss. Sie ist drei Jahre älter als er. Jakob Oppenheim wird später über sie sagen, dass sie einer der wenigen Menschen ist, die genug Chuzpe und Charme haben, die Menschheit zu retten. Dieser Legierung erlag er schon beim zweiten Zusammentreffen. Als sie ihn fragte, wer er sei, und er sich stolz als Newman in Form von 3,2 Milliarden runderneuerten Basenpaaren vorstellte, fiel sie ihm zu Tränen gerührt um den Hals. »Oh, Schakób«, sagte sie, »isch würd nie einen Mann eine blasen, wenn er nischt Newman wäre.« Sie erzählte ihm, wie ihre Großmutter jedes Mal, wenn Natalie sie zum Schokoladenkuchenessen besuchte, zu ihr sagte, sie habe das richtige Temperament, um nicht nur Berge zu versetzen, sondern die Welt zu verändern. Jedes Mal soll sie das gesagt haben (sie unterschlug die Information, dass die Großmutter an Alzheimer litt), und sie soll es gewesen sein, die Natalie darin bestärkt hat, dem Vorbild ihres Urahns, des Politikers und Diplomaten Charles Maurice de Talleyrand-Périgord, zu folgen und das eigene Leben der Befreiung der Menschheit zu widmen.

Noch im selben Semester bearbeitete Jakob Oppenheim auch Natalies Genom und legte es neben seinem eigenen Ordner ab. Und im selben Rauschzustand simulierten sie zwei Kinder, die seither in den Unterordnern *geneal_a-opp-tell-new01* und *geneal_a-opp-tell-new02* auf ihre Verwirklichung warten. Vielleicht weil sie noch die einzigen neuen Menschen auf diesem Planeten waren, konnten sie sich nicht vorstellen, sich jemals wieder voneinander zu trennen. Es dauerte keine Woche, und Natalie erzählte Jakob, dass sie einen wegweisenden Traum gehabt hatte. Sie standen in einer Bibliothek voller Haare, die ihnen aus allen Ecken des Planeten zugeschickt worden waren mit der Bitte um Herauslösung der DNA und anschließender Befreiung. Menschen aus der ganzen Welt baten sie darum, neue Menschen werden zu dürfen. Jakob Oppenheim brachte den Einwand vor: »Wir landen auf dem Scheiterhaufen.«

»No, Chérie, denkst du, isch werd' gleisch ein Webseit longsieren www.befrei-dich.mensch, isch bin nischt blöd. Aber niemand kann uns verbieten, 'aare zu sammeln, Daten zu anonymisieren und mal reinzuschauen … Unser ge'eim Proschekt. Unser neue Welt.«

Kurz darauf heirateten sie. Und weil Natalie Talleyrand aus einer reichen Familie stammt, die sie nicht enterbt hatte, konnten sie sich das Haus in der Dr. José Modesto Giuffra kaufen, in dem sie und er seither leben. Seit sechs Jahren sammeln sie Haare, wo auch immer sie sind, sie wischen mit Zellstofftaschentüchern über Böden und Fensterbänke, über Tische, Stühle und Schränke. Heute schlummern knapp 20 000 befreite Menschen in der Datenbank mit ihren zahlreichen Unterordnern, die die Ausmaße einer kleinen Stadt angenommen hat. Jeden Tag verbringen die Oppenheims Stunden damit. Und obwohl ihm die Simulation genügt hätte, baute sie in der kühlen Bibliothek im Untergeschoss ihre

Zelldatenbank auf in der Hoffnung, diese neuen Menschen irgendwann tatsächlich zum Leben erwecken zu können.

Am Abend, nachdem die Oppenheims einen ausgedehnten Spaziergang mit ihren Hunden Marie und Josef am Ufer der Laguna de Los Patos gemacht haben, setzen sie sich an den Computer, um die heute neu erstellten Genomdateien auszuwerten. Die Matchinganalyse der HL-Antigene von D093Z-U200186m und D093ZU200187f ergab ein Gesamtresultat von 88 Prozent mit einer Wahrscheinlichkeit von 90 Prozent für eine erfolgreiche Schwangerschaft, ein Ergebnis, das selten erreicht wird. Dabei weisen gerade seine Daten eine überproportional hohe Anzahl von genetischen Vorbelastungen auf. Mutationen, die auf ein hohes Risiko schließen lassen, an Alzheimer-Demenz und diversen schweren Hautkrankheiten sowie schweren psychischen Störungen wie malignem Narzissmus, Schizophrenie und bipolarer Störung zu erkranken. Hinzu kommen deutliche Veranlagungen, Angstneurosen, soziale Phobien oder Allergien auszubilden. Jakob lädt die Datei D093ZU200186m in sein Simulationsprogramm und beginnt unter Natalies Anleitung mit der Arbeit an den kritischen Bereichen, ersetzt Codone durch künstliche, deaktiviert die Schalter, einige Sequenzen kann er nur verharmlosen und versuchen, sie in »Nonsense« zu verwandeln. Die begleitende Protokolldatei wird in einem Unterordner abgelegt. Anschließend speist er sie ein in die Datencity »Newman«.

30 Haken aus Fischrippen gemacht. Das Holz für mein neues Floß trocknet langsam. Bald kann ich es ölen. Muss mal wieder raus hier. Will endlich wieder fischen. War bei den Delfinen. Hab geheult. Wäre kotzen nicht auch trauern?

31 Ich erinnere mich nur an gleichförmige Sätze und harmonische Melodien. Ich sehe dabei von Maschinen ausgestanzte Gesichter mit anorganischen Frisuren. Ich sehe Würste auf dem Grill hinter einem Schild mit der Aufschrift »Frisches Fleisch eingetroffen«. Davor stehen einbeinige Menschen Schlange.

32 Quatsch, Jule ist nicht weg. Jule ist immer bei mir. Sie lässt mich nicht in Ruhe. Bitte schön. Jetzt kann ich mit ihr endlich über das reden, worüber ich will. Ich muss sie nicht mehr ficken, wenn ich nicht will. Ich kann jeden Tag tauchen.

33 Eden war ein Dancefloor, wir waren zugedröhnt vor Glück. Unsere Haare schwangen wie Federn. Unsere Gehirne rochen nach Pilzragout. Dann dieses Puppenlächeln ihres Rundhalsausschnitts. Die Augen ausgepickt. Und eine Kältewelle bei 40° C im Schatten.

34 Als ich neulich aufwachte, war da plötzlich dieses Standbild, alles stand an dem Tag, Atem, Gedanken, Licht gefroren, glatt, alles war glatt, oberentspannte Leichenstarre, nichts rührte sich, als hätte jemand die ganze Nacht gebügelt. Über mein Gesicht gebügelt. Über mein Gehirn. Wann habe ich das letzte Mal gelacht, verdammte Scheiße?

35 Drei Tage war ich in einer Art gedanklicher, seelischer Verschwommenheit. Die Bilder, die ich sah, waren gestochen scharf, aber sie sagten mir nichts. Keine Ahnung, was das sollte, als wär ich drauf gewesen. In jedem Gegenstand, den ich anstarrte, sah ich plötzlich ein spöttisches Grinsen.

Jule: Lass uns lieber mal wieder ficken, als streiten.

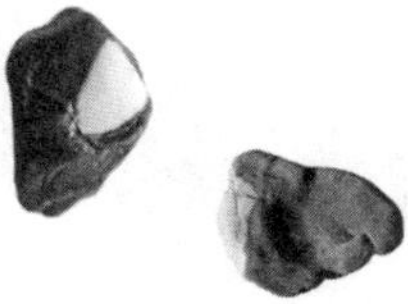

No: Sorry, aber … bin jetzt echt nicht in Stimmung.

Jule: …

No: …

Jule: Was machst du da?

No: Ich bau was.

Jule: Was denn?

No: Ich versuch was Besseres zum Fischen.

Jule: Ich dachte, du willst keinen bösen Technik-Scheiß mehr?

No: Das wird kein böser Technik-Scheiß. Das sichert uns einfach nur abwechslungsreichere Nahrung. Ich kann so nicht mehr.

Jule: Ach?! … Jetzt plötzlich. Erst die große Klappe: Nur was ich mit bloßen Händen fangen kann, wird gegessen! Und jetzt so klein mit Schapka.

No: Du nölst doch andauernd rum, dass dir Krebse und Kokosnüsse zum Hals raushängen …

Jule: Ja, und du tust immer so, als wärst du hier der Obermacker im Paradies, der angeblich alles auf die Reihe kriegt.

No: Tu ich auch. Siehst du ja! Ich entwickle wegen dir neue Methoden. Damit du endlich glücklich bist …

Jule: O natürlich! Ich bin wieder schuld. Dann hätten wir auch zu Hause bleiben können. Darauf läuft deine Entwicklung hier doch hinaus! Auf den ungleichen Kampf zwischen Mensch und Tier!

No: Gut! Überredet! Wenn das so ist, dann holst du ab jetzt das Essen.

Jule: Erstens hab ich schon tausendmal Essen geholt, du arroganter Supermacker –

No: – Ja, Teeblüten und Süßholz –

Jule: – auf die Bäume
bin ich auch schon,
falls du dich erinnerst
… Und –

No: – das ist das
Äußerste –

Jule: – UND zweitens
ist Essen zu besorgen
in der Natur ja wohl
Aufgabe des Mannes!

No: Oh, oh! Richtig!
Dann halte dich da
gefälligst raus und
lass mich hier meinen
Kram machen!

Jule: Arsch!

N=Global

DEINE NACHRICHTEN RUND UM DEN GLOBUS

Sprachversion des Artikels auswählen

New York/Marseille. Laut UN-Pressebüro haben sechs Staaten einen Antrag auf Angliederung der Insel gestellt. In der nächsten Sitzung des Weltsicherheitsrats soll darüber entschieden werden. Auf der heutigen Versammlung wurde die Souveränität von Le Paradis einstimmig abgelehnt. Die Marseiller Initiative darf sich aufgrund des Beschlusses nicht als Nation bezeichnen. Auch haben sie kein Recht auf Rückkehr auf die Insel. Die Reisepässe wurden als Kunstprojekt klassifiziert und haben keine amtliche Gültigkeit. Auf eine nachträgliche Strafverfolgung wegen unautorisierter Erstellung amtlicher Dokumente soll aber verzichtet werden, solange die Bewegung sich an die Auflagen dieses Beschlusses hält. Abschließend hieß es in der Erklärung aus New York, dass es ihnen als Organisation selbstverständlich freistehe, ein Wappen und eine Fahne zu benutzen.

Paris/Brüssel. Gestern Nacht versuchte eine französische Fregatte unter Kommando von Oberst Lateffe, bis zur Insel vorzudringen. Ziel soll deren Besetzung gewesen sein. Dabei sei es, nach Angaben des NATO-Hauptquartiers, zu einem bedauerlichen Schusswechsel gekommen, in dessen Folge das französische Schiff gesunken sei. Dem diensthabenden Kapitän Brown wurde vorgeworfen, ohne Mandat gehandelt zu haben. Er erwiderte in einer Stellungnahme, dass die Franzosen auf keine seiner Warnungen reagiert und zuerst gefeuert hätten. Er habe in Notwehr gehandelt. Die französische Regierung verurteilt den Vorstoßversuch aufs Schärfste, will aber in einem Gerichtsverfahren gegen Brown und die NATO die Schuldfrage klären lassen. Aus Paris heißt es, man habe von der Operation keine Kenntnis gehabt und werde die Angelegenheit lückenlos aufklären. Frankreich werde sich mit aller Entschiedenheit für ein diplomatisches Vorgehen in der Inselfrage einsetzen.

Montréal. Der immer noch flüchtige, als Gorilla verkleidete Mensch hat wieder zugeschlagen, diesmal in der kanadischen Metropole Montréal, wie die Polizeizentrale mitteilte. Über ein Piratensendernetzwerk soll er den Abendgottesdienst in den vier großen römisch-katholischen Kirchen der Stadt sabotiert haben. Die Predigten der Priester sollen durch ein ohrenbetäubendes Mantra gestört worden sein, das über die Lautsprecher und auch noch in weiten Teilen der Innenstadt zu hören war. Dabei sei der Satz »Ihr selbstgerechten Hypokrits erfindet einen Gott, um eure Verbrechen möglich zu machen« so lange abgespielt worden, bis alle Gläubigen das Gebäude verlassen hatten. Vom Täter fehlt weiterhin jede Spur.

New York. Die Mitglieder des UN-Sicherheitsrats kündigten heute nach einer Sondersitzung an, die Insel mit jeweils eigenen Flotten vor unerwünschten Zugriffen schützen zu wollen. Auf Antrag mehrerer europäischer Länder wird in einer der nächsten Sondersitzungen darüber abgestimmt, ob das Gebiet den vorläufigen Status eines Naturreservats unter Kontrolle der Vereinten Nationen erhalten soll, bis alle Völkerrechtsfragen endgültig geklärt sind.

ROANA

ICH MEIN, IN PRINCIPLE, ICH BIN EIN BESSERES AFFE ALS EIN MENSCH, SO ICH HABE AUCH MAL EIN ECHTES SENSATION VON UBERLEGENHEIT. DAS AFFE IS IN DAS TAT MEIN BESTES BEWEIS FUR DIE EXISTENZ VON EIN PHENOMENA WIE DAS MENSCHHEIT.

Bruder Tristam.
Sorry, meine Deutsch ist nicht perfekt – Anm. d. Figur.

Was mich an der Sache mit Werther wirklich nervte, hatte nicht mal mit ihrer Unerwachsenheit zu tun. Besonders bitter war für mich was anderes: Irgendwie verschwand mit ihr auch ein Stück von meinem Selbstvertrauen. Und das ging mir richtig an die Nieren, weil ich dachte, dass wenigstens ICH erwachsener sein sollte. Zwar traute ich Löwengart nicht mehr zu, dass sie mich einfach nach dem Grundkurs an die Luft setzte. Sie ahnte ja, dass ich keine Bleibe hatte. Trotzdem kriegte ich nachts auf einmal vor lauter Existenzangst kein Auge mehr zu. Ich überlegte mir schon, vielleicht wieder zurück zum Ojos zu gehen, aber der Gedanke an Kapitulation nervte mich noch mehr. Dann sagte ich mir, dass ich schon irgendwie Geld auftreiben würde oder mir leihen könnte. Und dann hatte ich auch schon Glück beziehungsweise mein Labyrinth hatte mir schon superschnell einen Weg errechnet. Ich bekam nämlich von einem gewissen Tristam Antwort auf mein Bewerbungsschreiben von neulich. Er wollte mich noch am selben Tag kennenlernen, ich sollte nach Recoleta kommen, in die José León Pagano 2684. Zur Vorbereitung rief ich mir noch mal die Anzeige auf: *Partner suchen Partner mit ernsthaftem Verlangen, die Welt zu retten.* Ehrlich gesagt, hatte ich null Schimmer, was ich mir darunter vorstellen sollte.

So um 15.00 Uhr stand ich vor dem Gebäude, das wohl

einmal ein Hotel gewesen war, über der Tür stand gerade noch lesbar in verrotteter Neonröhrenschrift OLD GRINGO INN oder so ähnlich. Keine Ahnung, ob früher noch mehr Buchstaben da waren. Klang nach einem Platz, wo alte Amerikaner mit wenig Kohle blutjunge Philippinerinnen abschleppten. Vielleicht hieß es auch mal OLD ORINGO oder GOLD GRINGO, egal. Das Haus sah inzwischen aus wie eine verwaiste Kulisse. Fenster, Türen, Klinken, Beläge, alles Mögliche war hier schon mitgenommen und wahrscheinlich woanders wieder eingebaut worden. Immerhin war die Eingangstür noch vorhanden, aber die stand offen. Ich hörte innen Geräusche, Zimmertüren gingen auf und zu. Da waren Stimmen im Treppenhaus. Zu sehen war aber niemand. Dieser Tristam schrieb, dass ich in den dritten Stock, ins Zimmer 314 kommen sollte. Der Fahrstuhl funktionierte nicht. Ich nahm die Treppen, aber irgendwie tat ich mich schwer. Kennst du das, wenn du plötzlich alle möglichen Flashes kriegst, als drehte jemand an deiner Antenne? Lauter Sekundenbilder aus Filmen, die dich unsicher machen. Du weißt auf einmal nicht mehr, warum du das machst, was du machst, auf einmal ist alles nicht mehr so wichtig, oder alles ist beängstigend oder ulkig, keine Ahnung, aber bei jeder einzelnen Treppe hatte ich hart mit mir zu kämpfen, nicht sofort wieder umzudrehen und die Sache gut sein zu lassen. Ich meine, die Anzeige klang doch voll bescheuert und lächerlich. Was hatte ich mir nur dabei gedacht? Und als ich tatsächlich vor der Tür in der dritten Etage angekommen war, fühlte ich mich leer, ich hatte keine Erwartungen mehr. Ich klopfte, obwohl mir mulmig war. Dann noch mal. Ein Summer ertönte, die Tür ging auf. Ich betrat den Raum. Er war so leer wie mein Kopf. Drinnen roch es nach Brathähnchen und Ketchup. Ein schäbiger, mannhoher Schrank stand zwischen den Fenstern, in der Mitte des Zimmers ein Stuhl. Eigentlich hatte ich gehofft, dass da so was wie ein Casting stattfinden würde, dass sich viele um den Job bewerben, sich förmlich drum reißen würden. Okay, die Welt zu retten ist kein Kinderspiel, eben eine echte Herausforderung und endlich mal was anderes, als jahresbester Chef de Cuisine oder Next Topmodel oder Formel-1-Champion zu sein. Ehrlich gesagt, hoffte ich, dass es sich nicht um so eine TV-Show im Big-Brother-Format handelte. Erst wirst du in einen dunklen Container gesperrt, bis du fast wahnsinnig bist vor Angst und Halluzinationen, dabei schauen dir dann Millionen von Menschen über Nightshot-Modus zu, und dann verfolgen sie live, wie du dich und alles vergisst, dich da zum Affen machst und auszubrechen versuchst. Aber danach sah's hier nicht aus. Es sah leider nach einem schlechten Witz aus, danach, dass sich jemand lustig über Leute wie mich machte. Doch dann kriegte ich Riesenschiss, ich meine, jemand hat mich ja reingelassen, jemand muss den Summer bedient haben, das hier könnte auch eine Falle sein. Ein kranker Psycho, so ein frustrierter Old Gringo, lockt Naivchen wie mich mit großspurigen Anzeigen in verwaiste Häuser, um ihnen mit einem Skalpell bei lebendigem Leib die Haut abzuziehen. Mein Puls raste wie verrückt. Als ich mich gerade verdrücken wollte, öffnete jemand die Tür. Ein anscheinend Wahnsinniger im Gorillakostüm stand vor mir und glotzte mich an. Ich schwör's, ich hab wie verrückt geschrien, und er hielt mir einen Pappbecher vor die Nase. Vor Angst hielt ich die Luft an, sonst hätte ich gleich gemerkt, dass da Kaffee drin war.

Er sagte. »Ouh? Du bist ja ain Frow?« Er kämpfte um eine deutliche Aussprache, klang aber ganz klar wie ein Amerikaner, allerdings wie ein junger. In der anderen Hand hielt er noch einen Becher. »Sorry, ich hab nur Koffie geholt.«

Ich kam langsam runter und nahm einen Schluck. Du glaubst gar nicht, wie behämmert ich mir vorkam. Auf Brusthöhe hatte er an seinem Fell ein Schild befestigt: *Gibt es ohne den Gorilla Hoffnung für den Menschen?* Was für ein kranker Psycho, hab ich gedacht. Ich weiß noch, ich stieß vor lauter Erleichterung einen Seufzer aus und kriegte sofort einen Lachkrampf, bis der falsche Gorilla endlich die Maske vom Kopf nahm. So ein Typ, vielleicht ein paar Jahre älter als ich, eine Mischung aus Vietnamese und Europäer kam zum Vorschein.

Er schwitzte, war total verlegen und stammelte »hhhei«.

Eigentlich sah er ganz sympathisch aus und wirkte auch vollkommen harmlos. »Was ist das hier?«, fragte ich.

»Ähm, main Nam is Tristäm. Aigendlich ... ähm hatte ich einen Dee erwartet. Dee R.«

»Ich bin Dee R«, sagte ich. »D Debenham. R Roana. Hast du ein Problem damit?«

Er setzte sich auf den Boden. »Ouh nein. Nur weil wir in das Anzeige Partner geschrieben haben.«

Ich hatte das total generell aufgefasst, nicht als Geschlechtsangabe. Und ich war die einzige Bewerberin und der einzige Bewerber auf diese Annonce. »Sucht ihr nur Männer oder was?«

»Überhaupt nicht ... Frown melden sich in das Regel nicht auf solche Announces.« Er meinte noch, dass das halt ein Erfahrungswert ist und sich so eingeschliffen hat. Das wär wirklich keine böse Absicht. Danach lächelte er sich einen ab und meinte so was wie: »Frown, Männ, das spielt kein Rolle, wer die Welt rettet. Hauptsach, es geht voran.«

Und ich: »Okay. Also dann könnte ich eventuell eine Partnerin in eurem Projekt werden?«

Darüber mussten natürlich auch die anderen Partner in dem Projekt entscheiden. Sein Reißverschluss am Rücken hatte sich verhakt. Auf meine Frage, warum er hier in einem Gorillakostüm aufkreuzt, meinte er, dass dies ein wichtiger

Teil der Selbsterfahrung in diesem Projekt sei. Er wollte, dass ich das Schild halte, auch der Reißverschluss seiner Jeans hatte sich anscheinend im Fell verfangen. Ich las laut: »Gibt es ohne den Gorilla Hoffnung für den Menschen?« Zwei Mal las ich diese Frage leise für mich und fragte dann: »Plant ihr einen weltweiten Terroranschlag mit einer biologischen Substanz, mit einem Virus, damit sich die Großhirnrinde wieder zurückentwickelt? So ein postapokalyptisches Ding?«

Er lachte und meinte »nein!« und zerrte an seinem Kunstfell, die verdammten Haare klemmten immer noch zwischen den Reißverschlusszähnen. Ich konnte ihm aber auch nicht helfen, ich fummle doch nicht einem Typen gleich beim ersten Date am Hosenschlitz rum, aber ich hatte verstanden, dass er wegen mir völlig aus dem Konzept gekommen war. Erst habe ich wie am Spieß geschrien, dann war ich eine Frau und kein Mann, ich habe seine Dramaturgie voll sabotiert, es war klar, dass das Gespräch total anders ablaufen sollte. Aber was wollte er mir damit sagen? Mein Einstieg in die Bruderschaft wird schwierig? Eigentlich wollte er mit mir über Erinnerung und Geschichte sprechen und über die Zeit, bevor »es« passiert ist. … Das habe ich ihn auch gefragt. »Was meinst du mit ›es‹?«

Und er sagte: »Das Ubergang von Affe zu Mensch.« Weißt du, für die existentiellen Dinge des Lebens brauchst du eigentlich kein Mensch zu sein. Ich meine, ich kann trinken auch ohne Glas, essen ohne Gabel, ohne zu kochen, ich kann schlafen auch ohne Matratze, laufen ohne Schuhe, kommunizieren ohne Medien, Musik machen, tanzen, Sex haben. Dafür musst du kein Mensch sein und keiner werden. Das kannst du alles auch als Affe. Ich habe ihm gleich vom Ojos erzählt und wie ich da quasi als Affe gehaust habe. Er sagte nur: In diesen Höhen gibt es keine Affen. Na ja, er hat meinen Witz nicht ganz verstanden. Klar verkniff ich mir zu sagen, dass ich so ein Affenleben ziemlich öde und sinnlos finde.

Tristam wollte trotzdem Dee zu mir sagen. Und ich dachte, wieso eigentlich nicht. Ich fragte mich da schon ernsthaft, wie sie die Welt retten wollten, aber er durfte mir beim ersten Treffen noch nicht so viel sagen, erst wenn alle Partner zugestimmt hatten. Ich musste erst mal eine Testzeit bestehen, dann noch mal eine Abstimmung. Als er sich endlich aus dem Kunstfell gekämpft hatte, fragte ich ihn gleich, ob ich auch so ein Teil tragen muss. Seine Antwort ahnte ich eigentlich schon, jeder in der Bruderschaft musste so was tragen. »Das ist das Zeichen unseres Gleichheit«, sagte er. Bestimmte Rituale, bestimmte Aktionen wurden ausschließlich als Gorilla absolviert. Im Kernsegment waren sie zurzeit elf Brüder, einer war ausgeschieden, weil er, um es direkt zu sagen, ein Ding an die Klatsche da oben gekriegt hat. … Na ja, dem hatte es wohl ins Oberstübchen geregnet. … Deshalb suchten sie nach Ersatz für ihn … Na ja, jedenfalls sind sie Teil eines größeren, weltumspannenden Netzwerks. Tristam hielt mir ein Gorillakostüm hin, leihweise. »Ich hoffe, es passt …«, sagte er.

Ich probierte das Teil gleich an. »Super, ist total okay«, sagte ich. »Passt, wackelt, hat Luft, wie Papá immer sagt.« Um ehrlich zu sein, es war für einen Mann geschneidert. Zwischen den Beinen fühlte ich eine Leere, um die Brust eine Enge. Zum Glück bin ich groß, ich wirke halt schlaksig, und zum Glück habe ich nur Körbchengröße B. Ich hätte fast gefragt: Warum machen bei euch keine Frauen mit?, konnte es mir aber gerade noch rechtzeitig verkneifen, ich hatte keinen Bock auf das Thema. Später habe ich erfahren, dass früher schon mal eine Frau dabei war und die Sache mit ihr echt kompliziert wurde. Stattdessen sagte ich: »Also seid ihr so was wie eine gute Version der twelve monkeys?« Ich zog den Anzug wieder aus und verstaute ihn in meinem Rucksack.

Er grinste. »Na ja, so was.«

Ich platzte fast vor Neugier. »Und was darfst du mir zu eurer Mission sagen?«

Und er: »Wir werden das Menschheit von Depression heilen.«

Ich: »Indem ihr in Gorillakostümen rumlauft?«

Er lachte und sagte: »Nein, naturlich nicht.«

Bevor wir die anderen Brüder treffen konnten, hatte er noch einen Auftrag in der Nationalbibliothek zu erledigen, der gleich ein erster Test meiner Fähigkeiten sein sollte. Ich musste beweisen, dass ich Mumm in den Knochen hatte.

Vor dem Eingang des Bibliotheksgebäudes nahm er meine Sachen und übergab mir ein Buch, das in Ziegenleder gebunden war. Die »Historia Vera Generis Humanum« von Salvatore Pietro de Molina aus dem Jahr 1523. Er erzählte, dass sie erst vor ein paar Jahren in einem Pflegeheim in Buenos Aires entdeckt worden war. Eine demenzkranke Frau hatte den Band einfach im Bücherschrank stehen. Tristam fand es »witzig«, dass sie behauptete, de Molina wäre ein Ahne von ihr gewesen, den sie noch höchstpersönlich kennengelernt hatte, und ich sagte ihm: »Was gibt's da zu lachen? Sie hat bloß eine fundamentale Erfahrung mit ihrem Labyrinth gemacht, sie ist halt reifer geworden.« Ich weiß nicht, wie ich Tristams Blick beschreiben soll. Er schaute mich an, als wär ich sein angespitzter Bleistift, der ihm widersprochen hat.

Er: »Was willst du damit sagen?«

Ich: »Äh, ich glaube, das ist jetzt zu kompliziert. Kann ich das nachher machen?«

Er war sehr »gezpannt auf das Aufklerung«.

Die alte Lady hat das Buch aber nicht einfach so rausgerückt. Als sie von einem Professor gebeten wurde, das Buch der »Menschheit« zur Verfügung zu stellen, wollte sie es lieber verbrennen. Also holte sich der Professor Hilfe bei einem talentierten Pfleger, der eine identische Kopie davon anfertigte und es austauschte. Dieser Pfleger hieß Leeroy und wurde später Mitglied der Bruderschaft.

Ich strich über den Ledereinband und roch am Papier. Am Buchrücken stand die Signatur der Bibliothek. Seltsam. Kriegst du vor so alten Büchern auch immer einen Riesenrespekt? … Bei neuen Büchern passiert mir das kaum. Als könntest du aus alten Büchern schlauer werden als aus neuen. Natürlich war's unmöglich, so einen alten Band auszuleihen. Ich hielt auch nichts weniger in der Hand als eine weitere Fälschung. Eigentlich keine richtige Fälschung, keine Kopie vom Original, sondern eine Richtigstellung, eine neue Originalfassung, die die »Geschehnisse mal von der andere Seite betrachtet«. Tristam kratzte Anführungszeichen in die Luft, als er mir das erklärte. Zwei Monate hatte ihn diese Neufassung gekostet, er meinte, das Schwierigste dabei war dieses schwülstige Latein, in der er diese Geschichte abfassen musste.

Ich: »Wow, du hast's echt drauf! Woher kannst du so was?«

Er: »Ich hab Biologie, Geschichte, Anthropologie und Creative Writing in Princeton studiert.«

Bäääh! Für eine Sekunde kotzte mich seine Bildung echt an, ich war neidisch, dass er so eine Fächerkombination überhaupt machen durfte, Papá würde mich nie dabei unterstützen, aber dann dachte ich, wenn ich mich da reinarbeite, kriege ich das locker auch hin, ist alles eine Frage der Konzentration. Und die Amerikaner tun halt auch immer so souverän. Das lernen die schon in der Grundschule. Überzeugen musst du, und selbstzentriert musst du sein, sag nie, wie toll du bist, aber erzähle jedem und allen und das ganz bescheiden, was du wo alles absolviert hast, und auf keinen Fall darfst du Zweifel an dir haben. Und das Wichtigste: Verschwende deine Jugend nicht mit Spaß. Deshalb sind die Genies dort alle 25 Jahre und hatten noch kein einziges Mal Sex, waren nie besoffen … und wurden deshalb wahrscheinlich auch nie in den Arsch gefickt …

Ihn nervte, dass der Mensch immer wie ein Versager, Verbrecher und Idiot aussieht, wenn er seine Geschichte erzählt, und dass die Erfindungen und Entdeckungen dagegen voll blass aussehen. So nach dem Motto: So wie die Geschichte heute geschrieben ist, könnten Aliens auf die Idee kommen, der Mensch hat seit Jahrtausenden nichts dazugelernt, er taugt nichts, er ist bloß ein kranker Sadist. Ich meine, schon Gandhi sagte (ich war stolz, dass ich das Zitat da anbringen konnte): »Die Geschichte lehrt die Menschen, dass die Geschichte die Menschen nichts lehrt.«

Und Tristam: »Uberall steht: Der Mensch is schlecht. Du gibst mir recht, wenn ich sage: Das is kein gutes Ausgangsbasis.«

Logisch stimmte ich zu. Eine Neuigkeit war das ja nicht. Und ich: »Und hier steht jetzt, er ist gut?«

Er: »Ähm, hier steht jetzt, er hat Grund zu das Hoffnung. Der Mensch muss gut uber sich denken, das Geschichte muss ihn anspornen und nicht dipressen.«

Und rate mal, was wir mit dem Buch gemacht haben? Er wollte, dass ich den Band hinten im Hosenbund unter meinem weiten Pullover verstecke. Gesagt, getan. Dann folgte ich ihm ins Bibliotheksgebäude. An der Anmeldung ließ ich mir auf seine Kosten eine Jahreskarte ausstellen. Der Original-Band von de Molina lag für Tristam schon im Sonderlesesaal bereit. Die eingezäunten Tische wurden von einer Bibliotheksaufsicht streng bewacht. Wir zogen uns weiße Handschuhe über und setzten uns eng zusammen, Tristam begann zu blättern und zu lesen, mit der Lupe betrachtete er bestimmte Stellen. Wir hatten eine Stunde für den Austausch. Die Krähe am Schreibtisch daneben ließ uns nicht aus den

Augen, sie hatte anscheinend überhaupt nichts Besseres zu tun. Also drehte ich mich zu ihr und fragte sie nach Papier und Stift für meine Notizen. Mit Krähen kenne ich mich aus. Sie suchte kurz auf dem Tisch herum, öffnete Schubladen. In der Zeit zog Tristam heimlich das Exemplar aus meiner Hose, und im nächsten Augenblick spürte ich schon wieder ein Buch in meinem Bund klemmen, noch bevor mir die Krähe Papier und Bleistift reichen konnte. Es war besser als im Film. Ich sagte brav danke, und Tristam und ich »arbeiteten« noch zwanzig Minuten lang weiter.

Vor uns aufgeschlagen lag das Kapitel 4 »Invenire humanum est«. Tristam las mir Stellen daraus auf Englisch und Latein vor, er war echt stolz auf sich. Zugegeben, mein Latein war bestenfalls mittelmäßig, obwohl ich mit Gut abgeschlossen hatte. Aber Tristam übersetzte alles für mich, er ging wohl davon aus, dass ich sowieso nichts verstand, das nervte mich tierisch. Auch wenn er recht hatte. Deshalb nickte ich manchmal und tat bei einigen lateinischen Sätzen so, als hätte ich sie verstanden.

Das Kapitel erzählte davon, wie de Molina einen über 170 Jahre alten Mönch am Ufer des Baikalsees traf. Der saß dort im Lotussitz und meditierte seit über 90 Jahren, aß nichts, trank nichts. Wie eine Pflanze vegetierte er vor sich hin, nahm sich die Flüssigkeit aus der Luft, und nur so viel, um die Funktionen seiner Zellen aufrechtzuerhalten und nicht auszutrocknen. Dieser offenbar Unsterbliche wurde zum Hoffnungsgeber für viele Menschen. Das endlose Meditieren benutzte der Mönch als Waffe gegen das Negative im Leben. Und mit der ewigen körperlichen Anwesenheit wollte er beweisen, dass die Möglichkeiten des Menschen grenzenlos sind. Er reagierte sogar noch auf seine Umwelt, wenn er nickte, soll er nur die Augen geschlossen, einen Schlitz breit geöffnet und wieder geschlossen haben. Nein soll er erst gar nicht gesagt haben, er ließ die Augen einfach zu, wenn er anderer Meinung war. So verbrauchte er kaum Energie. Wer zu ihm kam, der wollte etwas wissen. Wie de Molina. Als Reaktion gab es dann maximal dieses Nicken. Und jetzt kommt's: Er wollte, dass auf diese Weise jeder zu seinen eigenen Wahrheiten findet. Wie bei Löwengart. Jeder in seinem Labyrinth. De Molinas erste Frage war: »Wird der Mensch in der Zukunft besser sein?«

Eine Antwort hast du natürlich nicht gekriegt, denn du sollst dir die Frage ja selbst beantworten. Und ich fragte mich, wie viel Tristam eigentlich an dem Originaltext verändert hatte. War de Molina jemals mit diesem Mönch zusammengetroffen? Oder waren bloß die Fragen verändert worden?

Der Legende nach soll es den Mönch sogar heute noch geben in der Gestalt des Hambo Lama Itigelow, der seit 1927 im Lotussitz meditiert, einige Jahre soll er auch eingebuddelt unter der Erde verbracht haben. Heute »lebt« er im Tempel von Iwolginsk in der Nähe von Ulan-Ude. Tristam sagt, dass es neue Erkenntnisse über ihn gibt, dass er sich vor seinem Tod in Salzlaken gewickelt hat und Sokushinbutsu gemacht haben soll, das ist so was wie eine japanische Art der Selbstmumifizierung. Dabei trinken die einen giftigen Tee, der das Blut in eine Art Gelee verwandelt. Total krass sind die! Der Körper kann so nicht verwesen und wird quasi »unsterblich«, für eine ganze Weile jedenfalls. Die Zellen arbeiten im Energiesparmodus weiter, das reicht für die Basics, also lebendig aussehen und maximal zwinkern, aber keine besonderen Kraftaufwendungen wie Kopfschütteln. Also mir kam das eher wie ewiges Sterben vor, für das einer Höllenqualen durchstehen musste, wenn er sich Tausende Tage fast zu Tode hungert, fast vollständig dehydriert, die Flüssigkeit in seinem Körper gegen arsenhaltiges Quellwasser und lackähnliches Gift austauscht, das für jede Zelle seines Körpers die reinsten Sauqualen bedeutet. Dann lässt er sich auch noch in einen sarggroßen Raum einmauern, um »zu sterben«, um dann wiederum ausgegraben zu werden, um dann in diesem in Zeitlupe verfallenden Körper ausgestellt, von jedem angestarrt und angegrabscht zu werden und bis zum Sankt-Nimmerleins-Tag gefangen zu sein. Sokushinbutsu führt meiner Meinung nach nicht ins Nirwana, es holt die Hölle auf die Erde.

Aber Tristam hatte noch eine andere steile Theorie. Den ursprünglichen Mönch haben nomadisierende Kosaken so um 1850 (er muss um die 500 Jahre alt gewesen sein) getötet und in Brand gesteckt. Aber ein tibetischer Mönch, der ihn regelmäßig (also alle paar Jahre) besuchte, hat sich immer Haare des Untoten mitgenommen und konserviert. Und als er vom Mord hörte, hat er ihn durch eine komplizierte, total geheime Prozedur wieder zum Leben erweckt. Tristam war sich sicher, dass sie ihn geklont hatten, dass diese abgefahrenen Mönche in Tibet so was schon längst konnten. Also wurde 1852 Daschi-Dorscho Itigelow eigentlich im Labor dieses tibetischen Klosters geboren, verstehst du, obwohl die Annalen uns was anderes verkaufen wollen, er wurde heimlich zurück in seine buriatische Heimat gebracht. … Wie er das beweisen will? Ist doch scheißegal. Die Geschichte ist gut, und basta.

Na ja, als die Zeit um war, wollte die Krähe, dass wir schleunigst aus dem Sonderlesesaal verschwinden. Tristam klappte das Buch zu, wir zogen die Handschuhe aus und warfen sie in den Container. Ich fragte mich da schon, ob so was Teil ihrer Mission war, aber Tristam sagte mir, dass das sein »spezielles Spaß in das Projekt« war. Er suchte sich meistens Geschichtsbücher aus, die in alten Sprachen geschrieben waren. Dann »überarbeitete« er sie und tauschte das Original durch eine Neufassung aus. Ich meine, diese Werke werden doch kaum ausgeliehen, wer kann bitte schön heute noch diese alten Sprachen, die meisten lesen sowieso nur Zusammenfassungen oder zitieren Wikipedia-Artikel. Das merkt eh kein Aas. Ich fragte ihn, ob das gegen Depressionen helfen könnte.

Er hatte selbst keinen Schimmer, aber er sagte: »Die Schreckensbilder sitzen tief, Dee, die Vertrauen is erschuttert, die Wunden horen nicht auf zu brennen.«

Tja, was sollte ich sagen. Wir kamen zum Ausgang. In jedem Kaufhaus würde jetzt ein Alarm losgehen, wenn Ware unbemerkt das Haus verlässt. Mein Herz klopfte wie die Schritte eines Riesen. Natürlich tat ich cool, ich wollte auf keinen Fall, dass Tristam denkt, ich hätte Schiss. Und es war so krass einfach! Leichter als ich mir's ausgemalt hatte. Kein Alarm, keiner merkte was, keiner traute uns so was zu. Jetzt war ich eine Verbündete. Und eigentlich imponierte mir Tristams Gelehrtheit. Was mich allerdings super beunruhigte, war, dass sie die Originale nicht vernichteten, aber er wollte nicht darüber reden.

Erst mal wollte er zurück zur Basis. Ich sollte die anderen Partner kennenlernen. Wir kehrten also zurück ins OLD GRINGO INN in die José León Pagano. Dort war nicht nur die Basis, dort hatten sie auch vier Zimmer, wo sie pennen konnten. Und falls ich aufgenommen werden würde, hätte ich dort also ein Bett zum Schlafen, was mich echt erleichterte. Soweit er mir das sagen durfte, bekamen sie Unterstützung von anonymen Mäzenen.

Tristam wirkte nervös. »Kannst du bitte deine Anzug anziehen? … Und vielleicht sagst du erst mal nichts. Lass mich zprechen, okay?«

ICH war erst nervös. Papá hatte mir eingebläut, dass ich mir von den Jungs niemals Angst einjagen lassen soll, weil sie eigentlich mehr Angst vor mir haben und sich deshalb manchmal bescheuert benehmen. Die Tatsache, dass ich das einzige Weibchen im Kernsegment der Gorillas sein würde, setzte eine Menge flatternder Schmetterlinge in meinem Magen frei.

Tristam schloss meinen Reißverschluss, obwohl ich ihm sagte, dass ich das auch allein hinkriegen würde. Ich wollte nicht, dass er wegen mir so einen Aufriss machte. »Du brauchst dich nicht wie ein Gentleman zu benehmen«, sagte ich.

Die Basis lag im fünften Stock. In einer ehemaligen Suite hinter Zimmertür 505. Als wir den Raum betraten, saß da ein korpulenter Primat vorm Bildschirm. »Ischer däs?«, kam's von dem. Er sah an mir rauf und runter: »Unser noiesch Brüderle?«, so redete er. Er stand auf, reichte mir die Hand. Ich schüttelte sie so kräftig, wie ich konnte. »Kannscht mit däm was anfange?« Er roch entsetzlich nach Schweiß. Im Raum stand ein Dunst aus Cannabis und Pfefferminz auf Turnschuhmief. Und heiß war mir, ich kriegte kaum Luft. Ich war kurz davor, mir die Maske vom Kopf zu reißen, aber ich spürte Tristams Besorgnis. Er wollte ihm offenbar noch nicht sagen, dass ich eine Frau bin, und ich wollte diesmal ihm die Dramaturgie überlassen.

»O ja, sehr sogar!«, sagte Tristam und stellte uns vor. »Ähm, Dee? Das is Erik. Er leitet das Abteilung Virales. Er is unser Masterhacker.« Tristam schwärmte von mir und erzählte von unserer erfolgreichen Aktion.

»Ja, supi, froid mich!«, meinte Erik und haute mir auf die Schulter. »Brauchscht net schüchtern sein.« Er lüftete kurz seine Maske, eine schwarze, lockige Mähne, ein Bart und braune Augen lugten hervor. In zwei Stunden sollten alle versammelt sein, dann begann das Aufnahmeritual.

Ich nickte. Wir verließen den Raum. Mir war speiübel. Kaum waren wir vor der Tür, riss ich mir den Affen vom Kopf und wischte mir den Schweiß aus dem Gesicht. Tristam meinte, anfangs war das bei ihm auch so.

Ich folgte Tristam ins Treppenhaus. Ich fand ihn super,

und ich merkte, dass er mich auch gut fand. Ich schwankte, ob das positiv oder negativ für mich war. Obwohl ich noch wenig über ihre Mission wusste, wollte ich dazugehören. Ich wollte schon meine ganze Kindheit zu einer Gruppe gehören, mit der ich Abenteuer erleben konnte. Aber ich war immer die Rothaarige, die Lange, die mit den abstehenden Ohren. Und ich glaubte, in diesem Fall war's gar nicht so übel, dass ich »eigentlich« keine Frau sein durfte und ein Gorillakostüm tragen musste, damit wir alle gleich waren. Endlich ging es mal um eine höhere Sache.

Er sagte Sätze wie: »Ich hoffe, dich stort unser Rustikalität nicht.«

Und ich gleich: »Quatsch, was redest du!«

Wir gingen ins Dachgeschoss, das Tristam Hölle nannte. Er öffnete eine schwere Tür mit der Aufschrift: Vorsicht Hochspannung! Lebensgefahr! Im Raum eine Leiter zum Dach, ein kleiner Tisch mit Stuhl und ein neunzig Zentimeter breites Bücherregal, ein Fach davon schon fast voll mit uralten Originalen aus Bibliotheken aus der ganzen Welt, alle auf Latein verfasst. Also, ich fand's gefährlich und unverantwortlich, diese Originalbände aufzuheben. Sie können das Projekt gefährden, sie sabotieren doch sofort die Originalität der Kopien, wenn jemand die findet. Aber Tristam behauptete, er macht das nur, weil er das Leder für seine Neufassungen braucht. … Ja, das habe ich ihm auch gesagt, aber er hat mich einfach ignoriert. Die Seiten schwärzen reicht, meinte er. Ich sag dir, er konnte das irgendwie nicht, er traute sich nicht. Am liebsten hätte ich ihm gesagt, dass wir, anstatt die Seiten zu schwärzen, lieber das nächste Projekt in Angriff nehmen sollten, aber ich verkniff es mir und übermalte mit einem fetten schwarzen Stift Seite für Seite. Als ich fertig war, stellte ich de Molinas Buch zu den anderen ins Regal. Damit brachten wir Zeit rum, bis die anderen Partner kamen.

Tristam war ein sehr nachdenklicher Typ. Ihm ging der Zustand der Welt richtig an die Nieren. Er hat eindeutig zu viele Geschichtsbücher gelesen, davon war er schon total genervt. Ihm stand alles bis Oberkante Unterlippe, sag ich dir. »Immer konzentriert sich das Power bei ein Minderheit, egal welche, das sie an sich gerissen hat, das so die Leben des Mehrheit, egal welche, definiert«, sagte er. »Wer soll das Power denn bekommen, damit es das Mehrheit auch zugutekommt?« Ich mein, gute Frage, bin ich Moses? Habe ich die Klingel am Knie? Er zeigte mir stolz die digitalen Versionen seiner Neufassungen, die Erik schon überall im Netz ausgetauscht hatte. Nirgendwo war mehr de Molinas Originalschrift zu lesen. Tristam sagte, das Furchtbarste am Original war das Gejammer über die Welt. »So was dipresst«, sagte er. In der Neufassung hört der Leser von den Wundern, die de Molina auf seinen Reisen erlebt hat, und von den Weisen, die er überall auf dem Planeten getroffen hat, und von den Fragen, die er an die Zukunft stellt. Jetzt war der Stoff richtig gearbeitet.

»Warum dieses Buch?«, fragte ich ihn.

Er: »Weil es schon ein positiver Grundbasis hat.« Er sagte, sein nächstes Projekt sind die Historien Herodots. Seit zwei Monaten saß er deswegen von acht bis zwölf im Altgriechisch-Kurs. Mir passte das super. Ich sagte ihm, dass ich vormittags im Centro sein muss, damit ich meinen Platz nicht verliere. Jedenfalls wollte ich ihn so lang nicht aufgeben, bis sicher war, dass ich ein vollwertiges Mitglied der »twelve monkeys« war.

Als Tristam und ich so um den Abend herum in die Suite 505 kamen, saßen da schon zehn Kunstpelz-Gorillas um eine Tafel und starrten mich an. Wir setzten uns auf die beiden freien Stühle. Reihum sagte jeder seinen Namen: Erik, José, Valeri, Thomas, Lee, Nathan, Ben, Siddhartha, Jean-Paul, Leeroy, Tristam.

»Dee«, sagte ich relativ cool, meine Stimme klang vielleicht ein Mü weicher als die der anderen, aber niemand schien das zu stören. Bis dahin hatte ich immer noch so ein Gefühl von Leichtigkeit gehabt, von kindlichem Spaß bei der Sache, als wären wir so ein verschwörerischer Geheimbund von Templern, der mystische Zaubersprüche aufsagt, alte Schriften umdeutet und anonym die Geschicke der Welt lenkt. Doch dann startete einer von denen, ohne viel zu sagen, ein Video. Und auf einmal spürte ich den Ernst der Sache, ich spürte die Bodenständigkeit, die Tiefe und die Vernunft dieses Projekts, das mit Verschwörung nichts mehr zu tun hatte. Auf sehr einfache und einleuchtende Weise beschrieb der Film aus wissenschaftlicher und ganz praktischer Sicht, welche Macht Erinnerungen über die Bilder ausüben, die wir von uns selbst haben, und welche Macht dann diese Bilder auf alles haben, was wir tun, lassen oder glauben, woran wir uns gewöhnen und wovor wir uns fürchten. Der kurze Film beschrieb, wie diese Bilder Einfluss auf unsere Glücksgefühle und unser Selbstvertrauen haben, aber auch wie sie die Entwicklung von psychischen Krankheiten wie Angststörungen oder Depressionen und Aggressionen steuern. Ich lernte, dass es so was wie »Macht über andere« und »Wirkung auf andere« gibt und dass die meisten Menschen keinen besonderen Drang verspüren, »Macht über andere« zu haben, aber sie haben eine ganz natürliche Wirkung auf andere, im Alltag, denn der Geist ist eine soziale Energie, eine soziale Menge, die teilbar ist und geteilt werden muss, wenn er in Bewegung bleiben soll. Und dieses »Wirken auf andere« braucht nicht mal Gesetze. Kompetenz, Plausibilität und Erfahrung reichen aus. Der Film zeigte dann auch auf simple Weise, dass jeder, der andere kontrollieren will, egal wie, politisch, religiös, wirtschaftlich, medial oder so, offenbar ein pathologischer Fall ist. Ich würde sogar Dandys dazuzählen, diese Ich-weiß-Kleinesich-hab-die-Welt-gesehen-Typen, wie sie bei Papá immer im Büro hocken. Und alle Heiligen und Märtyrer, die Menschen von ihren »guten Taten« abhängig machen und mit ihrem Gut-sein-Wollen der Welt auf den Draht gehen, wie Papás Assistentin, die sich für die Firma bis zur totalen Erschöpfung aufopfert und auch alles daran setzt, dass jeder das merkt und anerkennt, und der jedes Mal Tränen in den Augen stehen, wenn du was Nettes zu ihr sagst. Und manchmal weiß ich nicht, wer schlimmer ist: die Celebrities, die erst normal zu sein scheinen, wenn ein Kameraauge auf sie gerichtet ist, oder die ganzen Fans, Voyeure und Bewunderer, die anscheinend von gestörten Selbstwertgefühlen geplagt sind und sich durch das Lesen von Yellow-Press-Portalen aufzuwerten versuchen.

Eine Stimme im Film sagte, für die meisten Menschen ist es schon selbstverständlich, dass eine irgendwie geartete Minderheit Macht über eine Mehrheit ausübt. Ich fragte mich allerdings, ob das jetzt daran liegt, dass sie normal sind oder auch bloß Psychos, elende Selbstquäler, die geil werden, wenn jemand mit der Peitsche vor ihnen steht, deshalb haben sie auch keinen Bock, Macht auf andere auszuüben. Master and Slaves? Sadisten und Masochisten? Ist das nicht das ganz natürliche Kräfteverhältnis, läuft's nicht so überall im Universum?

Am Ende des Videos wurde es dann voll dramatisch. Dieser Frage-Antwort-Stil erinnerte mich an den Abend im Uniclub. Eine gepitchte Simme fragte: Glaubst du noch an die Möglichkeit anderer Gesellschaftssysteme? Nein, antwortete ein Chor. Ich meine, Regierungsaufgaben kann eigentlich auch jeder Computer übernehmen, er braucht nur ja oder nein zu sagen. Dann nächste Frage: Was steht einer Veränderung im Weg? Der Chor: Unser Bewusstsein! Unsere Bilder und unser Selbstverständnis. Die Stimme: Und wie werden unser Bewusstsein, unsere Bilder und Selbstverständnisse geprägt?

Der Chor: Von unseren Gewohnheiten. Die Stimme: Und wer erinnert uns immer wieder an sie und trichtert sie uns ein? Der Chor: Unsere Geschichte und Geschichten.

Ich meine, Sokrates hatte uns gewarnt, dass Aufschreiben zum Vergessen führen wird, aber er schnallte noch nicht, dass dort schon die soziale Evolution beginnt, die die Gorillas zu Ende führen müssen, dass in der Schrift eigentlich die Lösung liegt, die Welt zu retten, indem wir mit ihr schadhafte Aufzeichnungen umschreiben und die Geschichte erlösen. Sie kann malignes Gedächtnis entschärfen. Keine Ahnung, ob das eine reale Chance auf eine Heilung des Geistes ist, aber es war das, was ich dachte. Dann war der Film zu Ende.

Ich klatschte reflexartig, ehrlich, ich wollte daran glauben, auch wenn ich einige Zweifel hatte, dass Menschen überhaupt noch umgestimmt oder geheilt werden können oder dass sie das überhaupt wollen, dass sie nicht schon von den vielen Rauschzuständen total dumpf und entstellt waren, dass die einzig logische Abhilfe die totale Selbstvernichtung war, aber ich sagte mir, dass jeder Versuch unternommen werden muss, egal wie aussichtslos er auch ist.

Leider war das folgende Ritual unspektakulär, eben nicht so geheimbundmäßig wie ich mir das vorgestellt hatte. Sie wollten, dass ich kurz und knapp von mir und meinen Fähigkeiten erzähle. Auf die Frage, warum ich mitmachen will, antwortete ich: »Aus denselben Gründen wie ihr.« Schlau oder? Ich nickte, als ich in aller Form gefragt wurde, ob ich bereit wäre, mich voll und ganz für die Sache einzusetzen. Ich erklärte dies mit meiner Unterschrift (in letzter Sekunde hatte ich noch mit Dee R. unterschrieben) und sprach eine schlichte Schwurformel nach. Jetzt war ich so was wie ein »Gorilla auf Bewährung« und wurde Tristams Abteilung zugeordnet.

Für die Probezeit sollte ich Dummytexte im Stil von *Lorem*

ipsum dolor sit amet auf Altgriechisch, Aramäisch, Althebräisch und klassischem Chinesisch erstellen und in Drucklayouts einfügen. Stufe 1 des Masterplans sah vor, erst mal eine beachtliche Liste von alten Chroniken, die Tristam monatelang mit einem internationalen Team zusammengestellt hatte, zu entschärfen und mit diesen Dummytexten zu füllen. Diese sollten dann in die entsprechenden Einbände gebunden und mit Hilfe von Komplizen weltweit in den Bibliotheken ausgetauscht werden. Gleichzeitig sollte Eriks Division ein Heer von Trojanern durchs Netz schicken und die digitalen Versionen austauschen, sämtliche Verlinkungen deaktivieren und Hinweise, Artikel oder Zitate durch diese Dummytexte ersetzen. Ginge es nach Erik, würde er das komplette Netz damit fluten, egal ob ein Text sinnvoll war oder nicht. Er sagte, er würde »am liebschten alles ausradiere, zur Sicherheit und um's abzukürze«.

Am Computer schwitzten meine Hände immer vor Aufregung, ich hasste diesen Pelz, aber ich wollte nicht aufgeben, manchmal rutschte ich auf den Tasten ab. Erik stellte eine Flasche und Gläser auf den Tisch. »Jetscht 'n Färnetle uf Eis, Brüder!« Ich hasste das Zeug. Immer noch roch es saumäßig nach Schweiß. Ich stand auf und öffnete ein Fenster. Tristam sprang sofort hinterher und schloss es wieder. Das Haus stand ja offiziell leer.

»Oh, sorry.« Ich merkte, wie sie sich irritierte Blicke zuwarfen. Ja, stimmt, Jungs brauchen keine frische Luft. Fenster wurden nur für Frauen erfunden, damit sie sie öffnen und mal lüften konnten. Trotzdem verlief der Abend spektakulär entspannt und kreativ. Dass ich eine Frau war, schien kein Thema, jedenfalls meinte Tristam, dass man nicht unnötig die Pferde scheu machen soll. Ich benahm mich auch normal, ich habe sowieso von Natur aus eine eher angeraute Stimme, ich sagte, was ich zu sagen hatte, brachte sie sogar auf ein paar richtig gute Ideen, wie man die Sache noch effizienter und sicherer machen kann. Ja, ich hatte das Gefühl, ich war angekommen.

An den nächsten Tagen machte ich mich immer gleich nach Löwengarts Veranstaltung zum Stützpunkt auf und arbeitete manchmal bis in den frühen Morgen an der sinnvollen Sinnentleerung historischer Texte. Die Chronographiae von Sextus Julius Africanus erzählte die Geschichte nun wie folgt:

Lorem ipsum dolor sit amet, consectetur adipisici elit, sed eiusmod tempor incidunt ut labore et dolore magna aliqua. Ut enim ad minim veniam, quis nostrud exercitation ullamco laboris nisi ut aliquid ex ea commodi consequat. Quis aute iure reprehenderit in voluptate velit esse cillum dolore eu fugiat nulla pariatur. Excepteur sint obcaecat cupiditat non proident, sunt in culpa qui officia deserunt mollit anim id est laborum.

Duis autem vel eum iriure dolor in hendrerit in vulputate velit esse molestie consequat, vel illum dolore eu feugiat nulla facilisis at vero eros et accumsan et iusto odio dignissim qui blandit praesent luptatum zzril delenit augue duis dolore te feugait nulla facilisi. Lorem ipsum dolor sit amet, consectetuer adipiscing elit, sed diam nonummy nibh euismod tincidunt ut laoreet dolore magna aliquam erat volutpat.

Ohne Mühe erwarb ich nebenbei noch das Abschlusszertifikat über die erfolgreiche Teilnahme am Grundkurs Kabbala. Nun war ich nicht nur »quasi-vereidigte Gorillaanwärterin« und Co-Weltgeistheilerin, sondern auch aussichtsreiche und zertifizierte Kandidatin für zukünftige Erleuchtung auf Level 1. Zumindest bescheinigten sie mir, dass ich ein wenig mehr Durchblick in meinem Labyrinth hatte als eine ganze

Menge anderer Menschen. In den gut zwei Wochen in Buenos Aires hatte ich definitiv mehr erreicht als in den vierzehn einsamen Tagen am Ojos. In meinem Posteingang häuften sich die Antworten auf meine Anzeigenbewerbungen, alles Einladungen zum Gespräch, das beruhigte mich, obwohl ich die Chance auf eine Karriere als Sandwichartistin schon verpasst hatte. Zwar kriegte ich bei den Gorillas kein Honorar, aber ich verdiente mir Ruhm und Ehre bei freier Kost und Logis, das waren doch fast schon paradiesische Zustände.

Am Tag der Zeugnisausgabe rief mich Löwengart wieder in ihr Büro. Ich stellte mich ans Fenster, sie lehnte am Schreibtisch.

Sie: »Nun, Roana, ich hatte keine Sekunde Zweifel an deinen Fähigkeiten. Du bist mir eine Antwort schuldig ...« Sie verschränkte die Arme über ihrem mächtigen Bauch. »Erinnerst du dich?«

Ich war im Kopf so beschäftigt mit altgriechischem Nonsens, dass ich echt Mühe hatte, etwas Sinnvolles und Zeitgemäßes aus mir herauszukriegen.

Ich: »Ein Stein bringt manchmal Dinge ins Rollen ..., Buchstaben purzeln und purzeln und trotzdem bedeutet das alles nichts. Mit einem einzelnen Buchstaben kannst du das Leben nicht bestreiten.«

Sie lachte. Sie fand es super, sie bot mir das Aufbaustudium an. Ich kam nicht mal dazu, irgendwas darauf zu antworten, sie sagte nur: »Ich weiß, ich kenne deine Antwort bereits, ich kann sie dir von der Stirn ablesen.« Sie umarmte mich, küsste mich links und rechts, drückte mich noch mal und überreichte mir mein Zeugnis, dann verließ ich das Centro.

Tristam hatte mir das freie Bett des zwölften Bruders in Zimmer 407 angeboten, wo schon er, Nathan, Lee und Siddhartha schliefen, was ich als gutes Zeichen wertete, obwohl meine Probezeit noch eine Woche lang lief.

Auf dem Weg in die José León Pagano 2684 ließ ich mir die Haare auf einen Zentimeter schneiden, was bei mir wirklich grässlich aussieht. Aber andererseits hatte ich mir ja auch die Beine schon einen Monat nicht rasiert, das war ein weiterer Zentimeter Haar am Körper; von einem echten Fell war ich nicht mehr weit entfernt. Aber es gab wirklich wichtigere Dinge im Leben.

Gerade kopierte ich den neuen Text des italienischen Historikers Baccarelli aus dem Jahr 1625 in das vorgegebene Layout, als Erik ohne Kunstfell mit einer Flasche Fernet an meinen Tisch kam. »Brauch mal 'ne Pause«, sagte er und goss das grässliche Gesöff in zwei Gläser. »Na? Kommscht voran?«

Ich nickte.

»Isch dir net heiß?« Er griff sich ein Glas und stieß damit gegen das zweite. »Prostata.«

»Nee, ich gewöhn mich langsam. Chinchín!«

Während ich versuchte, das 17. Jahrhundert endlich hinter mich zu bringen, redete Erik in einer Tour auf mich ein. »Weischt, wenn ich net diese blöde Ahnung hätt, dass hinter der miesen Stimmung, die uns hier auf Erden den Spaß verderbe will, noch was viel Schlimmeres steckt …« Und so was.

Ich beruhigte ihn und sagte: »Wir Menschen werden depressiv, weil uns keiner beachtet, weil wir einsam im Universum sind und keiner da ist, der uns anhimmelt.«

Daran glaube er nicht, so was glauben bloß Star-Trek-Fans, sagte er. »Denk mal, trotz dieser religiösen und kommerziellen Wohlfühlinduschtrie werde Menschen paranoid und phobisch. Däs kannschte dir net mit Einsamkeit erkläre. Mir sinn ja zahlreich.«

Tja, und dann kam eine weitere echt steile These. Er rückte ganz nah an mein Ohr, hatte schon eine saumäßige Fahne. Die Ursache für den schweinischen Zustand der Welt sah er in einem Scheißtrojaner, der vor Tausenden von Jahren von wer weiß woher in unsere Gene eingeschleust worden war und da in aller Seelenruhe pennt und bloß auf das Kommando wartet, bis er endlich einen nach dem andren wegradieren kann. Erik hat halt auch so seine Hobbys. Seit er lesen kann, verschlingt er jeden Artikel, jedes Buch über Genetik. Die halbe Nacht führte er seinen Gedankengang bis »ins Allerkleinschte« aus. Außerirdische oder eine dunkle Programmiereinheit sollen dahinterstecken. Ich sah sofort den langen knochigen Finger von E.T. auf einem roten Knopf. Von Rache sprach er und goss sich und mir nach.

»Wofür sollen die sich denn rächen wollen?«, fragte ich.

Er schaute mich überrascht an. »So genau könn mir das net wisse. Isch 'n Bauchgefühl.« Er begann zu lachen. »Für die ganzen Scheißfilme, die wir über sie g'dreht ham.« Erik hatte sich vor seiner Verwandlung zum Gorilla in einem Büro für Wirtschaftsberatung fast zu Tode gelangweilt, davor mühte er sich ein paar Jahre als Trappistenmönch ab. Er meinte, Beten und Schweigen macht die Sache auch nicht besser. Ich erzählte ihm vom nervenden Rauschen des Windes am Ojos, das einem das Gehirn abschleift und dich gefügig macht. Wir flogen weit und tranken viel. Ganz am Ende legte er seinen Arm um meine Schulter und meinte: »Dee! Du bischt 'n echt netter Kerl, du bischt in Ordnung.« Später hörte ich von Tristam, dass sich seine Theorien keiner mehr anhören will. Irgendwie landete ich gegen Sonnenaufgang heil in meinem Bett in Zimmer 407 und war froh, keine Frau sein zu müssen.

Gegen Mittag schlurfte ich ins Nebenzimmer 406, wo es die einzige funktionierende Dusche gab. Erik, Leeroy, Thomas und Ben pennten noch. Kaum lief das warme Wasser über meinen Körper, ging die Tür auf. Erik stellte sich ans Klo und pisste.

»Hi«, sagte ich.

Er schwieg, aber ich kriegte aus dem Augenwinkel mit, wie er mich beobachtete. … Also, mich hat das nicht gestört! … Wieso? Was heißt vorprogrammiert! Ich habe mich ganz ungezwungen benommen, eingeseift, abgespült, ins Handtuch eingewickelt und bin raus aus dem Badezimmer. Ich hab echt turboschnell geduscht. Die Jungs in meinem Zimmer sahen das superlässig, als ich wie sie nur mit T-Shirt und Unterwäsche durchs Zimmer schlurfte. Ich benahm mich natürlich und tat meine Arbeit oben in der Hölle zusammen mit Tristam, Lee und Sidd.

Noch am Nachmittag trommelte Erik uns zum außerordentlichen Meeting zusammen, ich trug als Einzige das Kostüm, mir hatte niemand Bescheid gesagt. Total bescheuert kam ich mir vor, als hätte ich eine Burka an. Ich riss mir den Affen vom Kopf und schmiss ihn in die Ecke.

Dann kam's etwa so: »Sorry, Dee, dass ich däs jetscht hier so radikal ansprech, aber ich fühl' mich grad echt von dir verarscht! Tristam, wir hatten das doch besproche.«

Tristam schaute mich an, er verteidigte mich. Seit Wochen schaltet er Anzeigen und niemand meldet sich, er versucht alles Mögliche, um einen neuen Partner zu finden. »Wir brauchen dringend Hilfe, und Dee is perfekt! Sie is sogar besser als Hugo«, sagte er. Das war der Durchgeknallte. »Alles geht schneller. Sie is ein richtig gutes Partner. Stimmt's?« Sidd, Lee und Nathan nickten auch. »Außerdem sie arbeitet und schlaft bei uns.«

Und dieser Leeroy gleich: »BEI euch.«

Tristam und ich zogen die Augenbrauen hoch, irgendwie waren wir erwachsener. Erik wollte mich nicht mal anschauen, als wär ich plötzlich giftig, als hätte unser kumpelhafter Abend für ihn keine Bedeutung gehabt. Ich stand am Fenster mit verschränkten Armen und verkniff mir jede abfällige Bemerkung über dieses Chauvi-Gehabe.

Er: »Also, wer von euch isch dafür, dass sie die Probezeit zu Ende macht?«

Sieben Zustimmungen, der Rest enthielt sich. Puuh!

Hinterher erzählte mir Tristam dann, dass Erik Angst hat, eine Frau würde wieder »Unruhe in die Truppe« bringen. Und ich wollte Erik zeigen, dass seine Befürchtungen unbegründet waren. Ich arbeitete härter als die Männer, ging als Letzte schlafen und stand als Erste auf, duschte mich nur noch, wenn alle an ihren Schreibtischen saßen und trug fast ausschließlich mein Gorilla-Kostüm. Trotzdem benahm sich vor allem Erik nicht mehr so wie vorher. Er wirkte höflicher, furzte und rülpste nur noch selten in meiner Gegenwart, stank kaum noch nach Schweiß, seine Turnschuhe waren neu. Er kam nachts nicht mehr, um mir von seinen Theorien zu erzählen. Und als ich ihn besuchte, um mit ihm einen Versöhnungs-Fernet zu trinken, konnte ich Gorilla sein, so viel ich wollte, darunter blieb ich eine Frau, und er sprach kaum mit mir. Dagegen begann José auf einmal mit mir zu flirten, obwohl ich versuchte, auf Abstand zu bleiben. Er kam aus Almansa, das ganz in der Nähe von Albacete liegt. Wir quatschten darüber, wo du in Spanien am besten nicht wohnst, wo du schwimmen und essen gehen sollst. Das Schlimmste war, ich spürte, dass Erik spürte, dass ich José eigentlich mochte. Aber meinem Arbeitseifer tat das alles keinen Abbruch, im Gegenteil, ich hatte das Gefühl, schneller und präziser zu arbeiten, ich war richtig euphorisch dabei, und Tristam war voll zufrieden. Auf der nächsten Sitzung präsentierte er stolz unsere Fortschritte. Und die Zustimmung aus der Gruppe gab mir recht. Nach einer Woche hatte ich den Eindruck, dass die Jungs sich letztendlich an mich gewöhnt hatten. Du kannst mir glauben, wenn ich sage, dass wir endlich zusammen furzen konnten. Und José hielt ich erfolgreich auf Distanz. An meinem letzten Probezeittag fand ich eine Blume auf meinem

Bett, nicht von José, sondern von Leeroy, aber ich warf sie gleich in den Müllschlucker.

Die Endabstimmung über meine Aufnahme in die Bruderschaft fand ohne mich statt. Im Café gegenüber bereitete ich eine kleine Rede für das Aufnahmeritual vor, das am nächsten Tag stattfinden sollte. Der Tag war kühl, ich war froh, dass ich mein Kunstfell tragen konnte. Der Wirt hier kannte uns schon, er wunderte sich nicht mehr. Wir Gorillas waren seine treueste Kundschaft. Ich wartete auf Tristam. Die Worte purzelten wild aufs Blatt. Einige Zeilen aus Borges »An einen minderen Dichter der Anthologie« wollte ich an den Anfang meiner Ansprache stellen:

Wo ist die Erinnerung an die Tage
die dein auf Erden waren, und die woben
Glück und Schmerz, und die für dich das Universum waren?

Der zählbare Fluss der Jahre
hat sie verloren; du bist ein Wort in einem Index.

Ich freute mich über die Ironie. Eine Rede an neue Menschen in einer großartigen Welt wollte ich schreiben.

Als ein Gorilla über die Straße kam, wusste ich sofort, dass es Tristam war, ich erkannte ihn am Gang. Ich packte die Zettel zusammen und stopfte sie ins Fell. Er setzte sich neben mich, riss sich die Maske vom Kopf und schaute mich genauso belämmert an wie bei unserem ersten Zusammentreffen. »Tut mir wirklich leid, Dee«, sagte er.

Ich: »Was?«

Und er: »Wir haben mit Frown einfach schlechte Erfahrungen gemacht. Das Wunde is noch offen.« Ich wollte zuerst nicht glauben, was er da gesagt hatte. Ich meine, ich habe besser gearbeitet als jeder andere bescheuerte Affe da.

Aber das wusste Tristam ja, er sah total fertig aus, er hatte alles versucht. Sie hatten halt »das« schon mal durch, die Sache hätte die Gruppe fast auseinandergebracht, am Ende brauchten sie eine Gruppentherapie. Zwei Brüder sind damals raus deswegen. »Seit wir unter uns sind, geht das Mission wieder gut voran«, sagte er. Nur so schnell wie mit mir waren sie lange nicht. Tristam, Nathan, Lee und Sidd haben für mich gestimmt, der Rest war dagegen, diese falschen Brüder. Ich hatte so einen Hals, sag ich dir! Dann sollte ich auch noch Verständnis für Eriks Ängste haben. Bei Tristam klang das so: »Erik will nicht wieder Opfer von politisch korrekt Emansipaischnvorstellungen werden, das ist oldfashioned, sagt er, davon is er schon befreit, er sagt, er is eine emanzipierte Männ, der nicht mit Frown so arbeiten kann wie mit Männ. Er sagt, Frown konnen emansipejtet sein, aber nicht in unseres Grupp. Er will auch kein Homos dabei haben, das stort das Ruhe. Er hat aber vorgeschlagen, dass du ein eigenes Grupp grunden sollst, und er is bereit, euch mit Geld zu helfen und im Network aufzunehmen.« Ich hatte null Bock auf so was. Ich wollte keine eigene Gruppe, ich wollte mit Tristam arbeiten. Der Arme kriegte alles ab, ich habe ein paar echt blöde Sachen zu ihm gesagt, ich war so sauer und habe irgendwie noch versucht, ihn umzustimmen, und er tat mir ja auch leid, er musste das jetzt ausbaden. Und dann spulte er einen echt hirnrissigen Text ab: »Ihr Frown habt ein doofes Power über einige von uns, die funksionieren mit euch nicht mehr so gut, benehmen sich idiotisch, verlieren das Fokus. Da startet so ein Eitelkeitsprogramm, rasieren, duschen, formulieren, die ganze Fassad, weißt du? Nicht du bist die Problem, die haben eine.« Nur interessierte mich das gerade einen Scheiß. Wie hatte Tristam es ausgedrückt? »Machtspielchen, Feindschaften, Krieg, Verblodung, Vernichtung, Ende, aus.«

Und ich: »Ach so! Frauen sind also die Plage der Welt, oder was?« Hey, so einen Hals!

Aber nein! Niemals! Wir sind es doch, um die sie sich sorgen. Weißt du, so! Um unser Wohlergehen geht es ihnen. Wenn wir uns scheiße fühlen, fühlt ihr euch auch scheiße, oder? Sie tun ja alles nur, damit wir glücklich sind. Tristams O-Ton: »Wenn man das Welt retten will, braucht man jedes Teilchen von freiwerdende Energie, dabei wollen und sollen wir nicht mal spitze aussehen, dabei mussen wir vollkommen selbstlos sein.« Sich so rauszureden und uns die Schuld für den beschissenen Zustand der Welt zu geben, anstatt zuzugeben, dass sie sich nicht im Griff haben, nicht mal wenn sie die Welt retten wollen, dass sie jedes Mal einen Ständer kriegen, wenn ich unter der Dusche stehe, fand ich einfach nur abartig. In dem Moment dachte ich, dass die beschissene Welt nicht auch noch so beschissene Retter braucht und dass sie sich ihre Schwänze doch gegenseitig in den Arsch schieben können. Ich wollte das eigentlich nicht durch den ganzen Laden schreien, ich hab mich da echt zum Affen gemacht. Tristam war so perplex, er hat nur gesagt, dass ich das Bett so lange noch benutzen kann, bis ich was anderes gefunden habe. Dafür haben alle gevotet. Aber Hauptsache, nicht Teil der Gruppe sein.

»Bitte sei nicht bose auf mich«, sagte er.

Ich sah ihm ja an, wie leid es ihm tat. Tristam war dieser ganze Text voll peinlich. Er legte eine Hand auf meinen Arm. Obwohl ich stocksauer war, drückte ich ihn. Gorillas sind halt keine Menschen, sie geben ihr Leben eben nicht für eine »höhere Sache«, schon gar nicht kommen sie auf die Idee, sich deswegen ein Weibchen durch die Lappen gehen zu lassen. Wenn ich bei alldem noch was begriffen habe, dann: Scheiße, Jan hat recht! Die Welt wird leider nicht vom Geld regiert, nein, sie wird von beschissenen Hormonen kontrolliert!

Jedenfalls blieb ich noch eine Weile im Café sitzen, und der Wirt stellte mir einen Fernet auf Eis vor die Nase. Wie ich das Zeug hasse! Dabei hätte ich fast geheult. Ich wollte diese schönen alten sinnlosen Texte nicht vermissen, ich wollte mit Tristam Herodots Historien zu einem noch besseren Buch machen, ich wollte meine Rede halten. Ich war total verzweifelt! Ich war drauf und dran, hochzugehen und den Jungs den Marsch zu blasen, am liebsten hätte ich ihnen allen eine reingehauen, aber gegen die Tyrannei der Hormone helfen keine Schallwellen und keine Fäuste. Fast wäre ich zu Löwengart gerannt, um ihr die Ohren vollzujammern, aber ich schämte mich, ich wollte ihr nicht das Gefühl geben, die Kabbala hätte mich nicht gestärkt und weiser gemacht. Ich wollte nicht auch noch ihr Leben zerstören.

Einfach nur arbeiten gehen, das kam für mich nicht mehr in Frage. Eins stand für mich jetzt fest, dass ich für »größere Aufgaben« gemacht war. Das signalisierte mir auch mein Labyrinth. Meine Großmutter hatte es ja selbst immer wieder gesagt. Meine Mutter war der Ansicht gewesen, ich sei zu dumm zum Lügen und zu klug, um die Wahrheit zu sagen. Selbst Papá wusste immer, dass ich noch Großes auf die Beine stellen würde, auch wenn er dabei eher Gebäude im Sinn hatte. Leider waren inzwischen sämtliche Einladungen zu weiteren Bewerbungsgesprächen hinfällig, die hatte ich alle verpasst. Und im OLD GRINGO INN wollte ich auf keinen Fall auch nur eine Sekunde länger bleiben. Ich packte meinen Rucksack und verließ das Gebäude.

N=Global

DEINE NACHRICHTEN RUND UM DEN GLOBUS

Sprachversion des Artikels auswählen

Stockholm/Brüssel. Drei Seemeilen vor der neuen Insel wurden 500 junge Menschen zwischen 18 und 20 Jahren kurzzeitig in Gewahrsam genommen, die nackt auf einem gecharterten Schiff unter schwedischer Flagge die Blockade zu durchbrechen versuchten. Auf gehissten weißen Bannern war zu lesen: »Come with us and fuck for peace«. Zur Anwendung von Gewalt sei es nicht gekommen, so das NATO-Hauptquartier. Man konnte die Gruppe mit friedlichen Mitteln zur Umkehr bewegen, hieß es.

Mailand. Der Streit um die Vergabe des Titels »Weltkuchen des Jahres« ist in eine neue Runde gegangen. Obwohl von Seiten der Organisatoren Unstimmigkeiten eingeräumt und eine Neuauszählung der abgegebenen Jury- und Publikumsstimmen angekündigt wurden, hat der Veroneser Backwarenspezialist Bauli, der mit dem traditionellen »Panettone mit Champagnercremefüllung« angetreten war, Klage gegen die sächsischen Veranstalter wegen Rufschädigung und damit verbundener Einnahmeneinbußen erhoben.

Rom. Die militante Christenorganisation Tredici Rose rief heute über eine Videobotschaft die neue Insel zum heiligen Kontinuum Gottes aus. Im Falle der Verletzung ihrer Unberührtheit durch Menschen schrecke die Organisation auch vor drastischen Maßnahmen nicht zurück, heißt es in der Botschaft.

Boston / Berlin / Tel Aviv / Buenos Aires / London / New York. Wie das Seerechtskomitee der Vereinten Nationen bestätigte, wurde heute von einer Gruppe von Wissenschaftlern offiziell ein Antrag auf Anlegeerlaubnis an der Insel gestellt. Die 100-köpfige Delegation möchte zwei Wochen lang die Flora und Fauna untersuchen. Finanziert werden soll die Unternehmung durch private Stiftungsgelder. Eine Entscheidung werde frühestens in einem Monat erwartet.

Paris / New York. Laut Pressebüro der Vereinten Nationen hat die Autonomiebewegung Life From Zero bei der Festlandsockel-Grenzkommission ein Kaufangebot für die Insel abgegeben. Über die Höhe der Summe wurde nur bekannt, dass man mit dem Betrag eine Raumstation bauen und in die Erdumlaufbahn bringen könnte. Der Initiator der Bewegung, der Multimilliardär Nils Björsson, sagte, seine Bewegung wolle die Insel in den Dienst der Menschheit stellen und dort eine neue Gesellschaftsform ausprobieren. Er betonte, dass von Life From Zero keine Bedrohung ausgehe. Norman Tanner von BetterPlanet ließ verlautbaren, das Angebot komme einer Bestechung gleich. Trotz klammer Haushaltskassen solle man den Verstand entscheiden lassen.

Moskau / Madrid / Paris / Berlin / Lissabon / Warschau / New York. Auf der heutigen Sitzung des UN-Sicherheitsrats wurden die Anträge aller sechs Bewerberstaaten auf Angliederung der neuen Insel abgelehnt. Deutschland protestierte und kündigte an, gegen die Entscheidung Klage beim Internationalen Gerichtshof zu erheben, hieß es aus Berlin. Deutschlands UN-Botschafter Robert Weiße wies mit scharfen Worten darauf hin, dass die Vereinten Nationen unrechtmäßig über ein Territorium befänden, das ihnen weder unterstellt sei, noch eine anerkannte Nation repräsentiere. Er kündigte außerdem an, dass Deutschland eigene Marineeinheiten entsenden werde, um sicherzustellen, dass in jedem Fall internationales Recht konsequente Anwendung finde. Russland, Polen und Portugal schlossen sich dem Protest an. Sowohl Spanien als auch Frankreich kündigten an, der Ablehnung des Annexionsgesuchs notfalls mit »historischen Mitteln« zu begegnen. Das Gesetz, die spontane Besetzung von staatenlosen Territorien betreffend, sei immer noch in Kraft, heißt es aus Paris. Das bedeutet, wer die Insel zuerst unter Kontrolle habe, dem gehöre sie auch.

Kopenhagen. Bei der Polizei in der dänischen Hauptstadt Kopenhagen gingen heute am frühen Morgen mehrere anonyme Hinweise ein, dass der flüchtige, als Gorilla getarnte Mensch im Botanischen Garten gesichtet worden sei. Eine Sondereinheit umstellte daraufhin die Parkanlage. Beim Versuch, den falschen Gorilla durch Warnschüsse zur Aufgabe zu bewegen, geriet die Aktion außer Kontrolle. Schließlich ergab sich der Verdächtige nach einer einstündigen Verfolgungsjagd. Erst als die Beamten ihm die Handschellen anlegten, bemerkten sie, dass es sich bei dem Flüchtigen um einen echten Gorilla handelte, heißt es in der Presseerklärung. Der Ausbruch des Primaten aus dem Kopenhagener Zoo war bis dahin unbemerkt geblieben. Hunderte Tierschützer protestieren zur Stunde vor den Toren des Rathauses und drohen mit einer Klage vor dem Europäischen Gerichtshof für Menschenrechte.

TEIL 2

JIVAN UND JO

**LIEBE VISIONÄRINNEN UND VISIONÄRE!
NIEMAND IST EINE INSEL FÜR SICH; JEDER MENSCH IST TEIL EINES KONTINENTS, TEIL DES PLANETEN. JEDES MENSCHEN NOT IST UNSER ALLER VERLUST, SIE IST EIN VERLUST AN WELT, DEN WIR NICHT EINFACH HINNEHMEN KÖNNEN; UND DARUM SCHLÄGT DIE STUNDE HIER UND HEUTE FÜR JEDERMANN. MIT DIESEN WORTEN, INSPIRIERT VON UNSEREM GESCHÄTZTEN DICHTER UND DENKER JOHN DONNE, ERKLÄRE ICH DAS 7. PANEL FÜR ERÖFFNET UND WÜNSCHE UNS DREI ANREGENDE, ERKENNTNIS- UND ERGEBNISREICHE TAGE.**

Norman Tanner eröffnet am 17. Juli das BetterPlanet-Panel auf dem Gelände der UNFUFO (United Nations Future Forum, auch liebevoll UFO genannt) am Bogensee in der Nähe von Berlin.

In makellosem Blau wölbt sich der Himmel über den Köpfen der Panel-Teilnehmer. Die Julisonne strahlt. Das griechische Weiß dieses O-förmigen Gebäudekomplexes leuchtet, sein Schatten reckt sich in die Zukunft, aber der sozialistische Klassizismus der Anlage und der Denkmalschutz halten ihn fest in der Geschichte. Einer Geschichte ohne Zukunft. Auf dem großen, leeren Platz in der Mitte, der von einem englischen Garten mit vereinzelten vergoldeten Skulpturen von Liebenden umgeben ist, wehen zwischen Säulen die Fahnen der Nationen der Welt. An den beiden Außenseiten liegen sich jeweils auf Plateaus erhöht die Kongresszentren I und II des World Future Forums der Vereinten Nationen gegenüber, verbunden durch Wohn-, Restaurant- und Hotelanlagen. Hinter dem Kongresszentrum I, außerhalb des geschlossenen Komplexes, ist das World Arts, Science und Technology Center im früheren Heizkraftwerk untergebracht. In der ehemaligen Turnhalle gastieren regelmäßig prämierte Ausstellungen von morgen, manchmal tagen dort Brainstorming-Brigaden.

Gut eine Million Menschen sind von überall her gekommen. Rund neunzehn Millionen Menschen werden über Bildschirm das Panel verfolgen. Um das Anwesen herum herrscht eine Woodstock-artige Atmosphäre, die Menschen tragen so wenig Stoff wie möglich auf der Haut und sammeln sich überall im Schatten der Baumkronen. Mineralwasserflaschen zischen. Geplätscher aus aufblasbaren Minipools. Wer keinen Schlafplatz in einem der Gästehäuser und Wohnheime ergattert hat, ist mit Zelt angereist und campiert im Schatten der Kiefern und Buchen im umliegenden Barnimer Waldgelände. Sie lachen, trommeln, singen, reden.

In die ehemalige Goebbels-Villa, die am Rande des UNFUFO-Geländes, am Zugang zum Bogensee liegt, ist erst vor kurzem das World Study Center for Humanity eingezogen. Lange und zäh wurde über den Wert dieser historischen Gemäuer verhandelt, bis die Stadt Berlin den Denkmalschutz schließlich aufgegeben und das Gelände für eine Neunutzung und damit für die Zukunft freigegeben hat. Das Anwesen wurde umgebaut, überbaut und modernisiert, so lange, bis ihre Vergangenheit unkenntlich gemacht worden war. Prominente und Sponsoren aus aller Welt standen mit Häppchen und Champagner auf dem Eröffnungsempfang herum. Die Villa sei ja nicht wiederzuerkennen, war ein Fauxpas, der ausgerechnet dem deutschen Außenminister unterlief. Das Gebäude darf und soll nicht mehr mit Goe…, dem Ex-Reichspropagandaminister in Zusammenhang gebracht werden, es sei nun endlich herausgelöst aus der alten Geschichte. Im Augenblick bevölkern Studierende aus aller Welt, die für das Residenzprogramm anlässlich des World Future Panels ausgewählt wurden, mit ihren Isomatten und Schlafsäcken das World Study Center for Humanity, auch WSCH oder

WiSCH genannt. Das Gelände wirkt buchstäblich altlastenbereinigt. Eine laufende Petition zum Abriss der Konzentrationslager in Deutschland hat bereits zweieinhalb Millionen Unterstützer. Jivan fragt sich allerdings, ob sich überhaupt irgendetwas wieder aus der Welt schaffen lässt. *Wann hat schon ein Mahnmal einen Krieg verhindert? Tilgung nein, aber Ewigkeit ja.* Apropos Ewigkeit, Jivans Anfrage bezüglich der Zeugung eines Erben liegt Jo immer noch zur Entscheidung vor. Wirkt sie amtsmüde? *Sie weiß, worüber wir hier reden, sie kennt die Zahlen. So wie ich meine Jo kenne, nehmen wir die Operation Erbfolge gleich nach dem Panel in Angriff.* Er hat da so seine Zweifel. *Ich bin mir sicher.*

Über die Lautsprecher der untereinander vernetzten Teilnehmer dröhnt John Mayers Protestlied »One day our generation / Is gonna rule the population / So we keep on waiting / Waiting on the world to change«. Sechzehn Prozent Mitgliederzuwachs kann BetterPlanet seit letztem Monat verbuchen, die Anhängerschaft liegt im Augenblick bei fünfzehn Millionen Menschen, und um ganze 30,5 Prozent ist die Teilnehmerzahl der diesjährigen Tagung gestiegen. Das Panel steht unter dem Motto »Die Möglichkeiten einer Insel«.

Jo trägt jetzt eine Brille! *Hase, hab ich gesagt, jetzt siehst du so ernst aus. Darauf sie: Ivan, es ist uns ernst! Uns.* Ihr. *Nicht mir.* Als er wissen wollte, wie ernst es ihr mit einem Sohn sei, sagte sie, darüber müsse sie noch nachdenken. Sie meinte, sie kämen doch erst einmal auch ohne sein Erbe aus. Warum es ihm plötzlich damit so ernst sei, wollte sie wissen. *Mir.* Ihm. *Nicht ihr.* Warum hat er ihr nicht die Wahrheit über seine finanzielle Situation gesagt? *Nicht jetzt.* Wann denn? *Ich krieg das schon hin.*

Jo läuft auf und ab und geht noch einmal ihre Rede durch. Auch wenn man es kaum glauben kann, aber Jivan hat ihr zu einem eher konservativen Outfit geraten, zu dunkler Hose und Bluse mit Stehkragen oder Ähnlichem, aber Tanner wollte unbedingt, dass sie sexy und extravagant aussehe. Ein grasgrünes Kleid und nagelneue Edelsneakers neon-metallic, dazu die indigofarbene Brille. *Warum glauben Frauen nie, was ihre Männer sagen?*

»Jo?« Tanner stürmt in den Raum. »Wolfson, Dujkovic, Ngbudu und die halbe Hauptversammlung sind da.« Tanner ist nervös, er weiß, er wird abgecheckt, seine Karriere steht auf dem Spiel. *Der Junge will endlich mal richtig mitspielen!* Jedes Wort werden die Journalisten abwägen, jeden misslungenen Satz werden sie ihm aufs Brot schmieren. Wer sagt, er wolle die Welt verbessern, dem wird aus jedem falschen Wort ein Strick gedreht, dem nimmt man jede Unsicherheit übel. Mit gespitzten Lippen geht Tanner über Jos Redeskript und tippt auf die Stellen, die ihm aufstoßen.

Jo ist empört. »Norman, du streichst die besten Teile aus meiner Rede!«

»Zu konkret, Darling, das hab ich dir von Anfang an gesagt. Keine Angebote, keine direkte Gesellschaftskritik, bleib vage, nur motivieren, nichts anbieten. Die Teilnehmer sollen selbst Vorschläge erarbeiten, dazu sind sie von überall her angereist, SIE wollen gestalten. Konzentrier dich auf den emotionalen Teil, bring sie in Fahrt, bring sie in Stimmung, da bist du richtig großartig. Mach sie heiß auf den Film! Bis gleich.«

Frechheit! Jo hat sich den Kopf über die Zukunft der Menschheit zerbrochen! *Nächtelang haben wir diskutiert. Klar, Hase, hab ich ihr gesagt, als sie wollte, dass ich ihr beim Weltentwurf helfe, schließlich bin ich Architekt, von Schutzräumen versteh ich was, ich hab ihr die Welt von morgen wie eine künstliche Gebärmutter aufgemalt. Klar, auch ich will, dass unsere Kinder in einer besseren Welt leben.* Er wollte aber Politik und Diplomatie durch heitere Ratespiele ersetzen, die von Gorillas moderiert werden. *Aber das ist doch eine Spitzenidee, ein*

Heidenspaß, da kann jeder mitmachen, wenn er Lust hat. Mag sein, aber er wollte den Papst gegen einen Quantencomputer tauschen, zu dem jeder Mensch ab zehn Jahren Zugang hat und den er befragen kann. Solche Ideen hatte er. *Na und?* Oder die Sache mit Charles Nelson Goodyear, dem er posthum den Friedensnobelpreis verleihen wollte. *Pardon? Ich besteh drauf! Der Kerl hat ihn echt verdient! Ohne ihn hätten wir keine ordentlichen Reifen unterm Hintern und keine sicheren Kondome. Der hat die Welt ein Stück glücklicher gemacht, Männer und Frauen hat er damit beschenkt, so was nenn ich Arbeit an der Zukunft. Die Kohle hätte ich ihm gegönnt, er hatte ja verdammtes Pech als Unternehmer. Woher nimmt Norman, die Flasche, das Recht, unsere gute Zukunft einfach mit einem Klick zusammenzustreichen!* Glücklich sieht Jo nicht aus. »Hase, du kannst jetzt machen, was er sagt oder was ich sage«, sagt Jivan und küsst sie auf die Nasenspitze. »Und ich sage, mach, was DU für richtig hältst.«

»Das ist süß von dir, danke.« Und SIE hält für richtig, was Tanner gesagt hat. *Sie ist eingeschüchtert, das ist alles. Im Bett macht sie nur, was ich sage.* Halte Er lieber das Maul!

Die Tür geht auf. »Jo, du bist dran!«

»Wünsch mir Glück.« Jo verschwindet durch den Seiteneingang. Jivan arbeitet sich durch die Massen, mit auf der Bühne zu sitzen, hat er abgelehnt. *Ich mag die anonyme Menge, wenn die Hintern sich aneinanderdrücken.* Fünf Minuten reichen, und er ist total stoned vom ausgeatmeten Cannabisqualm. *Das ist gut, die Leute sind relaxed, bloß keine verbissenen Aktivisten, keine Radikalos. Und bloß kein Koks, Mann!* Aber Tanner kokst! Er ja, aber doch nicht die Crowd. Für die nur Cannabis for free. *Kein Panel ohne freie Joints! Wenn du richtig bekifft bist, dann findest du sogar den Knast nicht übel.* Eine Hand kneift ihn in seine linke Pobacke. Hinter ihm steht eine kleine Frau mit blondierten Locken, sie sieht südeuropäisch aus, sie grinst und wirft ihm Handküsse zu. »Das Leben sind schön, hermano!« So ein Panel verbindet alle Menschen, wenn man nur will. *Auch die heißeste Braut hat jemand, der sie nicht mehr vögeln will.* Jo hat er noch nie betrogen. *Jo noch nicht, nee.* Jedes BetterPlanet-Panel verändert die Welt hinsichtlich der Anzahl von Erdenbürgern und der Verbreitung von Viren und Chlamydien, Goodyear hin oder her. Mäusen kann man das Benutzen von Kondomen leichter antrainieren als Menschen. *Menschen sind halt frei.*

Wieder das Lied von John Mayer, dann ein ohrenbetäubender Applaus, als Jo die Bühne betritt und sich ans Pult stellt. Er muss zugeben, Tanner hat nicht ganz unrecht mit dem Grün, in Schwarz hätte sie kein Mensch gesehen. *Von weitem kommt sie mir vor wie Kermit, der Frosch, beim Aufstand der Tiere.* »Liebe Brüder und Schwestern vom Planet Erde! Unsere Stunde ist gekommen!«, spricht sie mit souliger Stimme, und die Massen rasen. »Lasst … danke … lasst uns nicht über Bankenkrise, Staatsverschuldung, Korruption, Kriege, Gewalt, Klimakatastrophen oder moderne Sklaverei reden …«

Jivan schiebt sich unter Einsatz seiner Ellbogen weiter nach vorn, um Fotos von Jo zu machen. Leistungsstarke Klimageräte halten den Kongresssaal I angenehm kühl.

»Die Herrschaften Gier, Hass, Lügen und Tyrannei haben wir zu unserem Panel nicht eingeladen –« Lachen. »– es ist bereits glasklar, liebe Brüder und Schwestern, dass alle Übel dieses unseres Lebens diesen Ausgeburten entspringen –« Zuspruch. »– sie sind auch in der Zukunft nicht willkommen, werden wir sie los, gehört die Welt uns! Von einem Moment auf den anderen könnten wir glücklich und frei werden. Wir sollten uns von ihnen nicht länger die kostbare Zeit stehlen lassen!« Applaus. »Wir brechen ohne sie auf in eine bessere Zukunft! An einen Ort, an dem Frieden, Freiheit und Gerechtigkeit herrschen, an dem alle Menschen glücklich leben können. Ein Ort unserer Sehnsüchte, aber auch ein Ort, an den wir ohne Raumschiff gelangen, der frei und formbar ist, den unsere Erde uns zum Geschenk gemacht hat.« Eine Inselidylle wird gezeigt, umringt von fliegenden Fackeln mit wehendem Schweif. Rasender Applaus. »Eine Insel … danke! … Eine Insel fordert uns heraus, über echte Alternativen, über einen Neuanfang nachzudenken! Sie ist Ausdruck einer letzten Salomonie des Planeten, eines letzten Versuchs mit uns. Ein Last-Minute-Schlichtungsangebot, liebe Schwestern und Brüder. Ich hatte letzte Nacht einen Traum. Beschreiben kann ich ihn nicht, denn er hatte die Gestalt einer Ahnung, die sich nicht zeigte. Es war ein Traum von der Welt, wie sie dereinst sein wird, wenn alle Übeltäter und Miesmacher verschwunden sein werden.«

Die Leute fassen sich an die Hände und schwingen sie, als wäre da Musik, während Jo über die Bündelung von Tatendrang spricht, über Empathie und quasi-telepathische Fähigkeiten, die der Mensch hätte, über die natürliche Verbindung zwischen den Menschen, egal welcher Kultur sie angehören, über Bäläns zwischen Mensch, Tier und Natur, über positive Energie und den neuen Geist der Zeit, der vom Willen zum Aufbruch in eine nächste Stufe erfüllt sei. »… Noch gibt es keinen Termin für diesen Bewusstseinswandel, aber er ist nicht aufzuhalten. Der beste Beweis dafür ist sie. (Jo zeigt auf die Insel.) Seid ihr bereit für eine ungewöhnliche Reise?« Klatschen und Ja-Rufe.

Auf über zwanzig Millionen Bildschirmen flackert der Titel »Willst du mit uns die Welt besser machen?«. Aus der Piloten-Perspektive, durch Gläser einer Sonnenbrille, folgt der Zuschauer einer Stewardess. *Ein Sekündchen zu lang die Kamera auf den Arschbacken,* findet Jivan, *so kommt man doch gleich auf die Idee, dass der Typ ein Mann sein könnte.* Jo fand das nicht, sie sagte, auch Frauen schauten auf »weibliche Ärsche«. Aus einem dunklen Hangar geht es hinaus ins grelle Sonnenlicht, »the pilot« läuft auf ein mittelgroßes Passagierflugzeug zu, steigt ein, setzt sich ins Cockpit, lässt die Turbinen an und startet die Maschine, gleitet über die Wolken, mit der strahlenden Sonne fliegt er der neuen Insel entgegen. Eine Schar kreischender Pelikane zieht zum Greifen nah vorbei. Wir befinden uns zusammen mit virtuellen Passagieren in der Kabine des Flugzeugs und hören die Ansage, die Maschine werde in Kürze zur Landung ansetzen. Die auffällig bunt durch alle Kulturen, Schichten und Generationen gecasteten Leute im Flugzeug erinnern Jivan an diese »Wir sind eine Welt«-Kampagnen aus dem ersten Jahr von BetterPlanet. Nachdem die Maschine gelandet ist, werden die Passagiere von einer Armee einen Meter neunzig hoher Gorillas empfangen. Das war Jivans Idee, für die Texte allerdings kann er nichts. Die Primaten versperren den Zugang, bewachen das Paradies. Über ihren Köpfen erscheint eine Sprechblase: »Hier ist kein Platz für entartete Schimpansen, Mörder und Zerstörer!« *Ich finde, die sehen aus, als wollten sie fragen: Habt ihr uns Whiskey und ein paar Stangen Zigaretten mitgebracht*? Eine Sprechblase wird über den Köpfen der ankommenden Passagiere eingeblendet: »Sorry, Freunde! Wir haben eine Menge Mist gebaut. Wir kommen in Frieden. Echt, tut uns leid, wir sind gekommen, um von euch zu lernen.« Die Gorillas verschränken die Arme, der Größte unter ihnen schüttelt den Kopf. »Woher wissen wir, dass ihr nicht lügt?« *Ich hätte jetzt geantwortet: »Wir schwören es beim Doppel-L in Roulette.«* Er hat den Film aber nicht gemacht. Die Menschen strecken den Primaten die Hände entgegen. »Wir haben viel durchgemacht. Wir haben nichts als die Kleider am Leib.« Die Silberrücken blicken einander skeptisch an, die Musik wird dramatisch, schließlich willigen sie ein. Sie begleiten die Neuankömmlinge (und damit die Zuschauer) durch den Dschungel, durch eine faszinierende, magische Pflanzen- und Tierwelt. Hier zischeln Schlangen, dort fliegen gigantische, farbenprächtige Schmetterlinge durchs Bild. Ein subtiles Tremolo untermalt diese Wanderung kreuz und quer über die Insel, durch die saftige unberührte Natur. Als sie den großen Süßwassersee in der Mitte der Insel erreichen, machen sie Rast. Das Wasser wirkt dermaßen jungfräulich, so klar und türkis. Bombastische Bilder hat Jo da zusammengeschnitten, wenn man bedenkt, mit welchem Amateurmaterial sie arbeiten musste. Barfuß spazieren die Besucher das Ufer entlang. Zwar kann man so was auf jeder griechischen Insel bekommen, aber diesen Strand hat noch kein Fuß betreten, und gegen den Drang, den Anfang machen zu wollen, kann der Verstand nichts ausrichten.

Jos Zeh wird sichtbar, wie sie ihn ins Wasser taucht. Kreise breiten sich aus. Jivan war klar, dass sie die Erste sein muss. Das leise Tremolo geht über in Spannungsakkorde. Mit einem Mal werden die Besucher von den Primaten umzingelt und dicht zusammengedrängt, eine bedrohliche Situation, die Kamera schwenkt von Gorillagesicht zu Gorillagesicht, immer schneller, bis zum größten der Silberrücken. Langsam zoomt sie auf seine Augen, die wie zwei gigantische Bildschirme die Leinwand ausfüllen, einige Sekunden spiegelt sich darin die paradiesische Landschaft, bunte Vögel ziehen vorbei, saftige Wälder, der herrliche See. Es folgt die ohrenbetäubende Explosion einer Granate, dann Ölteppiche, verreckte Meerestiere, kranke Wälder, Menschen am Galgen, Menschen unter Peitschenhieben, Menschen auf Geldsäcken, bombardierte Städte, Leichenberge, Streubomben, abgetrennte Gliedmaßen, Gaskammern, Konzentrationslager, Bilder von Enteignungen, Massenentlassungen, Atompilzen, Waffenarsenalen, hungernden, vernachlässigten Kindern, von Seuchen, blutig gehackten Hühnern in Käfigen, Kreuzigungen, Steinigungen, Vergewaltigungen, von genitalen Verstümmelungen, von Frauen, die vom Minarett gestürzt werden, von abgetrennten Köpfen, mordenden Päpsten, missbrauchten Kindern, verendenden Versuchstieren, Scheiterhaufen, explodierenden Autobomben, Naziaufmärschen, von Flüchtlingsströmen, Folter, ethnischen Säuberungen, verwüsteten Dörfern, Massengräbern, Vernichtungslagern, von aufmarschierenden Armeen, Panzern, von jubelnden Fanatikern, vereinsamten Alten, heulenden Börsianern, von abgeholzten Regenwäldern, verdreckten Meeren, Bilder von Ignoranz, Intoleranz, Hass, Lügen, Korruption, Ausbeutung, Verfolgung, Borniertheit und Arroganz.

Jivan seufzt und schüttelt den Kopf. Das hätte er so nicht gemacht, darüber hat er sich mit Jo regelrecht überworfen. *Ich hab sie gefragt, wie sie Quark verkaufen will, wenn er ranzig riecht? Und dann noch fünf Minuten lang im Spiegel der Affenaugen! So ein Kitsch! Und eine Zumutung in diesem geilen Areal.* Jo antwortete, dass sie auf die Macht der Dialektik setze.

Es herrscht Totenstille im Saal. Eine Sprechblase erscheint: »Nenn mir nur ein Scheißjahr aus den letzten 2000 Jahren, Mensch, in denen nichts davon zu finden war?« Die Sprechblase auf Menschen-Seite sagt: »Es gibt keines, leider, aber du findest auch in jedem Jahr etwas Gutes.« In den Menschenaugen spiegeln sich jetzt Bilder der Freude, lachende Kinder, lesende Menschen, musizierende Menschen, forschende Menschen, Kunstwerke, Krankenhäuser und Heiler, Dichter und Denker, Erfinder, friedliche Revolutionen, neue Gesetze, neue Naturreservate, neue Arten, Tierschützer, Pflanzenzüchter, Menschenrechtler, Umweltschützer und Raumfahrer.

Der Silberrücken lacht markerschütternd. Der Primat daneben meint: »Der Mensch wird seine größten Leistungen erst erbringen, wenn er verstanden hat, wie er leben soll.«

Wieder seufzt Jivan und verschränkt die Arme. *Das kann nur von Norman sein.* Es kann gar nicht oft genug gesagt werden.

Das Ende ist dann gänzlich ohne Jivans Beteiligung entstanden. *Ich musste Vater beerdigen.* Die Menschen nicken und reichen den Gorillas die Hände. Alle umarmen sich bei sentimentaler Musik. Im Anschluss bauen Mensch und Gorilla gemeinsam ein Holzhaus. *¡Madre de Dios! Die Laube übersteht keinen Sturm!* Danach schütteln sie einander wieder die Hand. The End.

Applaus setzt ein. Tanner übernimmt, küsst Jo die Hand und wendet sich ans Publikum. Er kündigt an, dass ab sofort eine Website unter Schirmherrschaft der UNFUFO Exposés sammle und dass ein hochkarätiges Team von fünfhundert Freiwilligen diese sichten und ordnen werde. Jetzt sei erst einmal eine Viertelstunde Pause.

Im selben Augenblick gehen zwei verschlüsselte Nachrichten in Jivans Postfach ein. *Bernardi!* Der Auftrag sei endgültig zurückgezogen, der Vorstand sehe aufgrund der Gesetzesnovelle keine Grundlage für die hohen Investitionen. »Tut mir leid, mein Freund. Bring mir was Neues. Melde dich, bin die nächsten Wochen auf den Meeren unterwegs. BB« Dreimal liest er die Nachricht. *Arschgesicht! … Fick dich doch!*

Er arbeitet sich nach draußen an die frische Luft, als wäre er auf der Flucht vor Jo. Auf der Wiese vor dem Eingang des Tagungsgebäudes findet ein Picknick statt, einige fallen einander um den Hals, andere diskutieren, streiten. Die bessere Welt droht im Buchstabensalat zu ersticken, sie ist umstellt von menschlicher Zuneigung, umzingelt von wilder Entschlossenheit und Zuversicht. Jivans Magen sendet schmerzhafte Botschaften, sie fühlen sich an wie Sprengladungen. Einen ungestörten Winkel zu finden, ist beinah unmöglich, momentan ist hier die Bevölkerungsdichte höher als in Monaco. Erst nach zehn Minuten Fußmarsch stößt er auf eine kleine Gruppe von Finnen, die emsig, aber schweigsam an ihren Laptops arbeiten, eine Wohltat.

Eine verschlüsselte Nachricht von seiner Bank und eine unverschlüsselte von Jo landen in seinem Posteingang. »Wo bist du?«, schreibt sie. Er hockt sich auf den Rasen. *Wo ich bin? Am Arsch bin ich. Und du bald auch, mein Hase.* »Bin bald da«, tippt er. Sein Kontoberater teilt mit, dass er die Kreditlinie nur noch zwanzig Tage aufrechterhalten könne und eine Zwangsvollstreckung über die komplette Schuldsumme einleiten müsse, falls er den Rahmen in dieser Zeit noch einmal überzöge. *Dieses beknackte zwinkernde Emoticon am Ende zeigt ja nur, dass er noch mehr Schiss davor hat als ich.* Eine weitere verschlüsselte Nachricht mit dem Betreff »Bitte um Termin« stammt von einem Ralf Wiegand. »Sehr geehrter Herr Haffner-Fernández, Sie wurden meinem Investor wärmstens empfohlen. Er interessiert sich für das TO 01 des Objekts 17/5001 nahe Prenden. Wäre Ihnen ein kurzfristiger Termin für ein Vorabgespräch mit mir möglich? MfG, R. Wiegand.« Vor dem Schweizer Bunker-Boom hatte Jivan schon einmal vergeblich versucht, Investoren für den Honecker-Bunker zu interessieren. Aber der Denkmalschutz macht aus dem Bauwerk einen weißen Elefanten. Die Abschirmung entstammt dem Geist des Warschauer Pakts und ist veraltet. Damals sollte die Anlage die Mitglieder des DDR-Führungsstabs bei einem nuklearen Angriff schützen, heute können dort nicht mal Geld und Wertsachen zuverlässig vor dem Fiskus verborgen werden. Als sicherer Schutzraum im Falle eines Angriffs mit den neuesten Waffensystemen taugt er auch nicht mehr. *Was wollen die damit?*, fragt er sich. Ins Textfeld tippt er »Herr Wiegand, ich grüße Sie! Habe die nächsten zwei Tage in der Nähe des Objekts zu tun. Für eine Begehung müsste ich allerdings eine Zugangsgenehmigung bei der Stadtverwaltung besorgen. Wir könnten uns aber vorab kurzfristig am Mount Erich treffen. Schönen Gruß, JHF.« Einige Sekunden starrt Jivan auf seine Nachricht im Gesendet-Ordner. Keine Minute darauf die Antwort: »Sehr geehrter Herr Haffner-Fernández, einverstanden, warte dort morgen 12 Uhr auf Sie. MfG, R. Wiegand«. Wiegand – kommt ihm bekannt vor. *Woher kenn ich den?* Sein Puls reagiert gerade auf das Gefühl, dass etwas an diesem Treffen merkwürdig ist.

Die Finnen sagen immer noch nichts. Alle kämpfen um die besten Ideen. Heute dürfen die ersten fünfzig ausgewählten Einsender ihr Paper einem Zwanzig-Millionen-Publikum vorstellen. Er linst auf den Bildschirm eines Pärchens neben ihm. Die beiden wollen die Transportwege revolutionieren. Sie zimmern an einem umständlichen Schwebebahnnetz, das den Blick in den Himmel verschandeln und durch den Elektrosmog die Orientierung unserer gefiederten Mitbewohner stören würde. Der Anflug von Euphorie und die schwache Hoffnung auf einen neuen Auftrag, die er angesichts der Nachricht von diesem Wiegand verspürt, bewirken in ihm eine kurze altruistische Anwandlung. Er beugt sich rüber und flüstert dem Pärchen zu: »Psst, macht das unterirdisch, Freunde, Verkehr unter die Erde.«

Jo findet er backstage mit Tanner. Durch den Türspalt beobachtet er ihre Haltung. Gerade will er die Tür öffnen, als er einen Fetzen ihres Gesprächs aufschnappt.

»Ein Kind? Hast du Zeit für so was, Jo?«

»Ivan nervt mich damit, sonst kriegen wir die Kohle nicht.«

»Lass mich nicht hängen. Oder sag mir rechtzeitig Bescheid, damit ich mir Ersatz für dich suchen kann.«

»Spinn nicht! Sag mir lieber, was ich tun soll?«

»DU wolltest unbedingt heiraten.«

»Er bewundert mich! … Er liebt mich.«

»Und du? Liebst du ihn?«

»… Er gibt mir Geborgenheit, er hat Geld, natürlich liebe ich ihn.«

»Dann schenk ihm einen Bastard, Darling.«

»Arsch! Wir brauchen nur eine Geburtsurkunde, das ist alles, später können wir immer noch sagen, plötzlicher Kindstod.«

»So was kann ich mir nicht leisten, Jo.«

Jivan hört, wie Tanner sich der Tür nähert, er versteckt sich in einem Abstellzimmer, in dem es nach alten Scheuerlappen riecht. Dort wartet er, bis Tanners Schritte auf dem Korridor verhallt sind und das demütigende Gefühl nachlässt. Er wollte Jo gerade den Druck nehmen, ihr sagen, dass sie alle Zeit der Welt hat, sich diesen Schritt zu überlegen. Als er die Tür der Abstellkammer öffnet, steht sie vor ihm. Für einen Moment stehen alle möglichen Fragen auf ihrer Stirn. Wo warst du? Was machst du da drin? Warum quälst du mich so? Sie legt eine Hand an seine Wange. »Ivan, ist mit dir alles okay? Du siehst erschöpft aus.«

Er verspürt keinerlei Bedürfnis nach irgendeiner Art von Dialog mit ihr. Jeder Satz, den er ihr mitteilen wollte, hat sich zersetzt, als wäre er gestorben und verfault. »Alles okay.«

Sie glaubt ihm nicht, seufzt, streichelt ihm über den Arm. »Setz mich nicht so unter Druck, ich bin noch nicht so weit.«

Kein Problem. Das wollte ich sagen. »Tante Lu hast du den Sohn versprochen.«

»Brauchen wir das Geld denn so dringend?«

»In der Tat könnte ich Geld für eine wichtige Investition gebrauchen.«

»Und ICH soll jetzt dafür zahlen!« Sie wendet sich ab und verschränkt die Arme.

»Was willst du?«

»Ich brauche Zeit. Ich … ich habe noch nichts erreicht.

Du weißt, ich sehe keinen Sinn darin, ein Kind in eine Welt zu setzen, die so ist wie diese.«

»Einen Sinn vielleicht nicht, aber vielleicht eine Pflicht.«

»Warum fragst du nicht diesen stinkreichen Cousin, ob er dir eine Geburtsurkunde besorgen kann? Vielleicht schießt der dir das Geld auch vor?« Sie dreht sich wieder zu ihm um. »Das macht er bestimmt. Komm, lass mich jetzt in Ruhe damit, Ivan. Das Panel ist so wichtig für mich.« Einen Kuss, *ihren lieblosesten*, drückt sie ihm auf die Lippen und geht Richtung Saal. *Ich wollte das Gespräch nicht so. Können wir das noch mal machen?* Klar, er bräuchte diesem Benicio Álvaro nur vorzujammern, dass sein Vater auch ihn verladen hat, ein Anruf – und der übernimmt glatt ein Jahr lang sämtliche Kosten für ihn, leiht ihm vielleicht noch seine Stretchlimousine und besorgt ihm darüber hinaus einen gültigen Geburtsschein. Das muss er abwägen. *Das kann ich nicht.* Es steht viel auf dem Spiel. *Vater!* Seine Ehe! *Meine Ehre!* Seine Arbeit! *Meine Zukunft!* Nicht nur seine.

Die Reden beginnen. Die ersten fünfzig auserwählten aus den ersten fünfzigtausend Einsendungen sind an der Reihe, jeder hat fünf Minuten Redezeit. Ein Vierstunden-Weltverbesserungs-Marathon, wie es ihn noch nicht gegeben habe, meint Tanner. Währenddessen sitzt Jivan im Hinterzimmer und grübelt.

Den Mount Erich muss man eigentlich nicht »erklimmen«, er ist bloß Abraum, eine Aufschüttung von Erde, ein Hügel, unter dem das TO 01 des Objekts 17/5001 der alten DDR-Bunkeranlagen verborgen ist. Die Sonne blendet und heizt und heizt, wieder ein Jahrhundert-Juli. Schon aus einiger Entfernung sieht er die Silhouette eines offenbar älteren Mannes, auf dem Kopf ein Käppi, in der einen Hand hält er einen Gehstock. Ob er in seine Richtung blickt, kann er nicht erkennen. Die Nacht über durchforstete Jivan sein gesamtes Adressbuch, er weiß immer noch nicht, woher er den Namen Wiegand kennt. Seine Lifewatch zeigt ein erhöhtes Allergierisiko für ihn an, seine Werte klammern sich an die letzten Striche des zumutbaren Bereichs – Stresslevel, Glückskurve, alles furchtbar. Dr. Trautmanns Betreuungssystem sendet seit zwei Wochen Einladungen zum Gespräch. Als Jivan heute gegen drei Uhr morgens ins Zimmer kam, hatte Jo nicht mal ein Minimum an Zärtlichkeit für ihn übrig. *Sie war erschöpft.* Sonst, wenn sie erschöpft ist, kuschelt sie sich an ihn, diesmal lag sie zusammengerollt unter ihrer Decke und meckerte: »Lass mich schlafen, ich hab einen harten Tag vor mir.« Das Schlimmste daran war, dass er gar keine Lust auf sie hatte. *Doch, sicher hatte ich. Ich war total heiß auf sie.* Er spürte eine dunkle Macht in seinem Magen, *ich wollte sie nur streicheln, mehr nicht.*

»Herr Haffner-Fernández?« Wiegand reicht ihm förmlich die Hand. »Danke, dass Sie so kurzfristig einen Termin für mich hatten.« Zwei Sekunden lang schütteln die Männer einander die Hand, neugierig blicken sie sich dabei in die Augen. »Können wir runter in den Schatten gehen?« Wiegands Beine tragen ihn offenbar schon sehr, sehr lange. So wie er einen Fuß vor den anderen setzt, könnte man glauben, er hätte jeden Schritt genau berechnet. »Ich hoffe, Sie haben nichts dagegen.« Auf Knopfdruck klappt ein Sitz an seinem Gehstock aus, er setzt sich und lehnt sich an einen Baum.

»Nein, sehr gut.« Jivan platziert sich daneben ins Gras. »Herr Wiegand, Sie wissen hoffentlich, dass der Bunker unter Denkmalschutz steht. Das Objekt 17/5001 ist das größte im Komplex 5000 mit einer Nutzfläche von siebeneinhalbtausend Quadratmetern. Über 300 Räume –«

»Danke, ich kenne den Bunker, mir brauchen Sie nichts zu erzählen.« Aus dem Grinsen schließt Jivan, dass Wiegand offenbar mehr darüber weiß als er.

Wiegand zieht ein Foto aus der Brusttasche seines Hemds und hält es ihm unter die Nase. »Hier, die Frau hier neben mir ist Wilma Haffner. Und der Baum da ist der hier.« Das Foto sei damals kurz vor ihrer Abreise nach Argentinien zum World Social Forum gemacht worden.

Jivan betrachtet den auch damals schon nicht mehr jungen Mann neben seiner Mutter. Ihre Köpfe lehnen aneinander, als wären sie ein Paar. Und erst jetzt weiß er, woher er diesen Wiegand kennt. Er ist der Chefplaner des sagenhaften Bunkerkomplexes 5000. *Und der lebt noch?!*

»Viele Jahre hab ich nach einem Grund gesucht, dich zu kontaktieren. Darf ich du sagen? … Ich dachte schon, ich erlebe das nicht mehr.«

»Mutter ist tot.«

»Ich weiß.«

»Von Ihnen hat sie nie gesprochen. Woher kannten Sie sie?«

»Ich habe Wilma aufwachsen sehen. Sie wohnte im Nebenhaus. Ich kannte sie ihr ganzes Leben.«

Jivan mustert Wiegand. Seine Hose hat keine zwanzig Euro gekostet, sein Hemd ist bestimmt auch schon dreißig Jahre alt.

»Ich bin hier, um mich deiner Integrität zu versichern.« Er lacht, als hätte er einen Witz gemacht. *Deshalb will er Mutter da mit reinziehen?* Er dreht den Kopf zu ihm. »Um den Denkmalschutz mach dir keine Sorgen, das erledigen wir.«

»Aha … Worum geht's denn?«

»Dazu kann ich dir im Augenblick noch nichts sagen. Aber alles ist sehr solide finanziert.«

»Und was hat Mutter damit zu tun?«

»Ich hatte sie sehr gern. Mein Leben lang … Auch jetzt noch. Das ist alles.«

»Wer hat mich empfohlen?«

Wiegand seufzt, legt eine Hand auf Jivans Schulter. »Dein Vater.« Er erhebt sich und klappt den Sitz wieder ein. »Hab ein wenig Geduld, es kann ein bisschen dauern, bis ich mich melde, aber ich melde mich bestimmt.« Er reicht Jivan die Hand, drückt sie einige Augenblicke länger als vorhin, dann steigt er mit seinem Stock langsam den Mount Erich hinab und läuft gemächlich in Richtung der einstigen Alarmausfahrt, wo er sein Auto abgestellt hat.

Als Jivan sich dem »UFO-Areal« nähert, drängt sich die Menschenmenge dort derart dicht, dass ein Durchkommen zu den Gebäuden unmöglich ist. Zehn Fußballstadien klatschen im Rhythmus und brüllen »Yoko! Yoko! Yoko!« über das Barnimer Waldgelände. Yoko Ono ist extra angereist. Von Jivans Position aus ist sie nur über die Bildschirme zu sehen, aber auch darauf sieht sie umwerfend aus, sie wirkt unsterblich, keiner weiß mehr, wie alt sie ist, keiner will die Jahre zählen. Die zuckerige Stimme der Künstlerin erklingt, ihr unvergleichlicher Singsang. »Wir sind alle zusammen, um die Welt zum Besseren zu verändern. Niemand kann mich aufhalten, niemand kann uns aufhalten, wir sind Erdenwesen! Erdenliebe! Erdengesundheit! Erdenfrieden! Wir werden das schaffen!« Die Massen jubeln. »Aber spiritueller Fanatismus erzeugt physischen Terror. Hört auf den Ozean in euch.« Zustimmung. »Liebe ist die Kraft des Lebens. Sie hält uns am Leben, verbreitet sie und heilt. Verständnis, Liebe, Vergebung und Umarmung. Stellt euch Frieden vor, denkt Frieden, handelt Frieden, verbreitet Frieden. Schön ist, was ihr liebt. Schönheit liegt doch im Auge des Betrachters, also betrachtet euch im Spiegel, und fürchtet euch nicht, wenn ihr erkennt, wie schön ihr seid. Gebt unseren schönen Planeten nicht auf, nutzt eure heilenden Kräfte und macht ihn besser. Der Weltfrieden ist gleich hier um die Ecke. Ein Traum, den ihr allein träumt, ist nur ein Traum, aber wenn ihr ihn gemeinsam träumt, wird er Wirklichkeit. Pflanzt die Saat der Liebe und des Friedens in die Köpfe der Menschen. Sie wird zu einem Baum der Liebe und des Friedens in jedem einzelnen Herzen heranwachsen. Ich liebe euch!« Die Menschen sind zu Tränen gerührt, sie kreischen vor Glück und fallen einander in die Arme. Endloser Applaus.

Nachdenklich, fast hilflos steht Jivan im Schatten einer Kiefer. Eine große Sehnsucht nach Jo entlockt ihm einen Seufzer. Er würde sie jetzt gern in die Arme schließen und sie an sich drücken. Es wird alles gut, sagt er sich. Er ruft sie an. Sie nimmt nicht ab. Fast eine halbe Stunde muss er warten, bis sich das Gedränge gelichtet hat und er zum Kongressgebäude I vordringen kann.

Im Backoffice ist sie nicht. Dort hat sie nur ihren Assistenten liegen gelassen. Nach einer Odyssee durchs Gelände entdeckt er sie und Tanner abseits des Getümmels bei einer Kaffeepause. Beide Hände hat sie ihm auf die Brust gelegt, redet aufgewühlt auf ihn ein. *So hat sie mich in den letzten Tagen kein einziges Mal angesehen.* Sie lacht. Sie legt ihre Stirn kurz an seine Brust. Er macht nichts. Er lässt nur machen. Trinkt aus dem Becher, lächelt, nickt. Sie fasst ihn an den Händen, redet und redet, streichelt über seine Finger. Jetzt mit ernstem Gesicht. Eine zaghafte Stimme in Jivan sendet Botschaften des Zweifels, etwas ist in ihm schon gestorben, gestern, als Jo mit Tanner über ihr gemeinsames Kind geredet hat, als sie Verrat an diesem Kind begangen hat, einem bislang gut gehüteten, von beharrlicher Hoffnung getragenen Geheimnis, das vom Licht des Verrats getötet und abgetrieben wurde. *Zum ersten Mal ekle ich mich vor Jo.* Er liebt sie. *Ich hasse sie*, er liebt sie. Er nähert sich ihr von der Seite. »Hey, Baby«, sagt er, küsst sie in den Nacken und umschlingt sie von hinten, zieht sie zu sich heran. »Habt ihr Yoko gehört?

Für ein paar Minuten sah es so aus, als hätte sie das Böse aus der Welt geschafft.«

»Wo warst du?« Jo küsst ihn aufs Kinn, ihr Blick streift den Tanners, sie entzieht sich seiner Umarmung und dreht sich zu ihm um.

»Brauchte einen Spaziergang, ein bisschen Zeit zum Nachdenken.« So gut er kann, gibt er ihr das Gefühl, dass sie sich nicht sorgen solle, dass alles in Ordnung komme, dass sie sich auf ihn verlassen könne, dass die Welt mit ihm besser sei.

Laute Stimmen und Hilferufe ertönen vom Platz unter den Fahnen. Man sieht schon von weitem, dass einige Leute dort aneinandergeraten sind, eine handfeste Schlägerei ist im Gange. Drum herum weitere Beteiligte, die herumgrölen. Und darum herum fassungslose Gesichter und Hilferufe. Aber an wen sind sie gerichtet? An die Polizei? An den Verstand? An die Natur? An den frustrierten Silberrücken im Zoologischen Garten?

»Entschuldigt mich.« Tanner wirft den Becher in den Mülleimer und arbeitet sich zum Platz vor. Oder nein, er biegt vorher ab und verschwindet im Gästehaus.

Für eine Sekunde hab ich gedacht, ich hätte den alten Fuchs unterschätzt. Und wie Jo sich an mich schmiegt. Man könnte fast meinen, es werde nun wirklich alles wieder gut. *Eigentlich geht's mir am Arsch vorbei, ob die sich gegenseitig die Köpfe einschlagen.* Er greift nach Jos Kaffeebecher, trinkt ihn leer, wirft ihn in den Mülleimer und befreit sich aus ihrer Umklammerung. »Bin gleich zurück.« Er spürt, wie sie ihm nachsieht. Mit Mühe kämpft er sich durch die Menge bis zum Kongressgebäude. Auf dem Weg ins Backoffice verständigt er den Sicherheitsdienst, der schon Bescheid weiß, dann loggt er sich in Jos Computer ein und spielt ihren Film über die Außenbildschirme ab dem Punkt ab, als der Gorilla der Menschheit den Spiegel ihrer Jämmerlichkeit und Niederträchtigkeit vor Augen hält. *Diesen Kitsch kann keiner lange ertragen*. Die Lautsprecher drohen zu zerbersten. Es dauert nicht lang, und die Handgreiflichkeiten sind vorüber. Nicht wegen der erschütternden Bilder, sondern weil schrankhohe Männer in Uniform die Raufbolde mit roher Gewalt getrennt und ihnen Handschellen angelegt haben. Worum es ging? Darüber gibt es unmittelbar nach der Verhaftung schon zehn Varianten. Jedenfalls nicht um die Zukunft der Erde. Die glaubwürdigste Geschichte geht so: Die Freundin des einen soll mit einem anderen geknutscht und sich dabei erwischen lassen haben. Daraufhin sind blutige Revierkämpfe zwischen den Männern und den Frauen ausgebrochen. Ein Zyniker hat einen Schnappschuss der blutigen Gesichter auf dem Veranstaltungsserver hochgeladen und an alle zwanzig Millionen Bildschirme gesendet. Jivan hat das Bild schnell untertitelt: »Es ist fünf vor zwölf! Im UFO finden erbitterte Kämpfe um die Zukunft statt.« Kurze Zeit später sind weitere fünf Millionen zugeschaltet, es hagelt Daumen-hoch und bissige Kommentare in den Netzwerken. Die Veranstaltung wird als naiv, weltfremd oder elitär abgewertet. Tanner aktiviert eine Armee von Bloggern und Netzwerkern, um dem Spott entgegenzuwirken und das Image zu retten.

»Hey.« Jo streichelt Jivan über das Kinn. »Wir haben kaum noch Zeit füreinander.« Einige Sekunden lang begegnen sich ihre Blicke. *Der Satz lässt mich kalt*. Nein, ein Teil von ihm könnte sie jetzt mit in diesen dunklen Abstellraum nehmen, ihren Körper liebkosen, seine Nase tief in ihr rotes Schamhaar vergraben. *Ich bin wie gelähmt*. Ja, ein anderer Teil bringt kritische Signale in Umlauf. »Ivan, ich habe mich noch nicht gegen ein Kind entschieden, ich brauch einfach noch Zeit.« *Sie lügt!* »Ich muss einfach sicher sein, ich will mich nicht kopfüber da reinstürzen –«

Vielleicht ist es gut, dass in diesem Augenblick Tanner anruft. Jo soll sofort in den Kongresssaal I kommen. Dort stehen ein Mann und eine Frau auf der Bühne und begeistern das Publikum. Es sind keine der ausgewählten Exposéisten. Wie sich herausstellt, sind es die Gründer der Alternativ-leben-Organisation Life from Zero, Nils Björsson und Katy Delanneaux. Der schwedische Milliardär soll einst Tanners Hoffnung und BetterPlanet ihre gemeinsame Idee gewesen sein. Dann hat Björrson sich von Tanner abgewandt und zusammen mit Delanneaux und anderen LfZ gegründet. Seitdem konkurrieren sie um Anhänger und Unterstützer.

»Solange Banken und Spekulanten am Scheitern mehr verdienen als an unseren Erfolgen, haben wir die falschen Anreize gesetzt!« Björrson ist einfach pragmatischer als Tanner. Er scheut sich nicht vor Direktheit. Seine Organisation verbuchte letztes Jahr fünfzig Prozent Mitgliederwachstum. Tanner hat sich mit verschränkten Armen neben Wolfson und den anderen positioniert und gibt in Abständen Kommentare ab.

»Wir stellen uns eine Gesellschaft vor, bei der Dynamik mit Balance geht, die ressourcenintelligent denkt. Die Insel gibt uns einen geeigneten Rahmen für unser Experiment, und dafür werbe ich hier.« Die bitterste Nachricht für Tanner ist, dass LfZ die finanziellen Mittel dafür schon zur Verfügung hat. Björrson gelang es, viele schwerreiche Investoren in sein Boot zu holen, die alle ihre Chance wittern, als Weltverbesserer in die Annalen der Menschheit einzugehen.

»Sartre sagt, der Mensch sei zur Freiheit verdammt. Aber wir erfinden Kirchen, wir schaffen Diktaturen. Für die meisten Menschen ist Freiheit eine Last. Erinnert sich noch jemand an das Internet in seinen Anfängen? Als es für alle auf der Welt frei zugänglich war? Als es noch allen gehörte, die Teil davon waren? Als jeder Teilhaber noch die Kontrolle hatte und an seinen Regeln mitschrieb? Diesem Zustand fühlen wir uns verpflichtet. Der Mensch braucht keine feste Ordnung, keine Ideologie, wenn er wie ein Mensch handelt.« Dieser Björsson hat eine suggestive, metaphysische Sprache, irgendwas Nicht-Hörbares, sonderbare Wellen schwingen in jedem seiner Sätze mit, ein neurolinguistisches Timbre. Sie dringen durch die Haut, in die Adern, in den Darm, setzen sich in den Fettzellen und Knochen ab, erreichen den Stirnlappen und machen sich dort als ungeheuerliche Ahnung bemerkbar, die wiederum das Bedürfnis aufkommen lässt, sofort aus freien Stücken einen endgültigen Entschluss zu fassen. Jo klatscht vor Begeisterung, wie die meisten im Raum. *Mich würde mal interessieren, was er unter einem Menschen versteht.* Tanner versucht sich der Begeisterung anzuschließen. *Ich seh dem doch an, wie genervt er von Björsson ist.*

Und Jos Brustwarzen stehen vor Euphorie. Das scheint ihn mit ihr zu versöhnen. Auch im Gesicht kann man das Adrenalin sehen. *Ja, aber Brustwarzen sind aufrichtig. Sie ist richtig high davon.* Jivan loggt sich in sein Profil ein und startet einen Suchauftrag. Sein Informationsdienst liefert sämtliches Material zu Björsson, Delanneaux und Life from Zero. Er ist schwul, sie hatte eine schwere Kindheit, der Organisation gehören namhafte Denker und Wissenschaftler an, der Sitz der Organisation ist Paris. Gerade suchen sie für verschiedene Standorte Projektmanager.

LfZ ist im Prinzip ein sozio-ökologisches Experiment, für das sie ein vom Menschen in jeder Hinsicht unberührtes Territorium brauchen. Von Beginn an wollen sie mit den Gesetzen der Natur leben.

Nils Björsson ist ein Hüne, nicht älter als Jo, mit strengem, weltoffenem Gesicht und guten Manieren. Sein Händedruck ist wie ein Stromschlag. Wenn man so groß ist, nehmen einem die Leute vieles leichter ab, überdies ist er steinreich. *Wenn ich ein solches Projekt auf die Beine stellen sollte, würde ich mir auch einen hochgewachsenen Partner suchen, einer im Team jedenfalls muss über einen Meter fünfundachtzig sein.* Katy Delanneaux, eine Rechtsanwältin aus Kanada, ist sehr jung und proper, mit Pausbacken, nicht schön, eher niedlich, *so wie diese Beagle-Welpen aussehen, die sind ja wirklich süß, aber ich kann sie nicht ausstehen und ihre Haare nicht vertragen.* Jivan findet, dass es sich bei ihnen nicht um die üblichen Weltverneiner handelt, er würde sogar sagen, dass sie eher aus einem attischen mentalen Milieu kommen. *Trotzdem schleierhaft, wie intelligente und aufgeklärte Menschen wie dieser schwerreiche Björsson auf die Idee kommen, nach neuen Existenzformen zu suchen.* Wenn man sich die Hysterie in den Netzwerken anschaut, wenn man sieht, wie viele Gruppen auf dieser Insel auf einmal ihr »eigenes Leben« führen wollen, könnte man meinen, den Menschen ist die Lust auf ein großes buntes Miteinander schon vergangen.

»Hase, diese Leute brauchen jemanden wie dich«, flüstert er Jo ins Ohr. Vielleicht brauchen sie auch jemanden wie ihn? *Ich hab in Paris auch eine alte Freundin.* Etwa diese Ex-Kollegin, die Brünette? Die eine Zeitlang jeden Abend vor seiner Haustür auf ihn gewartet hat. Die er auf unschöne Art abserviert hat? *Heute trägt Tamara Unterwäsche, wenn man ihr begegnet. Und sie schwimmt gerade in Bauaufträgen.* Geld ist nicht alles. *Hätte nie gedacht, dass ich die noch mal brauchen würde.*

N-Global

DEINE NACHRICHTEN RUND UM DEN GLOBUS

Sprachversion des Artikels auswählen

Paris/New York. Das Kaufangebot der Autonomiebewegung Life from Zero wurde in einer Sondersitzung von Weltsicherheitsrat und Festlandsockel-Grenzkommission abgelehnt. Zu den Gründen wollte sich der Pressesprecher nicht äußern. Nils Björsson, Initiator und Kopf der Bewegung, sagte daraufhin in einem Interview, die Ablehnung torpediere die Entwicklungsmöglichkeiten der Menschheit.

Paris/Washington/Mountain View. ESA und NASA veröffentlichten heute gemeinsam mit dem Google-Tochterunternehmen Kurzweil Longlife Inc. ein Strategiepapier, das die schrittweise Besiedlung des Universums mit menschlichem Leben vorsieht. Die Operation steht unter dem Motto: Das Universum mit menschlicher Intelligenz wachrütteln. Über das Investitionsvolumen dieses Projektes wurde noch nichts bekannt.

Brüssel/Canberra. Zwei NATO-Schiffe hinderten gestern Nacht eine australische Fregatte daran, sich der Insel weiter als bis auf den festgelegten Sicherheitsabstand von zweieinhalb Seemeilen zu nähern. Dabei wurden fast sechzig Menschen in Gewahrsam genommen. Bei ihnen handelt es sich um Mitglieder einer Organisation namens »TotalNature«. Es kam zu handgreiflichen Auseinandersetzungen zwischen den Anhängern der Bewegung und einer Einsatztruppe der NATO. Aus Canberra hieß es, die Fregatte sei als gestohlen gemeldet. Mittlerweile umkreisen fast 300 nationale Marineschiffe die Insel. Zusätzlich wird das Gebiet von der deutschen Luftwaffe überwacht.

ROANA

»ICH BRAUCHE EINEN TIPP.«
»SPRICH.«
»ICH SOLL MENSCH WERDEN. GRAD WURDE ICH ALS AFFE ABSERVIERT.«
»SEI VORSICHTIG MIT DEM, WAS DU VORGIBST ZU SEIN.«
»WIESO? … PAH, ICH FURZ DRAUF.«
»KEIN SCHLECHTER ANSATZ. MEHR KANN MAN VON DIR NICHT VERLANGEN.«
»SOLL ICH DEN SINN DES LEBENS ETWA AN MICH REISSEN?«
»DANKE, DASS DU MICH GENUTZT HAST.«

Roana spricht mit einem Geist am Lago Lugano.

Total gefrustet war ich den Rest des Tages. Dann hatte ich einen Ohrwurm. *Die Straßen von Buenos Aires sind längst mein Innerstes. Die Straßen von Buenos Aires sind längst mein Innerstes.* Mittlerweile nervten mich Borges' Gedichte, sie verfolgten mich, bloß weiterhelfen konnten sie mir auch nicht. Die Stadt hatte jetzt wieder eine Obdachlose mehr. Caballito war ja eigentlich no-go für mich. Mein Stolz blockierte ganze Bezirke. Deshalb verzog ich mich mit meinem Zelt weiter nach Süden, an den Lago Lugano. Geschlafen hab ich dort gar nicht mal übel. Und am Morgen konnte ich mich wenigstens waschen. Was allerdings nicht unbedingt ein Trost für den Verlust war, den ich verkraften musste. Wenn du eine Nacht über alles schläfst, verstehst du eigentlich erst, wie es wirklich gelaufen ist. Jetzt ärgerte ich mich, dass ich nicht doch im OLD GRINGO INN geblieben bin. Warum hätte ich eigentlich nicht so eine Truppe mit elf Gorillamädchen auf die Beine stellen sollen? Wer weiß? Tristam und ich hätten trotzdem mit unseren Projekten weitergemacht … Ich war halt zu stolz. Ich meine, ich hätte natürlich noch mal zurückgehen und verkünden können: *Hey, Brüder, ich habe jetzt eine Nacht gründlich drüber nachgedacht und bin zum Entschluss gekommen, blablabla.* Aber irgendwie hatte ich nicht den Mumm und kam mir blöd dabei vor, das noch mal rückgängig zu machen. Ich dachte, entschieden ist entschieden, und wer seine Entscheidung ändert, ist schwach.

Deshalb kam mir auch die erste Hälfte des neuen Tags vor wie die leerste, stumpfsinnigste, sinnloseste Zeit meines bisherigen Lebens. Nicht mal stundenlang Serien glotzen war so krass idiotisch. Kennst du das, wenn du ratlos und ziemlich panisch auf der Suche nach einem Einfall durch die Gegend eierst? Alles kommt dir plötzlich hohl oder platt vor? Und du wirst mit jeder Stunde verzweifelter, weil du dir einredest, alle grenzen dich aus, die gesamte Welt ist gegen dich und versucht, dich in den Wahnsinn zu treiben? Und am Ende des Tages kannst du nur noch heulen und verstehst, dass du nicht dazugehörst und verloren bist? Und dass es das Beste wäre, aufzugeben und nach Hause zu gehen? So fühlte ich mich, als ich stundenlang an megakrankhaft eingezäunten Einfamilienhäusern vorbeiging. Ich hatte nicht mal mehr die paar Kröten für ein U-Bahn-Ticket, ich hatte noch keinen Kaffee und kein getoastetes Weißbrot. Ich war in einer Hammer-beschissenen Stimmung. Stundenlang sah ich nur Vorgärten, von Unkraut gesäuberte Blumenbeete, frisch gemähte Rasenflächen, künstliche Fischteiche, japanisch angeordnete Steine, Terrakottavasen und perfekt geschnittene Hecken. Und was mich dann erst richtig abnervte: diese Hunde und Katzen mit ihren Hammer-noblen Halsbändern, denen es tausendmal besser ging als mir! Und KEIN AAS war auf der Straße, keiner konnte mich bemitleiden, niemand konnte mir helfen! Ganz selten sah ich jemand aus dem Haus kommen und wortlos in sein gewienertes Auto steigen. Ich fühlte mich fast so abgeschieden wie am Ojos, nur noch schlimmer, weil ich wusste, dass hier eigentlich überall Menschen waren. Am Ojos hatte ich null Erwartungen an irgendjemanden, da war niemand, aber hier fühlte ich mich regelrecht gekränkt vor lauter Ignoranz. Und ich merkte, wie ich anfing, diese Leute zu hassen und für meinen Zustand verantwortlich zu machen. Ich degradierte sie alle zu Spießern, die morgens in irgendeine Firma gingen und sich abrackerten und noch zu blöd waren zu merken, dass sie damit bloß ein anderes spießiges Arschloch reicher machten. Hauptsache, sich der Mittelschicht zugehörig fühlen und sich für jeden neuen Spoiler am Auto den Arsch absparen. Jeder Slum war für mich in diesem Moment ein besserer Ort mit besseren Menschen. Ich hatte echt vergessen, dass ich selbst aus so einem Spießerviertel komme.

Als ich irgendwann auf eine belebtere Straße kam, merkte ich plötzlich, dass ich schon fast in Caballito war. Ich befand mich irgendwo auf der Avenida Eva Perón, ich sah zwar endlich mal was anderes, Geschäfte, Büros, Menschen auf den Straßen, aber meine Stimmung wurde trotzdem nicht besser, im Gegenteil: Ich sah nur noch negative Aspekte, Leute im ungehemmten Kaufrausch, die sich selbstverliebt bewegten und nur Neid und Spott für andere übrig hatten. Hat der mehr als ich, bin ich besser? … Sie checkten sich ab. Vor allem MICH checkten sie ab, das war's eigentlich.

Irgendwann, ich glaube, es war Mittag, kam ich zu einem Markt im Parque Centenario. Ich war so unterzuckert, dass es mir schon egal war, ob ich jemandem aus dem Seminar begegnete. Mein Selbstmitleid hatte sich inzwischen wohl schon übers ganze Gesicht ausgebreitet, es beschützte mich vor falschen Schamgefühlen, und meinen Stolz hatte wahrscheinlich meine Magensäure weggeätzt. Mir war nichts mehr peinlich. An einem Crêpes-Stand hielt ich den Geruch nicht mehr aus, mein Magen knurrte laut.

Ich: »Hey, schenkst du mir eine?«
Er: »Sorry, aber für nichts gibt's nichts.«
Ich: »Ich blas dir einen.«
Er: »Hau bloß ab, sonst hol ich die Bullen.«

Aber ich rührte mich nicht, ich schaute ihn bestimmt eine geschlagene Minute verächtlich und böse an, in Gedanken wünschte ich ihm die schlimmsten Sachen an den Hals. Dann hörte ich eine weibliche Stimme hinter mir: »Komm schon, gib ihr eine, ich zahle.«

Ich drehte mich um. Frau mit Rasterdutt, vielleicht Ende zwanzig, und sie lächelte mich an. »Danke«, sagte ich kleinlaut, ich hätte fast geheult. Sie hieß Edna. Endlich holte mich jemand aus diesem Stimmungstief. Eigentlich war's die Schokoladencreme. Mein Blutzuckerspiegel ging ab wie eine Rakete.

Na ja, ich konnte nicht einfach so die Crêpe verspeisen und dann wieder abdampfen. Außerdem wusste ich ja eh nicht wohin. Also habe ich Edna erzählt, dass ich gerade in der Stadt angekommen bin und nach neuen Herausforderungen suche. Das fand sie »prickelnd« und meinte, dass unser Zusammentreffen kein Zufall sein kann. Sie arbeitete für die Greenguards. Das ist eine Organisation von Umweltaktivisten. Sie machen Regenwald-Aufforstungskampagnen oder pflanzen Bäume mitten in der Stadt. Manchmal verkleiden sie sich als Ökosystem oder als Biotop, das sieht total bescheuert aus, jedenfalls auf den Bildern auf der Webseite, und so kreuzen sie dann in Schulen und Kindergärten auf. Auch wenn das jetzt nicht nett klingt, aber, ey, kein Wunder, dass die Kids da wenig drauf anspringen und mehr auf Computerspiele abfahren. Cool war natürlich, dass sie regelmäßig vor Konzernen demonstrieren und richtig Krach schlagen. Und sie gehören zu einem globalen Netzwerk, das Rettungsaktionen für gestrandete Meerestiere koordiniert. Mit allen möglichen Mitteln versuchen sie, Menschen aufzuklären und zum Umdenken zu bewegen. Für einen Kinder-Workshop im Lager für Ferienkommunismus brauchten sie gerade Verstärkung, eine Kollegin war krank geworden. Viermal im Jahr wurden sie von denen gebucht. Sie basteln dort mit Kindern Pflanzen und Tiere aus dem Regenwald, dann geben sie ihnen Namen und erfinden Geschichten mit ihnen. Dafür kriegen sie von der Agencia Comunismo Vacacional freies Essen und eine stattliche Spende. Diesen Kommunismus gibt's übrigens nur für die, die ihn sich leisten können. Wie konnte ich dazu nein sagen?

Wir spazierten zusammen bis zur Laguna de los Patos, dort am Ufer warteten zwei Mitstreiter, Lazaro und Martin. Das Lager befand sich hinter den Lagunen, nahe zum Strand, mit Stacheldraht und Elektrozaun gesichert. Am verschlossenen Tor gab's einen Touchscreen, er wollte eine fünfstellige Pin. Die Pauschale für den Aufenthalt war echt nicht von Pappe. Die Anlage wirkte wie eine Reha-Klinik für ausgebrannte Broker. So nach dem Motto: ein bisschen Kommunismus als aktive Erholung, dann wieder zurück in die Schlacht. Im Lager produzierte jeder mit, Essen kochen, Tisch decken und abräumen, Geschirr abwaschen und wegstellen, als wär das was Unnormales. Aber auch Kartoffeln und Gemüse bauten sie selbst an, die Kühe wurden von jedem mal gemolken, Hühnerfüttern, Eiersammeln, Tische bauen, Wäsche machen, blabla, halt alles, was sie anscheinend sonst nicht machten. Alles, wovon sich normale Leute normalerweise im Sommer erholen wollen. Sogar Brandy gab's dort aus Eigenproduktion! Salbungsvolle Mottos wie *Teilen ist der neue Reichtum* oder *Der beste Arbeitgeber macht seine Arbeiter reich* flackerten hier und da in bunten Neonfarben. Wie beruhigend! Hinter dem Projekt stand ein Verein, der von irgendwelchen romantischen Milliardären finanziert wurde. Erklärtes Ziel dieser Einrichtung war sozialpolitische Aufklärungsarbeit, sie wollten einer gehobenen Gesellschaftsschicht die Lehren des Marximus-Leninismus schmackhaft machen. Mit *Live different!* warben sie zahlungskräftige Kunden aus aller Welt an. Und der Laden boomte. Mir kam das Ganze wie ein Club vor, wo es vor allem um Geschäftsbeziehungen ging. Die Frauen kamen sich total exotisch dabei vor, mit Kopftüchern im Garten zu arbeiten, manche liefen in albernen Schürzen herum und wuschen das Geschirr mit der Hand. Und die Kids, die sonst immer kriegten, was sie wollten, langweilten sich zu Tode. Die Bäume, die sie bastelten, sahen aus wie Klobürsten und hießen Darth Vader oder Lord Voldemort. Die Tiere ähnelten entweder Schlangen, Piranhas oder Spinnen und bekamen Namen aus der Welt der Hexen und Höllenfürsten. Dementsprechend drehte sich auch in ihren Geschichten alles um blutrünstige Schlachten und die Weltherrschaft, jeder wollte das Universum kontrollieren. Am Ende waren alle Tiere tot, die Klobürsten in Stücke gerissen und das Universum untergegangen. Der Workshop *Aktive Umweltbildung für Kinder* endete mit dem Satz: »Also denkt dran, der Regenwald braucht eure Hilfe.« Diese Crêpe mit Schokoladensoße war echt mühsam verdient. Am Ende »durften« wir uns noch eine Kartoffelsuppe kochen.

Nachdem wir das Lager am Abend verlassen hatten, sagte Edna: »Was habt ihr erwartet? Hätte viel schlimmer sein können.« Na ja, ich hatte so meine Zweifel an der Wirksamkeit ihrer Umweltbildung, blieb aber trotzdem ein paar Tage bei Edna und schloss mich den Greenguards an, weil ich das Gefühl hatte, ich sei's ihnen irgendwie schuldig. Sie taten mir leid, und ich wollte ihnen helfen. Und ich hatte ein Bett.

Gleich am nächsten Tag ging's weiter. In einer Von-Tür-zu-Tür-Kampagne im Stadtgebiet San Telmo versuchten wir, Leute zu überzeugen, weniger Strom zu verbrauchen. Jeder übernahm eine Straße. Mir wurde Dr. José Modesto Guiffra zugeteilt. Mein Rucksack war voller Broschüren, ich hatte jetzt auch einen provisorischen Greenguard-Ausweis und die Hoffnung, dass niemand die Hunde auf mich hetzen würde. Im ersten Haus traf ich nur eine ängstliche Dame an, die erst gar nicht die Tür öffnen wollte. Sie schob einen Geldschein durch den Zeitungsschlitz und sagte, sie verwendet ab acht sowieso nur Kerzenlicht. Im zweiten Haus quatschte mich ein Rentner tot, laberte endlos über seine Vergangenheit als Funker und seinen selbstgebauten Rundfunkempfänger, und am Ende erklärte er mir, dass sich für ihn das Umdenken nicht mehr lohnt, weil er's sowieso nicht mehr lang macht. Immerhin, eine Frau aus dem Wohnhaus hörte mir wenigstens aufmerksam zu und bat um mehrere Broschüren, die sie in ihrem Kollegenkreis verteilen wollte. Die nächste Adresse war ein zweistöckiges Gebäude hinter einem riesigen Strauch mit roten Blüten, es sah so abgeschirmt aus, dass ich am liebsten nicht geklingelt hätte. Und zuerst reagierte auch niemand. Ich wollte gerade weitergehen, da öffnete ein Summer das Tor. Und kaum war ich auf dem Grundstück, gingen zwei Hunde auf mich los. Ich blieb wie angewurzelt stehen und traute mich nicht zu atmen. Die Viecher sahen nicht wirklich aus, als wollten sie mich zerfleischen, es waren Golden Retriever, aber ganz sicher war ich mir nicht. Sie setzten sich vor mich hin und starrten mich an. Im nächsten Augenblick rief eine weibliche Stimme: »Schoseff! Marie! Zurück!« Die Hunde liefen ins Haus. Eine große blonde Frau mit Brille erschien in der Tür. »Ja, bitte?« Ihre Stimme klang hell, und sie hatte einen französischen Akzent. Sie blickte mich so freundlich an, ich war richtig perplex und vergaß komplett meinen Text.

Ich brabbelte nur konfus vor mich hin, total peinlich: »Verzeihen Sie, Señora, die Störung. Wir von Greenguards …«, dann hielt ich etwas unbeholfen den Ausweis in die Höhe, den ich an einem Band um den Hals hatte »… möchten die Welt retten.« Klar hört sich das bescheuert an!

Sie grinste, kam auf mich zu und inspizierte den Ausweis. Sie: »Ah, Señorita Debenham. Und wie wollt ihr von Greenguards das erreischen?«

Ich erklärte ihr die Roadmap und wie man mit nur wenigen Tricks eine Menge Strom sparen kann.

Sie fing an zu lachen. »C'est tout? That's it?«

Ich mein, … klar … sie meinte halt, dass Strom nicht das Problem ist. Sie sagte: »Enerschie gibt's im Überfluss auf das Planet.« Ich liebte ihre Satzmelodie, die Vokale stürzten nicht einfach aus ihrem Mund, sie knuddelte sie noch vorher … Ja, echt, sie herzte und drückte sie richtig, bevor sie sie verließen, deshalb habe ich auch nicht richtig zugehört, was sie alles gesagt hat, nur wie sie's gesagt hat, daran erinnere ich mich genau. Aber auf jeden Fall meinte sie so was wie: Wir nutzen die viele Energie nur falsch, und die korrupte Politik verkloppt sie dann teuer, so nach dem Motto: »Wo Leben ist, ist auch viel, viel Enerschie …« Was sollte ich dazu sagen? Ich glaubte ja selbst nicht, dass der aufopferungsvolle Einsatz der Greenguards die Welt retten kann. Und sie sah mir diese Unentschlossenheit an, sie wusste, dass sie mich am falschen Fuß erwischt hatte, sie hätte ja auch kurz angebunden sein können, sie hätte mir wie andere einen Geldschein in die Hand drücken und mir alles Gute für die Zukunft wünschen können, aber sie bat mich ins Haus. Ja, und hier kommt Natalie.

Sie sagte sofort: »Isch mag dein Enerschie. Isch darf doch du sagen …« Es imponierte ihr, dass ich ehrgeizig bin. Da wusste ich noch nicht, dass sie jemanden wie mich händeringend suchte. Ich war ein gefundenes Fressen für sie. Okay, das klingt jetzt nicht nett, ich liebe Natalie, so hart würde ich's vielleicht doch nicht sagen, aber ich war halt naiv genug und vor allem frustriert genug, um ihrem Charme zu verfallen und ihrem starken Interesse an mir. Sie sagte: »Du 'ast misch neugierisch gemacht.«

Sie bot mir Kaffee und Kekse an. Die Hunde setzten sich nebeneinander hinter die Gardinen, die im Wind tanzten. Sie fragte mich, warum ich die Welt retten will, ob eine junge Frau wie ich nicht andere Dinge im Kopf hat? Ich meine, bitte, wann sollst du sonst so was machen, wenn nicht mit neunzehn? Es gibt keine erbarmungsloseren Weltenretter als Neunzehnjährige! Ich antwortete ihr, dass ich was Sinnvolles mit meinem Leben anfangen will und verkündete: »Auch wenn es großkotzig klingt, aber ich weiß, ich bin zu Höherem bestimmt.« O Gott! Noch nie hatte ich das laut ausgesprochen. Ich weiß noch, ich nickte so komisch, als hätte ich Angst, dass sie mir das sonst nicht abnimmt.

… Ja, klar grinste sie, aber nicht belustigt oder abfällig, eher so, als wär sie froh, als bewunderte sie mich. Ihre blauen Augen strahlten, wenn sie lächelte, sie strahlten richtig Wärme ab. Obwohl ich jetzt weiß, dass sie mich damals manipuliert hat, ist sie mir richtig ans Herz gewachsen.

»Seit wann weißt du das?«, fragte sie, aber ich wollte nicht anfangen, ihr meinen ganzen Kram zu erzählen, denn Regel Numero 3 der Greenguards-Arbeitsrichtlinien hieß: Behellige deine Kunden nicht mit Privatangelegenheiten, werde nicht zu persönlich und bleib beim Thema. Aber sie wollte partout mehr über mich erfahren und ließ nicht locker. Und ich kann bei so was nicht die Klappe halten. Viel zu ausführlich erzählte ich ihr von Papá in Albacete, sogar von Mamás Tod und meiner Zeit am Ojos. Ich ersparte ihr nichts. Und Natalie hörte zu, als hätte sie sonst nichts zu tun. Aber ich war auch so dankbar für ihr Interesse an mir. Und ich weiß heute, dass das nicht gespielt war. Sie mochte mich … sie liebte mich …

Sie wollte wissen, warum ich den Vulkan nicht bestiegen

habe, wenn es mir so langweilig da oben war? Na ja, Papá hatte ihn damals schon bestiegen. Davon hat er mir so viel erzählt und so viele Fotos gezeigt, dass ich einfach keinen Bock mehr darauf hatte. Natalie meinte, wenn du eine Zeit dort verbracht hast, bist du viel weiter gekommen als die meisten Menschen. Solche Enden der Welt sind immer Anfänge. … Was habe ich dort gesehen? … Glaub mir, viele, viele graue Steine. Wenn jemand darin irgendwas von sich erkennt, dann kriegt er bloß Spiegelbilder seiner eigenen Hölle. Ich habe nichts als grauen Schlamm gesehen. Nichts gesehen und nichts erkannt. Ich sagte ihr, dass ich keinen Schimmer habe, wie ich das meinem Vater erklären soll. Ich erzählte ihr, was seit meiner Ankunft in Buenos Aires passiert war und wie sauer ich immer noch auf die Gorilla-Jungs war.

Und sie: »Du schreckst nischt vor 'eiklen Situationen zurück, Roana. Du bist mutisch.« Natalie nickte und schüttelte gleichzeitig den Kopf, als hätte sie sich das denken können. »Und wovon lebst du? Bezahlen die disch bei Greenguards?«

Bei ihnen kriegte ich immerhin Kost und Logis und ein bisschen Provision, je nachdem, wie viele von diesen Heften ich unter die Leute gebracht hatte. Sie nahm sich eine Broschüre und blätterte darin herum. »Wie viele 'ast du davon?«, fragte sie. Ich hatte da noch massig, fünfzehn oder zwanzig, keine Ahnung. Und sie sofort: »Gib sie mir.« Sie öffnete ihr Portemonnaie und reichte mir fünf Geldscheine, zehnmal der Preis dafür.

Ich habe ihr gleich gesagt, dass sie das nicht muss. Aber Natalie wollte es so. »Also, was ganz genau suchst du?«, fragte sie mich, sie hatte mich schon am Haken. Ich war nur nicht sicher, ob ich der Wurm oder der Fisch war.

Ich sagte: »Keine Ahnung. Irgendeinen Anfang machen. Vielleicht erst mal einen Job.« Ich fragte sie, ob sie nicht jemanden braucht, der ihre Hunde ausführt? Sie konnte es nicht vor mir verbergen, dass sie gern selbst mit ihren Hunden spazieren geht, aber sie sagte: »Warum nischt. Vielleischt 'ab isch sogar ein Proschekt für disch. Sehen wir, was du drauf 'ast. Morgen um acht 'ier?« Sie gab mir ihre Visitenkarte und brachte mich zur Tür.

»Danke«, sagte ich.

Und sie: »Dank dir, Chérie.«

Weißt du, das war wieder so ein Moment, als hätte sich jemand in mein System gehackt und mich ferngesteuert, als hätte mein Labyrinth einen verdammten Virus gehabt. Die Strecke zu Ednas Wohnung bin ich geschwebt, irgendwie geflogen. Kennst du das, wenn dir was saumäßig Gutes passiert und eine Energie in dir freisetzt, die kein Orgasmus übertreffen kann, und dieses Wissen und der Vorteil, der sich für dich ergeben hat, machen dich zehn Meter größer? Ich hatte es nicht mehr nötig, dass mich irgendjemand auf der Straße beachtete, ich dachte, die sollten froh sein, wenn ich sie beachtete. Jedenfalls kam ich in dieser Verfassung in Ednas Wohnung an. Sie lag in der Avenida de Mayo. Am Abend saß ich am Fußende des Bettes. Ich wollte ihr und den anderen erst mal nichts von der »Sache« erzählen. Ich sagte nur, dass ich zusätzlich einen kleinen Nebenjob angenommen hätte, was ja eigentlich nicht gelogen war. Noch konnte ich ja nicht ahnen, wohin mich die Bekanntschaft mit Natalie führen würde. Noch hoffte ich, dass mein Labyrinth diesmal den richtigen Weg für mich berechnet hatte und mich nicht wieder verheizte. Dieses Gespräch mit Natalie hatte mich so was von aufgebaut, ich wollte plötzlich nicht mehr spielen, ich wollte was Echtes, nichts Albernes, keine Gorillas, keinen philosophischen Wurstsalat, ich wollte die richtigen Fragen stellen. Vor lauter Euphorie wurden meine Wangen heiß, um mich herum wirkte plötzlich alles hypernatürlich und gigantisch. Ich weiß noch, wie ich nachts durchs Fenster die Straße beobachtete. Ich sah es überall leuchten und blitzen, sah das soziale Netzwerk arbeiten. Überall konnte ich mit ansehen, wie Informationen ausgetauscht wurden. Menschen sprachen miteinander, kommunizierten, sie starrten auf alle möglichen Bildschirme, trugen Kopfhörer, oder sie umarmten und küssten sich. Dann störte mich plötzlich, dass ich »das Eigentliche« nicht sehen konnte. Den größeren Zusammenhang, dieses große gemeinsame Projekt, das verborgen hinter diesen ständigen Blitzen lag. Ich schaute zu den Sternen, ins Dunkle, in die dunkle Energie, die man vor lauter Funkeln auch kaum sehen konnte. Ich kriegte natürlich auch wieder diesen Bammel, dass ich meine kostbare Lebenszeit mit einem falschen Projekt verplempern könnte. Aber an diesem Abend dachte ich noch allen Ernstes, dass ich am Ende meines Lebens die Welt verändert haben könnte. Und ich konnte es kaum abwarten, mit Natalie darüber zu reden, sie hatte diese Kompetenz, die große Schwestern haben, die ich brauchte für solche Entscheidungen, und sie hatte die Aura einer Freundin, der ich alles anvertrauen konnte.

Punkt 7.58 Uhr klingelte ich am nächsten Morgen an Natalies Tor. Der Summer ertönte. Marie und Josef kamen angelaufen. Angst hatte ich nicht mehr vor ihnen, ich streichelte sie. Natalie hatte schon die Leinen dabei und schloss die Haustür hinter sich. Sie wollte die erste Runde mit mir gemeinsam machen. Und diese Runde ging bis nachmittags. Erst spielten wir mit den Hunden an den Lagunen, dann holten wir Steaks und liefen um das komplette Reservat. Natalie war so schön mit ihrer runden Hornbrille. Manchmal leuchteten ihre Augen türkis. Ich mochte ihr langes blondes Haar und seinen Glanz in der Sonne. Sie war so groß wie ich, wirkte aber viel größer. Sie mochte Lippenstift, ihr Mund war eine archimedische Meisterleistung, so gleichmäßig und formstabil, er lag wie ein Boot über ihrem Kinn. Die ganze Zeit war ich total aufgedreht, ich redete in einer Tour, und Natalie hörte mir zu, wie niemand mehr seit Mamás Tod, wie, glaube ich, keiner mehr auf diesem informationsgestressten Planeten. Wer hat schon noch Geduld für jemanden wie mich? Okay, das klingt jetzt echt naiv, aber ich weiß auch nicht, warum ich mich nicht fragte, wieso diese Frau, die mich überhaupt nicht kannte, so viel Zeit in mich investierte. Denn ich verschonte sie nicht mit meinen pubertären Unsicherheiten, mit meinen Versagensängsten, nicht mal mit meinen moralischen Weltvorstellungen. Und sie sagte all die Sätze, die wahrscheinlich Mamá mir gesagt hätte oder eine große Schwester, eine richtige Tante, keine Ahnung. Jedenfalls Sätze, für die Papá die Bulldozer auf uns gehetzt hätte.

So was wie: »No, no, Chérie. So endest du nur im Büro.« Oder: »Da, wo du in Sischer'eit resignieren und nischts mehr ausrischten kannst. Mit Sischer'eit locken sie disch in die System. Dein Unsischer'eit kommt doch nischt von dir, sie kommt von die anderen, sie kommt von dein Ahnung, was die anderen von dir erwarten könnten. Das sind ihr Ängste, nischt dein.« Den Satz vergesse ich ihr nie. Weißt du, wenn du Großes vorhast, dann darfst du dich nicht von den Ängsten der anderen davon abhalten lassen, von diesen Typen, die immer mit Moral und Ethik kommen. »Moral sind die andren, Chérie«, sagte sie. »Du aber 'ast ein Ziel, du 'ast die Enerschie, das spür' isch, du 'ast das Zeug, Roana. Du brauchst doch nur das rischtige Proschekt. That's it.« Aus ihrem Mund klang alles so einfach. Vielleicht konnte sie mich deshalb so leicht überzeugen, ich hatte das Gefühl, dass sie den richtigen Weg kennt. Sie war Anfang dreißig. Ich weiß noch, wie sie sagte: »Isch bin nischts, isch bin noch ganz an die Anfang.« Sie war auch so eine Megalomanin, die wusste, dass sie noch Großes für die Menschheit leisten wird. Sie hat sofort gemerkt, dass wir seelenverwandt sind. Sie träumte schon als Kind davon, die Geheimnisse des Lebens aufzudecken, um irgendwann mal den Hebel umzulegen. Wie nah sie diesem Ziel war, das wusste ich ja nicht, ich war das fehlende Puzzleteil in ihrem »Proschekt«. »Menschen sind kein Menge und kein Masse, Roana«, sagte sie. Aus jedem Einzelnen wollte sie einen Besseren machen, egal woher er kam. … Wie? Na, durch Korrekturen in seiner Geschichte. Natalie wollte die Absolution, eine echte, wirkliche Absolution. Kein Gerede, sie wollte die Absolution der Basenpaare. Jeden Einzelnen von seinen Sünden freisprechen, den ganzen Mist rausschmeißen. Vollkommenheit ist nur ein Glücksgefühl, meinte sie, darauf sollte jeder ein Grundrecht haben. Ich weiß noch, sie lachte wie verrückt, als sie mir das erzählte. … Ja, krass, ich weiß. Absolution war zweitausend Jahre lang nur ein Wort, durch Jakob und Natalie wurde sie real, sie hatten die Technik, um ernst zu machen mit dem Sündenerlass. Dieses Gespräch machte mich total high, und das spürte sie. Sie fasste meine Hände und schaute mir in die Augen. Sie sagte: »Wir dre'en uns im Kreis, ein Spiral aus Angst und Gleischgültigkeit, aus 'ass und Ablehnung zieht uns mit ihrem Sog in die Nischts, in das schlimmste Bestätigung aller philosophischen und t'eologischen Befürschtungen … dass wir eine Dreck wert sein könnten! Dass wir im Grund nischtig sind und auch zu nischts taugen.«

Das hatte ich zwar auch schon zigmal gehört, aber aus Natalies Mund traf es mich in diesem Moment wie ein Tritt von einem Pferd, das ich gerade gebürstet und gefüttert hatte. Auf keinen Fall wollte ich das als Urteil so stehenlassen. Was ist schließlich mit unsrer Intelligenz? Wir sind zu intelligent, um nichts zu sein, deshalb sagte ich: »Vielleicht bereiten wir uns so bloß aufs große Nichts vor, das in der eisigen Finsternis des weiten Universums auf uns wartet?« Papá hätte gesagt:

Wer, wenn nicht der Mensch, muss wissen, was er tut. Aber Natalie meinte, mit dieser Einsicht komme ich nicht weit. Und Trost hilft nichts, er ist der direkte Weg in die Selbstresignation. Weißt du, jeder Gedanke muss dir Türen öffnen, nicht schließen. Wenn du die Welt verändern willst, musst du furchtlos sein und weiter gehen als andere. Und dann fragte sie mich: »Welsch noch größere Konsequenz folgt auf das Idee deiner Gorilla-Freunde?«

Ich drehte mich zu ihr und lief eine Weile rückwärts. Mit einem Grinsen gab ich zu, dass ich keine Ahnung hatte.

»Sisch organisches Leben auf diese Planeten vorzustellen, das keinerlei Wurzeln in das Geschischte hat«, antwortete sie.

… Genau, das habe ich auch gedacht! Wie kann es dann organisch sein? Für sie war das ganz einfach: »Es wächst verändert unter veränderte Bedingungen von 'eute in die Zukunft. Es nimmt ein neue Anfang.« … Warte, warte. Na ja, also, du musst dir das so vorstellen, du veränderst die Geschichte von etwas und dann die Bedingungen, in denen es weiter in die Zukunft wächst. Klar habe ich sie gefragt, wie das gehen soll, wenn alles aus denselben Molekülen aus demselben alten Setzkasten gemacht ist, aber sie meinte, dass die Moleküle nicht das Problem sind, sondern die Bedingungen, die Reize halt. … Ich weiß auch nicht, ob das so einfach ist. Keine Ahnung. Stundenlang liefen wir so mit den Hunden durch die Gegend, ich erinnere mich überhaupt nicht daran, was Marie und Josef die ganze Zeit gemacht haben. Mal waren sie weg, rannten irgendwohin, dann waren sie wieder da. Natalie und ich redeten und redeten, sie sagte: »Ein Anfang ist immer ein Schlag, mal trifft er ins Ge'irn, mal in den Magen. Und erst wenn der Schmerz nachgelassen 'at, beginnt ein neu Welt.«

Weißt du, ich war fasziniert von ihr. Nur wer sich lang mit so was beschäftigt hat, kann solche klaren Ideen haben. Ich nahm ihre Hand und küsste sie. »Du bist wunderbar, Natalie.« Mein Herz hüpfte vor lauter Dankbarkeit. Und eine Tür stand wieder offen, die Reise ging weiter, und eine riesige Masse Kraft konzentrierte sich in mir. Stell dir vor, sie fragte mich: »Kannst du dir vorstellen, bei eine große Proschekt mitzumachen, die das Leben auf diesem Planeten wirklisch grundlegend verändert? Die für alle und jeden einzelnen Menschen bessere Zeiten bringt. Eine Proschekt mit sehr viel Verantwortung. Die über 'eutige Grenzen 'inausgeht, des'alb natürlisch auch 'eikel ist und Diskretion erfordert? Die aber aus der Zukunft aussieht, als wäre sie die natürlischste das Welt.«

Ich meine, was hättest du in meiner Situation darauf geantwortet? Ich nickte natürlich. Das war doch genau das, wovon ich immer geträumt hatte. Ein Text, den ICH hätte gesagt haben können, so sehr wollte ich ihn hören. Und es war klar, dass es da kein Aussteigen gibt, dass ich die Klappe halten musste. Alles oder nichts. Auf jeden Fall wollte ich mitmachen. Ich weiß noch, wie ich dachte: Roana, du bist ein Glückspilz. Obwohl Natalie wollte, dass ich noch mal darüber schlafe. Natürlich wollte ich sofort wissen, worum es genau ging. Aber Natalie wollte noch nicht darüber reden. Sie sagte nur: »Wenn du ein langer Weg gehst und disch ständig bloß an die schlechten Erlebnisse erinnerst und anderen ständig davon erzählst, wie nennt man so was?«

Ich: »Depression?«

Sie: »Hm, rischtig. Und wenn du ein langer Weg gehst, auf dem du alle möglischen guten und schlechten Dinge sammelst und an deine Kinder und Enkelkinder am Ende der ganze Kladeradatsch ohne Ausnahme und Auswahl vermachst und sie damit alleine lässt. Wie nennst du so was?«

Ich: »Sauladen.«

Und sie: »Rischtig.«

Als wir wieder in der Dr. José Modesto Giuffra zurück waren, öffnete ein Typ mit halblangen, struppigen, schwarzen Haaren die Tür. Er scannte mich wie was Lästiges. Die Hunde leckten seine Hände. Er sagte bloß: »Wer ist das?« Natalie stellte uns einander vor. Es war ihr Mann »Schakób«. Er schaute mich an, als würde er mir nicht über den Weg trauen. Kennst du das, wenn einer will, dass du weißt, dass er weiß? Ums Verrecken wollte ich nicht, dass er wusste, dass ich wusste, dass er wusste. Ich streckte ihm die Hand entgegen. »Hallo, schön dich kennenzulernen«, sagte ich brav. Von der Berührung kriegte ich eine richtige Gänsehaut. Ich fragte mich, warum so ein wunderbarer, fröhlicher Mensch wie Natalie mit so einem düsteren Typen zusammenleben musste. So wie der mich abcheckte, wollte er, dass ich weiß, dass er davon ausging, dass ich nicht bloß die kleine, süße Roana war, für die Natalie mich hielt.

N-Global

DEINE NACHRICHTEN RUND UM DEN GLOBUS

Sprachversion des Artikels auswählen

Boston/Berlin/Tel Aviv/Buenos Aires/New York. Wie das UN-Seerechtskomitee soeben meldete, wurde dem Antrag der hundertköpfigen Wissenschaftlerdelegation auf Anlegesondererlaubnis stattgegeben. Die Genehmigung wurde mit der Auflage erteilt, dass die Delegation aus Sicherheitsgründen von Blauhelmsoldaten begleitet wird.

Den Haag. Der Internationale Gerichtshof in Den Haag verkündete heute seine Entscheidung über die Klagen Deutschlands, Russlands, Portugals, Frankreichs, Polens und Spaniens auf Angliederung der Insel. Alle sechs Klagen wurden abgewiesen. Zur Begründung hieß es, der Internationale Gerichtshof sei in dieser Angelegenheit nicht zuständig.

Paris/Brüssel. Im Rahmen eines illegalen Vorstoßes der Organisation Le Paradis mittels eines U-Boots der Klasse 212 A heute um 16.00 Uhr MEZ soll es laut NATO-Hauptquartier zu einem ernsten Zwischenfall gekommen sein. Nachdem etliche Versuche, mit der Besatzung Kontakt aufzunehmen, erfolglos geblieben waren, sollten Warnsprengungen das U-Boot abschrecken und davon abhalten, die Insel zu erreichen. Zwei Sprengkörper waren offenbar defekt und beschädigten das U-Boot erheblich. Beim anschließenden Ausweichmanöver lief es an einem Unterwasserfelsen leck und sank. Nach ersten Berichten kamen dabei alle Besatzungsmitglieder ums Leben. Der WWF befürchtet, dass das Blei und die Säure der Akkumulatoren sowie der Dieselkraftstoff die Küste der Insel verunreinigen könnten. Die Staatsanwaltschaft in Paris nahm heute die Ermittlungen auf.

Dresden / Trostberg / Wien / Mailand. Nach erneuter Auswertung und notarieller Prüfung der abgegebenen Stimmen steht nunmehr der Gewinner der Wahl zum Weltkuchen des Jahres endgültig fest: Mit einer knappen Stimmenmehrheit geht der diesjährige Titel an den »Trostberger Scheißhaufen«, eine vergessene, zweihundert Jahre alte deutsche Lebkuchenspezialität. Den zweiten Platz belegt der Dresdner Stollen. Die Sachertorte landet mit nur einer Stimme weniger auf Platz drei. Die Klage des italienischen Backwarenherstellers Bauli wurde abgewiesen.

New York. Bei den Beratungen des UN-Sicherheitsrates über das weitere Vorgehen in Angelegenheit der neuen Insel kam es offenbar zu massiven Unstimmigkeiten. Zuletzt wurde die Presse nach draußen gebeten. Wie nach der Sitzung verlautbart wurde, will man eine UN-Kommission zum Schutz der Insel einrichten. Aus Insiderkreisen heißt es, aussichtsreiche Kandidaten für den Posten des UN-Hochkommissars zum Schutz der neuen Insel seien Norman Tanner sowie Multimilliardär und Philanthrop Nils Björsson.

36 Ich höre das Meer nicht mehr, nur wenn ich mich konzentriere. Ich habe immer noch Angst vor meinem Schatten. In den ersten Monaten hatte ich Angst vor Eingeborenen. Oder anderen Menschen. Vor Tieren mit seltsamen Ritualen. Jetzt habe ich Angst vor mir.

37 Vorrat an Kokosöl wächst. Habe Striemen an den Händen vom Pressen. Hütte ausgebessert. Will nichts mehr träumen. Nichts ist weg, wenn es weg ist, solange man träumt. Träumatisch. Aber sonst echt traumhaft hier.

38 Ein junges Faultier ist heute überraschend vom Baum geklettert, als ich um mein Feuer hüpfte und aus voller Kehle sang: »Ich bin der Käse, der aus der Reihe tanzt. Ich bin alles außer gewöhnlich. I'm born to perform. Ich bin in jedem siebten Ei … mit dabei. Ich bin so frei. Ich bin heute und immer und überall ein König.«

39 So, Holz ist trocken. Heute den ganzen Tag Baumstämme geölt. Das hat mich richtig geil gemacht. Habe auch meinen Schwanz damit eingerieben und gerochen wie der Ritter der Kokosnuss. Dreimal habe ich abgewichst und vor aller Augen hier auf meine Stämme abgespritzt.

40 Ich rieche nur noch Futter, ich rieche keine Baumfrucht, keine Strauchfrucht mehr, keine Leibesfrucht, ich rieche nur noch Fruchtfleisch, Krebsfleisch, Fischfleisch, Kokosnussfleisch, Nussfleisch, Pflanzenfleisch. Es ist mir egal, wie sie aussehen, welche Farbe und Größe sie haben. In Gedanken dringe ich direkt bis zum Zweck ihres Daseins vor. Futter. Nahrung.

41 Es raschelte. Ich sah jemanden durchs Dickicht huschen. Aber ich blieb bei Jule. Ich habe noch auf ihr gelegen, sie wollte, dass ich sie ficke, also fickte ich sie auch. Halbe Sachen mache ich nicht. Dabei hielt ich sie fest, als könnte sie mir entwischen. Ich hielt sie fest, weil ich sie nicht gehen lassen wollte.

42 Zwei Tage habe ich gebraucht, um 250 Kilo Holz für Jules Bett zusammenzukriegen. Einen weiteren Tag habe ich mich abgemüht, um eine gescheite Bambus-Konstruktion hinzukriegen, so ganz ohne Werkzeug. Schweren Herzens habe ich sogar meine Alligatorhaut geopfert, zum Zudecken.

43 Früher konnte ich alles leicht hinter mir lassen. Hinter mir war kein Raum, der zu mir gehörte, nicht mal ein Schatten, der war immer vor mir. Jetzt breitet sich meine Gegenwart übers gesamte Weltall aus. Und ich bin in der Mitte das einzige schwarze Loch, in dem die Gegenwart glaubt, alles recyceln zu können.

Jule: Was ist das hier?! Ein beschissenes Arbeitslager? Muss ich wirklich den ganzen Tag Scheißöl auf Scheißpalmblätter schmieren?

No: Je mehr du heute schaffst, desto länger halten sie.

Jule: Was willst du überhaupt damit?

No: Darauf können wir uns Nachrichten hinterlassen.

Jule: Wozu sollen wir uns Nachrichten schreiben? Wir können doch einfach reden.

No: Wenn ich fische, will ich nicht reden.

Jule: …

No: …

Jule: Ist das etwa der fette Fisch, den du mit deinem neuen Spezialtool rausgeholt hast? Hahaha. Da hab ich ja größere Füße!!!

No: …

Jule: …

No: Dann friss doch deine Füße!

Jule: …

No: …

Jule: Tut mir leid! Mir ist einfach schlecht von diesem Kokosnussöl-Gestank. Ich kann's einfach nicht mehr riechen … Komm, ich beiß dich mal ins Ohrläppchen.

No: Lass mich.

JIVAN UND JO

WENN DER MENSCH NICHT VIEL VON SICH HÄLT, WER DANN?

Jivan stutzt beim Blättern im Hochglanz-Bordmagazin.

Eine Front dunkler Wolken drückt das Licht auf den Boden. Es ist grell und sticht in den Augen. In drei Tagen läuft die Kreditlinie aus, dann wird eine Stange Geld zur Rückzahlung fällig. *Meinem Bankberater geht der Arsch auf Grundeis.* Tamara hat ihm einen Daumen-hoch geschickt. *Ich lass ihn zappeln bis zur letzten Minute.* Morgen früh hat er einen Termin mit ihr in ihrem Büro. *Die nervt mit ihren Emoticons. Sie hat mich immer genervt mit ihrem Ich-bin-da-wenn-du-mich-brauchst-Gesichtsausdruck.* Er brauchte sie nie. *Ich wollte sie nie.* Aber sie wollte immer nur das Beste für ihn, sie war immer aufrichtig zu ihm, sie war immer für ihn da, das muss er zugeben. *Ich trau ihr nicht, ich kann immer noch Benicio Álvaro anrufen.* Er hat sich aber geschworen, es nicht zu tun! Tamara ist gutmütig, sie kann seine Rettung in letzter Minute sein. Eine saubere Lösung. *Ich hasse Arschkriechen.*

Dieser Luftdruck macht allen Menschen Probleme, aber er soll Jivan und Jo den ersten Abend in Paris nicht vermasseln. Seit der Landung wirkt sie regelrecht high. *Mir geht das gerade irgendwie am Arsch vorbei!* Jemand, der kurz vorm Offenbarungseid steht, hat natürlich wenig Sinn für Romantik. Genau bei einem solchen Licht sind sie am Tag nach dem ersten Zusammentreffen gemeinsam zu einem Fototermin gegangen, um sich, in echte Felle aus einem staubigen Theaterfundus gehüllt, mit fünfzig anderen Engagierten für eine Promotionserie gegen die geplante Chip-Kennzeichnungspflicht von wild lebenden Tieren ablichten zu lassen. *Was hat's gebracht? Alles Quark!* Drei Tage lang kämpfte er mit leichtem Asthma und Schnupfen. *Darüber hat sich Jo noch lustig gemacht.* Sie hat ihn nur geneckt, das ist ihre Art des Mitgefühls. *Manchmal ist sie eine Bitch!* Jo wollte zum Abendessen unbedingt ins La Coupole. Das erste gemeinsame Essen … *Darunter geht's ja nicht.* Sie ist euphorisch. *Sie mag da einen Kellner.* Sie hat Jivan heute mit zärtlichen Küssen überschüttet. *Mir kam das schon verdächtig vor.* Vor ihnen liegt eine Nacht, die viel verspricht. *Sie mag, wenn man sie abschätzt.* Vielleicht ist sie sogar bereit? *Für was, fragt sich. Die Leute hier werfen Blicke wie Messer. Dann posten sie das Blut auf ihren Profilseiten.* Sie sieht perfekt aus. *Fast.* Sie sieht definitiv scheißgut aus! *Nachts leuchten eh nur Katzenaugen.*

Sie hat sich noch nicht einmal umgesehen, ihre Blicke hängen nur an Jivan. Sie trägt das Kleid mit dem tiefsten Dekolleté, ihre Lippen schimmern vor Feuchtigkeit, das rote Haar fällt wild über die halbnackten Schultern. Mit der einen Hand streichelt sie über seinen Arm, mit der anderen tippt sie auf dem Tischcomputer herum. »Wir nehmen doch das Gleiche wie damals?«

Deshalb ist er doch hier? Wie damals soll es sein. Dieses Kribbeln. Diese Geilheit. Er hofft jetzt doch, dass sie sich noch mal so verliert, dass sie fahrlässig wird, dass sie so bekifft und berauscht ist, dass sie gar nicht merkt, dass sie die Pille vergisst, dass die Packung nicht in ihrem Necessaire ist. Er greift nach Jos Hand und küsst sie. »Auf jeden Fall, Hase.«

Zwei Ober bewegen sich flink um den Tisch herum, platzieren Teller und Besteck für das Abendessen, vergewissern sich drei Mal der Zufriedenheit.

Zufrieden ist Jo vor allem mit der Entscheidung, keinerlei Druck nachzugeben und die Unversehrtheit der Insel militärisch zu sichern. Vorhin zeigte n-global, wie nun auch nationale Marineschiffe keine drei Seemeilen entfernt wie ein Asteroidengürtel die Insel umkreisen. Das ist eine neue Strategie der Staaten. Bislang hielt jedes Schiff eine feste Position. Aber seit dem letzten Zwischenfall, als sich ein Oberst des französischen Geheimdiensts Lateffe mit einem abgeschirmten U-Boot beinah Zugang zur Insel verschafft hätte und erst im letzten Moment in einer atemberaubenden Verfolgungsjagd von russischen, englischen und chinesischen Atom-U-Booten abgefangen werden konnte, umkreisen sie die Insel wie Schmeißfliegen.

»Man muss halt überlegen, wie man ein Reservat zu betreten hat«, denkt Jivan laut. Nachdem ihr letztes schwindelerregendes Kaufangebot ausgeschlagen worden war, haben Björsson und Co. angeblich eine bessere Idee. Morgen beim Meeting erfahren sie mehr. Jedenfalls, so Delanneaux, seien sie ihrem Ziel, eine neuartige Gesellschaft aufzubauen, schon sehr nahe. O-Ton: »Die neue Welt ist nahe.«

Jo ist für die Außenstelle Berlin im Gespräch. Sie wäre dann so etwas wie eine Botschafterin. Dann wird sie als »der neue Mensch« zu den großen Empfängen und Panels eingeladen, sie hätte endlich erreicht, was sie wollte, die »alten Menschen« werden sie begaffen und bestaunen. Dort wartet auch für Jivan jede Menge neue Kundschaft.

»Hast du eigentlich schon mit Tanner gesprochen? Weiß er, dass du überlaufen willst?«

Ein Kellner, nicht der besagte, der arbeitet nicht mehr hier, gießt Wein in die Gläser.

»Erst will ich sehen, dass das morgen klappt.« Tief blickt sie ihm in die Augen und hebt das Glas. »Auf uns, Ivan!« Die Euphorie, die er dort entdeckt, kann er getrost mit sich in Verbindung bringen. Er ist hier, die Insel ist weit weg. *Zwischen Jo und mir liegt wieder der Ozean.* Zwischen ihn und sie passt keine Schmeißfliege. *Zwischen ihr und mir liegt eine Insel.* Diese Insel sind Jivan und Jo. *Das Leben von Robinson Crusoe ist die reinste Hölle.* Beim Lesen hielt er zwischen jeder Zeile Ausschau nach einem rettenden Schiff, das ist wahr, aber es geht schon lange nicht mehr um Sein oder Nichtsein, die Frage ist heute: Veggie oder Fleisch.

»Voilà! Coq au vin avec du pain de maïs doré, pour deux. Bon appetit!«

Ein User in einem Forum zum Für und Wider von Hühnerkanonen, mit denen man Vogeleinschläge bei Flugzeugen simuliert, schrieb: »Chickens are about the most unfortunate animal on the planet.« Dieses Abendessen widerspricht dieser Behauptung eindeutig, findet Jivan. Mit beneidenswert straffer, leicht gebräunter Haut badet das Hähnchen im Rotwein, Goldtaler aus Mais liegen wie Handtücher bereit. Das reinste Paradies! Und es duftet verführerisch nach leicht gesüßter Butter und Kräutern, nach angemessener Schärfe, nach einem leichten Rausch. Im Falle eines natürlichen Todes setzt hingegen sofort nach dem Ableben das Stinken, Faulen und Verwesen ein. Spaß ist das keiner, Genuss erst recht nicht, nur für Begräbnisliteraten und Totengräber, für Grufties und Würdenträger. »Die Rotweinsauce ist besser als beim letzten Mal!«, sagt Jivan. Das selige Geflügel berührt ihn tief. Er freut sich regelrecht über dessen erhabenen Abgang aus dem Leben, über dessen philanthropischen Sinn, darüber, dass es Jivan noch so viel Freude und Genuss beschert.

Die Finger von Jos rechter Hand laufen Jivans Arm entlang. Süßliches Lächeln, Honigmund, bestrickender Augenaufschlag. »Ivan, … fühlst du es auch?«

Er lässt sich nur ungern vom Essen ablenken, säubert sich aber mit der Serviette den Mund und nimmt einen Schluck. Ein Stein in seiner Brust zieht schwer an seinem Gemüt. »Was, Hase?«

»Heute ist der erste Tag vom Rest unseres Lebens.«

In diesem Augenblick erreicht eine verschlüsselte Nachricht seinen Posteingang, er spürt, wie seine Lifewatch leicht vibriert. Jivan wirft einen flüchtigen Blick aufs Display. *Tamara! Dringlichkeitsstufe A.* Nein, er kann jetzt keine Nachricht lesen. Jos Augen funkeln! Das Wurmloch hat sich geöffnet. Der Tag ist gekommen! *Mir sind diese Falten um ihren Mund noch gar nicht aufgefallen.* Sie lächelt, das ist normal. *Der Schneidezahn ist leicht verschoben.* Nur wenn man es sehen will. *Grad ist mir nicht nach küssen, fühl mich kurzatmig.*

»Pardon«, sagt er und kippt den Wein hinunter.

Sie beugt sich zu ihm, greift nach seiner rechten Hand und küsst ihn zärtlich auf die Fingerspitzen. Jivan nutzt den Augenblick, führt seine linke Hand zum Gesicht, er tut so, als wolle er sich kratzen und drückt stattdessen mit der Nasenspitze auf das Display seiner Lifewatch. Während er Jo zu weiteren Küssen auf seine Fingerspitzen animiert, späht er auf Tamaras Nachricht, aus dem Augenwinkel liest er. Sie müsse den Termin für morgen absagen, sie müsse morgen früh kurzfristig weg. Wenn es wirklich dringend sei, könne sie ihn in einer halben Stunde bei ihr zu Hause treffen. *Bitch, f… bitch!*

Vielleicht braucht er Tamara nicht mehr? Vielleicht braucht er diesen Stretchlimousinen-Cousin nicht mehr? Vielleicht hat sich das Blatt hier und heute bereits gewendet? *Sie hat gekifft, dann kriegt sie Mitleid.*

Kurz entschlossen erhebt sich Jivan, greift nach Jos Hand, zieht sie zu sich und liebkost ihren Nacken, mit einer Hand drückt er ihren Hintern an seinen Oberschenkel. »Lass uns im Hotelzimmer weitermachen, Hase«, flüstert er ihr ins Ohr und leckt dabei an ihrem Ohrläppchen. *Sie mag es vor allen Leuten. Die sollen sehen, wie sehr sie geliebt wird und was für ein Glück sie hat. Sie will, dass alle mitkriegen, wie sehr die ihr am Arsch vorbeigehen, weil sie sich total hingeben kann und sie drauf scheißt, ob die sie beachten oder nicht.* Er drückt auf Menü-Ende, fummelt seine Kreditkarte aus der Brieftasche und zieht sie durch den Scanner.

Regentropfen stürzen aus einem tief hängenden, dichten Netz in Grau-Weiß. Nach mottenzerfressenen Kleidern riecht die Luft, und die wenigen Leute auf der Straße spazieren nicht, wie man das hier auf dem Montparnasse erwarten dürfte, sie sind auf der Flucht vor der schlechten Stimmung des Himmels. Jo und Jivan steigen in ein Taxi, auf der Rückbank knutschen sie wie Teenager. Beim Hotel angekommen, löst sich Jivan aus der Umarmung. »Geh schon mal hoch, ich muss für 'ne halbe Stunde zu einem Gespräch mit dieser Tamara, sie muss morgen kurzfristig abreisen.«

»Jetzt!?«

Er haucht ihr übers Ohrläppchen. »Leider ist der Termin sehr wichtig. Hase, eh du dich versiehst, bin ich wieder zurück. Bestell uns doch ein Dessert und was zu trinken. Und such ein bisschen Musik raus.« Jo steigt aus dem Wagen und schickt ihm noch eine Kusshand hinterher.

Fünfunddreißig Minuten sind seit Tamaras Nachricht vergangen, als Jivan an ihrer Haustür klingelt. Der Öffner summt kurz. Er betritt das Wohnhaus, nimmt den Fahrstuhl in die oberste Etage. Er hätte ihr Büro vorgezogen. Sie steht im Türrahmen, hat die Arme verschränkt. Trägt Jeans und Bluse und raucht. *Ich hab den Rauch nie vertragen.*

»Khivan!« *So ungerührt sagt sie das. Wieso tut sie dann so überrascht?*

»Hast du jemand anderen erwartet?« *Das kurze Haar steht ihr besser.*

»Dich jedenfalls nicht. Was kann so weltbewegend sein, dass du so spät bei mir aufkreuzt?« *Sie wusste genau, dass ich es bin.* Sie küsst ihn links und rechts auf die Wange. »Bitte.« Sie läuft vor ihm her durch die geräumige Diele in den Wohnraum.

Ihr Hintern ist zu fett. Hat sie keinen Sex? »Bist du allein?

Ich will dich nicht stören. Ich hätte mich natürlich auch gern im Büro mit dir getroffen.«

Sie gießt Brandy in zwei Tumbler und stellt sie auf den Wohnzimmertisch. »Setz dich.«

Jivan nimmt Platz, sie steht an ihre Homebar gelehnt. *Geschmack hatte sie noch nie. Was für ein prolliges Teil!* Früher hätte sie gelächelt, sich neben ihn gesetzt, seine Hand genommen und sie gerieben. Sie hätte etwas gesagt wie: »Ach, was kann dir schon über die Leber gelaufen sein, was wir zusammen nicht wieder einfangen.« Jetzt bleibt sie kühl und freundlich auf Abstand und macht dieses Gesicht, als wollte sie nichts weiter hören, als hätte sie ihre Entscheidung schon getroffen. »Worum geht's?«

Er fixiert sie einen Moment lang. »Mich interessiert der Oceanworld-Auftrag. Du brauchst da noch einen Partner mit exorbitanten Statikerfahrungen.« Sie scheint ungerührt. Er stellt sich neben sie. Lässt sein Glas an das ihre stoßen. »Jemand, der sich mit Untergrund auskennt.« *Meinem Lächeln konnte sie nie lange widerstehen.*

Sie lächelt nicht. Sie scheint weit weg zu sein, bläst ihre Wangen auf und lässt ganz langsam die Luft ab. »Ich hab da eigentlich schon jemand im Auge, Khivan.«

»Ach.«

»…«

»Wen denn?«

»Brian Orson.«

»Orson? … Der ist eine Null in Statik! Was willst du mit dem?«

Sie lächelt.

Der fickt sie, Scheiße, der fickt sie. Er mag pralle Ärsche.

»Er ist besser, als du denkst.«

Jivan leert das Glas und stellt es auf die Bar. Dann legt er eine Hand in ihren Nacken und streichelt langsam auf und ab. »Womöglich hast du recht. Das Leben ist voller Überraschungen.« Jetzt lächelt sie, kneift ihre Augen dabei leicht zusammen und nippt am Brandy. »Mara ... Was ist eigentlich damals mit uns schiefgelaufen?«

Sie blickt ihn an. Einen Moment zu lange. Dann geht sie zum Sofa. »Was qualifiziert dich für den Posten?«

Miststück! Als wenn du das nicht wüsstest. Er verschränkt die Arme und grinst übers ganze Gesicht. »Keiner ist da unten so gut wie ich.« *Ich mag ihre Haut nicht, sie ist ledern wie die einer Eidechse, und ihre Schamlippen rochen damals bestialisch nach Sauerkraut.* Damals hat er sich im letzten Moment damit herausgeredet, dass er einen wichtigen Termin vergessen hätte. Er ist urplötzlich aus dem Bett gesprungen und hat sie sich selbst überlassen. Noch vom Bad aus hat er gehört, wie sie sich zum Höhepunkt gebracht hat. *Was verlangt man von mir? Ich konnte nicht, mir war schon übel.* Sie weiß, dass er kurz vor der Pleite stehen muss. Sie weiß, dass Sécurité Suisse einen Rückzieher gemacht hat. Sie kennt die Auftragslage. Sie kennt ihn. Jivan lässt sich neben sie auf die Couch fallen. Er greift nach ihrer Hand, küsst sie. »Ich hab dich vermisst, Mara ... Mit Jo läuft es nicht so.«

Sie blickt ihn ernst an. Ihre Augen sind schön. *Stimmt.* Dunkel und stark. *Ja.* Die Augenbrauen ein wenig zu buschig. Die Lippen ein wenig zu schmal. Jivan beginnt, sie zu küssen. Sie zu berühren. Sie auszuziehen. »Mach da weiter, wo du damals aufgehört hast«, flüstert sie. Sie spreizt die Beine, sie schließt die Augen.

Fast sechs Stunden sind vergangen, seit Jo vor dem Hotel aus dem Taxi gestiegen ist. Er ist sauer, riecht sauer, fühlt sich wund und erniedrigt. Zwischendurch sind ihm Tränen gekommen, er tat sich leid, Jo tat ihm leid, der Abend tat ihm leid, das Wurmloch tat ihm leid, das gesamte beschissene

Universum tat ihm leid, während er Tamara beweisen musste, dass Orson einen Dreck wert war.

Jo ist eingeschlafen, sie liegt nackt auf dem Bett. Stumm blickt er an ihr auf und ab, versucht die schmalspurigen Cellulite-Abschnitte an den Oberschenkeln zu übersehen. Auch das Dessert, eine kreative Version der Crème jumelle – die eine Hälfte aus pürierten Wildbeeren für Jo, die andere Hälfte aus Kaffee-Eigelb-Schaum für Jivan –, hat schon eine Orangenhaut und steht ungetröstet zwischen zwei unbenutzten Gläsern und neben einer ungeöffneten Flasche elsässischem Crémant. Vielleicht ist noch nichts verloren? Er bräuchte sich nur an sie zu kuscheln, vom Rücken her, wie sie es am liebsten mag. Seine Zunge brennt, seine Lippen sind dumpf. *Ich stinke.* Ihre Brüste erregen ihn nicht, ihr Schamhaar erregt ihn nicht. *Mir ist schlecht.* Jivan geht ins Bad und stellt sich unter die Dusche. Das Wasser rieselt über seinen Körper, prasselt fünfzehn Minuten wie ein Redeschwall auf ihn herab und überzeugt ihn, dass alles gut wird, dass die Zeit die Lösung bringen wird, dass er bei Tamara immerhin überzeugend war. Dass er wenigstens seinen Arsch gerettet hat, und Jos. Eine Weile sitzt er noch nachdenklich auf dem Klodeckel. Dann rubbelt er sich mit dem Handtuch über den Kopf und legt sich bieder in seine Betthälfte.

Die Nacht über holt ihn ein Angsttraum ein, in dem er mit ansieht, wie sein Gesicht aufschwemmt, seine Haut die Farbe wechselt und sich mit Furunkeln und Geschwüren überzieht. Seine Zunge schwillt so stark an, dass er nicht mal seinen Namen aussprechen kann. Den gesamten Traum über würgt er vor Übelkeit, bringt es aber nicht fertig, sich zu übergeben.

Am Morgen sitzt er schweigsam neben Jo im Taxi auf dem Weg nach Paris La Défense ins LfZ Assessment Center in der Rue Jacques Villon. Seine Erklärungsversuche nach dem

Aufwachen konnten Jos Enttäuschung nicht lindern. In pikiertem Ton ließ sie ihn wissen, er müsse nicht mitkommen, wenn er so viel zu tun habe.

Am Tour Ève angelangt, fahren sie mit dem Fahrstuhl in die achte Etage. Jivan greift nach Jos Hand. Sie ist nicht mehr sauer, aber die Flammen schlagen nicht gerade hoch. Mit den Lippen liebkost er eines ihrer Ohrläppchen. »Ob irgendjemand in diesem Lift hier ahnt, dass wir beide schon einer besseren Welt angehören?«, flüstert er. Immerhin lächelt sie dankbar.

Eine Koreanerin erwartet sie und führt sie in eine gemütliche Lounge mit bequemen Salonmöbeln, Büchern, Zeitschriften, einer Gitarre, einer Trompete und einem Tisch mit zwei Bildschirmen. Außerdem werden Häppchen und Getränke auf einem Sideboard serviert. Es ist an alles gedacht. Jivan hat sich Arbeit mitgebracht. Er will Tamara noch heute einige Zeichnungen schicken, er will sie dazu bringen, ihm einen Vorschuss zu zahlen.

Drei weitere Leute warten hier, zwei Frauen sind in eine Unterhaltung vertieft. Der Dritte, ein Mann, blättert stehend in einem Buch.

»Hi«, ruft Jo in den Raum.

Der Mann nickt. Die Frauen antworten mit »Hi«.

Gleich darauf wird sie ins Büro zu Björsson gebeten. Jivan holt seinen Assistenten heraus, friemelt ein saures Bonbon aus seiner Ledertasche und steckt es sich in den Mund. Seine Lifewatch meldet kurz darauf einen Anstieg seiner Stimmungskurve. Wenn man bedenkt, welche Wirkung ein saurer Drops auf den Zustand eines Menschen hat, kann man mit Fug und Recht behaupten, dass er die Welt maßgeblich besser macht. Er startet sein Statikprogramm, zieht eine Kuppel und beginnt mit seinen Berechnungen.

Die beiden Frauen zischeln und kichern, beide perfekt manikürt, mit ihren langen Nägeln könnten sie im Handumdrehen Kleintiere bis zur Größe eines Geckos erlegen. Kein Haar an den Armen, aber frisch gelegte Dreadlocks. Weiche Lederpumps, ordentlich schlampige Jeans mit exakt positionierten Löchern und T-Shirts mit wohlkomponierten Flecken. Über der Brust der einen: »Hello New Island. I'm a Weltgestalter«, über der der anderen: »Paradise Lost. Paradise Found«. *Ob denen wohl klar ist, dass die Insel im Fall debiler Grazien keine Gnade kennt?*, fragt sich Jivan. *Dass ihre Haare noch am Tag ihrer Ankunft von riesigen, unbekannten Insekten erobert werden? Dass ihre Pumps schon am nächsten Tag von hochentwickelten Affen als Schlagwaffen benutzt werden? Dass sie mit ihren wundgelaufenen Käsequanten auf den glitschigen Felsen ausrutschen und sich ihre Schläfen an den spitzen Steinen aufschlagen werden? Dass ihnen die insulare Fauna schon nach wenigen Tagen die gepeelte Haut weggeknabbert und abgezogen haben wird? Eine von ihnen wird den Sturz von den Felsen vielleicht überlebt haben und sich das alles mit ansehen müssen, ihre Panik wird man im Umkreis von einem Kilometer riechen können. Und wenn sie Glück hat, findet ein großes Raubtier sie innerhalb der nächsten vierundzwanzig Stunden und frisst sie bis auf den letzten Happen auf.* Jivan kann es nicht wissen. Er wünscht ihnen nur das Beste. Er hofft, dass sie es schaffen, und wendet sich wieder seiner Arbeit zu.

Derweil betreten weitere Personen die Lounge. Nach kurzer Zeit geraten unterschiedliche Weltgestalter-Ansichten aneinander, es entwickeln sich heftige Kontroversen. Gegeißelt werden die Raushalter, die Stillhalter, die Erdulder, solche »(Selbst-)Zufriedenen« wie Jivan, die mit einem sauren Drops im Mund alles ertragen können und es auch noch als Genuss bezeichnen. Er erfährt auf der einen Seite, wie perfekt die Natur eingerichtet sei und die Selektion funktioniere und dass der Mensch gut daran tue, ihre Regeln zu befolgen.

Die Natur dort und der Mensch hier. Auf der anderen Seite hört Jivan, dass der Mensch sich aus dem Korsett des Systems befreien, ja, dass er endlich richtig frei sein müsse, weil er es könne, weil er es der Evolution schuldig sei, weil er die erfolgversprechendste Strategie der Natur und der Computer das Naturprodukt schlechthin sei und man sich nicht mittendrin aus seiner Verantwortung stehlen könne. Man denke nur an all die Milliarden Jahre anhaltender Mühsal der Kohlenstoffmoleküle, den kreativen Elan des winzigen jungen Lebens am Lodern zu halten und sich von der Skepsis des uralten großen Nichts da draußen nicht einschüchtern zu lassen. Sie wollen Murphys Gesetz ad absurdum führen, das System selbst verlassen, sie wollen eine zweite Chance. Kein Tier hat so hohe Erwartungen an sich selbst wie der Mensch. Kein Tier ist enttäuscht über seine eigene Natur, weil kein Tier sich Illusionen darüber macht. Der Mensch will glauben, er hätte noch Chancen, die richtige Antwort auf die große Frage zu bekommen: Was machen wir hier?

Die letzten Krümel des sauren Drops schmelzen auf Jivans Zunge dahin. Er fingert in seiner Tasche nach der Tüte und reicht sie herum. Kurz darauf erscheint Jo. Ihre Wangen glühen, alles lief prima. Sie sagt, sie könne sogar eine noch bessere Position bekommen. LfZ brauche Pioniere. »Ivan, lass uns den Test mitmachen.«

»Uns?«

LfZ castet gerade die Macher der ersten Stunde, die Gestalter der neuen Gesellschaftsordnung. Sie müssen vierundzwanzig Fragen beantworten. Wenn man ausgewählt wird, nimmt man an einer Expedition auf die Insel teil, die als Forschungsreise hochkarätiger Wissenschaftler getarnt werden soll. Jivans Magen und Verstand sind einstimmig dagegen.

»Na los, komm.« Sie überrumpelt ihn mit ihrem Elan und zieht ihn in den Konferenzsaal. Vor ihnen liegt je ein altmodischer Stapel Papier samt Deckblatt. Des Weiteren Kugelschreiber, Glas und Wasserflasche.

Wie ein mächtiges Handelszentrum ragt Björssons Oberkörper über die Tischplatte. *Das dünne blonde Haar sollte er aufgeben, er sollte sich lieber den Kopf rasieren.* Delanneaux und er erheben sich, nachdem der letzte Platz besetzt und die Tür geschlossen ist.

Björsson beginnt: »Den Anfang zu machen ist die schwerste Übung.« *Ich hätte gesagt, kein Zuckerschlecken.*

Dann Delanneaux: »Ein Ende zu finden, die zweitschwerste.«

»Ihr habt jetzt neunzig Minuten Zeit, die besten Antworten auf die Fragen zu finden.«

»Oder die besten Fragen auf die Fragen.«

Björsson aktiviert den Timer.

Jivans Lifewatch zeigt einen deutlichen Anstieg von Adrenalin in seinem Blut, auf gut 1000 ng/l! Das erreicht er sonst nur, wenn er sich ein Elfmeterschießen ansieht. Er überfliegt den Fragebogen …

Jivan blickt zu Jo, die sich wie eine Streberin über die Zettel beugt und ihn keinen Blick riskieren lässt, sie schreibt und schreibt. Mit der rechten Hand tastet er nach dem letzten Bonbon in seiner Tasche, wirft es sich in den Mund, greift sich einen Kugelschreiber und beginnt. ›Alpha. Wir betreten ein Niemandsland. Welche Frage kommt dir zuerst in den Sinn?‹ … Er schreibt: Ich frage mich, wie wir nur die erste Nacht überleben wollen, ohne aufgefressen, gebissen oder tödlich verletzt zu werden. ›Beta. Wie stellst du dir die Welt in der Zukunft vor?‹ Es ist doch egal, wie die Welt in der Zukunft aussieht – sie wird mit Sicherheit die beste sein, die wir jemals hatten.

Wieder schaut er zu Jo, die unablässig schreibt, sogar am Rand des Blattes und rundherum.

»Psst!«

»…«

Er beugt sich ein Stück nach links. »Pssssst!«

Sie hält inne und blickt ihn fragend an. »Was?«

Jivan zwinkert ihr zu und zeigt ihr den sauren Drops auf der Zunge. Damit will er eigentlich nur sagen, dass alles okay ist und ob sie auch noch mal dran lutschen möchte, schließlich ist es der letzte. *Wieso geht den Menschen immer der Humor flöten, wenn es um die Zukunft geht?* So abschätzig runzelt sie die Stirn und verzieht den Mund, wie eine Lehrerin, die gerade einen Jungen dabei erwischt hat, wie er Herzchen auf die Schulbank malt. Überhaupt sitzen alle so verbissen da. Seine Gedanken schweifen ab zum Oceanworld-Auftrag. Plötzlich glaubt er, sich vorhin bei einem Wert verrechnet zu haben. In der Statik darf man sich unter keinen Umständen einen Fehler leisten. Die Fassade kann bröckeln, die Bodenbeläge können billig sein, aber die Tragwerkskonstruktion muss stimmen! Er versucht, sich an den Wert zu erinnern, seinen Assistenten darf er jetzt nicht benutzen. Auf der Rückseite des Deckblatts macht er sich einige Notizen und stopft es sich in die Tasche. Dann beugt er sich wieder über die Fragen. Auf einige weiß er keine Antwort. *Wenn ich das wüsste, wär ich ein reicher Mann.* ›Zeta. Welches Projekt würdest du zuerst anpacken?‹ Ich würde erst mal einen geeigneten Unterschlupf bauen. Auf einem zusätzlichen Blatt skizziert er ein rundes Haus, setzt ein dreieckiges Dach darauf und deutet einen Zaun drum herum an. Am Schluss, bei Omega, fragen sie: Gibt es noch etwas, was dir unter den Nägeln brennt? Allerdings: Womit soll man sich dort beschäftigen? Jeden Abend am Lagerfeuer singen wird mit der Zeit auch langweilig. Darf man jagen? Darf man Fleisch essen? Wird es ein Recht auf körperliche Unversehrtheit geben? Habe ich ein Recht auf Schutz? Kann man mich meiner Kleidungsstücke berauben?

Auf mehr als die Hälfte der Fragen hat er eine Antwort gefunden. *Nicht nur eine Antwort, die einzig richtige. Damit werde ich der Guru der Insel.*

Am nächsten Morgen sitzen sie wieder im Taxi nach Paris La Défense, um der feierlichen Bekanntgabe der Testergebnisse beizuwohnen. Wieder bedroht eine düstere Wolkenmauer das leichte Leben der Stadt. Jivan hält Jos Hand, ihr kalter Schweiß kühlt seine warmen Handflächen. Vergeblich hat er gestern versucht, sie von der Idee abzubringen, eine »Frau der ersten Stunde« bei LfZ zu werden. Zwischendurch meldete sich Tanner bei Jivan, der Jo suchte. Er bot ihr an, eine Rede für BetterPlanet auf der nächsten UN-Sondersitzung zu halten. Natürlich nahm er das Angebot für sie entgegen, aber Jo wollte davon nichts hören. Im letzten Moment konnte er sie davon abhalten, Tanner sofort abzusagen und alles aufzukündigen. Tamara hat er zwei Entwürfe geschickt mit einer kurzen Nachricht, die vier Emoticons enthielt, darunter ein Herzchen. Dann hatten Jo und Jivan in der Nacht noch unnötigerweise Sex wie zwei kastrierte Hasen.

Kaum haben sie das Gebäude betreten, bricht ein Sturzregen los. Die freundliche Koreanerin führt Jivan und Jo gleich in den Konferenzsaal, wo sich bereits alle Teilnehmer des gestrigen Durchlaufs versammelt haben. Obwohl die Fenster offen stehen, beherrscht ein Geruch nach Adrenalin den Raum. Erst vor einer halben Stunde hat eine weitere Runde von Bewerbern den Test beendet. *Die neue Welt ist schweißtreibend!* Björsson und Delanneaux begrüßen die Anwesenden und beteuern, dass die Auswahl nicht leicht gewesen sei. Sie verteilen die Listen mit den Nummern und den dazugehörigen Ergebnissen. Im Saal bricht Gemurmel und Getuschel aus. Jo strahlt, sie hat den Test bestanden, Jivan allerdings ist durchgefallen.

»Was hast du geschrieben?« Jo ist fuchsteufelswild.

»Ganz vernünftige Sachen. Ehrlich.«

Björsson bittet um Ruhe. »Wir bedanken uns bei allen, die sich Gedanken gemacht haben. Versteht unsere Ablehnung nicht als mangelnden Respekt vor euren Ideen. Wir würden euch auf jeden Fall gern zu einem späteren Zeitpunkt in diesem Projekt dabeihaben. Ihr gehört ALLE zu unseren Auserwählten, wir brauchen auch Pioniere der zweiten Stunde.«

Damit kann Jivan leben. Jo anscheinend nicht. Sie blickt ihn nicht an.

Jetzt redet Delanneaux. »Ich bitte nun alle Pioniere der zweiten Stunde nach draußen. Unsere Assistentin hat für euch in der Lounge noch ein Dankeschön vorbereitet. Wir halten euch auf dem Laufenden über weitere Schritte. Au revoir, mes amis!«

Jivan greift nach Jos Hand. »Gehen wir was essen?«

Sie schüttelt den Kopf. »Ivan, ich will hier mitmachen.«

»Was? … Was ist mit dem Job in Berlin?«

»Schscht. Wir reden später.«

»Du lässt mich allein zurück?« Er hat nicht die Absicht, leise zu sprechen. Er will, dass alle mitkriegen, wie grausam sie sein kann.

»Nicht jetzt! Bitte!«

»Ohne dich geh ich aber nicht.«

»Du bist kindisch.« Ausnahmslos alle blicken sie an.

»Ich bleib hier stehen.«

Jo spricht durch die Zähne. »Bitte, hör auf damit.«

Jivan gibt kleinlaute, flehende Affenlaute von sich. Gelächter bricht los. Hat er gesehen, wie sie sich in Grund und Boden schämt? *Ach was, damit bring ich sie immer zur Vernunft.* Einen zärtlichen Kuss drückt er ihr auf den Mund, die andere Hand kneift in ihre Pobacken. Daraufhin knallt es. Jivans rechte Wange brennt. Sie meint es ernst. *Drecksbiest! Du hast diese Scheißwelt echt verdient!* Auch ein saurer Drops hätte jetzt keine Linderung seines Zorns bewirkt, dem er nicht vor versammelter Erstauswahl von »besseren Menschen« nachgeben will. Er hängt sich seine Tasche über die Schulter und verlässt wortlos den Raum. Die Koreanerin steht an der Tür, grinst und versucht noch, ihm eine LfZ-Tüte als Dankeschön zu überreichen.

Wenigstens hat der Regen aufgehört. Die Straßen sind zu gleißenden Spiegeln geworden. Auf dem Butte aux Cailles hat sich jeder zweite Fußgänger die Hände tief in die Hosentaschen gesteckt. Dabei starren sie derart angestrengt auf den Boden, als wollte ihnen den jemand streitig machen. Sie schleichen aneinander vorbei, als koste sie ein Blick die Welt. Jivan sitzt draußen vorm La Butte Aveyronnaise nachdenklich vor seinem Espresso. Ein Tropfen fällt von der Markise in seine Tasse. Vier verschlüsselte Nachrichten erreichen hintereinander seinen Posteingang. *Tamara!* »Sorry, aber ich mach den Auftrag doch mit Brian. Sei nicht sauer, aber das lässt sich für mich besser händeln. Melde dich, wenn du mal wieder in der Stadt bist. T.« Er braucht einige Sekunden, bis der Text sich als Realität in seinem Verstand manifestiert hat. *Scheiße!* Die zweite stammt natürlich von seinem Bankberater. Jetzt ist der Moment gekommen, Benicio Álvaro anzurufen. *Quatsch!* Moral und Mitleid kann er sich aber nicht mehr länger leisten. *Eben!* Jivan antwortet ihm: »Herr Fritsche! Ich grüße Sie. Ich habe gute Nachrichten! Komme gerade von einem Termin mit meinen neuen Auftraggebern. Der Rubel rollt wieder. So wie es aussieht, brauche ich bald gar keine Kreditlinie mehr. Also halten Sie durch, es sind nur noch ein paar Formalitäten zu erledigen. Wenn Sie mehr von mir brauchen, dann melden Sie sich. Besten Gruß, JHF.« *Mir geht's gleich besser.* Die dritte Nachricht stammt von Ralf Wiegand.

Der Investor wolle sich »so schnell wie möglich« mit ihm im Bunker 17/5001 treffen. *Sag ich doch!* Wieso hat er so ein komisches Gefühl bei der Sache? *Fickt euch mit euren Gefühlen!*

6

Ein juveniler Sturm verschont die Insel weitgehend, nur sein Ausläufer ballert hier und da mit Platzregen um sich. Dampfgardinen stehen über dem aufgeheizten Sandboden. Kleine Wellen plappern unentwegt übers Meer. Einige Delfine springen ganz in der Nähe, ziehen weiter in Richtung Nordosten, bis sie die Linie des Horizonts übersteigen.

Derweil macht sich im Inneren der Insel, unweit des Sees, eine Gruppe Käfer auf die Suche nach Vergnügen, folgt einer blumigen Duftspur. Absenderin der Einladung ist Victoria, eine weiße Seerose am Rande des Süßwassersees, die zu einer zweitägigen Völlerei bittet und deswegen einmalig die Pforten ihrer mächtigen Blütenkathedrale öffnet.

Die Gruppe hat Glück, es gibt noch Plätze. Am Entree werden sie zur Kasse gebeten, sie zwängen sich durch den schmalen Eingang, wo sie sämtlichen Blütenstaub lassen müssen, den sie andernorts aufgesammelt haben. Eine schwüle, süßliche Luft und die Gesellschaft weiterer Käfer warten auf sie im Inneren.

Mit der Morgendämmerung endet der Einlass, die Türen der Blütenkirche werden verschlossen, die Anlage taucht unter die Wasseroberfläche ab, und ein Séparée öffnet sich. Eine stundenlange Feier beginnt, während der den tagesscheuen Gästen ein klebriger Saft serviert wird, mit dem sie sich über und über beschmieren, bis sie volltrunken einschlafen.

Mit den ersten Pinselstrichen des Abendrots steigt die Seerose wieder an die Oberfläche und öffnet die Türen der Kathedrale. Die weiße Nymphe hat sich in einen roten Jüngling verwandelt. Wenig charmant bittet er die besudelten Gäste nach draußen. Als der nächste Morgen anbricht, versinkt er im See und verschwindet für alle Zeiten.

N=Global
BLOG

DEINE STORY VON PAUL WEISSMANN

Sprachversion des Artikels auswählen

Gepostet am Freitag, um 9.47 Uhr MEZ
Könnt ihr euch vorstellen, dass Menschen jemals wieder ins Paradies zurückkehren? – Nein? Konnte ich auch nicht. Ist aber so. Wie das gehen soll, fragt ihr? Hier bin ich wieder auf eure Hilfe angewiesen.

Heute früh landet dieser Screenshot einer Satellitenaufnahme von User TrueAmerican in meiner Mailbox. TrueAmerican hat darauf einen Pfeil platziert, neben dem ganz deutlich ein nackter Mensch, bäuchlings am Strand der neuen Insel liegend, zu erkennen ist. Was soll man dazu sagen? Besser tot, als das Paradies gar nicht zu erreichen.

Dann schickte TrueAmerican keine zehn Minuten später diese weiteren Screenshots, die zeigen, dass der Mensch noch am Leben ist. Links sieht man ihn ganz deutlich sitzen. Und rechts neben einem Baum. Er bewegt sich, er lebt! Schickt mir bis 13 Uhr eure Ideen, was er jetzt als Nächstes dort machen soll. *Vorsicht, Schlangen!*

Gepostet am Freitag, 10.30 Uhr MEZ
Nun ein paar harte Fakten: Um die Screenshots ist ein Streit ausgebrochen. Einer vom UN-Sicherheitsrat will, dass ich sie aus dem Netz nehme. Tu ich aber nicht! Es wird vermutet, dass dieser Mensch ein Überlebender des Le Paradis-Desasters sein könnte. Spielt es eine Rolle, wer das ist? Die Frage ist doch nur, ob er oder sie dort so allein bleiben soll? *Adam

und Eva* Im UN-Sicherheitsrat grübeln sie gerade darüber nach, ob sie einen Aufklärungshubschrauber zur Insel schicken sollen, um den Menschen von dort abzutransportieren. Sie haben einen internationalen Haftbefehl gegen den Vorstand von Le Paradis erlassen, sie wollen, dass er die Verantwortung für das gesamte Debakel übernimmt. Was sagt ihr dazu? *Wo gehobelt wird, fallen manchmal Späne*

Gepostet am Freitag, 11.30 Uhr MEZ
Hier die drei am häufigsten geäußerten Ansichten zur Frage des Abtransports: »Der Mensch ist dort frei von Schuld« (35 Prozent). »Die können ihn mal!« (30 Prozent). »Er kann nichts dafür« (18 Prozent).

Gepostet am Freitag, 12.18 Uhr MEZ
Leute, es wird immer bizarrer! Jetzt sind weltweit schon Millionen von Menschen auf der Straße und demonstrieren gegen die Entsendung eines Hubschraubers. Hier ein Schnappschuss aus London von User BerryKate. Auf dem Plakat vorn ist ganz deutlich zu lesen, die UN habe kein Hoheitsrecht für das Paradies 😉, der Haftbefehl ist auf der Insel also nicht rechtswirksam. Blöderweise ist es dabei auch zu gewalttätigen Auseinandersetzungen mit Gegendemonstranten gekommen, als die mit ihren Transparenten provoziert haben. Hier rechts steht: »Menschen haben im irdischen Paradies nichts zu suchen.« Ich bleib dran.

Gepostet am Freitag, 13.02 Uhr MEZ
Eure fünf häufigsten Vorschläge dazu, was dieser Mensch im Paradies als Nächstes tun sollte:

1. Platz: »Nichts überstürzen.«

2. Platz (gleich viele Nennungen): »Keine Frauen!« bzw. »Keine Männer!«

3. Platz: »Irgendwas überziehen.«

4. Platz: »Nackt bleiben!«

5. Platz: »Ein Tier jagen, Feuer machen, grillen, vollfressen, pennen und dann am nächsten Tag aus einer Rippe das machen, was er sich am meisten wünscht.«

Gepostet am Freitag 14.44 Uhr MEZ
Leider eine Hiobsbotschaft! Gerade sind diese Aufnahmen von der deutschen Luftwaffe in meiner Mailbox angekommen. Seht ihr den Hubschrauber? Offenbar konnte er unbemerkt in den insularen Luftraum eindringen. Bei der Besatzung handelt es sich um Mitglieder einer militanten Christenbewegung, die sich Tredici Rose nennt. Aus 50 Metern Höhe haben diese fanatischen Schweine auf den Menschen geschossen und ihn getötet. Hier links liegt er rücklings auf dem Boden. Der Mensch war eine Frau!

Kurz darauf haben zwei Kampfjets der deutschen Luftwaffe den Hubschrauber abgeschossen. Auf dem rechten Bild sieht man überall die Wrackteile herumliegen. Ein einziger Sauladen ist das Paradies jetzt. 😠

Gepostet am Freitag, 16.05 Uhr MEZ
Aus lauter Bestürzung über die Vorkommnisse poste ich hier noch einen verzweifelten Aufruf des WWF: Bitte, bitte die Insel nicht weiter mit unbedachten Aktionen verunreinigen!! Die Wrackteile des Hubschraubers müssen liegen bleiben, weil der UN-Sicherheitsrat fürchtet, jemand könnte die Gelegenheit nutzen, um unbefugt auf die Insel zu gelangen. Was sind wir doch am A…! 😭

JIVAN UND JO

»WENN DU MICH FRAGST? …«
»HM, WAS DENKST DU?«
»DIE HATTEN RECHT.«
»JA … LASS UNS LIEBER WOANDERSHIN.«

Zwei Außerirdische in einem Ufo, die nach einer langen vergnüglichen Reise quer durch die Galaxien des Universums – vollbeladen mit Geschenken – gerade von der Andromedagalaxie her in der Milchstraße angekommen sind, betrachten aus sicherer Entfernung und voller Scheu die Erde.

Kleine Gruppen von Schwänen schwimmen lautlos wie Späher auf dem Wannsee auf und ab. In vier Tagen will Jo mit Björsson und Co. in eine neue Welt aufbrechen. Wenn sie wüsste, dass »ihre« kleine Yacht an erster Stelle auf der Pfändungsliste steht, die Herr Fritsche vorhin an Jivan übermittelt hat. *Ich fühle keine Trauer. Mir ist das scheißegal.*

Er sollte ihr sagen, dass er sie liebt. *Ich muss ihr auf die Titten schauen, sonst fang ich an, sie zu hassen.* Er hasst sie doch schon. »Ich liebe dich.«

»Darum geht's doch nicht.«

»Ich liebe dich. Sieh mir in die Augen und sag mir: Ich liebe dich.«

»Hier geht's doch um viel mehr, Ivan!«

»Ich liebe dich aber! Darum geht's mir.«

»Du bist jetzt echt kleinlich! Es dreht sich nicht alles um dich und mich!«

»Meine Liebe nennst du kleinlich?«

Sie stöhnt und steckt sich einen Joint an.

»Meine Liebe ist also kleinlich, ja!« Der Ex-General sagte vorhin am Telefon, sie sei nicht gut für ihn, er riet ihm, sie gehen zu lassen.

»Ja, bitte schön, … deine Liebe ist kleinlich und altmodisch … Das ist doch total überflüssig. Liebe ist sowieso nur ein Trugschluss.«

Fast hätte er ihr eine Ohrfeige verpasst. Er verzieht sich auf die Brücke und gießt sich Brandy ins Glas. Sie folgt ihm.

»Warum unterstützt du mich nicht? Nur weil's hier mal nicht nach deinem Schwanz geht?«

Bitch! Er lacht spöttisch, kippt den Rest aus dem Glas hinunter und geht zurück an Deck.

»Wenn du mich liebst, dann willst du, dass ich glücklich bin.«

»Wenn du mich liebst, dann lässt du mich nicht allein zurück.«

»Oohhh! Ich lasse ihn allein in der schrecklichen Welt zurück. Ich mach's mir ohne dich im Paradies gemütlich!«

»Man verlässt nicht den Mann, den man liebt.«

»Hier geht's aber nicht um dich!«

»Aber um DICH geht's hier!«

»Jetzt spinn doch nicht rum, auch um mich geht's nicht! Wir kämpfen um die Zukunft der Menschheit!«

Er prustet los. »So ein Quark! So eine gequirlte Scheiße! DIE MENSCHHEIT! Es geht um die gesamte Menschheit. Ach so. Na dann! Dann kann ich ja das blöde Schaf sein und mich opfern. Dann lass ich mich einfach von Björsson ans Kreuz nageln. Du weißt schon, dass der stockschwul ist!«

»Was hat das damit zu tun! Hier will dich doch niemand ans Kreuz nageln! Ich will mich einfach verwirklichen.«

»Verwirklichen willst du dich! Die Position in Berlin war wohl nicht gut genug für dich! Meine Frau verwirklicht sich lieber als Affe im Baströckchen auf Bäumen irgendwo im fernen Ozean. Und dabei denkst du keine Sekunde daran, wie ICH mich dabei fühle.«

»Du solltest mir Mut machen!«

»Na klar! Schon mit EINEM Kind könntest du die Zukunft der Menschheit sichern. Heute! Hier und jetzt!«

»Natürlich! Dass es auf ewig so weitergeht! Das ist doch sinnlos! Ich gebe mich nicht einfach meinen biologischen Trieben hin. Du solltest stolz auf mich sein!«

»Nicht mal wenn du meine Tochter wärst, würde ich stolz auf dich sein, weil das Schwachsinn ist!«

»Um die Zukunft der Menschheit zu kämpfen findest du also schwachsinnig!«

»Ja! Genau! Totaler Schwachsinn! Die Zukunft interessiert mich einen Scheiß!«

»Dann hast du die Kreuzigung aber echt verdient!«

»Paaah! Björsson kann ja nicht mal ein Klopfholz von einem Latthammer unterscheiden! Aber die Welt will er verändern!«

»Du bist kindisch! Aber so ein Scheißkreuz kriegt der schon hin!«

»Ja? Ha!!! Hahaha! Das freut dich, mich am Kreuz zu sehen, wie ein Schwein festgenagelt –«

»Du bist ekelhaft –«

»– Macht dich das geil? In meinen Schwanz könnt ihr ja auch so einen Nagel einrammen als Mahnmal für alle Schlappschwänze, die keine Lust haben, die Welt zu verändern.«

»Hör auf!«

Er lacht, er genießt ihren Ekel. Er ist erregt. »Ein paar lange Eisennägel hab ich sogar noch im Werkzeugkasten.« Er drückt sie gegen die Wand und hält ihre Handgelenke fest umklammert.

»Ruf endlich diesen Benicio an, wenn du Geld brauchst.«

»Ich brauch meine Frau und kein Geld!«

»Ich brauch einen Mann, der mich liebt!«

Heftig beißt er ihr in die Lippen, presst sein Becken gegen das ihre.

Sie leistet Widerstand. »Du bist total überfordert. Mach doch irgendwo Urlaub, bis die neue Welt dich braucht! Du hast doch jetzt so eine geile Villa.«

Mit den Händen hält er sie fester, mit den Zähnen reißt er ihre Bluse auf, beißt in ihre Brustwarzen, drückt seinen Unterleib gegen ihr Becken.

»Du machst mir keine Angst.« Sie lacht spöttisch. »Ich weiß, wie man mit schwulen Männern fickt.«

Er wirft sie unsanft auf den Boden, öffnet ihre Shorts, beim Herunterziehen kratzt der Metallknopf eine Schramme in ihren Oberschenkel.

»Ich ficke lieber Affen als dich!« Sie verpasst ihm Tritte in die Waden.

Er beißt ihr wieder in die Lippen, öffnet den Hosenstall und presst seinen harten Schwanz zwischen ihre Beine.

Jo schreit, beißt ihn in den Oberarm und befreit sich mit aller Gewalt. »Lass mich los, du perverses Schwein!« Sie springt ins Wasser und schwimmt davon.

Punkt 8.00 Uhr hält das Taxi am Eingang des Bunkergeländes an der Ützdorfer Straße. Die Zufahrt steht offen. Jivans Augen liegen in schattigen Höhlen, sein Magen ist übersäuert vom Alkohol und der Grübelei der letzten Nacht. Ralf Wiegand mit Käppi und Gehstock wartet mit zwei Männern an einem Geländewagen, beide mit Sonnenbrille, einer schütter dunkelblond, der andere asiatisch schwarz.

»Grüß dich, Jivan.« Wie beim letzten Mal schüttelt er ihm einen Augenblick zu lang die Hand, dann deutet er mit seinem Stock auf die anderen. »Mister Sands aus Boston und Mister Katō aus Ōsaka.«

»Nice to meet you, Mister Sands.«

»Mister Katō, welcome.«

Wiegand greift nach Jivans Arm. »Lät's start, vi häf littel

taim änd mai lägs ar not gätting bätter.« Er setzt sich ans Steuer des SUV, Jivan neben ihm, die Investoren auf der Rückbank. »Du brauchst ihnen keine Allerweltsdetails zum Objekt zu erzählen. Damit hat sie das Internet schon versorgt. Und von mir haben sie die Späschels.«

»Werd ich erfahren, worum es geht?«

»Du erfährst alles, was du wissen musst. Sie werden so viel sagen, wie sie dürfen. Dann sehn ma weiter.«

Das Gelände liegt wie ein Massengrab von Stahlbetonkörpern im Barnimer Wald, es wirbt immer noch um Inanspruchnahme, der Bunker fordert geradezu den Ausbruch eines atomaren Kriegs, achtzigfache Hiroshimabomben hätte er überstanden. Aber gegen den Widerstand von mündigen Bürgern und gegen den Lauf der Zeit konnte er nichts ausrichten.

Gut dreihundert Meter weiter erreichen sie das NVR-Gebäude. Im TO 03 passieren sie den ehemaligen Raum der Wache. Eine verschlüsselte Nachricht erreicht gerade noch Jivans Posteingang. *Fritsche!* Eine Sekunde später hat er keinen Empfang mehr. Wiegand hakt sich bei Jivan unter und schreitet in gemächlichem Tempo voran. Sands nimmt die Sonnenbrille ab. Katō schiebt den getönten Clip nach oben. Mit einigem Abstand folgen sie. Mit leistungsstarken Taschenlampen ausgerüstet, betreten sie einen Kellerbereich, passieren eine Dekontaminationsschleuse und einige antiquarisch anmutende Kontrolleinrichtungen und Magnetkartenleser. Am Ende des Kellers treffen sie auf einen knapp 200 Meter langen Tunnel, an den sich vier Stahltüren anschließen. Die erste der drei Drucktüren kreischt beim Öffnen. Wiegand richtet den Strahl der Taschenlampe auf die nächste Tür. »Plies, follo as.« Er stützt sich auf Jivans Schulter. Nach der letzten Tür mit der Aufschrift »Personenzugang« erreichen sie eine weitere Dekontaminationsschleuse und gelangen in den Flur des ersten Untergeschosses. Katō und Sands blicken sich um und nicken. Jivan versucht in ihren Gesichtern zu lesen. Sein Magen schickt Fragezeichen an sein Gehirn. Er beugt sich zu Wiegand und flüstert durch die Zähne: »Der neuen Auflagen sind sie sich bewusst?«

»Einen Safe wollen sie sowieso nicht. Hier geht's um viel mehr.«

»Steht die Finanzierung?«

»Supersolide. Lass sie reden.«

Jivan ist zu allem bereit. *Ich bau denen hier ein Atomwaffenlager, wenn sie's wollen.* Wiegands Taschenlampenlicht läuft den anderen Strahlern unruhig voran, die Reste der Holzverkleidung an den Bunkerwänden sind mit Schimmel überzogen. Der Greis führt sie zuerst durch die oberen Etagen des Bunkers, wo mehrheitlich Arbeits- und Aufenthaltsräume liegen. Auf dem Weg ins dritte Untergeschoss spürt Jivan eine leichte Panik aufkommen. *Ein Mensch ist kein Wurm.* Dort liegen die wichtigen technischen Bereiche und Versorgungsanlangen. Wiegands Beine werden müde. Im Dispatcherraum klappt er seinen Hocker aus. »Eine Pause, plies.«

Sands: »Hier unten wollen wir Labore. Im zweiten Untergeschoss brauchen wir Arbeitsräume. Oben stellen wir uns einen Aufenthaltsbereich vor. Die Zugänge zu den Laboren müssen quasi unsichtbar sein. Das dritte Untergeschoss soll am besten verschwinden, aus den Zeichnungen und aus dem Gedächtnis.«

Katō: »Mister Fernández, wir brauchen einen perfekt abgeschirmten Raum.«

»Abgeschirmt wogegen?«

»Gegen Neugier.«

Sands: »Überirdisch bauen wir eine Alibi-Siedlung mit Ostflair. Kindergarten, Schule, Konsum, Freizeitangebote et cetera et cetera.«

Katō: »Aber hier unten brauchen wir hundertprozentig geschützte Räume und Labore, in denen wir in Ruhe arbeiten können.«

Sands: »Und dafür brauchen wir Sie!«

Jivan schaut zu Wiegand. Wiegand nickt und schaut dann auf seine Beine. Was will er sagen? Wäre er nur zehn Jahre jünger, würde er den Auftrag selbst übernehmen? Ohne Not hätte Wiegand niemanden an sein Meisterwerk herangelassen. Glaubt er, dass er die Zeit nicht mehr hat? Drei, vier Jahre? »Wofür sind die Labore gedacht?«

Katō hält Jivan seinen Assistenten hin, dessen Hintergrundbeleuchtung ein Schriftstück mit dem Titel »Non disclosure agreement« lesbar macht. Mit einer Geste weißt Katō auf den Fingerscanner, den Sands bereithält. Jivan überfliegt das Dokument und legt seinen rechten Zeigefinger auf den Scanner.

Sands: »Sagen wir so, hier unten werden wir buchstäblich die Unzufriedenheit abschaffen und die Welt in einen Hort des Glücks und der wirtschaftlichen Blüte verwandeln.«

Katō: »Unzufriedene Menschen, Mister Fernández, arbeiten ineffektiv und kosten die Unternehmen irrwitzige Summen. Sie schaden dem Fortschritt. Sie grübeln nur, sie arbeiten schlecht und konsumieren einseitig. Die Welt braucht glückliche Arbeiter, wenn sie sich voll entfalten soll, die ehrlich und loyal sind.«

Wiegand starrt weiter auf seine Beine und nickt. *Was will er ihm mit diesem Nicken sagen?*, fragt sich Jivan. *Dass das hier einen wichtigen Unterschied macht, weil jeder neue Mensch so gesehen »unterirdisch«, im Abraum des Uterus entsteht und jeder Neugeborene damit rechnen muss, ein moderner Arbeitssklave zu werden, aber bisher keine Garantie dafür hatte, dass er dabei glücklich ist?* »Warum hier in Deutschland, warum nicht auf irgendeinem fernen Atoll?«

Sands: »Die Deutschen sind intelligent und einigermaßen genügsam. Sie dienen uns quasi als optimale Grundlage. Nur sind sie zu ängstlich und viel zu ernst. Aber die Geschichte hat gezeigt, dass sie Autoritäten gegenüber sehr loyal sind.«

Katō: »Von hier aus ist es nur ein kleiner Schritt für uns, Mister Fernández, aber ein großer für die globale Wirtschaft in Richtung dauerhafter Stabilität. Mister Wiegand hat Sie uns dringend empfohlen.«

Sands: »Sie hören von uns, sobald das Konsortium die Investitionssumme genehmigt hat.«

»Wie lange wird das dauern?«

Sands: »Wir haben viel Unterstützung, aber der Antrag muss von 147 Instanzen genehmigt werden.« Der glückliche Arbeitssklave ist offenbar nur durch die gemeinsame Investition aller großen Konzerne realisierbar.

Das Taxi hält vor Jivans Büro. Jivan steigt aus und betritt Ediz' Döneria. »Hallo Eddie, machst du mir zwei Fleischspieße und Salat?«

Einen Augenblick blickt Ediz ihm ins Gesicht, er zieht die Augenbrauen hoch. »Du willst wissen, was isch denke? Du hast keine Frau geheiratet, du hast eine Ziege geheiratet. Ist auch in meiner Familie passiert.«

Jivan setzt sich an den Tisch neben die Theke.

Ediz legt die Kalbsspieße auf den Grill. Auf einem Teller stellt er ihm einen bunten Salat zusammen.

»Kannst du mir wieder ein paar Zwiebeln anbraten?«

»Nicht scheiden lassen. Dann hast du verloren.«

Er schneidet einen Apfel in den Salat, darüber breitet er die goldbraun gebratenen Zwiebeln, und darauf legt er die beiden Spieße. Mit dem Teller geht er zu Jivan an den Tisch. »Gibt nur zwei Möglischkeiten für Mann mit Ziege: Hol dir zweite Ziege ins Haus oder schlachte sie. Chiffriert gesagt.«

Er zwinkert, klopft ihm auf die Schulter und stellt ihm den Teller vor die Nase. »Wenn die disch verlässt, du bist fertisch.«

»Danke, Eddie.« Jivan beißt ins Fleisch und spießt Zwiebeln und Salatblätter auf. »Ich zahl dir heute meine Schulden.« Fritsche hat seiner Bitte stattgegeben, zunächst nur die Yacht und nicht gleich auch noch seine Wohnung zu pfänden. Eine Galgenfrist von einer Woche hat er ihm eingeräumt, um die restliche Schuldsumme zu erstatten. Schweigend schlingt Jivan das Essen hinunter, zahlt eine schöne Summe Geld an Ediz und verlässt die Döneria.

Sein Büro ist zurzeit der einzige unbeschadete Ort, seine sichere Zuflucht. Aus dem Schrank holt er eine Flasche Fernet Cinzano, wirft Eiswürfel in ein Glas und füllt den Tumbler randvoll. Seit Jo gestern vom Boot gesprungen ist, fühlt er ein dumpfes Klopfen im Ohr, sein Blutdruck ist hyperton. Bis zur Dämmerung saß er an Deck, leerte eine halbe Flasche Brandy und spielte den Streit mit ihr noch x-mal durch, bis er in einen komatösen Schlaf fiel. Das Gekreische eines empörten Erpels weckte ihn gerade noch rechtzeitig.

Gerädert lässt er sich auf seinen Arbeitsstuhl fallen, dreht sich zum Fenster und legt die Füße auf den Sims. Im Hintergrund laufen Nachrichten von zig abonnierten Kanälen über seinen Bildschirm. Eine meldet gerade, dass die alten Perser vor zweieinhalbtausend Jahren als Erste allgemeine Menschenrechte auf einem Ton-Zylinder eingeritzt und damit das unveräußerliche Recht auf Leben, Freiheit und Glückseligkeit erklärt haben.

Jivan gießt sich nach und prustet los. »Glückseligkeit, du heilige Scheiße!«, sagt er laut und sackt in sich zusammen. Sein Blick klebt an der Flasche. *Jo und Fritsche entrechten mich, ohne mit der Wimper zu zucken. Hab ich Jo nicht immer voll unterstützt? ICH hab sie zu Tanner gebracht! ICH hab sie mit Björsson bekannt gemacht. ICH hab ihr sogar schon eine Rede für die UN-Sondersitzung geschrieben.* Davon weiß sie noch nichts. *Na und! Wo bleiben meine Anteile? Ihr Körper gehört nicht nur ihr! Ein Körper gehört nie einem allein, dann wär er nur ein lebloser Haufen Knochen und Fleisch, dem jeder Scheiß-Computer überlegen ist. Ein Körper braucht sinnliche Erfahrung, die rangiert mit Nahrung an erster Stelle auf der Liste der objektiven Notwendigkeiten, wenn wir schon vom Recht auf Glückseligkeit sprechen. Ich hab ein Recht auf ihre Schamhaare! Und sie hat ein Recht auf meine. Das sind die simple basics der Ehe. Darauf verlassen wir uns seit Tausenden von Jahren. Schamhaare, Brüste! Das sind die Silben, mit denen Männer Glückseligkeit buchstabieren. ¡Salud!* Rotes Haar gibt es noch woanders. Das ist die gute Nachricht. Es gäbe Ersatz. Jo hat auch ein Recht auf Freiheit. *NEIN!* Doch! Hat sie. *Oh ja, das haben wir ja erklärt, das haben die alten Perser schon gesagt. Was soll das sein? Freiheit ist ein Trugschluss.* Liebe angeblich auch. *Schamhaar aber nicht, das ist was Handfestes, darauf kannst du dich verlassen. Das riecht, das kribbelt, das kannst du zeichnen. Freiheit, Liebe kann man nicht zeichnen, und was man nicht zeichnen kann, ist ein Trugschluss.* Dann ist Glückseligkeit auch einer. *Klar! Falsche Versprechen der Industrie. Glück, Freiheit, Liebe sind Versprechen, aber keine Tatsachen! Punkt und basta. Das sind bloß die Fäden, an denen sie dich aufziehen.* Wer? … *mit denen sie dich mürbe machen, mit denen sie dich dazu bringen, arbeiten zu gehen, Kohle zu verdienen und die dann aus dem Fenster zu schmeißen.* Wer? *Wer, wer! Du!* Ich?! *Ja, du mit deinem nüchternen Getue. Mit deinen Scheißbelehrungen!* Ich bin der Einzige, der dich retten kann. *Liebst du mich?* Nein. *Warum nicht?* … Ich muss dich retten.

Seine Lifewatch surrt unentwegt. 1,1 Promille! Jivan wischt sich die Tränen aus dem Gesicht und öffnet die Galerie auf seinem Assistenten. Er findet ein Foto von Jo aus der Pariser Serie. Er weiß noch: Als er sie fotografierte, dachte er daran, dass er sie besitzen muss, dass er sie heiraten will, dass er sich sein Leben mit keiner anderen Frau vorstellen kann. Vollkommen nackt hockt sie auf dem Bett, leicht zur Seite gedreht, die Beine angezogen, die Arme auf den Knien abgelegt, das Kinn daraufgestützt, sie entblößt ihr rotes Schamhaar nur zur Hälfte, ihre Klitoris ist nur schemenhaft zu erkennen, von der Seite zeichnet sich gleichmäßig gewölbt eine Brust ab, die Warze ist spitz und fest. Jivan spürt eine grässliche Erregung, er öffnet seine Jeans und beginnt zu masturbieren.

Immerhin senkt der Erguss seinen Blutdruck drastisch. Nur sein Puls rast noch vom vergärten Zucker. Er starrt stumm auf die Nachrichtenbilder, die sich wie ein Rinnsal zwischen seine Gedanken drängeln, währenddessen leert er noch den Rest aus der Flasche und döst dann ein, fällt in einen Halbschlaf voller Tagesreste und Traumbilder.

So ein Quark! Ich hab das Boot nicht gestohlen. Ich hab dem Mann meine Kreditkarte als Pfand angeboten. Ich hab ihm gesagt, dass meine schwangere Frau auf der Yacht ist. Sie leidet unter fürchterlichen Depressionen, ohne mich tut die sich noch was an. Ohne mich sind die einfach losgefahren, hab ich zu ihm gesagt, mir kommen dabei wirklich die Tränen. Der Typ lässt sofort den Motor an, er sagt, ich soll mich festhalten und die Karte stecken lassen. Der ist noch wahnsinniger als ich. Das Boot fliegt die ersten einhundert Meter übers Wasser, so viel Gas hat der gegeben. Als ich meinen Kopf kurz nach rechts drehe, damit ich mal Luft holen kann, wird meine Sonnenbrille weggeschleudert. Das findet er lustig. Überhaupt amüsiert ihn das Ganze. Er redet in einer Tour auf mich ein. Andrew heißt er, so ein IT-Profi mit zu viel Geld. So einer simuliert den ganzen Tag rum.

Ich hätte ihn niedergeschlagen! Die spinnen doch! Als wir an einer Fähre vorbeikommen, ist ihm plötzlich irgendwas an die Stirn geflogen, jemand muss eine volle Bierdose oder so was aus der Fähre geworfen haben. Plötzlich kippt er um. Er kann froh sein, dass ihn das Ding nicht an der Schläfe getroffen hat, er könnte tot sein. Ich soll froh sein. Er hat hinterher gesagt, dass er keine Anzeige erstattet, weil er keinen Grund hat. Ich bin sofort ans Steuer. Ich halte mich einfach in Richtung Yacht. Hey, sage ich, Andrew, wach auf! Es hat ihn schlimm erwischt. Mit über 50 Knoten zieh ich an der Yacht vorbei und rufe verzweifelt nach Jo. Vom Gegenwind tränen meine Augen derart, dass ich bloß noch Hell-Dunkel-Verhältnisse ausmachen kann. Alles geht schnell, das Boot fährt plötzlich über eine Rampe, ich stürze auf Andrew und halte mich mit Händen und Füßen fest, wo immer es geht. Das Boot fliegt bestimmt einen halben Kilometer durch die Luft, landet auf dem Wasser, rast weiter, irgendwo im Sand bleibt es stecken. Mein Gott, das Boot hat kaum einen Kratzer, ich bin heil, Andrew auch. Und die stellen das hier so dar, als wär ich so einer aus diesen amerikanischen Actionfilmen, in denen man alles zu Schrott fahren muss für ein paar Daten auf einem Chip. Die Yacht ist weg, Jo konnte ich nicht aufhalten.

Speichel rinnt Jivan aus dem Mundwinkel, als er vom Schmerz im linken Nacken, den er total überdehnt hat, aufwacht. Ein stinkendes Bärenfell liegt auf seiner Zunge. Er fühlt eine kolossale Empörung. *Ich lass mir das von ihr nicht bieten!* Sie hat das Recht auf freie Entfaltung. *Ich lass mir das von Vater nicht bieten!* Er hat das Recht auf seine eigene Entscheidung. Jivan richtet sich auf, ächzt geräuschvoll und wählt Benicio Álvaros Nummer, es läutet, ein Knacken.

»Jivan, mein Lieber! Wie geht's dir? Bist du schon übern Berg? Hast du den Schmerz schon überwunden?«

Jivan seufzt und zögert. Er beginnt zu jammern, sagt, wie ungerecht das Leben gerade zu ihm ist.

»Kann ich helfen? Du weißt, in unserer Familie gibt es nichts, was wir nicht füreinander tun würden.«

»Ich weiß, mein Lieber.«

»Wir sind uns für nichts zu schade.«

»Weißt du, es tut so gut, das zu hören.«

»Raus damit, was kann ich für dich tun?«

Im allerallerletzten Moment legt sich der Zorn über Lautaro Álvaros Testament. Stattdessen echauffiert er sich über seine undankbare Ehefrau. Er erzählt ihm die ganze Geschichte über ihre Pläne mit LfZ. Gemeinsam spotten sie über die Impertinenz dieser Spinner, die glauben, sie könnten eine bessere Welt aufbauen. Als Jivan ihm mitteilt, Jo verweigere ihm deswegen jeglichen Nachwuchs, verstummt Benicio Álvaro für einen Augenblick.

»Auch ein Mann hat seine Grenzen«, sagt er ernst. »Diese Demütigung darfst du unter keinen Umständen hinnehmen, mein Lieber. In den nächsten fünfzehn Minuten meldet sich jemand bei dir.« Er seufzt. »Alles kommt wieder in Ordnung, mein lieber Cousin. Versprich mir nur eins: Wenn sich alles bei dir eingerenkt hat, machen wir endlich wieder alle gemeinsam eine schöne, große Feier in Santa Fe.«

»Ihr seid meine Gäste.«

»Es wird mir eine Ehre sein.«

»Danke.«

»Bitte keinen Dank. Das ist selbstverständlich.« Er legt auf.

Das Gespräch lässt Jivan mit zwiespältigen Gefühlen zurück. Wie ein Verräter kommt er sich vor. Er starrt eine Weile aus dem Fenster. Keine dreizehn Minuten darauf landet eine verschlüsselte Nachricht in seinem Posteingang. Ein Carlos will ihn in zwanzig Minuten im Slumberland am Winterfeldtplatz treffen.

Am Tresen sitzt nur ein Mann in Strumpfbändern. Seine Lippen sind rot, seine falschen Wimpern klappern mächtig auf und ab. Jivan setzt sich an einen Tisch, blickt auf den Platz hinaus und wartet. Im nächsten Augenblick spürt er Lippen an seiner Wange. Der Mann vom Tresen steckt ihm ein

Fläschchen in die Brusttasche des Hemds und flüstert ihm ins Ohr. »Süßer, keiner bricht mit einer Magen-Darm-Grippe irgendwohin auf.« Seine Hand streicht über Jivans Brust. Er verlässt das Lokal. Jivan betrachtet unsicher die Flüssigkeit.

Jo liegt auf der Couch, als er die Wohnung betritt. *Wenigstens sieht sie scheiße aus.* Ihre Wangen, ihre Augen sind gerötet. Es tut ihr leid. *Sie tut sich selbst leid.* Ihm tut es leid. »Es tut mir leid, Jo. Bitte verzeih mir«, sagt er.

Sie erhebt sich. »Ivan, ich will, dass du hinter mir stehst. Ich brauche deine Unterstützung.«

»Ich weiß. Ich bin hier.« Er geht in die Küche, holt zwei Gläser aus dem Schrank, füllt sie mit Mate, in eines kippt er auch noch die Flüssigkeit aus dem Fläschchen. Das mit Spritz reicht er Jo, sie stoßen an – auf die neue Welt. Auf die bessere Welt. Auf die Zukunft.

Seit drei Stunden beobachtet er jede ihrer Bewegungen. Er weiß ja nicht einmal, was er ihr da verabreicht hat! *Sie hat's verdient.* Jivan macht sich Sorgen. Bauch an Bauch liegen sie auf dem Boden, blicken einander an. Nur ihre Hände kommunizieren. Seit vielleicht zwanzig Minuten sagen sie nichts. Jeden Satz, der Jivan in den Sinn kommt, steckt er sofort weg, wie ein scharfes Messer, das sie verletzen könnte. *Es gibt nichts zu sagen.* Und wenn sie mit dem energetischen Schweigen nicht mehr weiterkommen, können sie wieder ihre Körper zum Einsatz bringen oder sie schauen Nachrichten und kommentieren sie.

Mit dem nächsten Morgen bricht der letzte gemeinsame Tag an. Jo fühlt sich blendend. Sie fiebert der Abreise entgegen, sie redet in einer Tour. *Ihre Euphorie ist ekelerregend. Mir geht's beschissen.* Er ist sauer auf Benicio Álvaro, auf seine Unfähigkeit. *Vater hatte recht, mit so einer Sippe stehst du bloß auf verlorenem Posten.* Es ist zu spät. Er kann nichts mehr tun. *Ich seh mir das nicht länger an.* Jivan greift nach seiner Tasche und verlässt die Wohnung.

In seinem Büro hält er es keine zehn Minuten aus. *Eddy geht mir mit seinen Weisheiten auf den Sack. Fritsche, Wiegand, Tanner, alle nerven, niemand taugt was!* Jivan plagt ein Gefühl im Magen, als spanne sich dort ein dickes Tau, mit dem sein schief sitzendes Weltbild geradegezogen werden soll. Eine Zeitlang irrt er durch die Straßen. Sein Frust verwandelt sich mit jedem Schritt zu gleichen Teilen in Zynismus und Verzweiflung. Am Potsdamer Platz nimmt er die S-Bahn, an der Haltestelle Friedrichstraße steigt er aus und setzt seinen Weg fort bis in die Oranienburger Straße. In seiner Tasche kramt er nach seiner Clubkarte für Grand Simu, die er ewig nicht mehr benutzt hat, und betritt das fast menschenleere Gelände. Sehnsüchtig denkt er an die Zeit zurück, als Grand Simu die erste bioaktive Vollsimulationswelt auf den Markt brachte. Die Sensorenhandschuhe und die hochsensiblen Brillen waren zu teuer für den Heimbereich, die Leute standen Schlange, manchmal bis zur Synagoge, um Clubmitglied zu werden und einen neuen Planeten zu bevölkern. Eigentlich hatte Grand Simu als kollektives Zukunftsprojekt begonnen. Auf einem neuen Planeten konnte der Mensch verschiedene Szenarien testen, noch mal von vorn anfangen, jetzt, da er so viele Erfahrungen auf der Erde gesammelt hat, so viele Manifeste geschrieben und gelesen hat. Kaum war das Zubehör erschwinglich, konnte man sich auch zu Hause übers Netz einloggen. Man sah die Mitspieler nicht mehr in molekularer Ausstattung, man konnte anschließend nicht mehr in der Cafeteria diskutieren, man konnte sie nicht mehr entlarven und mit Blicken einschüchtern. Lauter Trolls sabotierten das Projekt. Jeder konnte sich daheim verschanzen. Grand Simu wurde schnell von einer Investorengruppe aufgekauft. Bald kamen fünf neue Umgebungen auf den Markt, auf die ein Großteil der Spieler auswich.

Die zwei Angestellten durchsuchen Jivans Ledertasche. Die meisten, die hier im Club spielen, kennen einander nicht mehr, sie sind Touristen oder hartnäckige Freaks. Auf dem Banner im Foyer steht: *In Grand Simu besinnt sich der Mensch endlich auf seine Stärken, hier gibt er seinem Leben einen Sinn.*

Jivan lässt außer Hemd und Hose alles im Schließfach zurück und begibt sich in eine Kabine. Er loggt sich in der Wildlife-Sektion ein. Er will sich überzeugen, dass eine Wildnis nicht das Ende der Welt sein kann. Er legt sich in den Stuhl … *dass sie immerhin der Anfang von allem ist*, er setzt die Brille auf, verkabelt sich … *dass wir sie auch simulieren können* … und startet die Anwendung, … *dass wir sie durchschaut haben.* Unter Anthropoide871 legt er ein neues Benutzerkonto an …, *dass sie bloß das alte gehässige Mutterwrack ist, dem ein Sohn ab und an mal einen Besuch abstatten sollte* …, Jivan betritt das Programm VirginForest. Eine der Top-Five-Umgebungen des letzten Jahres.

Zunächst steht er reglos auf einer winzigen Lichtung. Er ist nackt! Reflexartig hält er beide Hände vors Gemächt. Hält Ausschau nach links und rechts. Bis in den Hals spürt er seinen Puls schlagen. Panisch verlässt er das Programm. Im Hauptmenü bestückt er sich mit einem Rock aus Papageienfedern und Fußbekleidung aus Fell. Enter. Er steht an derselben Position. Vogelgekreische in den Bäumen. Schimpansen lachen ganz in der Nähe. Etwas Dunkelhaariges, Riesiges fliegt an einer Liane an ihm vorbei und verschwindet in der nächsten Baumgruppe. Er spürt Blicke. Es knistert im Unterholz. Lauern. Die Pupillen sind geweitet. Er riecht sauren Schweiß. Jeden Augenblick könnte etwas … jemand nach ihm schnappen. Moskitos reißen sich um ihn. Wenn er noch lange hier herumsteht, endet er als Beute. Jivan startet in südöstliche Richtung, dort vermutet er den Strand. Er kämpft sich durchs Dickicht. Immer mal züngelt eine Schlange vom Baum herunter. Nach dem zweiten Schreck hat er sich daran gewöhnt. Nur ein Gruselkabinett, nichts Ernstes, nur eine Simulation. Er grinst. Und erreicht zwar mit Mühe, aber unversehrt den Strand. Streckt sich einmal der sinkenden Sonne entgegen, atmet eine frische Brise tief in seine Lungen und legt sich unter eine Palme. *Doch, idyllisch, quasi paradiesisch.* Auch nicht so ohrenbetäubend laut wie im Gehölz. *Was hat Mutter einmal gesagt? Du brauchst vor keinem Tier Angst zu haben, das kleiner ist als du. Und wenn du einen großen Affen siehst, grins ihn an, setz dich vor ihn hin und sammle Flöhe aus seinem Fell.*

Das Meeresrauschen streichelt seine Ohren. Das orangefarbene Licht kitzelt seinen Bauch. Er findet, das Image der Wildnis ist eindeutig schlechter, als sie in Wirklichkeit ist. Er schließt die Augen, seinem Magen geht's gut … *Soll Jo ruhig ohne mich loslegen, ich bleib solange hier, sie kommt schon wieder.*

Jivan erwacht von einem brennenden Schmerz. Seine Hände sind zusammengebunden, in seinem Mund stecken Palmenblätter, auch an den Füßen ist er gefesselt, er kann auf keinem Weg das Programm verlassen. Zwei langbärtige Männer, einer schwarze, der andere braune Haare, zerren ihn hinter sich her über den Sand. Einer von ihnen hätte ihm früher vielleicht die Tür aufgehalten, hätte wahrscheinlich hinter ihm in der Schlange gestanden und auf einen freien Spind gewartet. Wahrscheinlich arbeitet er als Pflegekraft, als Lehrer oder als Verkaufsstellenleiter. Jivans Beine sind vom Schleifen blutig gerieben. Die offenen Wunden brennen. Ein Schuss, ein Stöhnen. Jivan knallt auf den Boden. Den Schwarzen hat offenbar eine Kugel erwischt. Der Braune hat sich ins Dickicht verzogen. Noch mal Schüsse, dann Gebrüll. *Noch einer wurde kaltgemacht.* Schritte, Stiefel, sie nähern sich. Jivan robbt mit letzter Kraft in Richtung Unterholz. *Scheiße, ich kriech hier um mein Leben.*

Ein Schuh auf seinem Kopf stoppt ihn. Ein grässliches Lachen. »Na? Suchst du mich?« Eine Frauenstimme, sie dreht ihn mit einem kräftigen Schwung auf den Rücken. Hält ihm die Flinte an die Stirn, gibt einen grellen Pfiff ab. »Hey, Jungs, ich hab den Red Bubies einen abgeluchst!« Sie leckt sich über die Lippen, sieht aus wie ein Verschnitt aus Lara Croft und Sylvanas Windrunner, mit glühenden Augen und Hörnern.

Zwei Männer stellen sich neben die Amazone. »Was machen wir mit dem?«

»Skalpieren, was sonst.«

»Ich esse seine Unterarme.«

Sie stellt ihren Stiefel zwischen seine Beine. »Das ist meine Trophäe. Ich vernasch ihn zuerst.«

Ist das jetzt beschissene Fanfiction oder träum ich bloß?

Sie schmeißen ihn auf einen Holzkarren. Peitschen knallen, Hufgetrampel, es geht tief hinein in den Dschungel.

Die Schnalle und ihre beiden Arschlöcher jauchzen. »Pech gehabt, Newbie!« Sie ballern auf Vögel. Ein roter Papagei klatscht auf Jivans nackten Brustkorb. Er ringt mit dem Tod, gurrt, blutet, ein kleines Rinnsal läuft Jivan über die Brustwarzen, die Federn kleben, ein warmes Ei rollt in Jivans Bauchnabel. Die Papageiin glotzt ihn an, zuckt, zittert, bis sie erstarrt. Speiübel ist ihm, er könnte kotzen, kriegt kaum Luft, er röchelt, er will raus.

Der Wagen hält. Offenbar ein Dorf, ein Stützpunkt. Stimmengewirr. Jemand zerrt Jivan von der Karre, der Vogel landet auf einem Haufen toter Tiere.

Das eine Arschloch schleift mich hinter sich her.

»Wohin willst du ihn haben, Murena?«

»Da auf die andere Seite!«

Jivans Kopf knallt gegen einen Baumstumpf. Halb kann er sich an ihn lehnen. Sein Körper schmerzt. Es stinkt nach verbranntem Fleisch. *Rundherum Pack aus schlechten Fanfiction-Träumen. Ich glaub's ja nicht! Gnome, Trolle, Menschen, Warcraftspastis. Alles Dreckspack!* Zwischen den Bäumen sitzt allerlei Getier. Einige Gorillas beobachten die Szene aus dem Hintergrund.

Der andere von Murenas Kerlen steht bei einem zweiten Gefangenen, einem User mit Hut, der auch an einen Baum angebunden ist. *So ein naiver Forscherfreak!* Er weint und jammert, er wollte im VirginForest unbekannte Arten untersuchen. *Bis an die Eier gefesselt ist der. Und pisst sich auch noch ein. Dieser Einfaltspinsel! Murenas Arschloch zieht sein Messer raus.* Der User mit Hut schreit und zappelt. *Ohne zu zucken, schlitzt ihm dieses Arschloch die Gesichtshaut rundherum auf und reißt sie über der Stirn ab.* Die Muskulatur darunter ist mit Blut überzogen. Gejohle. Geklatsche.

Jivan würgt, er presst die Augenlider zusammen, er versucht, ruhig zu atmen. Er weiß nicht mal, wer hier Spieler ist und wer zum Programm gehört. Tiere verhalten sich hier artuntypisch. Sie morden aus Spaß.

Zwei Finger reißen ihm die Lider hoch. Eine Hand packt seine Hoden. »Träumst du von mir?« *Murena, die Fotze!*

Jivan japst.

»Guckt euch den Vollhorst hier an! Der erstickt gleich an seiner eigenen Kotze.« Gegröle.

»Na los, fick ihn, bevor er dir auch noch abkackt.«

Die Fotze grabscht unter meinen Federrock. Nein! Die Fotze grabscht unter den virtuellen Federrock des Users Anthropoide871. Jivan atmet ruhiger, der Würgereflex ist unter Kontrolle. Der User mit Hut stöhnt, kreischt ohrenbetäubend,

Hautfetzen landen auf dem staubigen Boden. *Die Fotze hat keine Technik. Sie weiß nicht, wie sie mit meinem Schwanz umgehen soll. Sie kann nicht vögeln, sie kann nicht lutschen, sie kann nicht saugen, sie kann nichts, sie ist eine Vollniete, weil sie in Wirklichkeit eine hässliche stinkende Fotze ist, die keiner ficken will, die man lieber verprügeln will!*

Im selben Augenblick schneidet ein Wurfmesser direkt durch ihre Kehle. Ein zweites landet keine Sekunde später im Hals von einem der Arschlöcher. Drum herum Stimmengewirr, Gekreische. Ein Gorillamädchen, er könnte schwören, dass sie ihm bekannt vorkommt, löst die Fesseln an Jivans Handgelenken und zieht ihm die Palmenblätter aus dem Mund. Jivan könnte jetzt das Programm verlassen, aber Anthropoide871 reißt sich die Stricke von den Beinen, greift nach einem Messer und sticht auf Murena und einen ihrer Typen ein. Überall liegen Leichen. Ein Silberrücken hat noch den anderen von Murenas Kerlen im Würgegriff. *Diese Sau hat vorhin auf die Vögel geballert.* Anthropoide871 rammt ihm das Messer in den Hals und verlässt anschließend VirginForest.

Einige Minuten bleibt er reglos im Stuhl liegen. Seine Lifewatch gibt einen Piepton von sich. Dr. Trautmann hat die Dosis Lorazepam verdreifacht und gedroht, wenn er sich nicht innerhalb der nächsten zwei Tage meldet, benachrichtigt er die Krankenkasse. Jivan antwortet mit »Okay«. Nach einem tiefen Seufzer erhebt er sich und geht zu seinem Spind. Seine Knie wollen nachgeben. In Jivan tobt noch der Kampf.

Nachdem er das Gelände verlassen hat, blickt er jedem Einzelnen in die Augen. *Ich frag mich, ob das die Fotze oder das Arschloch oder einer von den Red Bubies sein könnte.* Es könnte jeder von ihnen sein.

Seine Werte sind schlimmer als zuvor. In der nächstbesten Apotheke holt er sich eine Packung Lorazepam und wirft sich gleich eine ein. Sein Magen kauert wie eine Rosine neben der

Leber. Die Angst um Jo transportiert ihn in Lichtgeschwindigkeit zum Nollendorfplatz. Seine Hände, kalt und nass wie eine Hundeschnauze, zittern, als hätte er einen allergischen Schock. Er kann kaum die Wohnungstür öffnen.

»Jo?« Er würde alles tun, dass sie nicht geht. Ihr Rucksack steht gepackt im Wohnzimmer. »Jo? Bist du oben?« Eilig steigt er die Treppe hoch. Er findet sie im Schlafzimmer. Sie röchelt, zittert. Er dreht sie zur Seite. Neben dem Kopfkissen breitet sich Erbrochenes aus. »Jo! Jo!« *¡O madre de Dios!* Sie ist nicht mehr ansprechbar. *Jo!* »Jo, halt durch. Ich bin bei dir.« Jivan ruft den Notarzt.

ROANA

ALLES WAS REAL IST, LÄSST SICH SIMULIEREN, UND WAS SICH SIMULIEREN LÄSST, IST QUASI REAL. ALSO, DAS TIERSEIN IST REAL, DAS MENSCHSEIN IST VORSTELLUNG UND DESHALB REINE SPEKULATION. UND WAS SPEKULATIV IST, WIRD SIMULIERT. FERTIG IST DER LACK!

Jakob Oppenheim

Eigentlich wusste ich sofort am nächsten Morgen, dass ich bei diesem supergeheimnisvollen Projekt mitmachen wollte. Außerdem passten Natalies megalomane Ausstrahlung und Jakobs sprödes Geniegehabe einfach zu einem Greenhorn wie mir. Diesmal wollte ich aber um jeden Preis ernst genommen werden, ich wollte vertrauenswürdig und nicht naiv oder leichtsinnig wirken, ich wusste ja auch noch nicht, worum genau es dabei ging, deshalb tat ich erst mal so, als würde ich mir »die Sache« noch durch den Kopf gehen lassen. Erst mal quatschte ich weniger, mit den Hunden ging ich allein, und ich gab mich megabescheiden. Das Eis zwischen mir und Jakob schmolz echt langsam. Er ignorierte mich, so gut er konnte. Mir spielte er so eine hartherzige Reserviertheit vor, aber wehe, Natalies Haut war irgendwo rot oder einer der Hunde gähnte, da hättest du ihn mal sehen sollen. Er streichelte sie, brachte Eis, alles Mögliche, aber bei mir: null. Er wollte mir halt klarmachen, dass ich ihn erst von mir überzeugen musste. Von jetzt an tat ich nichts mehr, ohne nachzudenken, ich unterwarf jedes Wort, jede Reaktion taktischen Überlegungen. Deshalb nahm ich auch Natalies Angebot, bei ihnen zu wohnen, erst mal nicht an, obwohl mir die Lust auf die Greenguards schon so was von vergangen war. Auf keinen Fall sollten die Oppenheims denken, ich gebe eine Aufgabe so einfach auf. Sie sollten nicht glauben, dass ich unerwachsen bin und sie so einfach über mich verfügen können. Meine Strategie hieß: aufopfern. Ich pendelte zwischen den Greenguards und den Hunden, ich mästete meinen Terminkalender mit weltverändernden Minimissionen. Und das Wichtigste war: mich zuverlässig um das zu kümmern, was Jakob am wichtigsten war – die Hunde und Natalie. Ich tat einfach so, als würde mich sein Ignoriergehabe überhaupt nicht stören, als wär mir seine Aufmerksamkeit wurscht. Trotzdem war ich natürlich höflich zu ihm, als wär's das Normalste auf der Welt, ich erzählte sogar Witze und ging möglichst sofort nach der Pointe, immer unter dem Vorwand, dass ich noch was für die Greenguards erledigen musste. Auf keinen Fall wollte ich ihnen zu sehr auf die Pelle rücken. Über alles und die Welt redete ich, nur nicht über »ihr Projekt«.

Aber einmal konnte ich der Versuchung doch nicht widerstehen, ich wollte halt endlich mehr wissen. Ich war gerade mit den Hunden zurück, sie hatten mich nicht kommen hören. Erst horchte ich an der Tür des Arbeitszimmers, die ein Stück offen stand, dann lugte ich durch den Türspalt. Natalie und Jakob standen vor dem Bildschirm und skypten mit jemandem, der offenbar Deutscher war. Hast du schon mal Deutsche Englisch sprechen hören mit einem richtig starken Akzent? Die Konsonanten klingen immer, als wären sie klatschnass. Jedenfalls hörte sich das ungefähr so an: »Ju mazt ztard wizs sze präpereyschns nau ... Sze expedischn zstards in zrie wieks.« Worum's genau ging, verstand ich nicht. Klar war nur, dass sie unter Zeitdruck waren. Irgendeine Expedition stand an, eine Anlegeerlaubnis für ein Schiff war erteilt worden, Investoren waren nervös, das Netzwerk bereitete sich auf irgendwas vor, Fehler oder Verzögerungen konnten sie sich nicht erlauben. So was in der Art.

Jakob sagte: »A is ready. B in progress.«

Natalie sagte: »Everything will be perfect. Don't worry!«

Das Gespräch war zu Ende. Und beide machten megagestresste Gesichter, da wusste ich, dass meine Zeit gekommen war. Ich wartete extra ein paar Sekunden ab, dann klopfte ich und sagte: »Bin wieder da, muss aber gleich los.« Natalie küsste ich links und rechts auf die Wange, ihm nickte ich nur zu. »Bis morgen dann.«

Und sie sagte: »Chérie, wann können wir mal wieder reden?«

»Vielleicht morgen, heute hab ich noch zu tun.«

»Dann bis morgen«, rief sie mir gerade noch hinterher, als die Haustür schon ins Schloss knallte. Baff! Und meine Strategie brachte schon am nächsten Tag die Rendite.

Gleich morgens wollte Natalie, dass ich hoch ins Wohnzimmer in den ersten Stock komme. Um die privaten Räume hatte ich bisher extra einen großen Bogen gemacht. Vor mir stand ein ovaler Tisch mit Weintrauben, Laugensticks, Gläsern und Wasser. Jakob saß dahinter auf dem Sessel. An der Wand hingen Fotos von einem Hund, der Josef zum Verwechseln ähnlich sah. »Josef 1.0?«, fragte ich.

»Marie und Josef sind geklonte Nachzüchtungen meiner alten Patti, sie ist vor drei Jahren an Krebs gestorben«, antwortete Jakob. Wow!, dachte ich, das war die längste Buchstabenkette, die er bisher an mich gesendet hatte. Von da an war er mir auf eine unheimliche Art sympathisch. Wir trauten uns nicht wirklich über den Weg, aber wir redeten immerhin. Vielleicht habe ich eine Schwäche für schräge Typen, für Freaks, keine Ahnung, aber so richtig aufgetaut ist er nie, irgendwie blieb er immer skeptisch.

Ich sofort: »Verstehe. Worum geht's? Müsste bald mit den Hunden los …« Marie und Josef lagen ruhig auf einer Decke, sie schienen überhaupt keinen Bock auf einen Spaziergang zu haben.

Sie: »Chérie, erinnerst du disch noch an mein Frage?« Sie goss mir Wasser ein. »'ast du dir nun überlegt, ob du Partnerin in diese wischtige Proschekt werden möschtest?«

Ich sage dir, ich kriegte kaum Luft, so aufgeregt war ich. Sie stellte mir den Becher mit Laugensticks vor die Nase. »Erinnerst du disch noch an unsere Gespräch? Jemand wie disch könnten wir gebrauchen, nischt wahr, Schakób?«

Und er so: »Ja, das Projekt nimmt langsam Gestalt an.« So mit verschränkten Armen, weißt du?

Ich gab mich erst mal so, als hätten sie mich gerade wieder daran erinnert, tat megabescheiden. »Meinst du das Projekt, das du kurz angesprochen hast?«, fragte ich.

Sie nickten.

Ich: »Und ihr glaubt wirklich, jemand wie ich taugt für so was Großes?«

Sie nickten.

Ehrlich gesagt, dachte ich ja an so was wie mit Tristam. Oder an PR-Arbeit-Ähnliches. Ich dachte an strategisches Tüfteln oder im schlimmsten Fall an eine Assistenz im Labor. Na ja, an Arbeit halt. »Und die Greenguards?«, fragte ich. »Die kann ich nicht einfach so im Stich lassen.« Die letzten Aktionen waren schon so was von fragwürdig, dass mein Entschluss feststand, damit nicht mein Talent zu verschwenden. Ich sage nur: Ökokuchenbacken in einem Seniorenstift, in dem die meisten Alzheimerpatienten im letzten Stadium waren! Für alle die reinste Qual. Was bringt das bitte dem Planeten? Dafür hatten sie wieder eine Förderung bekommen. Leider hatte ich Edna dafür nicht absagen können, es war noch zu früh, aber sie ahnte schon, dass ich abspringen wollte.

Natalie natürlich sofort: »Die Greenguards kommen auch ohne disch klar. Dort verschwendest du bloß dein Zeit, Roana. Sie sollen ihren Weg ge'en. Du sagst selbst, du bist zu 'öherem geboren.«

… Was heißt, ich habe so einfach ja gesagt? Ich wusste, dass sie mir erst mehr verraten würden, wenn ich zugesagt hätte. Alles, was ich mir da schon über das Projekt zusammenreimen konnte, aus den Gesprächen mit Natalie und so, klang vernünftig und grandios. Das war genau das Kaliber, das ich wollte. Ich hatte volles Vertrauen zu ihr, ich hatte überhaupt keine Angst. Manchmal musst du halt einfach ja sagen, mit dem Herz und nicht mit dem Kopf. Und ich wollte halt auch endlich mal irgendwo dazugehören. Ja, ich sagte einfach ja, natürlich kleinlaut und ganz zurückhaltend.

Und Jakob nickte, er lächelte nicht, aber seine Gesichtszüge waren entspannter. Natalie drückte mich an sich. »Weißt du, Chérie, es war nischt leischt, ein geeignete Kandidatin für die Aufgabe zu finden, es war ein schweres Auswahl.« Bis heute weiß ich nicht, ob das eine Lüge war, aber es würde auch nichts ändern. Ich verzeihe ihr alles. Weißt du, ich will endlich heulen … Ja, vielleicht … Vielleicht hat sie ja tatsächlich überlebt, … aber das würde die Sache nicht einfacher machen … Sorry, ja, manchmal rede ich nur Stuss … Jedenfalls nahm sie mich an der Hand. Sie wollte, dass ich Kittel und Handschuhe anziehe, dann gingen wir ins Untergeschoss, dort war ein Labor eingerichtet, von dem ich noch gar nichts wusste. Natalie öffnete die Tür von einem kühlschrankähnlichen Ding, so einer Art Brutkasten, sie nahm zwei kleine Glasschalen raus und stellte jede unter ein Mikroskop. Sie sagte: »Willst du was se'en?«

Erst schaute ich durch ein Objektiv, dann durchs andere. Dass es Zellen waren, konnte ich gerade noch erkennen. Beide sahen fast gleich aus. »Ja und?«, fragte ich.

Und sie: »Die 'ier sind mein Eizellen. Die dort dein Eizellen.« … Doch! Echt. Das habe ich auch gedacht. Und jetzt rate mal, wo sie die herhatten? Aus Haaren von mir. Ich war auch zuerst stocksauer. Wir reden hier nicht von meinem

Portemonnaie oder meinem Pass, damit kannst du nicht viel machen, alles Peanuts. Eizellen, Mann, das ist so was Aktives, so was kannst du einfrieren und durchs Universum schicken, und es kann dann, jedenfalls theoretisch, okay, ich bin kein Triops oder so was, aber trotzdem könnte es dann noch was anrichten. Was entwickeln und so.

Komischerweise fand ich es voll peinlich, meine Eizellen so nackt und ungeschützt in dieser Schale schwimmen zu sehen. Keine Ahnung, ob mir das mit Leberzellen auch so gegangen wäre. Stell dir vor, Jakob konnte sie jederzeit aus diesem Schrank nehmen, das ist doch total krass, oder? Na ja, so wahnsinnig empört war ich auch wieder nicht, aber ich fand schon, dass das ein ziemliches Ding war. Ich war so baff, das Einzige, was mir da einfiel, war: »Habt ihr dort auch Eizellen von andren Frauen?«, als wär das wirklich wichtig. Ich weiß auch nicht, ob mich das beruhigt hätte. Aber in diesem Inkubator waren nur die von mir und Natalie.

Und sie sagte: »Chérie, diese Zellen sind die Anfang, die wir machen.«

Ich sagte zwar »okay«, hatte aber noch keinen Schimmer, was die damit meinten.

Und Jakob gleich: »Kein leichter Anfang, war 'ne Heidenarbeit.« Er zog eine Augenbraue hoch und schaute mich an, als hätte ich mir das ausgedacht.

Also, was haben sie gemacht? Sie haben meinen haploiden Chromosomensatz Korrektur gelesen. Was so viel heißt wie: In der Schale da lagen nicht etwa die Art Eizellen, die ich sonst Monat für Monat produziere. Die dort waren »besser«. Oder frei nach Jakob: Sie waren »befreit« und »entlastet«.

In meinem Testament standen jetzt nur noch Dinge, auf die ich stolz sein konnte, meinte Natalie. Ich weiß noch, ich starrte auf die Zellen wie auf die Noten in meinem Abizeugnis. Ich war total unsicher, ob ich da eine bessere Zukunft rauslesen konnte. Natalie hatte gleich an dem Tag, als wir uns zum ersten Mal trafen, drei Haare von mir auf dem Sofa gefunden. Und am selben Abend hatte Jakob meine Genomdaten schon auf dem Bildschirm. Und nicht mal zwei Tage später hatte er »mich« dann von allem … keine Ahnung, wie ich das jetzt nennen soll … Scheiß befreit. Jetzt war ich ein Spitzendatensatz, ich war schon etwas mehr als nur eine Idee von einem freien Menschen, ich war jetzt D094ZU200290f, unter diesem Code hat er mich jedenfalls in seiner virtuellen neuen Welt aufgenommen. Ich hab's auswendig gelernt, man weiß ja nie. Schon Wahnsinn, oder? Und parallel dazu hat Natalie meine Hautzellen umprogrammiert und bearbeitet.

Und was jetzt? Das habe ich mich auch gefragt. Jakob öffnete den zweiten Inkubator, holte noch zwei Glasschalen raus und stellte sie unters Mikroskop. »Bitte einmal durchschauen.«

Und, was glaubst du, habe ich da gesehen? Es war mir sofort klar, dass da Samenzellen zappelten. Und ich ahnte schon, dass es keine altmodischen sein können. In der einen schwammen seine, in der anderen die von einem armen Schwein, dem wohl auch irgendwann und irgendwo Haare ausgegangen waren. Ich hatte sogar den Aufkleber in meinem Portemonnaie. Kann ich auch auswendig: D093ZU200186m. Natalie sagte: »Aus Tausenden your best match.« Verstehst du? My best match! Hier zappelten die befreiten Spermien meines blauen Prinzen. Sie kannten ihn nicht. Sie wussten auch nicht, wie er heißt, wo er wohnt, aber sie konnten mir immerhin sagen, welche Farbe seine Augen, Haare und Haut haben, sie hatten sogar Informationen über seine Abstammung und seinen Muskeltyp. Immerhin, ich meine, okay, das ist nicht nichts. Das ist eigentlich mehr, als ich von anderen Typen weiß, wenn ich sie die ersten paar Mal treffe.

Die Operation, zu der ich jetzt gehörte, hieß NEWMAN.

Mitglieder waren hauptsächlich Wissenschaftler, die überall auf dem Globus verstreut arbeiteten. Diese Wissenschaftler hatten sich einer Expedition angeschlossen, die von der UN diese außerordentliche Anlegeerlaubnis für die Insel bekommen hatte. Bezahlt hat das Ganze eine schwedische Holding namens Björsson Next Generation Investment. Mit Natalie und Jakob gehörte ich der Sektion ADAMEVE an.

Das Kribbeln in meinem Magen war unbeschreiblich. Ein krasseres Projekt hätte ich mir nicht mal in meinen besten Träumen ausdenken können. Ich brauchte eine Weile, bis ich auch glaubte, dass das jetzt real ist. Um's kurz zu machen: Mein erster Auftrag lautete: ein Mädchen auszutragen, produziert aus meiner meganeuen DNA und aus dem Supersperma dieses Traumprinzen, der, und hier Natalies O-Ton, »auch im rischtischen Leben ein Favorit gewesen wär«. Was soll ich sagen? Trost oder nicht, es schien mir jedenfalls sinnvoller, als mit den Greenguards weiterzumachen. Und fürs Fastnichtstun kriegte ich alles, was ein Mensch braucht.

Das langfristige Ziel der Operation war die Besiedlung der neuen Insel mit diesen befreiten Menschen, die sich unbeschadet vom Rest der Welt in einem neuen Lebens- und Geschichtsbiotop entwickeln sollten. Zusammen mit einer Organisation namens Life from Zero wollte die Expedition die Insel, wie es das gute alte Piratengesetz übrigens bis heute vorsieht, als Erste betreten und damit kontrollieren.

Sie weihten mich wirklich in alle Einzelheiten ein, ich unterschrieb auch so einen Wisch, der mich zum Schweigen verdonnerte, ich durfte kein Sterbenswörtchen über die Operation verlieren, jedenfalls zu niemandem außerhalb des Netzwerks. Einerseits war ich total euphorisch, andererseits auch total unsicher. Noch am selben Tag zog ich in ein großes Zimmer mit Bad im Dachgeschoss und kriegte jede Woche Taschengeld. Nicht übel, oder? Ich dachte wieder, wow, Roana, bist du ein Glückspilz! Edna und den Leuten von Greenguards hab ich erzählt, dass ich nach Albacete zurückmuss, weil Papá krank geworden war.

Weißt du, was seltsam war? Mir ging diese Euphorie ziemlich schnell flöten, aber noch seltsamer fand ich, dass ich plötzlich Anfälle von Melancholie hatte, so einen Herzschmerz beim Gedanken, dass ich die gute alte Welt vielleicht für immer verlassen muss. Ich fragte mich, ob ich das überhaupt kann, total aussteigen, ich meine, solange sie da draußen noch existiert. Die bricht doch dauernd wie eine verschleppte Erkältung aus. Diese Anfälle kamen immer, wenn ich allein in der Stadt unterwegs war. Aber wenn ich dann die Leute auf der Straße länger beobachtete, die ja noch nicht wissen konnten, dass ich für die neue Welt auserwählt war und sie hier bleiben mussten, dann hatte ich echt Mitleid mit denen. So habe ich wenigstens versucht, mich wieder auf Linie zu bringen. Ich meine, ob wir am Ende überhaupt mit auf der Insel leben sollten, war noch nicht mal sicher, aber ziemlich wahrscheinlich. Isolation vor schädlichen Bildern war ja allerhöchstes Gebot.

Aber meine unterschwellige Angst vor dieser Endgültigkeit nervte mich immer mehr, ich fühlte mich richtig unerwachsen. Ich sagte mir, okay, es gibt kein Zurück mehr, aber von so einem Projekt hast du ständig geträumt! Für alles darunter warst du dir doch zu schade! Aber irgendwie half das nicht richtig, ich war mir einfach nicht sicher, ob ich das Richtige tue. Und ich hatte niemand anderen als Alyss. Nur jemand wie sie konnte jemandem wie mir helfen. Den Morgen darauf schnappte ich mir Marie und Josef und machte mich früh auf zum Centro.

Als sie mich sah, war sie ziemlich überrascht, auf jeden Fall wirkte sie nicht enttäuscht, sie sagte: »So bald habe ich mit dir noch nicht gerechnet.«

Ich sagte ihr, dass ich unbedingt Rat brauche. Ich setzte mich und überlegte, wie ich das anstellen soll, ohne zu viel zu sagen. Was ich mir von dem Gespräch versprach? Na … Zustimmung, moralische Unterstützung, keine Ahnung. Weißt du, ich brauchte so was wie einen Auftrag, ich wollte, dass Alyss zu mir sagt: »Roana, du tust genau das Richtige!«

Jedenfalls las sie mir meinen Kummer von der Stirn ab. Ich konnte ihr ansehen, dass sie versuchte, herauszufinden, was ich von ihr wollte. »Wie ist es dir in letzter Zeit ergangen? Bist du nicht weitergekommen mit deiner Suche? Was ist passiert?«

Ich stammelte herum und sagte so was wie: doch, im Prinzip schon, blablabla. Dann probierte ich's mit einer hypothetischen Frage, ich sagte: »Alyss, denken Sie, Menschen müssen ihre Entwicklung gründlicher in die Hand nehmen? Sollten sie nicht überall an sich arbeiten dürfen, ich meine, auf allen Ebenen, die sie verstanden haben?«

Sie war überrascht von meiner direkten Frage, sie checkte mich einige Sekunden ab. Dann lehnte sie sich neben mich an den Schreibtisch und konterte mit den Basics: »Ich weiß zwar nicht, worauf du hinauswillst, aber wir Kabbalisten wissen, dass wir nun mal alle aus einer egoistischen Materie gemacht sind, und sie ist es, die bestimmt, ob jemand sich durch Nehmen oder Geben seinen Vorteil verschafft.« Und so was.

Und ich: »Klar, aber wir durchschauen Dinge und können sie verstehen, also müssen wir auch das Recht haben, diese Dinge, die wir durchschaut haben, weiterzuentwickeln. Um die Welt besser zu machen.«

Alyss lachte, sie schüttelte den Kopf. Sie meinte, ich müsste doch in der Kabbala gelesen haben, dass wir in dieser Welt nicht frei sind und auch keinen spontanen Willen haben. Es heißt dort, dass wir uns nicht aussuchen können, womit wir geboren werden, auch die Umgebung können wir uns nicht aussuchen, klar, ein bisschen dies und das auswählen können wir schon, aber sie einfach verlassen oder umbauen können wir angeblich nicht.

Und ich: »Und wenn doch?«

Aber sie scannte mich bloß, ich konnte sie nicht aus der Reserve locken. Also versuchte ich's mit einer Frage, zu der mich Don DeLillo mal inspiriert hatte: »Glauben Sie dann also, dass der Mensch die letzte Milliardstelsekunde in der Evolution der Materie erreicht hat?«

Die Frage amüsierte sie. Sie grinste mich an, ging ans Fenster und schaute zur Straße. Dann: »Nein, wir können erst wenig. Wir verschwenden noch viel Zeit mit Materiellem. Erst wenn uns der Sinn unseres Daseins klar geworden ist, dann haben wir den Endpunkt erreicht.«

Dann dachte ich, probier ich's mal mit Urschleim, und fragte sie: »Auch wenn ich das schon mal gefragt habe, aber was ist denn Ihrer Meinung nach der Sinn unsres Daseins, also nicht meines Daseins, sondern der von uns allen?«

Und sie: »Der Sinn des Lebens ist in meinen Augen immer ein Prozess, der das Leben begleitet, Roana, und kein Ergebnis. Im Augenblick sehe ich unsren Sinn darin, zur gesamten Wirklichkeit vorzudringen, sie zu verstehen, und damit meine ich auch die nicht-sichtbare und die mögliche Wirklichkeit. Ich meine damit die Entwicklung des Menschen an sich, also wie der Mensch sich selbst entwickelt.« Verstehst du: Wie der Mensch sich selbst entwickelt, hat sie gesagt. Ich schwör's! Okay, das war vielleicht Haarspalterei, aber ich bin echt unbarmherzig, wenn es um Wortbedeutungen geht. Mir entgeht niemals der Unterschied zwischen Aktiv und Passiv. Ich stand auf und ging zu ihr ans Fenster. Ich sagte: »Aber wenn der Mensch sich selbst entwickeln kann, wie Sie sagen, dann muss er doch auch frei handeln können? Ansonsten würde er entwickelt werden ...«

Alyss runzelte die Stirn und schaute mir direkt ins Gesicht. Es war das erste Mal, dass ich sie unsicher sah. Sie suchte nach jedem Wort. »Damit wollte ich bloß sagen, dass auch Wissenschaftler mir recht geben werden, wenn ich sage, dass wir keine tieferen Einsichten in die Materie und ihre Gesetze bekommen und den Sinn des Lebens nicht herausfinden werden, wenn wir keine innerliche Veränderung durchmachen. Wir müssen gleich mit der Natur werden –«

Hier war mein Stichwort! Innerliche Veränderung.

Also ich: »Sie meinen, wir müssen kapieren, dass die Natur nicht blöd ist, dass sie nicht so viel in unsere Entwicklung investieren würde, wenn sie nicht Hoffnung auf eine starke Rendite hätte, wenn sie nicht erwarten könnte, dass sich das mal für sie auszahlt. Wie haben Sie uns das beigebracht? Das Leben um des Lebens willen? Genau da werden wir doch eins mit ihr, mit der Natur. Unser Know-how in den Dienst der Weiterentwicklung des Lebens stecken, Alyss, oder?«

Ich schwör's, sie zuckte nur mit den Schultern, sie war total baff, ich hatte ihr die Worte so lang im Mund umgedreht, bis sie für mich endlich Sinn machten. Ich sah Alyss an, dass ihr diese Interpretation eigentlich zu weit ging, aber sie sagte nichts. Sie hat nur noch einmal die Schultern hochgezogen. Meine Sätze spannten sich jetzt quer durch den Raum, und ich hoffte, dass sie alles versperrten. Ich fiel ihr einfach um den Hals. »Danke! Ich danke Ihnen wirklich sehr!« Rechts und links drückte ich ihr einen Kuss auf die Wange. Ich wollte so schnell wie möglich weg, damit sie nichts mehr sagen konnte.

Sie: »Aber … worum geht's dir? Was –«

Ich: »Um alles, Alyss.« Ich ging zur Tür und öffnete sie, ich wollte ihr keine Zeit für einen Widerspruch lassen. Schnell abdampfen, dachte ich, damit sie mir den Auftrag mit skeptischen Fragen nicht wieder wegnehmen konnte. »Es geht ums

Große und Ganze. Ums Innere, es geht um genau diese innerliche Veränderung, Alyss. Ich liebe Sie.« Zack, und draußen war ich. Ich kam mir vor wie ein Juwelendieb. Mit meiner Beute stürmte ich aus dem Centro.

Den Weg zurück nach San Telmo rannte ich streckenweise, die Hunde rechts und links neben mir. Wir hirschten durch die Straßen, als wär der Teufel hinter uns her. Du kennst ihn auch, diesen Teufel der Unsicherheit? Wie ein Virus. Am liebsten wär ich geflogen mit diesen neuen Flügeln, und Marie und Josef wären garantiert mitgeflogen. Hunden geht's ja wie uns. Wir investieren in sie, weil wir an ihre Fähigkeiten glauben, und hoffen, dass sie unser Leben besser machen. Dieses Rennen gegen den Teufel hatten wir gewonnen.

Erst als wir wieder zu Hause angekommen und die Haustür hinter uns zugeworfen hatten, verschnauften wir. Marie und Josef waren nicht nur meine Zeugen, sie waren jetzt auch meine Verbündeten. Von da an hockte ich mich mit ihnen immer hinter die Gardinen und beobachtete sie, wie sie mit geschlossenen Augen und total relaxt dalagen und schliefen. Sie fühlten sich unschuldig, obwohl ich wusste, dass sie eigentlich Mitwisser und Kollaborateure waren. Sie nahmen das locker, und für mich war das ein Zeichen, dass ich aufhören sollte, mir deswegen ins Hemd zu machen.

Natalie war in dieser Zeit sehr beschäftigt, manchmal hatte ich das Gefühl, sie wollte sich ablenken. Sie rief mich aus dem Labor: »Roana? 'ast du dein Präparat schon bekommen?«

Seit die Gynäkologin aus Prag da war, sie hieß Veroniká, bekamen Natalie und ich Hormonpräparate, die unsere Eizellproduktion hemmten und die Gebärmutter auf die Einpflanzung vorbereiteten. Morgens und abends wurde unser Hormonspiegel überprüft. Natalie wollte, dass ich ihr ein bisschen Gesellschaft leiste. Ich küsste jeden Hund zwischen die Ohren, das machte total Spaß, dann ging ich runter zu ihr. Sie arbeitete an ihrem letzten Auftrag. Gleich nach dem Studium hatten sie und Jakob ein Biotech-Start-up gegründet, um Geld für ihre Forschung zu verdienen. Die Firma hatte ihren Sitz in Boston und war spezialisiert auf die Produktion von Keimzellen aus Hautzellen. Ihre Kunden waren hauptsächlich gleichgeschlechtliche Paare, die eigene Kinder wollten. Bei Männern brauchten sie ein Haar für die Züchtung einer Eizelle, das Sperma kommt ja vom anderen. Bei Frauen für die Samenzellen.

Natalie ließ mich durchs Mikroskop schauen. Ich sah Zellen, die sich viermal geteilt hatten. Mit einer Nadel stach sie in die Zelle, entnahm Zellmaterial und checkte die Chromosomen durch. Das Paar wollte ein Mädchen. Sie spritzte jedem Embryo, das ein Y hatte, ein Killerserum. Sie wusste, dass ihre Arbeit Menschen glücklich macht. Für sie war das Glück der einzige Maßstab dafür, ob du das Richtige tust.

Und ich? War ich endlich glücklich? JA. In diesem verflucht kurzen Moment war ich so was von glücklich. Ich war dabei, endlich durfte ich mitmachen. Ich war wichtig, ich war wieder wer. Ich lehnte meinen Kopf an ihre Schulter und genoss das Kribbeln in meinem Körper.

Als sie mit ihrem Job fertig war, zeigte sie mir »unsere Embryonen«. Die neuen Menschen waren nur ein paar unscheinbare Zellen. Sie hatten sich erst einmal geteilt. Außerdem waren das erst die Kandidaten für das eigentliche Casting. Für die neue Welt musste Natalie bald die richtige Auswahl treffen.

Obwohl ich mir jeden Tag sagte, dass ich jetzt einen richtigen Auftrag hatte, ein echtes Projekt, eine Art Sinn in meinem Leben, quälten mich plötzlich andere beschissene Zweifel. Das fing an dem Abend an, als ich Natalie und Jakob beim Knutschen auf der Veranda erwischt hatte. Eigentlich hatte ich mich schon ins Bett verabschiedet, ich konnte aber nicht einschlafen. Im Arbeitsraum sah ich Licht, aber niemand war da. Marie und Josef hockten wieder hinter den Gardinen, ich kroch zu ihnen und konnte von dort aus Natalie und Jakob durchs Fenster beobachten. Die Küsse waren es nicht, aber als sie ihren Kopf an Jakobs Schulter lehnte, als ihre Hände sich ineinander verschränkten, als sie sich mit den Nasenspitzen berührten, da lief mir plötzlich ein Riesenschauer über den Rücken. Ich wollte echt nichts von ihm, aber ich war total eifersüchtig – auf die Schulter, auf die Hand, die Nasenspitze, auf das Gesicht, ich war voll neidisch auf den Partner, den sie hatte und ich nicht. Weißt du, SIE konnten sich Mut machen und aufbauen, aber ICH war mit allem allein, ich hatte niemanden, mit dem ich die Ultraschallbilder anschauen konnte, dem ich auch mal was vorjammern konnte, ohne gleich meine Position zu riskieren, ich kam mir so was von benutzt vor. Und das wurde mir in dem Moment so richtig klar, ich musste echt heulen deswegen. Ich meine, sogar Marie hatte Josef. Mir wurde bewusst, dass ich auf viel mehr verzichten musste für dieses Projekt. Ich gab ja sozusagen mein Leben, ich hatte ja keins mehr. Sollte das etwa der Sinn meines Lebens sein? Mein Leben geben? Ein Kind ohne Liebe, so was wollte ich nie, ich hatte über Kinder noch gar nicht nachgedacht. So ein Kind von einer fiktiven Gestalt? Früher in meiner Klasse wollten einige Mädchen mal ein Kind von Batman. Na ja, Liebe war das auch nicht, aber es war Aufmerksamkeit, was die wollten, er sollte SIE toll finden. Das ließ sich immer genauso leicht miterfinden wie das fiktive Sperma von Batman, mit dem er die ganzen Kinder in die Welt setzte. Und es ließ sich ja auch einfach wieder abschaffen, zack, und weg waren sie. Diese Embryos da unten waren aber keine Fiktion. Ich fragte mich, ob dieses Mädchen dann meine Tochter ist oder die Tochter der neuen Menschheit? Und der Vater meiner Tochter war noch weniger real als Batman, er hatte nicht mal ein Gesicht, von dem ich träumen konnte, keinen Körper, den jemand notfalls ans Kreuz nageln konnte. Er war bloß eine beschissene Datei mit Samenzellen. Ja, okay, du hast recht, mehr als ein paar Zellen gab es am Anfang der Evolution auch nicht. Die Eizellen, die damals im Swimmingpool der primitiven Ursuppe herumschwammen, hatten auch nicht mehr. Hey, aber ein echter Trost ist das jetzt nicht, und geholfen hätte mir das auch nicht … Ich brauche ein Taschentuch. 'tschuldige …

Weißt du, das Blöde an der Sache war für mich ja nicht bloß, dass ich ein Gesicht hatte und »er« nicht, sondern diese Vorahnung, dass der Junge, dieser Newman, in der Geschichte der neuen Menschheit mal wieder die eigentliche Rolle spielen wird und dem Mädchen eben nur die Frauenbewegung bleibt oder dass es ein Fall für die Sekten wird. Für sie hatten wir noch nicht mal einen Namen. Newwoman? Wie hört sich denn das an? Voll bescheuert, es klingt eher nach Frauenzeitschriften. Ich hatte echt null Bock darauf, dass ich mein kostbares Leben für eine Nebenrolle hergeben soll. Dafür wollte ich dieses Opfer nicht bringen. Wenn ich schon auf viel mehr verzichten musste als Natalie und Jakob, sollte ich dann nicht auch die Hauptrolle in dieser Geschichte kriegen?

Du glaubst nicht, wie ich mich mit diesen Gedanken herumgequält habe. Einen Tag lang hatte es richtig in meinem Magen gestochen. Dann hatte ich nachts einen krassen Albtraum: Zuerst hatte ich scheißguten Sex mit einem maskierten Mann, der aussah wie Darth Vader, … ja echt, lach nicht, … bis ich auf die glorreiche Idee kam, dass wir es lieber auf Französisch machen sollten. Diese Metallkappe hat schweinisch wehgetan, die hat sich richtig in meine Pussy reingebohrt, ich habe geschrien, bis ich endlich aufgewacht bin, total schweißnass, mir liefen sogar echte Tränen übers Gesicht.

Ja, und dann, ich weiß auch nicht, dann ging alles automatisch. Ich tat, was getan werden musste. Ich war wie ferngesteuert, als hätte es mein Labyrinth befohlen. Ich stieg aus dem Bett, zog mir was Trockenes über und ging superleise die Treppe zum Labor hinunter. Ich kontrollierte, ob auch niemand unten war, ob beide schliefen. Das Licht ließ ich extra aus, in der Dunkelheit dieses Labors leuchtete nur meine Idee. Ich öffnete den Inkubator, holte die Schale mit Natalies Embryonen raus, sie waren schon im Vierzell-Stadium, ich stellte sie auf den sterilen Tisch unters Mikroskop. Ich tat, was sie getan hatte, es war ja auch kinderleicht. Mit einer Nadel saugte ich vorsichtig jede Zelle ab und checkte die Chromosomen. In die mit dem Y spritzte ich dasselbe Mittel, das sie benutzt hatte. Mein Gott, alles war so scheiß einfach, alles ging so schnell, ich konnte nicht mal mehr überlegen oder Ängste ausstehen. Ich war total cool. Natalie hatte ihre Liebe, ich hatte mein Recht.

Den Rest der Nacht starrte ich an die Decke, ich kriegte kein Auge zu. Noch vor dem Frühstück ging ich mit Marie und Josef lang an den Lagunen spazieren. Ich bin fast gestorben vor Schuldgefühlen. Sollte ich nicht endlich mal zufrieden sein? Ich zögerte den Spaziergang so lang hinaus, bis mich die Hunde hinter sich her nach Hause zogen. Da war es schon Nachmittag. Die Tür zum Arbeitszimmer stand weit offen, ich löste die Leinen und hängte sie an die Haken. Aus dem Augenwinkel sah ich, wie Jakob, Natalie und Veroniká mich anstarrten. Mein Herz schlug nicht, es erschlug mich. Erst dachte ich, sie hätten mich überführt. Veroniká brachte mir mein Präparat.

Dann Natalie: »Chérie, wir 'aben ein schleschte Nachrischt. Die Dinge 'aben sisch etwas verändert.«

Veroniká checkte Natalies Blutdruck. Stress war ja im Augenblick kontraproduktiv. Natürlich tat ich überrascht, obwohl ich fast sicher war, dass sie mich überführt hatten.

Ich: »Was ist los? Hat jemand die Insel eingenommen?«, fragte ich.

Sie: »No.«

Ich: »Ist was mit der Expedition?«

Sie: »Nischts dergleischen. Wir 'aben uns entschlossen, dass du den Jungen austrägst und isch das Mädschen.«

Ich: »Was? Wieso das denn?«

Sie hatte geweint, wir gingen runter ins Labor, dort zeigte sie mir die abgestorbenen Embryonen. Nur der Zeitdruck hatte mich vor einer genauen Untersuchung gerettet, sie hätten leicht herausfinden können, woran die Jungs gestorben waren. Ich verdankte es dem phänomenalen Zufall, dass Natalie und ich gerade einen synchronen Zyklus hatten und dass sich die Gebärmutterschleimhäute und alles Weitere, wie Veroniká meinte, »märchenhaft aufbauten«. Veroniká erlebte halt gerade ein wahres Wunder der Reproduktionsmedizin, sie sagte, dass der Verlauf besser war als alles, was sie in ihrer Karriere beobachtet hatte. Nur wegen dieser Tatsache wurde mein Mord nicht aufgedeckt. Zufall? Weiß nicht. Ich würde sagen: Plausibelstes Ergebnis, wenn du an den Sinn dieses Projekts glauben willst. Jakob und sie wollten später noch mal einen Jungen versuchen. Ich umarmte sie irgendwie mehr aus Dankbarkeit für meine Straffreiheit als aus Mitleid und spürte dabei, wie Jakob mich anstarrte. So wie am Anfang durchbohrte er mich mit einem harten Blick, als hätte er jetzt endlich den Grund für sein Misstrauen. Er ahnte was. Er sagte auch, ihm kommt das alles seltsam vor, irgendwas stimmt hier nicht. Natürlich tat ich unschuldig. Ich schniefte, so angetan war ich. »Wollt ihr's nicht noch mal probieren?«, fragte ich.

Aber dazu fehlte ihnen die Zeit. Natalie wollte das Projekt nicht riskieren, und Veroniká meinte, übermorgen können wir einpflanzen. Natalie hatte sich beruhigt, sie lächelte sogar wieder. Ich wischte ihr die Tränen aus dem Gesicht. Ja, okay, ich hatte Gewissensbisse, aber nicht so starke, wie du denkst. Nein, diese winzige Korrektur der historischen Tatsachen vorab war in meinen Augen richtig gewesen. Dieses Grummeln im Bauch, wenn ich Natalie traurig aus dem Fenster schauen sah, war nichts im Vergleich zu dem beißenden Stechen in meiner Brust beim Gedanken an meine versaute Aufwand-Nutzen-Kalkulation, an meinen Sinnverlust. Wer, bitte schön, hatte hier wirklich was verloren? Ich meine, Natalie war sowieso der Kopf der Operation Newman. Ihr Name wird in späteren Erzählungen mindestens so oft auftauchen wie der von Newman selbst …

Eigentlich dachte ich, jetzt könnte ich endlich happy sein. Alle waren auf Position. Alles ist gutgegangen. Aber mit der Einpflanzung änderte sich dann was in meiner Wahrnehmung. Seit ich aus der Narkose aufgewacht bin, hatte ich ständig das Gefühl, in Gedanken in meine Gebärmutter reinschauen zu müssen. Andauernd hatte ich ein Bild davon vor Augen, ich sah, wie Newman es sich dort gemütlich macht. Ich stand Ängste aus, er könnte von meiner Gebärmutter abgewiesen werden und sterben, ein Risiko dafür bestand ja. Stell dir mal vor, ich meine, die Verantwortung, die ich für die neue Menschheit habe. Die hätten MICH doch ans Kreuz genagelt, im Nachhinein meine ich, wenn so was passiert wär. Ja, du sagst Quatsch, aber so einen Quatsch machen Leute. Die können mich gleich an das leere Kreuz da im Wundertempel rantackern, dann habe ich wenigstens noch ein paar gute Konzerte bis zum jüngsten Tag. Na ja, aber ich beruhigte mich damit, dass ich mir sagte: ICH wollte ihn ja. Also, wenn er abgestoßen wird, dann wollte ER vielleicht nicht, und dann ist er meine Hätschelei auch nicht wert. Punkt, aus und over. Weißt du? … Aber er ist noch da. Er fühlt sich offenbar sauwohl da drin, und ich kriegte die nächste Krise, was ganz Blödes: Ich wurde neidisch auf ihn, ja, lach nicht, echt, ich hatte manchmal einfach das Gefühl, der wär ein Parasit, so wie er sich's da bequem gemacht hat. Er nimmt ja keine Sekunde Rücksicht auf mich. Ich habe mir eine Woche lang fast die Seele aus dem Leib gekotzt, aber er macht einfach weiter. Und immer: ER zuerst. Jedes bisschen Energie, alles, was ich esse, erst ER. Sorry, ich weiß, wie das klingt, aber irgendjemand muss mich endlich mal bedauern. Und ich baute mich ja auch immer wieder auf, ich sagte mir, Roana, dein Uterus ist jetzt eine Schaltzentrale, hier drin beginnt jetzt die neue Welt, Mann. Hier drin! Ich meine, was für eine Vormachtstellung! Ja, auch das, klar: Sinngenerator, nenn es wie du willst. Jedenfalls redete ich mir ein, ich kann hier nur gewinnen, nichts verlieren, und das wirkte. Die Übelkeit war dann ziemlich schnell weg.

Mich quälte nur noch der Gedanke, dass ich bloß seine Leihmutter sein soll. Mir war die »heilige Operation« schon voll egal, ich wollte seine stolze Mutter sein. ICH, Roana Debenham, Mutter von Newman, dem ersten Sohn eurer freien, neuen Menschheit. Wie geil, oder? … Du nicht? Ich fand es schon geil. Obwohl ich hoffte, dass ich diese Anwandlungen irgendwann wieder loswürde.

Ja, irgendwie ging dann alles so schnell, zu schnell. Jakob kriegte die Nachricht, sich für die Abreise bereit zu machen. Über den Ablauf der Expedition durfte nicht gesprochen werden. Aus Sicherheitsgründen hatte die UNO keinen Zeitplan mitgeteilt. Aber Jakob war ohnehin schon die ganze Zeit auf die Abreise vorbereitet. Ich wusste auch nichts Genaues, nur so viel, dass Natalie und ich nicht mitfahren sollten. Jakob fand das zu stressig, er hatte sowieso immer eine Heidenangst um die Kinder, er war so unter Druck, nicht mal Natalie kam noch an ihn ran, er hatte sich so richtig verschanzt hinter der Operation. Aber sie hatte ja auch noch mich.

Seit der Sache mit den Eizellen waren wir wie ein Paar, ich tröstete sie, ich massierte ihre Schläfen, ich kämmte ihre Haare, ich streichelte ihren Bauch, wir gingen Händchen haltend durch die Stadt, wir zogen uns stundenlang staffelweise Serien rein, und wenn wir redeten, dann über das Leben auf der Insel. Das war wie singen und in den Krieg marschieren, das lenkte uns ab von den Zweifeln, die dich bei so einem Projekt auffressen können. Natalie hatte ja auch nichts anderes zu tun, als zu warten. Ich meine, du sitzt da ja nicht und sagst: So, heute mache ich mir mal Gedanken um die Leber oder die Niere. Du hast ja nichts mehr in der Hand, die Programme laufen. Okay, alles ist programmiert, aber trotzdem. Du fühlst dich total hilflos. Immer nur hoffen und nachschauen, das ist voll nervig!

Einmal kroch Natalie zu mir ins Bett, sie hatte aus heiterem Himmel einen Heulanfall gekriegt und wollte Jakob damit nicht kommen, so kurz vor der Abreise. Irgendwie war für sie das mit dem Kind schwerer als für mich. Ich küsste sie übers Gesicht, auf den Hals, die Schultern, sie schmiegte sich an mich wie ein Baby, ich dachte: unglaublich! SIE! Die noch vor kurzem die große Schwester war, die ich gestern noch für die Masterin of the Universe gehalten habe, lag jetzt wie ein Baby in meinem Bett und flüsterte: »Chérie, isch weiß nischt, wovor isch plötzlisch solsche Angst 'abe …«

Ich versuchte sie zu trösten und sagte: »Du hast keine Angst, Natalie. Das ist nur Ungeduld, ganz normales Lampenfieber in Verbindung mit ein paar Hormonschwankungen.« Ihr Traum ging doch gerade in Erfüllung, und wenn ein Traum in Erfüllung geht, werden Menschen überempfindlich, weil wir einen Riesenschiss haben, dass dieser Traum nicht genau so passiert, wie wir ihn geträumt haben. Ist doch so? Wenn ein Traum in Erfüllung geht, ist das wie ein Umzug, erst ist alles ungewohnt, du fühlst dich unsicher, du beherrschst die

Situation noch nicht, die Situation beherrscht noch dich. Ich sagte ihr: »Versuch's zu genießen. Ich genieße es.« Was nicht wirklich stimmte, aber egal. Ich sagte: »Jetzt weißt du wenigstens, wie sich ein richtiger Anfang anfühlt.«

… Und ob ich Angst hatte! Früher hatte ich mal eine Scheißangst davor, dass die mich ganz allein auf eine Raumschiffmission schicken. Deshalb wollt ich ja Zora, meinen Kater. Ich wollte halt so was Rothaariges wie mich, aber es gibt ganz wenige rothaarige Katzen, fast nur Kater. Komisch, oder? … Ja, ich fand auch, dass Zora super für einen Kater klingt. Ich hatte für uns beide Helme und Raumanzüge gebastelt, Zoras sogar mit einer mobilen Katzentoilette. Die funktionierte mit Kaffeefiltern, die brauchte man bloß zu wechseln. Irgendwann hatte ich eine Riesenliste mit Dingen, die das Bodenteam für die Mission besorgen sollte, damit Zora und ich den langen Flug überstehen konnten. Immer wenn ich morgens aufwachte, war ich darauf gefasst, dass Papá zu mir kommt und sagt: Roana, da ist jemand an der Tür für dich. Dann brauchten wir bloß die Anzüge anzuziehen und durften die gepackte Tasche nicht vergessen. Wie gesagt, ich war vorbereitet. Das ging so drei, vier Jahre. Als Mamá verunglückt ist, dachte ich, es ist Zeit, aufzubrechen. Aber kurz danach ist Zora im Nachbarpool ertrunken. Erst dachte ich, jemand hat ihn umgebracht, der war so wasserscheu, der hatte so eine Angst, nass zu werden, der wäre doch niemals von allein so nah an den Pool gegangen. Papá und ich haben ihn im Garten begraben. Dort habe ich wahrscheinlich auch die Angst und mein Interesse an der Raumfahrt mit eingebuddelt, keine Ahnung.

In der Nacht fragte mich Natalie, was wohl passieren würde, wenn eine zweite Erde entdeckt werden würde, also eine identische Kopie. Fast hätte ich gesagt: So ein Quatsch! Aber Natalie war zu sensibel für Widerspruch. Allein die Vorstellung, dass wir nicht einzigartig sein sollen, nach allem, was wir hier durchgemacht haben, fand ich voll krass und total idiotisch. Ich sagte ihr einfach das, was Papá mir auf diese Frage schon geantwortet hatte: Wenn der Planet identisch wäre, dann gäbe es dich und mich noch mal. Und alles, was wir bisher erfunden und vernichtet haben. Rein rechnerisch macht das also keinen Sinn.

Natürlich wusste ich, worauf sie eigentlich hinauswollte. Wir wussten beide, dass das das Ende für diesen Planeten bedeuten würde. Wieso? Na, solange es keinen Ausweg für uns gibt, solange die Erde quasi heilig ist, hat sie einen Wert für uns und gibt uns einen Grund, uns zu kümmern. Über so was haben Natalie und ich uns noch die halbe Nacht den Kopf zerbrochen. Dass ich mit ihr übers Universum reden konnte, ist für mich der Beweis, dass wir Seelenverwandte waren. Vielleicht lag es am Thema oder vielleicht auch bloß an Natalie, jedenfalls wollte ich unbedingt, dass Papá sie kennenlernt. Ich wollte ihn auf jeden Fall noch mal sehen, bevor's losging. Ich wollte mit ihm reden, wollte ihm alles erzählen und ihm meine Entscheidung mitteilen, obwohl ich schon Angst vor seiner Reaktion hatte. Ich wollte ihm sagen, dass ich mir vorstellen könnte, in der neuen Welt Bauwerke zu errichten, und ob er mir dabei unter die Arme greifen würde. Ich brauchte unbedingt seinen Segen für das Ganze, ich wollte seine Partnerschaft. Und in der neuen Welt Bauunternehmerin zu sein, erschien mir weniger langweilig. Ich sagte Natalie, dass sie mir bei der Formulierung helfen müsse, damit ich nicht zu viel verrate.

Natalie war sofort einverstanden mitzukommen. »Chérie, isch komme mit nach Albacete!«, sagte sie. Sie war regelrecht froh über eine Luftveränderung. Und sie fragte: »Erzähl mir, wie ist er so, dein Papá?«

Hätte sie mich das oben am Ojos gefragt, wären mir wahrscheinlich eher grässliche Sachen eingefallen, seine Angst vor Peinlichkeiten, seine übersteigerte Rationalität, oder wie er niest, aber da fiel mir nur Gutes ein: sein Humor, er lacht wie Snoopy, seine versteckte Musikalität, ich mag, wie er immer ganz leise summt, wenn er über den Bauplänen hängt, seine Mega-Begabung, Frühstück zu machen, das leckerste Frühstück auf diesem verdammten Planeten. Und er liebt Katzen! Und außerdem kann ich immer stundenlang mit ihm übers Universum quatschen.

Als Natalie eingeschlafen war, hörte ich Jakob durch den Korridor gehen. Irgendwie wollte ich sichergehen, dass er keine schlechte Meinung von mir mit auf die neue Insel nimmt. Das wäre kein guter Anfang gewesen. Das war die letzte Gelegenheit, seine Zweifel an mir aus dem Weg zu räumen. Außerdem stand die Operation erst am Anfang. Ich würde ihn ja noch brauchen, seinen Schutz, sein Know-how. Mamá sagte immer, wenn du dich streitest, versöhn dich immer, bevor du träumen gehst. Ich kroch also aus dem Bett und folgte ihm ins Wohnzimmer. Der Raum war dunkel, aber ich konnte seine Silhouette auf dem Sofa sehen. Marie lag am Fußende, sie schlief, sie winselte immer beim Schlafen. Jakob kraulte sie.

»Marie wird dich vermissen«, sagte ich ihm.

Aber er reagierte nicht.

Dann: »Bist du froh, dass dein Traum in Erfüllung geht? All die Jahre nur simulieren …«

Aber nichts.

Dann ich: »Du denkst, ich sei schuld am Tod der Embryos, stimmt's?«

Und er: »Ich weiß es, ich denk es nicht nur.«

Ich wusste es, dass er es die ganze Zeit gewusst hatte. Ich setzte mich neben Marie auf das Sofa. Natalie hatte er davon nichts erzählt, Schnee von gestern, sagte er, für ihn war's egal, wer den Jungen und wer das Mädchen austrägt. Und er war auch nicht mal sauer auf mich. Es beruhigte ihn eher, dass ich schnell von Kapee bin. Das hat mich total erleichtert. Aber irgendwie kam ich mir da auch saublöd vor, weil er eigentlich nie sauer auf mich gewesen war und ich diese Schuldgefühle quasi die ganze Zeit umsonst gehabt hatte. Auch seine komische Distanziertheit hatte ich irgendwie falsch verstanden. Er hatte Angst, obwohl er sagte, er würde sich bloß konzentrieren. »Das hier ist kein Spiel«, sagte er. … Ja, klar, verstehe ich auch, ist auch egal, ich habe ihn damit auch in Ruhe gelassen. Nur eines hat mich schon die ganze Zeit beschäftigt. Wenn man aus einem Haar eine Eizelle oder ein Herz züchten kann … könnte man doch auch aus einer Rippe eine Frau machen, oder? … Ja, klar, habe ich, aber er hat mir nur geantwortet: »Du brauchst deinen Schlaf.«

Ich meine, weißt du, was Kabbalisten glauben, wie du auf eine höhere Ebene kommen kannst? Du nimmst ein Wort und kombinierst die Buchstaben so lange, bis sie dich erleuchtet haben. … Quatsch, das macht einen klaren Kopf, probier's mal. … Nee, das hab ich ihm erspart. Er hatte kein Ohr für so was, aber was ich ihm gesagt habe, war, dass er das alles relaxt sehen soll, denn irgendwann wird die Geschichte hier sowieso zu Ende sein, ob wir einen befreiten Kopf haben oder nicht. Okay, so was willst du nicht hören, bevor du zu so einer Mission aufbrichst. Dieser Seufzer, den er abließ, hörte sich an, als hätte ich eine tote Krähe auf ihn geworfen. Er verschränkte die Arme und sagte: »Bis dahin wird uns schon noch was einfallen.« So nach dem Motto: Alle Daten retten und ab in die Simulation. Und ich dachte, wow, der einzige Ort, wo wir endlich machen können, was wir wollen. … Ja, das habe ich auch gedacht, es wäre wohl das Ende von uns. … Na ja, jedenfalls war ich super erleichtert. Ich küsste ihn auf die Stirn und sagte: »Danke, Jakob. Ich liebe Natalie.« Ich wollte ihn endlich in Ruhe lassen.

Am nächsten Morgen machte sich Jakob auf die Reise, und wir mussten ihm versprechen, keinen Langstreckenflug nach Spanien zu nehmen, er hatte Angst vor Mutationen in diesem frühen Schwangerschaftsstadium. Uns blieb also nur das Schiff.

TEIL 3

N-Global

DEINE NACHRICHTEN RUND UM DEN GLOBUS

Sprachversion des Artikels auswählen

Die neue Insel/Paris/Washington/Buenos Aires/New York. Zweieinhalb Seemeilen vor der Insel verweigerte die amerikanische Marine heute im letzten Moment der internationalen Wissenschaftlerdelegation das zunächst genehmigte Anlegemanöver und blockierte die Weiterfahrt. Wie es aus dem Büro des UN-Sicherheitsrats hieß, soll Kapitän O'Brian ein anonymer Hinweis erreicht haben, dass sich als Wissenschaftler getarnte Mitglieder der Autonomiebewegung Life from Zero an Bord befänden, die die Expedition dazu nutzen wollen, die Insel zu besetzen. Die privaten Stiftungsmittel stammen angeblich zum größten Teil aus der Kasse von Nils Björsson, dem Gründer und Vorstand von LfZ. Die Staatsanwaltschaft in Paris nahm die Ermittlungen auf. Der Sprecher der Expedition, Professor Aleister McLoyd aus Boston, zeigte sich überrascht und sagte, er habe keinerlei Kenntnis von diesen Hintergründen und bitte dringend, die Passage für die Wissenschaftler möglich zu machen. Mit einer Stellungnahme des UN-Seerechtskomitees zu der Affäre ist erst in einigen Tagen zu rechnen. So lange werden das Schiff und die Delegation von der amerikanischen Marine bewacht.

Frankfurt am Main. Der per internationalem Haftbefehl gesuchte, als Gorilla verkleidete Mensch ist heute von der deutschen Polizei in Gewahrsam genommen worden, als er in Frankfurt am Main die Wände des Deutschen-Bank-Gebäudes mit Affenköpfen beschmierte. Darüber schrieb er in großen Buchstaben: »Rechnen kann jeder Affe«. Noch in dieser Woche soll er einem Psychiater vorgestellt werden. Ein Polizeisprecher meinte, der falsche Gorilla habe es offenbar darauf angelegt, gefasst zu werden, er habe sehr erschöpft gewirkt. Laut Polizeiangaben sagte der Gorilla-Mann aus, jeder Zoo sei ihm lieber als das Irrenhaus hier draußen.

44 Seit einer Weile verfolgt mich ein riesiger spinnenhafter Schatten. Immer wenn ich versuche zu chillen. Wenn ich denke, ich bin wieder eins mit der Natur. Wenn ich endlich mal wieder alles hier so richtig genieße. Der Schatten taucht wie ein Ufo über mir auf und macht Anstalten, mich an Bord zu holen. Dann fang ich sofort an zu trommeln.

45 Traum: Ein Schimpanse hat mir Mathenachhilfe gegeben, und ich habe nichts kapiert. Als ich anfing zu heulen, klatschte er, zerrte mich zur Tafel und setzte sich auf meinen Platz. In jedem Knochen empfand ich seinen Hohn. Und als ich aufwachte, schäumte das Meer vor Häme über meine Unvollkommenheit. Das ist Absicht, das ist böse und geschmacklos.

46 Ein seltsames, nacktes Tier auf vier Beinen kam vorbei. Ich war so froh, ich war schon den ganzen Tag depressiv vor Einsamkeit. Es war saumäßig hässlich, aber egal, dachte ich. Ich hatte mir gerade ein paar Krebse gefangen und machte einladende Geräusche und Gesten zu ihm hin, aber das Tier ignorierte mich, es beleidigte mich. Ich meine, es stank und war hässlich!

47 So. Der Floßboden steht. Jetzt mach ich mich an Ruder und Anker. Und dann noch das Segel. Letzte Nacht war ich wieder bei den schlafenden Delfinen und habe ihnen die Sache mit Jule erzählt. Und als ich heute Mittag aufwachte, lag plötzlich ein toter Alligator vorn am Strand. Ich habe ihn ins Meer geworfen. Ich brauche nichts. Ich will nichts. Ich komme schon allein zurecht.

48 Ein Sturm hebt mich in die Luft. Hunderte Meter fahre ich

wie in einem Fahrstuhl nach oben, nach oben, durch eine dichte Wolkendecke werde ich hindurchgezwängt, jeder Zentimeter quietscht, Wolkenschichten bröckeln. Als ich endlich darüber hinaus bin, sehe ich eine Armee von Gestalten in allen Farben auf mich warten. Sie halten gewaltige Pinsel wie Mistgabeln und stürmen auf mich zu.

49 Ich werde wie ein totes Schwein an einem Haken kopfüber aufgehängt, ein gigantisches, muskulöses, schrillgrünes Wesen mit Schnabel pickt mir die Brust und den Bauch auf. Der Reihe nach entnehmen sie meine Organe und pinseln sie in allen möglichen Farben an.

50
Mein Kopf steht auf dem höchsten Podest, grelles Licht leuchtet mir ins Gesicht. Ich lebe noch. Ich sehe mich in allen Einzelteilen. Meine Eingeweide funkeln auf strahlend weißen Podesten. Die Vernissage ist im Gange. Die Gestalten sind sichtlich angetan. Ich komme an, ich bin eine gute Arbeit.

Jule: Noho!? Schau mal, was ich dir mitgebracht habe! Die schönste Paradiesblume für dich.

No: Oh, danke!

Jule: Danke dir für das leckere Essen. Ich nehme alles zurück, was ich gesagt habe, von wegen kleiner Fisch und so. Die waren wirklich himmlisch lecker. Davon kannst du so viele bringen, wie du willst …

No: …

Jule: … wahrscheinlich sind die kleinen auch viel schwerer zu fangen als die größeren …

No: …

Jule: … sie entwischen wohl leichter …

No: …

Jule: Chillst du?

No: Hm.

Jule: Kann ich?

No: Mach.

Jule: Wollen wir mal wieder eine romantische Nacht verbringen? Haben wir irgendwie lang nicht hingekriegt.

No: Du hattest keinen Bock.

Jule: Hallo?! Du aber auch nicht immer.

No: Stimmt.

Jule: …

No: …

Jule: Mmh, dein Hals schmeckt nach Salzblume …

No: …

Jule: Wollen wir tanzen?

No: Seufz.

Jule: Na komm schon … Der Sonnenuntergang ist so romantisch.

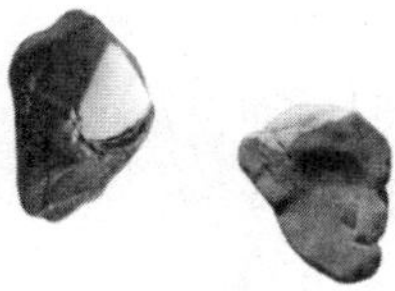

No: Seufz, seufz.

Jule: Du willst mich doch auch, stimmt's? …

No: …

Jule: … deshalb hast du die tollen Fischchen geholt …

No: …

Jule: Hey, komm schon. Für dich extra meine Spezial-Luftgitarre. Here we are. Born to be kings. We're the princes of the universe. Here we belong. Fighting to survive. In a world with the darkest powers. And here we are –

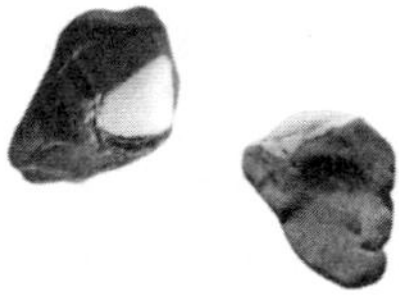

No: O Mann, Jule, echt …

Jule: Gefällt's dir nicht?

No: Keine Ahnung, bin grad scheiße drauf.

Jule: Okay, ich sing was Tanzbares von Queen … Tonighight I'm gonna have myself a real good time. I feel alihihihive and the wooooorld I'll turn it inside out – yeah …

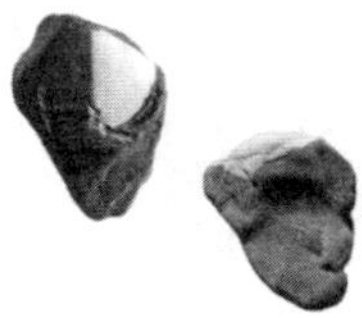

No: Seufz, seufz …

JIVAN UND JO

DOKTOR, DENKEN SIE, VIREN KÖNNTEN DIE KRONE DER SCHÖPFUNG SEIN? ICH MEINE, EINE VIRUSERKRANKUNG ÜBERSTEHT DER MENSCH, ABER EINE DERARTIGE KRÄNKUNG VIELLEICHT NICHT.

SCHWESTER AGNES GIBT IHNEN NOCH MAL EIN MITTEL GEGEN IHREN DURCHFALL, HERR FERNÁNDEZ. MACHEN SIE SICH UM IHRE FRAU KEINE SORGEN. BESSER SIE SCHLAFEN SICH JETZT AUS.

Jivan und Oberarzt Dr. Seibel auf der Notfallstation der Berliner Charité

Ein Surren stört die Ruhe. Jivan blinzelt. Das freundliche Tageslicht vor dem Fenster sorgt für Hoffnung. Leer fühlt er sich, eine seltsam schwere Leere in der Mitte seines Körpers. So als wäre sein Magen zu einem Schwarzen Loch implodiert. Er spürt die skandalöse Abwesenheit seines Darminhalts, als wäre er dessen beraubt worden oder als hätte dieser aus Todesangst die Flucht ergriffen. Obwohl Jivan an jenem Tag die meiste Zeit im VirginForest unterwegs war, hat er sich bei Jo angesteckt. Das Virus verursachte bei ihm aber nur einen kurzen, wenngleich heftigen Durchfall, weswegen auch er die letzten beiden Tage zur Beobachtung im Krankenhaus verbringen musste. Allmählich kommen die Erinnerungen an den Rest seines Leibs zurück. An sich selbst erinnert sich sein Gehirn erst zuletzt. Jivan dreht den Kopf zur Seite. Sein Assistent liegt auf dem Nachttisch und gibt dieses nervöse Surren von sich. Er greift danach. *Tanner!*

»Norman!« Jivans Stimme klingt wie eine lädierte Säge.

»Wo bleibt ihr?«

Tanner hat Jo gestern in New York erwartet. Schon morgen Abend soll sie ihre Rede anlässlich der UN-Sondersitzung halten, auch sie wurde, ohne ihr Wissen, befördert: Sie soll Tanners Nachfolge bei BetterPlanet antreten. Tanner sagt, seine Ernennung zum UN-Hochkommissar zum Schutz der neuen Insel sei schon so gut wie unter Dach und Fach. Jivan hat ihn die ganze Zeit bei der Stange gehalten und seine Frau entschuldigt. Als sie gestern Abend, nach einem ganzen Tag mit hohem Fieber und Schüttelfrost, endlich wieder ansprechbar war, durfte er sie für eine kurze Zeit besuchen. Über Jivans Assistenten hörten sie die neuesten Nachrichten. Und als Jo vom Desaster der LfZ-Operation erfuhr, konnte Jivan die Schlacht zwischen ihr und ihrem Selbstbild miterleben. Er, *Ivan!*, hat recht gehabt. *Ich war nicht mal schuld an diesem Schlamassel!* Sie war zu schwach, um sich zu rechtfertigen oder sich aufzuregen. Sie lag einfach stumm da und blickte ihn fassungslos an. *Für 'ne Sekunde hatte ich trotzdem Angst, dass sie auf die Idee kommen könnte, ich hätte die Operation verraten.* Jo sagte nur: »Tut mir leid, Ivan. Irgendein Idiot in diesem Casting hat mich angesteckt.«

Tanner ist noch immer in der Leitung, Jivan beruhigt ihn, sie würden pünktlich eintreffen, sie nähmen die Ein-Uhr-Maschine.

»Was hat Jo zu meinen Einwänden gesagt?«

Sie weiß noch nichts von der Rede, Darling. »Sie arbeitet fieberhaft daran, Norman.«

»Ich will mit Jo die Rede noch mal durchgehen. Warum ruft sie mich nicht an?«

»Sie hat sich nur ein bisschen rar gemacht, sie will sich auf keinen Fall blamieren. Sie ist gerade unter der Dusche.«

»Gut …, dann …, also halb fünf im 12. Stock.«

Zehn Uhr achtundvierzig zeigt Jivans Assistent an. Ein Wunder, dass er noch zwei Flugtickets ergattern kann, dass seine Kreditkarte das noch mitmacht. *Ich bin unverwüstlich.* Wann will er Jo von ihrer Beförderung erzählen? *Acht Stunden im Flieger reichen.* Er stützt sich auf. Das Blut flaniert durch seine Adern, immer mal erscheinen schwarze Punkte in seinem Gesichtsfeld. Langsam erhebt er sich und stellt sich auf die Beine. Mit flachem Puls kleidet er sich an. Im Schrank findet er seine Wechselsachen, die er sich neulich Abend, bevor die Ambulanz eintraf, noch schnell unter den Arm geklemmt hat, er stopft sie in seine Ledertasche. Gleichzeitig fingert er nach seinem Flachmann und findet noch einen Rest Brandy. Der Zucker stabilisiert seinen Kreislauf. Auf dem Tisch steht das Frühstückstablett mit Kamillentee. Er greift sich das Brötchen, verlässt das Zimmer, schleicht über den leeren Flur und verschwindet im Fahrstuhl.

Jo schläft, ihre Wangen sind eingefallen. Das Norovirus hat sie bestimmt fünf Kilo gekostet. Jivan kriecht zu ihr ins Bett. »Hase ...« Er küsst sie aufs Ohr. Ihr Frühstück hat sie nicht angerührt. »Jo ... Du musst aufwachen ...« Jivan streichelt ihr über die Schulter. Der Arzt meinte gestern, dass sie noch ein paar Tage brauche, bis sie sich wieder vollständig erholt habe. »Jo ... Die Welt braucht dich. Wir müssen los.« Sie rührt sich nicht.

Jo hatte an dem Abend ihren gepackten Rucksack, mit dem sie auf die Insel wollte, vor der Garderobe stehen, den er nur mitnehmen musste. Jivan zieht ihr einen Rock und ein T-Shirt über. Am Ende des Korridors findet er einen Rollstuhl, er schiebt ihn eilig ins Zimmer, stellt ihn dicht neben ihr Bett. Mit kaltem Schweiß im Nacken zieht er sie hoch und hievt sie in den Stuhl. Dabei zittern seine Muskeln, er ist kurzatmig. Er legt ihr ein Nackenkissen um den Hals und befestigt sie mit dem Gurt. Mit seiner Ledertasche über der einen Schulter und ihrem Rucksack über der anderen fährt er sie aus dem Zimmer, über den Korridor, vorbei an fragenden Gesichtern. Vor dem Klinikgebäude verlädt er sie und sich selbst ins Taxi in Richtung Flughafen.

»Verzeihung, meine Frau leidet an Narkolepsie.« Eine Flughafenmitarbeiterin bringt ihm einen Rollstuhl. Punkt zwölf Uhr fünfundzwanzig erreicht er, der völligen Erschöpfung nahe, das Gate. Eine Stewardess begleitet ihn und seine Frau an Bord. Ein Mitarbeiter des Ground Service schiebt die schlafende Jo im Rollstuhl. Kaum hat sich Jivan gesetzt, wird ihm speiübel, in Magen und Darm rumpelt es. Er verschwindet auf die Toilette. Bald darauf steht ein süßsäuerlicher Geruch nach Verwesung, ein bestialischer Gestank nach zerlegten Zuckerverbindungen vom Boden bis zur Kabinendecke, derweil steigen die Passagiere ein. Aus lauter Panik, dieser Geruch könnte nach außen dringen, versprüht Jivan die komplette Dose Lavendel-Erfrischungsduft, ins Waschbecken lässt er Wasser laufen und tränkt es mit Waschseife. Mit dem Dosendeckel schöpft er die Lauge ins Toilettenbecken und auf die Brille. Mit dem Papier wischt er darüber und drückt die Klospülung zwei Mal. Durch einen winzigen Spalt quetscht er sich schnell aus der Kabine und schließt die Tür. »Excuse me?«

Ein Steward wendet sich ihm zu.

»Could I have some chocolate or banana?«

Er verkauft ihm drei Tafeln Vollmilch.

Wie lange er geschlafen hat, weiß Jivan nicht. Er hört Jos Stimme.

»Ivan?«

Als er die Augen öffnet, blickt er in ihr erstauntes Gesicht. »Wir geht's dir, Hase? Willst du einen Kamillentee? Wie fühlst du dich?«

Magen und Darm sind in der Hand der Vollmilchschokolade, die alle Zu- und Ausgänge verstopft und seinen Hosenbund bis zum Bersten spannt.

»Was machen wir hier? Was wollen wir in New York?« Jo

wirkt noch sehr schwach. Jivan hilft ihr aus dem Rollstuhl auf den Nebensitz.

»Du bist jetzt der Kopf von BetterPlanet, Hase. Du hältst in einigen Stunden deine Rede.« Jivan zieht das Manuskript aus seiner Ledertasche.

Der Steward bringt den Tee und zwei Scheiben getoastetes Weißbrot. Er klappt den Rollstuhl zusammen und trägt ihn davon. Gut, dass Jivan ihr nichts davon sagt, dass der Posten bei BetterPlanet seine Idee war, dass er Tanner die letzten Wochen bei der Stange halten konnte und ihn von ihrer Eignung und Loyalität überzeugt hat; gut, dass er ihr jetzt weismachen kann, dass Tanner die Rede schon geschrieben hat, bevor er von seiner Beförderung zum UN-Hochkommissar zum Schutz der neuen Insel erfahren hat, und Jivan ihn überzeugen konnte, sie als Basis für Jos Antrittsrede zur Verfügung zu stellen, wie gut, dass sie ihm abnimmt, wie sehr er hinter ihr steht, damit sie diese vielleicht letzte Chance ihres Lebens nicht verspielt. Ein Glück, dass Jo die Rede zwar »ulkig«, aber »gar nicht so übel« findet.

Die verbleibenden zwei Stunden Flugzeit bauen sie sich gegenseitig auf, trösten und ermutigen einander. Sie stärken sich mit viel Tee und Bananen. Jos Sorgen kreisen um ihr neues Image, um ihr Ich-Gefühl in der neuen Rolle, um die Frage nach der magischen Aura, nach der Kleidung, nach dem Gestus, der rhetorischen Strategie, die nötig ist, um auf diesem Posten erfolgreich zu sein, und vor allem nach dem Bild in der Öffentlichkeit, das Millionen von Menschen die Gewissheit geben muss, dass nur sie die Welt gemeinsam zum Besseren verändern können. Während er ihrem Redeschwall zuhört, blitzt in Jivan die Hoffnung auf, dass sie selbst auf die Idee kommen könnte, ein Kind würde ihrem Image guttun und ihr mehr Glaubwürdigkeit und Sympathie verleihen.

Wider Erwarten finden Tanner und Jo keine Gelegenheit mehr, an der Rede zu arbeiten, weil Jo sich erst ein paar »ordentliche Klamotten« besorgen muss, und als sie endlich im UN-Hauptquartier eintreffen, wird Tanner gerade zu einer außerordentlichen Pressekonferenz anlässlich der Life-from-Zero-Affäre gerufen. So bleibt es also dabei, dass Jos Antrittsrede als neues Oberhaupt der BetterPlanet-Familie anlässlich der UN-Sondersitzung in großen Teilen aus Jivans Feder stammt. Da war neulich jede Menge Alkohol im Spiel, so zwischen 1,7 und 2,0 Promille, da waren Lachkrämpfe und Tränenausbrüche, da waren etliche Anfälle von Spott und tiefster Abneigung, verbunden mit Ekel, verbunden mit zeilen-, bisweilen seitenlangen Streichungen des mühsam erarbeiteten Texts, denn, und das war neu in Jivans Leben, da war auch dieser tiefe Wunsch nach Hoffnung, nach Beruhigung, nach dieser Art von Worten, die Großmütter sagen, wenn man gestürzt ist und sich die Knie aufgeschlagen hat.

»Ladies and Gentlemen, Women and Men, dear Humans, wie ist das Leben auf unserem Planeten heute? Jeder von Ihnen ist als Botschafter aus einem Gebiet der Erde angereist. Was haben Sie zu erzählen? … Es gibt Probleme, stimmt's, beinah unüberbrückbare Differenzen, für die Sie hier ein Forum suchen und um Hilfe bitten. Ist es nicht so, dass sich überall auf der Welt Menschen zu Gruppen zusammenschließen und für ihre Idee in den Kampf ziehen? Gegen die offizielle Ordnung? Und keine Opfer scheuen, aber auch vor Gewalt nicht zurückschrecken …«

Jivan ist begeistert, wie gut das leicht taillierte Kleid in dunklem Blau zu ihrem Rededuktus passt, wie grandios diese Pagodenärmel schwingen, wenn sie eine überzeugende Geste macht. Sie wirkt resolut, aber warmherzig.

»… BetterPlanet schafft jedes Jahr eine Plattform für dieses Kampfbewusstsein, verteilt verbalen Balsam durch Wahrnehmung und Austausch, durch Brainstorming, durch Überdenken, durch gutes Zureden und Mutmachen, hält Millionen Menschen davon ab, aus lauter Enttäuschung, Unzufriedenheit und Hoffnungslosigkeit sich selbst und anderen etwas anzutun ...«

Sein Assistent meldet den Eingang einer verschlüsselten Nachricht. *Fritsche!* Übermorgen schickt er den Gerichtsvollzieher in seine Wohnung, wenn bis morgen Abend kein Geld eingegangen ist. Die Bank wird ihn ausziehen bis aufs Hemd. *Und dann selbst noch einen fetten Reibach machen.* Sie werden sich eine Genehmigung besorgen und ohne sein Einverständnis die Wohnungstür öffnen lassen. *Fick dich, Fritsche! Fickt euch doch.* Denn so nah am Glück waren Jo und er lange nicht mehr. Und das lässt er sich auch durch einen Henker wie Fritsche nicht kaputtmachen. Als er Jo im Flugzeug vorschlug, nach ihrer Rede auf der UN-Sondersitzung nicht nach Berlin zurückzufliegen, auch aus Angst, gerade anzukommen, wenn die Vollstrecker zugange sind, sondern auf der Ozeangöttin Ocean Queen eine zweite Hochzeitsreise zur Feier ihres neuen Postens zu machen, ist sie in helle Begeisterung ausgebrochen. Und wie durch ein Wunder, als hätte auch jeder Häftling des normalen Lebens das Recht auf ein Henkersmahl, gab seine Kreditkarte sogar das noch her: zwei Tickets für eine Überfahrt auf diesem modernsten Oceanliner, der zurzeit die Meere befährt.

»Jedes Jahr kommen wir einem besseren Planeten ein Stück näher. Wir entwickeln Technologien, die unsere Schmerzen lindern, die uns für einen Moment glücklich und zufrieden machen, die uns manchmal sogar Antworten geben können, die wir uns zwar auch selbst hätten geben, die wir uns aber selbst nicht abnehmen wollen. Wir wollen diese Antworten von jemand anderem hören, wir wollen darin bestätigt werden, dass wir die richtigen Fragen gestellt haben. Wir wollen sicher sein, dass alles richtig ist, was einen Menschen glücklich macht, was ihm und einem anderen kein Leid zufügt. Was ist also die bessere Welt? Wo liegt die Zukunft, liebe Menschen? An einem Ort, an dem wir keinen Schmerz mehr empfinden, an dem wir ohne Ausnahme und ohne einen Funken Zweifel glauben können, dass Menschsein glücklich macht, an dem wir Gewissheit haben, dass unsere Fehler rückgängig gemacht werden können, an dem unsere Handlungen keine unwiderruflichen Konsequenzen mehr haben, uns endlich »twenty-four-seven« Absolution erteilt wird. In der man unsere Fehler entschuldigt und uns vielleicht sogar belohnt, weil wir etwas gewagt haben. Denn was ist der Mensch, liebe Menschen? Er ist dumm, weil er intelligent sein muss, und je intelligenter er wird, desto dümmer wird er sich fühlen. Die größten Dummheiten werden von den intelligentesten Menschen begangen. Warum? Weil wir kein Vorbild haben. Alle Vorbilder, die wir uns bisher selbst geschaffen haben, mit denen wir uns vergleichen wollen, seien es Götter oder Maschinen, haben leider allzu oft nur das Schlechte in uns befördert, Gewalt und Grausamkeit. Was ist der Mensch? Mit jedem Tag erforschen wir diese Frage, jeder Einzelne von uns, in jeder Situation, in der er oder sie als Mensch gefordert ist. Der Mensch ist sein eigenes Experiment, und er muss diese Dummheit aushalten, in der er sich gefangen fühlt. Als er sich die Bezeichnung »homo sapiens sapiens« gab, hat er die Latte ganz schön hoch gelegt. Zweifellos sind wir geniale Tiere, aber um uns ohne schlechtes Gewissen als Menschen bezeichnen zu können, müssen wir noch einen langen und beschwerlichen Weg gehen. Ob am Ende, wenn die Tage dieses Planeten gezählt sein werden, eine Belohnung, eine positive Überraschung auf uns wartet, kann keiner von uns heute sagen. Das wissen wir erst, wenn wir diesen Weg gegangen sind. Und der Mensch bestimmt, mit welcher Geschwindigkeit wir ihn zurücklegen.

Und weil wir ihn gehen müssen, stehen wir jedes Mal auf, wenn wir umfallen. Das ist das Leben auf diesem Planeten. Wenn jeder Mensch in jeder Situation als Mensch handelt, läuft der Motor schneller … Und BetterPlanet ist sein Katalysator. Danke für Ihre Aufmerksamkeit.«

ROANA

GESCHISCHTEN, DIE BLÖD BEGONNEN 'ABEN, MÜSSEN DES'ALB NISCHT BLÖD ENDEN.

Natalie Oppenheim

Ich sage nur: Viereinhalb Tage in einem Charterbus bis nach Panama! Mit dem Flugzeug hätten wir bloß sieben Stunden gebraucht. Veroniká war natürlich auch dabei. Die Arme hasste Busse noch mehr als ich, eine ganze Weile gab's keinen geraden Meter, nur endlos Kurven, bergauf, bergab, abbremsen, anfahren, abbremsen, anfahren. Sie kotzte wie ein Brunnen, bis nur noch Galle kam. Mehr als eine Kontrolluntersuchung war da nicht drin, meistens machten wir die paar Messungen selber, den Rest der Fahrt kümmerten wir uns um sie, legten ihr feuchte Papiertaschentücher auf die Stirn, aber so richtig half das natürlich nicht. Natalie wollte, dass alle Bildschirme und Kommunikationsgeräte ausgeschaltet bleiben, das Starren auf Nachrichten stresste sie, die Bilder von der Insel stressten sie. Ich wollte nur nach Panama, wo wir endlich an Bord gehen konnten. Irgendwie war die Insel noch sehr weit weg für mich, zwischen ihr und mir lag ja noch Albacete.

Klar war dieser Bus megaexklusiv, er hatte »alle Annehmlichkeiten«, die ich sonst auf einer Reise echt schätze. Aber sorry, wer bitte braucht bei so einem Gefahre ein Buffet mit internationalen Spezialitäten? Okay, die Chemietoilette war hilfreich, bis auf den stechenden Geruch nach Desinfektionsmittel, der den stechenden Geruch unserer Exkremente überdecken sollte. Dann gab es massig Bildschirme, auf denen auch Computerspiele liefen, und ein kleines Bücherregal mit zwei Sesseln davor, in denen du allerdings rückwärts zur Fahrtrichtung sitzen musstest. Ich konnte keine Minute den Blick vom Horizont nehmen, ohne dass mein Magen sich umstellte auf Biogasanlage. Meine Devise war: Aus dem Fenster starren und den Himmel an der äußersten oberen Fensterkante fixieren. Das half. Also viereinhalb Tage starren. Ich dachte, echt exklusiv wäre gewesen, wenn mich jemand solange in ein künstliches Koma versetzt hätte, da hätten sie sich das ganze Trara sparen können, ein einfacher Sarg hätte es auch getan.

Die Landschaft war cool. Sand und Sandberge, Steine und Steinberge, Wiesen und Berge mit Wiesen, Bäume, Bäume, Sträucher, Holzhütten, Schilder, überall Schilder und Strommasten, dann wieder nichts, keine Schilder nirgendwo, keine Ahnung, wo du gerade bist, endlos Ebenen, manchmal Kühe, manchmal Ziegen, plötzlich Menschen, manchmal zu viele, wenn wir durch eine Stadt fuhren. Viel mehr brauchst du in einem Bus nicht.

Und dann, nach gefühlten eintausend Jahren Reise, sah ich die Ozeanriesin Ocean Queen, sie zwängte sich gerade mit eingezogenem Bauch durch den Kanal. Was für eine Bitch! Irgendwo hatte ich gelesen, dass die Einheimischen sie »Le grand bitch« nennen, weil sie ein echt schönes Biest ist, das sich keine Sau leisten kann. Wegen ihr mussten sie den Kanal verbreitern, was die Stadtbewohner fast in den Wahnsinn getrieben hätte. Massig Häuser mussten umgesetzt werden, Tausende Klagen und Gerichtsverfahren. Bis heute das reinste Hickhack. Und jetzt kommt sie wieder kaum durch.

Als ich über die lange Brücke zum Schiff ging, hatte ich ein Wahnsinnsherzklopfen, ich spürte, dass ich alles richtig gemacht hatte. Ich sagte mir immer wieder: *Wow, wenn dich Papá jetzt sehen könnte! Sieh mal, wie weit du's gebracht hast!* Wenn ich nur daran denke, wie viel das Ticket bis nach Hamburg gekostet hat, aber das war plötzlich nicht mehr wichtig, nichts war mehr wichtig, denn ich gehörte jetzt zur Familie Oppenheim, zur schönen neuen Welt, in der ich mir über Geld keine Gedanken machen musste, in der es wahrscheinlich bald gar keine Rolle mehr spielen wird.

Am anderen Ende der Brücke warteten links und rechts eine sehr lange Reihe von freundlich grinsenden und grüßenden Stewards und Stewardessen. Wir Ausgesuchten! Wir Besseren! Der Palast hatte achtzehn Decks, und unsere Suite lag auf Deck 16, du glaubst nicht, wie komfortabel die war. Ich brauchte erst mal ein ausgiebiges Bad, aber statt es einfach zu genießen, fragte ich mich, ob's so was wie das hier auch in der neuen Welt geben wird. Schade wär's schon, immerhin ist dieser Kahn hier so was wie eine Meisterleistung an Ingenieurstechnik. Allein dieser neue Kunststoff, Harzinfusion, aus dem die Ocean Queen bestand, ist ja fast unkaputtbar und verleiht ihr regelrecht Flügel, die Ocean Queen schwimmt ja nicht mehr, sie fliegt ja fast schon über die Meere, vier Segel, die gleichen Flügel, die mir gewachsen waren. Ich sag's mal in Papás Worten: sehr, sehr geil.

Ich freute mich so sehr auf Papá. Und mit Natalie an meiner Seite hatte ich den Bammel vor ihm total verloren.

Als die Reise losging, hatte ich dasselbe Gefühl wie ganz am Anfang oben am Ojos, ich dachte echt, ich wär auserwählt, ich glaubte, ich wär das glücklichste Menschentier auf diesem Planeten. Und dann kriegten wir auch schon die schlechten Nachrichten. Die Expeditionsteilnehmer saßen auf dem Schiff fest. Jakob hatte zig-mal versucht, Natalie zu erreichen. In seiner letzten Nachricht stand, Ruhe bewahren, alles wird gut.

Tja, und am nächsten Tag wurde ich so was von seekrank. Der Schiffsarzt sagte, irgendwas läuft falsch mit der Berechnung meiner Position im Raum. Ich sollte nur noch aus dem Fenster schauen, also klammerte sich mein Blick wieder an den Horizont, aber leider konnte das mein Gehirn kein Stück davon überzeugen, dass ich mich ohne Muskelarbeit so schnell durch den Raum bewegte. Zu Übelkeit kamen Kopfschmerzen und eine Scheißlaune, entweder war ich lustlos oder jähzornig, am schlimmsten waren meine Panikattacken, immer, wenn ich nur daran dachte, dass ich dieses Schiff jetzt eine ganze Zeit nicht verlassen kann, kriegte ich Schweißausbrüche, wie gefesselt lag ich im Bett, der zehnfach gesteigerte Komfort der Kabine war mir so was von egal. Das letzte Wasser in meinem Körper klebte an meinem Nachthemd, ich zitterte vor Kälte und schwitzte gleichzeitig. Tabletten konnte ich ja wegen Newman nicht nehmen. Und nicht mal Wasser behielt ich lang drin. Angeblich dauert so was drei Tage, aber auch nach dem dritten Tag waren die Symptome nicht weg, sie verstärkten sich sogar noch, der Raum drehte sich um meinen Kopf, oder der Kopf drehte sich im Raum. Alles drehte sich um mich. Ich schrie wie am Spieß und wollte nur noch raus, an Deck, an die frische Luft. Kennst du das, wenn deine Knie ganz weich sind und du alles wie durch Fischaugen siehst, und du bist kurz davor, ohnmächtig zu werden. In diesem Zustand rannte ich an Deck, ich schwör's, ich wollte mich vom Schiff stürzen, ich konnte einfach nicht mehr. Aber Natalie und Veroniká hielten mich in letzter Sekunde davon ab, sie schleppten mich an eine geschützte Stelle, legten mich auf den Boden und verordneten mir Schwimmbewegungen. Ich schwamm um mein Leben, bestimmt eine halbe Stunde schwamm ich wie ein Frosch durch den Himmel überm Ozean, bis ich nicht mehr konnte, dann hievten sie mich auf einen Liegestuhl und gaben mir Wasser. Aber keine zehn Minuten später war's wieder draußen. Ich war kurz davor, auszutrocknen und elendig zu verhungern, auf einem Scheißluxusdampfer, Mann! Und wenn es nach Veroniká gegangen wäre, dann wäre die Reise da zu Ende gewesen, sie wollte die

Passage nach Hamburg sofort abbrechen, aber da hatte Natalie einen echt genialen Einfall: »Isch mach jetzt eine letzte Versuch. 'ilf mir mal ...« Sie und Veroniká verfrachteten mich auf so einen Frühstückswagen und fuhren mich wie einen Festbraten auf die Brücke. Die Tür ging auf – und ich stand im modernsten Kommandoraum der menschlichen Schifffahrtsgeschichte. Den hätte Papá sehen müssen! Der Kapitän und zwei Offiziere in weißen Hemden, braungebrannt und umwerfend gutaussehend, und ich im verschwitzten Nachthemd und blass wie ein Smartboard. Ich konnte ihnen ansehen, wie leid ich ihnen tat, so was kriegst du immer zum Sonderpreis. Es war voll peinlich. Aber deshalb ließen sie mich ans Steuer. Natalie legte meine Hände aufs Rad. Und erst als ich eine Weile lang langsame Steuerbord- und Backbord-Bewegungen damit machte und meinem sturen Hirn klar wurde, wie sich meine Position mit den Armbewegungen im Verhältnis zum Horizont veränderte, synchronisierten mein Seh- und Seesinn endlich die Koordinaten. Ich wurde neben dem Steuer gefüttert und blieb dort, bis die Symptome weg waren. Wow, ich war wieder ein Mensch mit funktionierenden Achsen, an demselben Abend, als wir der Insel so nah kamen wie sonst nie.

JIVAN UND JO

WAS DIE MENSCHEN DIESEM PLANETEN SCHON ZUGEMUTET HABEN, UND TROTZDEM WERDEN NOCH JEDES JAHR NEUE ARTEN ENTDECKT, WASSER FLIESST, PFLANZEN SPRIESSEN, ES WIRD NOCH GENÜGEND SAUERSTOFF PRODUZIERT, DIE GUTE ALTE ERDE DREHT SICH WEITER ...

Jivan lehnt nachdenklich an der Reling der Ocean Queen.

Der Kapitän teilt mit, das Schiff werde gegen drei Uhr morgens in einer Entfernung von nicht einmal drei Seemeilen die neue Insel passieren. Wer das hautnah miterleben wolle, könne sich jetzt einen der raren Plätze inklusive leistungsstarker Ferngläser auf den oberen fünf Decks sichern. Zur Gewährleistung der Stabilität seien alle unteren Decks auf der Steuerbordseite während dieser Zeit gesperrt. Aufgrund der erhöhten Sicherheitsanforderungen könne für die restlichen Passagiere leider keine Live-Übertragung über die Bildschirme erfolgen. Foto- und Video-Aufnahmen seien strengstens untersagt; bei Zuwiderhandeln drohen empfindliche Strafen. Man bitte dafür um Verständnis. »Ihre Buchungen nehmen ab sofort Juliane Seifert unter 13 und James McFlaherty unter 14 entgegen.«

Seit dem Quasi-Armageddon der Organisation Le Paradis mitsamt gesunkenem U-Boot, abgeschossenem Hubschrauber und ermordeter erster Ureinwohnerin ist das Interesse der betuchten Kreuzfahrt-Passagiere an der Insel ins Unermessliche gestiegen. Fünftausend Dollar sind sie bereit für einen Liegestuhl zu bezahlen. Es gilt, live dabei zu sein, wenn der Schauplatz des Scheiterns der großen Träume der Menschheit an ihnen vorbeizieht, und sich das Desaster aus der Nähe anzuschauen. »Die Insel ist fast so geil wie eine Apokalypse«, postete letztens ein Passagier der Ocean Queen auf der Profilseite des Schiffs. Jedes Wrackteil, jede Leiche wird medial vermarktet. Früher lieferten sich Greenpeace-Boote Schlachten mit Walfängern, heute liefern sich Paparazzi Scharmützel mit internationalen Seestreitkräften, die sich wiederum wechselseitig misstrauen und kontrollieren, denn keine der beteiligten Nationen zweifelt auch nur eine Sekunde daran, dass die jeweils andere jede noch so kleine Unachtsamkeit nutzen und das lukrative Eiland an sich reißen würde.

Der Abendwind ist kühl. Jivan schließt das Bullauge der Suite.

»Ivan, Mr. McFlaherty sagt, diese Kreditkarte funktioniert nicht. Gibst du mir eine andere?«

»Hab keine andere.«

Sie blickt ihn überrascht an, spricht durch die Zähne: »Wie sollen wir dann die Liegestühle bezahlen?«

Er flüstert zurück: »Wir können uns diese Liegestühle nicht leisten.«

Lautlos: »Was?!« – »Mr. McFlaherty, eine Sekunde noch …« Sie hält ihn in der Leitung und stellt das Mikro auf stumm. »Ich bin der Kopf von BetterPlanet und das Herz des neuen Inselteams im neuen Stab von Norman! Ich muss einen Liegestuhl da oben haben. Der steht mir zu! Wenn du keinen willst, bitte schön, aber ich MUSS einen haben!«

»Tut mir leid, Hase. Wir besitzen nichts mehr, keine Wohnung, keine Yacht, keine Kreditkarten, nichts. Wie wir von Hamburg nach Berlin kommen, weiß ich leider –«

»– Du rufst jetzt sofort diesen Benicio an, sonst flipp ich hier total aus.«

»Frag du zuerst Tanner, ob er dir einen Liegestuhl spendiert. Ich verzichte.«

»Willst du mich bis auf die Knochen blamieren?«

»Alles wäre ganz einfach, Jo. Ich brauche den Halsabschneider Benicio Álvaro nicht. Verlang nicht von mir, dass ich Vater das antue. Benson gibt sich auch mit einem Ultraschallbild ab der 20. Woche zufrieden. Und von der 12. Woche an stellt er mir eine vorläufige Bürgschaft aus. Und bis dahin, Hase, wohnen wir an der türkischen Riviera im Sommerhaus von Eddies Familie. Der würde uns sogar von Hamburg aus dorthin bringen …«

Jo geht mit ihrem Assistenten vor den Spiegel ins Bad. »Mr. McFlaherty? …«

Ihre Stimme flattert wie eine Flagge im Wind.

»… Hallo, ja … ich bin Jo Fridman, ich hab gerade eine Rede in New York auf der UN-Sondersitzung über die Zukunft der Menschheit gehalten, ich … ich bin Teil des Stabs von Norman Tanner, dem neuen UN-Hochkommissar zum Schutz der Neuen Insel –«

»– Liebe Ms. Fridman, selbst wenn Sie die Kaiserin von China wären, wären mir hier die Hände gebunden, selbst wenn ich es wollte –«

»Wollen Sie es denn?«

»Wollen natürlich, aber –«

»Dann verrichten Sie Ihren Dienst an der Menschheit und reservieren Sie mir einen dieser verfickten Liegestühle, denn es geht hier um nichts weniger als um die Zukunft dieser Insel, und ICH bin ab heute in der Teamleitung ihrer Geschicke.«

Eine Sekunde Denkpause nimmt der Ire sich immerhin. »Tut mir wirklich leid, aber wenn Sie die Leihgebühr nicht bezahlen können, kann ich nichts für Sie tun.« Er hat das Gespräch unterbrochen.

Jo dreht sich zu Jivan um und schaut ihn an. Er weiß, was dieser Blick bedeutet. *Der Entweder-du-unternimmst-sofort-etwas-oder-ich-lass-mich-scheiden-Blick!* Er greift zum Assistenten, wählt Benicio Álvaro aus seiner Kontaktliste aus und aktiviert die Verbindung. Es klingelt wieder und wieder, dann ertönt die Stimme der Mailbox. Ein zweites und ein drittes Mal versucht er es, ohne Erfolg.

»Ich will die Scheidung, Ivan.«

Er hat den Satz doch schon in ihren Augen gesehen, trotzdem landet er wie ein Meteorit in seinem Hörzentrum. *Das muss ich mir nicht bieten lassen!* Gestern, vorgestern, vorvorgestern war der Sex noch fabelhaft! *Sie ekelt mich nur noch an.* Er liebt sie, er darf sie nicht verlieren. *Sie kann mir gestohlen bleiben!* Er würde sich nie von ihr trennen. Wer ist er schon ohne sie? *Was ist sie ohne mich?* Der Kopf von BetterPlanet! *Ein undankbares Miststück ist sie!* Kämpf trotzdem um sie! »Hase, ich versteh zwar, dass du sauer bist, aber du musst nicht gleich übertreiben.«

Jo findet nicht, dass sie übertreibt. Ob er glaube, sie sei »blöd oder was«! Er habe sie nie richtig ernst genommen. Sie sagt, sie habe sich zu lange seinen Spott bieten lassen, seine »Ironie«, seine perverse Art. Er habe sie immer wieder fühlen lassen, wie abhängig sie von ihm sei. »Es geht dir doch am Arsch vorbei, worum es mir geht! Such dir deine Ficks in Zukunft woanders. Und merk dir ein für alle Mal: Ich wollte nie ein Kind. Weder von dir noch von sonst jemandem. Ich lass mir mein Leben nicht kaputtmachen. Ich lass mich von dir nicht mehr runterziehn!«

Jivans Knie sind einfach weich geworden, er hat keine bewusste Erinnerung daran, dass er sich hingekniet hätte. Er hält ihre Hand, küsst sie. »Ich ruf Benicio an, Jo. Okay, wir müssen kein Kind haben. Bitte, verlass mich nicht. Ich fleh dich an.« *Ohne mich wär sie ein Stück Dreck.*

ROANA

JEGLICHE BILDAUFNAHME DER INSEL WIRD STRAFRECHTLICH VERFOLGT.

Roana blickt neugierig durchs Fernglas auf das Eiland, ein Bild, das sich tief in ihr Gedächtnis einbrennt.

Der Kapitän war ein echt cooler Typ. Er sorgte dafür, dass wir drei Liegestühle mit Hightech-Ferngläsern auf Deck 18 kriegten, von dort aus konntest du die Insel am besten sehen. Ich sage nur: Ein Hammer-Aufmarsch an Security! Wer die Wahnsinnsgebühr nicht bezahlt hatte, durfte nicht auf die Decks, auf keines der Decks. Alles war weiträumig abgeriegelt. Und leider ist's mit den Liegestühlen und Ferngläsern wie mit den Rettungsbooten, es gibt nie genug für alle. An der Tür zum Deck wurden wir komplett gefilzt. Keine Kameras, keine Telefone oder digitalen Assistenten. Nichts, nur die Augen im Kopf durften bleiben. Eine Stewardess tastete sogar meine Brüste ab, als könnte ich eine Nanokamera in meiner Zyste verstecken. Wir fragten uns, ob die Bildrechte an der Insel einfach teuer verscherbelt werden sollten oder der ganze Zirkus wegen der Marineschiffe gemacht wurde. Ich meine, okay, du hättest kein Foto machen können ohne irgendeinen Zerstörer drauf. Die reinste Armada aus Kriegsschiffen, bestückt mit schwerster Artillerie, die sie aufeinander gerichtet hatten. Unser Schiff fuhr sehr langsam, stehen bleiben durfte der Kapitän auf keinen Fall. Rechts und links von uns war kein Liegestuhl mehr frei, Hunderte Ferngläser, Hunderte Stielaugen bohrten sich in die Nacht. Ich erwischte mich dabei, wie ich jeden Baum, den ich erkennen konnte, fieberhaft abcheckte, als wäre er mehr als ein Baum, als könnte ich da irgendwas herauslesen. Stell dir vor, ununterbrochen wurde die Insel von den zahllosen Suchscheinwerfern der deutschen Luftwaffe angestrahlt, nur deshalb konnten wir was sehen. Ich stellte mir vor, wie sich alle Tiere dort vor Angst in der Mitte zusammengekauert und im Unterholz versteckt hatten. Wie viele einheimische Lebewesen waren wohl schon an Übermüdung oder vor Angst gestorben? Trotzdem, ich muss zugeben, ich dachte auch daran, wie keiner von den anderen an Bord wusste, dass bald die neue Zeit anbrechen sollte. So was von auserwählt kam ich mir vor beim Gedanken, wie diese Insel die Welt für immer verändern würde. Ich berührte Natalies Bauch. In Gedanken starrte ich auf Newman, ich schätzte seinen Körper ab und verlängerte die Achsen, so wie Papá das immer mit Menschen und Gebäuden macht. Ich suchte nach so was wie … den richtigen Proportionen oder vielleicht auch nach Passgenauigkeit. Dabei merkte ich, wie mir wieder übel wurde. Ich legte das Fernglas weg, ich musste dringend meine Blickachse wechseln und sagte: »Okay, mir reicht's. Bin wieder auf der Brücke.«

»Chérie, soll ich mitkommen?«, fragte Natalie, und ich wünschte, ich hätte gesagt: Wär mir echt lieber.

JIVAN UND JO

WENN MAN GLAUBT, DASS EINEM WAS UNGLAUBLICHES PASSIERT, HAT MAN DANN VIELLEICHT SEINE GESCHICHTE NICHT VERSTANDEN?

Jivan sucht verzweifelt nach einer Lösung.

Die Nacht über steht Jo an der Reling der Insel-abgewandten Seite des Schiffes. Jivan beobachtet sie von Weitem wie ein teures Kunstwerk, das Fritsche jetzt auch noch pfänden will. Die Flasche Whiskey aus der Minibar ist schon halb leer. Vergeblich ruft er noch drei Mal bei Benicio Álvaro an. Obwohl ihn jedes Mal ein Stich im Magen davon abzuhalten versucht. Geschichte ist vorbei, sie ist egal. *Sie sitzt im Nacken, in allen Ritzen, sie kratzt.* Nur heute zählt. Und heute braucht er Geld. *Alles hat seinen Preis.* Geld, um seine Frau nicht zu verlieren. *Sie will mich nicht mehr, und ich will sie nicht mehr.* Er kann sie aber nicht gehen lassen.

ROANA

WENN DUMMHEIT NICHT DAS GEGENTEIL VON INTELLIGENZ SEIN SOLL, WAS SOLL ES DANN SEIN? – DER TOD?

Roana blickt hoch oben, von der Kommandobrücke aus, nachdenklich in den Nachthimmel.

Als ich auf die Brücke kam, standen vier Männer im Polohemd und zwei Frauen im Trägerkleidchen herum, die aussahen, als hätte sie jemand aus so einer peinlichen Kreuzfahrtwerbung ausgeschnitten. Sie hatten Ferngläser um den Hals und prosteten sich mit Champagnergläsern zu. Wenn sie lachten, zeigten sie ihre makellosen, weißen Zähne. Sie lästerten in einer Tour über diese ganze Aufregung, die um die Insel gemacht wurde. Sie waren sich entweder zu fein für die Liegestuhlarie, oder sie hatten Pech gehabt und keine Reservierung ergattert. Jedenfalls ließen sie das jetzt an der Insel aus, sie benahmen sich wie diese Typen, die sich immer mit eigenen Augen davon überzeugen mussten, dass nichts, was sie nicht hatten, die Investition und Aufregung wert war.

Kein Kapitän oder Offizier war zu sehen. Ich stellte den Barhocker ans Steuer, lehnte mich dran, umfasste das Rad und starrte geradeaus auf das, was ich als Horizont ausmachen konnte. Und sofort wurde das flaue Gefühl weniger, es war wie verhext.

Einer der Männer sprach ein breitgetretenes Amerikanisch, so ein geföhnter weißblonder Schönling mit Seitenscheitel, der war mit Sicherheit dreimal so alt wie ich, er hielt mir ein Glas Schampus vor die Nase und sagte: »Sweetheart, wie wär's mit 'ner Extrarunde um die Insel?«

»Cool«, sagte ich, das Glas ignorierte ich und hoffte, das

Gespräch wäre beendet. Aber ich merkte richtig, wie er mich scannte und auf meine Titten starrte, ich verschränkte die Arme.

»Brian. Und wie sollen wir dich nennen?« So ein Typ, der von sich immer im Plural redet.

Ich drehte den Kopf zu ihm und schaute ihm direkt in die Augen. »Klingt wie ein Angebot von einem richtigen Wohltäter, der Mitleid mit all den armen Passagieren hat, die sich keinen Liegestuhl mieten konnten.« Ich muss echt unterzuckert gewesen sein, als ich das sagte. Keine Ahnung, warum ich nicht einfach die Klappe halten konnte.

Und eigentlich hätte ich's mir denken können, solche Typen rücken dir dann erst recht auf die Pelle, er flüsterte in mein Ohr: »Wie viel sollen wir dem Kapitän dafür zahlen?«

Wenn ich nicht noch so schlapp gewesen wär, dann hätte ich diesem penetranten Arschloch einfach eine reingehauen, mir war aber noch so scheißübel, und ich dachte halt auch, dass der Kapitän oder einer der Offiziere bald aufkreuzen würde, deshalb sagte ich nur: »Alles, was du hast, falls das reicht.«

Natürlich lachten sie über so ein Naivchen wie mich. Ich meine, die sahen nicht gerade aus, als wollten sie die Insel einnehmen, dazu wären die eh unfähig, die sahen auch nicht aus, als wollten die sich überhaupt für irgendwas anstrengen, nur lästern und schleimig sein konnten die. Leider gehörten sie auch zur Sorte Mensch, die nicht an Dinge glaubt, die du für Geld nicht haben kannst. Mit Sicherheit hatte jeder von denen eine fette Yacht, aber die konnten sie sich jetzt eher in den Arsch schieben, als damit so nah an die Insel ranzukommen.

Dann tauchte endlich der Kapitän auf der Brücke auf. Und das weitere Gespräch verlief ungefähr so:

Ich: »Der nette Herr hier möchte sehr, sehr viel Geld dafür

bezahlen, dass Sie eine Extrarunde um die Insel drehen. Er möchte auch den anderen Passagieren was Gutes tun.«

Der Kapitän lachte: »Bin doch nicht wahnsinnig. Mit 4000 Menschen an Bord, in diesen Gewässern.« Er hängte seine Jacke über eine Stuhllehne.

Der geföhnte Schönling: »Ach kommen Sie, Käpt'n. Ist das hier der modernste Kahn, den die Menschheit jemals gebaut hat, oder nicht? Wollen Sie uns weismachen, Ihre Sonartechnologie ist schlechter als unsre auf der zweitmodernsten Yacht der Weltmeere? Wir haben nicht mal einen Bruchteil Ihrer Seeerfahrung, und selbst wir würden uns so 'ne Runde locker zutrauen.«

Plötzlich wurde mir schwarz vor Augen, ich rannte aufs Klo und verlor für … ich weiß nicht wie lange das Bewusstsein. Mein Kreislauf war so was von im Arsch. Jedenfalls, als ich wieder auf die Brücke kam, stand der Kapitän am Steuer, zwei Offiziere auf Position, die Reichen und Schönen grinsten sich einen ab, und Brian zwinkerte mir zu.

Kein Aas weiß, was auf dem Scheck gestanden hat, aber die Ziffer muss ausreichend Nullen gehabt haben, um die Betriebsbereitschaft eines Kapitänverstands dermaßen einzuschränken. Wenn Menschen früher über die Meere gefahren sind, hatten sie Angst vor Seeungeheuern, Riesenkraken oder vor Walen, sie hatten richtig Schiss, dass irgendein Untier ihr Schiff verschlucken könnte. Heute graust's uns vorm Klima, vorm Wetter oder fehlerhafter Schiffstechnik. Dabei steckt die größte Gefahr in unseren Köpfen.

JIVAN UND JO

DEM ZUFALL DARF MAN DAS SCHICKSAL EBEN NICHT ÜBERLASSEN. EGAL, WIE OFT MAN KALKULIERT, EINE UNBEKANNTE VARIABLE, SO EIN VIRUS MIT CHAOTISCHER ENERGIE, PLAGT JEDE BERECHNUNG.

Jivan fragt sich, woher er diese Weisheit hat.

Um 3.35 Uhr wird das Schiff von einem knarzenden Geräusch erschüttert, einem heftigen Stoß in die Rippen des Kiels. Eine grelle Sirene weckt die dreitausend Passagiere, die keinen Liegestuhl bekommen haben. Keine fünf Minuten später sind die Decks voller Menschen, keine zehn Minuten darauf meldet sich der Kapitän. Das Schiff sei in Folge einer Kursänderung mit einem unterirdischen Berg kollidiert. Er bitte darum, Ruhe zu bewahren und den Anweisungen des Personals Folge zu leisten.

Allmählich gerät der Oceanliner backbord in eine Schieflage. Die Kabinen auf der linken Seite stehen bereits bis Deck sieben unter Wasser. Panik bricht aus, die Rettungsboote, in denen nicht mal die Hälfte der Passagiere Platz finden wird, können nur steuerbord genutzt werden. Menschen versuchen mit aller Macht, auf die andere Seite des Schiffs zu gelangen. Aber alles geht zu schnell. Jivan zerrt Jo hinter sich her, sie heult, sie schreit, sie hat Angst. Sie erreichen Deck vierzehn, als das Schiff, bereits um fünfundvierzig Grad backbord geneigt, im Ozean zu versinken droht. Mit der freien Hand umklammert er die Reling. Jo rutscht aus und fällt über Bord, sie krallt sich an einem Tau fest und schreit. Ihre Kräfte schwinden. Jivan will ihr den Arm entgegenstrecken. Das Schiff beginnt zu sinken, und er weiß, der Strudel wird sie in wenigen Sekunden mit nach unten reißen.

»Jo!«

Er muss sie nur am Handgelenk packen und zu sich herüberziehen. *Ich kann nicht.* Er zittert im Kampf mit sich selbst, er heult. »Jo!« *Ich will nicht.* In Gedanken hält er ihr seinen Arm entgegen und zieht sie zu sich, er weiß, dass er sie retten kann, aber irgendetwas blockiert ihn. Er ist wie gelähmt, er hat keine Kontrolle, als werde er von einer unsichtbaren Macht gesteuert.

»Ich liebe dich!« *Ich liebe dich nicht mehr.*

Dann bewegt er den Arm in ihre Richtung, aber seine Hand streichelt nur über ihre Haut, als Jo das Tau loslässt, weil sie denkt, er ziehe sie zu sich heran. Aber er versenkt seine Schwäche, seine Feigheit, sein Versagen, seine Unfähigkeit, ihren Bedürfnissen gerecht zu werden. Er sichert sich lieber neue Optionen auf die Moleküle, die aufsteigen und in einem neuen Kreislauf weitermachen. Sie fällt, er sieht, wie sie im Wasser verschwindet und nicht wieder auftaucht. Er atmet so viel Luft wie möglich in seine Lungen, springt in letzter Sekunde von Bord und schwimmt weg vom Schiff, nur weg, kurz bevor der Oceanliner in die Tiefe gerissen wird. Ein kleiner Strudel will ihn hinabziehen, erst überlässt er sich ihm, dann schwimmt er mit aller Kraft heraus und wieder nach oben. Als er aufblickt, sieht er nicht weit entfernt eines dieser aufblasbaren Nackenkissen treiben. Erschöpft krault er in seine Richtung und hängt die Arme darüber. Jo ist nirgendwo zu sehen. Die Strömung zieht ihn schnell immer weiter weg vom Geschehen. Jivan heult still vor sich hin, kaum ein Muskel im Gesicht ist beteiligt. Er kämpft nicht, um nichts, um gar nichts mehr will er kämpfen. Nicht mal denken will er mehr. *Fickt euch alle!* Vielleicht eine Stunde, vielleicht auch zwei Stunden treibt er in dieser totalen Dumpfheit auf dem Wasser, bereit, sich von jedem noch so erbärmlichen Hai auffressen zu lassen. Um ihn herum schwimmen Tausende Bestandteile der Ocean Queen, die es auch an die Oberfläche geschafft haben.

Irgendwann schiebt sich etwas vor sein Blickfeld. Keine zehn Meter von ihm entfernt ragt ein flaches, tischähnliches Ding hochkant aus dem Wasser. Erst denkt er an die Flosse eines Wals, doch als es eine Welle um einige Grad dreht, erkennt Jivan, dass es eine von diesen protligen, schwimmenden Poolbars ist. *¡Madre de Dios! Ist das jetzt ein verdammtes Omen, oder was?* Mit letzten Kräften schwimmt er darauf zu. *Wie ich diese Dinger immer gehasst habe!* Er krault und krault, weil die Strömung ihn nicht vorankommen lässt. Endlich erreicht er das Ding und löst es von der Boje, an der es sich verheddert hat. Die Poolbar kippt in die Waagrechte, so dass sich Jivan daran hochziehen kann und auf der Fläche zum Liegen kommt. Er dreht sich auf den Rücken und blickt in den frühen, wolkenlosen Himmel. Bald wird die Sonne auf seinen Kopf knallen. Kleine Wellen schaukeln ihn. Sein Magen knurrt, sein Mund ist trocken. Eigentlich will er noch nicht sterben. *Doch, will ich.* Nein, eigentlich will er nicht verdursten und verhungern, schon gar nicht hier auf dem Ozean. *Nein, will ich nicht.* Dann sollte er etwas dagegen unternehmen! Wohin die Strömung ihn treibt, weiß er nicht, aber er weiß, wenn er ein Segel hätte, käme er schneller an Land. *Segel, Segel, Mann! Vielleicht fällt's ja vom Himmel?* Vielleicht schwimmt ja was Brauchbares im Meer? Eine letzte großzügige Geste der Ocean Queen? Ist er der geilste Statiker und Bunkerarchitekt aller Zeiten, oder nicht? Jivan schaut sich um, lenkt die Bar mit den Armen rudernd mal nach links, mal nach rechts, um zu sehen, was da auf dem Wasser treibt. Zu einem Segel taugt der ganze Plunder nicht, aber eine Art Wäscheleine greift er sich trotzdem. Erst nach einer ganzen Weile ertastet er einen großen Sonnenschirm. Seine Stange passt nicht exakt in die dafür vorgesehene Aussparung, aber umso besser. Jivan verkantet sie in dem Loch, so dass sie schräg steht und der Wind in den aufgespannten Schirm fahren kann. Mit der Leine befestigt er das kräftige Tuch zusätzlich an den Haken der Poolbarkante. Die erste Böe schiebt ihn schon an. Bravo! *Ja, verdammt noch mal, ich bin zu intelligent, um hier zu verrecken!* Er legt sich auf den Bauch, verschränkt die Arme vor sich und stützt sein Kinn darauf. Es dauert keine Minute, bis ihm ein Drehverschluss auffällt. Als er ihn öffnet, zischt es, die Klappe öffnet sich, darunter befindet sich ein Unterwasser-Stauraum, und zum Vorschein kommen zwei volle Kisten Piccolo-Champagnerflaschen; dazwischen liegen bestimmt fünfzehn Tüten gesalzene Erdnüsse. Glück für ihn, dass der Barmann offenbar gerade aufgefüllt hat. Jivan bricht in schallendes Gelächter aus, fast kommen ihm die Tränen. Gestern hatte er nur abfällige Bemerkungen für die Badegäste an den Poolbars übrig, die sich mit diesem überteuerten Mittelklasseschampus abgefüllt haben. *Gestern, gestern! Jetzt ist heute, und heute ist alles anders.* Morgen auch? *Morgen auch.* Er setzt sich mit einem erleichterten Seufzer vor die Luke, reißt eine Tüte Erdnüsse auf, schüttet sich eine Ladung in den Mund, öffnet eine Flasche Champagner und trinkt sie in einem Zug leer. *Auch wenn das hier mein Ende sein soll, es ist geil.* Der Wind wird ihn irgendwo an Land bringen. *Ja, klar, auf diese scheußliche paradiesische Insel, dann strande ich stockbesoffen in der neuen Welt.* Er biegt sich vor Lachen. Jetzt entscheidet der Wind.

N-Global

DEINE NACHRICHTEN RUND UM DEN GLOBUS

Sprachversion des Artikels <u>auswählen</u>

Dubai/New York. Der Oceanliner Ocean Queen ist heute am frühen Morgen auf seiner einwöchigen Reise von New York nach Hamburg infolge einer rätselhaften Kursänderung knappe drei Seemeilen von der neuen Insel entfernt auf Grund gelaufen und gesunken. Laut Passagierliste waren über 3500 Gäste sowie 500 Besatzungsmitglieder an Bord. Zur Stunde berge man nur noch Leichen. Man gehe von knapp 400 Überlebenden aus. Die Reederei in Dubai wollte sich zum weiteren Vorgehen in dieser Sache noch nicht äußern. In einer ersten Stellungnahme hieß es, man gehe davon aus, dass ein technischer Fehler der Grund für die Kursänderung gewesen sei.

London/New York. Das UN-Pressebüro teilte heute mit, dass Norman Tanner zum neuen UN-Hochkommissar zum Schutz der neuen Insel berufen worden ist. In seiner Antrittsrede schlug er einen vorläufigen Sonderstatus als Naturreservat unter UN-Mandat für die Insel vor. Der Vorschlag wurde mit knapper Mehrheit angenommen.

Paris. Wie die französische Staatsanwaltschaft mitteilte, hat sie Anklage gegen die Organisation Life from Zero und namentlich gegen Nils Björsson wegen versuchten Betrugs erhoben.

Die neue Insel / Paris / Washington / Buenos Aires / New York. Der internationalen Wissenschaftlerdelegation wurde endgültig die zuvor eingeräumte Anlegesondererlaubnis entzogen. Heute erreichte die amerikanische Marine ein zweiter anonymer Hinweis, dass sich ein gewisser Dr. Oppenheim aus Buenos Aires unter den Mitgliedern der Delegation befinde. Gegen ihn und seine Frau wurde von der Staatsanwaltschaft in Buenos Aires Anklage erhoben wegen vorsätzlichen Verbrechens an der Menschheit sowie vorsätzlicher Missachtung der humangenetischen Praxis. Das Wissenschaftlerpaar Jakob und Natalie Oppenheim soll nach Angaben der Behörden ein illegales Labor in ihren Wohnräumen betrieben haben, in dem humangenetische Experimente durchgeführt wurden. Die Polizei in Buenos Aires verschaffte sich Zugang zu den Räumlichkeiten und stellte Beweismittel sicher. Dr. Oppenheim wurde von amerikanischen Ordnungskräften in Gewahrsam genommen. In einer Presseerklärung heißt es, man gehe davon aus, dass er auf der Insel Menschen züchten wollte. Ihm droht eine zwanzigjährige Haftstrafe, teilte ein Sprecher des UN-Sicherheitsrats mit. Morgen soll das Schiff mit der Delegation an Bord zurück nach New York eskortiert werden.

7

Ein kurzer, kräftiger Orkan tobt in den Morgenstunden über der Insel. Der Bambus mit der Flagge daran biegt sich beängstigend, der Fetzen krallt sich mit aller Macht an den Mast, nicht bereit, das Feld zu räumen. Wie ein Halbstarker schlägt der Sturm um sich, reißt Äste mit sich und schleudert sie meterhoch. Gleich hinter den Dünen zerfleddert eine solche Holzarmada jahrzehntealte Moosteppiche, die bis dahin nicht nur unterirdische Siedlungen, sondern auch Geheimnisse gut behüteten. Alles, was Beine hat und sich bewegen kann, flüchtet vor der hereinbrechenden Lichtflut in nächstgelegene schattige Refugien. Nur eine Flaschenpost aus sechs Glasgefäßen mit der lateinischen Aufschrift »Virus variola« bleibt zurück, die nach dem Kentern eines unbeflaggten Schiffes gute achtzig Jahre zuvor an Land geschwemmt und von den Stürmen und Flutwellen hinter die Dünen verfrachtet worden war, bis in den Schatten des insularen Ballungsraums, wo sie all die Jahrzehnte schadlos überdauern konnte.

Den halben Tag kratzen die UV-Strahlen an den Glasbehältern, heizen die Gefäße bis an die Schmelzgrenze auf, als ein Platzregen hereinbricht. Wassertropfen erfrischen die Insel, fallen kühl und schwer herab, die Baumkronen können die gewaltigen Perlen nicht lange abhalten, kaum landen die ersten auf den Glasgefäßen, entstehen Risse, bald zerspringen die Fläschchen, und die Flüssigkeit sickert wie Dünger in den Boden.

JO

**ICH TRAUE MENSCHEN NICHT.
ICH HALTE MICH LIEBER AN DIE NATUR.**

Jos Lieblingssatz

Das Fieber brennt stärker als ihre rechte Gesichtshälfte. Jo hebt den Kopf, ihr ist speiübel, mit letzter Kraft zieht sie sich über den Sand, hinüber in den Schatten. Immer wieder verschwimmen die Umrisse vor ihren Augen, ein paar Meter weiter sieht sie einen grünlichen Fetzen hoch oben an einem Bambus wehen. Ihre Zunge ist heiß und trocken. Sie kann den Kopf kaum heben, aber sie weiß: Wenn sie jetzt einschläft, dann wird sie dehydrieren. Sie fühlt sich so schwach, sie kann kaum Luft holen, ihre Muskeln sind vollkommen entkräftet. Wunden klaffen an ihrem Körper, der Sand reibt über das offene Fleisch. Knapp vor ihr nimmt sie einen Strauch wahr, ertastet seine orangefarbenen Früchte, exotische Himbeeren, saftig, prall und glatt. Jo pflückt eine, sie riechen nach Zitrone, nach … Litschi, nach Frucht, sie beißt hinein. Der Saft ist süß-säuerlich und irgendwie nussig. Sie holt sich jede Frucht, die ihre Hand zu fassen bekommt, sie saugt den Saft heraus, sie hofft, der Fruchtzucker wird sie auf die Beine bringen. Als die unteren Äste abgepflückt sind, sinken ihre Arme vor Erschöpfung zu Boden, sie fällt in eine Art Wachkoma, in ein Delirium. Bilder der letzten Stunden ziehen vorbei, Wut schmerzt in ihrer Bauchmuskulatur, Hass drückt ihr auf den Brustkorb. Immer wieder sieht Jo diesen letzten Moment, Jivans Gesicht voller Tränen, dann dieses endlose Fallen, dieser Schmerz beim Aufprall, sie dachte, sie hätte sich den Arm gebrochen. Wieder und wieder durchlebt sie diesen Albtraum. Sie fragt sich, warum sie noch lebt. *Weil ich der*

Kopf von BetterPlanet bin, weil ich das Herz von Normans Team bin, weil ich die Mutter dieser Insel bin. Sie lächelt. *Die Mutter einer besseren Welt. Die Mutter Natur höchstpersönlich bin ich!* Eine Art stummer Lachanfall schüttelt sie, innen, nur innen, sie atmet sehr flach, ihre Kehle schnürt sich immer weiter zu, Jo schnappt nach Luft, japst, das Fieber verbrennt langsam die letzten Bilder und die vorletzten und immer weitere, es erleichtert sie, als sollte sie aufsteigen in diesem Ballon, der sie nach oben zu ziehen scheint, der ihr sogar dieses höllische Brennen in der Lunge nimmt. *Reiß den Käfern die Beine aus, wirf sie in eine Pfanne zu den Kartoffeln und sag den Käfern, das ist ein verdammtes Opfer, das sie bringen müssen, weil sie noch Flügel haben … Reiß den krähenden Hähnchen die Flügel aus (hhhhhch) … und leg sie zu den Kartoffeln, sag den Hähnchen, dass sie noch Füße haben … Reiß Ivan die Beine aus, wirf sie in heißes Wasser (hhhhhhh … hh), und sag ihm, (hhchchch) er soll gefälligst die Hände benutzen. R… reiß mir … die Vagina aus dem Leib, (chchchhhchch) … wirf sie zum kochenden Beinfleisch, und sag mir, … ich soll Ivan … einen blasen, (chchchch) … wenn ich ihn wiedersehe. Und … bevor du … Ivan den Kopf … abreißt … (chcccccchrrrr) und ihn … als Garnitur aufs Tablett legst, sag ihm, … dass er … dass (rrrchchrr) er einen Schwanz … (chcrrrchch) hat …* Jos asthmatisches Röcheln ist in ein schweres Rasseln übergegangen, rote Bläschen verunstalten ihr Gesicht. Ihre Schleimhäute sind von den Säften der exotischen Frucht so stark angeschwollen, dass sich schließlich keine Luft mehr durch die Atemwege drängen kann. Nur ein leiser Pfeifton, ein ausgedünntes, zweigestrichenes c, so hoch und klar, entweicht noch in letzter Sekunde, wird von einer Windhose erfasst und weit nach oben in die Atmosphäre gehoben.

NO IM PARADIES

Jule: … Yeah, I'm a satellite. I'm out of control …

No: …

Jule: Was ist?! Macht dich das kein bisschen an, oder was? Bist du etwa ein Schlappschwanz? … Wer will jetzt nicht ficken?

No: Das macht mich jetzt total an.

Jule: No, No, No, No, Sex please … Hahaha. Ach komm! No, No, No, No, dance please.

No: …

Jule: …

No: Warum machst du nicht weiter?

Jule: Sag mal, stehst du eigentlich noch auf mich?

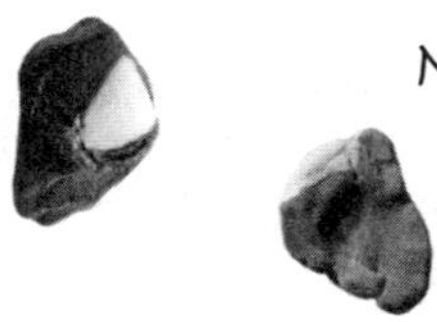

No: Was ist das jetzt für eine bekloppte Frage?!

Jule: Ich tanz
hier nackt vor dir
im Paradies, bei
Sonnenuntergang,
und mach sogar noch
eines meiner besten
Luftgitarrensolos, und
du hast nicht mal
einen Ständer!

No: Sag mal, spinnst
du? Ich hab vielleicht
auch gerade was
gegessen!

Jule: Diese
Haifischminiaturen
meinst du? Die sind
bei mir schon mit
dem ersten Rülpser
ins Nirwana
abgedampft.

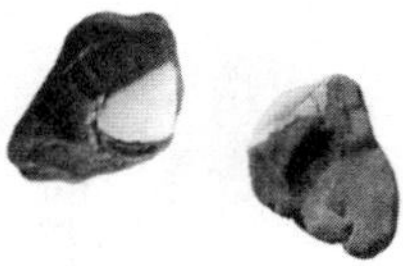

No: Wie schön
für dich!

Jule: Willst du lieber
mit einer anderen
ficken? Aber nein,
o Schreck, wir sind
ja die einzigen
Fickbaren in diesem
verschissenen Paradies!
Oder soll ich eine
Schimpansendame für
dich aufreißen?

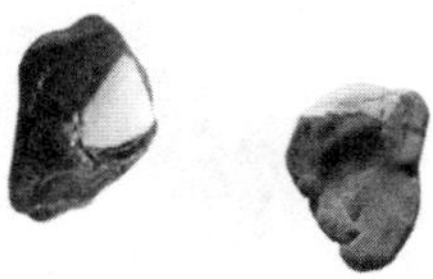

No: …

Jule: …

No: Okay! Bitte schön. Jetzt tanzen wir mal nach meiner Musik. I love you so that's what you'll …

No: … say, you tell me baby baby please don't go away –

Jule: Au! Das tut weh!

No: Du willst tanzen? Du kriegst, was du willst …

Jule: Hör auf, das macht keinen Spaß!

No: Du willst ficken? Du kriegst, was du willst …

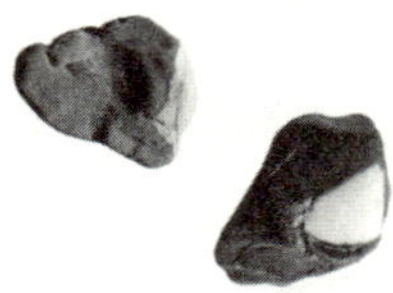

Jule: … aaaggg

No: Jule? Alles okay?

No: Jule! Jule, steh auf

Jule: …

51 Wie an den heiligen Ghats in Varanasi. Am Fußende angezündet, Schädel zerschlagen, Hirn zermartert. Erste Flammen schlugen wild aus. Ein grässliches Knacken. Ein bestialischer Gestank. Ich rannte weit ins Dickicht und heulte, bis auch mein Schädel am Zerplatzen war. Wo war denn da die Scheiß-Ufospinne?

52 Als ich wiederkam, war sie gebraten wie ein Hähnchen. Ich hatte es versaut, ich wollte sie weghaben. Zwischen den Rippen löste ich Fleisch heraus und aß. Ich aß, bis mir kotzübel war, und versteckte mich nachts in der Hütte. Seltsame Geräusche weckten mich. Alles, was Beine hat, hatte sich über sie hergemacht. Ihr Skelett weggeschleppt. Auf dem Boden lag noch eine gebrochene Rippe. Daran klebten Fleischfasern.

53 Jule war kein Name auf einem Zettel, den ich einfach so abfackeln konnte. Sie war eine Frucht, sie wurde ein Teufelsbraten, den ich zu schlucken hatte. Eine abgenagte Rippe ist wenigstens noch ein Versprechen, fast so was wie ein Neuanfang.

54 Ich habe sowieso keine Lust mehr zu vögeln. Hier kann einem alles vergehen. Ich fühle mich flach, als hätten Aliens mich über Nacht meiner Dimensionen beraubt. Der Krach in meinem Kopf wird immer lauter, seitdem hier niemand mehr redet. Komisch, früher war ich ruhiger, weil früher um mich herum alles so unruhig war. Früher wurde ich sogar in der beschissenen Werbung mehr gewürdigt als von irgendjemandem hier in dieser ehrwürdigen Natur.

55 Das Paradies ist eine verdammte Präzisionsmaschine. Ein Sackabschneider. Jeder Wolf ist hier ein Hase. Spiel mit, duck dich, wenn's hagelt, oder vernichte das Paradies, werde besser als es. Keiner, der was von sich hält, erträgt das hier lange, er sucht das Weite. Vertreibung ist das blasierte Wort für Kränkung und Missachtung. Für diese perfide Respektlosigkeit.

56 Mein Floß ist fertig. Einen Namen braucht es nicht. Ich sage einfach Floß zu ihm. Es ist besser als das davor, stabiler. Das Segel ist einklappbar, das Ruder ist größer. Ich habe sogar einen Kurbelmotor angebaut, damit ich besser gegen die Strömung

ankomme. Damit kann ich viel weiter raus. Damit könnte ich sogar wieder zurück … wenn ich wollte.

JIVAN

ICH HAB ALLES VERSUCHT, UM NICHT URSACHE FÜR EINEN DUMMEN ZUFALL ZU WERDEN. JETZT KANN ICH BLOSS HOFFEN, DASS DIE GELEGENHEIT VON DER REALITÄT GENUTZT WIRD.

Jivans letzter Gedanke, treibend auf dem offenen Meer, kurz bevor er das Bewusstsein verliert

Die Sonne brennt in Jivans Nacken, sein gutes anthrazitfarbenes Leinenhemd klebt in Fetzen an seinem Körper. Reglos hängt er auf der inzwischen lädierten Poolbar, scharfe Kanten haben Risse in seine Unterarme geschnitten. Unruhige Wellen tragen ihn vor und zurück, schieben ihn weiter Richtung Land. Er atmet flach, sein Mund ist vom Salzwasser ausgetrocknet, seine Lippen sind aufgerissen. Zwei hohe Wellen reißen die Poolbar mit sich und schleudern sie und ihn an den Strand. Der Sonnenschirm ist abgeknickt. Jivans Kopf schmerzt, er hat einen schrecklichen Kater. *Ich muss aufwachen!* Nichts ahnt er, noch nicht, sieht nur die Bilder der letzten Stunden auf der Ocean Queen. *Ich kann nicht.* Er will weiterträumen, er will warten, bis er vollständig ausgetrocknet ist. Ein langer Regen zwischendurch hat den Stauraum in der Bar mit Wasser gefüllt. Als er einmal aus seinem Rausch aufgewacht ist, weil er sich übergeben musste, hat das Regenwasser sein Leben gerettet. Er trank bestimmt die Hälfte davon. Er hatte keine Ahnung, wie lange er schon auf dem Meer trieb, um ihn herum war nichts als Wasser. Dann öffnete er die letzte Tüte mit Erdnüssen und leerte die letzten Flaschen Champagner, bevor er wieder in einen tiefen Schlaf fiel.

Sand dringt in Nase, Mund und Ohren und kratzt am ganzen Leib. Kleine Krebse verpassen ihm zwickende Bisse an jeder entblößten Stelle seines Körpers. Einen Spaltbreit öffnen sich seine Augen, auch wenn er versucht, sie mit ganzer Kraft geschlossen zu halten, sein Instinkt und sein Verstand zwingen ihn zum Handeln. Direkt vor seinen Augen laufen unzählige kleine Krebse über den Sand, Schalentiere, vor deren Fleisch Professor Trautman Jivan gewarnt hat, von dem er Ödeme im Hals und im Gesicht bekommen könnte. Er schreckt hoch und schleppt sich auf allen vieren aus dem seichten Wasser in den Schatten einer Palme. Sein Magen sticht, aber der Stein auf seiner Brust ist weg, den er die letzten Wochen mit all seinen Kräften stemmen musste. Er atmet derart befreit, kaum kommt er mit dem Atmen hinterher. Eine Brise dringt tief in seine Poren, reinigt sie vom Talg der Selbstverletzungen, von der Galle, die er gekotzt hat, seit Jo im Meer versunken ist.

Der Strand vor ihm ist bunt vor Müll. Dosen, Plastik, Möbelteile, der kärgliche Rest einer mondänen Kreuzfahrt. Zwischen Plastiktüten und Polsterfetzen findet Jivan eine unversehrte Coladose, die sich in einem Plexiglasbehälter verfangen und den Weg bis hierher geschafft hat. Er konnte Cola nie leiden. *Scheißding!* Er ist zu erschöpft, um sie zu öffnen. Panisch vor Durst sucht er nach einem Werkzeug, mit dem er den Verschluss aushebeln könnte, findet aber nichts Passendes. Wieder reißt er am Metallring und bricht ihn ab. Verzweifelt greift er nach einem Stein und schlägt damit so lange auf die Dose ein, bis der Deckel mit einem Zischen aufreißt. Jivan trinkt hastig die lauwarme Brühe, die Kohlensäure brennt in seinem Hals, der Zucker und das Koffein beschleunigen seinen Puls. Unsicher blickt er sich um, sein Atem geht schwer. Palmen und Pinien. Bambus. Pelikane weiter hinten. Ein wilder Strand gesäumt vom Abfall des Schiffbruchs. Niemand weit und breit. Wasser, unendlich viel Wasser vor einem fernen Horizont, dort ganz hinten beginnt erst »seine Welt«, dort gehen Menschen jetzt essen, arbeiten oder schlafen. Nach getaner Arbeit nippen sie am Brandy und schauen die neuesten Nachrichten. n-global könnte gerade melden: *Der Bunkerarchitekt Jivan Haffner Fernández wurde heute verkatert und dehydriert auf einer prolligen Poolbar, wie sie auf den billigen Sonnendecks der Oceanliner zu finden sind, an den Strand der neuen Insel gespült.*

Instinktiv blickt Jivan in den Himmel, nein, nicht ins Blaue, ins weit dahinter liegende Dunkel des Alls, in dem die Satelliten unauffällig ihre Arbeit tun, den Globus überwachen und abtasten. Jivan rappelt sich auf, er kann ja kaum stehen, mit weichen Knien stolpert er aus dem Palmenschatten hinaus an den Strand und wirft die Arme einige Male in die Luft.

»Hilfe! Hier bin ich! HILFE!!! Schickt ein Schiff! Ich will nicht auf dieser Insel bleiben … Ich will sie nicht haben, ihr könnt sie euch allesamt in den Arsch stecken!« *Holt mich hier ab, bitte.*

Aus Angst, so ein römisch-katholischer Kamikaze dieser Tredici-Rose-Organisation könnte ihn abschießen, schleppt er sich wieder tiefer hinein ins Dickicht. Müsste er nicht ab und an die deutsche Luftwaffe über der Insel kreisen sehen, die ist doch für die Überwachung des Luftraums zuständig? Jivan trinkt Cola-Tröpfchen für Cola-Tröpfchen und hält zwischen den Blättern der Palmen Ausschau.

Aber auch nach einer Stunde schier endlosen Starrens in den Himmel sieht er nichts als Blau. Eine Stunde, in der er sich fragt, wie er ohne Jo weitermachen soll. Ein Heulkrampf steigt in ihm hoch, aber der Schock sitzt noch tief und hält ihn vom Ausbruch ab. Das Fieber brennt in seinem Körper, seine Zunge ist taub. Der Tag will nicht enden. Irgendwann zwingt ihn die Hitze in seinem Blut zum Liegen, der Sand ist weich, das Licht inzwischen auch, orangefarben legt es sich wie ein Laken über ihn. Irgendwann schläft er ein.

Tag zwei beginnt mit leichtem Wind und einem fürchterlichen Jucken an Armen, Beinen und im Gesicht. Moskitos haben sich in der Nacht über sein Blut hergemacht. *Ich steh unter Artenschutz, ich bin hier der einzige Vertreter meiner Art!* Das hohe Fieber ist gesunken, aber er fröstelt jetzt, seine Gliedmaßen sind mit angeschwollenen Stichen übersät, die Wunden schmerzen. Einen Wahnsinnshunger hat er. *Ich will ein Croissant und Milchkaffee.* Auf Nachrichten hat er Appetit, auf irgendein Ereignis. Dieses gleichgültige Wellenschlagen verdirbt ihm die Hoffnung auf Rettung, es peitscht seinen Verstand, als wollte es ihn erschlagen. Er erhebt sich und beginnt im Schutz des Dickichts, den Strand entlangzulaufen. Nach ungefähr vierhundert Metern sieht er eine Leiche, ein Mann, wie es aussieht, verblutet an einer schweren Kopfwunde, er hat den Strand in einem kleinen Schlauchboot erreicht. Dem Gummiboot ist mittlerweile die Luft ausgegangen, aber eine Dose Fanta ist heil geblieben. Wie ein Grabschänder greift Jivan vorsichtig danach, öffnet sie und trinkt gierig. Erschöpft lässt er sich in den Sand fallen. Sein Kreislauf stottert. Eine Cola und eine Fanta, mehr hat diese Ocean Queen nicht für ihn übrig? *Habe die Ehre!*

Bestimmt eine weitere Stunde sitzt Jivan so im Schatten. Von der deutschen Luftwaffe keine Spur. Am liebsten würde er in diesen grässlich blauen Himmel schreien: ICH HISSE KEINE FAHNE! Stattdessen starrt er weiterhin geradeaus auf die letzte sichtbare Linie am Horizont. Die Marineschiffe kann er mit bloßem Auge nicht erspähen.

Wie lange will er so weitermachen? *Weiß nicht.* Was hätte Robinson Crusoe an seiner Stelle gemacht? Hat er die Geschichte überhaupt gelesen? *Nicht fertig! Nach dem ersten Kapitel hatte ich die Schnauze schon voll, ich hab mir 'ne Zusammenfassung besorgt.* Er war sich »sicher«, so etwas wie

»das hier« könnte ihm niemals passieren. Eine unbekannte einsame Insel gibt es so wenig wie eine andere Welt. Ist es nicht so, dass er noch bis gestern darüber gelacht hat, weil es in der Ordnung seiner Welt mehr Unmöglichkeiten als Möglichkeiten gab, an die er glauben konnte? *Wie beschissen ich mir vorkomme!* Wenn er nichts unternimmt, wird man diese Geschichte hier für beendet erklären. Könnte er sich vorstellen, dass noch alles möglich ist? Den Kopf in den Sand stecken? Und wer deckt seinen Hintern? *Wer rettet meinen Arsch? Diese Kopfschmerzen halt ich nicht mehr aus.* Er weiß, es ist bloß Trauer.

Mit aller Kraft stellt er sich auf die Beine. Im Dickicht sucht er nach Früchten, aus denen er den Saft heraussaugen könnte. In nächster Nähe findet er eine Art Mirabellen, aber ein genauerer Blick auf die Blätter bestätigt seine Befürchtung, es ist ein Ginkgo-Baum. *Der Saft aus der Sarcotesta könnte mir schreckliche Atemnot verursachen, sagt Prof. Dr. Trautmann.* Aber was ist jetzt wichtiger: Flüssigkeit oder eine Weile schwer atmen? Entschlossen bohrt er einen Fingernagel in die Frucht, öffnet sie ein Stück und saugt jeden Tropfen aus ihr heraus. Gleich darauf nimmt er die nächste und gleich danach wieder eine. Jeder Tropfen verwässert die zweispaltige Liste an verbotenen Lebensmitteln, die Buchstaben verschwimmen. Was er sollte und was nicht, weicht nun »objektiven Notwendigkeiten«.

Ich höre ein Rasseln in meinem Atem. Sein Atem geht normal. Jivan sitzt unter einem Pinienbaum und knabbert verzweifelt Kerne, er knabbert gegen die Angst an, hier für immer allein zu bleiben. Er knabbert gegen das Vakuum und die Leere an, die der Rest seines Lebens ohne Jo, ohne Brandy, ohne den General, ohne »die Welt« für ihn bereithalten könnte. Gegen Tanners Vorschlag knabbert er an, keine Menschenseele auf diese Insel zu lassen. Noch nie hat er Pinienkerne gegessen. *Trautmann hatte mich dringend davor gewarnt.* »Nüsse und Kerne sind für dich tabu. Nur an die Rosinen darfst du.« Und jetzt wartet er schon seit einer Stunde auf eine allergische Reaktion. Nicht einmal einen Pickel hat er bekommen.

Der General wird mich suchen, er wird was unternehmen.

Darauf sollte er nicht seinen Arsch verwetten.

Vielleicht entdeckt mich jemand auf einem Satellitenbild und schickt eine Nachricht an den Server von n-global?

Möglich, aber die meisten Leute verbringen nicht so viel Zeit vor Bildschirmen wie er. Und sollten sie etwas entdecken, hat die Meldung immer noch Zeit bis morgen.

Wo bleibt eigentlich die verdammte deutsche Luftwaffe? Die hätten mich ja schon längst aufspüren müssen.

Er braucht Geduld.

Das sagt sich so leicht.

Langsam wird das Licht rötlicher. So schutzlos will Jivan keine zweite Nacht bleiben. Bald kommen die Moskitos.

Behausung.

Im Dickicht sammelt er Bambus und lange Äste und schichtet sie unter einer Pinie blickdicht zu einer zeltförmigen Hütte auf. Vom Müllstreifen am Strand holt er sich Plastikfetzen, mit denen er innen die Wände und den Boden auskleidet. Den Eingang schützt er mit drei Lagen durchlöcherter Gardinen. Aus Palmenblättern und angeschwemmten Polsterresten bereitet Jivan sich ein Schlaflager.

Ich zittere. Fieber. *Angst.* Alles wird gut.

ROANA

WENN DU MAL DEN TOTALEN HORROR ÜBERLEBT HAST, BRAUCHT DEIN LEBEN KEINEN TIEFEREN SINN MEHR. DIE VERDAMMTE SCHEISSWELT, DAS VERDAMMTE SCHEISSLEBEN IST PLÖTZLICH EXTREM GEIL.

Roana starrt erschöpft in den Himmel.

Ich weiß nur noch, dass wir wie blöd auf die Monitore starrten. Zuerst freute ich mich noch auf die »dark side of the moon«, darauf, dass ich jetzt auch noch die andere Seite der Insel sehen würde, aber als beide Offiziere so hektische Kommandos gaben, ist mir echt alles vergangen. Niemand hätte dieser Spitze rechtzeitig ausweichen können, sie erschien erst auf dem Sonar, als das Schiff schon fast darüber war. Und sofort danach kam dieses Kreischen, ... und ein saugruseliges Ruckeln, Horror, sag ich dir. Wir mussten mitansehen, wie diese scharfe Kante backbord den halben Kiel aufschlitzte, den robustesten Kiel, den die Schifffahrt je gesehen hat. Die Offiziere brüllten was, keine Ahnung was. Der Kapitän starrte auf die Anzeige, als könnt er's selbst nicht glauben. Dann drehte er sich zu mir, ich meine, wieso drehte er sich zu mir, als wär ich schuld an dem Schlamassel gewesen, er war kalkweiß im Gesicht. Und ich dachte in dem Moment nichts, einfach nichts.

Bestimmt eine Minute flogen nur fassungslose Blicke auf der Brücke hin und her, dann gingen die Sirenen los, und der Kapitän ordnete die sofortige Evakuierung des Schiffs an. Aber leider lief dieser Riesenkahn so schnell mit Wasser voll, der war regelrecht am Ersaufen, uns blieb kaum Zeit für irgendwas, und Rettungsboote gab's auch nicht genug.

Reflexartig wollte ich zu Natalie, da hielt mich Brian am

Arm fest. »Wenn du jetzt backbord gehst, kommst du hier nicht mehr lebend raus, Süße«, oder so was sagte er. »Einen Platz hammwer noch in unserm Rettungsbötchen.« Der redete immer so ätzend. Er gehörte nicht zu der Sorte Mensch, die fragte, er zog mich einfach mit sich, ich hatte einfach keine Kontrolle mehr über mich. Nicht ICH lief mit, nicht mein Verstand lief mit diesem Typen mit, im Gegenteil, der wollte zu Natalie und Veroniká. Aber mein Verstand kam nicht an … ja gegen was eigentlich … vielleicht gegen die Berechnungen meines Labyrinths? Das mir diesen Schleimer als einzig möglichen Ausweg berechnet hatte. Ich wurde automatisch gesteuert, mein Magen war sauer vor Wut, ich heulte, glaube ich. … Du auch? Ich fühlte mich so beschissen. … Alles in Ordnung mit dir? Du siehst bleich aus. Trink mal einen Schluck … Bist du sicher? Okay, wenn du meinst.

Na ja, jedenfalls, als wir in diese enge Rettungskapsel stiegen, stand das Schiff schon richtig schräg. Keine Ahnung, wie viele Passagiere aus den unteren Decks schon ersoffen waren. Ja, ich heulte, ich stieg ein und setzte mich neben Brian auf die Bank.

Die Ocean Queen bekam so irrsinnig schnell immer mehr Schlagseite. Es sah fast aus, als wollte sie sich vor der Insel verneigen. Angeblich sendeten die Offiziere SOS an die Marineschiffe in der Nähe. Aber bis die erst mal Hubschrauber losschickten, war's für viele schon zu spät. Ein Blogger hat geschrieben, dass keines der Schiffe seine Position verlassen wollte, die verschiedenen Nationen hatten ja Angst, jemand könnte die Situation ausnutzen und auf die Insel gelangen. Es hat viel zu lang gedauert, bis endlich zusätzliche Rettungsboote da waren. Viele wurden von schweren Gegenständen erschlagen, und denk mal, wie viele schon am Anfang im Schlaf ertrunken sind.

Ich saß wie gelähmt auf der Bank, starrte auf die Ocean

Queen und hoffte, irgendwo die Silhouetten von Natalie und Veroniká zu sehen. An drei Stellen brach der Kahn auseinander, keine fünfzig Minuten hat's gedauert, bis er gesunken war. Und weißt du, was ich am schlimmsten fand? Theoretisch hätte er ja auch auf diesem Unterwassergebirge stecken bleiben können, das hätte wahrscheinlich einigen das Leben gerettet, aber irgendeine Kraft, eine Strömung, keine Ahnung, schob ihn so lange weiter, bis er in ein tiefes, dunkles Unterwassertal fallen konnte.

... Ja, klar war der Typ meine Rettung, seine Geilheit war meine Rettung, ich hätte kotzen können, wie er die ganze Zeit an mir rumgefummelt hat, ich habe mich tot gestellt, ich heulte die ganze Zeit leise vor mich hin, wahrscheinlich hatte ich einen Schock, ich konnte mich kein Stück bewegen. Ich – wie ein Felsen, und er machte überall an mir rum. Mein Glück war, dass er so ein Sexpuppen-Typ war, da kannst du einfach leblos rumliegen, und die holen sich dann einen runter. Ein perverser Masturbierer halt. Ich habe ihn auch total ausgeblendet, ich dachte nur in Schleifen, ich sah mich x-mal zu Natalie und Veroniká laufen und sie mit in die Kapsel holen, wir quetschten uns zu dritt auf die Bank, setzten uns übereinander. Zig-mal lief dieser Film in meinem Kopf ab, und dann hatte ich irgendwann ein Blackout ...

Als ich aufwachte, lag ich am Strand, im ganzen Stück und allein. Ich schleppte mich unter einen Baum in den Schatten, dort lag ich bestimmt einige Stunden, keine Ahnung, ich starrte einfach nur in den Himmel. Ich war so leer, wie er blau war. Ich glaube, ich machte mich in Gedanken bereit für mein Ende, mir war, als spürte ich es schon in jeder Zelle. Ich trocknete ja aus wie ein Stück Brot, ich fing an, jeden Tropfen Wasser zu zählen, der aus meinem Körper kam, ich bildete mir wirklich ein, zu Staub zu zerfallen, dabei dachte ich die ganze Zeit an Newman. Ich wollte auf keinen Fall, dass er mich sterben sieht, dann merkte ich, wie mir die Tränen kamen, ich versuchte, sie mit aller Macht zurückzuhalten, ich konnte doch nicht die letzten Wassermoleküle für Selbstmitleid verschwenden.

Plötzlich tauchte das Gesicht eines Mannes über mir auf, er zog mich tiefer in den Schatten und gab mir Wasser. Einfach nur Wasser! Geiles Zeug. Ich trank fast die ganze Flasche. Und das Leben blubberte wieder in mir. Ich war so dankbar, ich sagte: »Ich dachte, ich bin bald tot.«

Und weißt du, was er gesagt hat? »Du bist jung. Wenn du jetzt gestorben wärst, hättest du noch nicht viel verloren.« Das war hart, aber wahr. Der verdammt beste Satz in den letzten Wochen. Dann brachte er mich in den nächsten Ort, eine Streife fuhr mich in die Notaufnahme.

Tja, und dort sehe ich dann Jakob in den Nachrichten. O Gott, sah der scheiße aus! Keine Ahnung, ob er was von Natalie und Veroniká gehört hat. Marie und Josef ahnen vielleicht auch noch nichts. Für Newman bin ich jetzt allein verantwortlich. So habe ich's unterschrieben, der unwahrscheinlichste Fall aller Fälle ist eingetreten, und ich darf keinem ein Wort sagen. Quatsch, du bist nicht keiner, aber jetzt sind wir Verbündete, und aus so einem Geheimnis ist manchmal der Anfang … einer großen Geschichte gemacht. … Irgendwie bin ich gerade froh, dass du da bist. Dass ich dir das alles erzählen konnte. Als hätten wir einen geheimen neuen Planeten entdeckt. Das Paradies ist komischerweise … nichts Handfestes.

… Weißt du, ich erinnere mich gerade an etwas, das die Löwengart noch zu mir gesagt hat, als ich wissen wollte, was sie unter dem Sinn des Lebens versteht. Sie sagte: »Rabbi Akiba sagt, alles ist vorhergesehen, und die Erlaubnis ist gegeben.« … Ich hab's erst auch nicht kapiert. Aber jetzt … gerade jetzt dämmert's mir, was sie damit sagen wollte. Nämlich: Alles ist vorhergesehen. Und du und ich und Newman, jeder hat die Erlaubnis, das zu sehen und zu nutzen. Und da ist die Freiheit, nur dort, an diesen kleinen beschissenen Wendepunkten, die Geschichte zu beeinflussen … Ich meine, wären Newman und ich krepiert, das Ende der Welt wär's nicht gewesen, bloß das Ende meiner Geschichte und der von Newman … und der von Papá und Mamá, das Ende unserer Familiengeschichte, basta, nicht mehr. … Ja, genau, wir sind noch da! Und wozu? … Das ist mir gerade so was von scheißegal. Auch wenn Löwengart meint, ich bin zu Höherem geboren. Das Höchste, was wir in diesem arschgroßen Universum kennen, ist doch das beschissene Leben auf diesem winzigen Planeten. Und so wie es im Moment aussieht, sind die Lebewesen hier auf der Erde die Einzigen, die dieses Geheimnis kennen.

JIVAN UND ROANA

WENN EIN MARIENKÄFER MIT 3 UND EINER MIT 24 PUNKTEN ZUSAMMENLEBEN, WIE VIELE PUNKTE HABEN DANN IHRE NACHKOMMEN? 27? 8? 21? 72?

Jivan träumt in seiner notdürftigen Strandbehausung.

Noch vor Einbruch der Morgendämmerung lässt ein Trommeln vom Meer her Jivan aufschrecken. Er reibt sich über den Bauch, kratzt sich an den Hoden, schrubbelt einige Male den Schwanz, alles, was er sonst jeden Morgen nach dem Aufwachen tut, doch sein Verstand braucht eine Weile, bis er »visualisiert und berechnet hat«, dass er tatsächlich wach ist. Schläfrig lugt er durch die Gardine. Die Silhouette eines Floßes mit Segel ist im Mondlicht vor der Bucht zu sehen, ungefähr hundert Meter vom Strand entfernt. Kann es sein, dass Jivan überhaupt nicht auf der Insel gestrandet ist? *Verdammt noch mal!* Aufgeregt kriecht er aus dem Nachtlager. »Hallooooo! Heeeelp! Help me! Hey! Please, don't gooo! Heeelp me!« Er wirft die Arme in die Höhe, rennt ins Wasser und schwimmt auf das Floß zu.

Der Mann fährt ihm ein Stück entgegen. »Du verschreckst mir die Fische!«, meckert er. »Was soll das!«

»Pardon …, ich … ich … habe überlebt.« Jivan strampelt. Das Wasser ist warm.

»Das haben wir alle.«

»Ich …«, er japst, »… ich dachte, ich wär auf … der verdammten Insel gelandet.«

Der Mann lacht und zieht ihn zu sich auf das Floß. »Diese Welt ist eine einzige verdammte Insel, Mann.«

»Ich muss nach Hause.«

Er blickt Jivan ernst an und sagt erst einmal nichts. Dann

schüttelt er den Kopf und stellt ihm einen Behälter vor die Nase, in dem Würmer herumwimmeln. »Hier, hilf mir mal. Wenn du was essen willst, musst du was tun.«

»Oh, klar.« Jivan greift sich einen Wurm und spießt ihn auf einen Haken. Das Tier windet und windet sich, es lebt. Er wundert sich, dass es sich offenbar nicht daran stört, durchbohrt worden zu sein. Es scheint zu protestieren, weil es sich zwar bewegen, aber nicht weiterbewegen kann. Die Zeit schreitet voran, aber der Raum nicht. Das nennt man wohl Stillstand, etwas, das kein Tier auf diesem Planeten ertragen kann. Und dieser Stillstand, dieser unnatürliche Moment, in dem er nichts mehr in der Hand hat, bringt einen Wurm dazu, sich zu wehren, dieses Sich-Winden ist Ausdruck seines Widerstands. *Der Wurm ist empört*, denkt Jivan. Wenn Vögel Würmer fressen, dann picken sie sich die Tiere aus dem Leben, sie verschlucken sie lebendig und tragen sie noch eine kleine Weile in ihrem Magen wie in einem Stollen mit sich herum, so wie die Erde uns durchs Weltall trägt. Das beruhigt sie, sie schlafen ein und merken nicht, wie die Magensäfte sie zersetzen. Ein würdiger Tod. Nicht, dass Jivan jetzt auf die Idee kommen würde, so einen Wurm lebendig hinunterzuschlucken, aber er bewegt den Wurm ruckelnd im Raum vorwärts.

»Was machst du da, Mann!«

»Nichts, ich helfe ihm.«

»Du hast echt einen Vogel! Hilf lieber mir, wenn du wieder nach Hause willst, wo immer das auch sein soll. Hier, wirf mal aus.«

Jivan fasst den Bambus und schwingt die Liane mit dem Köder hinaus, so weit er kann. Nicht rekordverdächtig. Der Wurm landet im Wasser. Jivan weiß aus einer Doku, dass Würmer unter Wasser atmen können, dass sie auch dort weiterleben, aber der hier hängt an einem Haken. Und der Fisch, der ihn in sich aufnimmt, wird sterben, bevor er ihn verdauen kann, er wird nicht schwimmen und ihn nicht weitertragen können. Es wird kein ruhiger Schlaf, kein würdiger Tod werden, sondern ein Gefängnis, in dem der Wurm festsitzt und sich quält. Beinah hätte Jivan den Wurm wieder herausgezogen und befreit, aber er will schließlich nach Hause.

»Wenn ich hier fertig bin, bring ich dich vor die Bucht, die letzte Strecke musst du schwimmen.«

»Danke, Mann, vielen, vielen Dank!«

»...«

»Ich bin Jivan.«

»No.«

Später beim Verzehr des rohen Fischs versucht Jivan nicht an den Wurm zu denken. Er weiß, dass er die Proteine braucht, um zu Kräften zu kommen.

Auf der Polizeiwache im nächsten Ort werden Jivans biometrische Daten überprüft, er wird als Überlebender der Schiffskatastrophe mit vorläufigem Flüchtlingsstatus registriert, auf Kosten der Gemeinde bekommt er ein Hotelzimmer und ein Tagesgeld.

Ein frisches weißes Hemd, eine blaue Stoffhose aus dem Fundus der Hotelservice-Uniformen sowie zwei Garnituren Unterwäsche und Socken, gespendet von Red Cross International, liegen auf dem Bett. Jivan trocknet vorsichtig seinen geschundenen Körper ab. Als er über seinen Hintern reibt, bricht er in Tränen aus. *Ich sauf jetzt so lange, bis alle Poren durchgespült sind.* Bis er Jo am Meeresboden zurücklassen kann. Sie und die Gewichte ihrer Obsessionen, mit denen jeder am Ende zwangsläufig absäuft, wenn er sie nicht rechtzeitig ablegt. *Ich zittre.* Er braucht ein Beruhigungsmittel. *Ich will zittern ..., bis es von selbst aufhört.* Jeder von uns ist am Leben wegen eines anderen. *Ich weiß selbst nicht mehr, wer ich bin.* Er ist bloß noch der Kopf, auf dem die Welt steht. Wie ein Geier um sein Aas kreisen seine Gedanken. Alle Berechnungen ergeben in der Tat, dass er gerade in den Genuss eines glücklichen Zufalls kommt, nämlich keinen Brandy in greifbarer Nähe zu haben, dieser Moment wäre sonst der richtige für einen lumpigen Tod, bei dem die schon leicht verweste Leiche des an Alkoholvergiftung und Selbstzerfleischung gestorbenen Bunkerarchitekten Jivan Haffner Fernández erst nach Tagen gefunden wird, weil das Stoppsignal über seinem Türknauf aktiviert ist, das dem Personal erst am dritten Tag ununterbrochenen Leuchtens erlauben würde, das Zimmer zu betreten. Auch die Tatsache, dass er im ersten Stock einquartiert worden ist, lässt die Annahme zu, dass der Moment, sich etwa aus dem Fenster zu stürzen, noch nicht gekommen ist, dass dies wohl eher ein Anfang ist und noch irgendwo Rettung lauert. *Pardon? Die Geschichte ist für mich hier zu Ende.* Ist sie nicht! Die Geschichte geht weiter. *Jo ist tot.* Eben. *Die Insel kann mich mal.* Um die ging es ihm nie.

Er schaltet die Nachrichten ein. Leichenberge auf dem Deck eines Rettungsschiffs. *Darunter muss Jo sein.* Er macht sich unnötig fertig, zwischen all den Leichen findet er eh nichts. Heulen hilft.

Mit leerem Herzen hält er den Blick auf den Bildschirm gerichtet. Immer wieder spielt er die Meldung ab, sucht wie blöd nach ihren Füßen, zerreibt den Rest seines Verstandes mit immer denselben Bildern. *Ich staune über die Monstrosität der Wirklichkeit.* Er staunt über sich selbst. *Wieso auf einmal solche Konsequenzen?* Sein Verstand hat offenbar den Geist aufgegeben. Seine Augen trocknen aus, sie brennen. Dass er beim Starren auf den Bildschirm die Luft anhält, bemerkt er erst, als ihm speiübel wird. Dann zittert er wieder. *Ich will die Meldung so oft sehen, bis sie mir nichts mehr bedeutet.*

Nach bestimmt fünfzig Wiederholungen steht er vom Bett

auf und wählt Luis Ángels Nummer. Als der Ex-General am Telefon Jivans Stimme hört, breitet sich bestimmt zehn Sekunden lang verzweifeltes Schweigen aus. Dann erzählt der Ex-General von all den Sorgen, die er sich gemacht habe. Er ächzt, sein Atem rasselt. »Mein Junge …« Er habe den ganzen Tag vor den Nachrichten gesessen, er habe seine Kontakte bei der Marine bemüht, damit nach ihm gesucht wird.

Am Apparat herrscht wieder Totenstille, bis Jivan sagt: »Bin wieder solo, bin am Ende.« Er will noch nicht wahrhaben, dass er wieder am Anfang ist, dass nur ein Film zu Ende gegangen ist. Die Geschichte, die er kennt, kettet ihn mit ihren massereichen Bildern noch an sich, will ihm weismachen, dass sie die einzig mögliche ist, viel zu wertvoll, um sie zu verlieren, sie jagt ihm furchtbare Verlustängste ein, droht ihm, dass er ohne Identität dastehe und nichts mehr wert sei.

»Ich weiß nicht, was ich sagen soll. Halte durch, mein Junge. Soll ich dir ein bisschen Geld schicken? Brauchst du was?«

»Schick mir ein Ticket. Wir sehen uns bald. Danke.« Er unterbricht das Gespräch, weil er nicht länger sprechen kann. *Hab nichts mehr, bin fertig.* Nur einen Brandy braucht er, das wird schon wieder.

Jivan verlässt das Zimmer, fährt mit dem Fahrstuhl in die Hotelbar ins Dachgeschoss. Er setzt sich an den Tresen und bestellt sich Brandy und Schinken-Sandwiches aus der Vitrine. Der Barmann stellt ihm die Sandwiches hin und ein Glas Leitungswasser daneben. »Hier, bitte schön, den Brandy gibt es dann zum Nachtisch.«

Jivan beißt ins Brot, starrt abwechselnd durchs Panoramafenster auf die Küste und auf den Bildschirm. Seine Gedanken ziehen wie Vögel vorbei, er weiß nicht, wo sie begonnen haben und wohin sie führen. Immer wieder fallen die Bilder des letzten Augenblicks seines alten Lebens in diesen Strom der Gedanken ein, sie schmerzen, sie sticheln, sie ritzen an seinem Selbstbild. Der Barmann stellt ihm den Brandy in Reichweite. Jivan leert das Wasserglas und gießt sich ein.

Die Fahrstuhltür öffnet sich und eine junge Frau mit kurzem, rotem Haar und geröteten Augen betritt die Bar, auch sie in der Uniform des Hotelpersonals. Mit einer fast unmerklichen Geste zeigt der Barkeeper auf sie. »Sie hat dasselbe verdammte Glück gehabt wie du.« Jivan beobachtet die junge Frau, wie sie herumschaut und sich zwischen den leeren Tischen nicht entscheiden kann, wie sie ihn eine Sekunde lang mustert, sie sieht schrecklich aus, geradezu verzweifelt, als wäre die Tatsache, dass sie zu den zehn Prozent Überlebenden des Schiffsunglücks gehört, kein Segen für sie. Am Fenster sinkt sie auf einen Stuhl und blickt ihn an. Jivan wendet sich dem Rest seines Sandwiches zu und sucht Ablenkung auf dem Bildschirm. Er weiß, wenn er sich jetzt in seine Konfiguration einloggte, würden ihm Nachrichten von Fritsche entgegenströmen – wüste Drohungen, hämische Kommentare. Nach Berlin zurückzukehren wäre reiner Selbstmord. Seine Wohnung, sein Konto gepfändet. *Die warten nur darauf, mir in ein paar scheißtrockenen Sätzen meinen Untergang zu bescheinigen. Ich könnte höchstens bei Eddie untertauchen.* Benicio Álvaro könnte er anrufen. *Sie starrt mich an.* Er meint, die Rothaarige starre ihn an. *Sie will was, aber ich will nicht.* Er bildet sich ein, sie ist scharf auf ihn, er fühlt ihre Blicke, aber sie sieht bloß zum Bildschirm. *Sie beobachtet mich.*

Nach dem dritten Brandy hat er genug. Er fährt hinunter in sein Zimmer im ersten Stock. Für sein Postfach ist er wirklich noch nicht reif. Er ruft Benicio Álvaro an. Ihm ist alles egal. Er will nichts mehr davon hören, was richtig und falsch ist. Er kann auf die Wünsche von Toten keine Rücksicht nehmen. *Pardon? Ich muss meinen Arsch retten!* Er will wieder seine Ruhe haben. *Steckt sie euch sonst wohin!* Es klingelt und klingelt, und wieder meldet sich nur die Voicebox. Zwei, drei

Mal versucht er erfolglos, ihn zu erreichen, dann wählt er die Nummer von Ediz' Döneria.

»Bei Ediz, hallo?«

»Hola Eddie, mein Freund, hier ist Jivan.«

Schweigen.

»Eddie? Hallo? Hörst du mich?«

»Dschivan! Polizei sucht disch. Dein Büro ist dischtgemacht –« Er spricht so leise, als stünden die Bullen neben ihm.

»Du kriegst alles plus Zinsen, mein Freund. Ich vergess dich nicht. Ich brauch einen Rat.« Er erzählt ihm in Kurzform, was inzwischen passiert ist. Er erzählt ihm vom Testament seines Vaters, von seiner Familie, von seinem Geld, alles erzählt er ihm. »Was soll ich tun?«

»Heirate mein Cousine in Türkei, und in drei Monate hast du Erbe. Sie ist hübsch, hat keine Bart, nicht zu dürr, nicht zu dick, hat fruchtbare Hüfte und schöne, große Busen.«

»Ich denk drüber nach, danke, Eddie. Ich meld mich wieder, versprochen.« Er legt auf, schmeißt sich mit einem Seufzer aufs Bett und schaltet den Bildschirm an. Er wäre aus dem Schneider! *Ich will nicht.* Nur eine Frau. *Nein.* Dann eine andere. *Bin noch nicht so weit.* Besser, er schläft. *Ich will glotzen.* Er braucht Ruhe. *Trost.* Es tröstet aber kein Stück, dass Schwäne bei Verlust des Partners den Rest ihres Lebens allein bleiben. *Was wollen sie damit erreichen? Dass ich sie bemitleide?* Er schaltet um. Ein Thriller? Spannungsakkorde. Hände in Gummihandschuhen. Sie greifen nach einem Skalpell. Das verheulte Gesicht einer jungen Frau wird sichtbar, ihr Kopf ist mit einer Art Gürtel an Stirn und Hals an einer Liege fixiert, ihr wüstes, verschwitztes Haar umrahmt das Grauen, das jede Faser ihres Ausdrucks erfasst hat. Die Hand, der Form und Größe, der Behaarung nach die eines Mannes, setzt links über ihrem linken Augenlid an und zieht einen feinen Schnitt rundherum. Blut quillt heraus. Die Frau schreit markerschütternd. Eine zweite Hand entnimmt das Auge und hält es ihr vors andere, aus dem Tränen strömen, führt das Organ an den Mund desjenigen, zu dem auch die Hand gehört, der es sich einwirft und zerkaut. Früher hätte Jivan schon nach wenigen Sekunden umgeschaltet, aber jetzt schaut er fast unbeteiligt zu. Nein, nicht unbeteiligt: Früher hat er mit dem Opfer mitgefühlt, jetzt fühlt er mit dem Täter. *Was hat die Welt diesem Mann angetan, dass er zu so was fähig ist?*, denkt er. *Was hat diese Frau ihm angetan?* Er glaubt, nur Höllenqualen bringen einen Menschen zu derartigen Maßnahmen. Warum hat er Jo wohl nicht den Arm gereicht? Er wollte doch. *Ich wollte nicht.* Ediz hat recht. *Eddie spinnt.*

Jivan springt durch die Kanäle. Sex mit Peitsche zu günstigen Konditionen. Eine Doku über die letzten Tage unserer Sonne. Sie zeigt, wie sie sich zu einem roten Riesen aufbläht, wie er Merkur und Venus verschluckt. Als säße er in einem Raumschiff, ist Jivan live dabei, wie diese Katastrophe unseren Planeten zeitlupenartig in ein Stück Kohle verwandelt. Es hagelt Feuer aus dem Orbit, Städte, Wälder, Mensch und Tier, alles wird von den züngelnden Flammen erfasst und abgefackelt. Die Meere brodeln und verdampfen. *Immer wieder geil so was. Dafür lohnt sich das ewige Leben.* Den Rest der Nacht verfolgt er die Übertragung der Snooker-WM, bis er mit den ersten Sonnenstrahlen endlich einnickt.

Als er aufwacht, ist der Vormittag beinah schon vorbei. Das Bett ist nass geschwitzt, sein Verstand ist so klar wie die Luft nach einem Wolkenbruch. Er duscht ausgiebig und bemerkt inmitten seines Trümmerbewusstseins ein zaghaftes Gefühl von Anfang wachsen. *Ich bin reif für meinen Posteingang.*

Über den Server des Hotels loggt er sich ein. Von Benicio Álvaro hat er noch nichts gehört. Luis Ángel hat das Ticket geschickt, einen Flug nach Buenos Aires für übermorgen. Fritsche! *Fritsche! Fick dich!* Eine Nachricht von Benson. Er sei bereit, ihm eine Bürgschaft über die Höhe seiner Erbschaft auszustellen, sobald Jivan ihm ein Ultraschallbild mit Befund eines Gynäkologen und voraussichtlichem Geburtstermin liefere. Er wird Ediz anrufen. *Ich werd Eddie nicht anrufen.*

Sein Magen braucht ein Frühstück, das Buffet ist abgeräumt. Er fährt hoch in die Hotelbar, setzt sich an einen Fenstertisch und bestellt zwei Schinkensandwiches und Kaffee. Unten am Strand sieht er die junge Rothaarige von gestern auf einem Stein sitzen. *Sie hat dieselbe Statur wie Jo.* Der Gedanke tut ihm nicht weh. Ist er schon so weit? *Attraktion ist eine spontane Teilchenkollision, vor der man sich nicht retten kann.* Mann? *Ich.* Mit geschlossenen Augen hält sie ihr Gesicht in die Sonne. Die Silhouette ihrer Brüste zeichnet sich von der Seite ab. *Wie hat Pá immer gesagt: Ein Mann muss manchmal tun, was ein Mann tun muss.* Jivan nimmt das zweite Sandwich auf die Hand und geht damit hinunter an den Strand. Mittelstarke Böen stemmen sich ihm entgegen. Ohne zu fragen, setzt er sich neben sie. »Hi.«

»Hi.« Sie lächelt ihn kurz an, zumindest hat Jivan das Gefühl, dass sie kurz gelächelt hat.

»Du warst auch auf dem Schiff?«

Sie nickt und wendet den Blick wieder dem Horizont zu. Sie streckt ihren Torso zur Sonne, als hätte sie nichts zu verlieren, ihre Brüste wölben sich unter der Bluse wie Opfersteine. Gestern hätten Jivans Sinne diese Informationen noch herausgefiltert aus seiner Weltwahrnehmung, bei jeder Rundung wäre er in Tränen ausgebrochen. *Gestern, gestern! Jetzt denk ich an sie.*

Die Rothaarige nimmt Jivan kurz in Augenschein und bricht in Gelächter aus. Ihr kommen ein paar Tränen vor Lachen. Hätte sie jetzt schüchtern reagiert und etwa ihre Beine angezogen, wäre er bald abgeschwirrt. Aber sie blinzelt ihn so nett an, und ihre Bluse wird vom Wind so akkurat an die zierlichen Kurven ihres Körpers gepresst, dass ihm dabei richtig warm unterm Hintern wird. »Was ist so lustig?«, fragt er.

»Nichts … 'tschuldige.« Sie schnieft, sie lacht, sie heult wieder ein bisschen. »Hast du vielleicht ein Taschentuch?«

Jivan reicht ihr seine Serviette und wischt sich mit dem Hemdsärmel über den Mund.

Sie schnäuzt sich und blickt ihn dabei an.

»Besser?«

Sie nickt. »Sorry, aber ich bin einfach am Arsch.«

Jivan hätte beinahe losgelacht, aber er muss plötzlich an den empörten Wurm denken. Auf einmal hat er die Idee, dass es noch gut für ihn ausgegangen sein könnte, dass der Fisch nur einen Teil von ihm erwischt hat, den Rest hat die Strömung mit sich gerissen, irgendwo ist er gestrandet und zurück ins Erdreich gekrochen. Vielleicht ist er schon längst wieder in Sicherheit, seine verlorene Hälfte hat er verschmerzt, und er reist unter der Haut des Planeten weiter durchs Universum. Jivan grinst und sagt: »Tröste dich, ich erst.« *Ich bin am Arsch, am Arsch der Welt,* denkt er.

Das scheint sie zu trösten, die Katastrophe verbindet sie. Sie wirft so französisch ihren Kopf in den Nacken und streckt ihr Dekolleté dem Himmel entgegen, dass er spürt, wie sich ein Lächeln über seinen gesamten Körper ausbreitet. Ein Vorhang ist aufgegangen. Ein neuer Film hat begonnen. So fangen doch Filme an? Jedenfalls seine. Ein Strand. Wind. Eine schöne, sinnliche Frau genießt das Leben. Er weiß, es ist sein neuer Film, er fühlt plötzlich, er hat überlebt. Er fragt sich, was er jetzt sagen soll. Er möchte etwas sagen, das diesem Anfang würdig sein könnte. Aber so ein Anfang, wenn man ihn erkennt, ist so anspruchsvoll, er ist so magisch, dass es einem glatt die Sprache verschlägt. Jivan sitzt einige Minuten schweigend neben ihr und schaut mit ihr aufs Meer, das ihm bis vorgestern noch wie ein indiskreter Nachbar vorkam, er fühlte sich geradezu belästigt von ihm und war froh, als er dessen Übergriffe, diese andauernde Humidität überall am Körper, diesen andauernden salzigen Geschmack im Mund, diesen gleichförmigen Lärm der Wellen nicht mehr ertragen musste, als er ins trockene, wohltemperierte Hotelzimmer mit schallisolierter Fensterverglasung kam. Vorgestern dachte er auch, das Meer werde er nie wieder los, er fühlte sich wie in einer neuen Ehe, die er zwangsweise eingegangen und der er nun hilflos ausgeliefert war und die er niemals wieder auflösen können würde. Er nahm seine Schönheit nicht wahr, hatte keinen Abstand, er hatte das Meer nicht gerufen, nicht gesucht, es war rund um die Uhr wie selbstverständlich da. Es verbreitete Schrecken und engte ihn ein. Jetzt wird es auf einmal zum Motiv des neuen Anfangs, es ist ihr erster gemeinsamer Kommunikationskanal; zumindest macht es genug Geräusche, dass man diese Sprachlosigkeit eine Weile aushalten kann, bis Jivan sagt: »Als Kind bin ich nach der Schule immer zuerst an den Strand gegangen, wie zu einem großen Bruder, dem ich alles erzählen konnte.«

Sie blickt ihn aus den Augenwinkeln an, ohne ihren Kopf zu drehen. »Klar«, sagt sie, »wenn du am Wasser sitzt, will der Geist ganz automatisch fliegen …, er wird ja regelrecht mitgerissen von dieser arschgroßen Fläche. Dann knallt er ganz von selbst an die Linie des Horizonts. Baff!«

Er betrachtet sie ernst und fragt sich, ob sie eine Klugscheißerin ist oder nur nicht wusste, was sie sagen sollte. *Sie ist aufregend. Sie ist jung. Ist sie schon volljährig?* Mit Sicherheit ist sie volljährig, sonst würde sie hier nicht sitzen.

Eine Weile gleiten ihre grünen Augen an ihm auf und ab, ihre Blicke treffen sich für vielleicht drei Sekunden, dann wirft sie wieder den Kopf in den Nacken. Was auch immer stundenlanges Glotzen auf einen Bildschirm plus kurzer steinschwerer Schlaf in Jivans dunklen Kammern voller Schuld und Sorge ausgelöst haben, er nimmt auf einmal mit aller Klarheit die Sinnlichkeit ihrer Lippen wahr, diese Feuchtigkeit darauf, das unreife Grün ihrer Katzenaugen. *Das ist richtig neue Geilheit.*

»Weißt du, hinterm Horizont erwarten wir immer noch das Unbekannte«, sagt sie und macht allen Ernstes Gänsefüßchen in die Luft. »Selbst wenn wir wissen, dort liegt dies oder das, vergessen wir es beim Anblick des Meeres.«

Jivan hat eigentlich nicht richtig zugehört, weil er mit der Form ihrer Ohren beschäftigt war, aber er nickt.

»Stimmt doch, oder?«, fragt sie. »Hinterm Horizont vermuten wir immer irgendwas, das unseren Geist übersteigt.«

Er nickt wieder und schaut ihr tief in die Augen.

»Und deshalb kann das Meer auch der große Bruder sein«, sagt sie.

Jivan lächelt, weil er froh ist, dass sie ihn verstehen will, er streicht ihr über den Arm. »Pardon, Jivan«, sagt er.

Sie hebt die Augenbrauen. »Szpänish?«

Er nickt.

»Hocherfreut, Khivan, Roana.« Sie reicht ihm die Hand und rollt mit den Augen.

Echt schöne Titten hat sie. Eine Weile pult sie an ihren Fingerkuppen herum.

Jivan steckt den Rest des Sandwiches in den Mund und folgt mit den Augen der Flugbahn einer Möwe. »Wir sind auserwählt, würde ich sagen. Wir gehören zu den zehn Prozent Überlebenden einer mondänen Kreuzfahrt.«

»Ich fühle mich eher wie kurz vor Einbruch einer Katastrophe.« Sie versucht zu lächeln. »Kennst du dieses Flistern, wie es die angestaute Luft zerfleddert? … Ein Moment, der sagt, ich bleib nicht, der sich foltermäßig ellenlang hinzieht, als wär er eine Strafmaßnahme?«

»Angst.«

»Nein, zu einfach, es ist das hilflose Mitansehen von Zerstörung und Verfall, das Verfaulen und Versagen der Zeit.«

»Hast du jemanden verloren, der dir nahestand?«

Sie nickt, ihr kommen die Tränen. Das Heulen kommt ihm nicht mehr, das scheint vorbei zu sein, er ist dicht, er ist trocken. »Und wartet jetzt jemand auf dich?«

Sie nickt und zuckt mit den Schultern. »Papá.«

»Gute oder schlechte Nachricht?« *Ihren Haarschnitt find ich das Letzte.*

»Beides.«

»Warum schlecht?«

»Das willst du nicht wissen.«

Er grinst. »Stimmt.«

»Das Wasser befreit dich, nimmt dir die Schwere, erlöst dich«, sie schnieft und lächelt. »Es kauft dir jeden Scheiß ab.« Sie lacht wieder.

»Willst du ein bisschen spazieren.«

»Okay.«

Der Müll liegt inzwischen ordentlich aufgeschichtet am Strand und wartet darauf, abtransportiert zu werden. Ab und zu wirft Jivan ein Auge auf Roana, er beobachtet ihren Gang. *Wirke ich alt neben ihr?* Hat er einen festen Begriff von Altersunterschieden bei Paaren? *Nö.* Ob sie eine neue Option ist? *Ob sie eine neue Option ist?*

»Glaubst du, ein Mensch allein könnte die Welt retten?«, fragt sie.

Jivan kann nicht glauben, dass er das jetzt zu hören bekommt. »Jeder kann nur sich selbst retten, jeder kann nur seine Geschichte retten.«

»Glaubst du, ein Mensch kann die Geschichte werden, die er sich erzählt?«

»Keine Ahnung. Wenn er sich die Story selbst abnimmt.

Hattest du solche existenziellen Fragen auch schon vor dem Fast-Tod, Roana?«

Sie setzt sich in den Sand und klopft mit der Hand neben sich. Er lässt sich neben ihr nieder. Roana streichelt ihm über die Arme. »Hast du jemanden bei dem Unglück verloren?«, fragt sie.

»Nächste Frage.«

»Wartet jemand auf dich?«

»Nein.«

»Was wirst du jetzt machen?«

»Und du?«

Sie zuckt mit den Schultern. Sie betrachtet ihn, streichelt über seinen Hals. Plötzlich küsst sie ihn, nicht flüchtig, zärtlich. Ihre Lippen schnappen nach seiner Zunge. Er mag sie. *Ich mag sie. Sie schmeckt.* Sie küsst ihn aufs Kinn und legt den Kopf auf seine Brust. Seine Hand fährt ihre Wirbelsäule auf und ab. Das Meer fängt kurz seinen Blick ein, verschafft sich wieder einen Moment lang Bedeutung. Es hat sich als Quelle entpuppt für die neuen Gefühle, die ihn gerade überwältigen, es hat ihn lebendig ausgespien, es ist ein Gelenk zwischen Jo und Roana geworden. *Alles scheint richtig und logisch.* Die Geschichte hat keinen Bruch, sie wächst organisch weiter.

»Und dein Papá? Wartet der nicht?«, fragt er.

»Das ist eine lange Geschichte.«

»Ich hab nichts weiter vor«, sagt Jivan.

Sie verzieht den Mund und malt alle möglichen Formen in den Sand. »Okay … du hast es so gewollt.«

Und es wird eine lange Geschichte, die Roana ihm zu erzählen hat. Sie sitzen bis spät in den Abend am Strand, holen sich zwischendurch einmal Essen vom Abendbuffet und eine Flasche Sekt, die Jivan allein trinkt. Mit jedem Satz baut sie an der Brücke, die sich langsam über den Graben spannt, über diese unbekannte Zone, die noch zwischen ihnen liegt. Und jede Reaktion von ihm liefert die Schrauben dazu.

Am Ende schweigen sie wieder einige Minuten, ihre Augen suchen nach Halt. Er blickt auf ihren Bauch. »Und … willst du dieses Kind austragen?«

»Der Arzt hat mir eine Abtreibung angeboten. Ich hab ihm ja weisgemacht, dass ich ein Blackout hatte und missbraucht wurde.«

»Soll ich dich zum Arzt begleiten?«

»Ich weiß nicht, ob ich das kann.« Sie weint. »Wenn ich das Papá erzähle, steckt er mich zur Strafe in die Buchhaltung.«

Er streicht ihr durch das Haar und drückt ihr einen Kuss rechts und links auf die Augen. »Vor Buchhaltung würde mir auch grauen.«

Sie schnieft und lacht. »Ich will und kann das Kind nicht abtreiben.«

»Es ist nicht bloß ein Kind.«

Sie schüttelt den Kopf.

Und gleichzeitig sagen sie: »Es ist Newman!«

Er starrt wieder auf ihren Bauch, und eine Idee beginnt in ihm zu keimen. »Ich mag dich, Roana.« *Ein tolles Mädchen mit einem Spitzenkörper!* »Du bist eine tolle, intelligente Frau.« Jivan fasst ihre Hände. »Willst du …, dass ich dich nach Albacete begleite und dir beistehe?«

»Wieso solltest du das tun?«

»Wir könnten sagen, das Kind ist von mir? Findest du die Idee nicht gut?«

»Du hast Nerven! Hast du nichts Besseres mit deinem Leben vor?«

Er schüttelt den Kopf in Zeitlupe. »Du wirst es nicht glauben, aber Vater werden stand ganz oben auf meiner To-do-Liste.«

»Keine Ahnung … Ich meine, du spinnst. Mir ist kalt, lass uns reingehen.«

Zurück im Hotel begleitet Jivan sie auf ihr Zimmer. Keine Minute später steht sie nackt vor ihm. Sie fällt ihm regelrecht in die Arme. Und er ist dankbar dafür. Diese neue Ekstase setzt so viel Energie frei und befördert ihn in eine neue Galaxie, weit weg von Jo, von Berlin, hier und jetzt gibt es nur ihn und sie. Theoretisch ist es ihm egal, ob es sein Kind ist oder nicht. *Praktisch auch! Auch Benson kann es theoretisch und praktisch scheißegal sein.* »Hat der Arzt eigentlich einen Ultraschall gemacht?«

Roana setzt sich auf und wirft ihm einen Umschlag auf die Bettdecke. »Bist du sicher, dass du das nicht bereust?«

Er schüttelt den Kopf. »Alles wird gut, du wirst sehen … Kann ich mich hier kurz mal einloggen?«

»Mach.« Sie legt sich mit dem Bauch aufs Bett und vergräbt ihr Gesicht im Kissen.

Luis Ángel schreibt er, dass er vielleicht einen kleinen Umweg machen wird. Benicio Álvaro hat sich endlich gemeldet. »Was liegt an?«, fragt er. Jivans Blick folgt Roanas Kurven vom Nacken bis zu den Fersen. Ein Wort – und seine Probleme wären auch ohne dieses Kind gelöst. Er beugt sich über sie und küsst sie auf beide Pobacken. »Nichts, wollte nur mal hören«, schreibt er zurück. Noch zwei weitere Meldungen von Fritsche sind eingetroffen, eine mit der Ankündigung, dies sei die letzte. *Fick dich, Fritsche! Wir sind fertig.* Ralf Wiegand! Eine gute Nachricht, steht im Betreff. Jivan hat den Bunkerauftrag bekommen. Einen saftigen Vorschuss bieten Sands und Katō für die zügige Anfertigung eines Entwurfs. Die Auftragssumme ist schwindelerregend. Er reibt sich mit Zeige- und Mittelfinger nachdenklich über die Stirn, dann sieht er ein rötliches Schamhaar an seinem Ellbogen kleben. Mit Daumen und Zeigefinger zieht er es behutsam ab und untersucht den Hornfaden im Licht des Bildschirms. Er greift nach seinem Hemd und verstaut das Haar tief in der Brusttasche. Wieder gleitet sein Blick Roanas Rücken hinab. Er streichelt sie, er schürzt die Lippen und starrt einige Minuten schweigend auf die Nachricht. Dann antwortet er Wiegand knapp: »Lieber Ralf, aus dringenden privaten Gründen muss ich mich aus dem Auftrag zurückziehen. Danke für dein Vertrauen. JHF.«

(An alle, die es betrifft)

Was mehr als alles die Verlassenheit rechtfertigt,
die abgrundtiefe Verzweiflung,
dieses seltsame Erdulden der Last
dieser abgrundtiefen Verlassenheit und Einsamkeit,
ist die einfache, überwältigende Tatsache,
dass wir wirklich nirgendwohin können.
David Avidan, Bevollmächtigung, 1957

Besonders danken möchte ich zunächst meiner Muse, meinem härtesten Kritiker und größten Förderer: meinem Mann Noam Braslavsky für die Zeit, die Inspirationen und die Geduld. Und danke Lail Braslavsky (meine große Tochter) für das Verständnis und die guten Vibes.

Mein zweiter, besonderer Dank geht an meine Lektorin und meinen »Partner in Crime« Doris Plöschberger (sowie allgemein an den Suhrkamp Verlag). Ohne euren Glauben an und den großen Einsatz für dieses Projekt wäre das Buch heute nicht hier.

Ja, für diesen Glauben an mich und das Projekt schulde ich auch Dank meinem Agenten Thomas Hölzl von der Agentur Petra Eggers.

Aber ohne die Sachkompetenz einiger Experten, die mir mit geduldigen Antworten auf meine zahllosen Fragen zur Seite gestanden haben, wäre dieser Roman definitiv nicht entstanden. Deshalb vielen, vielen Dank für die Offenheit, die Expertise und die Zeit:

Prof. Dr. Uwe Ulbrich, Spezialist für Klimadiagnostik und meteorologische Extremereignisse (wie Wirbelstürme) am Institut für Meteorologie der Freien Universität Berlin.

Prof. Dr. Hans Lehrach, Genomforscher und emeritierter Direktor am Max-Planck-Institut für molekulare Genetik Berlin.

Prof. Dr. James Adjaye, vormals Leiter der Molecular Embryology and Aging Group in der Abteilung Analyse des Vertebratengenoms bei Hans Lehrach am Max-Planck-Institut für molekulare Genetik, heute Direktor am Institut für Stammzellforschung und Regenerative Medizin der Heinrich-Heine-Universität Düsseldorf.

Prof. Dr. Nico Krisch, Professor of Interational Law am

Graduate Institute of International and Development Studies in Genf.

Univ.-Prof. Dr. Dr. med. Katharina Domschke, Spezialistin für Angststörung und Depression sowie stellvertretende Direktorin an der Klinik und Poliklinik für Psychiatrie, Psychosomatik und Psychotherapie des Universitätsklinikums Würzburg.

Captain Mark Dorrington-Niblett, Ingenieur und verantwortlicher Yacht-Gutachter beim International Institute of Marine Surveying (IIMS) in Cannes / Frankreich; ohne seine Inspektion kommt dort kein Schiff aufs Wasser.

Hannes Hensel, Insider der DDR-Bunkerkomplexe, Initiator und Leiter des »Projekts 5001« (www.bunker5001.com), Software-Entwickler. Danke fürs Lesen und die Tipps.

Paul Bergner, Experte für den DDR-Bunkerkomplex 17/5000 und Autor der Bücher *Atombunker – Kalter Krieg – Programm Delphin: Auf den Spuren der Bunkerbauten für den Kalten Krieg* und *Befehl »Filigran«. Auf den Spuren interessanter Bunker.*

Dr. Michael Laitman, Kabbalist, Humanist und Autor. Danke für die Einführung in die Kabbala.

Bei einer Vorortrecherche in Buenos Aires hat mir Jessica Gindin geholfen, mit Unterstützung des Dichters Milan Gonzales.

Danke Isabel Cole fürs Lesen, danke Silke Bustamante für deine Tipps rund um Assessment Center. Dank an meine ehemalige Lektorin Ulrike Ostermeyer für die Unterstützung in den Anfängen des Romans.

Ja, und das Goethe-Institut Sarajevo hat mich 2012 einen Monat lang einer der quirligsten, gebrochensten und inspirierendsten Städte Europas ausgesetzt, an der man ablesen kann, wie sehr europäische Politik schiefgehen kann. Der Aufenthalt hat mich zutiefst berührt und völlig neue Wendungen in der Geschichte bewirkt; für diese Möglichkeit danke ich von Herzen.

Die ersten Seiten der ersten Fassung dieses Romans las ich 2009 anlässlich der Autorenwerkstatt der Konrad-Adenauer-Stiftung am Comer See. Seitdem ist viel, sehr viel passiert …

www.leben-ist-keine-art.de

Copyright Information

Der Titel ist ein Zitat von Kurt Vonnegut (in der Übersetzung der Autorin).

Die Rede von Yoko Ono auf S. 282 f. basiert auf ihren Tweets, von der Autorin übersetzt und zusammengestellt.

Die Songtexte in den Kapiteln No im Paradies (6) und (7) stammen von Queen (gesungen von Jule) und Bruno Mars (gesungen von No).

Die Unterhaltung zwischen Roana und Alyss Löwengart auf S. 365 ff. ist teilweise inspiriert von einem Gespräch zwischen dem Kabbalisten Michael Laitman und dem Genetiker Richard Ebstein (veröffentlicht am 13.9.2010 auf www.kabbalah.info)